JN015395

AGATHA CHRISTIE

アガサ・クリスティー

とらえどころのないミステリの女王

ルーシー・ワースリー
Lucy Worsley

大友香奈子 訳

原書房

アガサと犬のジョージ・ワシントン。その名前が、父親がアメリカ人であることを思い出させる。子ども時代を過ごした庭の、チリマツの木の下で、アガサは想像の友だちと遊んだ。

トーキーのアッシュフィールドという邸宅は、アガサの人生の中心だった。そこで生まれ、成長して、結婚のプロポーズを2回受け、娘を産んだ。

アガサとお母さん。すこし変った情熱的な女性のクララ・ミラーは、〝危険なほど強い愛情〟で娘を愛した。クララの死は、アガサに危険なうつ病の発作を起こさせた。

アッシュフィールドの温室にいるクララとアガサの姉のマッジ。ともに文章を書くこの創造的で意志の強いふたりの女性は、アガサの人生を形作るのに不可欠な影響力を持つ人物だった。

アガサの力強いおば‐ばあちゃん。どことなくミス・マープルを思わせるところがあり、ひとの心を読むことができた。女性はみな〝もしものとき〟のために50ポンドを持ち歩くべきだと言い、チェリー・ブランデーが好きだった。

うしろの列の一番左にいるアガサは、ピアニストと声楽家として、ほとんどプロの水準に達していた。トーキーのほかの女の子たちは、彼女のことを〝流れるような金色の髪〟の〝海の精〟のようだと表現した。

恥ずかしがり屋の17歳のアガサは、エジプトで社交界にデビューした。「彼女は踊りがうまいですね」と若い男が母親に言った。でも「話し方を教えたほうがいいですよ」

22歳までに、アガサは9人に結婚を申し込まれた。「知りあって10日しか経っていないのよ。そんな女性のところにプロポーズしにくるなんて、本当にとても馬鹿げたことだわ」と、ある求婚者に言った。

第一次世界大戦のあいだ、トーキーで看護婦として働いたアガサと友人たちは、気分を高めるために、〈病院雑誌〉を作った。自分たちのことを〝クィア・ウィメン〟と呼んだ。

トーキー公民館の臨時病院で、アガサは下っ端から始めて、掃除婦として床を磨いた。初めて手術に立ち会ったときは〝全身が震えだした〟。

きれいで機知に富むアガサの姉のマッジは、〝大いに性的魅力〟があった。

アガサはしばしば豪華だけれど陰気なアブニー・ホールを訪れた。その様式を〝最高のヴィクトリア朝のトイレ〟と表現した。1926年に報道陣が包囲したのはここだった。

アガサの兄のモンティはふざけるのが好きで〝スラングを話し〟〝すぐかっとなった〟。どんな仕事も大きらいだった。後年はピストルでひどい仕打ちをし、モルヒネ依存症にもなった。

この写真を見れば、なぜアガサが魅惑的なアーチボルト・クリスティーに夢中になったのかがよくわかる。彼は1912年にパイロットの資格を得た。「ぼくと結婚しなきゃだめだよ、きみはぼくと結婚するんだ」と激しくアガサにせまった。

アガサの娘ロザリンドは1919年に生まれた。アガサは思った。子どもというのは〝不可解な他人で……親の元を離れて花開くのだ〟

幸せそうなクリスティー家のアーチー、ロザリンド、アガサ。しかし英国の多くの家族のように、おそらく〝狂騒の20年代〟はひどく彼らを苦しめることになるだろう。

アガサは1922年にハワイでサーフィンをした。とても現代的な若い女性で、水泳と速い車を愛し、新しい心理学に興味を持った。

右から左へアガサ、アーチー、ベルチャー少佐、大英帝国博覧会の宣伝のために、カナダに行った。ベルチャーはエゴイストで、アガサは彼の無礼なふるまいを〝野蛮人〟と呼んだ。

1922年ホノルルで、アガサは朝食を楽しんでいる。彼女は移動生活が大好きだった。「旅の暮らしには夢の真髄がある……あなたは自分自身だけれど、ちがう自分でもある」

アガサは1926年にスタイルズ荘に引っ越しした。不吉な家、と彼女は呼んだ。住むと必ず〝ひどい目に遭う〟。12月3日に彼女が〝失踪した〟のはここからだった。

左から、シャーロット・フィッシャー、ロザリンド、シャーロットの姉のメアリー。〝カーロ〟としても知られた有能で好感の持てるミス・フィッシャーは、アガサに秘書的な手伝いと、育児と、つらい時期の友情を与えてくれた。

アーチーは、ゴルフが好きで〝気さくで、率直で、活発な女性〟と評されるナンシー・ニールと恋に落ちた。アガサが失踪した夜にふたりは、このハートモア・コテージにいた。

アガサは愛車モーリスにサーフボードを乗せて運んでいる。1926年にこの車は故障して乗り捨てられ、持ち主は行方不明になった。まさに探偵小説のように。

アガサの親密な手紙には、人前では隠していた生きる喜び（ジョワ・ドゥ・ヴィーヴル）が表れている。彼女はマックスに、娘のロザリンドは「もしもあなたが折り返し、棒つきキャンデーを2ダース送ってくれたら」結婚に同意するだろうと伝えている。

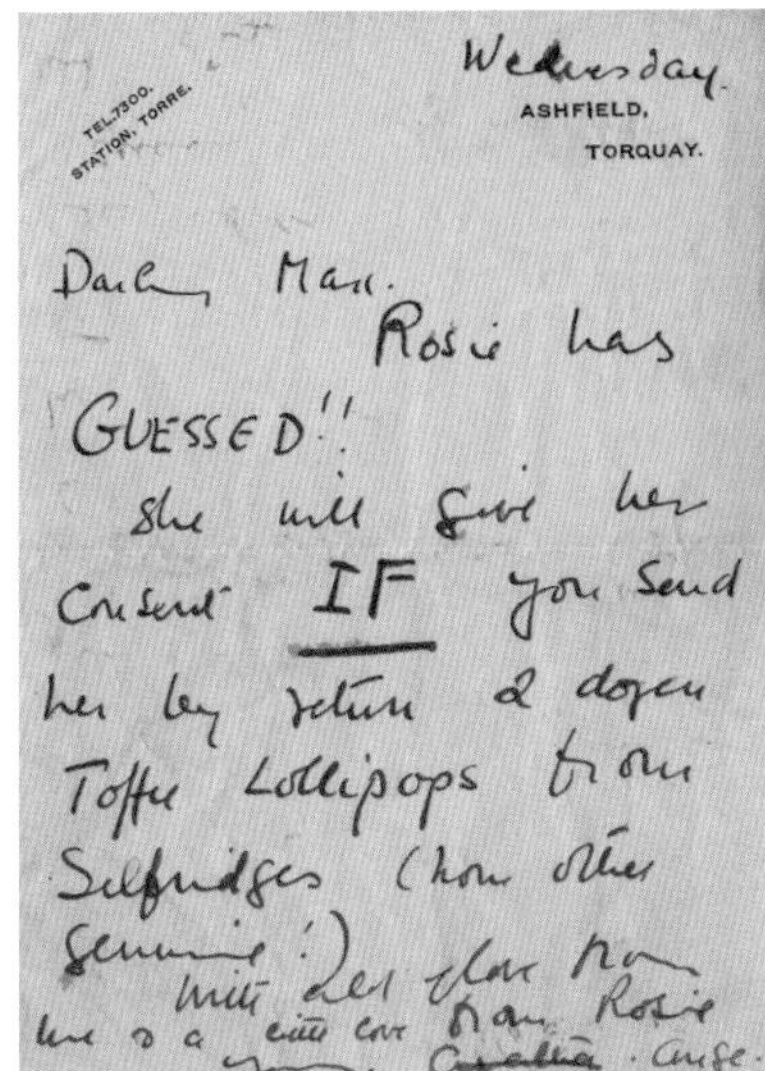

TEL. 7300.
STATION, TORRE.

Wednesday.
ASHFIELD,
TORQUAY.

Darling Max.
Rosie has GUESSED!!
She will give her consent IF you send her by return 2 dozen Toffee Lollipops from Selfridges (how other genuine!)

物静かな若き考古学者のマックス・マローワンは、アガサより14歳年下だった。初めは恋愛相手としては完全に除外していたが、彼といっしょだとリラックスできた。

マックスは毎年アガサを西アジアでの考古学の発掘調査に連れだした。1930年代の旅の写真で、マックスはいつもまじめな顔をしているが、アガサはとてもよく笑っている。

マックスとの冒険は、『ナイルに死す』のような多くのアガサの本の設定を与えた。そのなかでポワロは発見と考古学を比較する。両方とも真実を掘りだすことを目ざすものだ。

アガサの経済的な後ろ盾を得て、マックスはこのシリアのチャガル・バザールのようなところに、自分の発掘隊を率いて行くようになった。アガサは何気なく歩きまわって、採掘者たちがちゃんと働いていることをひそかに確かめた。

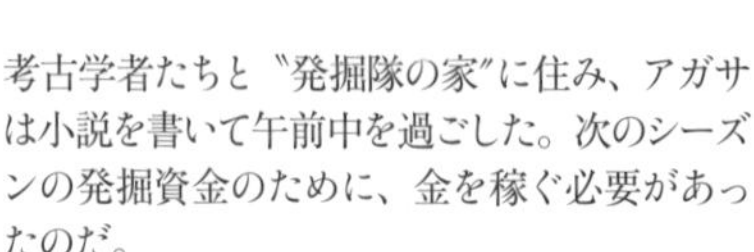

考古学者たちと〝発掘隊の家〟に住み、アガサは小説を書いて午前中を過ごした。次のシーズンの発掘資金のために、金を稼ぐ必要があったのだ。

アガサは名声と並はずれた職業上の成功について、矛盾する感情を持っていた。パスポートの職業欄には〝作家〟ではなく、ただの〝主婦〟と書いた。

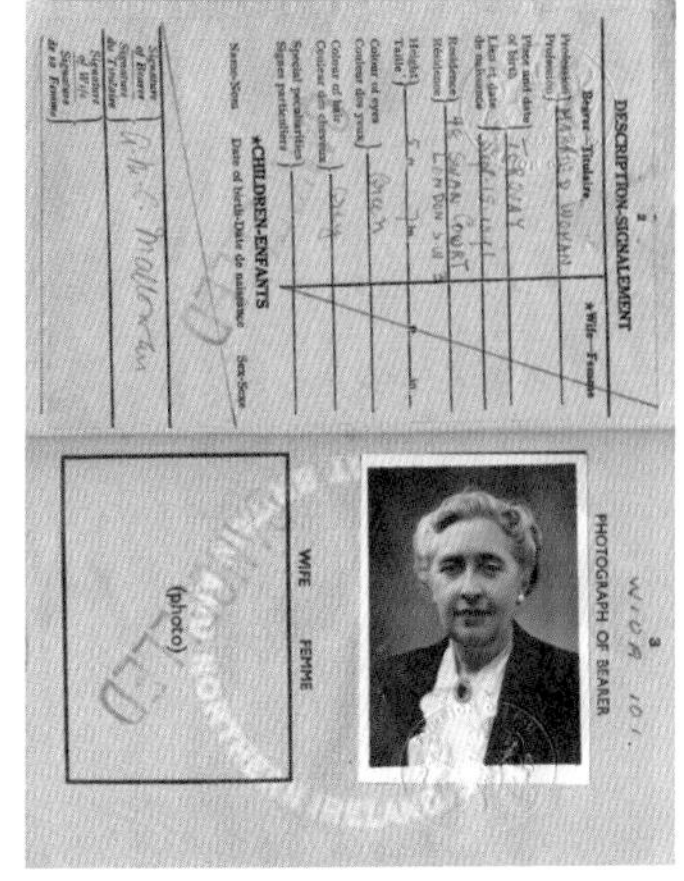

アガサはバグダッドのチグリス川を見渡すイラク英国考古学院のバルコニーで朝食をとっている。戦時の英国では不足していた太陽のもとで過ごすのは、この上ない幸せだった。

1950年代にマックスとアガサはイラクのニムルド（あるいはカルフ）の古代遺跡を発掘した。アガサはこの場所は〝平和で、ロマンチックで、過去がしみ込んでいる〟と知った。

「プロットはとてもおかしなときに浮かぶの」と、アガサはおそらく家族のピクニックのあいだに言った。〝おフロに入ったり、リンゴを食べているとき〟に本の構想を練った。

グリーンウェイは上品なジョージ王朝時代の家で〝まっ白で美しく〟、デヴォン州ダート川を見下ろす場所に建っている。アガサとマックスは1945年に接収を解除されたあと、喜んで戻った。

アガサの孫のマシューは、兵士で1944年にノルマンディーで戦死した父親、ヒューバート・デ・バーグ・プリチャードのことをまったく知らない。アガサはマシューの人生に深く関わり、ふたりは特別な絆で結ばれていた。

25歳で未亡人になったロザリンドは、やさしいふたり目の夫アンソニー・ヒックスを見つけた。グリーンウェイで幸せな家族の夏に撮られたこの写真には、左からアンソニー、マシュー、アガサ、ロザリンドが写っている。

またグリーンウェイの写真。アガサは左端に座り、マックスはテーブルのうしろに立っている。アガサのとなりにいるバーバラ・パーカーは、聖人のようなマックスの考古学の助手で、彼の二番目の妻になる。

《ねずみとり》の2239回目の上演を祝うパーティー。ホテルのスタッフはアガサのことがわからなくて、入場を許可しなかった。自分は主役だと言うのではなくて、彼女はおずおずと出ていった。

「いつか、あなたにわたしのミス・マープルを演じてもらいたいわ」と、アガサは1950年代にジョーン・ヒクソンという若い女優に手紙を書いた。ヒクソンは実際に1984年から1992年にテレビ版のミス・マープルになった。

1974年に映画『オリエント急行の殺人』は、興行収入でそれまでの最も成功した英国映画になった。アルバート・フィニーはエルキュール・ポワロとして輝かしい出演者たちを率いた。

オックスフォードシャー州ウォリングフォードにあるウィンターブルックは〝マックスの家〟として知られ、アガサはマローワン夫人としてひっそりと暮らしていた。〝楽しく、こじんまりとしたクイーン・アン様式の家〟で、〝川にまっすぐ下っていく草地が広がっていた〟

マックスとアガサはウィンターブルックでいっしょに年老いていき、家の補修よりも考古学に興味があった。1971年にアガサは〝どこかから水が流れているか滴っているの〟と苦情を言った。

〝ぼくたちが持っているものは損なわれたりしない〟とマックスは書いた。〝ぼくにとってきみは、何年経ってもずっと美しくて大切なんだ〟。この写真は、アガサがずいぶん年を取っているが、まだふざけ合っているのがわかる。

アガサは亡くなるすこし前に心臓発作を起こしたあと、とても小さくなった。どんなふうに覚えていてもらいたいかと問われて〝なかなかよい探偵小説の作家〟として、とだけ答えた。

アガサ・クリスティー　とらえどころのないミステリの女王

この本は、感謝をこめて、故フェリシティ・ブライアンに捧ぐクリスティー夫人ってほんとうにとらえどころのないひとね。
彼女になんてかまっていられないわ。

テレサ・ニールに扮したアガサ・クリスティーが言ったとされることば。
一九二六年十二月十六日付《デイリー・メール》紙

目次

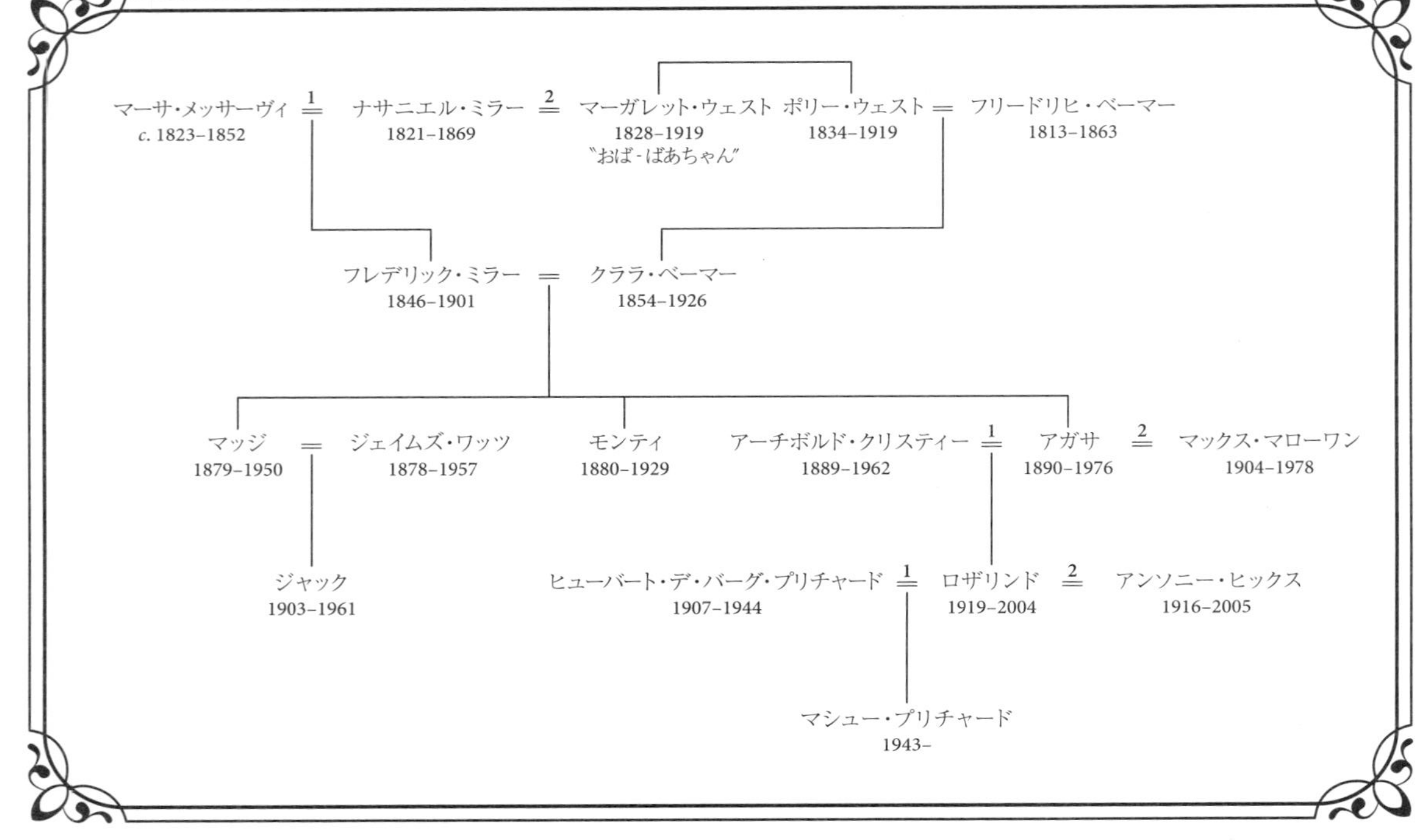
マーサ・メッサーヴィ
c. 1823–1852
1
ナサニエル・ミラー
1821–1869
2
マーガレット・ウェスト
1828–1919
“おば‐ばあちゃん”
ポリー・ウェスト
1834–1919
フリードリヒ・ベーマー
1813–1863
フレデリック・ミラー
1846–1901
クララ・ベーマー
1854–1926
マッジ
1879–1950
ジェイムズ・ワッツ
1878–1957
モンティ
1880–1929
アーチボルド・クリスティー
1889–1962
1
アガサ
1890–1976
2
マックス・マローワン
1904–1978
ジャック
1903–1961
ヒューバート・デ・バーグ・プリチャード
1907–1944
1
ロザリンド
1919–2004
2
アンソニー・ヒックス
1916–2005
マシュー・プリチャード
1943–

序文

平凡な見かけにかくれて

アガサ・クリスティーが列車で静かに座っていると、見知ぬひとが自分の名前を言うのがふと耳に入った。

彼女の話では、同じ車両で「ふたりの女性が、わたしのうわさをしていたのよ。ふたりとも、わたしのペーパーバックをひざにのせてね」。その女性たちは、品のある初老の同乗者が当の本人だとは思いもせず、世界一有名な作家のうわさ話を続けた。「聞いた話じゃ」とひとりが言う。「彼女、大酒飲みなんですってよ」[1]

わたしはこの話が大好きだ。なぜなら、アガサ・クリスティーの人生をよく言い表しているからだ。第一に、彼女はこの逸話を、一九七〇年に八十歳の誕生日を祝って公表されたインタビューで語っている。なんと波乱万丈の長い人生を送ったことだろう!

アガサは豪華な後期ヴィクトリア朝の世界に生まれた。一家は富と、舞踏室つきの家と、家事をするたくさんの使用人を受け継いだ。やがてそのすべてを失い、アガサに自分で生計を立てさせることになる。彼女の八十年間は、二度の世界大戦と、大英帝国の衰退と、ほぼ一世紀にわたる激しい社会の変化をくぐり抜けてきた時代でもあった。そのすべてを八十冊の本に記録した。それらはやみつきになる軽い読み物にとどまらず、歴史家にとってのすばらしい資料でもある。

第二に、列車の女性がふたりともアガサ・クリスティーのペーパーバックを持っていたという事実だ。もちろんそうだろう。彼女の本はほんとうに至るところにあったのだから。とくに第二次大戦後に〝クリスマスにはクリスティーを〟が毎年の恒例になったころには。クリスティーはシェイクスピアや聖書に次ぐベストセラー作家なので、そんな常套句が広まった。でも、わたしが興味を持ったのは、彼女がその地位についたというだけではなく、女性としてその地位についたということだ。しかも、小説家に留まらず、歴史上最も多く上演された女性の劇作家でもあり続けた。とても成功したものだから、人々は彼女を新しい境地を開いたひとではなく、名物だと考えがちだ。だが、彼女はそのどちらでもあった。

第三に、誤解だ。誤解がやたらとたくさんある！　列車の女性たちに戻ろう。〝大酒飲み〟どころか、アガサは実は、絶対禁酒主義だった。ワインを味わうこともなく、お気に入りの飲み物は混ぜ物のないクリームだったのだ。それなのに女性たちは、あの作家はアルコール依存症の酔っぱらいで、不幸にちがいないと決めつけていた。

それから、列車のなかには、用心深いアガサそのひともいたのだ。その場にいながら気づかれることなく、人生を芸術に利用していた。ほかならぬこの自分が酒飲みだと言われているのを聞いた作家の話は、アガサの小説『死者のあやまち』に生かされている。小説のなかの自分の分身である、探偵小説家のアリアドニ・オリヴァ夫人の身にふりかかったこととして。

この場面は、人間としてのアガサ・クリスティーついての本質的な真実も含んでいる。そう、彼女は中年を過ぎたほぼすべての女性と同じく、見逃されやすかったのだ。でも、アガサはあえて平凡に見えることを利用していた。それは、ほんとうの自分を隠すために、念入りに作りあげたパブリック・イメージだった。

もし列車のふたりの女性たちが名前を尋ねたとしても、彼女は「アガサ・クリスティー」と名のったりはしない。「ミセス・マローワン」と答えただろう。性急な結婚をした十四歳年下の考古学者からもらった名前だ。

職業を訊かれれば、無職ですと言った。公的な書類に職業を書くことを求められたとき、ざっと二十億冊もの本を売ってきたこの女性は、いつも〝主婦〟と書いた。そして、とてつもない成功を収めたにもかかわらず、第三者と傍観者の観点を持ちつづけた。自分を定義しようとする世界を避けて。

この本では、どうしてアガサ・クリスティーは、実際はさまざまな境界を崩していきながら、あくまで平凡なふりをして人生を過ごしたのかということを掘り下げていきたい。彼女はかつてこう言った。「世界中でわたしほど、ヒロインを演じるのに不向きなひとはいないわ」[2] この考え方は、自分自身の極端に控え目な性格によるものもある。だが、女性ができることとできないことについて、従わざるを得ない原則がいくつもある、生まれついた世界とも大いに関係があった。これは、二十世紀の物語と絡み合う物語を持つ、ひとりの女性の人生を描いた歴史的傾向のある伝記である。

アガサ・クリスティーについて書いていると言うと、よく最初に訊かれるのは、彼女が失踪して、全国的に死体の捜索が行われた、一九二六年のあの劇的な十一日間のことだった。夫を殺人犯に仕立て上げるために隠れたのだと言われることが多い。それはほんとうなのだろうか？

アガサはその後死ぬまで、この悪名高い出来事について沈黙を通したとよく言われる。でも、それはまちがいだ。わたしは実際に彼女が話した驚くほど多くのことばをつなぎ合わせてみた。それらを注意深く見れば、いわゆる謎の多くが次第に解けるものと信じている。

アガサは二十世紀の女性についての数々のルールを打ち砕いた。彼女と同じ世代と社会階級の女性たちは、ほっそりしていて、稼ぎがなく、たくさんの子どもを盲目的に愛し、絶えずほかのひとのために自分を捧げることを期待されていた。

このなかでアガサが完全に果たしたのは、最後のひとつだけだ。自分の最善のもの――努力、創造力、天才的なひらめき――を読者に捧げたのだ。今もなお彼女が読者に愛されているのも当然だ。

今日では、女性を崇拝する必要はない。そしてそれは、アガサ・クリスティーを構成する矛盾のかたまりのどこかにとても暗い心があったという事実に向き合わなくてはならないということだ。子どもも人殺しができる物語を考えついたというだけではない。彼女の作品に、今日では受け入れられない人種や階級についての見方が含まれるということでもある。

でも、だからといって、舌うちをして、目をそらすべきだというわけではない。これは重要なことだ。なぜならアガサ・クリスティーの作品は、ある種、典型的な英国人の世界の見方を簡潔に表すものになっているからだ。小説にしばしば現れる彼女と同じ階級や時代の偏見は、二十世紀の大ブリテン島の歴史の一部なのだ。

そして表面的には保守的な作品であるにもかかわらず、アガサは読者の世界の認識を、前向きな方法でひそかに変えていったとわたしは信じてもいる。彼女の小説は、背が低くて女性っぽい、おかしな名前の〝外国人〟が、腕力ではなくて頭脳を使って悪を打ち負かせることを証明している。はらはらさせる老婦人でさえ、悪人に天罰を与えることができる。あの子どものいないひとり者たち――エルキュール・ポワロもミス・マープルも独身――は、生きがいになるような、従来の家族をまわりに必要としていない。[3]

最後にはっきりさせておきたいことは、刊行当時の読者たちにとって、クリスティー作品は〝郷愁を誘うもの〟でも〝伝統〟と関係のあるものでもなかったということだ。子どものころ、わたしはよく彼女の小説を心地よく浄化したものをテレビで見た。だが元の小説は、過去と決別した二十世紀の作品だった。クリスティー自身はハワイにサーフィンに行き、速い車を愛し、新しい心理学に興味を持つという〝現代的〟な生活をしていた。だから彼女の小説が出版されたとき、それはやはり読者をわくわくさせる生き生きとした〝現代的な〟ものだったのだ。

この本でわたしたちは、絶えず非難され、絶えず誤解されて、偉業が平凡な見かけに隠れがちな、二十世紀の偉大な作家のひとりに出会うことになる。

だが、まずは初めに戻って、亜麻色の髪の少女に会おう。

第一部

ヴィクトリア朝の少女

一八九〇年代

第一章

生まれた家

アガサ・ミラーは特別な場所で育った。子どものころの家は、英国デヴォン州南部の海辺のリゾート地、トーキーの丘の上にあった。

アッシュフィールドと呼ばれたその家は、大きなヴィクトリア朝様式の邸宅で、数えきれないほどの神秘的な木がうっそうと茂る庭のなかにあった。アガサは、記憶にある最初の庭の、大きな木々が大好きだった。「大きなブナの木、セコイア、マツ、ニレ」そして「チリマツのそばの緑色の芝生にできた妖精の輪」のところで、輪まわしをして遊んだ。

その庭はなくなり、アッシュフィールド自体はとっくの昔に取り壊されている。でも、現在その地所を占めているアパートのあいだを歩けば、変わらず残っているものがひとつある。今も遠くに海が見え、ときには湾の向こう側のブリクサムの上空に、嵐雲がたくさん発生しているのが見えるのだ。

これからあらゆる冒険が始まるにせよ、アガサの家族の家は、彼女の人生のなかで、最も重要な場所であり続ける。老婦人になったときに自分の人生の物語を書くことになり、『アガサ・クリスティー自伝』として出版された。彼女は始まりも終わりも、アッシュフィールドと、庭にいる自分の姿を記している。「淡い亜麻色のくるくるの巻き毛のまじめくさった顔をした少女」

というわけで、フレデリックとクララ（本名クラリッサ）のミラー夫妻の娘アガサが、一八九〇年九月十五日に生まれたときは、当然、自宅での出産だった。

産婆は月曜日の午後に赤ん坊のアガサを取りあげた。三十六歳の母親の三番目の子どもで、喜ばしい予定外の末っ子だった。クララにはすでに娘と息子がいて、それぞれ十一歳と十歳だった。

そのほかに出産に立ち会ったのは、アガサの大おばのマーガレットだった。アガサの母親のおばであるだけではなく、父親の継母でもあったので、ミラー家ではマーガレットのことを「おば - ばあちゃん」(Auntie-Grannie) と呼んだ。そう、複雑な家族なのだ。それこそ探偵小説の筋を追うように、誰が誰なのかを覚えることに集中しなくてはならない。しばしばアガサの小説で見られる複雑な家庭は、身近なところに端を発していた。

ミラー家は名家だったので、アガサの出生は地方紙とロンドンの《モーニングポスト》紙の両方で報じられた。[1] 父親のフレデリック・アルヴァ・ミラーは、改築されたばかりの、丘の下にある八百席のオールセインツ教会に寄付をしており、アガサはそこで洗礼を受けた。教区記録簿には、「階級または職業」の欄に「紳士」と記録されている。洗礼盤のまわりには、地元の病院の院長夫人、議員、将来の子爵などの錚々(そうそう)たる立会人がずらりと並んだ。

おそらくクララにとって、この三番目の赤ちゃんは思いがけない贈り物のように思えたからだろうが、二か月近くしてようやく、子どもの世話をするのにいつもの子守を雇った。[2] 赤ちゃんは美人だった。アガサの目は、ときには灰色、ときには青色、ときには緑色と言われた。[3] 写真では、後期ヴィクトリア朝の上品な赤ちゃんらしく、のりのきいた白い綿のフリルとボンネットにくるまれ、ほとんど動けずにいる。

幼いアガサは、ふかふかのソファやたくさんの家具など、自信に満ちたヴィクトリア朝の上流家庭が提供できるものに囲まれて、何不自由なく暮らしていたようだ。写真に写った小さな子どもの彼女は、小型の布張りの長いすから、頼もしそうな父親の守ってくれるひざのあいだから、いい香りの漂うアッシュフィールドの庭の青々とした木の葉のカーテンのすきまから、高慢そうに見つめている。[4]

アガサには、ヴィクトリア朝の堅苦しい写真では伝わらない何かがあった。生きる喜び（ジョワ・ド・ヴィーヴル）だ。今を生きることが上手で、〝何でも最大限に利用する〟能力を自慢にしていた。[5] とても親しくしていた孫息子は、彼女には独特の〝幸せの才能〟があったと言う。[6] このヴィクトリア朝の少女には、ヴィクトリア朝風の取りすましたところや、型にはまったところは皆無だった。

成長するにつれて、アガサは日々の喜びを楽しんだ。ピアノのレッスン、食べ物、とくにケーキとクリーム、温めた牛乳は味もにおいも大きらいだったけれど。いつも上機嫌だった。七歳のときに、すごくきらいなのは「ぱっちり目が覚めているのに寝かされるとき」で、「今の気持ち」を「わくわくしている」と表現した。[7] 彼女は「すごくだらしなく」て、家じゅうを歩いたあとには、持ち物や、ノートや、おもちゃを残していくのだった。[8]

そして愛されていた。それは祝福でもあり、呪いでもあった。のちの人生で、アッシュフィールドと庭のこの心地よい世界で両親がしてくれたのと同じくらい、アガサを愛情で包んでくれるひとがいるだろうか？

トーキーのほかの女の子や近所のひとたち、ダンス教室の生徒たちは、アガサの身体のしなやかさや美しさを覚えている。これは、クリーム好きが影響しはじめたあとの堂々とした様子しか思い描けない人たちには驚きかもしれない。「覚えているわ」あるダンス仲間が思い起こす。「すてきなアコーディオンプリーツのシルクのワンピースを着て、笑っている姿を……ふわりとした金髪のあなたは、海の女神テティスのようだった」[9]

しかし、月日が流れるにつれて写真に熱中していく両親のために、幼いアガサがとるポーズからは、まだそんなエネルギーは感じられない。少女アガサは長靴をはき、得意げにじょうろを使い、セーラーカラーに小さなマトンスリーブの上着をこれ見よがしに着ている。大きくなるにつれて、細い髪の毛はこてでくるくるに巻かれ、顔にはまじめで謎めいた表情が浮かぶようになる。犬のジョージ・ワシントンといっしょに、小枝の山のまん中にじっと座っている。自分の世界に入りこんでいるのだ。

彼女の自伝に庭でしていた遊びが詳しく書いてあるので、その小枝の山はきっと今は失われた想像の世界を表しているのだとわかる。アガサはひとりで物語を作ったり、架空の友だちを考え出したりすることに満足していた。家族といるとくつろげるけれど、知らないひとには相変わらず口ごもってしまう。「いつもうまく口がきけなくなるの。それが作家になった理由のひとつよ」と説明する。

前述の自伝は、アッシュフィールドという場所が――そして母親という人物が――アガサの人生にどれほど重要だったかを如実に示す資料である。一読すると、この自伝は成長物語で、著者が感じているのは、思いがけない、そして受けるに値しない幸せと成功のように見える。「生きているというだけで、すばらしいことです」[10]なかには、その浅はかで明るい調子にがっかりした読者もいる。くだけた語り口や、せんさく好きな登場人物たち、社会慣習を変えるがあまり自己分析をしていないところに。

だが、そこには影の物語も潜んでいる。アガサ・クリスティーにまつわるすべてのことと同じく、自伝のまことしやかな表面の下には、もっとつらい真実が隠れているのだ。彼女の人生には、ひどく不幸な時期もあった。

アガサは、アッシュフィールドは、ほんとうは母親の家だと信じていた。クララ・ミラーは、アガサの父親のフレデリックが国外にいたときに、突然、自分で買ってしまったのだと。アガサはその話を、自伝の初めで語っている。

「でも、どうしてそんなことをしたんだね？」と父が訊いた。

「気に入ったからよ」母が説明した。

母親はそれは自然で、ごく当たり前のことだと信じていたし、女性は気に入ったからというだけで、何気なく家を買うべきだということを、アガサはそれとなく言っている。

でも、気をつけよう。アガサの人生はほとんど始まってもいないのに、われわれはすでに流砂の上にいるのだ。

クララとアガサはその話を信じていたかもしれないが、現実にはそうではなかった。実際クララは、法律上アッシュフィールドを買うことはできなかったのだ。彼女の身分は〝既婚婦人〟で、当時の法律は夫婦をひとりの人間とみなし、その人間とは常に男性のことだった。クララはちゃんと自分の金、遺産を持っていたが、それは信託に預けられていて、使用の許可を得るには、ほかのひとたちを説得しなければならなかったのだ。それに実のところ、アッシュフィールドは売り家ではなく、定期借地権付の家にすぎなかった。[11]けれども、この話をするなかで、アガサはだまそうとしているわけではない。むしろ夢や、思い出や、物語を話すことのほうが、冷たく厳しい現実よりも、彼女にとっては重要だったのだ。

でも、母親が何気なく家を買ったというこの話は、アガサの人生の深い真理を明らかにする。母親は支配する存在で、クララには運命がわかり、何が正しくて何が正しくないかの勘が働いた。

アガサは母親の衝動的な行動を観察していた。クララをまねて、巣作りをするひと、貯め込むひと、自分の家を買わずにいられないひとになり、一時期は八軒もの家を持っていた。

そしてアガサは家を持つことが幸せの極地だという考えに戻り続けた。子どものころでさえ、自分や家族を楽しませるために物語を書き、初期のころの話はすべて〝残虐なレディ・アガサ〟と〝城の相続にからんだ陰謀〟についてのものだった。べつの初期の物語では、語り手が家を夢見ている。

とても美しい家……わたしは立ちどまってそれを見た……大したことがないように思えるけれど、一日じゅう頭から離れなかった。そのすばらしさ、完璧な紛れもない幸せが。[12]

アガサが後年に書いた最後のほんとうにすばらしい本のなかで、家はもう一度、妄想の中心になる。「わたしにとって最も重要なこと」[13]

しかし、両親といた最愛の家アッシュフィールドでの生活は、ずっとアガサが幼いころに思えたような楽園であり続けることはできなかった。

第二章
家族のなかの狂気

作家アガサ・クリスティーは、デヴォン州の豊かな赤土に根ざした、クリームティーを愛する、典型的な英国女性として出版社によって売りだされた。だが実は、世界を股にかけた一家の出身である。もともと大ブリテン島や英国人に対して、よそ者の視点を持っていた。

父親のフレデリックは、ニューヨークでアメリカ人の両親のもとに生まれ、母親のクララの出生地はアイルランドのダブリンだった。クララの父親はドイツ人の一家の出で、英国人の母親は軍人の妻として世界を旅してきた。

アガサの一家の富を築いたのはアメリカ人の父方の祖父で、マサチューセッツ州出身のたたき上げの実業家、ナサニエル・アルヴァ・ミラーだった。ナサニエルは個別訪問で刃物類を売り歩くセールスマンから始めて、のちに事務員になった。マーサとミネルヴァという名前をかわるがわる使っていた彼の妻は肉屋の娘で、ふたりはロウアー・イースト・サイドの下宿屋に住んでいた。だが、ナサニエルには金儲けの才能があった。一介の事務員から、卸売会社の〈クラフリン・メロン商会〉（アガサはしばしば「チャフリン」と綴(つづ)りを誤った）の共同経営者にまで上りつめた。ブロードウェイが本拠地の活気に満ちた会社だった。

ミラー家の息子、フレデリックは一八四六年十月三十一日に生まれた。けれども、フレデリックがまだ五歳のときに、母親が肺結核で亡くなった。その後、ナサニエルはだんだんヨーロッパに心を引かれるようになった。フレデリックを教養のある洗練された人間にするためにスイスに行かせたり、しばしばマンチェスターまで八日間の蒸気船の旅をして、アメリカで売るミシンの契約をしたりした。一八六一年、〈クラフリン・メロン商会〉は、七百人の店員がいる新しい旗艦店をマンハッタンに開店した。ナサニエルが英国に帰化する申請をしたとき、後見人として記載された友人たちは、商人や銀行家だった。[1]

英国でナサニエルはふたり目の妻、マーガレット・ウェストと結婚した。これがおば・ばあちゃんと呼ばれたフレデリックの新しい継母で、姪のクララをいっしょにミラー家に連れてきた。

フレデリックとクララは成長期にいっしょにいることが多かったので、いざ結婚という年齢になったとき、わざわざ遠くで妻を探そうとしなかったのは、いかにもフレデリックらしかった。「とても愛想のいいひと」と、彼の娘は言うが、彼は紛れもなく怠惰でもあった。「現代の基準では、たぶん、よく思われないでしょうね……働かなくても楽に暮らせるだけの収入があるのなら、働かないなんて。期待されてもいないなんて。なんにせよ父は、とりわけ働くのが苦手だったんじゃないかと強く思います」とアガサは認めている。

フレデリックはひどい買い物依存症だったが、彼に言わせると、絶対的に好きな職業は〝何もしないこと〟なのだそうだ。それは、家族全員でときどき記入して楽しむ、質問票の本に書く答えのひとつだった。フレデリックは好きな食べ物についての質問のために、いちばん長くてわくわくする答えを取っておいた。「ビーフステーキ、チョップ、リンゴのフリッター、モモ、リンゴ。あらゆる種類のナッツ。もっとモモ。もっとナッツ。アイリッシュ・シチュー。ローリー・ポーリー・プディング」

愛想がよくて怠惰なフレデリックは、一八七八年四月、三十一歳のときに、ノッティング・ヒルの教会で難なく結婚した。夫よりはるかに怠惰ではなく、それほど愛想のよくない二十四歳の花嫁、クララは、硬いクリーム色のダマスク織りのガウンに、真珠をちりばめたきついベルトで閉じこめられた。[2]

フレデリックとクララはおもに英国で暮らすことになったが、フレデリックはまだしょっちゅうアメリカに戻っていた。彼はニューヨークの紳士録に、数少ない成金のひとりとして載っていた。友人たちはすぐに釈明した。父親の成功にもかかわらず、フレデリック自身は「実業界にいたことはない」が「ニューヨークの社交界のみんなに受け入れられている」と。[3]

だが、フレデリックとクララは、居心地がよくて和やかな英国の海辺のリゾート地、トーキーに家を借りることに決めた。もともと社交界が好きなフレデリックは、ヨットクラブに所属し、〈トーキー・クリケット・クラブ〉ではスコアをつけていた。（「わたしは手伝いをさせてもらえるのがとても誇らしくて、すごく真剣にやっていました」と、アガサは思い出を語った）。[4]

一八九〇年代のトーキーは、おもに穏やかな冬を過ごすのにうってつけの場所として知られていた。フレデリックとクララの最初の子どもは、一八七九年一月九日に、借家で生まれた。もちろん、赤ちゃんはおば・ばあちゃんにちなんで、マーガレットと名付けられた。でも、アガサの姉はたいていマッジとして知られている。

翌年六月のアメリカ訪問中に、息子のルイ・モンタント、またはモンティが生まれた。一家は永久にアメリカに落ちつくことに決めて、事務整理をするためにトーキーに戻ってきた。フレデリックがひとりでニューヨークに帰ったときに、アッシュフィールドと呼ばれる邸宅がクララの目に留まった。寝室が六つあり、トーキーの下水施設につながっていたが、ほんとうに引きつけられたのは、その庭だ。「大きな温室と、ラン園と、シダ園と、種類の豊富な広い果樹園と、上等な芝生と、菜園」があった。[5]

そこで、クララはアメリカへの引っ越しはしないと宣言した。彼女は簡単に考えを変えられる女性ではなかった。服装は芝居がかっていて「上品さと威厳を兼ね備え……ゆったりしたマロケンの長い黒の上着を着て……頭をしゃんとあげ、家のなかを歩いたものだった」[6]。高尚な趣味があり、テニスンと、ランドシーアと、メンデルスゾーンと、〝ミス・ナイチンゲール〟を賞賛していた。とはいえ、クララも人間だ。〝アイスクリーム〟と〝アメリカのソーダ〟が大好物なことも認めていた。[7]

強い情熱の持ち主であるにもかかわらず、クララ・マーガレット・ベーマーが心から望んだのは安定だった。彼女は陸軍士官フリードリヒ・ベーマーの娘で、ドイツ人の父と英国人の妻ポリーの子として、カリブ海のマルティニーク島で生まれた。夫妻には男の子が四人とクララの、合わせて五人の子どもがいた。クララはフリードリヒがダブリンで兵役についているあいだに生まれた。[8]

フリードリヒは陸軍を退役すると、家族をジャージー島に連れていき、そこで死亡した。アガサの話では、落馬して死んだということだ。地元の教区記録簿のよりつまらない証拠によると、気管支炎で死亡している。

そのため、ポリーは軍人恩給で五人の子どもを育てる未亡人になり、子どもたちはかろうじて中流階級に属する身分を手放すおそれがあった。それでポリーは、九歳のクララを姉のマーガレット（〝おば‐ばあちゃん〟）に預けることにした。マーガレットは裕福なアメリカ人実業家と結婚するところだった。クララは生みの母親が自分を手放したことを、決して忘れることはできなかった。貧乏癖と執着心がいつまでも残り「しだいに恐ろしい心理状態に陥り」がちだった。アガサは母親のことを「人見知りで、哀れなほど自分に自信がない」ひとだと思っていた。

ミラー家の「かわいそうな親戚」としてのクララの生活が、この不安定感を生みだしたのだが、新たな研究で、彼女の一家に精神疾患の傾向があったこともわかっている。[9] クララの兄のフレデリックは銃で自殺した。エイミー・ベーマーという名前のいとこは溺死した。はとこもだ。クララの大おじは精神科病院で亡くなり、大おばは一八五〇年に一時期、精神科病院で過ごした。いとこの子どもは一八八〇年に精神科病院で「躁病」により死亡し、このいとこの妹は一八九一年に精神科病院に閉じこめられた。別のいとこの子どもは妻への虐待とアルコール依存症で有罪となった。

これらのことすべてが関連づけられるかどうかは問題ではない。こういうことは、ヴィクトリア朝の家族を不安にさせ、不名誉に思わせる類の話なのだ。母の家族の狂気――当時の人々はそう呼んでいた――は、アガサの執筆につきまとうようになった。美しい家について書かれた初期の小説のヒロインには、精神病院で亡くなった母親がいる。

あの家族には狂気があるでしょう。おじいさんは銃で自殺したし、お姉さんは……窓から飛び降りたわ……アレグラの母親は何年かこの家にいたの。あのひとは、ちょっと――変わってるなんてものじゃないわね、完全に――完全に狂っていたの！　恐ろしいものよ、狂気って。[10]

しかし、困難が起こるにせよ、クララのフレデリックとの長く幸せな結婚が残したあらゆる形跡には、不満のかけらも見えない。十歳のころから、彼女はほかの男には見向きもしなかったのだ。とはいえ、クララの夫への崇拝は、ヴィクトリア朝の結婚の契約に組みこまれていたとも言えるだろう。

クララ自身が、作家としてのアガサの最初の手本だった。というのも、クララは物語と詩の両方を創作していたからだ。クララの手書きの私的な詩は、彼女とフレデリックの結婚の見方に、とくにヴィクトリア朝の光を投げかけるものだった。クララは自分を本質的に劣ったものとして考えている。

天の神さま、聞いてください、
ささやく祈りを聞いてください
こんなに平凡なわたしだけれど、価値あるものにしてください
彼の愛と人生のすべてを分かち合うために

返歌のなかでのフレデリックは、自分の妻を「家のなかの天使」と考えていることがわかる。安らぎを与え、貞淑で、家庭的な、ヴィクトリア朝の典型的な女性の概念だ。

でも、ぼくの心は紛れもなく本物で、愛情にあふれている
愛しい妻への愛に満たされて
彼女はま白き魂の天使だから
ぼくには人生より大事なもの
彼女だけがぼくを導く力を持つ
暗闇から光のなかへと[11]

揺るぎない結びつきのこのふたりは、アガサに人生の最初の十年間、深く愛されていると感じさせてくれた。とくにクララとは、特殊な思考言語を共有しあった。「ふつうの人間にはわからない状況の直観的な

理解」だ。[12]

それなのに、ある時点で、アガサはアッシュフィールドをあとにして、二十世紀に立ち向かわなくてはならなくなる。そこでは女性にもはや「ま白き魂の天使」でいる余裕がなく、屈辱と、仕事と、金が足りないという問題に対処しなくてはならなかった。

第三章 家のなかの魔物

一八九二年の大みそかに、庭を散歩していたフレデリック・ミラーは、温室の温水パイプが冷たいことに気づいた。おかしい。驚いて、三年間〝勤勉で熱心に〟働いてくれている庭師のウィリアム・ヘンリー・キャリコットを捜した。

キャリコットはなかなか見つからなかった。フレデリックはくまなく捜し続けて、とうとう使われていない馬屋のドアを開けた。

そこに、息絶えた行方不明の男がいた。亡骸（なきがら）がロープにぶら下がっていた。

アッシュフィールドには電話があったので、フレデリックはすぐに警察に通報できた。キャリコットは幼い娘の病気を口実に、ほかの使用人たちとの、アッシュフィールドでのクリスマスパーティーに参加していなかったことが明らかになった。でも実は、庭師は心臓病を患っていることを苦にしていて、その不安が自殺の理由だったのではないかと思われた。[1]

冷たいパイプの手がかりと死体の発見は、アガサ・クリスティーのミステリの冒頭のようだ。実際この出来事は、ミステリではない小説のひとつに出てくる。半自伝的な『未完の肖像』だ。それは、すばらしくも不吉な場所として家を描くアガサの数多くの本の一冊にすぎない。

子どものころ、アガサは家が生活の中心だという、いかにもヴィクトリア朝的な考えにどっぷり浸っていた。

のちに、アッシュフィールドの閉ざされた世界で経験した、豊かで強烈な感覚を書いている。そこでは料理人のジェーン・ロウが強い力を持っていた。アガサはジェーンのキッチンが大好きだった。アッシュフィールドの料理は決して多すぎも贅沢すぎもせず、アガサは「食い意地のはった子」だったと自ら認めている。「いちばん好きなのは昔も今も、たぶんこれからもずっと、クリームでしょう」。将来娘の役に立つようにと、クララが集めた手書きのレシピ本には、何度も繰り返し「クリームを半パイント足す」ということばが現れる。鶏肉のソース煮からチャーハンにいたるまで、幅広い料理に。[2]

一八九一年の国勢調査を見れば、少女時代にずっとアガサの仲間だったほかの人たちの名前がわかる。使用人たちだ。七十年後に自伝のなかで、親しみをこめて述べている。ジェーン・ロウだけではなくて、部屋係メイドのジェーン・ラトクリフ、お手伝いのシャーロット・フルード、そして最も重要なアガサの子守のスーザン・ルイス。アガサは使用人なしで生活することなど想像できない階級の出身なのだ。あるとき、スーザンに話しているのを聞かれたことがある。「わたしが大きくなったらね、ばあや、アッシュフィールドのお庭に小さな家を建てて、あなたとわたしは、ずっとそこで暮らすのよ」[3]

豊富な食べ物と、女性同士の強い結びつきを与えただけではなく、アッシュフィールドは圧倒的に芸術に対する目を肥やす経験を提供した。当時の家を映した写真からは、財産があふれるほどいっぱいある様子がわかる。それらの品物の多くは、やがて、アガサののちの家で、デヴォン州のグリーンウェイと呼ばれる邸宅に移されることになる。そこの一階の寝室は一九九〇年代にバスルームに改築された。丁寧に分類されたリネン用戸棚のなかには、フレデリックの衝動買いの癖の証拠である書類がたくさん詰めこまれた書籍型収納箱（ソランダーボックス）が積み重なっている。

箱を開けると、ウェッジウッドのメダリオンがひと組と、〝東洋の椀二つ〟と〝台座つきの石けん石の彫像八点〟の請求書が見える。フレデリックは〝芸術品や、珍しい磁器、骨董の青銅製品や、美術品全般〟を扱う店に目がなかった。自分とクララにアメジストの指輪と、傘立てと、カットグラスのデカンタひと組と、上等なマホガニー材製で、チッペンデール様式のレース模様風の彫刻を施したイス五脚と、箱入りの銀と真珠母のデザート用フォーク十八組を買っている。[4] フレデリックはこれらすべての置き場所をつくるために家を建て増しして、「百二十人の踊り手を収容できる舞踏室をつけ足さなければならなかった」[5]。壁にできる限りぎっしりと油絵を飾るのも好きだった。

アガサも父親をまねて、縮小版の家づくりをした。小遣いで愛用のドールハウスの家具を買ったのだ。

鏡つきの化粧台と、つやのある丸いダイニングテーブルと、ぞっとするオレンジ色の錦織り張りの食堂用の家具一式があって……すぐにわたしのドールハウスは、むしろ家具の倉庫に近くなりました。

年を取ってから、彼女は生涯続く愛着の種がまかれていたのだと気づいた。「あれからずっと、わたしはお家ごっこを続けてきたんです」と書いた。

数えきれないほどの家を見に行き、家を買い、ほかの家と交換して、家に家具をそろえ、家を飾って、家の増改築をしてきました。家よ！　家に祝福あれ！

アガサは、イーリングにあるおば‐ばあちゃんの家に泊まりにいったとき、祖父母の世代の暗くうっとりさせられるインテリアをたくさん見た。ナイン・クレイヴン・ガーデンズは頑丈な同じ形の邸宅が並んでいるなかの一軒で、イーリング駅が近くて便利だった。

おば‐ばあちゃんはアガサの子ども時代の中心をなす存在で、しっかりした考えを持っていて、〝チェリーブランデー〟に目がなかった。「人間の性格が直感でわかる」と言いきっていて、アガサはおば‐ばあちゃんの見透かすような洞察力のある眼の輝きを、ミス・マープルの眼に取りこんだ。[6]

おば‐ばあちゃんは、ひと、とりわけ男のひとが〝ほんとうは〟何を欲しがっているかをそつなく理解した。殿方は「紅茶より強い飲み物を欲しがるものよ」とつぶやきながら、ミス・マープルが控え目にウィスキーを出すとき、アガサはおば‐ばあちゃんのことを考えていたのだろう。[7] おば‐ばあちゃんは、「女性はみな、いわゆる緊急事態に備えて、つねに五ポンド札で五十ポンドを持っているべきだ」とも考えていた。一九六八年くらいの後期のクリスティーの小説で、叔母にそのことばを言わせている。[8]

この荘重なヴィクトリア朝中期の世界に滞在中、幼いアガサはおば‐ばあちゃんの家の堂々たるトイレに驚いた。「すばらしく大きなマホガニー材の便座がついていて……まさに玉座に座る女王様のような気分だった」うす暗い明かりの客間で、おば‐ばあちゃんはほとんど動かずに暮らしている。動くのは、食料品戸棚のカギを開けて「フランス産プラムや、サクランボ、アンゼリカ、レーズンとアカスグリの包みと、バター、砂糖の袋」などを小出しにひとにやるときだけ。年を取るにつれて、さらに買いだめするひとになった。アガサはだんだん年老いていくマーガレット・ミラーを、最愛の全能のひとというよりは、最愛の弱者として見るようになった。立派な食料品戸棚でさえ、近づく死からおば‐ばあちゃんを守れなかった。

アッシュフィールドとクレイヴン・ガーデンズでの暮らしは、家事を担う使用人たちの働きに頼っていた。一九六〇年代に自らの初期の小説を読み返して、アガサは〝ぶらぶらしている使用人の数〟に驚いた。[9]子どものころは、まったく当然のことと思っていたが、そのうち、この使用人という職業を詳しく調べるようになった。わが家の女たちは、「使用人を徹底的にこき使うけれど、彼らが病気のときは、いろいろ面倒をみました。もしも女の子がちょっと秩序を乱す赤ん坊を身ごもったら、おばあちゃんは相手の若い男のところに行って、話すでしょう。『それで、あなたはハリエットのために正しいことをするつもりなの?』」。[10]双方がこの関係に時間や能力を費やしたのだとアガサは考えていた。使用人の身分は、〝よい〟女主人のいる職場を得ることによって、高められる。

しかし、これは話のひとつの側面でしかない。アガサは、他人の家で働く者たちが侮辱的な扱いも経験することを、ほんとうに理解してはいなかった。作家としての彼女がしばしば「批難」される点のひとつは、家事使用人に対する慈悲の欠如だ。これは『白昼の悪魔』のような小説に見られる。作品のなかで、ホテルの従業員は、階級により、完全に容疑から除外される。しかし彼女はまた、偏見をもてあそんでもいるので、クリスティーの小説の使用人が「そんなことをしたはずがない」と思っている読者は災いなるかな。作家アガサは使用人たちを見下してはいない。彼らや彼らの変わりゆく地位に興味を持ち、彼らの生活を探るために立ち止まる場面が、いくつかの小説にある。

イーリングでの生活はほとんど身体を動かさないものだったけれど、トーキーでのアガサの子ども時代は健康そのもので、驚くべき運動量だった。しょっちゅう大胆に泳いでいたようだ。桟橋ではローラースケートを楽しめたし、乗馬用のポニーの賃貸しもあった。トーキーには若者を引きつけるものがたくさんあったのだ。一八六〇年代以来、このリゾート地はインペリアル・ホテル——ロンドン郊外で最初の五つ星ホテル——を自慢にしていて、アガサの小説『邪悪の家』(一九三二)や『書斎の死体』(一九四二)に登登場する。一方では、一八八〇年代に、〈グレート・ウエスタン鉄道〉の最寄りの駅に到着する観光客向けに、グランドホテルが建てられた。

だが、楽しみにふけった町での気楽な生活にもかかわらず、アガサの世界の見方は、意外に暗いものがあった。

我々がすでに出会った初期の作品『美女の家 *The House of Beauty*』のなかに、アガサの小説全体に流れるある考えの萌芽がある。邪悪なものは、家のなかに潜んでいるという考えだ。奇妙にはりつめた雰囲気のなかで、語り手は完璧な家に出会ったと思うが、やがて何か邪悪なものが棲んでいることに気づくのだ。

> 彼の夢のなかで、家が今夜ほどきれいで立派に見えたことはなかった（中略）誰かが窓のところにやってくる……
>
> 彼は目が覚めた！　まだ恐怖と言いようのない嫌悪感に震えている……窓のところにやってきて、悪意のある目つきで彼を見ていた魔物が……どうしようもなく恐ろしくて、不快極まりなく、忌まわしいものだったので、思い出すだけで吐き気がした。

すでにここに、幸せな家の中心にも、悪の元凶が存在しているかもしれないというアガサの考えがある。何度もくり返し現れる考えだ。最後に出版されたミス・マープルの小説でも、グエンダという名前の登場人物が、失われたドアを見つける。グエンダは「ほんとうに突然、不安になって、ぶるっと震えた」。これは秘密のドアを見つけることが、抑えこんでいた子どものころの、殺人を目撃した記憶を取り戻すことにつながるからだった。ふいに、グエンダは家が安全ではないことを知る。「家が彼女を怯えさせた」[11]家も、ひとも、よく知っている友好的なものから突然ぱっと邪悪で不道徳なものになり得るという考えは、アガサにとってはおなじみのものだった。というのも、子どものころの〈ザ・ガンマン〉あるいは〈ガンマン〉の登場する悪夢で知っているからだ。

〈ザ・ガンマン〉は生き生きとして恐ろしい想像上の人物だ。アガサは自伝や、自伝的小説『未完の肖像』でも彼のことを書いている。アガサの身近な人物によると、その本のなかに、「子どものころから中年の始まりまで、何度も心の奥にぱっと現れたものが見える」[12]。ときには十八世紀の上着を着て、ときには片腕がない姿で、〈ザ・ガンマン〉はごくふつうの日に突然どこからともなく現れるのだ。ほかの誰かの身体を借りていることとさえあった。

お母さんの顔を見あげる――もちろん、それはお母さんだ――すると、明るい鋼色の目が見える――そしてお母さんのワンピースの袖から――ああ、恐ろしや！――あのぞっとする切り口が。お母さんじゃない――〈ザ・ガンマン〉だ[13]……

ほかにも、恐怖が子ども部屋のドアをノックしにくる方法があった。アガサの姉のマッジは才能のある女優だった。アガサのリクエストで、ときどき恐ろしいもうひとりの自分、〈上のお姉さん〉になってくれた。マッジにそっくりな〈上のお姉さん〉は、マッジとはちがう怖くて〝ねっとりした〟声を持ち、こう言うのだ。「わたしが誰だかわかってるんでしょう？　あんたのお姉さんのマッジよ。ほかのひとだなんて思わないよね？」

〈ガンマン〉と〈上のお姉さん〉のなかに、アガサは自分の母親と姉が見知らぬ恐ろしいものになることを想像した。この子ども時代の空想は重要だ。なぜなら、それはアガサの探偵小説についてとくに現代的なところを示しているからだ。たとえば、シャーロック・ホームズでは、犯人はたいてい被害者の交際範囲のはるか外側にいる。しかし、アガサ・クリスティーでは、殺人犯はしばしば信頼する家族の一員だったりするのだ[14]。

アガサは、マッジはほんとうにマッジだと確信していたが、それでも疑いが心のなかに入ってくる。「あの声――あのずる賢くちらっと見る横目に……いつもことばで言い表せない恐怖を感じていたものです」そして、自分の恐怖を利用して、『美女の家』の事件を創りだしたのがわかる。女の登場人物が、

奇妙な姿勢でソファにうずくまっていた（中略）ゆっくり顔をあげて、彼を見ている……彼は立ちすくんだ。彼女の目に、知っている表情が見えたから。家のなかにいる魔物の表情だった[15]。

しかし、アッシュフィールドのほんとうの汚れた秘密、ミラー家の成功した生活の陰に潜む「家のなかの魔物」は、一家が金を使い果たしつつあることだった。

第四章 破産

ミラー家の金銭トラブルが始まったとき、アガサは何が起きているのか理解できるほどの年齢ではなかった。

一八九〇年代の終わり頃、一家の投資の収益率が低下していることについて、両親が話し合うのを耳にした。アガサにとって、それはごくありふれた話に思えた。読んでいる物語の家族に、たびたび起こることだ。女性の家庭教師に、ミラー家は破産したの、と自信たっぷりに言った。おしおきはすばやかった。

「いいこと、アガサ」母は、軽率さと不正確さを叱った。「うちは破産なんてしませんよ。当分のあいだお金がないので、節約しなくちゃならないというだけ」

「破産しないの？」わたしはひどく残念そうに言った。

「破産しません」母はきっぱりと言った。[1]

しかしミラー家は、遠からず「破産」ということばが正真正銘、彼らの地位に当てはまるようになる。

アガサの祖父のナサニエルは〈クラフリン・メロン商会〉、のちの〈H・B・クラフリン〉のおかげで裕福になった。彼は財産の一部を会社に、一部を不動産に投資した。けれど時が経つにつれて、フレデリックは収入が不可解にも少なくなっていることに気づいた。一九〇一年に、一家の財産の信託管理人のひとりが、ホテルの部屋で拳銃自殺を図った。ミラー家にとって、それは財産管理を誤ったことについての良心の呵責のように見えた。[2] もちろん後年に、アガサの想像力が、不正な財産管理人のアイデアをふくらませて、『ナイルに死す』で若い女性の財産を使いこんだアンドリュー・ペニントンを生み出したのだ。

それでも、出し惜しみしたり、節約したりすることは、フレデリックの性質にはなかった。五年前に彼は長女のマッジを盛大に社交界に送りだして、金ぴか時代の終末にニューヨークに連れていき、社交界にデビューさせた。マッジの十七歳の誕生日には五番街のウォルドルフホテルの舞踏場に同伴していった。そこで、六百人のほかの客たちとともに、社交界の女王、キャロライン・アスターに迎え入れられたのだ。[3]

ニューヨークで四か月過ごしたあと、フレデリックとマッジは十三個のトランクとともに船で帰ってきた。でもフレデリックは、こういう小旅行と、底を尽きかけた財産に関連があるとは思えなかった。「戸惑い、意気消沈していたけれど、事務的な人間ではなかったので、どうすればいいのかわからなかったのでしょう」とアガサは書いている。ついにフレデリックは思いきったことをせざるを得なくなった。アッシュフィールドを賃貸に出し、家族を連れてフランスのホテルを転々とした。一年間、パリの南にあるポーから北のディナールまでさすらって、最後にガーンジー島に行きついた。アガサの記憶では、この旅は六歳のときだったが、実際は九歳のときだった。[4]

だが、そのときでさえ、フレデリックとクララは、本気で倹約の精神を受け入れてはいなかった。アガサは時間のかかる荷造りをこう描写している。母親の「革張りの頑丈なトランクがいくつか、大型のグラッドストーン・バッグがひとつかふたつ、小型スーツケースがひとつ、巨大な四角い帽子箱がふたつ、宝石箱、旅行バッグ、化粧道具入れ。絶対に詰め込みすぎたり、ティッシュペーパーがたくさん押しこまれたりすることはなかった」。これらのトランクはみな、莫大な重量超過手荷物料がかかった。「ほんとうに、このフランスの鉄道の料金は非道だよ」とフレデリックが言う。「ほんの少ししか持ってきていないのにねえ」

クララはため息をついた。[5]

トーキーに戻ってくると、蓄えが底をつき、フレデリックは本気で職に就こうと考えた——働くことに向いているわけではないが。そして、さらに悪いことに、ストレスのせいで、病気になりはじめていた。両親は真実を隠そうとしたが、アガサは心労が父の健康に影響を及ぼしているのだとわかっていた。

豪華なニューヨークデビューのあと、マッジは活気に満ちた社交界の生活を楽しんでいた。だが、フレデリックの肩にかかるもうひとつの重荷はモンティだった。父のお気に入りのモンティは、同じように悠長で、怠け者だった。一番好きな仕事は「女といちゃつくこと」で、そのうえ主な特徴は「俗語を使うことと、かっとなること」[6]。「どんな仕事も大きらいだ」とモンティは言いはる。[7] ハロウ校に行ってからは、アガサの人生からかなり消えてしまっていた。だが、高い知的水準では知られていないハロウ校でさえ、モンティを追いだした。彼が唯一ほんとうに夢中になれるのは、ボートでぶらぶらすることだったので、両親は造船所の仕事を見つけてやった。ボーア戦争が勃発すると、それがついにモンティに何らかの人生の方向性を提案したようだった。一九〇〇年に、彼は陸軍に入隊した。

翌年、フレデリックは自分の健康をいっそう深刻に心配しはじめた。九月までに二十八回起きた一連の心臓発作と思われるものに苦しんでいた。「短く激しい発作」、「ひどい発作」、「とてもひどい発作」と、一覧表に書きとめてある。本気で体重を減らす努力もして、八十八キロから八十二キロにまで落とした。それでも、発作の頻度は上がっているようだった。

ロンドンの専門医への訪問が、フレデリックを安心させた。「いとしいクララ」と家への手紙を書きはじめ、医者が勧めたのは「たっぷりの新鮮な空気と、蒸留水と、食後の牛乳で……絶対にわたしの心臓は肥大していないと言うんだ」と伝えてきた。ほっとして幸せな気分で、フレデリックは妻に会うのが待ちきれなかった。「すばらしくいい気分だよ」と書いた。

ほとんど息ぎれしないすてきな夜だ。これがテイラーが処方したジギタリン入りの薬によるものなのか、いつもより歩いていないせいなのかはわからないが……すべてうまくいけば、三十日の水曜日に戻ることに決めた。

それまでイーリングのおば‐ばあちゃんのところに滞在する予定で、クララにはこう認めていた。「わたしとしては——ここだけの話、もう帰りたいんだが、母さんはとても親切でいいひとだから、がっかりさせるのは忍びないんだ[8]」

でも、新鮮な空気と食後の牛乳だけでは、フレデリックの衰弱を防ぐのには不十分だった。十一月にロンドンに戻り、仕事を探しているときに、また病に倒れた。十一月二日で、ちょっとした個人的な支出を記録している日記——散髪、カクテル、新聞、タクシー——が終わっている。病気で、さびしくて、彼は家族のもとに戻りたくてたまらなかった。「まだご病気だなんて、ほんとにかわいそう」と、幼い末娘からの手紙に書いてある。「ジェーンがキッチンでケーキを作らせてくれて……午後のお茶に、クロテッドクリームを食べたの！……愛をこめて、アガサより[9]」

もう肺炎が重症になっていたフレデリックは、娘の幸せな生活がもうじき崩壊するかもしれないと思うと、とても耐えられなかったにちがいない。彼にはこれから起こることの予感があった。クララに最後の手紙を書いたが、それは涙なしには読めないものだった。「きみはわたしの人生をすっかり変えてしまったよ」と語りかける。

きみのような妻を持った男はかつていない。わたしはきみと結婚して、年々さらにきみを愛するようになっている。やさしさと愛と思いやりをありがとう。最愛のきみに神のご加護を。すぐにまたいっしょになれるだろう。

一九〇一年十一月二十六日に、彼は亡くなった。アガサはまだ十一歳だった。家族が崩壊しただけでなく、陽気で安心させてくれるお父さんも永遠にいなくなってしまった。

そのショックにクララはすっかり打ちのめされた。フレデリックの葬儀の案内状や、埋葬されたイーリング墓地のバラの押し花や、〝最後の手紙〟を、ずっと大事に取っておいて、宝物にしようとした。何年も前に彼のために作った、刺しゅうを施した小さな袋にしまっておいた。袋には恐ろしい未来を予知するような引用句がついている。「クラリッサからフレデリックへ（中略）愛は死と同じくらい強い」[10]

フレデリックのいないアッシュフィールドの生活は、暗く沈んだ調子で続いた。マッジはついに結婚して家を出ていった。役立たずのモンティは父親の葬儀に参列せず、死を知らせる電報に返事もよこさなかった。[11]ボーア戦争後もアフリカにとどまってハンターとして働き、十五頭のゾウを不法に狩猟した罪で裁判にかけられた（のちに釈放された）。「たくさんの国の法律を破ってきたよ。違法に溜めこんだ立派な象牙を隠しているんだ」と自慢しているそうだ。[12]

モンティが不在のあいだに、経済的破綻は母親と妹の身近に迫ってきていた。クララはフレデリックの仕事の残骸から、年に三百ポンドをもらい続けていた。アガサが個人的に受け取っていたのは、祖父の遺産から「年に百ポンド」だけだ。

一九〇一年の英国人の平均年収がたったの四十二ポンドで、お手伝いの平均的な給料が年十六ポンドだったことを考えると、クララとアガサ・ミラー母娘は明らかに裕福だった。[13]でもふたりは良家の人々の暮らしを求めたので、これを富裕だとは感じていなかった。社交界での地位も失ってしまっていた。もはや家族ではなく、アッシュフィールドの残った使用人に世話をしてもらっている未亡人と娘にすぎなかった。

幼いアガサは一生懸命に母を慰めようとした。「お父さんは、今は安らかなのよ。幸せなのよ。戻ってきてほしいなんて思わないでしょう？」

アガサはそういうことを言うものだと知っていた。彼女のことばを借りれば、多くの子どもたちが「教えられたことは正しく、わかっていることは正しいけれど、どういうわけだか、自分にもわからない理由で、まちがっているのかもしれないと感じている」類のことだ。

そしてたしかにそれはまちがっていた。クララはもう少しでアガサにどなるところだった。

> 母は、わたしが思わずうしろに飛びのくほど、荒々しいしぐさでベッドに起きあがった。「戻ってきてほしいわ」低い声で叫んだ。「戻ってきてほしいわよ。彼を取り戻すためなら、何でもする——何でも、どんなことだってね[14]」

母は見知らぬひとになっていた。まるで〈ガンマン〉が、クララの寝室の見なれた環境にまで入り込んできたかのようだった。

アガサは怖くてしりごみした。母の父への愛情の強さにぞっとした。

母親も失うのではないかと心配になってきた。「よく夜に目がさめたものです。心臓がどきどきして、お母さんはきっと死んだんだと思っていました」と説明する。廊下を忍び足で歩いてクララの部屋まで行き、ドアのところで、なかの呼吸の音に耳を澄ませた。深い悲しみが、アガサと、見たこともないほど感情的なクララを今まで以上にしっかりと結びつけた。

とても順調に始まったアガサの人生が、がらりと変わってしまった。この寂しく不安な少女は、富と父親の両方の喪失を、いったいどうやって切りぬけるのだろうか？　アッシュフィールドの庭のチリマツの近くの妖精の輪のなかで、とても幸せに遊んでいたときに知っていた安心感を、いったいどうやって取り戻すのだろうか？

第二部

エドワード朝のデビュタント

一九〇〇年代

第五章

運命のひとを待って

二十世紀の人気作家のひとりが、一九〇〇年代初期に成人年齢に達した上位中流階級の娘たちを描いている。

わたしたちは狭い制限された社会的慣習に囲われて、俗物根性で育てられ、自分たちに認められた階級以外のひとたちとの一切のつきあいも、彼らを知ることも断たれていた。[1]

これは実はバーバラ・カートランドのことだ。彼女はアガサと同じように、若いころに財産と父親を失った。アガサの場合、この〝制限された社会的慣習〟はさらに乗り越えにくいものだった。なぜなら、ミラー家は社会的地位を失いつつあったけれど、クララはまだ末娘に上昇志向を望んでいたからだ。アガサは依然として、自分より少し高い階級のひとと結婚しなければならなかった。

アガサの母親は、娘に学校教育を受けさせなければ、よりその可能性が高くなると信じていた。「女の子を育てる一番いい方法は、おいしい食事と新鮮な空気を与えて、無理に頭を使わせないこと」だと考えた。アガサが生計を立てる術を学ぶことは論外だった。それは将来の夫の仕事だ。一九〇一年、エドワード朝時代の最初の年の国勢調査からは、英国の女性の三十一・六パーセントしか職についておらず、そのほとんどが家事使用人か紡織業だったことがわかる。[2] アガサは自分が育てられた哲学をこう語る。簡単に言えば「運命のひとを待っていて、そのひとが現れたら、あなたの人生をすっかり変えてくれる」のだと。

もちろんこれは男の子には当てはまらず、モンティはパブリックスクールに行った。もっとおもしろいことには、アガサの姉のマッジも学校に行っていたのだ。

夢見がちなアガサよりずっと活動的なマッジは、のちにローディーン・スクールとして知られることになるブライトン市にある寄宿学校に行った。チェルトナム女子大学とともに、マッジの学校は女子教育の最前線であり、ケンブリッジの新しい女子大学、ガートン・カレッジやニューナム・カレッジに入学する準備をした。学校でマッジは、二十世紀初期に中流階級のフェミニスト界に現れた、文字どおり〝新しい女〟として知られる、新しい種類の女性に仕立てあげられた。

アガサは、きれいで機知のある姉に心から憧れていた。マッジの最も特徴的な性質は〝せっかち〟で、モットーは〝前進〟だった。[3] でも、いつもアガサのために時間を作ってくれた。「あなたが立派にふるまっていることを期待します」と寄宿学校からの手紙に書いてきた。「そして、わたしのことを忘れないでね」[4] マッジは専念したことはほとんど何でもできるひとなのだと、アガサは思った。マッジが小説の執筆に着手したら、すぐに《ヴァニティ・フェア》誌に発表された。

でも、マッジが学校から帰省してきたとき、両親はよく思わなかった。彼女が善人より悪人のほうがおもしろいという考え方を口にするのを聞いたのだ。アガサは姉が〝色気〟をぷんぷん発散し始めていることにも気づいた。これは面倒なことだった。時機が来ると、マッジをガートン・カレッジに行かせるべきではないと両親は判断した。かわりに結婚市場に送りこむべきだと。いったんそこに入ると、マッジは案の定うまくやった。でも、マーガレット・フレアリー・ミラーは、適切な励ましがあれば、疑いなく人生ではるかに非凡なものを成しとげられただろう。

マッジで不満足な経験をしたあと、クララは、アガサに対してはもっと伝統的な教育に立ち返り、音楽と、フランス語と、会話と〝品性〟を重要視した。クララが特別だったわけではない。一八九〇年代の多くの人々は、娘たちへの過剰な教育は健康に無理をかけると信じていた。子どもの発達についての一八九五年の本では、女の子が頭を使いすぎると、生殖能力に害を与えると論じている。この医者は「新しい女は、小説のなかでのみ可能なのであり、自然界では不可能だ」と結論づけた。[5]

クララの心変わりの結果、アガサは生涯〝新しい女〟の価値観に反感を示し、女性の職業や、経済的自立、男女の平等などにつねに反対の声をあげた。でもずっと〝新しい女〟の思想に興味もあった。数えきれないほどの活動的で魅力的なヒロイン（マッジの堂々たる態度を持った）が、アガサの本には登場する。

大ざっぱな教育のおかげで時間がたくさんあったので、アガサは自分の楽しみのために読書を覚えた。「もちろん、恐ろしく暇な時間がたっぷりありました」と回想した。[6] それで本の虫になり、手にいれられる本は片っ端からむさぼり読んで、大人が教えてくれないことを自分で学んだ。

その先の人生を考えれば、ほんとうにアガサを助けるのは経済教育だっただろう。だが、ミラー家は金の話はしなかった。フレデリックが亡くなる前は、ダイニングルームのテーブルでアガサに算数を教えてくれて、アガサはそれを楽しんでいた。いつもすごくおもしろかったので、ちゃんと学校に行っていたなら、数学を勉強するのが好きになっていただろう、とのちにアガサは思った。

週に二日は、ミス・メアリー・ガイヤーの経営する学校に通った。悪名高きガートン・ホールにちなんでトーキーの私立〝女学校〟と呼ばれていた。でも残りの時間、アガサは読書にふけった。「わたしはディケンズに育てられました」と言っている。「ジェイン・オースティンも大好き――あたりまえでしょ？」[7]

正式な学問を学ばなかったおかげで、アガサは型にはまらない新鮮な考えを持ち続けた。けれども、のちに教育を受けたひとたちに出会ったとき、劣等感を覚えることもあった。ミラー家の〝新しい女〟についてのコンプレックスを脱すると、十分な教育を受けていないことによって感じる恨みを、殺人の動機として使いもした。「わたしは少女のころからずっと頭がよかったのよ！」と殺人者が言う。「でも、あのひとたちは、何もやらせてくれなかった……わたしはずっと家に……何もせずにいなければならなかったの」[8]そしてついに欲求不満から殺人に至る。

だが、アガサの教育が数学や科学を省略したとしても、ピアノの演奏や歌に費やす努力のために、見かけよりは厳しいものだった。深い関心があるものに対しては何でもそうだが、アガサは音楽の練習に熱心に打ちこんだ。その結果、ほとんどプロの水準に達した。

アガサが十五歳のとき、クララは次から次へとフランスの小さなフィニッシング・スクールに送りだした。そこでは音楽が優先された。家族のアルバムのなかの、硬い襟、クラバット、少し先端の折れたパンケーキハットを身につけた上品な成人間近のアガサは、冬のパリの大通りを見おろすホテルのバルコニーからほほ笑んでいる。フランス行きの動機の一部は、またしても節約だ。アガサとクララが不在なら、アッシュフィールドは閉鎖できる。

アガサが音楽のレッスンで見せたひたむきさにもかかわらず、パリの教師たちは、本物の演奏者になるには能力が足りないという結論を下した。才能はあるが、音楽は行き詰りになるとわかった。クララは、アガサが自分の提案したもうひとつの計画、看護婦になるというのにも向いていないと思った。

実際的で、数字に正確で、問題解決に興味があったので、もっとあとの時代なら、アガサは科学者になれたかもしれない。だがもちろん、母親は次女に、長女に続いて、成功した結婚をさせるつもりだった。

第六章

最高のヴィクトリア朝のトイレ

ミラー家の写真のなかで、十代のアガサは挑発的で、クールで、謎めいたまなざしをしている。背が高く、活発で丈夫になった。ヨットにもたれかかったり、ローラースケートをしたり、テニスをしたりしているが、どれもみなエドワード朝の十代の若者風に、巨大な帽子をかぶり、コルセットで腰を締めつけていた。アガサは流行の服装がもたらす身体の痛みについて描写している。「ブラウスのレースの襟を立たせる小さならせん状の針金の苦痛……エナメル革のハイヒールの午後やパーティー用の靴……その不快感はひどすぎた[1]」

ミラー家の経済状況では、もう馬車やタクシーには手を出せなかったので、アガサはヒールの靴を履き、歩いてパーティーに行かなければならなかった。でも、まだマッジを訪ねて贅沢を経験することはできた。マッジの夫の実家であるチードル市の華麗なアブニー・ホールでは、喜んで迎えられる客だった。アガサはそこで、貴族の田舎の邸宅での暮らし方や、裕福なひとたちとのつきあい方を学んだ。

マッジの二十三歳での結婚は、フレデリックの死から数か月後のことで、いつになく自信喪失のときに行われたにちがいない。父はジェイムズ・ワッツを、求婚者としてはとくによく思っていなかった。だが、フレデリックが亡くなると、マッジの将来を案じたクララが「彼と結婚をするべきだとしつこく言った」。アガサのフランス人の女性家庭教師にも意見があった。ジェイムズはマッジにふさわしいと考えていたのだ。「穏やかでまじめな夫を持つことは、彼女にとってよいことでしょうし、彼女がとても変わっているので、彼は楽しめるでしょう」

そうしてふたりは急き立てられるように結婚した。マッジは二十三歳で、ジェイムズは二十四歳だった。十一歳のアガサは〝初めての、花嫁のつき添いという大事な役目〟を楽しんだ。ジェイムズ、あるいはジミーはオックスフォード大学を卒業したばかりで、実家の繊維会社を継ぐことになっていた。気のきくひとで、アガサは彼のことがいつも好きだった。彼の〝好きな美徳〟は〝信頼性〟だった。[2]

マッジは信頼できるジェイムズと、チードルのかなり大きなマナーロッジに住み、アブニー・ホールの大きな家を相続するのを待っていた。

ワッツ家は二代前にアブニー・ホールを手に入れた。アガサが一九〇二年に訪れたとき、そこに住んでいたのはマッジの義理の両親と、料理人と、給仕人がふたり、キッチンメイドと裁縫係のメイド、四人のお手伝いと看護婦だった。敷地内にワッツ家の庭師、土地管理人、農夫と牛飼いが住んでいて、敷地内の小屋に仕立て屋を住まわせていた。[3] アガサは初めのうち、クリスマスや祝日に行っていた。マッジ自身が女主人になった一九二六年からは、いつでも歓迎された。

アブニー・ホールには「廊下と、予期せぬ階段と、裏階段と表階段と、アルコーブやニッチなど——子どもが欲しいと思うものがすべてあった……ないのは日の光だけ。すごく暗かった」とアガサは書いている。建築史家はこのホールのことを「最も豪華で、それゆえに最も重苦しいピュージン風のゴシック様式」と評する。[4] 三百枚の油絵と、ライオンの剝製があった。[5]

アガサは幼すぎて、アブニー・ホールのうす暗くきらめくインテリアのよさがわからなかったが、それは一九〇二年にはすたれてしまっていた。ロンドンのウェストミンスター宮殿と同じインテリアデザイナー、

A・W・N・ピュージンによるホールの装飾は、群青色、朱色、深紅に輝くハイヴィクトリア朝様式の枠だった。だが、アガサはその様式を「最高のヴィクトリア朝風のトイレ」と表現した。ジミー・ワッツの祖父、サー・ジェイムズ・ワッツが作りあげたものだった。彼は織工として仕事を始めて、のちにヴェネチアの宮殿風の倉庫を手に入れるくらいに織物業を大きくして、マンチェスターの市長を務めた。

彼のヴィクトリア朝様式の大邸宅は、アガサの想像力を何度も刺激して、小説が生まれた。その豪華さは『葬儀を終えて』で、アバネシー家が集まるエンダビー・ホールに生まれ変わった（彼らの富は、しっくいの製造で生まれた）。『魔術の殺人』では、アブニー・ホールはストーニーゲイツになり、問題を抱えた子どもたちのための施設がある。『パディントン発4時50分』では、ちょうどアブニー・ホールの敷地がマンチェスターとストックポートの境界に接するように、鉄道がラザフォード・ホールの敷地に接している。

アガサにとって同じくらい重要なのは、結婚によって新しくできた、手に負えない家族だった。ジェイムズには五人の年下のきょうだいがいた。一番年下のナンはとくに生意気で乱暴だった。「くそっ」や「ちえっ」といったことばを浴びせ、家の子ブタを緑色に塗ったこともある。[6] ナンはアガサの一生の友となる。アガサがとくに気に入ったのは、ワッツ家は熱心な芝居好きで、芸達者ぞろいだということだった。実際、マッジの義理の弟のひとりは、プロとして劇場を経営していた。ワッツ家のほうでは、おとなしいアガサが少し現実離れしているとわかり、〝夢見がちな子〟、さもなければ〝空想的〟と呼んでいた。だが、多くの恥ずかしがり屋のひとがそうであるように、アガサはステージの上で、自分を変身させることができた。親戚たちを即興のパントマイムで楽しませた。「主役公の男役を演じるのが一番好きでした」。そのために、姉のストッキングを借りたのだとアガサは言う。

当時のアガサにとって、アブニー・ホールは祝宴と楽しみを象徴していた。まわりで見ていた最も洞察力のあるひとだけが、不思議に思っていたかもしれない。ホールの女主人であることは、非凡なマッジ・ワッツの時間と才能をあますところなく使うに値するものだろうかと。

そして、彼女のまわりの誰の目にも明らかなのは、アガサは姉の例にならい、結婚しなければならないということだった。

第七章 ゲジーラ・パレス・ホテル

多くのひとは、アガサ・クリスティーのことを、キャッツアイ型メガネの、威圧的な初老の〝死の公爵夫人〟だと考え、若いころはどれほど男性にモテたかに気づかない。

「わたしはきれいだったのよ」ずけずけと彼女は言う。「もちろん家族は、わたしが麗しい乙女だったと言うたびに、大笑いするけれど」でもほんとうのことだ。それにアガサはいつも男のひとと打ち解けていた。〝新しい女〟の価値観を否定していたけれど、少なくともある程度は黙って受け入れていた。性的関係についてはつねにざっくばらんで、くだけていた。

アガサが成熟期を迎えたとき、金銭面の問題で、マッジのような大々的な社交界デビューはできなかった。クララは面目を保てるほかの方法を思いついた。自分の健康のために、気候の暖かいエジプトへの旅が必要だというふりをしたのだ。ほんとうの理由は、カイロには国外居住者たちの社交シーズンがあり、そこでならアガサを格安で社交界に送りだせるからだった。

とはいえ、カイロ行きはかなりの投資で、エジプトに三か月いると、費用が五百ポンドを下ることはなかった。ところがアガサとクララの収入を合わせても、年に合計四百ポンドにしかならない。クララはこの旅のために資産に手をつけねばならず、それは、アガサにとって、ふさわしい男性と出会うことがどれだけ大きな問題かということを示していた。

一九〇八年の初めの三か月間、ふたりいっしょに旅に出た。[1] 十七歳のアガサは冒険にわくわくしていた。ロンドンからヘリオポリス号に乗って、マルセーユとナポリを経由して四日間かけ、それから内陸に向かう列車でカイロに行く。

エジプトは、ヨーロッパ人の移住者にとっては税金が低く、家事労働者を安く雇えた。フランスは一九〇一年にエジプトを去り、不安定な国は今、英国の支配下にあった。カイロの国際的な商業地区の先はイスラム教徒の町で、そこにはアガサのようなひとたちは絶対に行かなかった。[2]

クララとアガサは、ナイル川のまん中の島にあるゲジーラ・パレス・ホテルに滞在した。一八六〇年代の城の様式で建てられたこのホテルでは、電報局や、毎日の演奏会、ピラミッドに直行する路面電車の運行などが提供された。[3]

でもアガサは、名所見物には行かなかった。同じ年に出版されたE・M・フォースターの『眺めのいい部屋』で、ヒロインはフィレンツェを訪れるが、サリー州に戻ったときに会えないようなひとには会わずにいる。エジプトにいるアガサもそうだった。アガサとクララが撮った写真には、大尉や少佐が次々写り、少将ひとり、准男爵ひとり、ひとりきりの公爵もいる。アルバムに見られるエジプト人は、手品師か無名の通訳くらいだ。スフィンクスは唯一写真に撮る価値のある古代遺跡だった。アガサのカメラはピクニックや、ポロの試合や、テラスでのお茶を好んでとらえた。[4]

三か月間、カイロのグランドホテルで行われるダンスパーティーに週に五回行き、市内に配置された英国連隊の若者たちと交流し、「ひどくまじめな若いオーストリア人の伯爵にちょっと困っている」自分に気づいた。准大尉たちのほうが好みだった。

毎晩、舞踏室に入っていくアガサは、うらやましいほどすらりとして背が高く（百七十センチ）[5]、金髪だった。それでも容姿については、十代の若者らしい悩みがあった。「胸が大きいのが流行なのよ。わたしもあんなに立派にふくよかになるまで、どれくらい待たなくちゃならないの？」と書いている。

アガサはのちに、社交界デビューのときに着たガウンの思い出にふけった。「最高に美しい黄色のサテンのドレス」が記憶に残っていた。「大げさな言い方の〝自立〟は完全にはしない――けどかなり近く――はなはだしい長さのすそを引きずるようにしていた……五年間、あのドレスはわたしとともにあり、いつも自信を与えてくれた（どうしても必要だった――わたしは恥ずかしがりの少女だったから）」[6]。『死者のあやまち』（一九五六）で、同じ回想を元侍女にさせている。「ご婦人たちが着ていた正装ときたら」とタッカー夫人がため息をつく。「けばけばしい色や、こんなナイロンやレーヨンじゃなくて、本物の上等な絹よ。まったく、タフタのドレスなら、自分で立つくらいのものがありましたから」[7]

アガサは五、六十のダンスパーティーでせっせと踊った。それらの儀式には厳しい規則があった。「若い男のひとといっしょにダンスには行かないこと」とアガサは説明する。「母親やほかの退屈した未亡人が同伴すること」。でも礼儀正しく踊ったあとで「月明かりの下を散歩したり、温室にぶらりと入ったりして、すてきな内緒話が行われるの」

夜ごとのダンス修業が、徐々にアガサに雑談の仕方を教えた。「ずっとすごく苦手だったわ」と思い起こす。[8]あるパートナーが、こんなことばとともに、アガサを母親のもとに返した。「娘さんをどうぞ。彼女は踊れるようになりましたね。はっきり言って、踊りは見事ですが。話し方を教えたほうがいいですよ」

アガサは三か月の滞在を終えて、エジプトをあとにした。初めての結婚の申し込みがバッグに入っていたのだが、彼女は知る由もなかった。受け取ったクララが、娘に相談もせずに、きっぱりと断ってしまったのだ。それを知ったとき、アガサは腹を立てた。でも、エジプトで過ごした時間の、はるかに貴重な遺産は、最初の長編小説だろう。『砂漠の雪 *Snow upon Desert*』だ。

アガサはそれまでに完成させた短編小説より、もっと野心的なものを書くつもりだった。彼女の小説は、外国にいる英国人についての広い意味での風刺で、彼らにとっては、カイロがチェルトナムのように思えていた。執筆は、社交的な交際からのありがたい逃避だった。「小説を書く習慣ができたんです」と説明する。「言ってみれば、クッションカバーに刺しゅうしたり、ドレスデン磁器の花の絵を写し取ったりすることの代わりです。これが創作の地位を貶(おとし)めるものだと考えるひとがいるとしたら、わたしは同意しかねます」

執筆は一連の趣味やたしなみのひとつにすぎないというこの考えは、思うよりも広く行きわたっていた。マッジは小遣い稼ぎのために《ヴァニティ・フェア》誌に小説を送った。アガサの祖母のポリーは刺しゅうが得意で、家計を支えるために刺しゅう針を使った。どちらの場合も、害のない趣味と思われたものが金銭に結びついた。屋根裏部屋で飢えながら、孤独な作業に才能をぶつけ、もがいているという、芸術家についてのロマンチックな幻想からは程遠い。とはいえ、女性作家たちはつねに、日々の生活からはみ出さないぎりぎりのところに、仕事をはめ込んできたのだ。「ずっと作家に憧れていたと言えれば、どんなにおもしろいでしょうね」とアガサはのちに白状した。でも「そういう考えは一度も頭に浮かんだことがなかったわ」

アガサは二十歳前に完全な小説を書く暇を持てた幸運を、率直に認めた。ほぼ同時代の詩人、エセル・カーニーの場合はまったくちがった。紡績工の家に生まれたいわゆる〝女工詩人〟のエセルは、十三歳から一日じゅう紡績工場で働いていた。十八歳のときに、《ブラックバーンタイムズ》紙に最初の詩が発表された。「われわれは新しい詩人を見つけたようだ」と批評家は書いた。「きつい工場の仕事が与えるよりもっと多くの自由な時間があれば、この詩人は何を成しとげることだろう」[9]一九一三年にエセルは小説を書くようになる。『ミス・ノーバディ Miss Nobody』は、労働者階級の女性により英国で出版された最初の作品だと思われる。アガサが同じように生計を立てる必要があったなら、たぶんミス・ノーバディ（名無し）のままでいただろう。

ゲジーラ・パレス・ホテルは、アガサの『砂漠の雪』に少し姿を変えて登場し、ヨーロッパ人の客たちは、『眺めのいい部屋』の神経質な英国女性と同じように扱われる。ふたりの登場人物がカイロのバスに乗車中に、困った事態に遭遇する。

「あれがののしりじゃなければいいんだけど」ミス・キングが無事になかに落ちついたときに言った。
「ただのアラビア語だったと思うわ」メランシーが落ちついて答えた。

『砂漠の雪』は、アガサの作品に引き継がれていくことになるたくさんの種を含んでいた。ヨーロッパ人が〝エキゾチックな〟場所と考えるところにいっしょに放りこまれた、金持ちの登場人物たち、描写や会話の羽根のように軽い筆致、男性の主役の大胆な性的魅力、「醜い顔と醜い目をしている――けれど、力強い――」。題名でさえ、ぴったりの引用句を選ぶという長い経歴の始まりを表している。この場合はウマル・ハイヤームの詩のヴィクトリア朝時代の翻訳からの引用だ。

しかし、今日この小説を読むほんとうの喜びは、若いアガサがヒロインに自分自身を投影して、ベッドでごろごろしながら、今風の恋人とともに過ごす日を楽しみにしている姿を想像することだ。

彼女はこんなに幸せなことは今まで一度もなかったと思えた。期待の満潮に乗って、海に流されていく——穏やかな青い海、雲ひとつない空の下へと。希望が最大にふくらむ瞬間を楽しんでいた。これは神様が与えてくれた最高の贈り物だ。

メランシーは蚊帳(かや)の下にとても幸せな気分で横たわり、壁に踊る小さな影を見ている。すぐにブラインドを開けに行き、ナイル川の向こう岸を見るだろう。[10]

この声は、のちにまた出会う作家の声だ。メアリ・ウェストマコットという作家で、その名前をアガサは犯罪小説を書いていないときに使った。アガサがこの声で語っているときは、小説家の心の奥にたどり着ける。たいていの読者が思うよりはるかに自伝的なのだ。

トーキーに戻り、小説が完成すると、アガサは作家になるための旅の、次の一歩を踏みだした。プロの助けを得ようとしたのだ。

クララはアガサに、近所に住む作家、イーデン・フィルポッツに助言を求めたらどうかと勧めた。フィルポッツは、同じく作家のアーノルド・ベネットの友人で、親切なひとらしい。今はほとんど忘れられているが当時は大いに商業的人気があった。彼はとりわけ、若き弟子に見せた寛大さのおかげで、歴史にその名が残っている。

フィルポッツには、目の前の作品が可能性を秘めていることがわかった。「きみが書いたこの作品のいくつかの点はすばらしいですね」それからこう言った。「たいへん会話の素質がありますよ」勇気づけられて、アガサは『砂漠の雪』をいくつかの出版社に送った。しかし採用されずに戻ってきた。

問題は性格描写や会話ではなかった。ヒロインの耳が聞こえなくなるというばかげた筋だった。

イーデン・フィルポッツはアガサを自分の著作権エージェントに紹介して、最善を尽くしてくれた。「出版できるかどうか、確かめましょう。ちょっとでも出版できれば、とても励みになるものですからね」でも、またしても断られた。けれども、アガサはやる気をなくすどころか、べつの小説をフィルポッツに送った。彼はそれを気に入ったけれど、洞察力があるので、アガサには執筆を真剣に考える気持ちがほとんどないことを見抜いていた。

「きみの文学の勉強はすべてにおいて、とてもうまくいっている」と書いてきた。

仮に、人生に芸術の余地があるということになり、存在を認められるために困難な戦いに直面して、勝つことができるなら、きみには天賦の才が十分にある……しかしながら、人生は多くのひとから芸術を失わせるものだ。[11]

そして、彼は正しかったようだ。というのも、エジプトから帰ってきたアガサには結婚の申しこみが殺到したのだ。

第八章

アーチボルド登場

女性参政権論者(サフラジェット)たちが爆弾をしかけても、バルカン半島が燃えあがっていようとも、〝運命のひと〟に出会うことを期待して、クララはアガサを英国じゅうのハウスパーティーに送りだした。自信がつくにつれて、アガサは実際よりはるかに裕福なひととして通用するようになった。あるとき、とても粋な羽根飾りのついたビロードの帽子をかぶって列車から降りると、駅長が、旅のお供をする侍女がいるにちがいないと思いこんだことがある。もちろん、アガサの予算では、そんな費用は出せなかったのだが。

このころのアガサを知るひとは、彼女にはどこか控え目な魅力があったと言う。「背が高くて、とてもかわいらしくて、北欧人風の肌色と、美しいつやがありました。つねに物静かで内気でした[1]」でも、すごく魅力的だった。自伝では、結婚を申しこんだ九人もの男性について触れたり、ほのめかしたりしていて、実際にふたりとはほんとうに婚約までした。アガサは求婚者について楽しそうに淡々と語る。そのうちのひとりをこう言ってふった。「わたしたちは知りあって、たったの十日よ。そんな女の子のところに行って、プロポーズするなんて、ほんとうにものすごくばかなことだわ」

クララはどの展開もじっと見守っていた。いまだに男性と女性が異なった行動をすることを期待されていた、自分と同じような結婚のかたちにこだわっていた。クララはアガサの求婚者のひとりをなかなかいいと思っていた。十五歳年上で、おびただしい恋愛沙汰を起こしてきたひとだというのに。「そんなこと、母はまったく気にしなかったわ。男のひとが結婚前に遊びまわるというのは、一般に認められる原則だから」と説明した。いや、結婚後もだ。アガサは『ゼロ時間へ』（一九四四）で、母の世代の考え方を、したたかなトレシリアン夫人に言わせている。「男のひとは、もちろん浮気をしたけど、結婚生活を終わらせることは許されなかったの」。でもアガサや、彼女の同時代のひとたちは、結婚がちがうものになることを望んでいた。友愛的で、むしろ協力が大事で、階級はあまり重要ではない。もっと楽しいものにしたかった。

初期に書かれた未発表のほかの作品は、結婚についてのさらに進んだ考えを明らかにする。小説だけでなく、夫婦関係を考える戯曲も書いた。たとえば『ユージニアと優生学 *Eugenia and Eugenics*』では、きっぱりと否定している。ヒロインは、男と女は平等に離婚する権利を持つべきだと思っている。しかし、ヒロインのメイドは、もっと現実的な見解を持つ。「奥さま、紳士を手に入れるのは難しいし、めったにいないんですから、多くを求めるのは気の毒に思えますけどね[2]」

アガサの夫候補たちは上位中流階級の出身で、アガサは特権階級に対して逆俗物根性を持っていた。貴族階級はまったく賢明ではないと思っていたのだ。登場人物に、ある貴族のことを、恐れを知らず、正直だけれど〝とんでもなく愚か〟だと定義させたことがある[3]。上流階級の人間が好きなドロシー・L・セイヤーズやマージェリー・アリンガムら仲間の小説家たちとちがって、アガサはしばしば貴族を悪役にした。たとえば、胡散臭いエッジウェア卿は、〝怪しく謎めいた〟目つきをしていて〝弱々しいけれど頑固な〟公爵は〝ひょろひょろした若い雑貨小間物商人〟に似ている[4]。

アガサにとって上位中流階級は、とんでもなく上品ぶっていた。アーバスノット大佐は、『オリエント急行の殺人』のなかで、アガサにとっての社交界の意味を明確にする。

「ミス・デブナムのことだが」とややぎこちなく言った。「わたしの言うことを信じるがいい、彼女は大丈夫だ。彼女はプッカ・サヒブ（pukka sahib）だから」

少し顔を赤らめて、彼は出ていった。

「プッカ・サヒブとは、どういう意味ですか？」コンスタンティン医師が興味を引かれて訊く。

「つまり、ミス・デブナムの父上ときょうだいが、アーバスノット大佐と同じ階級だということです」

ポワロが言った。[5]

一九一二年に、アガサの九番目のやや散漫な求婚期間が進行していて、今度はレジー・ルーシー少佐と婚約までした。だが、ついにアガサは十番目の男性と出会うことになる舞踏場に足を踏み入れた。対等で、共通の価値観を持ち、冒険に満ちた結婚の約束を与えてくれそうなひとだった。

アーチボルド・クリスティーは二十三歳で、デヴォン州アグブルック・ハウスでの大舞踏会は、一九一二年十月十二日に行われた。アガサはもう魅惑的な二十二歳になっていた。友人が、このクリスティーはダンスが上手だと言って、ふたりを引きあわせたのだ。

身体的には、彼はアガサの鏡像のようだった。〝背が高くて、魅力的な若者〟だ。〈クリスティー・アーカイブ〉で彼の写真を見て初めて、それまで読んだほかの何からも得られなかった、アーチボルド・クリスティーについてのきわめて重要な事実に驚かされた。彼は信じられないほどセクシーだったのだ。

そしてわくわくさせることに、パイロットだ。軽くて薄っぺらに見えるブリストル飛行機社製の複葉機に乗る資格を、四か月前に得たばかりだった。前の年にアガサは飛行機に乗り、大好きになった。母のかなり思い切った許可を得て、航空ショーに五ポンド払い、かわりに五分間の恍惚（こうこつ）を得たのだった。

アーチーはその感覚を理解した。アガサもすぐに彼の〝小さく縮れた巻き毛と、下ではなく上を向いた、ちょっとおもしろい鼻と、気どらない自信〟に引きつけられた。彼はオートバイにも乗った。

恥ずかしがり屋で分別のあるアガサが、完全にくつがえされた。でも、アーチーの魅力は、ハンサムで有能なだけではない。とらえどころがなくて、ひと目を引き、表情が読みとれないひとでもあった。

アーチーの部隊長は、彼のことを「とても堅実で、人気があり、小数精鋭部隊に向いているタイプ」だと評した。[6] アーチーは一八八九年九月三十日にパキスタンのペシャーワルで生まれて、その後インドのベンガルに行き、それからパキスタンに住んだ。アーチーの父親のアーチボルド・クリスティー・シニアは、いくつかの資料によると法廷弁護士、ほかの資料によると裁判官で、そのどちらかとして、インドの政府官庁に勤めていた。母親のエレン・ルース・コーツ、通称「ペグ」は、アイルランドのゴールウェイで十二人きょうだいのひとりとして生まれた。ペグは自分を磨きたくてインドに出ていき、夫と出会い、結婚したらしい。

だが、アーチーが七歳のときに悲劇が起きた。一家は英国に戻り、父のアーチボルド・クリスティー・シニアは精神科病院に収容されたのだ。ブルックウッド精神科病院の記録では、彼の〝精神錯乱〟の原因は〝アルコール〟とされている。四年後に別の病院、ホロウェイ療養所で、アーチーの父親は〝進行麻痺〟で亡くなった。[7]

このことは家族のために、落馬が「脳に影響した」と修正された。当時の一般の人々には、クリスティー・シニアの健康状態の原因が、ほんとうはアルコールではなくて、治療を受けていない梅毒だということは、ほとんどわからなかった。とはいえ梅毒は、女性よりも男性が多くかかり、女性がかかる場合は、売春婦のことが多いということがわかり始めていた。それで〝進行麻痺〟は、飲酒だけではなくて、性的倒錯と結びつけて考えられるようになってきた。それはきっと、ペグにとって恐ろしい不名誉のもとだったことだろう。そのうえ、アーチーの弟も同じ精神疾患に苦しむことになる。

こういう内輪の秘密があれば、アーチーが打ち解けない印象を与えるのも当然だ。けれども、トーキーの上流社会の若い娘にとって、それはすばらしく魅力的だった。彼はアガサがそれまで会った、よくいる舞踏場の常連たちとはちがった。もっとたくましくて、現実的だった。彼は低い社会階級の出で、家族は働いているが、アガサの家族は働いていない。ふたりは「正反対で……ありがちな〝未知のもの〟への興味を覚えていた」

アーチーの父親の死で、ペグは四年間住んだだけの国に、ふたりの子持ちの未亡人として残された。すぐに再婚したのも、もっともなことだ。二番目の夫、ウィリアム・ヘルムズリーは、ブリストル市にあるクリフトン・カレッジの教師だった。アガサはアーチーの母親に会ったとき、その華やかさに疑念を抱き「かなりアイルランド風の魅力的なひと」と特徴を述べた。ペグの人生の物語の不安定さを思うと、彼女が色気に頼ったのは理解できる。

アーチーは継父の勤務先で教育を受けた。パブリックスクールだが、イートン校とは少しちがって、クリフトン校は中流階級の少年たちを科学者や帝国の建設者にすることを目指していた。アーチーは次にウーリッジの陸軍士官学校に行き、その後、英国野戦砲兵隊で三年間過ごした。一九一二年七月に、飛行機の操縦を習うために七十五ポンド支払い、一か月後に資格があるとみなされた[8]。アーチーは設立されたばかりの英国陸軍航空隊に入ることを希望した。

そして、エクセターの近くに配置されたアーチーは、アガサと出会った舞踏会に出席したというわけだ。アーチーが手書きで自分の生活を記したものによると、舞踏会への出席はそれまでに書いたなかで最初の社交的な出来事で、ほかのことはすべて、陸軍か訓練に関係のあることだった。

アガサのアーチーについての第一印象はわかっているが、彼の簡潔な記録には、彼女のことが何も書かれていない。小型オートバイでアッシュフィールドに通いはじめたこともふれていない。クララが大いにおもしろがっていた。何が起こっているかは一目瞭然だったのだ。この新顔の若者はひどい恋患いで〝病気の羊〟のように見えた。一九一二年十二月三十一日に、アガサがふたたび彼を、サウス・デヴォン・ハント舞踏会でのダンスに招待したことも、一切書かれていない。[9]でも、一九一三年一月四日のアーチーの日記は、こういう最も重要な出来事のときだけ、急に生き生きとしてくる。「トーキーのアッシュフィールドと、パビリオンでのコンサートに行った」と書いてある。[10]

これは海沿いの奇抜なたくさんのドームのある建築物〈トーキー・パビリオン劇場〉での「大ワーグナー・コンサート」のことだ。プログラムの呼びものはマダム・ブランシュ・マルケージ（〝コベントガーデンの有名なプリマドンナ〟）と、市立交響楽団だった。[11]暗いなかでアーチーと並んで座り、アガサは生涯続くことになるワーグナーと深い感情との連想をしていた。というのも心の奥のどこかで、何が起ころうとしているか「すでに知っていた」のだ。

コンサートのあと、アッシュフィールドに戻ったアーチーは、もう自分を抑えきれなかった。

彼は必死に話しかけてきた。あと二日で出発するんだ、と言った。ソールズベリー平原に行って、航空隊の訓練を始めるのだと。それから激しい口調で言った。「ぼくと結婚してくれ、どうしてもぼくと結婚してくれ」

でも、重大な問題があった。なんといっても、アガサはほかのひとと婚約していたのだ。アガサはすぐにレジーに手紙を書いた。彼の妹たちはよい友人だった。親切で品がよくて、あらゆる点でふさわしいレジーなら、賢明な選択だっただろう。彼のことならよく知っているし、アガサはウォリックシャー州にある彼の実家の、ものすごく立派なチャールコート・ハウスの女主人として、マッジに勝っていたかもしれない。

けれどもこのとき、アガサは何のためらいもなく、あっさりと婚約を解消した。ミラー家もクリスティー家も、新たな婚約を喜んでいないという事実にもかかわらず。

アーチーの母親のペグは息子が若すぎると思ったし、クララもうろたえた。「もちろん、どんなひとだって、アガサに十分だとは思えませんよ」でも、アーチーは気にしていなかった。アガサを手に入れるという決意にはやる心を、抑えきれないようだった。アガサが説明するには、彼の心は「いつも、自分のほしいものに完全に傾けられていた」。アーチーが今求めているのは自分だということが、アガサにとっては途方もなく刺激的だった。そして一九一三年四月に、空軍中尉になるという彼の願いもかなった。[12]

しかし、アーチーとアガサはまったく異なっていたし、たがいのことをほとんど知らなかった。ふたりが結婚にたどりつくまでには、山あり谷ありだろう。そのひとつは、さらなる財政危機だった。一九一四年六月に、ニューヨークのクラフリン商会がついに倒産して、ミラー家の経済状況をますます不安定にした。アーチーは自分の収入が少しあり、アガサはそれよりかなりあったが、こうなると、クララの収入はほとんどおぼつかなくなった。どうやって金の工面をするのだろう？

そしてもちろん八月に、家族の会社が倒産するのと同じくらい思いもよらないことが起こった。戦争だ。

第三部

従軍看護婦

一九一四-一九一八年

第九章　トーキー公会堂

一九一四年の夏に、アガサは自分の未来がどうなるかわかったと思った。とうとう本気で恋に落ちたのだ。姉に続き、結婚して母になる。

来るべき戦争が彼女の人生を狂わせるだけでなく、芸術家にするとは思いもよらなかった。トーキーの友人たちは、ヨーロッパで何が起こっているのかを気に留めていなかった。「うわさにすぎなかったのに、ある朝突然、起こっていたのよ」と言った。

アガサはすぐに大きく影響を受けた。アーチーはその夏、ウィルトシャー州のネザーエイヴォンにある英国陸軍航空隊（RFC）の野営地にいた。ストーンヘンジの近くにあるソールズベリー平原の荒涼とした広い場所で、訓練所は粗末な「吹きさらしの丘に下見板を貼った仮兵舎を集めたもの」だった。[1] そこから彼はアガサにわびしいラブレターを書いた。「何ひとつうまくいっているように思えない。今のたったひとつの野望は、きみとずっといっしょにいることです……ほかのことはどうでもいい」[2]

おそらく、彼はもっとしっかり訓練に心を傾けるべきだっただろう。戦争が近づいているということは、RFCはもはやおもちゃで遊ぶ少年たちではすまされないということだ。しかし、少なくともアーチーの手紙のなかでは、航空兵になるのはものすごく愉快で楽しいことだった。アガサに、リボルバーの使い方を習得したと安心させている。「喜んでくれ……ありそうもないけど、大きなドイツ人を見かけたら、ぼくは命中させるかもしれないよ」[3] 彼は千フィートという危険なほど低い高度で、アクロバット飛行を行う。仲間が死んだときは、じっと耐える。「ぼくの乗るコーディ複葉機はすごく不安定なんだ」「ああいう事故についての記事を読むと憂うつになるんだよね」と認め、「ましてやそれを目撃したりすると――けど、すぐに自信が戻ってくるよ」[4]

アーチーはアガサに、航空日誌が示すことは教えなかった。「エンジン不調」「不時着陸」「ゴーグルが外れない」などの不運な事故がたびたびあった。[5] だが、いわゆる将校クラスの世代全体が、こういう秘密を隠していた。アーチーはおおむね不屈の精神を貫いた。「天使さん、きみはとても勇敢になれるよね。家で何もしないでじっとしているのはすごくつらいだろう。それに、金銭トラブルも起こるんじゃないかと心配だ。でも、ぼくらがしっかりしていれば、きっとすべてうまくいくだろう」[6]

それでも時折、婚約を破棄することを考える暗い夜もあった。「先週調子が悪かったのは、ぼくがきみに二度と会わなければ、それがきみにとって一番いいだろうと考えたからなんだ……きみによかれと思うことを不器用なやり方でひたすらやりながら、ずっと、ぼくはどうなるんだろうと思っていた」ともらした。[7]

ハンサムな飛行士というのはとても魅力的に思われるもので、アーチー・クリスティーはいつもそう描かれている。しかし、これまであまりわかっていなかったことだが、彼は正確にはエース・パイロットではなかった。アーチーは「相変わらず飛ぶのが楽しい」と言った。[8] でも、ドイツがロシア領ポーランドに侵攻したころには、もうパイロットではなかった。飛んでいるうちに、副鼻腔炎になったのだ。飛行機が不足していたし、勤務記録には、才能のあるパイロットではなかったと書いてある。「安全な飛行機を飛ばす」ことはできるが、危険だったり、扱いが難しかったりする飛行機は飛ばせない。[9]

それでアーチーは代わりの任務を与えられた。第三飛行中隊の輸送係で、その後は、予備部品を注文する補給将校になった。[10] この能力を買われて、フランスに派遣されることになった。がっかりしていたとしても、口に出さなかったことだろう。

アーチーのパイロットとしての短い経歴が、彼の従軍の事実を見劣りさせるのは、まったく驚くにはあたらない。それは第一次世界大戦のパイロット〝空の騎士〟たちが、裏方の犠牲のうえに、われわれの想像をかきたてるパターンのひとつだ。勇敢なパイロットは、ほんとうは産業的規模の死によって特徴づけられた戦争において、個人を代表しているように見える。[11]

それで、タイプライターや電話とともに、アーチーは戦争に備えて待機していた。「この待機はかなりつらい」と認めた。「でも、準備は万全だ」[12] 彼は英国がドイツに宣戦布告する二日前の八月二日までに動員された。直前に短い休暇を過ごすために、ソールズベリーに行った。トーキーのアガサは、さよならを言うためにすぐに来てくれという、心臓が止まりそうな電報を受け取った。

アガサはクララを引き連れて列車に走った。所持金は五ポンド札だけで、金額が大きすぎて、誰も両替ができなかった。「英国南部じゅうで、わたしたちの名前と住所は、数えきれないほどの集札係のひとたちに調べられた。列車は遅れたし」と、小説のなかで悲喜劇的に、アガサは書いている。

ついにソールズベリーのホテルで、アガサとアーチーはなんとか三十分だけ会えた。緊迫していた。「実際、すべての航空隊員がそうだったように、彼は殺されることを、そして二度とわたしに会えないことを確信していた」。のちに、自伝的小説のなかで、彼の態度を描写している。「すごくそわそわして、落ち着かず、何かに取りつかれたような日をしていた。誰もこの新しい戦争のことをよくわからず——ひとりも戻ってこないかもしれない種類の戦争だった……」[13] その夜、アガサは泣きながらベッドに入った。決して泣きやまないとでもいうように。

一九一四年八月五日にアーチーはサウサンプトンに向かい、そこからフランスに出航した。彼はアガサに自分の写真をくれた。軍服姿で、目を遠い水平線に向け、あり得ないほどハンサムだ。「あなたに災難がふりかかることはありません」アガサは裏に鉛筆で書いた。「主は御使いに命じて、あなたをお守りくださる……わたしは苦難のなかの彼とともにいて、彼を救い、彼に栄誉をもたらそう[14]」

トーキーに戻ると、アーチーが心配ではあるものの、暇なアガサは何かしたくてたまらなくなったので、戦時奉仕に志願した。一九一四年十月から一九一六年十二月のあいだ、アガサの名が記されたピンク色の記録カードは、赤十字のボランティア（救急看護奉仕隊、あるいはＶＡＤ）として、無報酬で病院の仕事に三千四百時間従事したことを示している。

トーキー公会堂が五十床の補助病院になり、アガサはそこで新しい真剣な生活を始めた。公会堂はアッシュフィールドから急な坂を下ったところにあり、夜勤のあとで歩いて上るのは楽しいはずがなかった。だが、それよりも大きな課題は、仕事そのものだった。アガサは一番下っ端から始めなければならなかったのだ。清掃係として。

まずは公会堂の病院で、その後トーベイ病院で正式に働いた経験を、彼女は何度も書いている。自伝にユーモアに富んだ記述がある。同じ出来事が自伝的小説の『愛の旋律』と、喜劇っぽい扱いで〝スリラー〟の『秘密機関』にも出てくる。そこでヒロインはやはり病院での生活を、毎日六百四十八枚の皿を洗うことから始め、食事のときに婦長に給仕する役になり、ついに昇進して、実際の病棟を掃除するようになる。

冷静な方法で、アガサは病院で目撃した恐ろしい光景を、なんとかして、かなり楽しげに見えるものにした。でも、見かけはあてにならない。

アガサの最初の仕事は、雑役婦として床を掃除することで、その後、本物の患者に赤十字で受けた乏しい訓練の成果を施すことが認められた。それはかなりの衝撃だった。英国じゅうの女性のボランティアたちと同じく、仕事の現実に目を開かれていた。『愛の旋律』でこう述べている。

わたしはこのごろ、使用人たちに心から同情しているわ。いつも、彼らは食べ物のことを気にしすぎると思っていたけど――ここで、わたしたちはまったく同じことになっている。ほかに楽しみが何もないからなのね。[15]

昇進して患者相手に働くようになると、苦痛に感じる部分があった。VADの仲間たちと同様に、ボランティアの訓練を少ししたくらいでは、まったく本番の準備にはならないのだと思い知った。初めての手術の立ち会いでは、もう少しで気を失いそうになった。「全身が震えはじめた」と、患者の開腹部を見たときのことを語る。切断された脚を病院の焼却炉に持っていき、焼かなければならなかった。ある患者の担当を任されたが、三日間世話をしたあとに、彼は破傷風で死んだ。[16] 状況はフランドルの野戦病院の大変さとは比べものにならないが、南海岸の病院はすべて、戦いのあとに患者が殺到するのを経験しており、そのときは負傷者の数が世話をする人手を上回った。

でも、看護の仕事には楽しい部分もあった。友情と収入の感動を与えてくれた。きちんと訓練を受け続けていたら「ベテランになれただろう」と思った。[17]

アガサの体験は、どれくらい典型的なものだったのだろう？　看護についての記述には、ほかの多くのVADたちの声が影響している。まず、真剣な献身がある。「わたしはすっかり巻きこまれて、参加したいと思ったんです」と言う。[18] 同じ時期にちがう病院にいた看護婦のヴェラ・ブリテンは「危険な傷の手当から、ベッドの防水布をごしごし洗うことまで、すべての仕事が、当初のわたしたちにとっては、神聖な魅力がありました」[19]。アガサと同じくブリテンは、裂傷を負った手足の手当てに慣れなければならなかった。「壊疽にかかった足の傷は、ねばねばした緑色と深紅色で、骨がむき出しになっていた」[20]

だが、アガサが思い出すのは、おもに病院の人物、とくにVADを指導するプロの看護婦たちのことだった。歴史家のクリスティン・ハレットが書いているように、「訓練されたプロの看護婦とVADのあいだの緊張は、女性の書く戦時中の文学作品に現れる最も強いテーマのひとつである」VADたちは上司をじっと観察しながら「しばしば彼女たちが、病院の作法や規律にこだわりすぎなところをさげすんでいる」[21]。たとえば病院の作法では、アガサは医者に直接、器具を手渡すことはできないとされている。そうしようとして厳しく責められたと記録する。

「まったく、看護婦がそうやって自分を前に押しだすなんて。それどころか自分で鉗子を医者に手渡すとはね!」

アガサは器具を先輩の看護婦に手渡し、そのひとがむしろ昔の宮廷の儀式のように、医者に渡すことになっていた。でも、ここでほんとうに起こっているのは、もしもボランティアたちが対等に扱われたら、自分の地位を認めてもらうために懸命に闘ってきたプロの看護婦たちが、せっかく手に入れたものを失うのではないかと恐れたということだ。なにしろ、アガサを含めた多くのVADは、ほとんど学校にも行ったことがなかったのだから。[22]

しかもアガサのような女性たちは、指図されることにまったく慣れていなかった。看護婦だけでなく、病院の外では社会的に対等な医者にも。「人間タオル掛けはおとなしく立って待っているのに、医者は両手を洗い、タオルで拭いて、わたしに返すことを面倒臭がって、バカにしたように床に投げつける」ということを学んだと、アガサは言う。

こんなふうに扱われるのは無礼なことだった。職場に入っていく裕福な女性としてアガサが経験したことは、どうして第一次世界大戦がいんぎんな上流社会の終わりの始まりと位置付けられたのかを説明するのに役立つ。小説のなかの看護婦に実際にことばに表わさせた。「二度とお医者さんに対して、今までと同じ感情を抱くことはないでしょうね」とこの看護婦は言う。「この先、そこから抜けだすことはできないわ[23]」そしてアガサにとってもそうだった。彼女の作品のなかで、医者は「統計上、最も殺人を犯す傾向のある職業」となる[24]。

だが、患者のことになると、アガサは新たな力を男たちにふるいはじめた。身体が不自由で、トラウマに苦しんでいる患者たちは、アガサを必要としたのだ。医者がワインを飲むよう命じたとか、好都合なことにパブのとなりにある店に行かなければならないなどと言ってだまそうとすれば、アガサは彼らの企みを見抜く。読み書きのできないひとが家族に手紙を書きたがっていれば、代筆者になる。彼らの本音を押さえていた。

戦争がなかったら、アガサはきっと二十四歳から二十八歳までのこの年月を、結婚して、家庭を切り盛りし、子どもを産んで過ごしたことだろう。そのかわりに、まったく予想もしなかった仕事の世界を垣間見ることになり、達成感と成功を経験した。

一九一七年からは金を稼ぐようにもなった。年に十六ポンドだ[25]。戦争があったからこそ、そして戦争だけが、そんなことを可能にした。「結婚した女性が金のために働くのは嘆かわしいことだというのが一般的な考えで、恐らくとくに中流階級のひとたちのあいだではそうである」と一九一五年刊行の本の著者が書いている。[26] アガサはこれを信じるように育てられてきた。だが、病院での仕事は、彼女を裏口から労働市場に導いたのだ。

アガサの家族は、どうして彼女が日曜日に働かなければならないのか、理解できなかった。「何らかの取り決めをするべきよ」。だが、アガサと仲間の看護婦たちには、さらに重要な仕事があった。それは病棟に横たわるトラウマを目のあたりにしても、それを処理して、外の町には一切証言しないことだった。

この手の話は、兵役についている男たちからさらにたくさん聞く。もっと容易に恐怖を目撃するのに耐えられると期待されている人々だ。トーマス・ベイカーという兵士が、一般市民に戦争の話をしようとした。「無理だ」と彼は言った。

戦争がほんとうはどういうものだったかを伝えるのは……みんなよくわかってないみたいなんだ。戦争がどんなに恐ろしいものかってことを、わかってない。人間が動物のように暮らしている恐ろしい状況を伝えることなんてできなかった。[27]

女性の看護婦たちは、同じく理解しがたいことを説明する挑戦をしたが、彼女たちにとって、それはちがう意味で難しかった。少なくとも、兵士たちの苦しむトラウマには名前がある。戦争神経症(シェルショック)だ。看護婦の苦悩には名前がなかった。これは彼女たちの将来の心の健康に問題を溜めこんでいった。

一方で、わたしは看護の仕事が、小説家としてのアガサには不可欠なものだったと信じてもいる。それはアガサに、芝居を続けたいという思いを抱かせた。アッシュフィールドに帰っても、手足を焼却して、血を拭き、さらに――若い娘には衝撃的なことに――裸で汚れた男性の遺体を目撃したことを、母に伝えないでおくのだ。このうわべを取り繕う必要性は、アガサの小説の登場人物たちがみな、強く感じているものだった。

アガサはついに――彼女の将来にとって重要な――決断をして、病棟を去り、かわりに病院薬局で働く訓練を受けることにした。これはおもしろい挑戦で、よりよい時間を過ごせた。

「わたしはもっと簡単なことを身につけました」と、新しい仕事のことを書いている。「ヒ素のマーシュテストを練習する過程で、コナコーヒーのメーカーを爆発させたあとは、順調に上達しました」ぞっとする同僚ともうまくやらなければならなかった。トーキーの薬屋の薬剤師が補習の指導をしてくれた。ところが〝P氏〟とアガサが名づけた男が、まちがえて座薬一セットと危険な薬を混ぜてしまったのだ。彼の誤りを指摘することは考えられなかったが、その座薬を使わせるわけにもいかない。それで、ぶつかって座薬を床に落とし、踏みつけた。

「大丈夫だよ、きみ。あまり気にしないで」彼はわたしの肩をやさしくたたいた。そういうところがやりすぎなのだ。

おえっ。

お堅い看護婦や、横柄な医者たちに対抗するアガサの味方は、友だちになった仲間のボランティアたちだった。彼女たちは、グループに名前をつけるとき、自分たちがどれほどしつけに背いているかよくわかっていることを示した。自分たちを〝クィア・ウィメン〟と呼んだのだ。

病院ではみな、楽しみが欲しくてたまらなかった。なぜなら、アガサが説明するように「戦争のことは話したくなかった」から。[28]それで、アガサとほかの〝クィア・ウィメン〟たちは、おもしろい病院のパロディー雑誌を作りだした。みんなの水彩の肖像画が載っていて、アガサ自身の（髪をアップにして、白い上着を着た）肖像画もあった。病院ファッションの広告もあった。たとえば〝未来派デザインで彩られた上っぱり〟というふうに。雑誌作りを通して得た安心感から、アガサは看護婦たちに男の上司の無礼さに抵抗するよう助言した。「わたしたちがお勧めするのは（いくら性分に合わなくても）、もう少し自己主張することです[29]」

アガサが三十年近く、大部分を女性のなかで生活していたのは、重要なことだった。アッシュフィールドでは、アガサとクララはふたりの女性の使用人と暮らしていた。おば‐ばあちゃんもいっしょに暮らすようになり、いまは病院の女性たちとの強い友情もある。

「すばらしき女性たちよ！」という文で始まる、雑誌に掲載された詩は、「クィア・ウィメンの夢」という題だ。「ひとりずつ立ちあがり、そして驚くわたしの目の前を、ゆっくり通りすぎていく[30]」先頭はもうひとりの薬剤師、アイリーン・モリスで〝かなり率直〟だけれど〝すばらしい知性〟があるひとだ。アガサは彼女を「わたしが初めて見つけた、意見を出しあえるひと」だと思った。アイリーンは、教師の兄や五人の独身のおばたちと色気のない生活をしており、戦争中に薬剤師と実験助手として九千時間近く勤務した。[31]

しかし、賢い女性の仲間が、アガサが薬局で見つけた唯一の思いがけない贈りものというわけではなかった。仕事が、毒を使用する可能性について、彼女の想像力を刺激してもいたのだ。彼女の雑誌には患者の死の捜査についての〈警察裁判所ニュース〉なる記事も載っていた。証人には看護婦や女性薬剤師も含まれる。そして謎の死は「突然、薬を一服飲みこんだ直後に起こった[32]」

毒物の摂取が疑われた。

アガサが初めて探偵小説を書くアイデアを得たのは、薬局で薬を扱う仕事をしている最中だった。

第十章 愛と死

アガサは非凡な女性だった。だが、アーチーと離ればなれになった四年間は、戦争により引き裂かれた若き恋人たちという、ありふれた物語の一部となった。

感情の起伏の激しい男なので表現するのに苦労していたが、手紙のなかのアーチーは、フランスで経験したはずのことをほとんど明かしていない。アガサは彼の手紙を大切にとっておいた。単純明快さによって、それは死がそこらじゅうに転がっていた時期の、感動的な愛の記録になっている。

アーチーと仲間たちは一九一四年八月十三日に、輸送艦でフランスのブローニュに降ろされて、その晩は埠頭で過ごした。[1] 一方、飛行機で向かった飛行中隊のパイロット二名は、着陸できずに墜落死した。

八月と九月のあいだ、アーチーはつねに北フランス北東部じゅうを移動していた。ル・カトーの戦いで英国が負けたあと退却した一員で、死傷者の割合は二十パーセント近くに上った。英国陸軍はついに追い込まれて穴を掘り、塹壕(ざんごう)戦が始まった。

RFCはカレー内陸部のサントメールの飛行場に本部を設置した。アーチーは十月十二日に到着して、十九日にはすでに「大きな緊張……昼夜問わず、ほぼすべての時間にわたる」に耐えた勇敢さの功で、殊勲報告書に名前が載った。[2] のちに彼の飛行中隊はヒンジに移動した。この村は被害が大きかったため、戦後に一から再建されなければならなかった。

アーチーの指揮官は、有力で気むずかしいヒュー・トレンチャードだった。「英国空軍の父」としばしば称賛される人物だ。絶望的な時期だった。ＲＦＣには六十五機の飛行機があり、主に敵の地上部隊の位置を偵察するために使われた。「戦場の屋根を持ちあげ、指揮官が敵の戦術をのぞき見る」ようにするつもりだったと、航空史研究家のパトリック・ビショップが書いている。[3]けれども、戦争が進むにつれて、両軍が空中戦に熟練していくと、敵機を撃つようにもなった。英国軍は機体も訓練も劣っていたので、ドイツ軍の四倍の飛行機を失った。フランスに到着するパイロットは、飛行訓練の時間がどんどん少なくなっていった。アーチーの基地のある新入りは、何時間飛行したかと訊かれた。

「十四時間です」

「十四時間！　そんなに少ない飛行時間でパイロットを海外に送り出すなんて、まったく恥ずべきことだ。きみには勝ち目がない……もう五十時間あれば、なんとか使えるようになるかもしれないが。しかし十四時間とは！　まったく、人殺しだよ！」[4]

アーチーの仕事には、パイロットのために注文するのに適した信号灯の検査を手配するような任務も含まれた。[5]そして、頼りにならない飛行機でパイロットに飛びつづけさせる努力が、同僚たちに高く評価された。十一月には大尉心得に任命された。

一九一四年の十二月に、休暇を取って婚約者に会いにロンドンに来た若者は、別人になっていた。一九二〇年代のあるクリスティーのミステリで人殺しに使われた凶器は、パイロットが持ち帰った記念の、飛行機の翼のケーブルで作られたペーパーナイフだった。これは実生活から選んだ細部のように思われる。

アーチーがアガサにあげたかもしれないものだ。[6] 贈り物からも、アガサは彼がひとの気持ちが理解できない男だとわかり、「軽薄で——浮かれているといってもいい」態度に傷ついた。彼は旅行用の化粧道具入れという、考えのないクリスマスプレゼントをくれた。アガサはそれが気に入らなかった。不適切で、軽薄で、ぜいたくすぎた。婚約は解消されるようだった。RFCの風潮は、将校は結婚すべきではないというものだった。「やめとくことだ。結婚してしまったら、若い未亡人を残していくことになる。ひょっとして生まれてくる子どもも——それは身勝手だし、まちがっている」とアーチーは言う。

最初の休暇についてのアーチーの日記は淡々と伝える。十二月二十一日に始まり「二十四日までブリストル、そのあとトーキーへ。二十六日にロンドンに戻る。三十日に第一飛行隊の本部に行った」[7]だが、このそっけない記録は、完全な爆弾宣言を隠している。十二月二十三日の晩に、アガサを連れてブリストルの母親のところに泊まり、アーチーは考えを変えた。ふたりは結婚するべきだと言いだしたのだ。今すぐに。

疲れていたのと、混乱していたのとで、アガサは彼の願いに同意した。自伝的小説に書いているように「娘たちの多くがそうしていた——すべてをなげうって、愛する男のひとと結婚する……その陰には、決して取りだしてちゃんと見たことのない、あの恐ろしい秘めた不安があった。だからこそ挑戦的に言っていたのだ。『それに、何が起ころうとも、わたしたちには思い出がある』」[8]

お役所的な障害は、有能な管理者であるアーチーにとっては、大きく立ちはだかるものではなかった。クリスマスイブを結婚式の日にしなくてはならないと、大急ぎで許可証を取りにいった。地元の登記所が、費用の高い特別許可証か、十四日間の公告が必要だと告げたが、アーチーに十四日間はない。時が刻々と過ぎていった。

べつのもっと役に立つ登記吏が午前の休憩から戻ってきたときに、ようやく解決策が見つかった。アーチーはブリストルの継父の住所に住んでいることにしてもいいということだった――「あなたはここに、何か持ち物を置いていますね?」――結婚はその日の午後にどうぞ、という意味だった。一九一五年には、兵士が親の住所地で結婚できることや、婚約者が海外にいる場合、女性はひとりで婚姻届を提出できるということが、正式に認められていた。そのおかげで、休暇のあいだに急いで結婚したい多くの兵士たちにとって、より簡単で費用もかからなくなった。

ブリストルのエマニュエル教会の牧師があいていたので、アガサ・メアリ・クラリッサ・ミラー(二十四歳)は、アーチボルド・クリスティー(二十五歳)と性急な戦時中の結婚をした。「見なりにこれほどこだわらない花嫁はいないでしょう。わたしはふだんの上着とスカートでした」両手を洗う時間さえなかったと書いている。

アーチーの母親はその知らせにヒステリー発作を起こし、暗い部屋に引っこんだ。ブリストルでは歓迎されないと感じた新婚夫婦は、その夜トーキーに旅立ち、夜中にグランドホテルに着いて、クリスマスをクララと過ごした。だが、アガサの家族も秘密主義と性急さに失望した。「大好きなひとたちがみんな、わたしたちに腹を立てていた。わたしはそう感じたけれど、アーチーが感じていたとは思えない」とアガサは書く。アーチーが気にかけていたのはひとつだけだった。もう一度例の化粧道具入れを取りだして、差しだしたのだ。そして今度は素直に感謝して受け取られた。この欲しくもない化粧道具入れの一件は、ふたりの結婚における力関係を象徴することになる。アーチーが主導権を取り、アガサが受け入れるという。

だが、それは先の話だ。落ちつくにつれて、既婚女性としてのアガサの新しい生活は、楽しく、幸福に満ちあふれた、現代風の友愛結婚となった。夫が間もなく戦争に戻ることだけが玉に瑕だった。新年に彼女はふたりのイニシャルで遊んだ「一九一五年のA・A・アルファベット」という詩を書いた。

Aは天使(Angel)、天性の（?）そして名前も
Aはまたアーチボルド(Archibald)、さっきのAの配偶者[10]

アガサはアーチーを〝クィア・ウィメン〟の陽気で創造的な世界に組みいれていた。この詩は愉快な田舎歩きの物語を伝える。でも、至るところにちりばめられているのは、塹壕用の長靴や〝ドイツ兵〟や、フランスでアーチーが備蓄している予備の翼や、中間地帯のように見えるルートの一部への言及だった。つらいことを楽しくする彼女のいつものいたずら心だ。

アーチーはこのおちゃめでおどけた愛の方法でやりとりしたのだろうか？　もちろんやってみた。一九一六年七月に、フランスの兵站部から送られたメモが残っていて、赤い〝極秘〟のスタンプが押された紙切れに鉛筆で走り書きしている。注文控え帳から顔をそむけて、かわりにはるか遠くで自分を心から愛してくれている、非凡で情熱的な若い女性のことを考え、彼女のレベルまで自分を引き上げようとしている彼の姿を想像すると、感動的だ。

「やさしく、愛情豊かな性質」と始めて、彼女の性格をふざけた調子でまとめた。

ミミズとコフキコガネ以外の動物が大好きで、夫以外の人間が大好き（原則として）。いつもは怠け者だけど、大きなエネルギーを引き出し、維持することができる。四肢と目は健康だが、丘を上るの

には息切れする。知性と芸術的センスにあふれている。型にはまらず、好奇心が旺盛。容姿端麗、とくに髪が美しい。スタイルよく、肌がすばらしい。おせじがうまい。自由奔放だが、いったん捕えられれば、愛情に満ちたやさしい妻になるだろう。[11]

ここで、アーチーはアガサの本質をしっかり見ている。だが、彼の〝配役〟は、まだ〝ミス・A・M・C・ミラー〟に話しかけていることがわかる。まるで彼女がまだ独身であるかのように。〝自由奔放〟で〝捕えられ〟ていないのだ。ふたりとも、自分たちの結婚が本物のしっかりしたものではないと気づいている。どうしてだろう？　情熱的なできごとの連続で、ふたりを宙ぶらりんの状態にして、成熟させなかったのだ。

とはいえ、疑いの余地がないのは、ふたりのセックスの相性だ。アガサのような娘はセックスについて無知な状態でいた。[12]アガサはほかの女の子の父親に妊娠させられた女の子を知ってはいたが、概して彼女のような子は守られていた。

だからこそ、アガサ自身が生涯、性的快楽という考えをおおむね楽に操れたのは珍しいことだった。決して恥ずかしさややましさの元ではなかった。「情欲は当然のこととみなしていいのよ」とよい結婚についての話し合いで論じ、やさしさと敬意はめったにない珍しい花なのだから、もっと栄養を与える必要があると言う。のちにジェーン・マープルに与えられたある考えも、アガサの姿勢を説明しているかもしれない。「『セックス』ということばは、ミス・マープルの若いころにはあまり口に出されることはなかった」と言う。「でもたくさんあったのよ――あまり話さなかったけど――十分楽しんだわ[13]」

アガサの世代のもっと因習的な人々による、セックスと結びついた恥ずかしさの感覚は、マリー・ストープスの『結婚愛』の出版で前進した一九一八年から、少しずつ薄れてきた。ストープスはセックス（結婚生活のなかであろうとも）は、自然で楽しいことでさえあると主張した。自身の結婚は、彼女と夫は達成が不可能だとわかったときに破綻して、そこから人々に性教育をするストープスの一生の旅が始まった。彼女は出版社を探しだすのがひと苦労だと知った。「女性にとって、結婚するのに十分な数の男性がいないんですよ」断ってきた担当者が説明した。「この本がそのわずかなひとたちを脅して追い払うと思います」[14]

ストープスは女性たちにセックスを楽しむことを望んだが、彼女の最も重要な教えは、男性はやさしくあるべきだというものだった。もしも男性が「やさしい求婚者の役を演じ」れば、「女性はだいたい感動して、基本的に、情熱的なお返しをするものだ」とストープスは説明する。[15] そして、アーチーがリードして、アガサは喜んで従ったようだ。「去年、きみは大胆にぼくに身を任せてくれて、ほんとうにすごくかわいかった」と一周年記念の手紙にアーチーが書いた。[16]

だが、ストープスはもっと暗い遺産も残した。彼女が薦めた避妊法はオリーブオイルに浸したスポンジを女性が使うことで、産児制限は人種の〝純度〟を高めるために大切だと信じていた。梅毒や精神疾患に汚染された家族は繁殖させないほうがいい。つまり避妊法にはぞっとさせる含みもあり、優生学が英国社会の強迫観念となりつつあった。こういう遺伝性の病気についての心配は、アーチーとアガサの肩に重くのしかかることになる。どちらの家族にもいわゆる狂気があったのだ。

それからの三年半以上、クリスティー夫妻は、ごく短い休暇のあいだだけいっしょにいられた。一九一八年の後半にようやくいっしょに生活できるようになると、アガサは二か月足らずで妊娠した。そのタイミングからすると――オリーブオイルか禁欲によって――戦争がふたりを離れ離れにしているあいだは慎重に妊娠を避けていたように思える。「戦争のこんちくしょう、ぼくをここに引きとめやがって」と、アーチーはフランスから不満をもらした。[17]

休暇のあと、アーチーは疲れてひとりさびしく任務に戻った。「かわいい天使さん」また薄紙に走り書きしはじめた。「列車の旅は、隅でぼうっと寝転がっていても大丈夫だった」彼は二隻の駆逐艦に付き添われて船で海峡を渡り、ブローニュで車に乗せられ、基地に連れもどされた。「子ネコのように弱々しく感じながら（中略）今晩ここできみからの手紙を見つけたかった」[18]

一九一六年、彼は臨時の少佐になり、年給が七百ポンドに上がった。翌年には臨時の中佐に昇進して、兵站部全体を指揮するようになった。[19] 規則破りを罰する責任者になったのだ。「働くのを拒否したので、ある男は二十八日間……木に縛りつけて、ほかの罰と雑役を受ける刑に処したんだ」銃後にいたとはいえ、生活はまだやりがいのあるものだった。「昨日の夜は午後十一時まで電話から離れられなかった……きみ自身を愛してる、きみの性格を愛してる。ほかの誰もきみのようにはなれない」[20]

この手のことばは、アガサの両親の結婚とはまったくちがう結婚を垣間見せてくれる。これは理想化された女性への男性の愛ではない。そうではなくて、彼は彼女を、彼女自身を、彼女の性格を愛していたのだ。アーチーが言うように、ほかの誰もきみのようにはなれない。これは至福だ。「ひとは愛しあっているときは、幸せなのだ」と、アガサの最も自伝的な小説のヒロインは思う。「不幸な結婚というのは、もちろん、彼女はそんなものがごろごろあると知っていたが、愛しあっていないからなのだ」[21]

でもこの高水準の愛と生活は、もしもいつかそんな事態になれば、アガサがヴィクトリア朝時代によくある不倫に目をつぶるのを不可能にもする。

そんなことは絶対に起こらないだろうが。もちろん。

第十一章 ポワロ登場

フランスにいるアーチーが電話のあいまにせっせと手紙を書き送っているあいだ、アガサの病院での生活も、時たま執筆に適した静かな時間を与えてくれた。

薬局の仕事はどっと入ってくる。いったん処方薬の調合が終わると、アガサは次のひと山がくるまで、ただ座ってぼうっとしていなければならなかった。ある日その時間を使って、詩を書いた。『薬局にて』は、彼女がいかにつまらない環境からでも、インスピレーションを得ていたかを示している。これは二十世紀の有名作家たちと共有する才能だろう。「わたしは平凡を超えたくはない」とフィリップ・ラーキンが書いている。「わたしは平凡が大好きだ。ありふれた日常がわたしには愛おしい」[1] アガサにとっては、薬の瓶にさえロマンスがあった。

壁の高いところ、カギとカギ穴の下に
生者と死者の力がある！
青と緑の小瓶には
それぞれ伝説の赤がついている
細長い首の下の底に、

ロマンスがある、あり余るほどの！
ああ！　どこにロマンスがあるというの？
ここにロマンスがないとしたら？[2]

アガサが薬剤師会館の助手の試験勉強に使ったノートは、家族の保管のもとにまだ残っていて、休憩時間にいろいろなことば遊びを楽しんでいたことが窺える。その一冊の裏表紙に鉛筆で〝アーチボルド・クリスティー〟と書き、自分の名前を並べて書いてから、共通の文字を横線で消して、どれくらいお似合いかを見ている。そうかと思えば、同じノートの表紙をめくると、毒薬の一覧表がある。「ベラドンナから採れるアルカロイド……ヒヨシン臭化水素酸塩……（ヒヨス）から採れるアルカロイド」[3]

アガサが二作目の小説に取りかかることを考えはじめたとき、テーマを何にするかははっきりしていた。毒殺だ。これが毒物のキャリアの始まりだった。彼女の書いた六十六作の探偵小説のうち、四十一作が毒物により遂げられた殺人か、殺人未遂か自殺を扱っていた。[4]歴史家キャサリン・ハーカップの、すばらしい十七ページにわたるクリスティーの死の方法の一覧表に目を通せば、ストリキニーネ、ヒ素、モルヒネ、アトロピンなどによる毒殺のなかで〝崖から転落〟〝感電死〟〝喉をかききる〟などが例外として目立つ。シアン化物がとくにお気に入りだった。アガサは十作の小説と四作の短編のなかで、十八人もの登場人物を殺すのに使うことになる。[5]

それからアガサは、女性薬剤師でもある登場人物を作りはじめた。『スタイルズ荘の怪事件』（一九二一）に登場する、若くて魅力的なシンシアだ。

おそらく、殺人がからむミステリ小説を書くというアガサの決断について、唯一の驚きは、決断までにずいぶん時間がかかったということだろう。彼女はアンナ・キャサリン・グリーンの古典的な探偵小説『リーヴェンワース事件』や、ガストン・ルルーの『黄色い部屋の秘密』のほかに、〈シャーロック・ホームズ〉シリーズをむさぼるように読んでいた。そういう小説について、姉と意見を戦わせ、アガサが似たようなものを自分で書けるかどうか言いあった。

「あなたに書けるとは思えないな」とマッジが言った。「すごく難しいのよ。わたしも考えたことがあるけど」

「やってみたいな」

「そうね、きっと無理よ」マッジが言った。

議論はそこまでだった……でも、そのことばが口から出て……考えの種がまかれた。いつか、探偵小説を書いてみせる。[6]

一九一六年には、驚くべきものを創作するためのすべてがそろっていた。秀逸な最初の探偵小説は、羽根のように軽いけれど、よく練られた構成で、一世紀後にもまだ病みつきになる読み心地だ。

なぜこの本『スタイルズ荘の怪事件』はそんなに優れているのだろう？[7] まず、アガサは自分がよく知っている世界について書いている。登場人物は田舎の邸宅、スタイルズ荘に住む家族と、友人と使用人たちで、そこでは庭の芝生でお茶が出される。これは自分の身近な人々だった。多種多様の求愛が進行中で〝上階の〟登場人物たちは不労所得で暮らしている。

それにもかかわらず、スタイルズ荘の住人たちは戦時中の生活に順応せざるを得なかった。自ら庭仕事をして、(これが重要な手がかりになるのだが)紙を再利用している。この本の語り手であるヘイスティングス大尉は、傷病兵として戦地から送還されていた。登場人物のひとりは病院で働いており、事件はベルギー人の亡命者によって解決されることになる。

しかし小説の邸宅は、快適さの点から、昔の面影がないだけではない。もっと道徳的にひどく堕落した場所でもあるのだ。見た目どおりの人間はひとりもいない。一家の長である年配の女性はいばり散らしているし、若い夫婦は不倫に熱心なようだ。語り手のヘイスティングスでさえ、ほんとうは戦うべきときに浮ついている。

暗い色で塗りこめたにせよ、アガサは自分と共通点の多い物語世界を作りあげた。小説のなかでの殺人でさえ、自分の家庭環境を率直に物語っている。被害者のイングルソープ夫人は女主人だ。したたかな高齢の女性で、この本を捧げたおば-ばあちゃんや、クララの線に沿っている。これはアガサと、最も明白に手本にしていたサー・アーサー・コナン・ドイルとの大きなちがいだ。初めから、アガサは女性の人生を舞台の中央に置いているのだ。

〝スタイルズ荘〟は、イングルソープ夫人と犯人との死に至る戦いの物語だ。この家の男たちはまったくどうしようもない連中で、同じことはアガサの家族にも言えるかもしれない。アガサは怠惰な父親や、役に立たない兄が一家の財産を浪費して、一方で母親や姉が安定と強さを与えてくれたのを見てきた。アガサの本は、両大戦間のかなりの読者層に訴えたことだろう。本のなかに、女性たちは自分自身を見ることができたのだ。

だが、〝スタイルズ荘〟はアッシュフィールドのミラー家の残りの人々に厄介な光を当ててもいる。たいていの人々、恐らくとくに女性たちは、本来の自分ではないもののふりをして人生を過ごしている。愛想が良く、従順で、まじめな。しかし女性の陰の面、とユングが言うかもしれないものが、アッシュフィールドでは強かった。アガサの小説は、まさに自分の女性の家族を見て、そこに闇を見たことを示している。彼女が母親を愛しながら、クララの力と執着心を恐れてもいたことを直感できる。

ある程度ではあるが、クララはアガサを引きとめ、大人になるのを妨げていた。アガサは成人して結婚し、看護婦の仕事によってクララには想像できない方法で経験を積んできた。けれどもまだここで、それまでの二十五年間とほとんど同じ生活をしていた。

スタイルズ荘のように、アッシュフィールドは停滞の場所になってきた。自分の人生についての小説のなかで、アガサはきちんと暗いフィルタをかけた母親の愛情を描写している。それは「危険な愛情の強さ」だったと。[8]

アガサがミステリ作家としてスタートを切るのに、毒殺が最適な場所になったのは、英国の近代史に根づいた理由もいくつかあった。

おば‐ばあちゃんの世代は、ヴィクトリア朝の社会に毒殺が流行していると信じていた。十九世紀は、それまでより家庭生活を重視した時代だった。それにふさわしく、毒は家のなかだけでふるうことのできる武器だった。医者や、使用人や、家族によって投与されるべきものだったのだ。信用している者によって。

探偵小説のジャンルは、産業革命が田舎から都会までの多くの英国人の生活を変えたときに始まった。もちろん、生活水準が上がることは、一般的には〝よいこと〟だ。だが、自然との闘いが小休止したことで、ヴィクトリア朝の人々の心にぽっかり穴が空いて、新しく明確に現代的な恐怖と神経症の場所ができた。十九世紀のひとは、ジョージ王朝時代の先祖より、飢きんや病気による死についての心配が少なく、余裕があった。でもそれが、ほかの心配の余地を残した。得体の知れない恐怖だ。

昔は、自分の村に住むひとはみな顔見知りだった。ヴィクトリア朝のひとは、町に住むことが多くなり、となりは見知らぬひとだ。昔は、親に紹介されたひとと結婚したものだった。だが、新郎について何をほんとうに知っていたのだろう？　メイドについては？　医者については？　新しい犯罪小説のジャンルは、こういう恐怖を人々の心の奥にあるクローゼットから取りだし、磨きをかけて、ついには十九世紀の発明品である小説のなかの探偵によって、打ち負かされるところを見せるのだ。殺人者は捕まり、秩序が戻り、不安なひとがまた夜に寝られるようになる。

アガサは、コナン・ドイルのように、自分にも探偵が必要だと決心した。しかし、人脈が広く英雄的なシャーロック・ホームズとは考えを異にした。

卵形の頭で、おかしな口ひげを生やしたエルキュール・ポワロは〝スタイルズ荘〟で初めて登場して、目新しい探偵になる運命だった。危うく簡単に見くびられそうな探偵だ。彼の国籍をベルギーにしたアガサの選択は、戦時のトーキーに現れはじめた大勢の亡命者たちにヒントを得たものだった。

このころ、百万人以上のベルギー人が、戦争で荒廃した国から逃げだしていた。詩人のルパート・ブルックが言ったように「兵士ひとりにつき三人の民間人が殺された」国から。彼の見たアントワープから逃げてきた人々は、乳母車に全財産を入れ「果てしなく続くふたつの列に並び、年老いた男たちはたいてい涙を流し、女たちは青ざめてこわばり、やつれた顔をしていた」と描写する。二十五万人ほどが英国に来た。

エルキュール・ポワロを外国人、それも亡命者と決めたことで、アガサは、みなが兵士やアクション・ヒーローにうんざりしていたときにふさわしい、完璧な探偵を生みだした。身体的にはあまりぱっとしないので、誰もポワロが人気をさらうなどとは期待していなかった。

どちらかというとステレオタイプの女性のようなポワロは、問題を解決するのに腕力に頼ることはできない。そんなものは持っていないから。そのかわりに頭を使わなければならなかった。「肉体的な努力は必要ありません。必要なのは——考えることだけです」と説明する。[10] 彼の名前にはジョークもある。ヘラクレス（Hercules）というのはもちろん、筋骨たくましいギリシャ神話の英雄だ。だがフランス語読みの〝エルキュール（Hercule）〟・ポワロというのは、小柄で、気難しくて、気取り屋の、彼自身のような名前だ。

それでアガサは、ポワロがホームズとはちがう方法で仕事をするところを見せた。シャーロックの初登場作『緋色の研究』で、かの偉大な探偵は床に這いつくばって〝小さな灰色のほこりの山〟を集める。[11] それは葉巻の灰で、さまざまな種類の葉巻によってできる、さまざまな種類の灰についての豊富な知識から、殺人者がどの銘柄を吸っていたかを推理することができた。

だがアガサは、ポワロの初期の登場作で、そのシーンをあえてパロディー化した。ホームズとはちがって、彼は犯罪現場——草が濡れている！——を調べるのに、這いつくばることを断固拒否して「種類の区別がつかないのに、タバコの灰をかき集める」ことをまったくしない。[12] ポワロは〝手がかりを集める〟ために身をかがめることもしない。必要なのは、小さな灰色の脳細胞だけなのだ。

聡明で、肉体的にはぎこちなく、思いがけず優秀なポワロは、多くのひとに好かれる。でも少しマニアックな読者たちには、手放しで愛されている。シャーロック・ホームズのように、ポワロは変わり者で一匹狼だ。しかしアンニュイで薬物依存症のホームズとちがって、ポワロは完全に自分に満足している。生きる喜び（ジョワ・ド・ヴィーヴル）があるから。彼が〝クィア・ウィメン〟の名誉会員であることは想像に難くない。

最初の謎の事件で彼の才能を発揮させたものの、アガサはその後六十年間も、ポワロとともに生きていくことになるとは思いもよらなかっただろう。

第十二章 ムーアランド・ホテル

病院の仕事が休みの日に、アガサは本を書きつづけた。各章をふつうに手書きしてから、無器用にタイプで仕上げていた。両手の指を三本ずつ使い「たいていのアマチュアタイピストは、二本しか使えないのよ」と得意げに冗談を言った。[1]

それでも、途中で完全に息切れした。「すごく疲れてしまって、不機嫌にもなったの」とアガサは思い出を語った。

ダートムアで休暇を取って、小説を仕上げることに専念すべきだと勧めたのは、クララだった。アガサは汽車に乗り、それから馬車に乗って出かけた。人里離れたムーアランド・ホテルに二週間滞在し、ひとりだけれど寂しくはなく、せっせと書いた。ホテルは〝最適な保養地〟だと宣伝していた。[2] ひとりで保養地を訪れるのは、二十五歳の人間にとって、よくある休暇の選択ではない。だがアガサは、すっかりくつろいだ。「わたしが書きはじめた理由は……ひとと話さないで済むようにするためでした」[3]

灰色の石造りのホテルは、今もまだ荒野のはしに建っている。うっとりするほど美しい場所にあり、そこから緑がかったブロンズ色の荒野地帯を歩いて横断し、三十分ほどでヘイター・ロックスへと上っていける。同じ年の一九一六年に、アガサの師匠のイーデン・フィルポッツは、ペンを紫色のインクに浸して、この景色を描写した。「荒野が、花崗岩の峰に頭を持ち上げ、あるいは地平線に向かって隆起する巨大な丸みを帯びた丘に沿って広がる」[4]でも、アガサはこれをすべて無視して、毎日、午前中はひたすら書いた。午後の散歩のあいだに、次の場面の構想を練った。

そうして、しだいに物語が展開していった。

アガサはのちに、自分の成功は、ほとんど偶然のめぐりあわせで起こったのだと主張する。「わたし自身はまったく野心がなかったのです」と書いた。だがこれは、ほんとうはエドワード朝の貴婦人のしたたかな作法だったのだ。彼女の行動はそのことばと矛盾しているし、このムーアランド・ホテルでは、自分自身のことを真剣に考えている彼女が見つかる。生涯にわたり、彼女は時々このひたすら書くということをし続ける。それは時間が彼女のためにあると力強く感じ、そのあいだは神を近くに感じる時間で、忘れがたいものだった。

アガサは結局、好みの六万語の中編小説の長さに収めることになる。〝スタイルズ荘〟はまだ手直しをされていない。彼女の標準的な本より長い七万四千語で、手がかりが少しわかりにくいままだ。

引きこもっての執筆も、まったく仕事の終わりが見えなかった。物語はもともと、法廷でポワロが証人席からすべてを説明するという大団円で終わっていた。問題は、証人には単純にそういう行為が認められていないということだった。アガサはついに専門家の助言を求めることを覚える。「どの法廷弁護士に訊いても、目に涙を浮かべて、あなたにできることと、できないことを教えてくれるでしょう」[5]結末は出版社のアドバイスで結局書きなおされることになり、すべてが明かされる、アガサの有名な〝客間の場面〟が初めて作りだされた。

アガサが荒野を歩きまわりながら磨きをかけた、物語の展開とは何だったのだろう？　この本のなかで、わたしは時おり、特徴的な〝クリスティー・トリック〟を明かすために、みなさんを舞台裏にお連れするつもりだ。トリックを知らずに小説を楽しみたい方は、〝クリスティー・トリック〟ということばが出てきたら、お気をつけいただきたい。

典型的な〝クリスティー・トリック〟は――〝スタイルズ荘〟にすばらしい例があるが――よく見えるところにものを隠すということだ。几帳面なポワロは、マントルピースの上のものがきちんと並んでいないことに気づく。それは殺人犯が、手がかりとなる書類を点火用のこよりのなかに丸めて隠し、暖炉の上の壺に少し無器用に置いたからだった。この手がかりを隠すというのは、二重にすばらしい。なぜならアガサから自分のジャンルの歴史への会釈でもあるからだ。実はこれはお気に入りの探偵小説から借りたものだった。『リーヴェンワース事件』（一八七八）で、アンナ・キャサリン・グリーンの探偵は、極めて重要な手紙が「縦に細長く引き裂かれ、たきつけのなかによじって入れられている」のを発見する。長年にわたって、作家から作家へとバトンを渡してきたグリーン自身は、「書類を隠すいちばんよい方法は、見た目を変えて、丸見えのところに置くことだ」というエドガー・アラン・ポーの主張に敬意を表していた。[6]

〝スタイルズ荘〟にはもうひとつの驚くべき〝クリスティー・トリック〟がある。〝隠れたカップル〟だ。これは積極的にたがいを嫌っているように見えるふたりの人物のことだ。誰にも気づかれていないが、裕福なイングルソープ夫人の夫と、イングルソープ夫人の付き添いの女性イヴリンは、実はひそかに殺人を企む姦通者たちだったのだ。

われわれがふたりの関係を見抜けないのは、語り手で、われわれが彼の目を通して見ているヘイスティングスが、ふたりにあまり性的魅力がないと見ているので、ふたりが性的な存在だとは夢にも思わないからだ。ツイードの服を着た親切なイヴリンを見て〝大柄でかなりがっしりした身体つきで、足も同じ〟なので、あまり女らしくないひとだと考える。そしてイヴリンの犯罪の相棒であるアルフレッド・イングルソープに関していえば、アガサは彼を外見に魅力がなく、こそこそした態度にさせることによって、われわれの裏の裏をかく。彼に一九一〇年代のペテン師の明らかな目印を与えてもいる。あごひげだ。それでわれわれは考えるのだ。いや、それでは簡単すぎる、殺人犯が彼であるはずがない、と。[7]

〝スタイルズ荘〟で本来の自分ではないもののふりをしているのは、アルフレッドとイヴリンだけではない。ほとんどすべての登場人物が、何らかのふりをし続けている。アガサはこういうことをよく知っていた。結局のところ、彼女は結婚しているふりをしていたのだし、病院の仕事が恐ろしくないふりをしていた。彼女の殺人者たちの多くは、同様に本の世界のなかで、ふつうの人間で通そうとしている。

そうしてついに〝スタイルズ荘〟が完成した。いや、少なくとも、アガサにどうにかできる範囲で完成した。「もっとよくできるのはわかっていたけれど、どうすればよくなるのかがわからないので、そのままにしておくしかありませんでした」と書いた。

タイプライターで打った原稿を、ホダー&スタウトン社に送った。だが、返送されてきた。「なんの飾り気もない、断り文句だった」

それで話は終わりに思えた。アガサはほかの出版社も試して、同じようにうまくいかなかったが、それからいくつかの出来事が突然ふりかかってきた。純粋に楽しみのためにひたすら考えこむ計画より、はるかに重要なことが起こったのだ。

現実の生活が本格的に始まった。アーチーが戦争から帰ってきたのだ。

第四部

有望な若き作家

一九二〇年代

第十三章　ロンドン生活の始まり

一九一八年、戦争の終わりが近づいてきたころに、アーチーはロンドンに配置された。コベントガーデンの新しい空軍省から、今日(こんにち)の英国空軍(RAF)に、専門的なアドバイスをすることになっていた。彼は殊勲報告書に五回名前が記載され、《ロンドン・ガゼット》紙は、クリスティー中佐は殊勲章を授与される予定だとすぐに報じた。彼は英雄となって帰ってきたのだ。

一九一八年九月にアガサはロンドンにやってきて、彼と合流した。結婚して四年近くになるけれど、一度もいっしょに暮らしたことがなかった。実質的に、これがアガサの妻としての生活の始まりだった。

ふたりの最初の家は、セント・ジョンズ・ウッドの、一軒の家のなかの二部屋の安アパートだった。ノースウィック・テラス五番地は、落ちぶれてしまっていた。もとは十三人家族の家だったが、一九一八年までに分割されたのだ。アガサとアーチーの小さなアパートはかなりみすぼらしい家具つきで、なにかと若いカップルの〝世話〟を焼いてくれる、地階のウッズ夫人もついてきた。

アガサはタイピングと簿記の講座を取り始めた。クリスティー家の経済状態は不安定だったので、少なくともいくらかは金を稼がなくてはならない可能性があった。だが、彼女はそれよりも熱心に、主婦の役割に打ちこんだ。

第一次世界大戦が終わりに近づくにつれて、たいていの英国人は、時計の針を戻して、女性たちを職場から家へ戻したがった。でもみな、この夢に見た家がどのようなものか、改めて気づかずにはいられなかった。[1]《タイムズ》紙も、アガサのように今まで夫と同居する機会のなかった既婚女性向けに「家庭の知識」の習得講座の広告を載せた。[2]アーチーを、ロイド・ジョージ首相が帰還兵に約束したような、家庭の〝英雄にふさわしいひと〟にするのが、いまのアガサの優先事項だった。結局のところ、彼女とアーチーは幸運なひとたちだった。アーチーの世代の男性の三十パーセントは命を失ったのだから。

そして、アガサは主婦でいることが大好きだということがわかった。さしあたり、ロンドンの友だちがほとんどいなかったので、主婦の仕事に時間をつぎ込んだ。住宅不足のため、ノースウィック・テラスと、続くふたつのロンドンのアパートを見つけて、装飾するのには相当なエネルギーがかかり、アガサは自伝に、そのことについてたっぷりインクを費やしている。でこぼこのベッドの問題や、魚屋にだまされた話などを読むと、二部屋のアパートを管理することが、アッシュフィールドを管理するのと同じくらいたいへんな仕事のように思われる。ウッズ夫人だけではなく、アーチーの元従卒のバートレットの助けもあったにもかかわらず、である。

エドワード朝時代の、充実した快適さを再現しようともがいている中流階級の女性は、アガサだけではなかった。けれども、アガサの最も魅力的なところのひとつは、実際的であることだ。仕事を身につけるまでは、ひたすら努力する。自分が部屋付きのメイドになっているところを空想したりもする。「わたしはきっとかなり上手にやれると思うの」たぶん、思ったより大変だとわかるだろう。家を管理するのにほんとうに必要な仕事は、中流階級の目にはほとんど見えていなかったのだから。だが、同じタイプのほかの多くのひとたちとちがって、アガサは少なくとも可能性を想像することができた。使用人としての空想の生活は、『パディントン発4時50分』で家事と捜査を同時に行う、非常にすぐれたルーシー・アイルズバロウのなかに現れる。

アガサの新しい暮らしには、アッシュフィールドの要が欠けていたのは注目に値する。住み込みの料理人だ。戦争中は富裕層といえども、料理人なしでやっていくことに慣れなくてはならなかったので、結果として、料理の地位が変わり始めたのだ。

小さな台所で、アガサは自分で料理する実験をはじめた。簡単で豪華な料理——たとえばチーズスフレ——から始めると、残りはウッズ夫人がまだ作ってくれていた。歴史家のニコラ・ハンブルは説明する。「料理は今や、地位の高い人たちの余暇の活動として売りだされている」ので「いくらかは任せるとしても、おもしろすぎて、使用人に任せきりにはできない」[3]ものになっていた。実際的でないことで有名なヴァージニア・ウルフでさえ、料理教室の講習を受講して、そのときにスエットプディングのなかに結婚指輪を入れて焼いたのだった。[4]

クリスティー夫妻にとっての次の大変革は、十一月の休戦とともに起こった。ロンドン子たちは「喜びに飲めや歌えの大騒ぎ。獣のような快楽」にふけっている、とアガサは思った。酒を飲んで踊る人々は、道を見失っていた。もうひとりの女性、エリザベス・プランケットも、同じように休戦が奇妙に思えていた。「わたしたちはあらゆる感情を使い果たしたようだった。何も感じなかった。自分の人生を取りもどしたか、取りもどそうとして……テーブルにつくと、ぼんやりした顔が並んだ」[5]

道を見失った感じが増してきたとき、アーチーが突然、安定したRAFの仕事をやめるつもりだと明かした。かわりにロンドンの商業と金融の中心地、シティの給料のよい仕事を探したがった。でも、決心するまで何も言わなかったので、思いもよらない発表に、アガサはものも言えないほど驚いた。アーチーは、あの最初のダンスのあと、容赦なくアガサを追いかけたのとまったく同じく、ここでもまた、こうと決めたら一歩も譲らない生き方を見せつけた。

多くのシティの会社は復員した若い将校を助けたいと思っていたので、アーチーはすぐに仕事を見つけた。インペリアル・アンド・フォーリン・インベストメント・コーポレーションという金融サービス会社だった。社長はユダヤ人で、アガサもアーチーも、悪しき一九二〇年代の英国の慣例に従って、彼のことを〝デブ〟で〝肌が黄色い〟などと言っていた。アガサはほんとうの名前を知ろうともせずに、「ゴールドスタイン」氏と呼んでいたが、社長は気前よく給料を払ってくれた。

クリスティー家の年収は、アーチーの軍人恩給が五十ポンド、個人投資から五十ポンド、アガサの相続財産が百ポンド、それに今度のアーチーの給料が五百ポンドだった。年に七百ポンドというのは、古参の鉄道事務員や、中年の公務員が稼ぐ金額の二倍だ。それでも、若いカップルは金に困っていると感じていた。みんなそうだった。たとえば衣料品は、一九二〇年には、一九一四年のころの三倍も高くなっていたのだ。[6]

一九二〇年代の大ブリテン島について書いたジョージ・オーウェルは、年に千ポンドが〝紳士〟らしい生活をするのに必要な金額だと考えた。一方で、上流階級への強い憧れを持ちながら、年四百ポンドで生活するのは、

おかしなことだった。というのも、あなたの上流気どりはほぼ完全に理論上のものだからだ。いわば、同時にふたつの地位で生活しているようなものだ。理論上は、あなたは使用人のことや、彼らへのチップのやり方を知っているが、実際には、ひとりか、せいぜいふたりの住みこみの使用人がいるにすぎない。理論上は、あなたは服の着方や、ディナーの注文の仕方を知っているが、実際には、ま

ともな仕立屋や、まともなレストランに行く余裕はまったくなかった。[7]

アガサとアーチーは、社会のこの〝おかしな〟地位のほんの少し上にいて、外見を取り繕うことが上手にならざるを得なかった。アガサの登場人物たちが小説のなかでこのようなことをするときは、描写に自分の知識を使うことができた。

一九一八年十二月に選挙があった。選ばれた女性たちが投票を許された最初の選挙だ。これは働く女性たちが戦争中にしてきたことへの感謝だと思われがちだ。でも、アガサのような戦時労働者でさえ、いまだに選挙権から除外されていた。資格基準に合わなかったのだ。三十歳以上ではないし、世帯主でもなく、大学卒でもない。それに実は、選挙権を広げることは、感謝の気持ちとは無関係だった。それどころか、歴史家のジャネット・ハワースが説明するように、市民権の定義の拡大への返答だったのだ。もしも女性たちが戦争遂行努力に貢献していたのなら、彼女たちは市民であるべきだ。成人男子であることよりはむしろ、市民権は選挙権の基本とみなされ始めていた。[8]だが、それほど多くの女性がすぐに市民権を認められたわけではない。そうでなければ――恐ろしや！――有権者の男性に、数では勝ったことだろう。

その結果、アガサは完全な市民だとは思われず、正式な政治と政治家たちが、彼女に提供するものはあまりなかった。アガサのような女性たちは、本音では働く男性だけに関心がある労働党に見落とされていた。保守党ですら、もっと多くの女性の下院議員がいただろう。[9]これらすべてが、なぜアガサが生涯、政治から自由でありつづけたのかを説明する助けになる。保守党が彼女にふさわしい政党であっただろうが。

とはいえ、ロンドンでの生活は刺激的だったにちがいない。アーチーとアガサは配偶者であるだけでなく、仲間でもあった。旅やレジャーに行きたがった。子どもは欲しかったが、不可欠だとは思っていなかった。

「彼らにとって、結婚生活は遊びだったのよ」と、アガサは自伝的小説のべつの若いカップルのことを言っている。「熱心に結婚ごっこをしていたの」[10]

一九二〇年代はすぐそこまで来ていた。しかし、楽しい十年間という世間一般のイメージからしばしば抜け落ちているものは、戦争が残した影だ。たとえば、二〇年代は自殺するひとの数が大きく増えた。一方で――アガサはこのことをよく書いているが――教会に見切りをつけて、一九一四年から一九一八年のあいだに失った愛するひととつながるために、降霊術に走るひとたちもいた。[11]

戦争が終わったら、ほんとうにクリスティー家は楽しく過ごせるようになるのだろうか？　それは驚くほど難しく思えるときがある。アガサが一生懸命料理を作っても、アーチーは食べ物に〝興味がなかったり〟、スフレが胃もたれすることがわかって、彼女の努力をはねつけた。ストレスが胃に作用していたのだ。彼は明らかな原因のない「機能性ディスペプシア」、あるいは消化不良に悩まされていた。アガサは、夕方によく彼は「まったく何も食べられないのよ」と説明している。「ちょっとさびしい」と新しい生活を描写した。

それでも、自伝の勇ましい調子には、アガサが懸命に幸せになろうとしているのが表れている。そしてまもなく、クリスティーの結婚が大成功とみなされるもうひとつの理由ができる。

第十四章 ロザリンド登場

クリスティー夫妻は、アガサが〝おなかの病気〟でへたばると、トーキーのクララを訪れていた。これがどういうことなのかわかるのにはしばらくかかったが、妊娠していることに気づくと、アガサはとてもわくわくした。

アガサはずっと子どもが欲しかったのだ。彼女の切なる願いは、「赤ちゃんに囲まれる」ことだった。[1] ポワロと同じように、それが自分の運命だと考えていた。「結婚して、子どもを産むというのは、平凡な女のやることとですよ。百人にひとり――いや、千人にひとりが、名声や地位を得ることができるんです」[2]

でもアガサは、妊娠中ずっとしつこく続くつわりの覚悟ができていなかった。来るべき厳しい試練におびえていたし、もしかすると死ぬかもしれないと知っていた。これは、出産で生き残れなかった母親のことを、たいていの人がまだ個人的に知っていた時代のことだ。

アーチーの反応も矛盾していた。アガサは彼のことを「意外に親切」と書いている。というのも、彼は病気にうまく対処するのが苦手だと知っていたからだ。出産の日が近づくと、専門の看護婦と、もちろんクララの助けを借りて産むために、アガサはアッシュフィールドに引っこんだ。

アガサの最も自伝的な小説では、結婚後も、母親に対する主人公の強い思いは残っている。子どものころの家を訪れるのが何よりの幸せなのだ。彼女は、昔の生活に戻っていく感覚が大好きだった。安心させてくれる幸せな波が押し寄せるのを感じる――愛されているという感覚――ここにいていいんだという感覚が。[3]

アーチーもアッシュフィールドに来たけれど、クララと専門の看護婦がすべて手はずを整えていた。娘のロザリンドがついに一九一九年八月五日に生まれたとき、アガサの最初の反応は、月並みな喜びというよりは安堵だった。「もう気持ち悪くないわ。なんてすてきなの!」最初から、アガサはロザリンドのことを自分の分身ではなくて、別の人間として考えていた。彼女にとっては生まれたての赤ちゃんが、すでに〝陽気でしっかりした〟ひとりの人間だったのだ。クララがアガサを見ていたように、世界で一番大事なものとして子どもを見るということを、アガサはしなかった。娘を遠くからうやうやしく見守っていたのだ。そして決して従来の目で、母性そのものを見てはいなかった。

おば・ばあちゃんは出産に立ち会えなかった。ちょうど三か月前に亡くなっていたのだ。そしてこの変化の年は、十二月にアガサの母方の祖母のポリーも亡くなったことで完結した。古い世代が消えていき、新しい世代がやってきて、クララに家族をまとめる役目が託された。アガサが頼れるのはクララだった。産後まもなく、アガサは赤ちゃんを母親のもとに残して、アッシュフィールドを出た。ロンドンに行くために、看護婦を二週間延長して雇っていた。

現在の育児の見方からすると、生後数日の赤ちゃんを置いていくというこの決断は、奇妙に見える。同時代のひとの見方では、それははるかにふつうのことだった。だが、アガサもアーチーも、親という新しい役割にひるんでいた。「少しおどおどして、かなり不安で、自分たちが必要とされているのかわからない、ふたりの子どものようだった」

アガサは自伝でロザリンドの誕生についてはあまり書かず、看護婦を雇うことについてのほうに多くのことばを充てている。だが、自伝的小説のなかでは、新しい役割をあきらめて受け入れるヒロインの困難を書いていた。彼女は「今、確かに若い母親の役を演じている。でも、妻や母だという実感はまったくなかった。刺激的だけど疲れるパーティーのあとで、家に帰ってきた女の子の気分だった」[4]

小説のなかで、アガサは自分の子どもに腹が立ち、嫌悪して、傷つけてしまう可能性のある母親たちを掘り下げもしている。「多くの母親は、自分の子どもが好きではない」[5]と『動く指』で書いている。アガサ自身が子ども嫌いというわけではまったくない。世間が好む甘ったるいことばで子どもをあやす気がしないだけだった。アガサの知っている音楽家が、「わたしはかまわないわ——赤ちゃんのほうがずっとおもしろいってわかったから」と言って、母であることを優先させるために演奏をあきらめたとき、アガサは「とんでもない」と思った[6]。

そんなに早くロンドンに戻った目的は、もっと大きなアパートと、住みこみの保母と、メイドを探すためだった。アーチーの給料では、定期的に新しい服を買うこともままならなかっただろうが、それでも、このふたりの使用人が必要だと考えたのだ。「当時の生活には絶対必要だった」

ロザリンドといっしょにようやく落ち着いた新しいアパートは〈アディスン・マンション〉だった。一八八〇年代にオリンピア展示場の近くに建てられた、六階建ての大きな赤レンガ造りの建物だ。アガサは〈ヒールズ〉で家具を選んだ。アーチーは仕事に出かけ、メイドのルーシーと保母のジェシーがいれば、家庭は完璧だ。「あんなに幸せなときはなかった」とアガサは書いた。

だが、力関係を変える時期でもあった。アガサはアーチーが与えてくれた家の自治権を楽しんだが、こんどは使用人をうまく扱うことを覚えなくてはならなかった。もっとぜいたくな家庭に慣れている多くのベビーシッターには、雇い主として拒絶された。ミス・マープルでさえ、リベラルなひとたちに不快感を与える話し方をする。「命令をするのが仕事であるひとの慣れた命令口調」だ。[7] アガサの世代は、そういう力強い声を出すことがあまりできなくなってきていた。

そこでわたしたちは、アガサの人生や小説のなかで、家事使用人がどういう意味を持つのかという難問に突き当たる。その答えは、一九二〇年代に彼女や彼女と同等の生活をしていたひとたちがつかんでいた。使用人のことをほんとうに知っている者は、もう誰もいなかったのだ。その地位はあいまいになってきた。「愛すべきドーカス!」と、『スタイルズ荘の怪事件』で不注意なヘイスティングスが考える。「もはや風前のともしびの、時代遅れの使用人の完璧な見本だ」これは階級意識への無知の例として、しばしば引用される。だがもちろん、アガサの登場人物は、必ずしも彼女のものの見方の代弁者だったわけではない。ヘイスティングスはほんとうにドーカスを〝見ている〟わけではなく、アガサはヘイスティングスの限られた視界を通してのみ彼女を見せることによって、わざとあいまいにしているのだ。

しかしこの言い訳は、アガサの自伝ではあてはまらない。使用人たちは演芸場の出し物として扱われていて、彼らのひとをいらいらさせる癖が、読者の楽しみのために並べられる。雇い主が殉教者の感覚に陥るのは、いとも簡単なことだった。一九二〇年のある記事に、彼らの愚痴が並べられている。「いやいやながらの仕事、出来の悪さ、払える金額より高い賃金の要求、清潔と整理整頓の原則に背いている。『女の子が辞表を出す』のを恐れて世間体をよくして、厳しい規則を頑なに守らなければならない。過酷だ」。[8] アガサは家事使用人について、いかにも典型的な中流階級の不安を抱えていた。今日では不快感を与えるものだが、これらは彼女のような女性たちにとって、きわめて重要な関心事だった。

アーチーは仕事から帰ってくると、最初のうちは娘や妻と夜を過ごせて幸せだった。だが、彼は兵役の興奮と友情に慣れてしまっていた。だんだん家の外の生活に飢えてきて、週末にゴルフをして過ごすようになった。アーチーのような男は、ジークフリード・サスーンのことばを借りれば「仲間の兵士以外のすべてのひとと、永遠にちがっている」[9]。一九二〇年に、あるジャーナリストがこの世代を概説しようとした。「何かがおかしかった……彼らのなかで何かが変わってしまっていた。彼らは奇妙な気分、奇妙な気質に支配され、激しいうつ病の発作が、絶えず快楽を欲する状態と交互に現れる」と書いている[10]。

アーチーは「決して戦争のことは話しませんでした。当時の彼が考えていたのはただひとつ、そういうことを忘れることでした」とアガサは伝える。「感情を表に出さない」と彼のことを評する。「驚きもせずに」すべてを受け入れている。最も自伝的な小説のなかで、アーチーによく似た登場人物のダーモットもそんなふうだった。「彼が沈黙を破って、何か言ったとき」、妻は「覚えておくべきものとして、心にしまっておいた。彼にとって、それは明らかに大変なことだったから」[11]

アディスン・マンションで「わたしたちが、それからずっと幸せに暮らしていけない理由はなかった」とアガサは書いた。だが、理由はひとつあった——大きな理由が——まさに客間に座っていたのだ。

「ぼくはむしろ、変えられたらいいのに、と思うんだ」とアーチーは言った。

第十五章　大英帝国使節団

変化はほんとうにやってきた。意外なところから。

一九一九年にロザリンドが生まれてまもなく、二十九歳の誕生日のころに、アガサは一通の手紙を受けとった。驚いたことに、著名な編集者のジョン・レーンからで、彼の事務所に来るよう求めていた。

アガサは小説家になるという望みをあきらめてしまっていた。六社以上の出版社に断られてから、〝スタイルズ荘〟のことはほとんど忘れていた。人生が変化して、妻と母としての道へと狭まってしまったのだ。それを甘んじて受け入れていた。決してヒロインにはなれないだろう。子どものころに夢見たレディ・アガサには絶対になれない。ひとつには年を取ってきている。「ヒロインをもう少し若くしなさい」とイーデン・フィルポッツはアドバイスしてくれた。「三十一歳というのはかなり年を取りすぎている――そう思わないかね？」[1]

でも今、こんな思いがけない冒険への招待がポストに届いた。レーン氏はまさか却下するためだけに事務所に呼んだわけじゃないでしょう？　わくわくして、アガサは話を聞きに出かけていった。

アガサと同じくデヴォン州に生まれたレーンは、もう六十五歳だった。散らかった事務所に座って待っていた彼は「白っぽいあごひげをたくわえて、青い目を輝かせている、時代遅れの船長みたい」に見えた。[2]

レーンは新しい、安あがりの、ひと目を引く作家を見出す鋭い勘の持ち主だった。そういう作家たちが彼の出版社〈ボドリー・ヘッド社〉を盛りあげていた。[3]

「アガサというのは珍しい名前だから、人々の記憶に残りますね」と、レーンはこの有望な新人作家をつくづく見つめた。彼はクリスティー夫人の作品の話になれば、自分が強い立場にあることを知っていた。何人かのプロの読み手に原稿の批評を依頼しておいた。〝スタイルズ荘〟は「売れる可能性が高い」とひとりは読んだ。「物語が読者を引きつける」と。ふたり目の読み手は、著者の性別は明かされていないが、書き方が何となく「女性の手によるものではないかと思わせる」[4]と思ったが、どちらの読み手も、最後の裁判の場面は怪しいので、修正が必要だということで一致した。

ジョン・レーンは、このこととアガサの未熟さの両方にそつなく目をつけ、状況を自分の有利な方向に運ぶことに決めた。アガサを座らせて、書き直しが必要なことと、駆けだしの作家の稼げる金がどれだけ少ないかを言いきかせた。

でも交渉の駆け引きなどは必要なかった。アガサはすっかり舞いあがっていた。彼が机から契約書をさっと取りだしたときには、それなりの注意を払って目を通しもしなかった。「わたしの本を出版してくれるのなら……何にでもサインするわ」

アガサはいかにも素人っぽいやり方で、一生の仕事となるものに乗りだしていった。ヴァージニア・ウルフが「教養のある男性の娘」と評したひとのように、アガサは最も金のことを考える必要がないと思われる社会集団に属していた。契約書にサインすることが、より騒々しい世界へと彼女を連れていくだろう。たとえば、探偵小説の黄金時代の主な四人の女性作家たち――ドロシー・L・セイヤーズ、マージェリー・アリンガム、ナイオ・マーシュ、そしてアガサ――のなかで、結婚して子どもを産んだのは彼女だけだ。アガサはこの最初の一歩を熱狂的に、だが盲目的に、それが自分をどこに連れていくのか知りもせずに踏みだした。

代理人がいれば、アガサにサインしないように忠告したことだろう。レーンの契約書は、世間知らずの作家にけちな印税を約束するものだった。喜ばせるために、彼はすでに次の本のことを話していた。でも、ひそかに制限的な五冊の出版契約に閉じこめてもいた。

それでもアーチーは、お祝いにアガサをハマースミス宮殿に連れだした。六千人の踊り手を収容できる舞踏場だ。紅茶より強い飲み物は提供されないが、人生が酔わせていた。アガサの本が出版されることになったのだ。〝スタイルズ荘〟が出版されたら、大きな成功だ。

そうこうするうちに、アガサは次の本に取りかかった。[5] この最初の出版により、アディスン・マンションには今、もはやかつてほどには人生に完全に満足していないふたりの人間がいることは明らかだった。一九二〇年代のべつの本で、アガサは退屈な女たちのことを書いている。話すことといえば、何時間も「自分と自分の子どもたちのことや、おいしい牛乳を手にいれる難かしさのことばかり……ばかなひとたちだわ」[6]。一方で、自分の仕事を楽しんでいた。新聞のインタビューで、彼女は優先順位をはっきりさせている。「幼い二歳の娘でさえ、わたしを止められないの」。犯罪の追跡からということだ。「いったん犯罪を引き受けたら、あきらめるのは難しいでしょう。わたしなら絶対にそんなことはできないわね」[7]

母親としての役割を軽視して、作家としての役割を重視するそのインタビューは意味深い。彼女がインタビューされているという事実も同様に。彼女は有名人になりつつあったのだ。一九二〇年代の人々は、何かを創作することを、現代の有名人の文化のように見ていて、人々は大衆小説や有名人についての新聞記事に、気晴らしを求めた。[8] アガサは、すばらしくもあり恐ろしくもあることがのちにわかる、新聞との契約を結んでいた。

アーチーは才気あふれる妻を誇りに思い、彼女が稼ぎはじめていた金に夢中になった。でもわたしは、アガサの思いがけない成功が、彼をさらに不安定にさせたのではないかと疑わずにはいられない。そんなとき彼に、型にはまった単調な生活から抜けだす驚くべきチャンスが提供されたのだ。

大きな博覧会が計画されていた。貿易を促進し、大英帝国の製品を展示するために、一九二四年にウェンブリーで開催される。英国はインドのような場所の統治から撤退することを考えはじめていたので——このような——帝国を存続させるための、新しい方法を模索していた。この事業の事務次長は、アーチーの学校の教師だったアーネスト・ベルチャー少佐だった。彼は使節団を率いて世界中を回り、博覧会への支持を獲得するつもりで、財務顧問として、アーチーにいっしょに来るよう誘った。

独身で、自己中心的で、アーチーやアガサより二十歳ほど年上のベルチャー少佐は、少しこっけいな人物だった。戦時中は、国のジャガイモの統制管理官の地位にあった。アガサは彼の業績に皮肉を言った。「手に入ったことなんてなかったわよ」とジャガイモのことを言った。「不足していたのがすべてベルチャーの統制のせいだったのかどうかは知らないけど、そうだと聞いても驚かないわね」

だが、最初のうちベルチャーは、まったく害がないように見えた。それでクリスティー夫妻は、アーチーがその仕事を引き受けるだけではなくて、ロザリンドをマッジに預けて残し、アガサも行くべきだと決心した。それは危険なことだった。アーチーは仕事を辞めなければならないだろうから。でもそのチャンスは非常に魅力的だった。船で世界一周なんて、ちょっとした貴族の巡遊旅行のようではないか。しかも格安だ。この冒険は、戦争から続く広範囲の旅行ブームの一部だった。多くの軍艦が遠洋定期船に再利用されていたのだ。アガサがこれから訪れる自治領は、英国の中流階級の人々から、仕事というよりは休暇の目的地と見られはじめていた。[9] アガサはつねに移動が好きだった。「旅行には夢の真髄がある……あなたは自分自身でありながら、ちがう自分なのです」と書いている。アーチーはアディスン・マンションでの自分を、ほんとうは好きではなかった。おそらく、海の上でもっと納得のいく自分を見つけるだろう。

使節団がロンドンから出発した日は、アガサの二冊目の本『秘密機関』が出版された日でもあった。この出発は《タイムズ》紙に写真が載るくらい重要だとみなされていた。たくさんの花に囲まれて、有名人のようなアガサが写っている。だが、この時点ではまだ小説家としては新人だったので、使節団の農業アドバイザーでジャガイモ王のF・ハイアム氏の娘と誤記されていた。[10]

航路はマデイラ諸島を通って南アフリカに行き、それからオーストラリアとニュージーランドに行くことになっていた。アガサとアーチーは、次にハワイで休暇を取ってから、使節団にふたたび合流してカナダに行く計画を立てた。二年前に自治領との契約を保つ目的で、似たような地球一周旅行をした英国皇太子の例にならっていた。だが、ベルチャーの任務は、クリスティー夫妻のような最も親密な仲の人間にも、少し突拍子もないように見えた。船旅の途中で、アガサは家に手紙を書いた。「わたしたちは毎晩、機関長を教育しているの。彼のテーブルを囲んで〝使節団の成功〟という酒を飲むのよ。彼は『でも、わたしはまだ、これがなんの使節団なのかよくわからないんですよ。宗教的なものじゃないって言うし』とぶつぶつ言っているわ[11]」

南アフリカ行きの船はキルドナン・キャッスル号で、アガサの小説『茶色の服の男』で主人公が同じ国に旅行するときは、キルモーデン・キャッスル号になっている。[12]当然その後の人生で、アガサが経験することはすべて小説のネタになった。旅行中、彼女はおもに英国人の国外在住者のなかで時間を過ごし、彼らを横目で見ていた。どこを見ても皮肉や、笑えること、身の程を思い知らせるものを見つけた。パイナップルの栽培でさえおもしろがった。優雅に木になるのだと想像していたので、キャベツのように畑に植えられているのを知って、がっかりした。

この嘲笑的な態度は、多かれ少なかれ、アガサが生涯、大英帝国について論じる際のやり方になるだろう。彼女は英国を派手に宣伝するためにそこにいたわけではなかった。見物をして、からかうという楽しみのためにいたのだ。

船旅の写真からは、すばらしい時を過ごしたことが窺える。アガサは定期船の手すりにもたれかかっている。プールで泳ぎ、南アフリカの浜辺でサーフボード――ずっと泳ぐのが大好きだった女性のための、新しいスポーツのたしなみ――とともにポーズを取る。真珠のネックレスと、花びらの飾りのついた水泳帽をつけて、サーフィンをする。ハワイでは花輪で歓迎されて、バナナの木立に隠れたバンガローから出てくる。

だが、旅が長引けば長引くほど、使節団はどんどん退屈になってきた。王室の旅行の小型版のように、ベルチャーと彼の子分たちは初対面の人々に会い、果樹園に感服した。「長くてくたびれる一日……市民の歓迎会、工場の視察、スピーチつきのランチやディナーなど」月日が過ぎるにつれて、ベルチャーは心の狭い暴君の本性をあらわにして、ますます愉快ではなくなっていった。「野蛮人は、今朝は今までになくひどかった」とアガサは伝える。「原始時代の洞窟のように暗い自分の部屋で、パンと牛乳を食べながら、みんなにがみがみ言っている」[13]

この旅にはもうひとつ注目すべきマイナスの面があった。マッジに預けて置いてきたロザリンドの不在だ。クララは夫に同行するというアガサの決断を全面的に支持した。放っておかれた男が、道を踏み外すのを恐れたのだ。「夫といっしょにいないとね、あまり放ったらかしにしすぎると、彼を失うわよ」けれど、自分の家庭にロザリンドと保母を引きうけたマッジは、そこまで乗り気ではなかった。モンティが身体を壊してアフリカから帰ってきて、きょうだいの支えを必要としていると指摘した。でもアガサは行くことを選んだ。

現代の心理学者なら、おそらく二歳の子どもを九か月間置いていけば、必ず永遠に消えない置きざりにされる恐怖を生むと言うだろう。しかしアガサはクララとはちがうふうになりたかったのだ。ロザリンドに成長する場所を与えたかった。アガサは子育ての哲学について、ごく親しいひとたちのなかでこう話しはじめた。どんな子も「不思議なことに他人なのよ……ある期間は世話をすることを任されるでしょう。その後はあなたのもとを去り、自分の自由な人生で花開くの」ロザリンドはアガサにとって少し不可解なままだった。アーチーはもっと単純に、まっすぐに娘を愛していて、それがふたりには合っていた。「おたがいを理解していたんだわ。ロザリンドとわたしよりも」とアガサは思っていた。

それでも、アガサにはたしかに葛藤があった。「わたしはあなたのことをそれはそれは思っているのよ、わたしの赤ちゃん」ロザリンドに読んでもらうつもりで手紙に書いた。クララに認めたように、罪の意識があった。「自分の楽しみのために離れているなんて、ひどいわよね」[14]

それは、ロザリンドが執筆時間にじゃまをして、保母が大声で「ママのじゃまをしちゃだめでしょう?」と言うときにいつも感じるのと同じ罪の意識だった。アガサは子どもの世話をする必要があることの憤りについて、珍しく正直だった。「ロザリンドと話したりいっしょに遊んだりするか、ほかのひとととの遊びに夢中なのを見るかのどちらかなのよ」

旅の休暇の部分が始まると、アガサは罪の意識を無視しようとした。ありがたいことにベルチャーのいないホノルルでの一か月だ。サーフィンはすばらしかった。「わたしの知っている最も完全な、肉体的快楽のひとつです」でも強い波は危険だった。それにアーチーもアガサもひどい日焼けをした。

カナダでの小旅行の最後の行程で、まちがいなく楽しみは尽きた。所持金も尽きて、アガサは気づくと、切り詰めるために、お湯に牛肉エキスを加えて夕食に飲んでいた。アーチーの副鼻腔は炎症を起こし、アガサは肩が神経炎になった。おそらくすべてサーフィンによって引き起こされたのだろう。アガサは「家に帰りたくてたまらなくなって」いた[15]。出発してから九か月後に、ついにふたりは帰りの船に乗っていた。二年後に、博覧会は二千七百万人の客を引き寄せ、ウェンブリー・スタジアムという形の、長続きする遺産となった。

留守のあいだに送られてきた新聞の切り抜きで、アガサは二冊目の本『秘密機関』も成功するだろうと確信した。スウェーデンでの版権の売上のように、いろいろなものから金が入ってきていた。それで一九二二年秋に、アガサが家に着きもしないうちに、三冊目の本、『ゴルフ場殺人事件』の連載の計画が練られた。三冊の本が流行していたので、アガサはジョン・レーンとの最初の出会いをふりかえっていた。あのときはいろいろな思いが入りまじり、すごく興奮していた。

彼は〝鋭い青い眼〟で、抜け目なくアガサを見つめた。あの目つきに警戒するべきだったのかもしれない。「彼は自分に有利な取引をする類のひとだ」と。ボドリー・ヘッド社のほやほやの新人作家がロンドンに戻ってきたとき、彼から逃げる計画を立てていたとは、レーンは思いもよらなかった。

第十六章 スリラー

いかにも英国的な作家に思えるが、アガサ・クリスティーは、初めから国際的に成功した人物だった。たとえば『スタイルズ荘の怪事件』は、英国の出版よりも早く一九二〇年十月に、アメリカで最初に出版された。

その理由は、英国ではこの小説が、主に国外居住者に読まれる週刊の特別版とはいえ《タイムズ》紙に連載されていたからだ。これには五か月かかったので、小説が一冊の本として出版されたのは一九二一年一月二十一日になった。アガサは小説家になるまえは週刊紙の作家だったのだ。

彼女は多くのひとが思うより多才な作家でもあり、推理小説以外のジャンルでも書いていた。だが、探偵小説での経歴が、すばらしく順調に始まってしまった。ハードカバーの本になるのをじりじりと待っていたが〝スタイルズ荘〟の書評は概ね好意的だった。《サンデー・タイムズ》紙は「非常に巧妙」と評し、《タイムズ》紙は「異彩を放つ」と評した。[1]《タイムズ文芸付録》だけが酷評した。「独創的すぎるといっていい」アガサは誇らしげにその書評を新聞から切り取って、取っておいた。[2]

アガサの毒物の扱い方を〝精通している〟と賞賛したあるおもしろい書評が《調剤学時報》に掲載された。[3]探偵小説に関して一連の暗黙の〝ルール〟が現れてきていた。そのなかには、作家は読者に対して〝フェアプレー〟に徹し、少なくとも犯人の正体を推測する機会を与えなくてはならないという考えも含まれた。

〝科学的に未知の謎の毒物〟は、フェアでないとみなされるトリックの部類に入り、アガサは生涯を通じ、それを避けるのがとても得意だった。晩年の小説――『鏡は横にひび割れて』――だけが、〝カルモ〟と呼ばれる架空の精神安定剤に頼っている。[4]

だが、読者は〝スタイルズ荘〟を気に入っても、作家より出版社のほうがずっともうかっていた。アガサは時が経つにつれて、ジョン・レーンはフェアではなかったのではないかという疑いを募らせていった。彼の甥のアレンと仲よくなった。「わたしはよく突然言ったものよ。『アレン、あなたに印税をもらってから、一年くらい経つんじゃない?』って」と思い出を語る。「あなたは気づいているのかなと思っていたんですよ」と彼は答えた。[5]

自伝のなかで、アガサは〝スタイルズ荘〟の金銭面での利益があまりにも乏しかったので、ほかの本は書かないと決めたと言っている。何が彼女の心を変えたのだろう? 何が二冊目の本を書く動機になったのだろう? この本が、彼女を幸運な素人のままにしておくのではなくて、一生の仕事に落ちつかせたのだ。

自伝のなかで述べる表向きの説明は、アッシュフィールドが退廃していく現状だった。一九一九年におばあちゃんが亡くなったときに、細々と続いていた収入も途絶えたのだ。大きな古い家は、費用がかかりすぎて維持できなくなってきていた。売らなければならないだろう。

でも、彼女自身がアッシュフィールドとその庭にたくさん投資していたので、アガサはその見通しに打ちひしがれた。「あれは――あれは――かけがえのないものなの」それで、現実的なアーチーは、現実的な解決策を思いついた。母親の家を守るための金が稼げることを期待して提案した。また本を書いたらどうだい?

けれども、これは出来事のおとぎ話版だった。女性が金のために文章を書くのはどうしても必要な場合か、家族を助けるためのみであるべきだという古い考えに従ったものだ。それは一九二〇年の証拠によってうそだとばれる。〝スタイルズ荘〟が出版される前に、アガサはボドリー・ヘッド社に、すでに「二冊目がもうすぐ完成する」と伝える手紙を書いていた。[6]彼女はせっせと働きたがっていたのだ。

それにアガサは一九二二年に受けたインタビューで、すでに職業作家であることをはっきりさせている。「犯罪は麻薬のようなものなの」と記者に語った。「いちど探偵小説の作家になると……必ず戻ってくるわ――大衆があなたの作品を求めているから！」彼女には〝大衆〟がついていて、彼女には作品があり、創作に追われていた。[7]

一九二〇年代のアガサの出版記録を見ると、成功の陰に戦略があったのは明らかだ。一九二一年から一九三一年にかけて十二冊の本を書いたのがわかるが、典型的な探偵ものは五冊だけだった。一冊は詩集で、一冊はロマンス小説、五冊はアガサが〝スリラー〟と呼ぶものだ。彼女はジャンルの実験をして、何が一番売れるか模索しているところだった。「ひとは誰でも職人なの。誠実なよい仕事をするには……表現形式の訓練を受けなくちゃならないわ」

自分は市場のために書く職人だというアガサの考えは、両大戦間の時期の〝文豪〟の名簿から彼女を除外した。ブルームズベリー・グループや、エリオット、フォースター、ジョイス、オーデン、ローレンス、オーウェル、ウォーらが載る名簿だ。一九二〇年代に、モダニズムのアヴァンギャルド作家たちは、新聞小説のような大衆的な文化形態が広まりつつある状況に困惑していた。[8]〝ハイカルチャー〟の支持を打ち出すことで大衆文化との差別化をはかった、〝バトル・オブ・ブラウズ〟として知られるようになった。

一九二二年――T・S・エリオットが『荒地』を、ジェイムズ・ジョイスが『ユリシーズ』を、アガサ・

クリスティーが〝スリラー〟の『秘密機関』を出版した年――は、ほかのことと同じように、モダニズム運動の始まりの年となった。その用語は、一九二七年の本に初めて使われることになる。[9]

しかし、モダニズムとは正確には何なのだろう？　アガサの『牧師館の殺人』（一九三〇）の登場人物レオナルドは、自分はそれを知っていると思っていた。かすかな皮肉を込めて言う。「大文字がない詩こそ、モダニズムの真髄だ」と。[10]

本質的には、モダニズムはそれまで通用していたものとはちがう実験的なものだった。そのため万人受けしなかった。従来の語り口を使うアガサのような作家は、自分たちをハイブラウとは正反対だと定義して、挑戦的にミドル、あるいは〝ロウブラウ〟とさえ呼びはじめた。アガサは仕事の成功に「ロウブラウのトップバッター!!」という気持ちでこたえたものだった。[11]

バトル・オブ・ブラウズは、強い感情をかき立てた。ハイブラウたちがどれほど強くミドルブラウの文化が二流で、痛ましいほど商業的だと感じていたかを知りたければ、ヴァージニア・ウルフを前に出させよう。「もしもどこかの男か、女か、イヌ、ネコ、あるいは半分つぶれた虫がわたしを〝ミドルブラウ〟と呼んだりしたら、わたしはペンを取って、死ぬまで突き刺してやるでしょう」[12]と書いた。この激しい非難は、ウルフが《ニューステイツマン》の編集長に書いた手紙のなかに見られる。

しかし物事は決して思うほどすんなりとは進まないものだ。この有名な手紙は、実際は送付されないままだった。おそらくウルフは《ヴォーグ》誌や《グッド・ハウスキーピング》誌に寄稿者としてときどき書いていることに気がとがめたのか、あるいは概してアガサと同じミドルブラウのほかのプロの女性作家を、心から支えたいと感じていたのだろう。文学史学者のマルーラ・ヨアンノーが言うように、その手紙が決して投函されなかったのは、ウルフが「自分の立場についての矛盾」を大いに感じていたからかもしれない。[13]

この話にはもうひとつひねりがある。もしもミドルブラウとモダニストが実は同じものだとしたら？　モダニズムのより包括的な定義とは、必ずしも『ユリシーズ』風の新しさのショックでひとを打ちのめすわけではない作品のなかにも、見つけられるということかもしれない。それゆえに、文芸評論家のアリソン・ライトは、まさに〝モダニスト〟は〝知識人〟でなければならないという考えの誤りを暴いたのだ。ライトは、アガサ・クリスティー自身が、実は認識されていないモダニストだと仮定した。

このことは、おそらくクリスティーが〝スリラー〟と呼んだ一九二〇年代の本に、最も顕著に見られる。探偵小説ほどよく知られてはいないが、それらはいたずらっぽく、魅力に満ちて、信じがたく、スピード感がある。象徴や、最も軽いタッチで描かれた人や場所といった、モダニストの関心事がある。

これらの話は、アガサが〈トミーとタペンス〉シリーズを書くきっかけとなった。元軍人のトミーと元病院の看護婦のタペンスが『秘密機関』で初めて登場する。アガサはふたりを「根っからの現代的なカップル」として描いている。ツキに見放されながらも、未来に望みを抱いている恐れを知らないふたりは、つい最近、戦時奉仕から解放された。蓄えが底をつき、探偵事務所を始めることにする。トミーは貧乏なシャーロック・ホームズで、紅茶とパンを買う金もままならない。彼とタペンスは〈ライオンズ・コーナー・ハウス〉ではそれぞれ自分で支払いをして、男が勘定を支払うべきだというルールを喜んで無視してみせる。[14]金のない〝陽気な若者たち〟の彼らは、一九二〇年代版の快楽主義に憧れる。アメリカ風ロブスターや、鶏肉のニューバーグソースや、ピーチ・メルバを食べて、〈リッツ〉で給仕長とファーストネームで呼び合う仲になり、新車のロールス・ロイスに乗る。元看護婦と結婚した元軍人と聞いて、アーチーとアガサでなければ、誰を思い浮かべるだろう？

だが、最初のスリラーに脱線したあと、アガサはもう一度探偵ものに戻り『ゴルフ場殺人事件』でポワロを再登場させ〝スタイルズ荘〟やそれに続くいくつかの短編からさらに発展させた。しかしアガサには、すでにヘイスティングスが少し退屈なひとになってきているのがわかっていたので、彼を追いはらうことに決めた。「ポワロと仕事を続けてもいいけど、ヘイスティングスとも続ける必要はないわ」

ヘイスティングス大尉が今日の人々の心にやけに大きく映るのは、一九八〇年代と一九九〇年代のポワロの物語のテレビ化で目立ったからにすぎない。アガサは、本全体の価値のある行動を目撃して語るために、ヘイスティングスが物理的に居合わせるプロットを考えるのは難しいと気づいた。[15] それに、とにかく彼はちょっと鈍い。それでアガサは『ゴルフ場殺人事件』をヘイスティングスの結婚で締めくくり、彼をアルゼンチンに行かせた。

ボドリー・ヘッド社はアガサに満足していたが、アガサはそれほど彼らに満足していなかった。一九二〇年代が進むにつれて、アガサは自分の仕事の価値について、まっとうな自覚を持つようになった。つまるところ、彼女は今やスターだったのだ。一九二三年には、アガサとロザリンドの、実物以上によく見せるソフトフォーカスの写真が《デイリー・メール》紙の写真ページの中央に載った。まわりに女優やら、ベリックの女性の保守党の立候補補者、英国皇太子などの小さい写真が並んでいた。[16]

ときにはアーチーを秘書として使い、出版社に宛てたアガサの手紙には、不満が含まれはじめた。誤植や、約束したけど送られてこない売上計算書のことや、本の表紙のデザインの〝雑なしろうとっぽさ〟のことなど。[17]

プロ意識が高まってきたにもかかわらず、文筆はほんとうの仕事ではないとアガサは自分に言いきかせ続けた。税務署の調査官がいくら稼いだのかと尋ねたとき、彼女は「驚いたわ。文筆による収入を所得として考えたことはなかったから」。でも、内国歳入庁の考えはちがった。これが、アガサと税務署員との不愉快な関係の始まりだった。ちゃんとした記録を取ってこなかったとわかって動揺し、何年も前にイーデン・フィルポッツが紹介してくれた著作権エージェントにもう一度相談した。ヒューズ・マッシーの会社だ。今度は、エドマンド・コークという人物が代理人を務めることになった。

非常に慎重で気どった英語を話す、ちょっと吃音(きつおん)気味のアガサの新しい代理人は、プロっぽくないプロでいるというこの不可解な企てを手伝うことになった。すぐにボドリー・ヘッド社との搾取的な契約よりいい契約をアガサにさせることに決めた。コークはよく、どういうやりとりがあったかを楽しそうに話していた。彼は、アガサはそれぞれの本に二百五十ポンドの前渡し金をもらうべきだという提案を持ってレーンのところに行った。でもレーンは「こんなふうに代理人に話されるのには慣れていないから出てってくれ」[18]と言った。したがって、一九二四年一月二十七日に、アガサはべつの出版社と新しい契約をした。当時はゴッドフリー・コリンズに率いられた、ウィリアム・コリンズ&サンズ社である。これはアガサのためにコークが交渉した、たくさんの案件のうちの最初の一件だった。

しかし、ボドリー・ヘッド社から逃れるのは、思ったより大変だということがわかった。とくに気分を害したとあっては。アガサの元の出版社は条件について論争をしかけてきたのだ。契約書には、最初の六冊を彼らに与える義務があると書いてあった。彼らは短編集の『ポワロ登場』を六冊のうちの一冊として数えるべきなのかと訊いてきた。しかしアガサは、三冊目の本として*Vision*――犯罪小説ではなかった――という小説を提供したが、断られたことを指摘した。そちらの損失とはいえ、それも数のうちだとアガサは主張した。[19]

短編をめぐるこの論争は、長編小説だけが彼女の経歴をなすわけではなかったことを裏づける。一九二〇年代に、アガサは即座に書く寄稿者でもあったのだ。[20] 一九二一年に《ザ・スケッチ》誌は、本になるかもしれないし、ならないかもしれないポワロの短編を依頼した。《グランド・マガジン》、《フリンズ・ウィークリー》、《ロイヤル・マガジン》、《ノヴェル・マガジン》、《ストーリーテラー》といった雑誌はみな、彼女の作品を欲しがるようになった。

そして《イヴニング・ニューズ》紙が、次のスリラー『茶色の服の男』の連載権に、どうやら五百ポンドという、莫大な金額を提示してきたようだ。アガサはとても信じられなかった。雑誌は、とくにアメリカの雑誌は、自分を小説家であると言うのもはばかられる者の収入のうち、驚くほど大きな割合を占める額をいつも提供してくるものだ。これらのことが、小説家が要求するような、深刻な受けとめられ方をするのを防いでいる。

アガサはその五百ポンドを、一九二〇年代のぜいたく品だった小型車のモーリス・カウリーにつぎこんだ。行動範囲がハイヒールで歩ける距離に制限されていた女性にとって、これはすばらしく現代的だった。アッシュフィールドの管理を援助したり、詩集の自費出版をすることもできた。自分のパンと紅茶を余裕で買うことができるかのようにふるまいはじめていた。歴史家のなかには、アーチーはこれを気に入らなかったのではないかと推測する者もいる。[21] そんな証拠はまったくない。実際アガサはわざわざ、彼はわたしの仕事を積極的に支えてくれたと言っている。

だが、たとえ口には出さなくとも、少しは憤りがあっても、不思議はない。もうひとりの小説家、ダフネ・デュ・モーリアはこう信じていた。「わたしのように仕事を持つ人間は、ほんとうに男と女の昔ながらの関係を台無しにしてしまう。女は穏やかでやさしくて、ひとに頼るべきなのよ」[22] アガサは自分とアーチーは「トミーとタペンス」のようなチームだと思っていた。しかし、世界一周のあとに苦労して仕事を探しているとき、彼は憂うつになってきた。うまくいかなくなって、ふたりは離れて暮らすことを話し合いもした。だが、アガサはアッシュフィールドに行くことも、アブニー・ホールに行くことも拒んだ。ロンドンにいて、仕事を続けると言いはった。

一九二四年一月に、アガサがコリンズ社との新しい契約書にサインしたときは、まだボドリー・ヘッド社に最後の一冊の権利があった。もう一冊のスリラー、『チムニーズ館の秘密』は、たわいないP・G・ウッドハウスの『比類なきジーヴス』のすぐあとに出版され、同じような貴族の邸宅の世界が舞台となっている。

『チムニーズ館の秘密』はいくつかの偉大な〝クリスティー・トリック〟を含み、さらにアガサの最も好感の持てるヒロインのひとりである、活発で進取的な若い女性を登場させてもいる。アガサの若いころにはやった〝新しい女〟は、一九二〇年代の〝陽気な若者たち〟に道を譲っていた。誰が何と言おうと、アガサは彼女を面白がっている。〝チムニーズ館〟では、魅力的なヴァージニア・レヴェルは父親と同じように、男っぽい一九二〇年代のスポーツウェアのつまった、とてつもなく地味なタンスを持っている。〝チムニーズ館〟では、アガサが貴族の邸宅をどのように取りこんでいるかも見どころだ。貴族の探偵が出てくるドロシー・L・セイヤーズやマージェリー・アリンガムら仲間の作家たちとはちがい、アガサは上流階級のひとたちをあまり重く考えてはいなかった。チムニーズ館と呼ばれた家自体を描写する一節を引用しよう。アガサは、古風なれんが造りの建物や、小塔、ひょっとしてステンドグラスといった趣のある描写をすると思われるかもしれない。だが、わざわざそんなことはせず、単にこの大邸宅にはホルバインの絵と、牧師の隠れ穴と、秘密の通路があるという事実を列挙しているだけだ。それらは存在するが、重要ではない。「一度見せられたことがあったと思うんだけど、もうあまり覚えてないわ」[23]とヴァージニアが言う。

それはクリスティーの苦手意識に対する巧妙な解決策だ。「わたしはひとや場所を描写するのが好きじゃないの。会話で進めたいのよ[24]」と認めたことがある。

もうひとつの〝チムニーズ館〟における〝クリスティー・トリック〟は、衣服を使って、人物像について思いこませることだ。ヴァージニアが初めて主人公に会ったとき、彼女はさりげない俗物根性で彼を見下す。アンソニーは金に困った元軍人だと自己紹介したので、ヴァージニアは初め彼を単に「よくいるロンドンの失業者よりは感じのよいひと[25]」と見ている。ヴァージニアは、彼がほんとうは何者なのかを知るにつれて、ひととして成長していく。

そして嘆かわしい事実は、ひとの見かけから結論に飛びつくのが人間の本質だということだ。アガサのもうひとりの陽気なヒロイン、フランキー・ダーウェントは「誰も、おかかえ運転手のことを、ひとを見るような目で見ないのよ」と言う。彼女が言っていることは、今もなお真実である。われわれは個人ではなくて、制服を見ているのだ[26]。衣服からより簡単に階級を読み取れた一九二〇年代には、それはさらにうまくいった。クリスティーの読者は奉仕されることに慣れていたし、奉仕するひとのことを当然だと思っていた。

だが〝チムニーズ館〟には、現代の読者がさらにいっそう問題だと思う決定的な点がある。人々はアガサのことを時代を超越した作家だと思っているので、ときどき彼女の小説の政治性が、必ずしもうまく熟成していないことを知って驚く。一九二〇年代のアガサのスリラー作品の悪役は、この年代の特徴をよく示している。あいまいで、世界的な陰謀を企み、ときには共産主義者であり、ときには犯罪者でもある。この世界のもうひとつの特徴は、著者の立場も登場人物の立場も、不快な反ユダヤ主義だということだ。たとえば〝チムニーズ館〟のハーマン・アイザックステインは「太った黄色い顔に、コブラを思わせる不可解な黒い目。大きく曲がった鼻と、えらの張った力強いあごをしている」。これは平凡な決まり文句で、ドロシー・L・セイヤーズの一九二三年の作品に出てくるユダヤ人の登場人物の描写とほとんど同じだ。セイヤーズ版では「目鼻立ちははっきりしていて、肉づきがよく、特徴的だ。突き出た黒い目と、力強いあごにかけて湾曲する長い鼻がついている」[27]となっている。

反ユダヤ主義は、アガサが決して完全には抜けだせないものだった。だが、おそらく一九三〇年代にナチ党員と初めて会ったあとで、微妙に変わった。誰かが「ユダヤ人」ということばを口にすると、彼の顔が「異常なほどに変わったの……彼は言ったわ。『あなたはわかってない……やつらは危険なんだ。絶滅させなけりゃ』……人生には、ひとをほんとうに悲しませることがあるものね」。それでも、批評家のロバート・バーナードが言うように、この時点から先は、アガサの「ユダヤ人に対する侮辱的な言及はなくなった」[28]というのは真実ではない。ユダヤ人の登場人物に対する偏見はまだ残っていた。

けれども、一九二〇年代が進むにつれて、アガサはスリラーの数を減らすようになる。探偵小説の作家として最も知られるようになっていった。これはとくに、チムニーズ館のすぐあとに世間に認められた傑作で、ポワロの登場するミステリ『アクロイド殺し』が出版されたためだった。

だが、その本が出版されたのは、彼女のそれまでの人生で最も困難な年となる一九二六年だった。

第五部

一九二六年

一九二〇年代

£100 FREE CROSS-WORD COMPETITION: SEE PAGE 4

Daily Mirror

THE DAILY PICTURE NEWSPAPER WITH THE LARGEST NET SALE

CAMPAIGN TO MAKE LONDON STREETS SAFER

[24 PAGES]

MYSTERY OF WOMAN NOVELIST'S DISAPPEARANCE

EARL'S DAUGHTER TAKES THE AIR IN A CAGE

第十七章
サニングデール

《スケッチ》紙の新版は、有名作家アガサ・クリスティーの自宅で撮影した写真を、読者に大盤振る舞いした。ものであふれたカラフルなリビングルームは、壁に陶磁器の皿がたくさん飾られている。[1]アフリカで買った木製のキリンが、ほかの装飾品といっしょにサイドテーブルの上に押しこめられていた。

一九二六年の初めまでに、クリスティー家はまたべつの新しい家に移り住んでいた。今度はバークシャー州サニングデールだ。アディスン・マンションよりずっと立派なフラットで、広い砂利の私道のある一八九〇年代の大邸宅の上階を占有していた。《スケッチ》紙の購読者が見たがるような、ミドルブラウの女性作家の完璧な環境を備えていた。壮観なミドルブラウの家だ。

成功した女性作家はもう三十代に入り、年相応に見えた。十代のころのアガサは豊かな胸にあこがれていたが〝よく発達した丸くて女らしい胸を持った三十五歳の〟自分を予測し損ねていた。ああ、悲しや。流行が変わり、ほかのみなは〝板のように平らな胸に進路を変えて〟いた。写真のなかのアガサは落ちついていて品があり、堂々として、いまだにどこかエドワード朝風だ。

《スケッチ》紙を読んだひとは、クリスティー夫人の人生は非常にうまくいっていると思ったにちがいない。その年、彼女は新しい長編小説を一冊と、短編集を二冊出版していたし、ロザリンドは大きくなってきた。アーチーはついにシティのオーストラル信託有限会社に仕事を見つけ、ゴム会社の重役など、責任のある仕事も引き受けはじめた。

こうして繁栄の気運が高まってきていたことが、クリスティー家がロンドンから引っ越した理由だった。サニングデールはシティへの通勤が楽だった。その上、現代と同じく住むには地味だけれど、ぜいたくな場所だった。現在は鉄道の駅を出ると、スーパーマーケットの〈ウェイトローズ〉と、〈アスコット・ウェルス・マネジメント〉の広告と、ロールス・ロイスのショールームに出くわす。アーチーは新しく見つけた夢中になれる遊びを思いきり楽しむために、サニングデール・ゴルフコースの近くに住みたがってもいた。一九二四年のゴルフコースの案内書によれば、五番ホールは「ボールが空高く飛んで急降下するときに豊かな満足感」を与えてくれるということだ。[2] サニングデールはバークシャー州にあるが、それはほんの少しだけで、サリー州との境界線が近かった。その州境の位置が思いもよらない重要な意味を持つことになる。

サニングデールはアガサよりもアーチーに合っていた。アガサはゴルフは好きだけれど、大好きというわけではなかったし、地元の友だちを作るのは難しいとわかった。べつのゴルフ未亡人は、ゴルフクラブについても、サニングデール自体についても、何一つよいことを言わなかった。「すごいお金持ちたち……ぞっとする家具と絵画、醜い顔と鈍い頭」[3] アガサの短編小説『サニングデールの謎』では、〈サニングデール・ゴルフコース〉の七番ティーグラウンドで、刺し殺された被害者が見つかった。

アガサはディナーの招待を受けることができなかった。アーチーがとても疲れていて、夕方に外出できないからだ。シティの人々は回し車のなかのハツカネズミのようだと、アガサの登場人物のひとりは考える。「どんなにお金持ちでも、いつも九時十七分の列車に乗る」[4] クリスティー家は地元の〝社交界の名士たち〟に加わるだけの金もなかった。アガサは今や間近で観察できるというのに。そしてこれが重要なことだった。なぜなら、サニングデールの有閑マダムたちは、実はアガサの読者だったのだから。一九二八年の本によると〝社交界の名士たち〟は、

テニスを少々たしなみ、よくダンスをして、流行りの種類の犬を飼っている……この階層は小説をたくさん読む。新聞はざっと目を通すだけだ。自国の政治への関心は、ほとんどの場合、金や物質的な豊かさを欲しがり、それが極めて重要だと思うなんて、労働者というのはなんてやっかいなのだろうと考えることくらいだ。[5]

一九二六年五月に、アーチーはゼネストを終わらせるのを手伝いたいと希望して、自ら大型トラックを運転した。ここは保守的な社会で、各自が自分のためにやっていた。

だが、アーチーは妻がうまくいっていないことには気づいていないようだった。ゆっくりと、いつの間にか仲間たち――トミーとタペンス――は、ばらばらになってきていた。平日はアーチーがいないし、仕事のないときは疲れていた。アガサが求めていたのは、結婚生活の初めのころの親密さだけだったのに。

Dはいっしょに散歩に行きたい願望（Desire）
良かれ悪しかれ、どんな天気でも。[6]

だが、週末のアーチーは、歩くことも話すこともしたくなかった。したいのはゴルフだけだったのだ。もちろん、アガサにはロザリンドがいたけれど、ロザリンドは最愛の謎だった。父親に似て現実的で、冷静

で、自己完結型に育っていた。

ちょっとのあいだ、サニングデールのアーチーとアガサから話を戻すと、ほかの多くの英国人の夫婦は、思いもよらない不満を感じていた。第一次世界大戦から十年が経っても、いまだにその影が落ちていた。そして人々は、以前ならできるとは思えなかった方法で、そのことを語りはじめた。戦争の回顧録が出版されだしたのだ。アガサの同僚の看護婦たちに支払われた恩給の記録からは、この時期、一九二〇年代に神経衰弱として知られていた病気のような精神障害が現れて、救済を求める主張がされたことがわかる。これは医者が〝シェルショック〟のかわりに好んで使った、より専門的なことばだった。[7] 第一次世界大戦については大いなる沈黙と、そのあとに続く人生を受け入れたいという切なる願いがあった。でも、それをきっぱりと忘れることは永遠にできないだろう。

少なくともアガサは、そのころ車で一時間のドーキングに住んでいたアーチーの母親とは、かなりうまくやっていた。それにマッジがちょこちょこ訪ねてきた。ロザリンドは〝パンキー〟おばさんは特別だと感じていた。「お母さんよりも楽しませてくれる。すごくおもしろかったよ。マンチェスターにちょっと埋もれてるけど」[8] アガサも、マッジは日々の暮らしに満たされないものを感じているのではないかと思っていた。「姉妹というのはとても不思議なもので――どうして知っているなんて思えるのだろう!! でも、アブニーでは不幸なひとたちだと思うわ」[9]

けれどそのころ、才気煥発なマッジは、ついに自分自身のちょっとした成功をつかんだ。一見したところさほど努力もせずに、ウエスト・エンドの舞台で上演される戯曲を書いたのだ。

もちろんマッジはずっと作家だった。十代で雑誌に作品が発表されたのだから。アガサは、もしもマッジが結婚していなかったら、もしも書きつづけていたら、どうだったのだろうと考えていた。そう、これが答えだ。四十五歳で『要求者 *The claimant*』というマッジの脚本が、プロデューサーの目に留まったのだ。

新人作家がウエスト・エンドに進出するのは意外に思えることだろう。だが、マッジのプロデューサーは、女性劇作家クレメンス・デインの大成功に味を占め、似たような作家を目を皿のようにして探していたのかもしれない。でもマッジは、男性のように聞こえる〝M・F・ワッツ〟と自称することに決めた。プロデューサーは「わたし（あるいは、どこかの無名の男）がほんとうにこの戯曲を書いたのだろうかというひそかな疑い」を心に抱いているのだと信じていた。でも、リハーサルで自分の考えを言うのが楽しかった。「ひとに完全な権力意識を与えるものよ……不思議だけど、みんながわたしを重要だと思っているの」アガサはこういうことすべてを、かすかな嫉妬を覚えて見ていたのかもしれない。忙しい重要人物のマッジがサニングデールに日曜日を過ごしにやってきたとき、彼女は疲れきって「ずっと居眠りをしていた」のだ[10]。

だが、マッジの演劇はほどほどに成功したにすぎない。おそらくアガサは、自分ならもっとうまくやれると感じたのだろう。そして実際にやってみた。近年の彼女の評価が大きく見直されているのは、小説家としてだけでなく、劇作家としても才能があったと認められたことによる。一九二〇年代の彼女の演劇はあまり上演されないけれど、演劇史家のジュリアス・グリーンは、この軽視された一連の作品は、彼女の気持ち、とくに結婚についての思いへの洞察を与えてくれると指摘する。

われわれはすでにアガサが、両親の結婚とはちがう友愛結婚を賞賛していたのを知っている。「結婚、ぼくのいう結婚は、運命の大冒険になるだろう」と『チムニーズ館の秘密』の気持ちのよい主人公は言う。彼は絶えず成長していく、チームワークとしての結婚について話している。トミー・ベレズフォードが「とんでもなくよいスポーツ」と言うようなものだ。[11]

しかし、アガサがこの時期に書いたふたつの戯曲『十年 *Ten Years*』と『うそ *The Lie*』には、バランスを崩すまえは友愛として始まった結婚に不満を抱く女性たちが現れる。『十年』は、十年いっしょに暮らしたあとで、自分たちの関係を考え直すことに同意した夫婦についての話で、アガサとアーチーが一九二四年にたどり着いた重大な段階でもあった。舞台上では、妻がもっと多くのものを切望する。「わたしたち女性は、かつては奴隷で、自己犠牲が当然のこととして期待されていたわ」と彼女は言う。「でも今は自由に自分の人生を生きているの……まだ若いんだもの……恋愛や――情熱や――炎――わたしたちがかつて持っていたものが欲しいの……わたしは生きたい――自分の人生を生きたいの――あなたのではなく」[12]。彼女はひとりの女性、アガサがそうなり始めている女性のように聞こえる。夫がもうまったく話しかけてくれないような気がしている女性に。

『うそ』も同じ問題を扱っている。炎の消えた結婚を。アガサは自分の結婚やその問題について、小説や自伝でたくさん書くことになる。だがそれらの作品は何年もあとに書かれたものだ。一九二〇年代の未発表の戯曲が、凝り固まった結婚の最前線からの発信だとつい考えたくなる。[13]

そのあいだに、さらにべつのアガサの親族によって、人生が面倒なことになっていた。アーチーには、ミラー家が果てしなく劇的な状況を提供してくるように思えたにちがいない。第一次世界大戦の直前に、モンティはヴィクトリア湖での運送業の経営に使うつもりで、船の建造を企てて失敗し、大金を浪費した。その次に〈東アフリカ輸送部隊〉に従軍した。だが怪我がきっかけで、痛みどめのモルヒネに依存するようになった。一九二二年に英国に戻ってきたときは、健康状態がひどく悪くなっていた。

モンティは黒人の使用人、シバニを伴ってアッシュフィールドに帰り、クララといっしょに住んだ。シバニはトーキーでひどく不快なときを過ごしたにちがいない。「あのひとが掃除について何を知ってるのか、わたしが知らなきゃならないんですか？」と、『シタフォードの秘密』で、〝たちの悪い黒人〟の下男について掃除婦が訊く。[14] 愚かで退屈したモンティは、寝室の窓から拳銃を発砲して楽しんだ。「ばかなオールドミスが尻をゆさゆさ揺らして私道を歩いてたもんだから。がまんできなくて――そいつの左右に一、二発ぶっぱなしたのさ。いやはや、あの走り方ときたら！」必然的に、警察が呼ばれた。必然的に、愛きょうのあるモンティは彼らを説得した。心配はいらない。ウサギを撃って、アフリカで磨いた腕を鈍らせないようにしているだけだ。

　ドラッグと銃にまつわるモンティの話は、アガサの自伝ではおもしろく描かれているが、ひどく重荷だったにちがいない。アガサとマッジは、何をしでかすかわからないきょうだいを母から離れさせるために、ふたりで八百ポンドを工面した。モンティの問題の一部は、きっと世間の人々が、賢くて有能な姉妹たちと比べることだったのだろう。「なんでだよ」と訊いた。「より深い洞察力が女性に与えられてる……おれに少しは自信をくれよ」[15]

　姉妹は彼に住む場所を手配した。ダートムアの〝小さな花崗岩の平屋〟だ。[16] 静かな人里離れた場所だった。モンティは出歩くために小型のオートバイを買ったが、その後気に入らないと思ったか、乗るのを禁じられたのだろう。すぐに売りに出していた。[17]

　ひょっとしてモンティがオートバイを手放したのは、彼の問題の核心に関係があったのかもしれない。アフリカで与えられ、今も常用しているモルヒネだ。アガサが述べたように「兄は麻薬依存を断ち切るのは難しいとわかったのでしょう」。姉や妹と同じように、モンティは自分も文章を書けると思った。彼の未完の小説のひとつでは、出来事に自伝的なひねりが加えられている。アフリカ人の使用人が病気のヨーロッパ人に差しだすのは「湯気の立ちのぼる一杯のコーヒーと、小さな茶色い錠剤ふたつだ。それは何だ、と訊いた。『モルヒネです』というのが答えだった。『効きますよ』」[18]

アガサは兄の依存症について話すのに驚くほど正直で、恥を感じていない。そして、一九二〇年代のドラッグは簡単に入手できたので、今日と同じ不名誉を被りはしなかった。たとえば第一次世界大戦中は、薬局が《タイムズ》紙に完全に合法の広告を出した。モルヒネとコカインが入っているゼラチンシートは〝戦地にいる友人〟のためのすばらしいプレゼントになるだろうと提案するものだ。[19]モルヒネとコカインとヘロインの供給についての法律は一九二〇年に厳しくなったが、そのときまでは、それらを——そして注射器も——ハロッズで買うこともできた。

麻薬依存の人物は、アガサの小説にたびたび登場する。『雲をつかむ死』（一九三五）のホーバリ夫人は化粧道具入れにコカインを入れて持ち歩いている。『メソポタミヤの殺人』（一九三六）ではドラッグの使用が暴露される。『ヘラクレスの冒険』（一九四七）では、ポワロが麻薬の売人に立ちむかう。モルヒネ依存の兵士は、アガサの自伝的小説『愛の旋律』でも端役を演じる。「モルヒネが——彼を支配しているの」と彼の妻は言う。「わたしたちはいっしょにそれと戦うつもりよ」[20]アガサとマッジはそれから、兄がモルヒネと〝戦う〟のを手伝ってくれる、適当な家政婦を捜した。麻薬依存者だった医者の未亡人で、モンティのような人間の扱い方を知っているひとを見つけた。

人里離れた平屋で、モンティは悲しげなちょっとした断章や、ひどくへたくそな詩や、未完の小説を創作した。しばしば薬の影響下にあるかのように書く。「静かな不安に気づき、弱く続く痛みがまた、ぼくの心がまた、ああまた、残酷な鈍いあこがれ」でも、依存症から抜け出したがっているようにも聞こえる。「並はずれて悪いものがここにある、すごく悪いので変えなくてはならない、明日始めよう」

けれど結局、モンティをダートムアに安全に留めておくという計画は失敗した。彼は立派な新しい船を造ることを夢見ていたが、ひそかに絶対にやり遂げられないと知っていた。「完全な憂うつ、完全な絶望」と書いた。「おおい、ついにさよならだ」[21]一九二九年に南フランスに移り住み、そこで九月二十日に死んだ。

葬儀のあと、アガサには平屋と彼の持ち物を処分するという仕事があった。モンティの遺品を売るために出した広告は――父親のスポーツへの情熱を考慮して感動的に――〝革製のクリケットバッグとともに〟で締めくくった[22]。

一八九七年五月の土曜日にさかのぼると、モンティは十六歳で、《トーキー・タイムズ》紙が、海の見える町のグラウンドで行われたクリケットの試合を報じている。六歳の妹のアガサは、よくそうしていたようにそこにいて、オークの木の下で、父親がスコアをつけるのを手伝っていたかもしれない。その試合で元気いっぱいの前途有望なモンティは「チームが負けるのを防ごうとして大活躍した[23]」

しかしモンティは、最後はモルヒネに負けた。そしてサニングデールでは、人生が彼の妹のことも、もうじき負かすことになる。

第十八章

スタイルズ荘の怪事件

モンティが苦しんでいたとき、アガサはせっせと仕事をしていた。一九二六年の夏に、彼女はこれまで最大の偉業を成しとげた。六冊目に出版された小説『アクロイド殺し』が、自身の最高傑作のひとつであるだけでなく——史上最高の探偵小説のひとつとなったのだ。

彼女はこの本に細心の注意を注ぎこんだ。このなかでポワロは、野菜を育てる静かな隠居生活を過ごすために、英国の村に引っ越す。ところが、とんでもなく複雑な事件を解決するよう頼まれる。注目すべき登場人物は、地元の医師の姉のキャロライン・シェパードだ。聡明な独身女性で、村の生活を知りつくしていて、いわばミス・マープルの原形ともいえる。

『アクロイド殺し』は、読者に卓抜なトリックをしかけてくることでよく知られている。〝クリスティー・トリック〟だ。物語は信頼できない語り手によって語られるが、ついに見事などんでん返しで、彼自身が殺人者だということが明らかになる。そして問題を提起する。それってフェアなのか？

この疑問は、あなたが探偵小説に新たに現れた例の〝ルール〟を信じる場合にのみ意味をなす。実際は一九二九年まで成文化されていなかったのだが。当時、作家で聖職者のロナルド・ノックスが「探偵の愚かな友人であるワトソンは、彼の頭をよぎったどんな考えも隠してはならない」と定めた。『アクロイド殺し』の〝ワトソン〟役であるシェパード医師は、自分の知っていることすべてを読者に伝えてはいないし、巧みに言及しなかったことが、誤った印象を生んでいる。この〝クリスティー・トリック〟——われわれが信頼するようになった誰かによって、小さいけれどカギとなる事実が省略される——を、アガサは何度も繰り返し仕掛けることになる。〝ルール〟破りとは言わないまでも、ルールを曲げていた。

『アクロイド殺し』は大いに〝物議〟をかもした。ある書評は、実際に「われわれが賞賛するようになっていた作家による悪趣味で不適切な作品で、失望させられた」[1]と評した。だが、アガサは十分にフェアプレーだと思っていた。「説明の不足はあるけれど、うそを言ってはいない」[2]ドロシー・L・セイヤーズは同意して、「すべてのひとを疑うのは、読者の仕事である」[3]と論じた。大方の読者も同意した。《デイリー・メール》紙は「今までに読んだなかで最もスリリングで、巧みに語られた探偵小説」[4]だと評価した。それほど完璧に構成された、ひとを欺く作品を書いたことの唯一のマイナス面は、増えてきたアガサが狡猾だという評判に、その件が加えられたことだ。一九二六年の事件が展開するにつれて、このことが彼女に不利に働いた。

アガサがこの本に自分の持つすべてを注ぎこんだのは、新しい出版社、ウィリアム・コリンズ&サンズ社との最初の本だったからかもしれない。コリンズ社は『アクロイド殺し』を成功させ、アガサは彼らに永続的な著作権使用料で報いた。すっかり盛りあがっている最中に、クリスティー家はサニングデールの新しい家に引っ越すことも決めた。今度はアパートではなくて一軒家だ。木骨造りの高い煙突がある、どちらかというと陰気な場所で、一九二六年六月に賃貸契約を結ぶと、アーチーとアガサは家に新しい名前をつけた。ふたりはそこを〝スタイルズ荘〟と呼んだ。

自分の家に、小説の話とはいえ、犯罪現場にちなんだ名前をつけるのは、かなり勇気のいることだし、そういうことすべてが、この地所のまわりに集まってくる不吉な感じに加わった。スタイルズ荘は十二の寝室と、三つのバスルームと〝おかかえ運転手の部屋つきのすばらしい車庫がある、とくに魅力的な〟物件として宣伝されていたにもかかわらず、長いあいだ市場に残っていた。所有者はついに競売にかけることにした。[5]

自伝のなかでアガサは、われわれに悪いことを覚悟させる不穏な調子でスタイルズ荘を描写せずにはいられなかった。現在この家は背の高いヒイラギの生垣のうしろに隠れている。縁起の悪い家とアガサはそこを呼んだ。住むひとが必ず「何らかの悲しい目に遭う」。最初の男は金を失い、ふたり目は妻を失った」。ほかのうわさには、庭の端で女性が殺されたというのもあった。家の内部はむだにぜいたくだった。「成金趣味で、サヴォイホテルのスイートルームが田舎に移されたようなもの」だとアガサは思った。サニングデール周辺の知り合いたちは、彼女は長く住むことはできないと気づいていた。こうもらすのを聞いた覚えがあったからだ。「この家にはとても耐えられないわ。神経にさわるの。小道はものすごくさびしいし」[6]けれども引っ越してみると、スタイルズ荘はクリスティー家にとって、大胆な新しい始まりになるように思えたにちがいない。ひょっとして結婚生活が再起動するかもしれない。重要な新しい使用人をひとり加えて、家の使用人を四人に増やした。アガサはときどきタイピング代行会社のサービスを使って、作品の清書を作成していた。だがこのとき、秘書の仕事と、娘の世話の両方を手伝う住みこみのスタッフを雇うことに決めた。

シャーロット・フィッシャーは背が高く骨ばった女性で、見た目は手ごわそうだが「すてきな輝き」があった。彼女はアガサの友だちにもなった。ミス・フィッシャーはアガサには〝カルロッタ〟と呼ばれ、それからついに〝カーロ〟になった。お返しにアガサは〝奥さん(ミスィズ)〟と呼ばれ、出版されたときにカーロにあげた本にはそう書いた。それをカーロは残りの人生でずっととっておいた。さらに重要なことには、カーロはロザリンドにとって第二の母親のようなものでもあり、ロザリンドは彼女のことを「秘書以上だし、彼女なしでは、お母さんはうまくやっていけないんじゃないかな」と思っていた。[7] アーチーが疲れていて夜に外出できないときは、カーロとアガサが彼抜きでアスコットの教室に出かけて、チャールストンの踊り方を習った。[8]

有能で好感の持てるシャーロット・フィッシャーは、いわゆる〝余った女〟だった。一八九五年生まれで、彼女と姉のメアリはエディンバラの牧師の娘だった。戦争で多くの夫候補が殺されなければ、結婚したかもしれないひとたちのひとりだった。以前はナニーとして働いていたが、きっとアガサが最も魅力のある雇い主だとわかったのだろう。けれども、クリスティー家のひとたちと親しくなるにつれて、カーロの立場はあいまいになった。家族の〝なか〟にいるけれど、完全に〝一員〟ではないことに憤慨していたのだろうか？　彼女の名前は縮めて愛称になっていたけれど、お返しに彼女はご主人さまのことを〝女主人（ミストレス）〟の異形で呼んでいた。それは冗談だったが、カーロがどれほどおもしろいと思っていたかはわからない。彼女はとことん思慮深いひとだった。とはいえ口述を書きとってタイプで仕上げた自分の助力がなければ、『アクロイド殺し』が大成功を収めはしなかっただろうということを知っていたにちがいない。「コンマとコロンとピリオドを記念して！」とアガサはカーロにあげた本の最初のページに書いた。文法と句読点は決してアガサの得意な点ではなかったが、カーロの助けで楽になったのだ。[9]

だがカーロの仕事は、想像よりはるかに勇気のいるものだった。一九二六年夏にスタイルズ荘に引っ越したすぐあとに、アガサの健康状態が悪化したからだ。

不運は一九二六年四月五日に、ついにクララ・ミラーが、マッジの家に滞在中に、気管支炎のため七十二歳で亡くなったときに始まった。アガサは枕もとに呼ばれたけれど、着くのが遅すぎた。でも母親とのきずながとても強かったので、まさにクララが息を引き取る瞬間がわかったと信じていた。「ひやっとして……思ったの。〝お母さんが死んだ〟って」

長生きした親とずっと並はずれて親密だったアガサは、すっかり打ちのめされた。彼女の悲しみは、結婚生活で露呈することになる欠陥によって、さらに増した。アーチーはまったく何の支えにもならないことがわかったのだ。

義理の母が亡くなったとき、アーチーは仕事で外国にいて、葬儀にも帰ってこなかった。彼は難しい状況を避けたいひとだった。アガサは彼が「病気や、死や、もめごとが極度にきらい」なのをずっと知っていた。アーチーが家に帰ってきたとき、最初はひどくきまり悪そうで、そのせいか「陽気な様子を装って」いた。十一歳で父親を失って以来の、人生で最初の心から感情を揺さぶられる試練に直面した女性に対して、これほど思いやりのないことはなかった。

いまやカーロは家族の大事な一員なので、アガサの子犬のピーターは彼女のベッドで寝ていた。アーチーがアガサを失望させていることは、カーロの目には明らかだった。気質の問題も少しはあった。だが同時に、多くの戦争の生存者や目撃者たちのように、彼は「涙や気分の落ちこみに耐えられなかった」のだ。

スタイルズ荘はもはやミス・フィッシャーなしには機能しなかった。「あなたのために、家を円滑に回し続けようとしたのよ」と、彼女はこのつらい時期のあとでロザリンドに言った。[10] だがその後、カーロという落ちついた存在も失われた。父親が病気になり、世話をしに行かなくてはならなくなったのだ。

アガサは、夫とさびしい家の両方から逃げることが必要だと決心した。家を片付けるというどうしても必要な仕事のために、ロザリンドとアッシュフィールドに行くことにした。それは実際的でもあり、神聖なものでもある仕事だった。アッシュフィールドには買いこんだがらくたがいっぱいあり、処分が必要だった。それにアガサは、母親の家にいるのでなければ、母の死を悲しむことができなかった。

自伝的小説のなかで、アガサはきっとそのとき自分の計画についてアーチーと交わしたのとよく似た会話を劇的に表現している。彼女は〝シーリア〟になり、アーチーは〝ダーモット〟――亡くなった母親の家の片付けを妻が積極的に楽しんでいるのかもしれないと思うくらいに鈍感な男だ。

ダーモットはだめだ！　感情がストレスを受けることの重大さをあくまで無視している。おびえた馬のように、そこからあとずさりしているのだ。

シーリアは叫んだ――このときばかりは腹を立てて。

「まるで休暇のことのように話すのね！」

彼は目をそらした。

「ああ」と言った。「ある意味ではそうなんじゃないか……」

世界はなんて冷たいのだろう――お母さんがいないと……

アーチーを投影しているダーモットは、見知らぬひとになってしまっていた。

夏の六週間を、アガサはアッシュフィールドで、ロザリンドだけを話し相手に過ごして、恐ろしくなってきた。「人生で初めて、ほんとうに病気になったの」屋根の穴から水が滴り落ちる部屋で、一日に十時間、忘れられた持ち物の入ったトランクを仕分けしているうちに、大好きな〝家遊び〟が強迫観念に支配されて、理性を失ったものになった。涙があふれ、物忘れがひどかったことを「神経衰弱の始まり」だったと書いている。それが悲劇的に、恐ろしい一九二六年の残りの行動に現れることになる。

以前は身体がとても丈夫だったのだが、アガサは不眠症に苦しみはじめた。薬剤師に睡眠薬を求めたとき、会話が自殺のほうに向いていたことを、のちに薬剤師は思い出した。「わたしは乱暴な方法で自殺する気はないの」そう言う一方で毒物は入手できたと思われる。[11] ふと出たことばや会話の断片が、アガサの心理状態の手がかりになる。すべてがこれから起こることを考えると重要になるだろう。

アガサの自伝の一九二六年についての章は、その夏何があったのかを理解しようとする歴史家たちによって、すみからすみまで丁寧に調べつくされた。

ここで、わたしたちはアガサを理解しようとするうえで核心に行きつく。彼女を信じていいのだろうか？　彼女のことばの真意は何だろう？　文字どおりに取るべきなのか？　アガサの最初の公式の伝記作家、ジャネット・モーガンは、カーロからの手紙を何通か入手する機会を与えられたが、おそらくモーガンが読んだあとに手紙は処分された。

というわけで、それらの手紙についてのモーガンの記録は——一字一句そのままに引用したわけではなかったが——重要な失われた資料を垣間見せてくれる。彼女はこの年のアガサとカーロの記述に時系列の不一致があることに気づいた。[12] このことは、ひょっとするとアガサは病気のふりをしていただけなのかもしれないというしつこい考えがあるため、非公開とする配慮を受け入れた。だが、自伝の多くの部分の時系列は明らかに事実とはちがっている。そういう細部はアガサにとって重要ではなかったのだ。問題は感情を伴う真実だ。それにとにかく、彼女はこのときのことを思い出したくなかった。忘れるために最善を尽くしたのだ。

アガサはいまや、病気が新聞の記事になるほど有名だった。あるゴシップ欄の担当者が、八月にこの小説家は体調不良だと書いた。執筆は「神経に大きな負担をかけているにちがいない」。とくに女性には厳しいと。「わたしは驚きはしなかった……そのへんの男たちより探偵小説をうまく書くアガサ・クリスティーが、ノイローゼになったと聞いても」[13]

彼は（まちがえて）、アガサがピレネー山脈に静養に行ってしまったとも思っていた。アーチーとアガサが外国に行く計画を立てていたのはほんとうだ。でも、アーチーがアッシュフィールドを訪ねてきたとき、彼が結局は切符を予約していないことがわかった。なぜしなかったのか？　それはわからない。彼は別人のようだった。アガサにとっては、子どもの頃の悪夢に出てきたガンマンのように恐ろしかった。こういう感覚になったのは「あの昔の悪夢——ティーテーブルに座って、向かいの一番大好きな友だちを見たら、突然、そこに座っているのが見知らぬひとだだと気づいたときの恐怖」以来だったと、アガサは説明する。

彼女はアーチーにどうしたの、と訊いた。アーチーはようやく、重い口を開いた。

アーチーはほかのひと、ナンシー・ニールという女性を愛していることを打ち明けて、妻に不意打ちを食らわせた。そして離婚したがっていた。

さらに悪いことに、アガサはこの女性をよく知っていた。ナンシーはベルチャー少佐の友人だった。一九二五年に大英帝国博覧会が開催されたときに、ふたりはともに子どもの広場を作る委員会の一員だった。[14]ナンシーはインペリアル・コンチネンタル・ガス協会でタイピストとして働いていた。彼女はすぐれたゴルファーで、サニングデールのコースでプレーするときに、スタイルズ荘に泊まりに来たこともあった。

ナンシーは活発で、おしゃべり好きで——おそらく中年男性にとってはすごく——若々しかった。一八九九年生まれで、アガサより十歳近く年下だ。家族はリックマンズワースの近くに住んでおり、父親はグレート・セントラル鉄道の電気技師長だった。ナンシーはほっそりして、弾むような黒い巻き毛と、はっきりした眉と――悩ましいほどに――アガサよりふつうにきれいな顔をしていた。のちに新聞がナンシーに興味を持ちはじめたとき、彼女のことを〝生き生きした〟〝りりしい〟〝人気がある〟〝率直で、裏表のない、運動好きな女性〟[15]と評した。

ナンシーの魅力とアガサの悲しみが組み合わさると、強力すぎてアーチーには耐えられなかった。あとから考えたときに、アガサはどういうことか理解した。彼はよくこう言って警告していたのだ。「ぼくは苦手なんだ、覚えておいてよ、物事がうまくいかなくなると……ぼくはひとが不幸だったり、身体が不調だったりするのに耐えられない」アーチーはこのことを、残っている手紙のなかで伝えている。「きみが病気になったり、不幸だったりすると思うと耐えられない」と書いた。そのときはたぶん親切な意味だったのだろうが、ふりかえってみると、べつの意味にも読める。[16]

賢明な友人なら、アガサに警告しただろう。男のひとが自ら自分は当てにならないと言うときは、信じない理由はないので、彼のもとを去りなさい、と。「邪悪なひとというのは、成長する気がないか、成長できないひとのことです」とアガサは書いた。[17]「子どものままの男のひとって」と登場人物のひとりが言う。「この世で一番恐ろしいわ」[18]アガサにとって、この致命的欠点である共感能力が欠如しているアーチーは、子どものままの男だと思えた。

だがアガサは、彼がよくなると信じていた。自分の理想の夫のこの裏切りが、彼女を本物のゴシック派の作家に変えたのだろう。降霊術や超自然現象という意味のゴシックではなくて、邪悪なものは最も居心地のよい家にも入ることができる、入ってくる、という感覚、どこも安全ではないという意味のゴシックだ。[19]これから先、クリスティーの小説は、暗く、ひとを不安にさせる感覚にしっかり焦点を当てていく。ふつうのちゃんとした人々のなかにも潜むことのある暗闇に、焦点を当てる。

あなたの配偶者のような人々に。

アガサが自伝でこの時期について書くときは、アーチーのよい特性を描くことに気をつけた。しかし小説では、アーチーが言ったと思われることを引用した、たったひとりかふたりの殺人者を書くことで、彼がいやなやつだという全体的な印象を残す。アガサはごくわずかな筆致で、ひとりの登場人物のふたつのまったく対照的な側面をうまく描ける作家なのだから当然だ。ずっと殺人者相手にそういうことをしてきたのだ。自伝のなかでは、アーチーを彼女の幸せの殺人者として描いている。

このことは、アーチーが一般に悪者として歴史的に知られることを意味する。彼の手には負えなかった非凡な妻についての、彼の側からの話を聞けばおもしろいことだろう。だが、それは決してかなわない。けれども、当分のあいだ、アガサは結婚生活が終わったことを受け入れるのを拒んだ。単純にそれを否定した。最終的にアーチーは自分のもとに戻ってくると信じていたのだ。彼女が持っているトランプのカードのために。ロザリンドだ。アーチーがロザリンドを愛しているのは知っていた。きっとナンシーは、彼が娘を置いていくことは期待していないだろう。

だから、秋が来ると、アガサとロザリンドはスタイルズ荘に戻り、カーロも父親の枕もとから戻ってきた。しかし行き詰まっていた。アーチーは毎週何日かは町のクラブに泊まった。カーロは、彼がしばしば肉体はスタイルズ荘にいても、心ここにあらずなことを確信していた。アガサは友人たちに、人生が耐えられなくなってきたともらした。「もしもわたしがサニングデールを出ていかなければ、サニングデールでわたしは終わりになるでしょうね[20]」

一九二六年十二月三日金曜日は、日の出が午前七時四十七分だった。前線がアイスランドから近づいていて、地面に霜が降りると予想され、見通しは〝かなり不安定〟だった[21]。アーチーは列車で仕事に行き、週末は帰ってこない予定だった。アガサはロザリンドをお茶に連れだし、夕食のために家に帰ってきた。

カーロは夕方から休みを取っていた。ダンスをしにロンドンに出かけたのだ。緊張状態からのありがたい気晴らしになるはずだった。

しかし、その冬の夜遅くにカーロが戻ったとき、アガサは姿を消していた。

第十九章
失踪

十二月三日金曜日のアガサの謎の失踪につながる週は、忙しかった。月曜日にマッジの義理の妹のナンといっしょに、ロンドンに買い物に出かけた。買ったものに〝凝ったデザインの白いサテン〟のネグリジェがあった。週末用に欲しかったのだと言っていた。[1] ヨークシャー州で数日過ごすつもりだったのだ。その旅行は、アガサの心のなかで、何らかの転機として重要性を帯びていた。おそらくアーチーがいっしょに来ることを期待していたのだろう。

ほかにもいくつか、自分が新たな始まりの準備をする新婦だと思っているのでなければ説明がつかないようなことをした。水曜日にアガサはサニングデールの友人、ミセス・ジョイス・ダ・シルヴァと、またロンドンに行った。アガサはジョイスに、夫ともっと多くの時間を過ごすために、スタイルズ荘を貸して、ロンドンで家を借りたいと思っていると話した。[2] アガサの頭のなかでは、まだしっかり継続している結婚だったのだ。

アガサはその水曜日はロンドンのクラブに一晩泊まった。けれども、ジョイスはサニングデールに戻るとき、友人のことが心配になった。アガサは何か月も体調がすぐれなかったのだ。彼女がとても気分が悪そうなのを見ると、ジョイスはすぐに寝かせた。アガサの「明晰な頭脳は、それが作りあげることのできる空想の世界を求める大衆の、終わりのない要求を満足させるために、限界まで酷使されていた」とジョョイスは信じていた。[3]どういうわけか、頭のいい女性は、身体に過度な負担をかけていると信じているのは、ジョイスだけではなかった。たとえばある医者は、痛みは「手仕事で生計を立てているあまり知能の高くないひとの場合より、難しい頭脳労働をしている」女性により強く感じられると考えた。[4]

木曜日に、アガサは代理人に会いにいった。エドマンド・コークは「彼女の様子には何もおかしなところはなかった」と言った。だが彼は『アクロイド殺し』に続く未完成の新作を今か今かと待っていた。[5]「彼女にかなりしつこくせがんでいました」とアガサに近い人物は言った。「彼女が書かなくてはならないふたつの物語のことも知りたがっていました」[6]

これは健康なひとにとっても圧倒的な仕事量だったが、アガサは健康ではなかった。成功が暴走していた。母親と結婚の両方を哀悼すべきときに、これまでにない大きな要求が一度にのしかかってきた。

アガサは新しい小説『青列車の秘密』を半分完成させたが、そこで行き詰まってしまった。「ひと文字も書けなくなっていました」とアガサの義理の母のペグが言った。アガサは彼女に心の内を話していた。「依頼された仕事を完成することができないのではないかという心配」を。[7]だがアガサはまだ、約束を守って作品を届けなければならないと思っていた。ジョイスの見たところでは「まちがいなく、誰かを困らせるくらいなら、自分の感情を殺していました」[8]

木曜日の午後にアガサはサニングデールに戻り、その夜はいつものように、カーロとダンス教室に出かけた。そして一九二六年十二月三日金曜日がやってきた。すべてが起こった日だ。

その朝、スタイルズ荘では普段とちがうことは何もないように見えたが、料理人とメイドは、アガサが〝興奮状態〟だったとあとで思った。[9]アーチーはいつものように九時十五分の列車で出かけた。午後にアガサはロザリンドを連れて、ドーキングの近くに住むペグを訪問した。愛車モーリス・カウリーで一時間ほどのドライブだった。

けれどもお茶のあいだに、ペグはどこかおかしいとわかった。アガサは初めは機嫌よく、またヨークシャー州に行く話をした。そのときアガサが結婚指輪をつけていないことに気づき、ペグはどこにあるのか訊いた。それに応じて、義理の娘は〝しばらくじっと宙を見つめ、ヒステリックな笑い声をあげて、顔をそむけた〟。アガサとロザリンドが帰るとき、〝さよならのしるしに手をふりながら〟私道に消えていくのを、ペグは見守った。[10]ペグにはその何げない合図の意味がわからなかった。

さて、そろそろアガサ自身から話を聞くときだ。その午後のペグの家への道のりは、ニューランズ・コーナーの丘陵の美しい場所を通りすぎて、サリー・ヒルズを越えていった。「わたしはこのとき、とても落ちこんだ精神状態でした」と言う。ほとんど自殺しそうな気分だった。「とにかく人生を終わらせたかったんです」ニューランズ・コーナーを通りすぎるとき、採石場を見かけた。それを見て「そこに突っこもうという考えが心に浮かびました。けれど、娘がいっしょに車に乗っていたので、すぐにその考えを忘れました」[11]

アガサはロザリンドを六時ころに家に連れて帰った。ダンスに出かけていたカーロは、アガサの精神状態が心配だったので、奥さまは大丈夫か確かめるために家に電話した。アガサは何かがおかしいと声にだして言う気にはなれなかった。でも――いかにもアガサらしいことではあるが――そのかわりにカーロに手紙を書いた。アガサはひとりで食事をした。アーチーは帰ってこなかったから。スタイルズ荘の使用人によると、この暗くさびしい夜のなかで――電話かメモで――アガサは「知った」のだ。アーチーがどこにいて、何をしているのか。「彼女の夫は友人たちとその週末を過ごしていた」[12]アガサは教えられたのか、あるいは自分で、とうとう気づいたのだ。この〝友人たち〟が誰なのか。

彼女はある種の決断をした。おそらく、今度こそ彼はほんとうに戻ってこないと思ったのだろう。すると、もう一分でもこの家に居つづけるのに耐えられなくなった。スタイルズ荘にはアガサとロザリンド以外に三人のひとがいた。料理人と、メイドのリリーと、料理人の夫だ。カーロはあとで帰ってくることになっている。だから、ロザリンドは——アガサより適任で、安全なひとたちが——面倒を見てくれる。アガサは出ていかなくてはならないと感じた。

どこに行けばいいだろう？　まあ、運転しながら決めればいい。たぶん、結局ヨークシャー州に行くことになるだろう。それとも、さっき考えたように、すべてを終わらせるかもしれない。どちらにせよ、はっきりしているのは〝もう続けられない〟ということだ。[13]

アガサは灰色のニットのスカートと、緑色のメリヤスセーターと、カーディガンを着て、〝小さなベロアの帽子〟をかぶっていた。スーツケースにかなりばかげたものを選んで詰めこんだ。ドレス一着と、セーター一枚と、黒い靴を二足。毛皮のコートと、運転免許証などの書類の入った小さなケースも持っていた。[14]六十ポンドほどの大金も現金で手元にあった。前に逃げだそうと考えたときに、銀行から引きだしておいたものだ。ずっと漠然と南アフリカ——大好きな場所、幸せだった場所——にロザリンドといっしょに逃げようと考えていた。そして最後に、ロザリンドの写真を手に取った。彼女のニックネームが書いてある。テディ。

その晩遅くに、アガサの使用人たちは、彼女が〝娘の寝室に行って、子どもにキスをしてから、玄関に下りてきた〟のを見た。そこで犬のピーターにもキスをして、外の車のところに行った。[15]

このロザリンドにいとまごいをするところを読むと胸が痛む。だがきっとアガサは、ロザリンドの身の安全のためにそうしたのだ。ロザリンドと車に乗っていて、自殺を考えたのだから。アガサはきっと、わたしが娘の面倒をみても大丈夫だろうか、と思っていたにちがいない。

九時四十五分に、アガサは車で暗闇に走り去った。

そのときは誰にも――今も誰も――彼女がどこに行ったのか、正確にはわからない。

その夜遅くにカーロが戻ったとき、アガサも彼女の車も行方不明になり、料理人とメイドも心配して困惑していた。

それから、アガサが自分にこの上なく悩ましい手紙を残していったのを見つけた。内容は知らされていないが、その後数日のあいだに、この重要書類に書いてあったことについて多くの報道がされた。ある記事では「今晩は家に帰らないわ。行き先に着いたら、すぐに電話する」と書いてあったという。[16] 特筆すべきは、その手紙でカーロに、アガサがヨークシャー州ベヴァリーの町のホテルで週末を過ごすためにした予約のキャンセルを頼んでいたことだ。だが、もっと困ったことばは、アガサが「ここから逃げる」必要があり「この家を出ていかなくてはならない」と感じていて、それは「まったくフェアじゃない」と伝えていることだ。[17] べつの記事には、ぞっとさせるひと言もある。「頭が爆発しそう[18]」

この手紙が行方不明の小説家の事件の中核をなすことになる。当時はひとによってちがった読み方がされた。カーロは、アガサは苦しんでいるけれど、よくなったら帰ってくるということだと感じた。アーチーがおもに心配したのは、浮気な夫だと彼女についてはっきり文句を言っているのではないかということだった。そして、ついにケンウォード警視という警察官は、その調子から、アガサは死んだと確信した。自殺か、ひょっとすると夫による殺人のどちらかで。次に何が起こるかは、ひとりの女性のことばについての、これらのちがった読み方次第だった。

カーロはその晩、それ以上の行動は取れなかった。翌朝アガサはまだ留守だった。頼まれたとおりに、カーロはベヴァリーホテルに電報を打ち、クリスティーの予約をキャンセルした。[19] よくあることだったが、ロザリンドは、お母さんは本を書くためにひきこもったと教えられたようだ。

だがそれから事件はカーロの手に負えなくなった。スタイルズ荘の電話が鳴った。警察だった。明らかに衝突して壊れた、誰も乗っていないアガサの車が、サリー・ヒルズを横ぎる道の、ニューランズ・コーナーのすぐ下にある急な斜面、オールベリー・ダウンと呼ばれる場所で発見された。

乗り捨てられた車のなかには、さまざまな手がかりがあった。アガサの運転免許証。警察はそこから彼女の住所を知った。毛皮のコート、スーツケースと、アタッシュケース。

もちろんこれは、探偵小説の設定のように聞こえる。そしてこのとき警察と記者たちが同様にしたいくつかの仮定――殺人が行われたにちがいない――は、まったく理解できるものだった。結局のところ、アガサは探偵小説家なのだ。人生と芸術がごちゃ混ぜになってきていた。

カーロは警察に、アガサはアッシュフィールドに行ったのかもしれないと話した。あらゆるトラブルからの避難場所であるあの家に。だが、トーキー警察が調べに行ったが、何の手がかりも見つからなかった。「戸口には落葉が積もり、窓はすべてカギがかけられていて、私道にも庭の小道にも、足跡がまったく残されていない」[20]

アガサが行きそうな場所はそこだけだった。アッシュフィールドでなければ、どこに?

ニューランズ・コーナーからゆるやかに起伏しながら下っていく丘の、草で覆われた斜面で、あの夜ほんとうは何が起こったのか、明かすときだ。アガサはのちに、自分の言い分を話さざるを得ないと感じた。

アガサが言ったことは、彼女の小説のひとつのように聞こえるという不幸な影響があった。小説のなかで〝記憶喪失〟のプロットは何度も繰り返し扱われてきたからだ。だが、わたしたちは、アガサが自分の人生について書いたものは、最初からずっとこの小説風の傾向があったことを知っている。彼女がうそをついているという意味ではない。

「あの夜はずっと、あてもなく車を走らせていました」と彼女は説明する。

わたしの心のなかには、すべてを終わらせるというぼんやりした考えがありました。無意識に知っている道を走り……それからメイデンヘッドに行ったと思います。そこで川を見ました。飛びこもうかと思ったけれど、泳ぎがうますぎて、溺れられないと気がつきました。それからまたロンドンに戻って、つぎにサニングデールに行きました。そこからニューランズ・コーナーに行ったんです[21]」

つらい一九二六年のあいだじゅう、アガサは気持ちを落ちつかせるために、このあてもなく車を走らせる習慣がついた。たとえば、クララの死のすぐあとの日々に、犬のピーターが車の事故でけがをした。アガサは〝悲しみに気も狂わんばかり〟で、〝どうやって家に帰ったのか、まったくわからなかった……取り乱した状態で何マイルも走り、どの道を走ったのかわからなかった[22]〟

その金曜日の夜にどこに行ったにせよ、アガサは最後には、昼間に義理の母を訪ねたドーキングに向かう道に行きついた。

彼女は小型車のモーリス・カウリーを運転していた。道を走る車の半分を占める、よくある型の車だ。だが、この一九二〇年代の車は、完全に信頼できるものではなかった。いま乗ると、音がやかましくて、がくんと動く気がするし、さまざまなスイッチやレバーは動かすのに驚くほどの腕力を必要とする。夜明け前の暗闇のなか、ニューランズ・コーナーの近くのどこかで、アガサの車はエンストで止まり、ふたたび走らせることができなかった。実際彼女は「止まってしまったら、二度とエンジンをかけることができなかった」のだ[23]。

ひとつ確かなことに思えるのは、彼女がひと晩じゅう車のなかにいたということだ。目撃者がのちに話したことによると、彼は土曜日の朝六時二十分にニューランズ・コーナーの近くで、エンストを起こした車を女性が発進させるのを手伝った。農場労働者のアーネスト・クロスは、《デイリー・メール》紙に「気がふれたように……うめき声をあげて、両手で頭を抱え、寒さに歯をかちかち鳴らしている」この女性に出くわしたと話した。手伝いましょうか、と訊いたら、彼女は「ああ！　ぜひ、わたしのために、これを動かしてみて」と言った。こんなに朝早くに外にいて、ぜんぜんそぐわない服を着ているので、奇妙に思った。クロスはなんとか車を始動させ、女性が走り去るのを見送った。

だが、ちがう新聞は、ちがう話を載せた。地元の新聞の《サリー・アドバタイザー》紙は、クロスという人物は、記者が目撃者を捜しだすのに失敗したので、全国紙が手抜きでっち上げた人物だとほのめかした。かわりに地元の者たちは、その女性と道に止まった彼女の車を見つけた男は、実際は近くの砂利採取場の労働者のエドワード・マキャリスターだったと信じている。マキャリスターによると、彼女が「車のエンジンをかけていただけませんか？」と訊いてきたので、なんとかエンジンをかけてやったそうだ。彼女の態度は「ちょっとおかしかったが、車が心配だからかと思った」とも言った。少なくとも《アドバタイザー》紙によれば、「警察は、自分が助けたのはクリスティー夫人だという彼の話を受け入れている」[24]もしかすると、車は二度エンストを起こしたのかもしれない。エンジンをかけたのが誰だったにせよ、アガサは遠くまで運転はしなかった。一九二六年十二月四日土曜日の午前六時少しすぎに、彼女はぞんざいに自殺をはかった。

まだ暗かった。一九二〇年代の地図を見ると、ニューランズ・コーナーから下る道――現在の高速のA25――は急勾配で、当時はもっと狭くて、もっと危険な道だったとわかる。右側は石だらけで滑りやすく、オールベリー村へと下っていくウォーター・レーンと呼ばれる小道が走っている。そしてほんの少し丘を下り、小道に曲がるところに、古い白亜坑――アガサが前にちらっと見た〝採石場〟があった。

彼女は疲れて、深い苦悩のなかにいた。毛皮のコートを着ることを思いつかなかったので、寒かった。ついにそのとき、この二十四時間頭を占めていたぼんやりとした計画を実行に移した。

> 午後に見た採石場の近くだと思われる道路のある地点に着いたとき、そっちのほうへ丘を下るわき道に入っていきました。ハンドルをそのままにして、車を走らせました。車はがたんと何かにぶつかり、突然止まりました。わたしはハンドルのほうに投げだされて、頭が何かにぶつかりました。[25]

アガサが車を採石場の急な白い縁のほうに向けたあと、車は草の上を走り、斜面を下った。のちに、生垣に引っかかって、前輪が〝白亜坑の端を越えた〟状態で見つかった。生垣がなかったら「車は飛び越えて、めちゃめちゃにつぶれていただろう[26]」

このことを聞いたとき、ペグは、義理の娘は「死ぬつもりだった[27]」のだと思いたがった。だが、これは固く決心したり、十分に計画を練ったりした結果ではなかった。そしてアガサの自伝的小説のヒロインによってなされたものもそうではなかった。彼女は雨の中、夜にさまよう。

自分の名前を思い出さなくては……
溝につまずいた……
溝には水がたっぷりある……
水で溺死できる……
首をつるよりは、溺れるほうがいいだろう。水のなかに横になれば……
ああ、どんなに冷たいことだろう！——できない——だめよ、できない……[28]

小説のなかのシーリアも、現実のアガサも、ショックを受けて気がついたようだ。何があっても、人生は生きるに値するものだと。

だがここにもうひとつの問題があった。アガサは——ほんの短いあいだとはいえ——命を捨てようとした恥を抱えて、どう生きていけばいいのだろう？　そう、自殺は罪だ。『ホロー荘の殺人』の登場人物、ミッジによって力強く述べられたように。「牧師が説く絶望の罪は冷たい罪で、すべての温かい生きてる人間関係から、自分を切り離してしまう罪なのだ[29]」

アガサに近い人物は、あの夜、彼女は〝完全な絶望〟に屈してしまったのだと述べる。そしてこれが彼女にとって、焼けつくような罪の意識のもとだったのだと[30]。それは法律の観点から見れば悪いことだ——一九二六年には自殺は犯罪だった——し、宗教的にも、絶望の罪を犯すのは悪いことだった。まさに、どちらもアガサを今までどおり生き続けさせることはできなかった。新しい誰かになるときが来た。

アガサの自伝は、自分を絶望の淵から連れ戻してくれたのは、ある女性の声を思い出したことだった、とほのめかす。かつて先生が、キリスト教の本質は、絶望を打ち破ることなのだと教えてくれた。「そのいくつかのことばが、ずっと心に残っていて（中略）絶望に捕まえられたときには、戻ってきて、希望を与えてくれる」とアガサは書いた。

そういうわけで、アガサはぼうっとして追いこまれていたが、生きていて、前途にある種の救済を見た。車を降りた。頭と胸に受けた衝撃でけがをしながら、夢見心地で冬の田園地方を歩いた。彼女は生まれかわった。「このときまで、わたしはクリスティー夫人でした」と説明する。[31] 今はもう、クリスティー夫人ではない。死んだ皮膚のように、過去を脱ぎ捨てた。その方法でのみ生きのこることができた。

車は捨てた。ライトがまだついていて、ギアはニュートラルになっており、運転免許証とコートと持ち物はなかにある。でも、古い人生から、ただ歩きさった。

これは家族や友人や警察を完全に混乱させる行為だった。

十二月四日土曜日の午前七時、サリー・ヒルズはまだ暗かった。仕事に行く牛飼いが、奇妙なものを見かけた。「車のまばゆいヘッドライトが茂みに当たっていた」のだ。彼はそれ以上調べることはせずに仕事へ急いだ。午前八時に、帽子とゲートルをつけたジャック・ベストという十五歳の少年が、やはり乗り捨てられた車を見た。彼はギルフォード警察に行って伝えた。[32]

警察が到着すると「何かふつうではない出来事が起こった[33]」ことを示す位置に車を見つけた。ニューランズ・コーナーで観光客向けの茶店をしている男性が、車を車道に引っぱりもどすのを手伝った。[34]

ギルフォード警察署では、サリー州警察のウィリアム・ケンウォード警視が、ぱっと行動に移った。「ただちに捜査を始めました」と公式な報告で伝えた。「女性は昨夜遅くに、かなり異常な状態で、車に乗ってサニングデールの自宅を出たことがわかりました」[35]

太った丸顔に小さな口ひげを生やしたケンウォードは、どうやら愛想がよくて献身的な警察官だったようだ。温厚で、思いやりがあって、ギルフォード警察署のハトにトウモロコシを買ってやったり、未亡人と子どもたちのための基金を始めたりした。[36]しかし劇的な事件に目がないのが玉に瑕で、さらに性格がマッチョ気味でもある。たとえば同僚のなかでは、〝武器を持った頭のおかしなやつ〟に、医者のふりをしてタックルし、拳銃を奪い取ったことで称えられた。[37]ケンウォードはこのとき、犯罪行為の証拠を見つけると、ほぼ決意したようだ。〝たいへんな事態〟が起きたにちがいないと決めてかかり〝人道的な観点からだけでも、もしも神経衰弱のせいで錯乱状態になり、さまよっているのなら、クリスティー夫人の発見に努める〟のが自分の任務だと感じていた。[38]ある段階では、ケンウォードに万歳三唱だ。けれど、べつの段階では、この最も劇的な可能性のある結果をひたむきに追及する姿勢は、きわめて重要な証拠を見逃すことになる。

ケンウォードはすぐに、アガサの友人たちが、何か恐ろしいことが起こったという彼の説をある程度は支持していることを知った。「わたしの考えでは」とペグは言った。アガサは「さまよっているんだわ……うつ病の発作で[39]」

アガサの不在について最も心配しているように見えるひとたちが、肉親ではないということは印象的だ。ペグ、アガサの友人のジョイス、助手のカーロが、心配している女性たちだった。アガサはどういうわけか、自分の第二の家族を集めていたのだ。血のつながりよりも、友情により選ばれた家族を。これは、トーキー病院の〝クィア・ウィメン〟の日々以来、彼女が持ちつづけた大事な才能だった。

警察は、最も重要な証拠はクリスティー夫人の夫から得られると思っていたにちがいない。だが、彼は家にいなかった。どこにいたのか？

その土曜日の朝、アーチーは週末を過ごす計画だった秘密の場所から呼びもどされるはめになった。そこはゴダルミングのハートモア・コテージだった。ニューランズ・コーナーからさほど遠くないという事実が、アガサの夜中のドライブの目的地だったのかもしれないという憶測を呼んだ。

アーチーはサムとマッジのジェイムズ夫妻という友人のハートモア・コテージに泊まりにいっていた。彼らはただの古い友人というだけではなかった。マッジ・ジェイムズはナンシー・ニールの親友——ともにタイピストとして訓練された——で、四人組の四番目のメンバーは、ナンシーそのひとだった。これは危険な情報だった。このことが明るみに出れば、アガサの失踪にまったく新しい要因が加わることになる。アーチーは警察に自分の不倫を知られたくなかった。

だがそのとき、サニングデールの地理が作用しはじめた。スタイルズ荘はバークシャー州にある。ということは、住人を取り調べる仕事は、バークシャー警察のチャールズ・ゴダード警視のもとで行われることになるだろう。犯罪現場の可能性のあるニューランズ・コーナーの責任者であるケンウォードは、サリー州警察に所属している。ふたつの警察の連携は乏しかった。それに、明らかに関係者はみな、アーチーに非常に敬意を感じていた。もしもこれが殺人だと判明したら、当然、彼は容疑者だ。それでも彼は紳士であり、戦争の英雄だ。警察は、慎重にやらなくてはならないと感じていた。

社会的敬意によって、アーチーとナンシーの関係はしばらくのあいだ内密にしておかれた。だがのちに、事件記者のリッチー・コールダーは、ジェイムズ夫妻の使用人が、ハートモア・コテージでのあの金曜日の夜のパーティーを、お祝いだと述べていたと主張した。「クリスティー大佐とミス・ニールの〝婚約〟パーティーだと」[40]

カーロはアーチーに彼の妻の不在について伝えるために、ハートモア・コテージに金曜日の夜に電話をしたという報道もあれば、土曜日の朝にしたという報道もある。どちらにしても、状況は彼に家に帰ることを求めていた。そしてスタイルズ荘の玄関のテーブルに、封を閉じたアガサからの手紙を見つけた。[41] 彼はそれを読み、それから——のちに多くの憶測を呼ぶのだが、破り捨てた。

それが妻の精神状態の証拠として使われたであろう重要性に気づいていたなら、おそらく彼はそんなことをしなかっただろう。それにアーチーは、まもなく自分の不倫が、まさに国民の関心事になることにも気づいていなかったのだ。

第二十章　ハロゲート・ハイドロパシック・ホテル

二〇〇八年、ニューヨーク。若い教師のハンナ・アップは、家族や友人たちの人生から完全に姿を消した。

彼女が死んでいないのはわかっていた。ある日、アップルストアでインターネットを閲覧しているのを見かけられたからだ。誰かが声をかける前にいなくなってしまったが。ハンナは自由の女神からそう遠くない海から引きあげられたあと、ようやく身元が確認された。生きていたし、まあまあ健康だったけれど、それまでの三週間の記憶がまったくなかった。

最初のことばは「わたし、どうして濡れてるの?」だった。

だが多くの人々は、ハンナが病気を装っているわけではないとは、とても信じられなかった。記憶が戻ってくるにつれて、彼女は苦しい体験についてのマスコミの記事を読んで、ひどく恥ずかしく思いはじめた。記者たちは、彼女は記憶をなくしたふりをしているだけかもしれないと書いた。記事は、彼女が警察の人材と人々の善意をむだにして、家族の愛情を犠牲にしたのだと言っていた。

しかし精神科医たちは、ハンナが完全に本物の解離性遁走と呼ばれる病状を経験したのだと信じた。その病名はラテン語で〝飛ぶ〟という意味のことばから取ったものだ。ある精神科医が《ニューヨーカー》誌に語った。解離性遁走の研究がされず、不完全なのは、ひとつには「その現象がとても恐ろしいからだ。

われわれがみな、自我を喪失しやすいと考えるのは恐ろしいことだ」[1]。遁走という状態はトラウマやストレスによって引き起こされ、文字どおり自分が誰なのか忘れる。あとで記憶がまた戻ることもあれば、戻らないこともある。

長いあいだ、アガサの〝失踪〟を調べているひとたちは、ふたつのうちのひとつの立場をとる傾向があった。ひとつは車の衝突事故につづく数日間に、彼女はハンナ・アップのように解離性遁走に特有の病状を経験していたというもの。もうひとつの立場は、彼女がそのふりをしていたというものだ。

現在の精神科医たちは〝解離性遁走〟がどういうものかについて、概して同意しているが、一九二〇年代に人々がメンタルヘルスについて話す用語は、役に立たない不正確なものだった。〝神経衰弱〟と〝記憶喪失〟（おそらく現代の専門用語の〝解離性遁走〟に最も近い相互関係にある）が、第一次世界大戦で心に傷を負った兵士を助けるための取り組みのあとで目立ってきた用語だった。

でも、これらはあいまいな用語だ。それに実際、〝記憶喪失〟も〝解離性遁走〟も、アガサが報告した症状のすべてをとらえきれてはいない。極度の疲労、筋肉痛、不眠症、無力感、引きこもり、心を集中させることの困難、食欲不振、希死念慮。たぶん一定期間の遁走も加えたうつ病ということになりそうだ。

けれどもアガサの場合、いったん出来事に〝記憶喪失〟というレッテルが貼られると、彼女が正確には直面していないある種の経験のハードルが設定された。一九二六年十二月四日土曜日と、その後の数日間、アガサは母親の死と結婚の破たんのトラウマによって引き起こされた精神障害という、悲惨な出来事を経験した。アガサの経験はただの〝記憶喪失〟以上のものをもたらした。もっと恐ろしく、混乱してもいた。彼女は生きがいと、自意識を失ったのだ。

医者たちは、あまり記憶喪失を研究していなかった。なぜならめったになかったし、扱いが難しかったからでもある。だが、一九七〇年代には、この病気が話題になった。子どものころに虐待されていたという抑圧された記憶を主張する人々が現れ始めたのだ。そういう事例のいくつかが研究され、悲惨なできごとは心に蓄積することが証明されると、記憶喪失はより深刻に受け止められるようになった。[2]

どんなときに――つまり――患者は信じられるのか。この病気はつねに疑いがつきまとうものだった。患者側の何が起こったのかについての疑い。傍観者側の、患者は真実を言っていないのかもしれないという疑いである。

そしてハンナ・アップとまったく同じく、有名な失踪についてのアガサのことばは疑われ、彼女の話は初めから信じられていなかった。その一因はおそらくジェンダーに関係があった。現在でも女性の言う真実を疑うよう仕向けられているとしたら、一九二〇年代には、状況はもっとひどかっただろう。アガサには社会階級という大きな強みがあったので、ある人々は、それだけで彼女を信じた。だが二重に不利な立場でもあった。働く女性であるという事実と作家という職業の性質が、両方とも信頼性を損なった。

その上、これからわかるように、彼女が有名人であることにより、事態はいっそう悪くなった。彼女がどうして家を出たのかについて、わたしとはまったくちがう結論に至ったマスコミによる、残酷な試練にさらされたのだ。彼女は嫉妬深く、ごまかしのうまい、注目されたがる人物で、報復的に夫を犯人にでっちあげようとしたというものだ。

アガサ・クリスティーの人生の大きな不公平は、彼女が母親の喪に服しているあいだに夫が裏切ったことではない。精神的苦痛でもない。

全国紙であまりに公然と病気のために辱(はずかし)められたので、人々はそれ以来、彼女のことを裏表のあるうそつきだと疑っているという事実だ。

アガサの永続的な名声にとって残念なことに、彼女の伝記作家、とくに男性の伝記作家の多くは、当時大騒ぎをした男性警察官や記者たちと同様に、この話にたくさん時間を注いできた。「彼女は計画的に出かけたのだ――事実がそれを物語っている。夫に殺人容疑をかけるために」とそれらの作家のひとりは言う。[3]
そうやって不当な扱いがずっと続いてきた。
そろそろ基本に立ち返るときだ。アガサの言うことに耳を傾けて、彼女が〝記憶喪失〟という役に立たないレッテルを貼られてさまざまな経験をしたことを理解する必要がある。そしてもしかすると最も重要なことは、彼女が苦しんでいたと言うときは、信じることだ。

では、われわれは何を信じればいいのだろうか？　十二月四日土曜日の朝、警察が乗り捨てられた車を捜査しているあいだ、彼女は――当時のあまり役に立たない用語では――〝記憶を喪失していた〟。
精神療法士の助けを借りて、彼女はのちに、空白の行動の話をまとめ始めた。「大きな鉄道の駅に着いたのを覚えています」とついに思い出した。「そこがウォータールー駅だと知って驚きました」[4]
ほかの多くの人々も、彼女がどこにいたのか解明したがっていた。彼女の足どりを追っていた《デイリー・メール》紙の調査員によると、彼女はニューランズ・コーナーから三マイルほどのクランドン駅にたどりついた可能性が高いという。ハンドバッグと、現金で六十ポンドと、ロザリンドの写真だけを持っていた。クランドン駅からウォータールー駅への列車は六時四十二分、七時二十二分、七時五十二分、八時二十二分、八時五十六分に発車しており、これがアガサがロンドンに行った道だと思われる。[5]
ようやく自分の体験について話したとき、アガサは自分の一番よく知っていることばに頼った。小説のことばだ。小説のなかで〝記憶喪失〟は、しばしばプロットの肝になっている。そのせいで任務遂行中のタペンス・ベレズフォードのように聞こえざるを得ず、ウォータールー駅に到着した自分を説明する彼女のことばに非現実的な感じを与えた。「おかしいわね」と彼女は言う。「鉄道当局がわたしのことを思い出さなかったなんて。わたしは泥だらけで、手の切り傷の血が顔についていたんですから」[6]

ほんの何時間か前は自殺したがっていたけれど、彼女はもうそういうすべてから自分を〝切り離して〟いた。その考えはほかの誰かのものだった。アガサは身なりをきれいにすることに注意を向けた。タクシーに乗って、デパートに行ったようだ。ある記事では〈ハロッズ〉だといい、べつの記事では〈ホワイトリーズ〉だという。ハンドバッグに六十ポンド（現在の金では二千ポンド以上）が入っているアガサのような女性にとって、大きな店というのは温かく歓迎される場所だ。お湯のボトルを買ったという指摘がある。ある記事は彼女が指輪をなくしたともいい、ほかの記事では修理のために置いていったという。[7]アガサはその指輪を取り戻したかっただろう。花嫁の空想の一部だったのだ。

ロンドンで、アガサはほかにも重要なことをした。手紙を投函したのだ。アーチーの弟のキャンベル・クリスティー宛てのものだった。キャンベルとはずっと親密で、彼はよく仕事の手助けをしてくれた。手紙はハロッズのあるロンドンのSW1地区で投函された。区分所に運ばれて、午前九時四十五分の消印が押された。[8]

〝記憶を失った〟女性が、どうして手紙を投函できるのだろう？　ここが、その用語の限界が見えてくるところだ。だが、遁走状態のアガサは、不合理に行動していた。前の晩カーロとアーチーに手紙を書いたとき、このキャンベルへの手紙も書いて、宛名を書き、切手を貼って、ポストに入れるためにバッグに入れておいたらしい。手紙には、しばらく家を離れて、ヨークシャー州の温泉地に滞在すると書いてあった。予備の計画だ。人生を終わらせなかったら、もちろんアガサは、家族に自分の居場所を知ってもらいたかった。もしもバッグのなかに準備されたこの手紙を見つけたなら、投函するのが自然だろう。

デパートのトイレで汚れを洗い落とすと、アガサの心は、まったくちがう女性として新しい人格を考えだすことによって、さらなる痛みから自分を守ろうとし始めた。「わたしはそのとき、心のなかで、南アフリカのテレサ・ニール夫人になったのです」と言う。[9] この人物はどこから出てきたのだろう？ アーチーの恋人と同じ姓を持ち、アガサとアーチーが幸せだった場所からやってきた人物だ。これらの細部が集まって、困難を乗り切れると感じた登場人物を作りだしたのだ。「自分の運命を書くことはできません」。何年かのちに、アガサが言った。でも「自分の生みだした登場人物でなら、好きなことができるのよ」[10] だから、自分のために、新しい登場人物を作ったのだ。自分のしたいことができる登場人物を。なかでもいちばんしたかったのは、クリスティー夫人の耐えられない生活から抜けだすことだった。

店での復活の呪文のあと、〝テレサ・ニール〟はキングス・クロス駅に行き、ハロゲートのスパリゾートへの切符を買った。その町の有名な〈ロイヤル・バス〉はヘルスケアの最高峰だった。アガサはあとで、自分の行き先の選択について、おかしなことは何もないとわかった。「交通事故が神経炎を引き起こしていて、前にいちど、この病気の治療をするために、ハロゲートに行くのを考えたことがあったから」[11]。船での世界一周中に、サーフィンをやって肩を痛めたときに、神経炎を経験したことがあり、温かいお湯が和らげてくれたのだ。

この〝神経炎〟という自己診断は意義深い。一九二〇年代には、それは身体か生物学的な原因で、痛みを伴う神経の炎症として理解されていた。しかし、似た病気に〝神経衰弱〟がある。精神的苦痛への反応として、同じ種類の痛みを経験する。神経炎と神経衰弱を見わけるのは難しく、両方とも治療法は温泉での安静療法だった。[12] でも、ふたつの用語のあいだには、重要な階級の差別があった。中流階級の人々は、神経衰弱（感情的な）よりは、神経炎（生物学的な）を主張する傾向が強かった。アガサのことばの選択は、自分の問題の程度を認めているが、〝狂気〟からは距離を置く社会的な語を使っている。[13]

　どちらにせよ、温泉に向かうのは賢明なことで、アガサの行動は一種のさかさまの意味を持つ。彼女は自分がロザリンドにとって危険だと考えた。休息が必要だった。ジョイスはなんと言っていた？「彼女の医者は、あなたは休まなくてはならない、そうすれば物事が平常の状態に戻るだろうと言った」と。[14]

　彼女の乗った列車がハロゲートに着いた時刻には、冬の日の光は消えていたにちがいない。タクシーに乗り、明らかに適当に選んだ〈ハイドロパシック〉というホテルに向かった。[15]

〈ハイドロパシック〉あるいは、地元のひとたちが〈ハイドロ〉と呼ぶホテルは、三階建てで煤けた色の石造りの屋根つき玄関がある。かなり豪奢なホテルで、一八七八年にハロゲート・ハイドロパシック会社によって買収された。現在は〈スワン〉と呼ばれている。当時は二十六台分の駐車場と、五エーカーの庭園と、舞踏場があった。〈ロイヤル・バス〉は〈マジェスティック・ホテル〉のようなほかの洗練されたホテルと同じく、ほんの少し歩いた先にあった。[16]

　ハイドロの窓から電灯の明かりがこぼれて、十二月の夜を温めていたにちがいない。客が出たり入ったりしていた。デパートと同じく、ここはアガサが安心できる場所だった。彼女はホテルの匿名性が好きで、よくひとりで泊まって執筆していた。

　アガサはスーツケースを持たずに来たが、南アフリカから到着したばかりで、手荷物は友人に預けてあると説明した。南アフリカ、ケープタウンのテレサ・ニール夫人と名乗り、いつもの筆跡で宿泊者名簿にサインしている。[17]

　その姓はもちろんアガサとナンシー・ニールの何らかの合成をほのめかす。だが、ファーストネームは、アガサが崇拝する文学の聖人、アビラの聖テレサにちなんで選ばれたのだろうか？　あるいは――最も仕事熱心な探偵だけが解けるひねりで――〝難問(teaser)〟のアナグラムなのだろうか？[18]　すべては謎のままだ。だが、クロスワードパズルに熱中するアガサなら、そういう奇想天外なことを考えだす心を持っていただろう。

ホテルの支配人のW・テイラー氏がのちに語ったところによると、新しい客が選んだのは「お湯と水が出る二階のよい部屋でした」。週に七ギニーという料金に、彼女はまったくためらわなかった。「欲しいだけのお金をお持ちのようでした」[19]。あの六十ポンドが役に立った。

アガサの部屋は、ロージー・アッシャーという、髪をシングルカットにした、若くてかわいらしい部屋係のメイドが担当していた。彼女はとくにアガサを注意深く見ていたようだ。アッシャーは〝ニール夫人〟がほとんど何も持ってこなかったことを見抜いた。「くしと、新しいお湯のボトルと、斜めに〝テディ〟と書かれた男の子の小さな写真」だけ[20]。

アガサ自身は、のちにどうして傷ができているのだろうと不思議だったのを思い出した。でも〝ニール夫人〟は、必死にきちんとしたやり方で自分の人生を展開しようとしていた。それでディナーのために下に降りていき、夜のダンスにも参加した。同じ境遇にある客と口をききはじめ、悲劇をほのめかせた。あるひとにはこう話した。「幼い娘が死んでしまったので、立ち直るために、ハロゲートに来たんです」。自分も〝病人〟だと言う客たちは、このひとり身の女性を取り囲んだ。「彼女が来た晩に、クリスティー夫人と踊りました。彼女はチャールストンを踊りましたけど、あまり上手ではありませんでしたよ」と、そのひとりがあとで語った[21]。

アガサは踊った――へたくそに――前の晩を過ごしたスカートで。明らかに、新しい登場人物にふさわしい服を手に入れなければならなかった。眠ったあとで、店が開いたら服を買わなくては。[22] これは変わらないことだった。フレデリック・ミラーの娘、アガサ・クリスティーのように、テレサ・ニール夫人――人生がデパートで始まった――は店が大好きだった。

一方、サリー州では、ケンウォードが七、八人の警察官と一般市民のボランティア数人といっしょに、アガサの車の近くの田園地方を捜索して週末を過ごした。[23] 成果のあがらない仕事で、彼は捜査範囲を広げるべきだと感じていた。

警察は行方不明者の公表もしたので、新聞はすぐに情報を集めた。月曜日の朝刊に詳細が載った。サニングデールの自宅から行方不明になったのは、「ミセス・アガサ・メアリ・クラリッサ・クリスティーで、クリスティー大佐の妻、三十五歳（実際は三十六歳だった）、身長百七十センチ、髪は赤味を帯びたシングルカット、眼は灰色、肌の色は白く、体格はよい」[24]

人相書には結婚指輪をはめていなかったことも書いてあった。スタイルズ荘に残してきたものだ。クリスティー夫妻の結婚が破たんしたことを知る者たちは、これを彼女の心理状態についての不穏な徴候だと考えた。ほかの者たちは、同じようにアガサの現代性の不穏な象徴だと考えた。[25]

新聞はこのとき、アーチーを悲劇のヒーローとして描いた。「サニングデールではクリスティー夫人の失踪の謎の話題でもちきりで……才気あふれた女性の運命についての心配に匹敵するものは、クリスティー大佐の哀れな姿が呼びおこす同情のみだ」[26] と《デイリー・メール》紙は伝えた。

しかしケンウォードは、クリスティー大佐への疑いを募らせていた。アガサのカーロへの手紙を読んだので、彼女が自殺した、あるいは――ケンウォードは決して完全には説明しなかったが――殺されたおそれがあると信じていた。自分の仕事は、単にアガサを見つけることだとは思っていなかった。むしろ、これが「殺人事件ではない」ことを裏付ける必要について横柄に言った。《サリー・アドバタイザー》紙の独占インタビューで、ケンウォードは、殺人は実際に「彼女を知っている人たちによって、好き勝手にささやかれていました。そのなかには彼女の親類もいたんです[27]」と、さりげなくほのめかした。とはいえ、同じ手紙を見たカーロが、アガサが死んだとは「信じられなかった[28]」ことは、言っておく価値がある。

同じころ、バークシャー州のゴダード警視は、彼の部隊がクリスティーの使用人たちの聞きこみにあたっており、やはりアガサはまだ生きていると信じていた。そしてゴダードは、サリー州のケンウォードほど記者たちと話すことにふけってはいなかった。事件記者のリッチー・コールダーが捜索を取材した。上流社会のクリスティー家に何の愛着もない社会主義者である彼は、偏見のない目撃者ではなかった。だが彼の記憶は、ふたつの警察部隊が協力関係になかったという強い認識を示している。「バークシャー州とサリー州の警察は、ほとんどことばを交わさない間柄だった[29]」

アーチーがアガサからの手紙を処分してしまい、その中身について口を閉ざしていることが、だんだん失望を深めていた。彼は質問をうまくかわして「完全に個人的なことなので……内容については話せません[30]」と言った。アーチーは自分がやっかいごとを引きうけることで、ナンシーを守ろうとしていたのだ。このごたごたに引きずりこまれたら、彼女の名誉が傷つけられるだろうから。

サリー州のケンウォードは、死体を見つけるという任務で一歩先んじていた。ニューランズ・コーナーの近くの池をさらう計画を立てた。不吉なことに、サイレント・プールというメロドラマのような名前だった。その景色に、記者たちはよだれをたらした。《デイリー・スケッチ》紙は、ほとんど有頂天になっていた。「地元の言い伝えでは、その池は、クリスティー夫人のように親近感を抱くひとには、たまらない魅力がある」[31]

新聞はこの種の情報に事欠かなかった。《デイリー・メール》紙は、退職した警察官の専門的なコメントを引いてきた。警察の手続きについてのコメントはがっかりするほどさえなかったが、べつの点では図星をさした。「クリスティー夫人は、知ってか知らずか、現実の生活で、彼女の巧妙な小説を超えるミステリの中心人物になった」と書いた。[32]

そのころハロゲートでは、アガサは宙ぶらりんの生活を喜んで受け入れていた。部屋係のメイドは、日曜日にケンウォードが広い高原を捜索しているあいだ、アガサは「午前十時まで寝て、ベッドで朝食をとり、それから出かけました」と言った。[33]

月曜日の朝、アッシャーは、アガサが「ベッドに朝食といっしょにロンドンの新聞紙を持ちこんだ」のに気づいた。いまや国際的なニュースになった、クリスティー夫人の失踪についての話を避けるのは難しかったことだろう。[34]だがアガサは、ともかく、まだなんとかその知識を無視していた。新しい衣装で身支度を始めた。店に行ったあとで、その日遅くに彼女の部屋に包みが届けられてきた。「新しい帽子、コート、イヴニングシューズ、本、雑誌、鉛筆、果物、さまざまな化粧用品」

ホテルの人々は、アガサがいつも手に本を持っていることに気づいた。パーラメント・ストリートにあるW・H・スミス貸本屋を訪れており、司書のミス・カウイーは「彼女の選んだ本から推測すると、官能小説やミステリ小説を好んでいました」[35]

その夜、アガサはきちんとしたイブニングドレスに、新しい〝しゃれたスカーフ〟をつけて、ディナーの席に現れた。ホテルのスタッフは、客間や舞踏場で「彼女はたくさん友だちを作っていた」と報告する。

ビリヤードをやり、ほかの客の楽しみのために歌いもした。[36] ホテルの接待係のミス・コーベットは、〝ニール夫人〟が値札――七五シリング――を新しいショールにつけたままなのを見つけた。「それがあなたのお値段ですか？」とある客が訊いた。「もっと高いと思いますよ」というのがアガサの答えだった。[37]

翌日、アガサはまた配達された包みを受けとった。もしもロンドンのデパートに指輪が残されていたら、送ってもらえないかと、手紙で頼んでおいたのだ。いくつかの報道によると、それは具体的にはダイヤモンドの指輪だった。十二月七日火曜日に、ちゃんとハイドロに届いた。[38] 指輪をはめることは、これまでとはちがう、よりよい妻としてのアイデンティティの、最後の不足を補うようなものだったのかもしれない。

十二月七日火曜日に、クリスティー夫人の捜索に賞金がかけられた。《デイリー・ニューズ》紙が、アガサの発見につながる情報を伝えたひとに百ポンドの謝礼を出すと発表した。[39]

だが、死体のない状態が続いているということは、新聞の報道に、新しい仮説が入りはじめるということだった。アガサは記憶を失っているのかもしれないという見こみだ。「わたしが提供できる唯一の説明は」とアーチーはある記者に言った。妻は「記憶喪失で苦しんでいる」[40] ということです。アガサの友人のジョイスも、これは「極度の疲労の事例で――記憶喪失か、そのようなもの」[41] だと確信していた。

翌日の十二月八日水曜日に、《デイリー・メール》紙は記憶喪失説を取り上げて掲載した。「潜在意識が暴走している」と筆者は説明した。「小説作品のために謎の失踪を考案する、芸術家の創造的能力によって訓練された意識は、本物の失踪を非常に巧妙に計画するのかもしれない」[42]

第一次世界大戦を生きぬいてきたアーチーと同世代の大多数の人々は、記憶喪失がトラウマに対するもっともな反応だと信じていた。軍事医学についての本の「神経性ショック」の章で、ウィルフレッド・ハリス医師は、アガサがのちに自分の精神状態について報告したことと完全に一致する記憶喪失についての記述をしている。ハリスが言うには、患者は「完全な記憶喪失を引き起こしているかもしれず、事故以前の人生のあらゆる事実が奇妙に感じられることがある。名前も、職業も、住んでいた場所も知らないということもあり得る」[43]。アガサの車の衝突の詳細がついに明らかになると、頭を打ったことが強調された。なぜなら、一九二〇年代には〝記憶喪失〟の人々は、ほとんどの場合、爆撃の際に脳しんとうを起こしたか、頭を強打したことによって誘発されたのだと一般的に考えられていたからだ[44]。

けれど、ハイドロでは〝ニール夫人〟はほんとうは何者なのか、みな疑いはじめていた。なにしろ、十二月七日火曜日に、《デイリー・エクスプレス》紙の一面にアガサの写真が載ったのだ。とても似ているのは見過ごせなかった。

「彼女がここにきて四日ほど経ったときに」とホテルの支配人が回想した。「妻が言ったんです。『あのご婦人はクリスティー夫人よ!』と」[45]テイラー氏は妻が〝どうかしている〟と思ったが、そう気づいていたのは、彼女だけではなかった。「従業員の何人かが、あの女性は写真とよく似ているようだと言っていました」とテイラー氏は言う。「わたしは、何も言わないようにと伝えました」[46]ハロゲートの温泉は、病気を患った退屈な金持ちにひいきにされていた。その手の人々は、注目されたいときには公表を、そうでないときには秘密を守ることを期待した。

だが、秘密というのは、いつかはばれるものだ。接待係のミス・コールベットは、のちにほんとうのことを認めた。「わたしたちはみんな、あれはクリスティー夫人だと言っていました」[47]

十二月八日水曜日の新聞で、ケンウォードがサリー州でさらに大がかりな捜索隊を編成したという記事を読むと、ホテルのスタッフが黙っていろという指示に従うのは、難しくなってきたにちがいない。《ウェストミンスター・ガゼット》紙は、三百人以上の警察官と特別警官が参加して、「からまったヒースが、長い棒で武装して十メートルほどずつ離れて歩く男たちになぎ倒されていた……じめじめと漂う丘の頂上の霧のなかからたがいを呼ぶ声が聞こえ、頭上には〝前後に行ったり来たり飛んでいる飛行機〟の鈍い音が聞こえた」と報じた。[48]

ケンウォードはもう自分が死体を捜しているのだとはっきりと確信していた。「公式見解が大まかに発表された」と《デイリー・テレグラフ》紙は伝えた。「クリスティー夫人は車が発見された場所からそう遠くないところで見つかるだろう」[49]

結局、ケンウォードはアガサの小説『ミスタ・ダヴェンハイムの失踪』を読んだのだろう。そのなかでポワロは不在について考えられる意味を即座にあげる。「あなたは記憶をなくしたかもしれません」と探偵は言う。「でも、きっと誰かがあなただとわかるでしょう」一方で、死体が「跡形もなく消えることはあり得ません。遅かれ早かれ現れます。ひと気のないところか、トランクのなかに隠されて。殺人は明るみに出るのです」と続ける。[50]

ケンウォードの写真が、それから新聞に載った。命令するポーズで立ち、捜索隊を指揮している。[51] サリー州のひと気がなく霧の立ちこめる場所を、英雄さながらに辛抱強く捜す彼は、ほんとうに「殺人は明るみに出る」と確信しているようだった。

だが、ケンウォードは新しい手がかりを捜査することに時間を費やしたほうがよかったかもしれない。それはニューランズ・コーナーを捜索するのに忙しかった火曜日に現れた。

ついに、アーチーの弟のキャンベルが、先週の土曜日にロンドン中心部で投函されたアガサからの手紙を受け取っていたことが明るみに出たのだ。彼は手紙を受け取って読んだが、彼女が〝失踪〟したことを聞くまでは、何とも思っていなかった。

手紙が重要な証拠になるとキャンベルが気づいたとき、封筒はまだあったけれど、手紙は見つからなかった。内容については、記憶に頼らなければならなかった。《デイリー・メール》紙は、アガサが「友人と泊まって療養するために、ヨークシャー州の温泉に行くつもり」だと言っていたという、彼のことばを伝えた。[52]

このことからわれわれは、警察の捜索がヨークシャー州のほうに向けられることを期待する。だがケンウォードは、多くの捜査員が、頭のなかのジグソーパズルに合わないピースに直面したときにするように反応した。その手紙を考えから外すことに全力を注いだのだ。結局、それは必ずしもアガサが土曜日に生きていた証拠にはならなかった。自分で手紙を投函する必要はないので、ほかのひとに投函してもらう〝手配をしておいた〟のかもしれない。[53]

警察は、うわべだけヨークシャー州を捜索範囲に入れる努力をした。だが《タイムズ》紙は、ケンウォードのギルフォード・チームは、〝クリスティー夫人はその州にいない〟ことを確信したと伝える。[54] そういうわけで、捜索は地元で続けられ、ケンウォードは、キャンベル・クリスティー宛ての手紙が、ひとを惑わせる女性の何らかのフェイントだったのだと信じた。

何だかんだ言っても、捜索はけっこう楽しいところもあった。ふたりのパイロットは「車が見つかった場所を何度も旋回する」サービスを提供した。[55] 警察には好きなように使える科学技術があった。「広範囲の電話網、何百台もの自動車（中略）そして今度は、潜水器具が使われようとしていた[56]」

この年とは言わないまでも、この週一番の話題になりそうなネタを報道したいと思って、ハロゲートのホテルの捜索を徹底的に行っていたのは、《デイリー・クロニクル》紙の記者だった。丸一日その仕事に費やしたが、あいにく何も見つからなかった。

けれど、このときまでに、バークシャー州警察のゴダード警視は、ちがう線で捜査を追っていた。彼の部下の警官たちが、アガサのメイドのリリーに聞きこみをしたところ、リリーはアガサのことばを伝えた。「週末は出かけるわ。たぶん、最初はロンドンに」[57] それからヨークシャー州の名をあげたキャンベル・クリスティー宛ての手紙が、アガサはまだ生きているというゴダードの確固たる印象をさらに強めた。ゴダードは〝行方不明者〟のポスターを使った広範囲の作戦を考えていた。生きている人間を見つけることを目指すほうが、サリー・ヒルズの死んだ人間を見つける狭い作戦よりずっといい。

ふたつのちがうアプローチは無駄に競合しているように見えた。「もしもスコットランドヤードの主任刑事がどちらかの州に呼ばれていたら」と《デイリー・エクスプレス》紙が苦言を呈した。「すべての仕事が、難事件に取り組むよう訓練された人間のもとで一元化されただろう」[58] アーチーは実際にスコットランドヤードに調べてもらうよう要求した。だが、地元の警察はどちらも手柄を立てたがり、それは必要じゃないと考えた。

ゴダードの〝行方不明者〟の捜索には、報道機関との連携も含まれた。木曜版の《デイリー・メール》紙は、サリー州警察のアドバイスと、カーロから得たデータをもとに専門家が用意したアガサの〝合成写真〟を載せた。アガサは失踪時に着ていたカーディガン姿だ。新聞の写真は始まりにすぎない。それはポスターにもなった。[59]

ヨークシャー州ではハロゲート警察もホテルを捜索し始めたが、成果はあがらなかった。だが、アガサと同年代で〝とても奇妙な〟態度の、なじみの客ではない女性が〈ロイヤル・バス〉を訪れたことがわかった。[60]

ハロゲートを〝ヨーロッパの温泉場の最前線〟にしたのは、一八九七年に建設された〈ロイヤル・バス〉だった。トルコ式風呂やロシア式風呂の入浴に加えて、この施設は〝徹底的に訓練されたマッサージ師〟によるマッサージも提供する。[61] アガサはハロゲートで、彼女のいう神経炎を楽にするために〝定期的に〟これらの温泉に行っていたという。[62] 警察は彼女を見逃したのかもしれないが、網は狭まってきていた。警察官たちは「その女性が戻ってくる場合に備えて、温泉の切符売り場で厳重な見張りを続ける」よう指示した。[63]

けれど、アガサは警察が自分のすぐうしろで捜していることに気づいていなかった。今や人生は、彼女にとって、はるかによいものになっていた。「ニール夫人として、わたしはとても幸せで、満足していたの」とのちに語った。[64]

彼女は健康に気をつかっていた。新しい誰かになりかけていた。ゆっくり確実に、身なりのよい、良識のある、スマートな若い女性になってきた。かつてのクリスティー夫人よりは、ナンシー・ニールに似た誰かに。

いつか――きっと?――アーチーはまちがいに気づいて、戻ってくるだろう。

しかし現実の生活がアガサの意識のなかにむりやり戻ろうとしていた。木曜日、彼女は――ロージー・アッシャーによれば――「とても機嫌がよくて明るかった」ということだ。[65] だが、アガサにとってもアーチーにとっても悪い日、おそらく最悪の日だった。

新聞でアガサはクリスティー夫人の捜索について読んだにちがいない。潜在意識のある部分は、その規模を正しく理解し始め、もしもいつかほんとうの自分に戻ったら、経験するであろう恥を予想しだしたにちがいない。

そのかわりに、ニール夫人の役にさらに手を加えることに決めたようだ。その日の遅くに《タイムズ》紙に伝言を載せる注文を出した。「最近まで南アフリカに住んでいた**テレサ・ニールの友人、親類の連絡を乞う**。私書箱R七〇二」と書いてあった。[66]

それはベールで覆われた、夫への助けを求めるもののように読める。アーチーは、新聞の注目が引き起こす彼女のパニックが十分わかるくらいにアガサを知っていた。「きっと、すべてが鎮まるまで、彼女は戻ってこないでしょう」と言った。[67]「彼女の恥ずかしがり屋で内気な性質を理解する人々は、すべてが落ちついたら戻ってくると知っています」

でも、さらに悪いことに、それは本物のナンシー・ニールが初めて新聞に載った日でもあった。ナンシーは心配しながら、リックマンズワースの両親の家に避難し、身を隠していた。だが今度は《ウェストミンスター・ガゼット》紙が、クリスティー大佐がジェイムズ夫妻の家に滞在中〝ミス・ニールド（原文のまま）という一家の友人の若い女性〟もいたと伝えた。物語に〝若い女性〟が加わって盛りあがった。新聞の特派員は、警察はスタイルズ荘の使用人に、クリスティー夫妻の結婚の状態について訊いたとも書いた。「わたしはアガサが消えた日の朝食のテーブルで、ふたりのあいだに〝口論〟があったという〝うわさは真実ではない〟と理解している」と記事は伝える。[68]だが、これはまったく逆の印象を残した。

これはアガサにとっては、恐ろしい事態の変化だった。ナンシーの名前が知られれば、見捨てられた妻だということが公になる危機に瀕する。〝若い女友だち〟のために、夫に置いていかれたひとだと。

それで、さらに深みにはまった。「ハロゲートでは、クリスティー夫人の失踪についての記事を毎日読みました……彼女は愚かなことをしていると思っていましたね」とあとで思い起こした。[69] ホテルのある客は、彼女がこう言ったのを覚えていた。「クリスティー夫人って、ほんとうにとらえどころのないひとね。彼女になんて、かまってられないわ」[70] さらにこの証人によると、アガサは説明のつかない精神疾患の徴候を見せ始めていた。彼女が「額に手を当てて言うんです。『これはわたしの頭よ。思い出せないわ[71]』」

ナンシーの名前が新聞に出てきたことで、アーチーも同様にうろたえた。このことを彼はずっと恐れていたのだ。社会的な恥であるだけではなくて、彼に殺人のすばらしい動機を与えることになるから。たとえば、サイレント・プールで死体が見つかっていたら、リッチー・コールダーは「警察の様子からして、まちがいなくクリスティー大佐は拘束される」と言うだろう。[72]

アーチーはきっとそのことが問題になると信じていて、シティの会社の同僚に話した。ふたりはエレベーターのなかで会った。「彼はひどくいらいらしていました」とこの同僚は証言した。「ブロード・ストリートまで警察が追ってきたんだと……『ぼくが妻を殺したと思ってるんだよ』と言いました[73]」

その木曜日の夕方に、アーチーは事情聴取のために警察署に呼ばれて、そのときから警官がスタイルズ荘の外に配置された。アーチーは見張りがついているのは「記者たちにいやな思いをしたくないので、自分が頼んだ」のだと言っていた。[74]

しかしほんとうのところは、最重要容疑者のアーチーまで失踪するのを止めるために、警官が配置されていたのだ。

十二月十日金曜日の夜明け、一年の終わりが近づいてきていた。《デイリー・メール》紙の一面に〝クリスマス気分〟が現れた。アガサがスタイルズ荘を出てから一週間が経っていた。その金曜日の朝のホテルで、彼女は「一、二分、かなりおかしな様子で……早くに階下に降りてきて、それからリーズに買い物に行った[75]」

一方、神経をすり減らして恐怖に襲われた――〝はっきりしない不安というのは恐ろしいものだ〟――アーチーが、恐ろしい過ちを犯したことが明らかになった。前の晩に《デイリー・メール》紙のインタビューに無分別な答えをした。おそらく〝ミス・ニールド〟から注意をそらすことを期待して、妻はわざと行方をくらましているのかもしれないという考えを持ちだしたのだ。

「妻は、思いのままに失踪する可能性を話題にしたことがあります……失踪を計画することは、彼女の頭のなかにずっとあったんです、たぶん、仕事のために。わたしとしては、それが彼女の身に起こったことだと感じます」と記者に言った。

アーチーは〝記憶喪失〟説から次の段階に移っていた。カーロと同じく、自殺説は一度も取ったことがなかった。そしていま、彼は自分が悪い夫だったという非難に対して、自分を正当化している。

金曜日の朝、妻とわたしのあいだに口論やいざこざのようなものがあったというのは、まったく事実に反します……この件にいかなるうわさ話も持ちこむことを、強く軽蔑します……妻がわたしの友人たちに少しでも不服を言ったことはありません。

読者は、彼の抗議はかなりやりすぎだと思ったにちがいない。

さらにアーチーはその後、妻がどうやってこの企みをやり遂げるかという話を展開した。「彼女はひそかにかなりの額の金を貯めこんでいたのかもしれません」と言い、アガサが強欲で詐欺師であるように思わせた。「彼女はとても抜け目がないんです……欲しいものを手に入れるためには、とても抜け目がない」[76]

この長いインタビューは、《デイリー・メール》紙の大西洋版では、アガサにとても不利な形で要約された。「クリスティー大佐が今日、語ったところでは、ミステリ小説を書く彼の妻は、思いのままに失踪する可能性を話題にしたことがあるということだ」[77]外国の新聞は、その話をさらに短縮した。十二月十二日の《ボルチモア・サン》紙は、短い記事に大きな活字の大見出しをつけた。「警察は行方不明の女性作家が隠れているとにらんでいる。故意に失踪を計画したという説に基づき捜査中」[78]

そうやって、アーチーは愚かにも、アガサは故意に失踪したと考えるのに必要な情報を、読者にすべて与えた。

だが、もしもこれが真実なら、動機は裏切られた妻の復讐ということになるはずだが、アーチーはそれを認めるわけにはいかなかった。「わたしは金曜日に、友人と週末を過ごすために家を出ました」と《イヴニング・ニューズ》紙に話した。リポーターは、アーチーの友人とは誰なのかを知りたくてうずうずしていたにちがいない。だがアーチーは教えるのを拒んだ。「この件に友人を巻きこみたくはありません」[79]警察はアガサをもっと早く捜しだせなかったことをよく責められた。だが、アーチーのごまかしの多いことばと、それにもかかわらず説得力のある達者な口調が、彼らの捜査を阻む大きな障害となっていた。

とはいえ、彼は一貫して自分を守れるほど利口ではなかった。「覚えていると思いますが」十二月十一日土曜日に発行されたべつのインタビューでも語った。「わたしたちは結婚して何年か経ち、ほかの結婚したカップルと同じように、ある程度まで、自分たちなりの人生を送ってきました」彼には彼の仕事があり「妻には文学の仕事があった」と説明した。[80]

彼はアガサの結婚にとどめを刺したのだ。読者は完全に否定的なアガサのイメージとともに置きざりにされた。仕事に夢中になり過ぎた、怠慢で冷たくて、不適格な妻だ。

アーチーの問題発言が載った土曜日の朝、アガサのホテルの部屋係のメイドは、〝ニール夫人〟は新聞を見て〝動揺したようだ〟と思った。[81]

その同じ日に《デイリー・テレグラフ》紙は次の連載『ゴルフ場殺人事件』の大きな広告を載せた。〝行方不明の小説家、アガサ・クリスティー〟の作品だと触れまわった。[82]それは明らかにアガサ自身ではなくて、出版社のことばだった。だが読者は、作家が新たな悪評で何とか儲けようとしていると思ったとしても、許されることだろう。

作家自身は、新聞を読むのはもう十分だった。ハイドロでは、日曜日に新聞はひとつも部屋に持って行かれなかった。

この日、十二月十二日、日曜日に、サリー州警察はサリー・ヒルズの美しい田園地帯に大捜索、あるいはアガサの死体捜しとして知られるようになるものを編成した。「警察の記録上、編成された最大の捜索隊のひとつ」だった。[83]《タイムズ》紙は二千人が手伝いにやってきたと報じた。「道路は通行止めになり……乗り捨てられた車が見つかった高原一帯が駐車された車で覆われた」[84]

ケンウォードはちょっとはしゃぎすぎているように見えた。「わたしは多くの重要事件を解決してきたが、これはわたしが今までに解明してきたなかで最もやっかいな謎です」と《デイリー・メール》紙に語った。[85]

サリー州は雨で水浸しの日だった。「霧に覆われた田園地帯が、何千もの徒歩の男女や多数の馬に乗った人々によって捜し回られた」と《デイリー・メール》紙の興奮気味の記者が書いた。「ブラッドハウンド六匹が使われ、（中略）女性たちは男性たちと同じ労をいとわなかった。突然隠れていた溝に転んだり、手袋やストッキングに穴を開けるとげで怪我をしても、何も気にせずに、断固として突き進んでいった[86]」

アガサの仲間の推理小説作家たちも、否応なしにこの謎に引きつけられた。その日曜日の捜索隊には、ドロシー・L・セイヤーズも含まれていた。降霊術に長年興味を持っているサー・アーサー・コナン・ドイルは、アガサのものだった手袋を霊媒に渡した。霊媒は誰のものだか知らなかったのにもかかわらず、すぐにその持ち主は「みなが思うように死んではいない。彼女は生きている。次の水曜日に、知らせがあるだろう」と言った。コナン・ドイルはこのよい知らせをアーチーに伝えた[87]。

だが、一日じゅう、何の兆しもなかった。ケンウォードはまだ捜し方が甘かったと思い、なお一層の捜索を考えはじめた。

一方で、もっと冷静なひとたちは、サリー・ヒルズで成果が出るのかずっと疑問に思っていた。ケンウォードは記者団からの信用を失いつつあり、記者たちの口調は変わってきていた。彼らは今や〝故意に失踪した説〟のほうに興味を持っていた。三通の手紙、とくにキャンベル・クリスティー宛てのものや、スーツケースの荷造り、メイドのことばのすべてが、その計画をほのめかしていたのかもしれない。

でも、それでも人々はまだ、まちがった場所を見ていた。「そのころ、公の筋のなかには、彼女は男に変装しており、ロンドンで見つかるかもしれないと強く信じられていた[88]」

何百、ことによると何千もの警察官とボランティアたちが、大捜索に参加した。好奇心だけではなく親切心が動機で大きな努力を共にした記憶が、あの日曜日にサリー・ヒルズで生まれた。そして実を結ばなかったとき、多くの希望がくじかれた。その努力と失望が、今や英国民の記憶の一部になった。そして失望はすぐに怒りに変わる可能性があった。

しかしべつの推理小説作家のエドガー・ウォーレスは、《デイリー・メール》紙と契約して、彼の見解を公表した。十二月十一日に、彼の記事が敵意を持った新機軸を出した。アガサの失踪はおそらく自発的なものだと彼は言った。

彼女を傷つけた誰かへの〝精神的報復〟の典型的なケースである。俗に言うと、彼女の最初のねらいは、彼女の失踪によって苦境に立たされるであろう見知らぬひとを〝困らせる〟ことだったように見える……記憶を失っていながら、決めていた目的地に着くのは不可能だ。[89]

戦時のトラウマの専門家のウィルフレッド・ハリスは、この種の〝記憶喪失〟への反応を熟知していた。「記憶喪失は、仮病を使っていると誤解されがちである」と書いた。[90]

しかしながら、ケンウォードは故意に失踪したという考えに反対しつづけて、その示唆は〝残酷〟だと思っていた。[91] 彼は決して無情ではなかったし、アガサの家族と友人はアガサの臆病さが、彼女が最もしそうにない〝愚かなこと〟をさせたのだと彼に信じこませていた。[92] だが、ほかに説得力のある説明がないなかで、その考えは魅力的なものだった。

十二月十四日火曜日の《デイリー・メール》紙は社説でこう論じた。もしもアガサが生きているのなら、彼女は「残酷な悪ふざけ」で「肉親に極度の心配をかけ、一般市民に多額の出費をさせる覚悟ができているにちがいない[93]」

それ以来、この種の憶測が続いた。多くの筆者が、この事件をアガサが故意に失踪したのだと論ずる傾向にあった。そのひとりがグエン・ロビンスで、一九七八年の伝記は、クリスティーの家族が公認を断った。伝記作家のジャレッド・ケイドも、一九九八年の本で、やはりアガサは「故意に失踪を企てた」と信じていた。[94]〝復讐する必要〟が、彼女に動機を与えたのだと、リチャード・ハックは、二〇〇九年の非公認の伝記で論じている。アーチーを苦しめたいというアガサの願望については「彼女の計画はうまくいっていた[95]」

そしてそこから、伝記作家たちの立派に見える脚注のついた作品や考えが、大衆文化に広がった。映画や小説へと。軽めのものは、彼女の不運を、理解できる復讐願望で過ちを犯した女性としてとらえている。もっと過激なもの――とくに一九七九年に製作された長編映画『アガサ　愛の失踪事件』――は、彼女をナンシー・ニールの殺人未遂犯として登場させている。

もちろん、フィクションと現実はちがうものだ。だが、何度も見てきたように、多くの人々は単純にそのちがいを理解していない。

サリー州のケンウォードには知られていなかったが、ヨークシャー州では事態がたちまち大団円へと動いていた。その日曜日の夕方、ふたりの男がハロゲート警察署に行き、自分たちが働くホテルに、クリスティー夫人が滞在している疑いがあることを報告した。

ボブ・タッピンとボブ・リーミングは〈ハッピー・ハイドロ・ボーイズ〉というグループのミュージシャンで、彼らの音楽でアガサは踊っていた。もうひとりのバンドのメンバーのアルバート・ホワイトリーが、どうして届け出るのにこんなに時間がかかったのかを説明した。「バンドのリーダーが、知りたがらなかったんです。もし、ぼくらがまちがっているとわかったら、彼は仕事を失いますから[96]」

警察に内報されたと聞いたとき、ロージー・アッシャーは驚かなかった。とっくに〝ニール夫人〟がほんとうは誰なのかわかっていたのだ。でも「誰かを何かのトラブルに巻きこんだら、仕事を失うことになるから、とくにお客さんはね[97]」十二月十三日月曜日に、地元の警察がホテルにやってきた。

ホテルのスタッフのこの仕事への不安が、そして金を支払う客のプライバシーに示す敬意が、今もなお謎を引きずっている理由を説明する。十二月十四日火曜日になって、ようやくカーロとアーチーは、アガサが見つかった可能性が高いと知らされた。

ケンウォードは、ヨークシャー州の同僚たちが言わなくてはならないことに、ほんとうは興味がなかった。なぜならとても忙しかったからだ。月曜日にオールダーショット・モーターサイクリング・クラブの八十人のメンバーが、協力を申し出てくれた。彼は「地域一帯を分割して精密に地図に示し、すべての池や渓谷をメモする」ことに没頭してもいた[98]。ダイバーも、警察官たちを船で渡すための〝二千台の大型バス〟も提供されていた[99]。

だが、そうこうしているあいだに、《イヴニング・スタンダード》紙の夕刊が発行された。十二月十四日火曜日の午後二時三十分に発行された版には、べつのもっと重要なニュースが載っていた。

それが起こったのは——多くの証拠がずっと示していたように——ハロゲートだった。

第二十一章 ふたたび現れる

十二月十四日火曜日、ハロゲート警察からの情報に従い、サリー州警察がついにスタイルズ荘に電話をかけた。カーロに、複数の人間が、アガサが生きていて、健康で〈ハイドロパシックホテル〉に滞在していると強く疑っていることを伝えた。

アガサが家を出てから、波乱に富んだ十一日間が過ぎていた。

カーロは会社にいるアーチーに電話した。彼は与えられた詳細を聞いて、たしかに話に出ている人物は、自分の妻のようだと判断した。ヨークシャー州に見に行くことにした。ロザリンドの世話をする必要があったから、カーロは行けなかった。

謎はついに解けるのだろうか？

アーチーは一時四十分キングス・クロス発ハロゲート行きの列車に乗り、日没後に着いた。プラットホームに降りたとき、彼の顔に浮かんでいた〝極度の心配〟の表情を記者たちは伝えた。[1] アガサの足どりをたどってハイドロに行くと、支配人が宿泊者名簿を彼に見せた。そのときアーチーはさらに確信したのだろう。アガサは本名でサインしてはいなかったが、彼女の筆跡に見覚えがあった。[2]

ホテルの経営陣は、ロビーや階段に流れこんだ二十五人ほどの記者たちに、厳しく説明を求められたにちがいない。だが警察は、問題の女性を警戒させずにアーチーに見てもらう計画だった。危険な精神状態かもしれない女性を〝驚かせる〟のを避けたかった。しかも、ただの女性ではなく、有名人で創造的な人物でもある。警察がまちがいを犯すのを恐れて、クリスティー夫妻のまわりを忍び足で歩くのを見るのは、かなりの見ものだった。

アーチーの神経は最高に張りつめていたはずだが、《タイムズ》紙はその顔合わせがどんなふうに邪魔されずに行われたかを伝えた。アーチーは「マクダウェル警部といっしょに、ロビーに陣取っていた」ということだ。人々が行き来して、最新式のエレベーターがため息のような音を立てて昇り降りしては、ディナーに行く客を吐きだしている。三十分待った。それから、ついに「行方不明の女性と思われる人物が降りてきた」[3]

彼女は「ハロゲートで買った、真珠の首飾りのついた上品なうす紫色のガウンを着ていた」。記者たちは彼女の〝美しい金髪〟に心を打たれた。[4]

だが、アーチーは、長年見てきたよりきれいに見えるこの美しい女性を、妻だと言うのだろうか？　彼は何と言うだろう、彼女はどうするだろう？

ホテルの支配人が話を続ける。アーチーはいっしょに待っていた警察官のほうを見て、まちがいないという合図をした。「彼女がエレベーターを降りると、彼はうなずきました」[5]

そのうなずきで、アーチーはもはや殺人の容疑者ではなくなった。被害者と考えられていた女性は生きていたのだ。

警察官たちはアガサを途中で止めて、彼女の夫をさし示した。記者たちの観点からみれば、それはがっかりするほど地味な再会だった。ある資料はふたりのあいだで「愛情のこもったあいさつが交わされた」と記録し、べつの資料は「クリスティー夫人は夫を見て、完全に落ちついた様子で、静かにロビーに歩いていった」と書いた。ある記事は「クリスティー夫人は夫のことを、緊張しているみたいだと言った」とまで書いていた。[6]

信じられない平静さで、クリスティー夫妻はさりげなくダイニングルームに入り、ディナーを食べた。まるで何ごともなかったかのように。ホテルの社交界のルールが、みなにいつもどおりの約束ごとを守らせた。

だが、アガサがまだ何らかの想像上の人生を生きているのは明らかだった。客のなかの顔見知りに、アーチーを夫ではなくて兄だと紹介した。[7]「わたしのところに来て『こちらは兄です。突然やってきたのよ』と言いました。彼は彼女よりずっと戸惑っていましたよ」と、そのひとりが思い出している。[8]アガサにとっての対処メカニズムはまだ働いていた。もしも彼女がふつうにふるまえば、ひょっとして現実の生活が彼女の頭のなかで起きていることに合わせ始めるのかもしれない。

そしてそれはうまくいった。戸惑いつつ、アーチーも歩調を合わせた。

客たちは何が起きているのかよくわかっていないとしても、スタッフには明らかにほっとした様子があった。支配人の妻のテイラー夫人は「すべてが大丈夫だとわかってうれしかったです。まちがいなく、わたしには警察に報告しなかったという避けられない責任がありましたので」[9]

でもアーチーは、安全なハイドロのきらめくダイニングルームの外で息を殺して待っている、もっと広い世界をずっと寄せつけずにいるわけにはいかなかった。あの記者たちをどうしようか？

警察のアドバイスを受けて、アーチーは記者団のひとりに話し、そのひとりが残りの記者に情報を渡した。アーチーは言った。

ええ、妻です。ほぼ完全に記憶をなくしていて、自分が誰かもわからないんじゃないでしょうか……明日ロンドンに連れていって、医者に診せたいと思っています。[10]

アガサの病状についていくらか疑いを抱いていたとしても、このアーチーによる声明は取り返しがつかなかった。アガサが〝記憶を失って〟いようがいまいが、これが今のクリスティー家の公式方針で、そこから外れることはできなかった。

そういうわけで、翌日はどの新聞でもみな、謎が解けたという記事を読めた。

「よかった！」というのが、アガサが無事だというニュースに対するカーロの、報道された反応だった。「すばらしいわ。きっとそうだと感じていましたけど。ほかのことは信じられなかったから」

ゴダード警視はそのとき当然ケンウォードをだしにしてあざ笑った。行方不明者のポスターが「クリスティー夫人の発見にひと役買ったと思う」と彼は言った。カーロと同じく、彼はずっと「彼女は生きていて、十分に広く捜索をすれば見つかると信じていた」

ケンウォードは取り残されて、痛手を癒やそうとしていた。《デイリー・メール》紙の事件記者に熱弁をふるい、自分は〝常識的な考え方〟をしただけだと主張した。[11]だが、コナン・ドイルは満足だった。彼の霊媒が正しいことが証明されたからだ。それで、クリスティーの件は〝探偵の助けとして、サイコメトリーを使ったすばらしい例〟だと結論づけた。[12]

アーチーはアガサをロンドンに連れていくと言った。だが、あんなにたくさんの取材陣がついてくるのではは、それはどう見ても現実的ではなかった。もっと近くに安全な場所が必要だった。

救いの手はアガサの姉が差しだしてくれた。アブニー・ホールが避難場所となり、マッジと夫のジェイムズがクリスティー夫妻を迎えにハロゲートまでやってきた。

十二月十五日水曜日の午前九時少し前に、ハイドロ社の大型バスが正面玄関に止まった。どうやら客を駅まで乗せていくらしい。ふたりが出てきて、それに乗りこんだ。映像に飢えながら待っていたカメラマンの群れのなかから「カメラが期待を込めてずらりと掲げられた[13]」

だが、アーチーは賢く、正面から出たりはしなかった。まさにそのとき、彼とアガサはそっと出ていこうとしていた。「建物の脇にあるフランス窓からで、そこにべつの車が待っていた」あいにく、《デイリー・メール》紙のカメラマンが、そんなこともあろうかと、待ちに待った最初の写真を撮るために、待ち伏せしていた。アガサの最近の派手な買い物の結果として、この写真は〝ベージュ色の服と、おそろいの帽子〟という流行の最先端の服で着飾った姿を見せる。その服装は適切ではないとわかった。ある感情が大きくなりはじめていた。結局アガサは殺されていなかったのだから、少なくともこの件がもたらした失望を後悔しているべきだ。だからもちろん、あまり流行に合っているべきではなかったのだ。

待っていた車は、アガサとマッジとふたりの夫を駅まで乗せていった。予約した列車の一等コンパートメントのなかで日よけを下ろしたが、その前に記者たちが不適当なものを見ていた。アガサが〝大笑い〟していたのだ[14]。美しく愉快に過ごしているように見えた。どちらも等しくふとどきだった。アガサは心配を引き起こしたのだ。アガサは報いを受けるべきだ。

ロンドン――アーチーが言った行き先――への至るところで、とらえどころのない女性をひと目見たいと群衆が集まり、キングス・クロス駅のプラットホームには五百人が集まっていた。でも、リーズからの列車がようやく着いたとき、列車の運転手ががっかりさせる知らせを叫んだ。「彼女は乗っていませんよ![15]」

実は一行はリーズで列車を乗り換えて、多くの追跡者たちの裏をかいたのだった。マンチェスター行きの列車に乗って、アブニー・ホールに向かった。列車が着くまえに連絡がマンチェスターに届いたので、記者たちがプラットホームに集まって、アガサの〝長く、美しいカットコート〟を見た。[16]だが、押し合いへし合いしているうちに、つかみ合いが起こった。アーチーがある記者の「肩をつかんで、プラットホームの向こう半分に投げ飛ばして」どなった。「あのひとに話しかけるな！　病気なんだ[17]」

アガサとマッジは、彼女たちをアブニー・ホールに連れていくために待っていた車に走った。ようやくホールの門を通り抜けると。ジェイムズ・ワッツが飛びだしてきて、南金錠をかけた。ホールは今や包囲された。

翌日の午後、門が開いて、ふたりの医師が入ることを許された。医師たちは報道機関向けの声明を公表した。クリスティー夫人の「慎重な検査の結果、彼女は紛れもなく本物の記憶喪失を患っているという診断をいたしました[18]」

でも、もしもアガサが記憶を失ってはいなくて、自らの意思で姿をくらましたのだとしたら、もっと刺激的だっただろう。新聞は今や、もっと懐疑的な社会のムードに合った意見を持つ、ほかの専門家の見解を求めていた。《ニューヨーク・タイムズ》紙は、記憶喪失の人間は「精神疾患の疑いを起こさせずに、ふつうに行動することはできないし、一般の人々に交ざることもできない」と喜んで言ってくれる人物を見つけた。[19]

そして今度は世論が本格的にアガサに反発した。《デイリー・メール》紙は、念入りな捜索はほかのひとでもされたのかどうか訊ねる〝一般女性〟からの手紙を掲載した。たとえば〝もしもわたしが失踪したとしたら〟あんなに大々的な取り組みがなされるのでしょうか、と筆者は訊く。「されないとしたら、なぜですか？[20]」彼女はいいところをついている。されなかっただろう。

翌日「クリスティー夫人の失踪の件に、ふたつの州の警察が不当に集中した」ことに不満を述べる《デイリー・メール》紙への投書がこれに続いた。[21]そして間もなく三番目の投書が幕開けとなり、たちまち捜索費についての論争になった。「かかった費用を払う用意はできているのでしょうか？」と、この人物は書いている。クリスティー夫人は「我々の多くは、彼女が記憶を失っていたという声明が、ホテルに滞在してその費用を払い、踊ったり歌ったり、ビリヤードをしたりしていたという事実とどう合致するのか知りたいのです[22]」

この種の意見は大西洋の両側で現れた。《ワシントン・ポスト》紙は、アガサの広報係が費用を払うべきだと考えた。[23]サリー州の地方税納税者は警察の経費をカバーするために余計に税金を課されるといううわさがずっとたっていたので、ケンウォードはそれは〝まったくばかげたことだ〟と記者たちを安心させなくてはならなかった。[24]とくに悪意に満ちたコメントが、あまり成功していない作家のクールソン・カーナハンなる人物から出た。「この女性作家は、今後、小説を一切自分の名前で出版しないと公言するのが賢明でしょう。そうすれば、ほかの人物が宣伝のために〝失踪する〟のを防げるかもしれません[25]」

否定的な意見の一部は、タイミングの悪さによるものだった。戦後の好況が終わり、ゼネストから数か月しか経っていなかった。この特権階級に属する女性と、彼女が受けた待遇に対する、無理からぬ階級的な憤りがあったのだ。

庶民院で質問も出されはじめた。労働党の議員が、政府は捜索にどれだけ支払ったのか、「このひどい悪ふざけによって故意に欺かれた何千もの人々を、誰が補償するつもりなのか」を知りたいと要求した。[26]ばつの悪い内務省の公式な回答は、信じがたいほど低い十二ポンド十シリングという金額だった。[27]だが、その代償には、アガサにとって否定的な評判がどっと殺到することも含まれていた。

たしかに、巻きこまれたすべてのひとが代償を支払わざるを得なくなっていく。ナンシーの母親は、ナンシーの名前が〝汚される〟のが不愉快だったが、ニール家は娘とアーチーはただの友人にすぎないという（うその）方針を守りぬいた。[28] ナンシーの父親は憤慨した。「どうしてクリスティー夫人がうちの家族の名前を使わなければならなかったのかについて、推論を申しあげるわけにはいかないが」と、早口でまくしたてた。「ナンシーとクリスティー夫人の失踪を結びつけて考える理由はまったくない」[29]

ニール家は、ナンシー自身が姿を消すのがいちばんよいと考えた。彼女は世界一周の船旅に送りだされたが、事態が落ちつくと、恋人のもとに戻ってきた。

アブニー・ホールに戻ると、記者たちは相変わらず門の外で、血を求めて吠える犬さながらだった。アーチーは彼らに何かえさを与えなくてはならなかった。十六日にひとこと言いに外に出た。記者たちは〝緊張した〟彼の表情と、スリッパを履いていることに気づいた。[30] アーチーは記者たちに、立ち去って〝この件から手を引いてください〟と頼んだ。医者の報告書は「本を売るための宣伝行為ではないと証明しています」[31]

ホールのなかで、アガサは苦しい時期を過ごしていた。懸命に避けようとしていた現実に向き合わされたのだ。「今は、わたしが誰かはわかっています。ワッツ夫人が姉だということも理解しています……娘がいることはわかっていません」とアーチーは明かした。

アガサはゆっくりと母親としての役割に戻っていった。ロザリンドの写真を見せられたとき、「この子は誰なのか、『どんな子なの？』そして『何歳？』と訊いた」[32]

すぐにカーロがロザリンドをアブニー・ホールに連れてきた。当時まだ七歳だったけれど、ロザリンドは母親と再会したときのことを、いつまでもずっと覚えていた。痛ましいことに、アガサは「いっしょにしたことや、よく読んでくれた物語を、何も覚えていなかった」[33]。子どもにとって、なんと恐ろしい経験だろう。ロザリンドは一生、一九二六年の出来事について訊かれるはめになり、質問をはぐらかすのが上手になった。

だが一般に知られていないのは〝記憶喪失〟は困ったことではあるが、失踪の謎について考えられる医学的解決策のなかで最悪ではなかったということだ。一九二〇年代にはまだ〝精神病〟と呼ばれていたもののよりは安全な選択だった。遺伝、いや、優生学がひどく深刻に考えられていたこの十年間に、精神疾患はロザリンドに恐ろしい影響を及ぼす。「ぼくはあの父の息子なんです。それを知りながら、ぼくと結婚するひとなんていないるでしょうか」と、『ゴルフ場殺人事件』（一九二三）の殺人者の息子が訊く。「あなたはあなたのお父さんの息子です」と、ポワロは同意する。「わたしは遺伝を信じます」精神疾患の母親は、ロザリンドの人生と、結婚の機会を台なしにすることだろう。とくに父方の祖父が〝精神疾患をともなう全身麻痺〟で亡くなったとあっては。

アガサを診察した医師のひとりは、マンチェスター大学の専門家のドナルド・エルムズ・コアだった。神経障害についての本の著者であるコアは、シェルショックの性質について、重要な戦時中の議論を《ランセット》誌に寄稿した。著書のなかでコアは、自分の痛みに身体的原因を見つけることができないように思えるとき、多くの患者が感じる恐怖を認めた。「自分が正気でなくなっていくという恐怖が、彼らのなかで大きくなっていく[34]」

アガサのような状態のひとを治療する際のコアの提案は、短期間の眠りをもたらす薬の処方を含む。次に患者を彼、あるいは彼女の家庭環境から追いだす治療がくる（これはまさにアガサが自分で用意したものだ、少なくとも十一日間は）。そのあとに、精神療法と催眠術のたいへんな仕事がくる。そのひとを病気にさせた〝恐怖〟の原因を調べるのだ。

しかしまず、アガサがその気にならなくてはならなかった。精神状態はかつてないほど悪かった。〝ニール夫人〟としての夢の人生を手放すにつれて、憂うつな気分がどっと戻ってきた。「心配や不安の多くが戻ってきたの」と説明する。それと「いつもの憂うつな傾向が[35]」彼女の経験した社会的な恥が、それに拍車をかけた。「わたしはもともと、どんな悪評も大きらいだったわ」それが今、大量の悪評を受けて、もう一度自殺を考えるようになった。「生きていくことがとても耐えられないと感じたの」

医者たちがアガサに精神科の治療を受けることを勧めたとき、彼女は抵抗した。だがマッジは強く要求した。

伝記作家のジャネット・モーガンは、現在は破棄されたと信じられているカーロとロザリンドへの書簡を読む許可を得ただけではなく、これらの出来事を目撃したロザリンド本人と面会する権利も得た。ロザリンドが言うには、マッジに迫られて、母はついに〝失った記憶を回復する〟、言いかえると、精神的苦痛の治療法を探すための治療を受けることに同意した。アブニー・ホールを出ると、アガサはカーロとロザリンドといっしょにロンドンに行った。「ケンジントン・ハイストリートにフラットを借りて、そこから治療のためにハーレー街に通った[36]」おそらくウィリアム・ブラウンの病院に行ったのだろう。ブラウンは当時、ハーレー街に七人しかいなかった精神科医のうちのひとりだった。軍事医学やシェルショックに熟練した彼は、とくに記憶喪失の症例についての著作で有名だった。遁走状態を経験した多くの患者も治療したことがあった。

いつものように、われわれはアガサの小説を、彼女の経験かもしれない記述として参照しなくてはならない。一九三〇年に探偵ものではない小説『愛の旋律』が出版された。アガサはペンネームを使った。記憶喪失についての小説を出版したらついてくるであろう、当然の憶測をされたくなかったからだ。

物語のなかで、ヴァーノンという名前の登場人物は、自動車事故に遭い記憶を失うが、催眠術を使う医者の診療を受けて、ついに記憶を取り戻す。医者は「ひとの中心をまっすぐに見つめ、自分も知らなかったそこにあるものを、読んでいるように見える目の持ち主」だ。ヴァーノンは失った過去を苦しげに探る。アガサが今しなければならないように。

ヴァーノンは叫んだ。「何度も繰り返さなけりゃならないんですか？　何もかもすごく恐ろしいんです。もう考えたくない」

すると医者が重々しく、親切に、だがとても印象的に説明した。その〝もう考えたくない〟という望みのせいで、こういうことになったのです。立ち向かわなくてはなりません。[37]

これらはすべて、記憶喪失をどう治療するかを説明するウィリアム・ブラウンの本と一致する。彼は患者に催眠術をかけて、何があったのかを訊く。ブラウンは記憶〝喪失〟のひとは、記憶を寄せつけない努力によって、疲れて病気になっていると考えていた。患者は「いやな記憶に正々堂々と、真っ向から立ち向かうことで、ふたたび害を受けないものになる」。ブラウンは談話療法も信じていた。会話を通して、患者は自分の精神生活の過去の事態について客観的な視点を得る。自分自身をよりよく理解することを学ぶ……それがひとを自由にする知識だ」。アガサの求めるこういう治療はやや急進的なものだった。なぜならこれは当時の主流の医学ではなかったから。フロイトの研究は、戦時のトラウマが二重に重要性を持つ前にも、実際は英国の医学界では知られていた。そしてこういう主題の本がより人気になってきていたのは事実だ。たとえば影響力のあるジョセフィン・ジャクソン『不安に打ち勝つ *Outwitting Our Nerves*』(一九二二)は第二次世界大戦の前に七刷を重ねた。[38]

だがフロイトの研究は、英国ではまだ議論の余地があった。たとえば医師たちは、潜在意識と無意識とはどのようなものなのかということについて、意見が一致していなかった。それに、治療を受けることはまだ恥のもとだった。たとえばシェルショックを受けたひとの多くは、ほかのすべての方法——彼らの弱さを酷評したり、彼らに仮病を使っているという烙印(らくいん)を押したりする——を使い果たすまで、治療を提供されなかった。この社会はまだ精神疾患を恐ろしい不名誉だと考えていた。

しかしながら、アガサがハーレー街を選んだのは、慣習的な階級の目印だった。そこの医者の名簿に連絡するには、金と、しばしば上流社会のコネが必要だった。[39] 彼女の治療は、戦時の将校クラスのために開発された神経性ショックの治療の手順に従っていた。戦時の医者のウィルフレッド・ハリスは、以前の主張を引用した。催眠状態の患者は「目が覚めている状態では忘れている、人生のすべての事実を完全に覚えている状態なのかもしれない」[40]。これはアガサの言い分とそっくりだ。

わたしの記憶は潜在意識からゆっくり引きだされました。まず幼少期を思いだし、子どものときの親戚や友人のことを考えました。徐々に段階を経て、人生のどんどんあとの出来事を思い出したのです。[41]

しかしこの方法はまだリスクがあると考えられていた。ハリス医師が言うように、催眠状態は意図されたことへの逆効果になる可能性がある。実際に〝狂気〟のカギを開けてしまうかもしれないのだ。「最悪の事例は、近い親戚に神経衰弱や、てんかん、精神疾患の者がいる、遺伝傾向が悪い人々だ[42]」これは、家族の歴史を引き継ぐアガサとロザリンドにとって悪い見通しだった。アガサはまた病気になりかねない、と医師たちは警告した。内省的な患者は「つねにもともと抱えていた問題を発症しがちだ[43]」

でもアガサの治療は長くは続かなかった。コア医師が提案したように、一九二七年一月二十二日に、カナリア諸島への回復の旅に出発した。けれども旅のあいだに、医師の忠告に反して執筆に戻った。アガサにとっては、仕事が呪いでもあり、救済でもあったからだ。書く必要性を金銭面の不安だと弁明した。ひとりでロザリンドを養わなくてはならないかもしれないから。だが、想像の世界に何らかの慰めを見出した可能性もある。

太陽のもとから戻ると、アガサはロザリンドとカーロといっしょにチェルシーに引っ越し、アーチーはスタイルズ荘に残って、家を売りに出した。驚くことに、アガサはまだ完全に彼に見切りをつけていなかった。一九二七年の後半に、もう一度アーチーに会って、ロザリンドのために留まってくれないだろうかと頼んだ。「あの子がどんなにあなたのことを好きか、あなたがいなくてどんなに悩んでいるか」と言って。両親のあいだに何があったかについて、ロザリンドのおそろしく明解な見方も報告した。「お父さんがわたしを好きで、いっしょにいたいと思ってるのはわかってるの。お父さんが好きじゃないのはお母さんなんだよ」

だがアーチーの心は決まっていた。強制的なナンシーの不在にもかかわらず、ふたりはまだ結婚するつもりだった。やがて一九二八年に、アガサはとうとう離婚に従わざるをえないと感じた。

すると今度は〝失踪〟の余波がおそらくこれまでで最も残酷なねじれを与えた。離婚に当たり、アガサはロザリンドの親権を確保しなければならなかった。だが彼女の評判はひどく傷つけられていた。おそらくマスコミのあらゆる非難のことばのうちで最も有害だったのは、彼女が悪い母親だという示唆だった。アガサは自分を守り、娘を得られる離婚の準備をするために、何か言わなくてはならなかった。「わたしはロージーのことでパニックになるの」と言ったことがある。「腹がたつわ。ほんとうはパニック状態の母親というタイプじゃないんだから――それなのに、まったくどうしようもないのよ[44]」

それで二月に聴聞会が近づくと、アガサは人前に出なくてはならないと感じた。《ロンドン・エクスプレス》紙が「警察にばかげた悪ふざけのようなもの」をしかけた女性として、彼女の人相書きを掲載したことに、法的措置を取った[45]。

二月十六日に発行された《デイリー・メール》紙のインタビューで、失踪についての生涯で最も長い公式声明も出した。そのひと言ひと言がつらいものだったにちがいない。「多くのひとたちは、まだわたしが故意に失踪したと思っています」と言った。

実際に起こったことはこうです。あの晩、わたしは自暴自棄なことをするつもりで、ひどく神経過敏な状態で家を出ました[46]……

病気や自殺願望など極めて個人的なことを明かさなくてはならなくなったアガサは、離婚の交渉をする必要があった。アーチーは訴訟手続きを開始してもらいたがった。最近法律が変わったので、やっと可能になったのだ。

一九二〇年代には、性急な戦時中の結婚が行き詰まって、非常に多くの不満を抱いた妻たちがいた。離婚率が一九一三年の四倍高くなると同時に、手続きが簡単になった。一九二三年の離婚法が、夫の不倫を理由に女性が離婚を勝ち取るのを可能にした。その時点までは、ひたすら我慢するのを期待されていたことだ。一九二三年には離婚の三十九パーセントが女性によって訴えられた。一九二五年までにこの割合は六十三パーセントに跳ねあがった。[47]

アーチーはアガサに新しい権利を行使して自分と離婚してほしいと思っていた。だが、ナンシーを引きずりこんでほしくはなかった。それでアガサは、ときには談合離婚、あるいは〝ブライトンの急ごしらえ〟として知られる一九二〇年代の新しい訴訟手続きを取ることにしぶしぶ同意した。アーチーは共犯者により用意された〝知らない女性〟と不倫をしたという、演出された証拠を提供する予定だった。ブライトンのみすぼらしいリゾート地が、談合離婚のために必要な証拠を用意するのを専門にしていたので、前述の名前がついた。アーチーの場合は、ヴィクトリアのグロブナー・ホテルに行った。そこで弁護士事務員とボーイに金を払って、女性とベッドにいる彼を見たと口裏を合わせてもらった。[48]

この件は一九二八年四月二十日に裁判になり、アガサは出席することを決心しなければならなかった。裁判官は策略を最後まで見て〝クリスティー大佐のような堂々とした紳士がそんな下劣なことをしたと信じるのは難しい〟とわかった。[49]だが、うまくいった。アガサは訴訟費用とロザリンドの親権を与えられた。あとは離婚が決着するまで六か月待つだけだ。そのあいだに、一九二八年七月、国民代表法がすべての女性——財産を所有する三十歳以上だけではなく——に参政権を与えた。解放がアガサだけではなく、すべての女性にゆっくり近づいてきていた。

小説『未完の肖像』の登場人物で、アガサの分身であるシーリアが信じられるとしたら、アガサは談合離婚の茶番にむかついていた。シーリアはほかの女性の夫を奪うかもしれないと認めたが、こう言う。「わたしなら正直にそうするわ。こそこそ陰に隠れて、ほかの誰かに汚れ仕事をさせたりはしない」[50]アガサは〝汚れ仕事〟が金のために行われる状況に引きずりこまれてしまった。そのうえ、偽証罪を犯した。離婚は「わたしと夫とのあいだに、共謀も黙視もありません」という虚偽の誓いを必要とした。[51]

一九二〇年代はうまくいかなくなり、有望な若い作家を老けて悲しげにさせた。アーチーからのラブレターを大切にしまっている小さな箱に、彼女は『詩篇』第五十五篇からいくつかの行を書き写したものをとってある。

われを誹(そし)れるものは仇たりしものにあらず……されどこれ汝(なんじ)なり、われと同じきもの、わが友、われと親しきものなり。[52]

離婚直後のアガサは、暗闇を見ることしかできなかったにちがいない。この一件についてはこれまでにもたくさん書かれているが、彼女を親しい友にも、報道機関にも、心を開くことを恐れさせた。このあと、彼女をよく知る人物が書いた。「彼女にはとらえどころのない性質があり」、「せんさくされることへの抵抗、持って生まれたよろいがあった[53]」

でも、アガサの出版社には、彼女自身がありがたく思うことはできないにしても、社会的な恥が経済的利益をもたらすことがわかっていた。

アガサの〝失踪〟に強い衝撃があったのは、新しい種類のメディアの有名人が生み出された一九二〇年代の背景があったからだ。〝有名作家〟になったのは彼女だけではなかった。ほかにJ・B・プリーストリーやアーノルド・ベネットなどがいた。[54] 予期せぬことで、ひどく不愉快ではあったが、大成功の基盤にもなったのだ。

アガサのファンは、彼女の失踪は絶対に宣伝行為などではないと主張することがある。彼女の本がよく売れていたので〝宣伝の必要はなかった〟のだから。[55] それはほんとうだ。だがそうだとしても、出来事の結果は驚くべきものだった。

一九二六年の『アクロイド殺し』は初版の発行部数が五千五百部で、一年で四千部が売れた。順調だが、世間を沸かせるほどではなかった。だが、失踪のすぐあとの一九二七年には、迫力に欠ける短編集の『ビッグ4』が八千五百部売れた。一九二八年には、アガサが〝たぶん、わたしが今まで書いたなかで最悪の本〟と呼ぶ『青列車の秘密』が七千部売れた。一九二九年の『七つの時計』は、かなり退屈なスリラーのひとつだが、八千部売れた。一九三〇年に、彼女はコリンズ社との新しい六冊の契約書にサインした。メッセージは明らかだ。売れたのは質だけではなくて評判のおかげだったのだ。[56]

このことはアガサにとって、自分の人生と仕事のあいだに恐ろしい緊張をもたらすことになる。彼女はこのつながりについて話すことはできなかった。屈辱的だったのだ。自分の成功について、勤勉さと偶然のほかに説明することができなかった。さもなければ、野心と達成と悪評と痛みというこの太い個人的なクモの巣をどうやってほどけばいいのだろう?

けれど、その痛みは、時とともに消えていくだろう。一九二六年の精神疾患は、アガサ・クリスティーをほとんど打ちのめした。しかし結局、彼女を成功させる原因となった。

ある友人によると、一九二六年はとても重大な年で「彼女の作品のあちこちに爪痕を残した。彼女をその後の偉大な女性にもした[57]」のだ。

第六部

金権主義の時代

一九三〇年代

第二十二章　メソポタミヤ

離婚は一九二八年十月二十九日に成立した。ちょうど一週間後にロンドンの登記所で、アーチーはナンシー・ニールと結婚した。アガサにとって、それはまた公開の場で受けた大きな打撃だった。不安そうだけれど、腹が立つほどかわいらしいナンシーの写真が《デイリー・エクスプレス》紙の表紙を飾った。一九三〇年には、アーチーとナンシーの息子のボーが生まれた。

だが、アガサは国を出ることで、夫の結婚についての記事を読むという経験を丸ごと避けた。彼女の結婚は終わり、人生の第一幕が終わったのだ。それどころか、終わりのなかに、新しい始まりがあるのかもしれないとわかりはじめていた。「過去にうんざりしている」と書いた。

足にまとわりつく過去、
人生を楽しくさせてくれない過去にはうんざり。
ナイフで切りおとして、言ってやるわ
今日わたしは——生まれ変わって——自分らしくいさせてもらうって。[1]

一九二八年の秋までに、アガサはロザリンドをベクスヒルの寄宿学校に行かせた。忠実なカーロは、チェルシー・ミューズに買った新しい家の世話をしてくれていた。だから今、アガサはクリスマス休暇までずっと、思いのままに旅行ができる。海外旅行はいくつかの目的をかなえてくれた。プライバシー、健康の回復、感動。

西インド諸島に行こうと考えていた。だが、イラクのバグダッドから帰ってきたばかりですっかり魅了されたという海軍士官とその妻にパーティーでたまたま出会い、心変わりしたという話をアガサは好んでした。彼らはヨーロッパを横断する列車の旅と、バグダッドの話をしてくれた。ウルとして知られる古代都市で行われている、すばらしい考古学の発見……翌朝アガサは切符の行先を変更した。五日後には東に向けて出発していた。自分の目でウルを見に行く、伝説の〈オリエント急行〉での旅に。

旅の話は、アガサの自伝のなかで最もわくわくさせる魅惑的な一節だ。この話を自然な改革の行為として語っている。「わたしはひとりで自分がどういう人間なのかを見つけなければならない」そして自由とともに、心から自立の意識が芽生えた。「二度と誰かの言いなりにはならないと決めた」

一九二六年から一九二八年のあいだにアガサがとくに解放されたのは、容姿を気にすることからだった。「わたしはかなりの体重だった——ゆうに七十キロは超えていた」一九二〇年代の写真は、アガサが社会面の美しいモデルに合わせようとしていたことを示す。ほほ笑んで犬か子どもとポーズをとるか、それともイブニングドレスを着て顔を輝かせていて、初めて社交界に出る娘のように見える。けれども、四十代には、新しい公的イメージを作らなければならなかった。

一九三〇年以降、彼女はさらに飾らず、より印象的な作家としての写真を撮らせはじめた。たとえば写真家のレナールは、プロっぽく力強いポーズをとらせた。もはや純情娘ではないアガサは、より堂々とした貫禄を持つようになってきた。自分の外見を〝死の公爵夫人〟として作り直した。記者たちが書いているように「殺人でルクレツィア・ボルジアよりも金を稼いだ」女だ。

プライベートでも、アガサはありのままの姿でいることを、前より心地よく感じていた。「肉体の年齢は、ひとの内面とほとんど関係がないのよ」と書いた。[2] 相変わらず水泳や、食べることや、愉快に過ごすことにふけっていた。今は離婚したので、男たちがこれまでとはちがうふうに自分を見ることに気づいた。言い寄ってくるひとの多さに驚いて、だいたいは喜ぶことにした。

というわけで、一九二八年の秋、慌ただしく準備をして、ヴィクトリア駅から新しい人生が始まった。

愛するヴィクトリア駅よ——英国の向こうの世界への玄関口——あなたのヨーロッパ大陸行き列車のプラットホームがどんなに好きなことか。どんなに列車が好きなことか（中略）しゅっしゅっと蒸気を噴きだして急ぐ親しみやすい列車、大きく息を吐くエンジンが、蒸気の雲を立ち昇らせて、せっかちに「出発しなくちゃ！」と言っているようだ。[3]

イラクは休暇に行くには遠く思えるが、旅行先としてだんだん人気が出てきていた。船で海峡を渡ると、英国人の旅行者たちはパリから列車に乗り、まずトルコのイスタンブールに行って、それからシリアのダマスカスに行く。大戦のあいだの数十年間は国際寝台車会社が走らせる列車の全盛期を迎えていて、週に四便走っていた。

アガサが二等コンパートメントに落ちつくと、女性ひとりの旅行者はめったに友人に困らないとわかった。宣教師の女性は、胃薬をくれようとした。イスタンブールでは、魅力的なオランダ人の技術師が、巧みにいっしょに夜を過ごそうと誘いかけてきた。彼はきっぱり断られた。

旅がアジアへと続くにつれ、アガサは景色に驚かされた。トロス山脈を越える道で、美しい日没の光景に鼓舞されて、ここに来る決断をしたことに感謝と喜びでいっぱいになった。へとへとになってダマスカスに着くと、真珠の象嵌(ぞうがん)細工の整理ダンスを買った。それは死ぬまで寝室に置いておいた。復活の旅はうまくいっていた。

ウルに向かう次の行程、ダマスカスからバグダッドへは、よく弾む六輪の砂漠用マイクロバスが引き受けた。元英国陸軍の輸送部隊の隊員たちによって運行されるこの車の連絡路は、英国が一九一七年にイラクからトルコ人を追い出したあとで、飛行機をバグダッドに誘導するために切り開いた砂漠の割れ目をたどっていた。[4] 一九二〇年代に、英国はこの地域を支配下に置くことを望んでいた。英国海軍の軍艦の燃料を石炭から石油に替えるというチャーチルの決断が、必要としたのだ。だが、従来の軍隊には輸送手段が不足していたので、英国はかわりに空爆の脅威に頼った。イラクは観光旅行の場所になったかもしれないが、いまだに大英帝国の支配力を行使するための場所でもあった。

砂漠横断の旅は一昼夜かかり、夜のいちばん暗い時間は武装衛兵のいる砂漠の要塞で過ごした。翌朝六時にすばらしい朝食が出た。紅茶とソーセージを、身を切るような空気のなかで食べた。「人生に、ほかに何を求めるかしら?」とアガサは訊いた。

だがわたしたちは、当時英国人たちが〝中東〟と呼んでいたところへの最初の旅を長々と書いたアガサの恋愛小説を、検証する必要がある。人生のこの時点で、アガサは考古学とは何の関係もなかった。それに、仕事の対価をもらったことがないという意味では、決してほんとうの考古学者ではなかった。しかし老婦人になり、砂漠横断についてとてもおもしろい一節を書いたときまでには、アガサは最高レベルの考古学の有力者であり、資金調達者になっていた。オリエント急行での旅の回想の記述は、一九二八年の本物の経験というよりは、よく〝壮大な旅〟で始まる考古学の著述の様式を反映しているかもしれない。物語を語る考古学者は、長期の放浪冒険の旅の主人公になる。人気の考古学にとって、実のところフィールドワーク自体はそれほど重要ではない。いつも旅をしていて、決して実際に遺跡に到着しないある有名な考古学者といえば、インディ・ジョーンズだ。[5]

アガサは行き先の選択をたまただと言っているが、見かけほど当てずっぽうなわけではなかった。ほかの英国女性たちが、抱える問題から逃げてきて、古代アジアを感じさせる場所で新しい自分を見つけていたのだ。ガートルード・ベル、フレヤ・スターク、キャサリン・ウーリーなどの有名人もいれば、それほど有名じゃないひともいた。ベルの恋人はトルコのガリポリで亡くなり、スタークは結婚から逃げたがっていて、ウーリーの夫は自殺した。アガサの決断はひとつのパターンに当てはまる。

アガサはバグダッドに長居するつもりはなかった。とくに、おしゃべり好きな植民地の社交界には。アガサはそこを〝奥様の地（メム・サヒブ）〟とさらっと書き、すぐにウルに移った。当時は〝古代カルデアのウル〟として知られ、現代のナシリヤの近くにあるウルは、ユーフラテス川の古代都市の遺跡だった。そこで展開されたある考古学の調査が、六年前のツタンカーメン王墓の発見とほぼ同じくらい有名になっていた。一九二〇年代の英国人たちは、とくに聖書でウルの名を聞いたことがあり、アブラハムの出生地とされていたので、好奇心をかきたてられた。アガサの本『オリエント急行の殺人』のアーバスノット大佐は、インドから英国に戻るのに陸路を選んだ決断には、ほとんど説明がいらないと考えていた。彼はウルが見たかったのだ。[6]

多くの英国人は、どういうわけか西アジアの同世代の人々は、いまだに聖書の時代のような暮らしをしているのだと思っていた。[7]このイラクについての激しく非現実的な見方が、英国がこの場所を統治するうえで引き起こした失敗を説明する。英国の行政官が一九二〇年に打ち負かしたオスマン帝国からイラクを引き継いだとき、地元の人々は彼らのことも望んでいないようだということを知り、多くのひとがショックを受けた。ほぼすぐに起きた反乱は、英国がファイサルを国王に選んだことで終結した。

列車とその後の車での長い旅を終えて、アガサはついにウルに着いた。彼女は温かく迎え入れられた。なぜなら、発掘隊の隊長の妻、キャサリン・ウーリーが、最近『アクロイド殺し』を楽しんだばかりだったからだ。アガサは遺跡を見学するだけでなく、滞在の許可という栄誉を与えられた。

これは発掘隊の家で暮らすことを意味した。いろいろな国籍のチームのものである、イラクやシリアにある考古学用の施設は、たいてい急ごしらえの安っぽいものだった。簡素な寝室だけでなく、発掘品を処理する部屋や、食事室や、研究室があった。資金が尽きるか天候が変わるまえに、できるだけたくさんのことをしようとする考古学者たちの勤勉な日々が、アガサの気に入った。宴会のような夕食も。

ウルで調査している巨大な丘は〝テル〟と呼ばれ、古代の居住地が次々に積み重なり、まわりの平地より二十メートル盛りあがっている。ある考古学者はその丘を「巨大な怪物」と表現した。「古代の遺物がうようよしていて、地下の建物でふくれている」のだと。[8] それは古代の世界がとても近くに思える場所だった。「わたしはウルに恋をした」とアガサは書いた。

> 夕暮れの美しさ、ジッグラトがまっすぐに立ち、かすかに陰になっている。そしてあのすてきな淡い色の広い砂の海。あんず色、バラ色、青色、薄紫色と刻々と変化して……魅惑の古代がわたしを捕まえにくる。

でも、考古学でアガサがほんとうに好きだったのは、ちがう日常を垣間見せてくれることだった。

わたしに拾いあげられた、黒い顔料で点と平行線の模様が描かれた、この手作りの壊れた土器の破片は、まさに今朝、わたしが紅茶を飲んだウールワースのカップの先祖なのだ。[9]

このふたつの引用文は、イラクについてアガサが抱いている感情の、異なるふたつの要素を見せる。一方では、ロマンチックな雰囲気が、イラクを解放する場所、情熱の潜在する場所にする。西アジアについてのこういう見方は、E・M・ハルの大ベストセラー『シーク』(一九一九)が典型的だ。女性の欲望についての描写は革新的だったが、アラブの人々を不潔で堕落しているように見せているのは、丘と同じくらい古い時代の意識だった。この本は女性の服従についての幻想があるために悪評が高くなった。アガサの『チムニーズ館の秘密』の登場人物であるバンドルは、そのプロットをおもしろく要約してみせる。「砂漠の愛。身体を投げだして、とか」バンドルの父親が、それがどんな本なのか知らないと打ち明けると、バンドルは〝同情〟の目を向ける。[10]

けれどももう一方では、ウールワースのカップに相当するものを探すことによって、アガサは彼女にそっくりなひとでいっぱいの古代の世界も想像した。[11] イラクについての文章のなかで、東洋と西洋との隔たりを埋めることを求めるこういう姿勢をだんだん見るようになる。彼女はしばしば、徹底した大英帝国の美辞麗句に、ぐるりと目をまわすような表現をする。しかし彼女がしたように、イラク人とヨーロッパ人のあいだに共通の立場や類似点を探すことは、非常にちがう文化の面を見ないままでいることでもあった。

ウルでのアガサのホスト役とは、よい友人になった。アガサより二歳年上のキャサリン・ウーリーは、慣習にとらわれない結婚をして十八か月目だった。夫のチャールズ・レナード・ウーリーが肩書の上では発掘隊の隊長だったが、採用決定を下したり、労働者たちにいろいろ指図したりするのはキャサリンが最終決定権を持っていて、実は給料ももらっていた。二十世紀にアジアにようよう入りこんできた西洋の考古学者たちは、一見すると男の群れだ。だが、歴史家たちは、表面下にある隠れた女性の業績の層を指摘しはじめている。これらの考古学者のなかには、オックスブリッジ大学初の女性教授、ドロシー・ギャロッドのように有名なひともいる。彼女は全員女性の発掘隊で、パレスチナのカルメル山を発掘した。だが、より典型的なのは、妻や女性の助手で、野外考古学者や、目録作成者や、写真家や、イラストレーター、看護婦、秘書などとして働いたが「発掘報告書には言及されなかった」[12]

以前はオックスフォードのアシュモレアン博物館にいたキャサリンの夫のレナードは「すべての成功した発掘隊の隊長がそうであるように、ちょっとした暴君」だった。[13] 彼は発見されたものを宣伝する演技の才能があり、それは資金を集めるのに大事なことだった。主要スタッフのホジャ・ハモーディが手伝ってくれて、彼が地元の労働者たちを管理していた。大勢が雇われており、この労働者たちが、今日では不注意すぎると考えられる方法で土をざくざく踏んでいたが、出資者にみせびらかしたり、《イラストレイテド・ロンドン・ニュース》紙に発表したりできるようなすてきな発見物を、たくさん掘りだしていた。

レナード・ウーリーは一九二二年にウルで仕事を始めたが、当時はキャサリン・キーリングと呼ばれていた若くて魅力的な未亡人がやってきたのは、二度目のシーズンのことだった。ドイツ人の両親のもとに生まれたキャサリン・メンケは、赤十字社の看護婦として働いているときに、最初の夫バートラム・キーリングと出会い、一九一九年に結婚した。六か月もしないうちに、キーリングは青酸を使い、エジプトで自殺した。[14] キーリングの兄はアマチュアの考古学者で、バグダッドのイラク石油会社のために働いていた。おそらくそのつてで、キャサリンはウーリーの発掘に加わったのだろう。石油と考古学は二十世紀の間じゅう、密接に結びつくことになる。一九二〇年代に、考古学は、英国人、ドイツ人、アメリカ人が不安定だと認識していた世界の一部における外交手段のひとつだった。それはアガサ・クリスティーの人生に関するたいていの記述にあるような、風変わりで主に害のない活動以上ものだった。

現在キャサリンが最もよく知られているのは、考古学の仕事のためではなく、アガサが彼女を小説『メソポタミヤの殺人』の、魅惑的でトラブルの種となる登場人物の原形にしたからである。「危険」ということばが、ガートルード・ベルによって、キャサリンを表すのに使われた。「一風変わっていて、ことによると残酷……でもとても魅力的なひと」というのは、フレヤ・スタークの描写だ。キャサリンがウーリーの男性チームといっしょに砂漠に出ていることは、奇妙に思われはじめていた。発掘の資金を援助したアメリカの博物館の館長は、キャサリンは次のシーズンの発掘にふたたび招待するべきではないと言った。

だが、ウーリーはこの意見を受け入れなかった。「キーリング夫人は初めのうち、自分の名前がそんなに話題になっているということに、とても傷ついていました」と返事をした。「おそらくそれが、いまだに女性が科学的な仕事に協力するのに支払わなければならない代償なのでしょう。もちろん、それはまったくのまちがいです」[15]。彼はキャサリンについて「四十歳近くで、再婚の意思はまったくない！」とも言った。[16]

でも、発掘の資金が危機的な状態になると、ウーリーは問題を解決するために決断した。彼と結婚すれば、彼女は発掘現場に戻ることを許可されるはずだった。だからそうした。

そのときから、キャサリンと彼女の自分本位と思われるやり方は、考古学スタッフのうわさになった。「打算的で、有害で、利己主義で、大いにひとを惑わせる性的魅力」がある、とレナード・ウーリーの伝記作家は見ていた。[17] アガサ自身は、自分の友人を〝気まぐれ〟と呼び、ひとをいらいらさせる能力を描写して、キャサリンが考古学者であるのと同じくらいにプリマドンナだという印象を与えた。扇情的な女（アリュームーズ）——

ホグワーツへようこそ！ さあ、召し上がれ。

公式 ハリー・ポッター 魔法の料理帳

ジョアンナ・ファロー／内田智穂子訳

映画からインスピレーションをえた、唯一のハリー・ポッター公式クックブック。40 を超えるレシピと豪華な写真が満載の料理帳は、ハリー・ポッターファンにとって必需品！
NY タイムズベストセラー第 1 位！

A 4変型判・2500 円（税別） ISBN978-4-562-07384-9

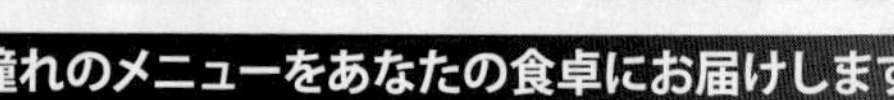

憧れのメニューをあなたの食卓にお届けします

世界の名作文学から ティーパーティーの料理帳

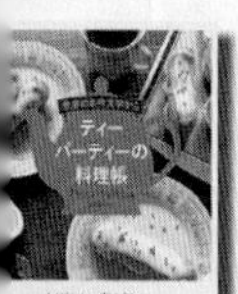

アリソン・ウォルシュ／白石裕子訳

『不思議の国のアリス』『ホビット』『赤毛のアン』『名探偵ポワロ』まで一名作に登場するティータイムを彩るお菓子、スナックのレシピから、物語をイメージしたブレンドティーまで。

B 5変型判・2300 円（税別） ISBN978-4-562-07381-8

憧れのメニューをあなたの食卓にお届けします

世界の名作文学から ホリデーのごちそう料理帳

アリソン・ウォルシュ／白石裕子訳

『若草物語』『ナルニア国物語』『クリスマス・キャロル』『不思議の国のアリス』『くまのプーさん』一名作に登場するクリスマスやハロウィンなど祝祭のごちそうレシピが大集合。

B 5変型判・2500 円（税別） ISBN978-4-562-07378-8

ほのぼの美味しい
ミステリはいかが？

村人全員が容疑者？　探偵泣かせの殺人事件が発生！

英国ちいさな村の謎㉑

アガサ・レーズンと告げ口男の死

M・C・ビートン／羽田詩津子訳

村からクリスマスが消えた。何かにつけて当局に訴えるクレーマー男のせいで、ツリーを立てることも、電球を飾ることもできなくなってしまったのだ。不満を募らせた住民たちは緊急集会を開くことに。ところがそこに男が現れ…… **文庫判・1300円**（税別）

ISBN978-4-562-06138-9

読むことに困難を抱える人々はどのように読んでいるのか？

読めない人が「読む」世界

読むことの多様性

マシュー・ルベリー／片桐晶訳

「正常」な読み方なんてない。難読症（ディスレクシア）過読症、失読症、共感覚、幻覚、認知症といったニューロダイバージェントな人々の読み方を歴史的にたどり改めてとらえなおす「文字を読む」ということ。

四六判・3000円（税別）ISBN978-4-562-0740

痛いことは苦しい？ 楽しい？

なぜ人は自ら痛みを得ようとするのか

リー・カワート／瀬高真智訳

宗教的ムチ打ち、サウナ、トウガラシ大食い競争、ウルトラマラソン。人が意図的に「苦痛」を選ぶとき、それが脳内でいかにして「快楽」に変換されるのか。不合理で魅力的、健全であり危険な、限界を超える行為の仕組みに挑む。

四六判・2700円（税別）ISBN978-4-562-0738

米各誌で話題！「LGBTQ+旅行者のための究極のガイドブック」

世界のLGBTQ+の歩き方

体験から文化、歴史、ナイトライフ、追悼まで

マルティエ・ハンセン／樋口健二郎訳

プライド・パレードからナイトクラブ、アート、博物館、書店、追悼モニュメントまで。世界はこんなにも魅力的で多様性に溢れている！　北米、ヨーロッパ、アフリカ、アジアのエリア別に最高のクィアスポット500カ所を網羅。

B5変型判・3800円（税別）ISBN978-4-562-0739

アルな騎士の生活とは？

中世の騎士の日常生活

訓練、装備、戦術から騎士道文化までの実践非公式マニュアル

マイケル・プレストウィッチ／大槻敦子訳

騎士になるにはどうすればいいか。騎士はどのような生活を送っているのか。従軍、武器や装備、試合から宮廷愛まで。中世史の第一人者が著す、15 世紀初頭に騎士になりたい人に向けたという設定の非公式のマニュアル。

四六判・2500 円（税別）ISBN978-4-562-07410-5

神話で語られる物語は何を表しているのか

神話を読んでわかること

丸山顕誠

バビロニア、ギリシア、北欧、日本、中国、インド、キリスト教など世界の神話で語られる天地創造、人間の誕生と死、英雄と竜、世界の秩序、戦争と終末の物語は何を表しているのか。神話をより深く理解するために必読の書。

A５判・2800 円（税別）ISBN978-4-562-07405-1

ラフトマンシップの伝統、「カレ」の独自性と美しさの秘密　読売（3/10）書評！

フォト・ヒストリー］エルメス

スカーフの魅力とその物語

ライア・ファラン・グレイヴス／井上廣美訳

身につけられる芸術品の最高峰といわれるエルメスのスカーフ「カレ」に織り込まれたストーリーを解説する。伝統と変革、見事な職人技、ファッション・アイテムとして果たしてきた役割、数々の名品を美しいカラー図版とともに。

A５判・3500 円（税別）ISBN978-4-562-07379-5

不朽のエレガンス、シャネル・バッグのすべて

フォト・ヒストリー］シャネル

バッグの魅力とその物語

ライア・ファラン・グレイヴス／大江聡子訳

エレガンスとスタイリッシュの代名詞、シャネル。そのバッグは、最高級主役アイテムとして君臨する。クラシカルなモデルや限定品、ポップ･カルチャーやセレブのファッションにおける役割など様々な面からその魅力を紹介する。

A５判・3500 円（税別）ISBN978-4-562-07380-1

火をつけるひと――とは、アガサが使ったもうひとつのことばだ。うわさの多くは大げさにあおる女ぎらいによるものだったが、中傷のいくつかは、キャサリンの発掘監督としての非常に大きな仕事を、間接的に攻撃するという方法で行き詰まらせることになる。

だがアガサにとっては、考古学者たち自体が発掘と同じくらいおもしろかった。キャサリンとレナードは、サニングデールの基準からすると、かなり慣習にとらわれない、成功した結婚を見せてくれた。ある考古学者はキャサリンのことを〝肉体面で夫婦生活をするつもりのない〟女性だと言った。一九二八年に、レナードは実際に弁護士に相談した。妻が結婚を性的に完全なものにするのを拒むと言い、離婚をちらつかせれば、何か変わるのか知りたいという理由だった。最近では、キャサリンはインターセックスだったのかもしれないという示唆があるが、どうにかして女らしさに欠けるように見える強い個性のひとを説明したいという思いのほかに、証拠が乏しい。キャサリンはまもなく多発性硬化症に悩まされ始めもして、それを知ると、危険というよりは傷つきやすいひとのように思える。のちにアガサが自分の本にキャサリンの実物どおりの肖像を描いたとき、彼女は〝考えられる反応に、がらにもなく神経質〟になった。[18]

だがキャサリンは何も言わなかった。もちろん、自分だとわからなかったのだ。

もっと積極的に言えば、ウーリー夫妻は、アガサに新しい結婚の手本を見せてくれた。仕事に基づいた完全な友愛結婚を。『トミーとタペンス』の本で有名な〝共同事業〟だ。ウーリー夫妻にもアガサが必要だった。自分たちの発掘を支える有名人として。さらに、キャサリンは自分も小説家になりたくて、一九二九年に男として通しているイラクの女スパイについての『冒険の呼び声 *Adventure Call*を』出版した。

アガサがロザリンドとカーロのいる家と英国のクリスマスに戻ったとき、アガサとウーリー夫妻はおたがいにまた会いたいと思っていた。西アジアへの旅はこれから何度もあるだろう。

第二十三章 マックス登場

一九三〇年の春、アガサはウーリー夫妻との二度目のウルへの旅に参加した。そしてこのイラク滞在のあいだに、前年は病気で参加していなかった隊員に会った。彼の名前はマックス・マローワン。年二〇〇ポンドで働く〝一般フィールドアシスタント〟で、この若きオックスフォード大卒の任務には、記録を保存したり、給料支払い簿を管理したり、見学の案内役をしたりすることも含まれた。[1] 彼はこの仕事が大好きだった。一度ラジオで、ウルの王立墓地や、黄金の財宝を発掘することについて、落ちついたもの静かで明瞭な声で話したことがある。

死者のためのこの大きな竪穴式墳墓に入ったのは、不思議な瞬間でした。地面全体が黄金のじゅうたんで埋め尽くされていたんです。王が死んだときに殺された女性を飾る、黄金のブナの葉です。あれはすばらしい発見でしたね。[2]

写真では、マックス・エドガー・ルシアン・マローワンは、滑らかな黒髪と口ひげをたくわえた、小柄できちんとした人物に見える。[3] 大きなオックスフォードのバッグが、重心を低く見せている。「やせた浅黒い肌の若者」とアガサは彼のことを見ていた。初めのうちは「とても静かで――めったに話さないけど、自分に要求されたことは何でもよくわかっている」と思っていた。アガサは彼より背が高くて、十歳以上年上だった。ふたりのちがいはいくらでもあった。

　アガサがウルで数日過ごしたあと、マックスは隊長のウーリーに、発掘現場に来た有名な客を、イラクのほかの考古学の遺跡見学に案内するよう命じられた。

　この観光旅行は、長く困難な、そしてときには危険な運転を伴った。不似合いなふたり、有名小説家と見習い考古学者は、どこでも泊まれる場所に泊まらなければならなかった。知りあいの家、他人の家、あるときは警察署で、宿の主人たちとロマン派の詩人シェリーを論じた。旅についてのアガサの話は、現代のイラクより古代のほうに集中している。シーア派の聖地ナジャフでは、ヨーロッパ人は歓迎されないので、警察の保護のもとで訪れたとは言っているが。

　アガサとガイドは、かなりすばらしいときを過ごしていた。ある日、ふたりは青くきらめく砂漠の湖でいっしょに泳いだ。アガサはピンク色のシルクのベストとニッカーズという、間に合わせの水着を着た。だが泳いだあとで、車が砂に深くはまった。砂漠で動けなくなり、助けが来る見こみもなく、水の在庫も限られているというのに、アガサは落ちついていて、居眠りすらした。マックスはそのとき、彼女は〝非凡な女性にちがいない〟と考えた。[4]

　アガサは自分のガイドが、好みに合わない任務を引き受けさせられたのではないかと心配だった。彼がアガサの愉快で気取らない面を見つけていたあいだ、彼女はかわりに彼をもっと細かく見ていた。マックスはアーチーのような美しい大男ではなかったが、明らかにハンサムだった。見た目がよく、もちろんアガサより十四歳年下だった。でもどういうわけか、年上のように思えた。彼は責任者で、アガサの面倒を見て〝寛大な学者が、愚かだけど憎めない子どもをやさしく見るような態度で〟彼女を扱った。一九三〇年代の写真で、彼はアガサより頻度は低いものの笑っている。そして、いっしょに写っている写真のなかで、彼女はよく笑っている。

マックスは一九〇四年五月六日にロンドン南部のバタシーで生まれたが、その事実が意味するよりは、はるかに国際的だ。父方の家柄はスラブ人——祖父はシリアに住んでいた——で、仲買人で無神論者の父親フレデリックはウィーンの近くで生まれた。母親のマルグリートはフランス人で、オペラ歌手の娘だった。マルグリートは〝生涯パリジェンヌでいつづけた〟ので、冷血な上流階級の英国人の母親とはまったくちがった。[5]情熱的で、芸術的で、いつまでも息子にべったりだった。「さよなら、わたしの最愛のかわいい子、本物の心からの愛を送ります」と手紙を締めくくった。[6]マルグリートの強い愛情によって世界から守られ、マックスは甘やかされることに慣れ、しかも魅力的に育った。彼の両親は激しいけんかをした。〝嵐のような騒ぎと、最高に激しい口げんか〟だった。[7]争点はしばしばフレデリックの貞節だった。マルグリートは〝裏切られた〟ことへの嫉妬を書いた。夫のふるまいが「わたしをひどく悲しくさせて、ぼうやたちにふつうに接しつづけるのが精いっぱいです」[8]。このいさかいが、マックスにずっと消えないどなり声と対決への恐怖を植え付けた。

マックスの弟が生まれたとき、一家はケンジントンに引っ越した。マックスは新しい家の裏庭で初めての発掘を行い、見つけたヴィクトリア朝時代のつぼの破片を、丁寧に写真に撮った。一九一八年、十四歳で、マックスはサセックス州のランシング・カレッジに行かされた。午前六時三十分に共同の水風呂に入るという過酷な制度のある学校だ。南海岸に近いため、少年たちには戦時中のフランスの大砲の音が聞こえたし、日曜日には、その週に戦死した同窓生の名前が、礼拝のあとで読みあげられた。マックスはのちの人生で学校での〝孤独と、順応することの難しさ〟を書いた。[9]彼は母親だけに受け入れられていると感じていた。「ぼくのやさしい大好きなお母さんへ」と学校からの八ページの手紙に書いた。「ぼくは今ずっと考えています。家にいたら、何をしていただろう……お母さんも今何をしているのだろうと！」[10]アガサの世話係に指名された若者は、ちょっとしたマザコンで、異端児だったのだ。

マックスはオックスフォード大学のニュー・カレッジが前の学校よりはずっとよいとわかったが、友人とギャンブルと食事のせいで、期待はずれの三級学位しか得られなかった。心を引きつけられたものは、親友のエズメ・ハワードだ。イーヴリン・ウォーの『ブライズヘッド再訪』に出てくる貴族の家系のセバスチャン・フライテ風の性格で、イタリア人の母親から受けついだローマカトリックを信仰し、ホジキン病で二十五歳で亡くなった。エズメを失ったのはマックスの人生で最初の大きな挫折で、非常につらい思いをした。友だちを喜ばせるためにカトリックに改宗までしたのだ。「彼はあなたをとても愛したのよ！」マックスの母親は慰めた。マックスが聖体拝領をしたことは〝この世での最後の数週間に大きな喜び〟をエズメに与えた、と母は言った。[11]だが、ふたりの若者のあいだの同性愛のうわさは、現実の生活と『ブライズヘッド再訪』の筋に類似点があることに基づいているにすぎない。

マックスの考古学の経歴は、大して努力もせずに開けた。講師のひとりに「東洋に行って、そこで物を探したい」と話した。[12]アシュモレアン博物館の館長に紹介されたことで、マックスはレナード・ウーリーが助手を必要としていると知った。彼の仕事は《イラストレイテド・ロンドン・ニュース》紙で読んだことがあった。すぐさまマックスは大英博物館での面接に向かった。彼はレナードだけでなくキャサリンにも好ましい印象を与えた。マックスは決定権は彼女にあるとにらんでいたし、彼女は彼を気に入っていた。大学の最後の試験を終えた秋に、マックスは東に向かっていた。「もしもよい星のもとに生まれたら、チャンスは準備のできた者に訪れるんだ」と結論を出した。

如才ないマックスとはいえ、キャサリンを扱うのは難しかった。マッサージをしたり、彼女が頭痛のときにはヒルを利用したりすることを期待された。マックスの考えでは、彼女は「独断的で……超過敏で……魅惑的で、彼女と暮らすことは、綱渡り」だった。[13] でも、彼はまた誘われるくらい、よい仕事をしたのだ。二回目のシーズンに来る途中で、彼はヴェネチアを訪れ、いつか結婚をしたらここでハネムーンを過ごしたいと決めた。両親の関係の破綻は、自分の番が来たら、結婚を成功させることを彼に決心させた。

いままで一度も〝女性とつきあった〟ことがないと同乗者に打ち明けたマックスは、誰かと出会う準備ができていた。[14] 彼の貴重なところは、ドラマがないことだった。アガサとまったく同じだ。「なんてすばらしいひとでしょう。とても静かで、よけいなことを言わず……ひとがしてほしいことだけをするなんて、ほかのすべてができるより、ずっと慰められるわ」と彼女は思った。

このことから、恋愛関係になってもよさそうに思えるが、そんなことはアガサの心をよぎりもしなかった。年齢のちがいがあったから。だが、マックスに言ったように、彼女は若いひとが好きだった。「彼らは、鋭い洞察力と、人生についてより大きな理想を持っているんだもの」[15]

それに、知りあって間もないという事実があった。そのうえマックスはキャサリンの奴隷で、たとえば、ひとつしか空いていなければ、もちろん先にフロに入ることを許している。「女王様の好きなようにさせるのが、どんなに賢明なことか！」とアガサに説明した。[16]

さらには、アガサ自身のやっと手に入れた自立があった。彼女はあらゆる種類の申し出を断ってきた。昔からのファンの求婚、イタリア人からの夜遊びの誘い（わたしは英国人女性なので、生まれつき不感症なのですと言って切りぬけた）、空軍の友人との、恋人はひとりだけにするべきか、何人か作るべきかについての議論。世間は〝男はみんなお断り〟というアガサの決意を受け入れられないようだった。

だがマックスは〝男はみんな〟ではなかった。彼とアガサとウーリー夫妻がイラクを出発して帰宅の途についたとき、アテネで心配な知らせが追いついた。電報の束が、ロザリンドが肺炎で危険な状態だということを伝えた。学校から連れ帰り、マッジが世話をしているという。アーチー――病気や困難に耐えられなかった――とちがって、このときマックスは本領を発揮した。危機にうまく対処して、家への旅をできるだけ早めたり、高い車を雇い、アガサが足首をくじいたときには包帯を巻いてくれ、パリを通りすぎるときに、母親からアガサに現金を貸してもらうことまでして、あらゆる手伝いをした。

英国に戻ると、罪の意識のある母は、ロザリンドが回復したと知った。「あの子を見て、心が痛んだわ――痩せ細って、かわいそうなくらい弱っていたから」[17]アガサはロザリンドをアッシュフィールドに連れていき、仕事に戻った。しかし、マックスと彼女のあいだに紡がれた糸は切れなかった。マックスはロンドンから手紙を書き、大英博物館への旅を提案した。彼はいまそこでウルの発掘物に取り組んでいたのだ。「マックス、いつかの週末に、こちらに来てくださらない？」とアガサは返事をした。「あなたに会えたら、とても嬉しいわ[18]」

でも、イラクでのふたりの関係は、日常生活の外で生じたものだ。英国の昼間の冷たい光のなかで再会するのはどんなものだろう。

結局アガサがロンドンに行き、マックスがチェルシーにある彼女のミューズハウスに朝食を食べにきた。「わたしは臆病になっていた」とアガサは認める。「彼も硬くなっていたと思う。それでも、わたしが作った朝食を食べ終わるころには、もとの親しさが戻っていた」

一九三〇年四月に、マックスはアッシュフィールドに泊まりに来た。そしてそこで――アガサが生まれ、アーチーを受け入れ、出産し、母の喪に服した家で――彼女の人生の次の大きな出来事が起こった。

訪問の最後の夜に、マックスは彼女の寝室のドアをノックして、なかに入り、結婚してくださいと言った。

第二十四章 あなたと結婚すると思う

「知らぬ間にそういうことになっていたの」とアガサは説明した。もしも一度でもマックスが夫になり得ると思っていたなら「わたしは用心していたはずです。こんなに楽で幸せな関係に滑りこむことは決してなかったでしょう」

その夜、そしてその後の数週間、彼女はまたしても気がつくと混乱のなかにいた。「わたしは最前列に座って人生を眺めている、とても穏やかで気楽な観客でした」とマックスに手紙を書いた。しかし彼が「また生きること、感じること」にぐいと引きずりこんだ。[1] それが自分の望みなのか、彼女にはまったくわからなかった。

一方マックスは、寝室のドアをノックした瞬間から、ひそかに成功する自信があった。「ぼくは知っている。あなたは生命力がありすぎて、客席に留まってなどいられない」と返事を書いた。[2]「あなたはこれまで生きてきたなかで最も無邪気な悪魔よ！」アガサは認めた。「結局あなたと結婚することになると思うわ、だって、あなたはいつもわたしをうまく扱えるという予感がするんですもの」[3]

もしもマックスとの結婚がほんとうに先に進むなら——それはたしかにアガサの頭にはまったくなかったが——アーチーが望んでいた、彼中心の結婚とはまるでちがうものになる可能性があった。これはほんとうに友愛的な、思いやりのある取り決めかもしれない。アガサがずっと夢に見ていた〝共同事業〟といった類のものだ。「あなたといっしょにいるのは、一種の自由で……束縛とか、囚われるとか、〝縛られる〟という感覚が少しもないの——こんなことがあるなんて、全然信じられなかったわ」とアガサはマックスに手紙を書いた。[4] 別の手紙では、アーチーとマックスのちがいを的確に指摘した。「あなたはわたしのすべてを好きみたいね——そして、それにとても励まされるわ——ある理想に従って生きなければならないという気がしないの」[5]

一九三〇年代までにはもう、友愛結婚は一九一〇年代にアガサと友人たちが話していたときのように、それほど突飛な望みではなくなっていた。世界のその他の人々が夫婦関係とはどうあるべきかという理想像に追いついてきたかのようだった。

アーチーは自分がゴルフをするあいだ、妻を家に置いていきたがったが、マックスはアガサにいっしょに古代ギリシャ語を読み、冒険を続けてほしいと思っていた。彼女がすでに独立した、知的職業の女性であり、ふたりがたがいの実績を尊敬しているということが一助となった。アガサは、アーチーのシティでの仕事より、マックスの仕事のほうがずっと興味があると知った。彼女とマックスは知的水準の対立の反対側に位置づけられるが、一致点を見つけ出せた。「わたしはロウブラウで、彼はハイブラウだけど、おたがいを補完できるの」

それでも、これだけ有利な点があるにもかかわらず、アガサとマックスが祭壇の前に立つには、乗りこえられない数の障害があるように思えた。

第一に、また失敗するのではないかというアガサの不安があった。いや、やっぱりマックスとは結婚しないと決心した。単純な理由だ。危険だから。「わたしはひどく臆病で、傷つくのをものすごく恐れているの」[6] 自分の気持ちを『メソポタミヤの殺人』の登場人物に言わせた。「たくさんのひとがわたしと結婚したがったけど、わたしはいつも断ったわ。ひどいショックを受けたことがあるから。また誰かを信用できるとはとても思えなかったの」[7]

一九三〇年という年は、アガサの往復書簡の読者にとって、爽快なドライブのようだ。というのも、休みなくマックスに手紙を書いて愛を表現したり、疑いを表現したりすることを通して、自分の気持ちをはっきりさせようとしていたからだ。アッシュフィールドから、アブニー・ホールから、仕事で行ったほかの場所から手紙を書いた。そのあいだマックスはロンドンにいて、大英博物館に雇われ、父親とケンジントンに住んでいた。父はこの秘密の婚約もどきをまったく知らなかった。いかにも彼女らしいが、アガサの手紙はほとんど読めないなぐり書きで、たいてい日付がない。一方マックスの手紙には、何が彼女を引きつけたのかがよく表れている。きちんとしたきれいな字で、つねに日付が書かれ、つねに安心させてくれる。「ぼくが世話をしに行くまで、身体を大事にしてくださいね」[8]。だけどいくら穏やかだとはいえ、マックスもいつかほんとうに結婚できるのか、まじめに疑っていたにちがいない。「あなたが不安や疑いに負けてしまうかもしれないと心配です」と書いた[9]。

ふたりが共通に持っていたもののひとつは、来世を信じていることだった。「あなたはわたしより霊的なものについての本物の知識をたくさん持っているわ」とアガサはマックスに言った。[10]でもここにも問題があった。マックスのローマカトリック教への改宗だ。アガサには解決策があった。「わたしは死の床で改宗して、ローマカトリック教徒として死んでもいいわ。それからあなたがわたしを懺悔（ざんげ）すればいいでしょう」と提案した。「それか、ギリシャの丘の斜面に異教徒として埋めてもらいましょうか？」[11]でもマックスは離婚した女性との結婚を認めないカトリック教会を去る一歩をもう踏みだした。「ぼくのあなたへの愛は、絶対に立ち直れないと思っていたエズメとの友情の完全な続きなんだ」とアガサに話した。[12]

セックスが問題になってもおかしくなかったが、明らかにそれはなかった。マックスは手紙に書いた。

「アガサ、ぼくは単に浮かれて盲目的にあなたを愛しているのではなくて、ありのままのあなたを見ている。あなたはほんとうにかわいらしいひとだ」[13]。彼女は性に関する自信は十分にあり、年齢や運動能力のちがいはあるにせよ、ふたりがよい肉体関係を結べると思っていた。自分の体重は少し心配だった。「たぶんわたし（小ブタ！）は、あなたの好みのサイズよね！　そうだと言って！」[14]。彼は完璧な答えを与える返事を書いた。「ねえ、あなたはぼくの好みのサイズというだけではなく、これからもずっとそうですよ、ふくよかになっても、引きしまっても」[15]。彼はアガサに自信を与える不思議な才能を持っていた。「ぼくはあなたがとても美しいということを知っている」[16]

それでもまだアガサは疑っていた。「でも、また結婚しちゃだめ」とわたしは自分に言った。「そんなおばかさんになっちゃだめよ」それからマックスが丸三日手紙を書かなかった。「ブタ野郎。あなたが去ってから三日経っても――ひと言もないなんて（中略）もうだめ――あなたなんてきらい――いつもちょっとしたことが、わたしを落ちこませて、いやになるの（中略）あなた、ほんとうは関心ないんでしょう」[17]

すべてまちがっているように見えた。あまりにたくさんの破るべき慣習があった。彼の若さ、金のなさ、騒々しい両親、マックスはアガサの甥のジャックと同世代だった。ダンスパーティーに出席したとき、アガサは自分がマックスの友人たちよりなんと年上に見えることだろうとショックを受けた。でもそのとき、ふたりのあいだでは、彼が年寄りくさいということで納得した。「あなたはわたしの物事への理解が子どもっぽいと言うけれど、ある意味ではそのとおりだとわかるわ」とアガサは手紙に書いた。「子どものように、世界が怖いと思っているの」と結んだ[18]。

「あの夏は、わたしの人生のなかで最も困難な夏のひとつだった」とアガサはあとで思い返した。「次から次へと」結婚に反対するひとが現れたことが明らかになった。マックスがいっしょにいると、アガサは安らぎを感じられた。でもいなくなると、疑いが始まる。

おそらく、なかでも最も困ったのは、アガサがマッジから〝不幸の手紙〟をもらい〝答えるのに長い時間〟がかかったことだっただろう。姉は明らかに心配しており、アガサは動揺せずにいられなかった。「現実の波がわたしに押し寄せてきました」と説明した。「それで、わたしは自分に『ばかね――分別ってものがないの？　こんなことをほかの誰かがしたら、何て言う？』と言い聞かせるの[19]」マッジはきっと、妹がどうみても反動から、自分よりずっと若くて、ずっと貧乏なひとと結婚するつもりだとわかって、とても心配していたのだ。

ずっとあとになって、マックスは姉の警告に耳を傾けたことで、アガサをなじった。「A・P（〝パンキーおばさん〟すなわちマッジ）がぼくたちをどうやって思いとどまらせようとしたか覚えてるかい？　なんて愚かなことをしたんだろう[20]」のちに、アガサはもっと率直に何があったのか認めた。マッジは「マックスと結婚しないように、わたしに懇願した」のだ[21]。

次にロザリンドに話すという仕事があり、アガサはそれを避けていた。「最愛のマックス」と七月の終わりに手紙を書いた。「ロージーは感づいていたわ！　あなたが至急〈セルフリッジズ〉で棒つきキャンディーを二ダース買って送ってくれれば、賛成してくれるでしょう[22]」マックスは忠実に手紙より多い二十六個を送り（店に〝ちょうど二十六個残って〟いた）、ぎこちなく、未来のまま娘が〝その考えに少しずつ慣れてくれるだろう〟と考えた[23]。そうやってロザリンドは慎重に賛成した。だが自伝のなかで、ロザリンドは母の心配を笑い飛ばしている。

「ねえ、マックスと結婚したら、彼と同じベッドで寝なくちゃならないのよ？」と彼女は言った。

「そうね」わたしは言った。

「そりゃそうよね、知ってると思ってた。だって、何だかんだいっても、お父さんと結婚してたんだもんね。でも、考えてないんじゃないかと思ったの」


われわれ読者にとっては楽しい話だが、これを読んでいるロザリンド自身はそう思わないかもしれない。彼女はこわばった調子で、こうも言った。「両親が二組いるっていうのはかなりいいこと」だと思うし、「お母さんはマックスといっしょのほうがずっといいんじゃない」と。またしてもアガサはそれをおもしろがったが、かわいそうな子どもはひとりで解決するしかなかったのだ。彼女なりのドライなやり方で、ロザリンドは必死に努力して、実際的で、大人であろうとしていた。[24]

アガサが結婚を選ぶ決心がついたと思っても――マックスは一度も迷わなかったが――世間の批判に耐えなければならなかった。五月にマックスは、キャサリン・ウーリーに話す決心をするべきだと主張した。ふたりは、彼女がよく思わないのではないかと疑っていた。レナードは〝かるい驚き〟を見せただけだったが、キャサリンは寛大なことを言っておきながら、それはマックスの性質にはよくないという思いがけない理由で、より否定的だった。[25] マックスには〝ちょっとした苦しい試練〟が必要だと考えていたのだ。[26]

それにウーリー夫妻は、実際問題として、物事が順調に進むのを妨げる力を持っていた。マックスの上司であるレナードは、マックスがむしろアガサといっしょにいたかった夏じゅう、彼を仕事に縛りつけていた。「この苦しみが日曜日には終わるといいんだが」ウルの発掘品を記録する仕事の最後の追いこみのなか、マックスはこう手紙に書いた。仕事には、四百近い透写図を作ることも含まれていた。[27]「悪魔たちは、全力でぼくたちの足を引っ張ろうとしているんだ」とアガサに言った。新たに出てきた計画は、九月に結婚して、その後ハネムーンに行くというものだった。しかしレナードは、マックスに十月二十六日までにイラクの持ち場に戻ってほしがった。

それでもマックスが自分の仕事を放りだす可能性はなかったし、実のところ、彼が考古学に打ちこんでいる姿は、アガサが最も感心していることだった。彼が博物館での仕事を話すと、熱心さが伝染してきた。シュメール人の女性の銀製のくしをきれいにしているときのことだった。「不思議な気分なんだ……考古学の仕事に積極的に関わるようになって五年経つけど、いまだに同じスリルがある」[28]

マックスがアガサに率直に認めた唯一の不安は、金のことだった。「ぼくは、きみのために世俗的な成功をもたらすことはできないかもしれない」[29]彼の給料では、たしかにアガサのライフスタイルを支えることはできないだろうし、両親も金銭面での問題を抱えていた。もうフレデリックがいないので、マルグリートはひどい浪費家になっていた。彼女は息子に「すごくほしかったウールの服と、ワンピース、それから帽子をふたつ」買ってしまったと話した。バカラに少額を賭けて、お金を取り戻すつもりだと。だが一方で、「家賃を払えない」と白状した。[30]

その困難な夏のあいだ、アガサは結婚しなさい、しちゃだめ、と何度も自分に言い聞かせた。「一瞬、ちょっとわけのわからないパニックを起こして……『できない――できない――誰とも結婚なんてできない。絶対に二度と』と思うの」でもそれから、こう思うのだ。「でもマックスだから。マックスといっしょにいれば、不幸な気分のとき、いつでも彼に――しがみつけるのよ」[31]。年に一度の船旅の休暇から戻ったカーロも、そばで安心させてくれた。

そのあいだにマックスは、いかにも彼らしい変わった新婚旅行の準備も含めた計画をせっせと立てていた。当時のユーゴスラビアとギリシャへの旅だ。「ペロポネソス半島の詳しい地図を買ったところなんだ」[32]ヴェネチアまでの列車を予約して、そこからダルマチア式海岸沿いを船で旅する。「暖かい滞在（セジュール）になりそうだから、白いブレザーをしつらえている」と手紙に書いた。[33] ふたりのあいだでは、アガサがすべての費用を払うことになるのが暗黙の了解のようだったが、戸籍の登録費は彼が自分で払うつもりだった。「ぜんぶぼくが払うべきなのはまちがいない」[34] そういうところを、アガサはむしろセクシーだと思った。「もしぼくが女性と結婚するなら、許可証の費用はぼくが払うよ。わかるかい？」と、アガサの作品のたくましい登場人物が言う。[35]

カーロの助けで、結婚式はマスコミを避けることを期待して、スコットランドで行われることになった。スコットランドの法律のもとでは、アガサは前もって二週間、国境の北に住まなくてはならないことになる。八月にスカイ島に行き、「ヒースの荒野に寝ころび、海を見ながら」[36] 時を過ごした。〝忠犬騎士団（オーダー・オブ・ザ・フェイスフル・ドッグズ）〟――ロザリンド、カーロ、彼女の姉のメアリー――と呼ぶ信頼できる仲間を同伴して行った。そのあいだにマックスはエズメの両親を訪ねた。マッジは完全に距離を置くことで不賛成の意を表した。

結婚前のこの最後の数週間は、五月以来真剣になってきた往復書簡が、ほぼ毎日になっていた。「毎日手紙をくれなきゃだめよ」アガサは遠いスカイ島のブロードフォードホテルから強く主張した。まだ心の平安が〝大きな幸せだけど大きな不幸になり得るもの〟に変わるのを心配していた。[37]「パニックにならないで」マックスは断固として言った。「そんなことをした自分を永遠に笑う日が来るから」[38]

彼女は明らかに取り乱していて、パスポートの申請書にまちがえて記入した。しかも、手紙に熱中していたにもかかわらず、エディンバラでどのホテルに滞在するかという大事なことをマックスに伝えるのを繰り返し忘れていた。

マックスの毎日の手紙がなかったら、アガサがどうなっていたかは誰にもわからない。彼女が結婚式のためにエディンバラに向かう前に、スカイ島に最後に届いた手紙の封筒は、なかに入っているものを手にするのを待ちきれないとでもいうように、引き裂かれていた。

エディンバラ城の大きな岩の陰にあるセント・コロンバ教会が選ばれたのは、カーロの父親がそこの準牧師だったからだ。そこで一九三〇年九月十一日に、ついに〝マックス・エドガー・ルシアン・マローワン〟三十一歳と、〝アガサ・メアリ・クラリッサ・ミラーまたはクリスティー〟三十七歳は結婚した。立会人はシャーロットとメアリのフィッシャー姉妹だった。新婦も新郎も年齢差を縮めるために、年齢を偽っていた。マックスはアガサに、申告する生年月日は「きみの好きな日にしていいよ――ぼくは大したことじゃないと思ってるから」[39]と言った。パスポートは年を一歳割り引いて、一八九一年を誕生日にした。結婚と、ほんとうの年齢を秘密にしておきたいという望みは、両方ともむだになった。翌週《デイリー・エクスプレス》紙はこの件の対応に当たり、「マローワン氏は二十八歳、花嫁は三十九歳」での「ロマンチック」で控えめな結婚を報じた[40]。そのときでさえ、新聞はまちがえていた。マックスは自分の年に五歳上乗せしていたので、ほんとうはたったの二十六歳だったのだ。

それから大きな安心感の波に乗り、ヴェネチアとダルマチア式海岸沿いへの五週間の旅に出発した。ふたりは交代でページを埋める、旅の共同日記をつけ続けた。そのなかでマックスは〝ぜいたくなロブスター〟や、〝ヴェネチアの夕焼け空を背景に、潟に浮かぶ大きな破れた帆のシルエットの光景〟を記録した。するとアガサが横から口を出す。〝ロマンスからの悲しい転落――虫に刺された〟。ヴェネチアのあとは、船に乗り、眠り、泳いで過ごした――あるときは夜に裸で。誰かが見つけたとき〝懐中電灯がわたしたちの罪深き秘密をさらけだしたかしら？　とアガサは思った。ふたりはすばらしいときを過ごした。〟とびきり汚い料理店のおいしいピラフ〟や、〝オリーブの森を通り抜ける愉快な散歩〟など。でも、もっと痛い虫に嚙まれたり、旅と歴史が合わさるとたいへんだった。〝彼はわたしには若すぎる！〟とアガサは日記にため息をついた。マックスが、またべつの古代遺跡を見るために、アガサにラバで十四時間旅をさせて、〝ひどくへとへと〟にさせた雨の日のことだ。

ようやくアテネの洗練されたホテルに着くと、ふたりは街の生活が「とても奇妙で——わたしたちはもう前と同じ人間のようには思えない。バスつきのスイートルームは、わたしたちをすっかり恥ずかしがりやで、文明的にさせる。この二週間の幸せに浮かれた人間が消えた」と思えた。でもそれにもかかわらず、〝エビとアカザエビを食べる喜び〟のために出かけた。[41]甲殻類は大きな失敗だったとわかった。アガサは食中毒に襲われ、あまりにもひどくて治療が必要になったのだ。

薄味のマカロニですら食べられるようになるまで何日かかかったが、マックスは時間がなくなりかけていた。彼はイラクにいるはずだったのだ。雇い主と妻への義務の板ばさみになりながらも、やはり決められた日までにバグダッドに行かざるを得ないと感じた。これは、アガサを治療しているギリシャ人の医者にはひどすぎると思われた。「彼の冷たい態度からすると、きっとあなたのことを冷酷で思いやりのないひとだと考えていたのよ[42]」

ウーリー夫妻は、アガサがウルで夫に合流するのは適当ではないと判断していた。だがマックスはもう独裁的な隊長たちにそれほど依存していなかった。なぜならべつの仕事を見つけるのに充分な経験を積んだと思っていたからだ。「以前より自分の能力に大きな自信を持ち始めているんだ」と書いた。「考古学は偉大なゲームだ。ぼくは毎年それにのめりこんでいって、ほかの職業など想像できない[43]」

アガサは徐々にひとりで帰宅の途につけるくらいの強さを取り戻していった。英国からマックスに手紙を書いた。「みんなが言うの。すごく元気そうで、十歳若返ったように見えるから、あなたとの結婚が合っているんだねと」病気のあいだに体重が減ったことを喜んでいた。「六キロ近く減ったわ。すてきじゃない？　結婚生活が体重を減らしたのよ」

デヴォン行きの列車に乗る前に、ロンドンから最後の手紙を送った。「パディントンホテルにいるのは奇妙な感じです」と書き始めた。

ここ数年で初めて、いつも感じていた――むかつくような――みじめさを感じることなく英国に着きました。まるで外国に行って日の光を浴びることで、いろいろなことから逃れて――また戻ってきたかのように――憂うつにさせる記憶と、忘れたいすべてのことから。でも今回は――ちがう――ただ「ああ！　ロンドン――いつものように雨が降っている――でもむしろすてきな、おもしろく懐かしい場所だわ！」ねえ――あなたはわたしの肩の荷をすごくたくさん下ろしてくれたのよ[44]――

結婚前のふたりの手紙には、性的な話が一切なかったが、今は契約を結んだので、明らかに物事をうまく扱っていた。「さあ目を閉じて、ぼくの腕のなかにいるふりをしてごらん。ぼくがキスのお返しをするところを」マックスがイラクから書いてきた。[45]「愛しいひと、わたしが一番恋しいのは何だか知ってる？」と彼女は返事を書いた。「あなたの腕に抱かれて眠ることよ[46]」アガサは今、仕事と家族と、クリスマスの準備に忙しかった。疲れた日々は「すごく眠くなってベッドに行き、官能的なことを考える元気もないわ！　ああ！　マックス、あなたとまたいっしょになるのは、どんなに楽しいことでしょう！[47]」

一九三〇年のクリスマスイブに、ふたりにとって黄金の年の最後の手紙を彼に書いた。「今日は昔の結婚記念日なの」と告白した。

わたしにとっては、いつも悲しい日でした――でも今年はちがう。すごく幸せで、安全で、愛されていると感じます。あなたがしてくれたこと、与えてくれたことのすべてに、祝福を。[48]

第二十五章
八軒の家

一九三〇年代が進むにつれて、アガサの人生はゆっくりと広がって、連結するひと続きのコンパートメントを埋めていくように見えた。アッシュフィールド、ロンドンでの文学的生活、マックスとの西アジアへの旅。仕事は順調で、金がどんどん入ってきて、アガサは幸せだった。

では、彼女はどこに住んでいたのだろう？　それを言うのは簡単ではない。人々はしばしば、ミス・マープルのように、アガサはきっと特定の村に根づいていたにちがいないと思っている。実際は、絶えず移動していて、おそらく旅行しているときが最も心からくつろいでいたのだろう。彼女の本にそれが反映されている。代表的な登場人物は、通り過ぎていく賃借人だと言ってもいい。これらの変化をもたらす主体は『シタフォードの秘密』で大きな家を借りる女性のように、金持ちかもしれないし、そうではないかもしれない。ポワロは『安アパート事件』にも参加している。[1]

旅行の次にアガサが好きだったのは、新しい家に引っ越しすることだった。一九三〇年代をアガサは〝金権主義の時代〟と呼び、たくさんの家を買い、それぞれの家を居心地よくする仕事に没頭した。家庭づくりは彼女にとって、人生にも、芸術にも不可欠だった。「家に関心を持たなくてはだめよ。ひとが住む場所に」と、かつて自分の小説について語った。[2]『ナイルに死す』の金持ちで自立したリネットに、自分の好みをいくらか与えた。リネットの家は「わたしのものだ！　自分でそれを見て、手に入れて、増改築して、手入れして、気前よくお金をかけた。これはわたしの持ち物で――わたしの王国だ」[3]

もちろん、これには裏がある。アガサの小説に出てくる家は、しばしば安全とは正反対のものを表す。家は悪夢に出てきた無口で不吉な〈ガンマン〉が現れる舞台だった。彼は家庭的な場面にこっそり入り、〝ティーテーブルに座って〟いるか〝ゲームに加わり〟、〝恐ろしい恐怖の感覚〟を連れてきた。アガサ自身の精神的苦痛の経験が、どれほど簡単に安全な場所に危険なものが滑りこむ可能性があるかを示していた。

この百五十年前の、幽霊の出る城や館で始まるぞくぞくさせる物語が、探偵小説の前身と定義されてきた。ゴシック小説だ。アガサの才能が、ゴシック小説を民主化して、大衆受けするものにした。[4]たとえば『秘密機関』では、ごくふつうのロンドンのフラットを恐怖の場所に変えた。「少しずつ、夜の魔法が彼らを支配する力を手に入れだす。突然、家具がきしみ、カーテンが小さくさらさら音を立てる」と語る。[5]アガサの言うように、中流階級の家には「いつも表面に現れているわけではないが、突然爆発して暴力に至る、深くくすぶる怒り」が潜んでいる可能性があるのだ。[6]

アガサの本を買う人々は、家やその意味について考えるのも好きだった。一九二〇年から一九四五年のあいだに、中流階級の女性読者向けの雑誌が六十誌以上創刊された。そのなかには現在も刊行している《グッド・ハウスキーピング》誌や《ウーマン・アンド・ホーム》誌もあった。[7]家は、クララ・ミラーのような女性にとっては、世界のすべてだった。だがアガサの世代には、戦争や家事使用人の減少が、中流階級の家庭を考え直さなくてはならないということを意味した。アガサの読者にとっては、中流階級の生活の土台が変化して、沈下して、傾いていた。

このことはアガサがなぜ、とくに家庭的な死の種類を得意としたかを説明するのに役立つ。彼女がかつて言ったように「静かで家庭的な興味をそそる殺人」だ。[8]評論家のアリソン・ライトは、アガサの小説における〝武器の家庭化〟について論じている。彼女が選ぶ毒はしばしば家のまわりで見つかる。ヒ素はペットの健康のために使われるし、青酸カリはハチ用、塗料は帽子用に使われる。キッチンの乳棒や、肉の焼き串や、ゴルフクラブ、文鎮やテニスのラケット、ベッドの骨組みのステンレスの球も、殺人に使われる。[9]家についてのアガサの興味は女性的なもので、同様に、それが彼女の作品を本質的に二流に見せた。それは自分でも承知していただろう。一九三〇年代に多数の作品を出版していたにもかかわらず、こう語る。「書類に記入して、仕事を求める列に並ぶとき、昔ながらの〝既婚女性〟以外を記入することは、絶対に思い浮かばないでしょう」

自分が〝本物の作家〟と呼ばれるものではないという考えを持ち続ける方法のひとつは、専用の執筆部屋を持たないことだった。彼女は気取らずに執筆して、普段から考えているのは買物や、食事や、くつろぎという人生の重大なことだとうそぶいた。「あなたがいつ本を書いているのか、まったくわからないわ」とアガサの友人が彼女に言った。「書いているところを見たことがないんですもの」寝室や、ひと目につかない片隅で仕事をして、できるかぎり、苦悩する作家という型にはまった考えとはちがうものでいようとした。「大理石の天板の寝室の洗面台が、書くのによい場所だったわ」と彼女は言う。同じく「食事の時間ではないダイニングルームのテーブルも」

この家庭生活への興味のすべてが、一九三〇年代に、アガサがなぜ取りつかれた女のように、不動産を手に入れて、しまいには八軒の家を持つまでになったかをよく説明している。それらはロンドンの西側にある比較的安い掘り出し物だった。パディントンやトーキーへの交通の便がいいので、ほとんどは賃貸ししていた。だがいつも一軒は個人的に使用するために空けておいた。

二度目の結婚のときまでに、彼女はすでにチェルシーのクレスウェルプレイス二十二番地を所有していた。ふたりの再会の朝食でマックスをもてなした場所だ。大邸宅がずらりと並んだ裏手にある、馬小屋や使用人用の宿舎からなる雑多なテラスハウスの一部だった。現在そこは裕福なヘッジファンド関連の人々が住み、ポーチがつき、ピラティスのインストラクターがいる。けれど一九三〇年代は、アガサの小さな元馬屋の家は、そのころはまだ芸術づいている地区だったチェルシーを、横目でちらりと見る高台にあった。ジャーナリストたちはそこをロマンチックだと思った。まさに自立した、創造的な女性が住みそうな場所だった。緑色の塗装は〝灰色の屋根のなかで光り輝く緑色の春の木〟のようだった[10]。

　新しい結婚のために、アガサは奮発して、マックスの大英博物館への通勤に便利な、セントラル線の駅に近いケンジントンのカムデン・ストリート四十七‐八番地を購入した。これは、たとえ片方のはしに地下鉄があり、もう片方に貯水池がある狭い通りだったとしても、ふさわしい通りにあるふさわしい家だった。新婚旅行のあとで、アガサがイラクにいるマックスに送った手紙は、生き生きと家庭づくりが行われていることを示す。たとえばこう書いている。「最高にわくわくして、怒られそうな日でした――大安売りに行って、クルミ材のタンスを買っちゃったわ（中略）ああ！　すてき（中略）必要のないものを買うのって[11]」

　ロンドンでの社交生活には、〈カフェ・ロイヤル〉での〈ディテクションクラブ〉の会合も含まれた。探偵小説の著書のある作家のみに開かれており、ドロシー・L・セイヤーズが言うように〝いっしょにディナーを食べながら、果てしなく仕事のことを話す〟[12]という目的があった。だがアガサは、本来は社交的ではなかった。彼女はクラブのいくつかの共同執筆に寄稿した。小説の要約のようなものだったが、すぐにこれはよい時間の使い方ではないと判断した。アガサは今や、ロザリンドだけではなくマックスにとっても稼ぎ手で、自分を安売りする気はなかった。ほかの探偵小説作家たちと合作のＢＢＣラジオのシリーズについての、一九三〇年の経験による傷痕も残っていた。その企画は退屈で、まとまりがないとわかったのだ。ましてやうれしいことに、同じ年に、戯曲のひとつ――『ブラック・コーヒー』が上演されることになった。「あなたがここにいて、楽しみを分けあえればいいのに」とイラクにいるマックスに話した。「わたしはリハーサルと、放送局のひとたちとの会合と、電話のかけまくりの真っ最中です」[13]

しぶしぶ二度目のラジオシリーズに参加することに同意したが、BBCには〝気むずかしいひと〟と記録された。「ミセス・マローワンに説明していただけませんか」と、プロデューサーのR・J・アッカリーがカーロに手紙を書いた。「要求に応じられないという彼女の非常な頑固さが、みんなを巻きこんでいます」[14]次にアッカリーが提案でアガサに連絡してきたときは、あっさり片付けられた。「実は」アガサは説明した。「わたしは短いものを書くのがきらいなの、まったく儲からないから……ひとつのシリーズを考えるエネルギーは、本を二冊書くことに使ったほうがずっといい。残念ながら、そういうことよ！　悪いけど」

このプロデューサー、アッカリー氏は、自分の意見をはっきり述べる女性にほとほと手を焼いた。アガサを放送に出させようとして、思いきりお世辞を言った。「あなたはほんとうに上手に読んでくださるので、すばらしい成功を収めることまちがいなしです」でも陰では横柄な態度で、彼女のことを「意外にきれいで、すごくやっかいだ」と言っていた。放送局員としては、彼女を「少し弱々しい」と思うと、アッカリーは言った。とはいうものの、誰だって「あの恐ろしい女、ドロシー・L・セイヤーズの猛烈な生命力と、いばりちらす、元気のよさと比べれば、弱々しく見えただろう」と認めている。[15]同様にセイヤーズはアガサに愚痴をこぼした。共同のラジオシリーズのことで「一日おきに電話してくるBBCの大きな迷惑」について。彼女は「わたしの目の前から消えて、うるさく言いつづけるのをやめて！」と言った[16]（ドロシー・L・セイヤーズがアッカリー氏を叱りとばしたと思うと、不届きながらスリルを覚えるのを認めざるをえない）。

アガサが成功へとつき進んでいく一方で、寄宿学校にいるロザリンドは、母親の優先順位のリストのなかで、自分がそうありたいと願うより低い位置にいることを知った。「どうするつもりなの？」と悲しげに書いた。「アメリカを経由して家に帰るの？……わたしは音楽の試験を受けるところだって知ってるよね[17]」

アガサは、冷静なロザリンドを完璧によい教育者に預けたと自分に言い聞かせることができた。最初はベクスヒルのカレドニアという学校で、次はケント州のベネンデン校で。しかし娘は、実は伸び悩んでいた。ロザリンドの英語は〝不安定〟で、歴史は〝不十分〟で、フランス語は〝むらがある〟だった。「ここにいるあいだじゅう、彼女は平凡な成果を上げただけだと感じております」と女舎監が手紙に書いた。「彼女が責任感を発揮する立場になる前に、わたくしたちのもとを去ることは残念です[18]」

アガサは毎年一時期をマックスと西アジアで過ごすというパターンになっていた。一九三一年に、マックスは新しい隊長のレジナルド・キャンベル・トンプソンを見つけた。彼はアッシリア帝国の古都モースルの近くのニネヴェを発掘していた。ウーリー夫妻とちがって、キャンベル・トンプソンはアガサも自費でいっしょに来ることに同意した。彼女は議論なしでは一切、遺跡についての本を出版しないことにも同意した。記事は作家にとっても、発掘自体の宣伝としても価値があった。マックスとアガサは、いまやふたりでひとりのようなものだった。一九三〇年に、アガサは考古学のスケッチの手伝いをするために、美術コースを取って学んだ。「わたしはとても臆病で……劣等感を持っていたの[19]」でも、マックスを喜ばせるためなら、ほとんど何でもやった。「あなたの仕事には、決して飽きるということがないわ」と元気づけた。「最高級のつぼを描いたの[20]」彼の活動を優先させて、自分の仕事を彼の仕事に合わせたが、彼の仕事を自分の仕事に合わせることはしなかった。ニネヴェの発掘隊の宿舎のために、アガサは頑丈なテーブルを買い、そこで『エッジウェア卿の死』（一九三三）を完成させた。

　アガサはこの本を一九三一年十月に書きはじめた。ニネヴェに行く途中で、ロードス島に数週間ひとりで滞在していたときのことだ。彼女の手紙から、マックスを肉体的に恋しく思っていたことがわかる。「日なたにうつ伏せになって、あなたに背中じゅうキスしてもらいたい[21]」性的な満足が、彼女の独占欲を強めた。「誰かを愛するとすぐに、心配になるの」と認めた。「だから犬は骨を持ってうなりながら歩きまわるのよ。きっとほかの犬に取られると思ってるの。ねえ、モースルにはほかの犬はいない？　もしいるなら、わたしに言わないほうがいいかもね[22]！」

　ロードス島からの手紙は、ふたりが子どもを望んでいたことも明らかにする。そして残っている証拠が、この秋のあいだにアガサが妊娠したことを示す。大聖堂を訪れて、洗礼者ヨハネに祈りを捧げた。「息子をくださいと祈るのは多分あまり善いひとではないでしょう」と認めながら、でももしかすると「荒れ野でイナゴをたくさん食べたあとで、彼はより家族の生活に親切にしたくなるかもしれないわ[23]」マックスはその見こみに興奮したが、不安にもなった。「ねえ、もしも息子ができるなら、大きな喜びになるだろうけど、息子が生まれなかったら、それも喜んで受け入れないとね……大事なきみの身に何か起こるくらいなら、ぼくは息子なしで済ませるほうがずっといい……きみはぼくの恋人で、ぼくの最初の子どもだから[24]」

　そして一九三二年は失望を経験した。もう四十代前半のアガサが流産したのだ。その後、マックスとアガサは子どもなしでいることを受け入れたようだ。あるときマックスは、彼女への手紙に、いっしょに植えた木のことを書いた。それらは「自分たちの手で植えた、若いこれからの木々だ。これがぼくたちの子どもだよ、きみとぼくのね[25]」

この死別のすぐあとで、アガサはもういちど自伝的小説に取りかかった。ふたたび探偵小説ではないものに手を出した『未完の肖像』は一九三四年に出版され、今となっては過去に横たわる、人生の大きなかたまりを処理するのを助けた。最初の結婚とその失敗、一九二六年の病気などだ。彼女は新しいながめのよい場所にたどり着き、そこからふり返ったのだ。

そしてマックスも成長していた。大英博物館に、最初の独立した探検のスポンサーになってもらったのだ。彼とアガサは一九三三年にイラクに戻る準備をして、同じ年にアガサは次の家を買った。三階建ての、立派な化粧しっくいの正面を持つこの家は、上に登る確実なもう一歩だった。アガサはケンジントンのシェフィールド・テラス五十八番地に、好きな色の緑にちなんで〝グリーン・ロッジ〟という名前をつけた。[26]道路のはしにはホランド・ハウスの樹木に覆われた庭があった。

アガサは見たとたんにこの家が欲しくなった。それはいちばん上の階の大きな部屋のせいでもある。これまでの習慣に反して、そこを自分の仕事部屋にすることに決めた。「それにはみんな驚いたわ。わたしはこれまで一度もそんなものを持とうと思ったことがなかったから。でもみんな、かわいそうな妻が自分の部屋を持つ時期だと同意したのよ」部屋にはピアノと、大きなテーブルと、タイピング用の背もたれがまっすぐな椅子と、休憩するためのひじかけ椅子を置いた。ここで、有名な『オリエント急行の殺人』、『ABC殺人事件』、『ナイルに死す』の少なくとも一部を書くことになる。

作家としての経歴が十二年になって初めて、アガサがようやく〝自分の部屋〟を持ったというのは驚かされる。ヴァージニア・ウルフにとっては作家生活に不可欠なものだったというのに。だが、この時点で、歴史家のジリアン・ギルは、確かな洞察力で書いた。「アガサ・クリスティーは自分の部屋が必要なかった――彼女は家全体を所有することに慣れていたのだ。好きなように不動産を買える、それも自分の仕事で稼いだ金で買える、まれな女性のひとりだった[27]」

イラクのアルパチアでの、マックスの初めての独立した発掘は、二千ポンドかかることになった。その財源をたどることが、あなたをおもしろい旅へと連れていくだろう。大英博物館が援助して、イラク英国考古学院が六百ポンドを与え、監修チームが部分的にボランティアで貢献してくれた。[28]けれど、まだ不足していた。「マローワンが少しロンドンにいてくれればいいのに」と博物館の学芸員のひとりが述べた。「もう千ポンド集めるには、たくさん注目を集める必要があるでしょう[29]」マックスはなんとか有名な考古学への寄付者サー・チャールズ・マーストンから百ポンドをもらい、アガサ・クリスティーというひとから百ポンドを寄付された。だが、大英博物館の記録によると、もうひとりの匿名の寄付者から五百ポンドというかなり大きな金額を贈られている。この特殊な寄付者は、もしもほかに合計額に達するような資金が入ってきたら（それはなかった）、返金してほしいと望んでいた。[30]マックスの妻以外に、こんなことができるひとがいるだろうか？　アガサは夫の考古学という仕事の資金提供者としての、長くなるであろう経歴を始めようとしていた。

マックスは妻が報道されて、その結果、金が入ってくるという点で、アガサの存在が計り知れないほど貴重であるということも知った。「スリリングな旅行中の小説家」と新聞の見出しが躍った。「アガサ・クリスティーと失われた人々——イラク探検[31]」マックスは〝大々的に、大規模に〟仕事をするのを楽しみ、一九三〇年代の資金では、おそらく発掘現場に二百人の労働者を雇えただろう。[32]彼と彼の仲間たちは、今日では過度に破壊的な仕事と考えられることを行った。たとえばアルパチアでの最初の数日間に、マックスは、練習のために、労働者たちに手当たりしだいに掘り崩させた。一九七六年の発掘で、小山には〝このやり方でなくなったか破壊された建造物が密集していた〟ことが明らかになった。[33]

砂漠でアガサとマックスは、ヨーロッパ風のライフスタイルを模倣した。ディナーのために着替えをして、地元の料理人たちにヨーロッパ風の料理に近いものを再現させた。一九三三年にアルパチアに持ちこんだ料理道具には、ナプキン十九枚と、テーブルクロスと、フィンガーボウルと、スープ皿などもあった。[34]のちの発掘のための買い物リストには、ジンが三本、シャトーヌフ・デュ・パプが三本、デニッシュ・バタークッキーが二缶、カレー粉が六缶、〝フォアグラ〟が二個、コンビーフ二十四個が入っていた。[35]このすべてが、ラヴェンダー・ブルーに塗られた〝クイーン・メアリー号〟として知られる、マックスの特別改造車のトラックで遺跡に運ばれた。

だが、イラクでのマックスの独自の発掘は最初で最後になった。シーズンの終わりに、この国から遺物を持ち出すのは、思ったより難しいことがわかったのだ。アガサの自伝ではただ〝大成功に興奮して〟帰宅したと書いているが、実はこの遠征は〝アルパチア・スキャンダル〟として知られることとなった。

イラクはちょうど独立したところで、育ちつつある国家意識から、政府は考古学が奪っていく発掘物の分配についてのルールを変えることに決めた。以前は、発掘物は外国のチームとイラク国立博物館とで半分ずつ分け合っていた。この一連の変更は、博物館の館長で、ドイツ人の考古学者、ユリウス・ヨルダン博士によって行われた——余談だが——彼はイラクのナチ党の党首でもあった。だがそのときは、発掘物の大部分を置いてこなくてはならなかった。マックスは期待された輸出許可を認められなかったのだ。

論争が勃発した。マックスと国際的な考古学者のコミュニティは、イラクが重要な科学研究を妨げていると訴え、一方で英国外務省は板挟みになったことを知った。考古学者たちは、新しいルールは〝愚かな愛国主義〟の精神に基づき考えだされたものだと論じ、英国の外交官たちはお返しに、考古学者たちは〝純粋に利他主義的な動機から関係する国に利益を与えているのだという、いらいらさせる見下すような態度をとっている〟と思っていた。[36]

この問題はイラクの内閣で議決されることになった。そこでは投票権を持つひとの過半数が、ついにマックスが発掘物を国に持ち帰ることを認めた。彼は発掘物を書きとめる作業を続けたかった。考古学者たちが先延ばしにしがちだと評判の作業だ。大衆の目から見れば、マックスは自分の発掘物を共有することにかけて模範的な記録を持っていた。一九三〇年代に、彼は《イラストレイテド・ロンドン・ニュース》紙に多くの記事を発表した。編集者に売りこむとき、マックスは「彼らの扇情的意図にもかかわらず、わたしのすべての事実は、科学的に証明されている」ことを指摘しようと苦心した。[37] だが仲間の考古学者たちの目から見ると、マックスのくだけた文体は、おそらく妻の影響だろうが、事実を正しく伝えていなかった。

〝アルパチア・スキャンダル〟を、マックスははた迷惑なお役所的な遅れと見ていたが、実際は、西洋の考古学者たちは西アジアから欲しいものを何でももらって当然という考えの終わりを告げるものだった。そういうわけで、マックスはしばらくイラクで発掘はしないと決めた。だが埋め合わせがあった。一九三四年にアガサは、彼に自分の家を買ってやったのだ。新しい不動産は、ロンドンからさほど遠くないテムズ川のほとりに建つ、美しいクイーン・アン様式の家だった。オックスフォードシャー州ウォリングフォードの郊外にあるウィンターブルックは、アガサによってずっと〝マックスの家〟と考えられていた。ある友人はこの家のことをこう描写した。「居心地がよくて、暖かくて、快適な上位中流階級のインテリアで、すべての設備や快適さ、美しい陶磁器や上等な家具は、アガサの成功で買ったものだった」[38]

一九三〇年代後半に、マックスは関心の的をシリアに移した。彼の財務記録の分析からは、採掘者たちに、日給に加えて、発掘物に対して割増料金を払っていたことがわかる。よい発掘物に対する報酬は、労働者たちに品物をこっそり外に持ち出して売る気をなくさせるために、遺物の闇市場の値段に負けないものでなければならなかった。道徳的に問題をはらんだ仕事だ。アガサは発掘現場をこっそり回りながら、警察の体制を手伝った。事務的でなく、女らしく見せながら、怠けていたり、眠っていたりする採掘者を報告していたのだ。[39]

ドイツ人の考古学者、トム・スターンは、そこに住む人々がアガサのことをどう見ていたのかを知ろうとして、一九九九年にシリアを訪れた。彼はマックスの元採掘者ふたりと会った。彼らは思い出した。「きれいで強い女のひとだった。労働者たちを監督していたよ。彼女のステッキを覚えている。広げると、そのうえに座ることができたんだ」頂上部が開いて腰かけになる狩猟用ステッキの説明はほんとうらしい。しかしほかの地元のひとの証言は、西洋人の存在が一時的だったことを示す。老人でさえ、マックスの一九三七年のシリアでの発掘について、質問に答えるのを拒んだ。「おれはもうそのことにまったく興味がない。危機一髪で死を逃れたんだ[40]」

中東の人々に対するアガサの態度は、時とともに変化したのだろう。一九二〇年代の考えから少しずつ寛大になっていくのがわかる。ある小説の善人でさえこう言うのだ。「外国人にはどんな名前でも十分よ[41]」彼女は自分のことを自分本位で、否定的で、狭量な人間だと思いたくはなかった。発掘隊の支度をするときに、胴まわりに合う服を必死で探していると、自分が〝帝国建設者の妻〟のように見えて笑った。[42]

だが彼女とマックスが出版した作品のなかでも、つねに背景には陰の物語が流れている。地元民の不満の暗示が。労働者たちのなかに対立があった。「発掘現場には粗野で荒くれたごろつきの一味がいて、秩序を維持するのに手を焼く」とマックスはもらした。[43] あるシーズンに、無許可の財宝探しのあいだにトンネルが崩壊して、ふたりの男が死んだ。それでアガサとマックスは、シリアの遺跡テル・ブラクの発掘をあきらめなくてはならなくなった。もっと高い賃金を欲しがる地元の人間からの〝恐喝まがいの圧力〟があったからだ。[44]
一方で、考古学者の妻でいることが、平凡な母親でいることより、依然としてアガサにとっては優先順位が高かった。学校が終わると、ロザリンドはパリに送りだされた。「わたしはどうしたらいいのかな」と手紙を書いた。「恐ろしくお金のむだだという気がしてならないんだけど」[45]次にミュンヘンに行かされ、無視されているように感じると文句を言った。「お母さんに、あなたはほんとうにいやなやつだって、言ってやって！」とロザリンドはマックスに手紙を書いた。「そのせいで、わたしは完全にみじめになる」[46]アガサはときどきすっかり手紙の返事を書き忘れた。「いつ家に帰るのか教えてくれるかな」ロザリンドはある手紙で激しくなじった。「カーロには伝えるけど、わたしには伝えないみたいね……またうつ病の発作が出たわ」[47]
ミュンヘンのあと、一九三七年はロザリンドの社交界デビューのシーズンになる予定で、アガサは少なくともその儀式の重要性はわかっていた。「あなたが楽しもうが楽しまなかろうが、わたしはおもしろい経験になると思うわ」[48]ロザリンドはちゃんとしたロンドンの社交期を過ごした。アガサのときのような割引価格のものではなく。気もそぞろの働く母親を持つことのよい面は、ミラー家の失われた財産が回復しつつあることだった。悪い面は、離婚した女性であるアガサは、バッキンガム宮殿で娘を披露する資格がないことだ。ロザリンドは、かわりに友だちに連れていってもらわなければならなかった。
ロザリンドと友だちのスーザン・ノースは職業について考えていたが、心に浮かんだのは、モデルになることだけだった。アガサは賛成しなかった。途方に暮れたロザリンドは、シリアで母親とマックスに合流して、製図の役目を引き継いだ。緊張が続いた。完全主義者のロザリンドは、自分の仕事に満足せず、やり直したいと思っていた。

「それを破棄しちゃだめだよ」マックスが言った。
「破いてやる」ロザリンドが言った。
それからふたりは大げんかをした。ロザリンドは怒りに震え、マックスもとても怒っていた。

ロザリンドはもう十分大人なので、本に書かれることには抵抗した。アガサが発掘現場での生活についての本『さあ、あなたの暮らしぶりを話して』を書くことになったとき、この本のアイデアをひどく嫌っていた娘に約束しなければならなかった。「本のなかで、あなたには一切言及しない」と。[49]アガサはもう一九二六年の、神経が参ってしまった女性とはまったく別人だった。たぶん、過去とのほんとうの決別は、一九三〇年代の終わりにやってきたのだ。家族の家を——痛みもなく——売ることに決めたときに。

アッシュフィールドはこの十五年間、彼女の田舎の隠れ家だった。料理人のフローレンス・ポターはクララの死後もずっと残っていて、パーティーには十七品にもなる盛大な料理を作ってくれた。そのなかには、彼女の有名な〝アップル・ハリネズミ〟（とげはアーモンドでできている）もあった。[50]しかし、訪れたひとはこの家が陰気で、大型の箱時計や、大理石の像や、動物の剝製があるのでますます〝不気味〟だと思っていた。[51]

アガサが売る決断をしたのは一九三八年で、グリーンウェイ・ハウスという名前の、ダートマス近くにある、上品な白塗りのジョージ王朝風の大邸宅が売りに出ていたときのことだ。以前はトーキーの下院議員が所有していた、ダート川の印象的なカーブの上にあるこの〝理想的なヨット愛好家の住まい〟は、十七の寝室と化粧室兼浴室、ビリヤード室、書斎があり、セントラルヒーティングだった。[52]《カントリーライフ》誌は〝一流ホテルに適している〟と宣伝し、一九三八年には、たいていのひとが、貴族の田舎の邸宅を個人の住宅にすることをあきらめかけていた。[53]でも、マローワン夫妻はちがった。グリーンウェイを見にいくという決断は、ほとんどクララに背中を押されているようだった。というのも、アガサは一度、母親とこの家を訪れたことがあったのだ。アガサにここを買うべきだと提案したのはマックスだった。


「どうして買わないんだい?」マックスが訊いた。

　このことばがマックスの口から出たことに、わたしはとても驚いて、はっとした。

「きみはずっとアッシュフィールドのことを心配しているじゃないか」

　彼の言いたいことはわかっていた。アッシュフィールド、わたしの故郷は、変わってしまった。


　アッシュフィールドの庭から見える海の景色を邪魔しているのは、いまは中学校と老人ホームだ。それに加えて、マックスはこの場所に何の感情も抱いていなかった。というわけで、彼を喜ばせるために、アガサは売るという考えに変えた。アッシュフィールドの売却益を使っても、グリーンウェイとその三十三エーカーの土地を五六九〇ポンドで買うのはまだ無理だった。[54]アガサはそれからグリーンウェイはそうするだけで〝ずっといい家、ずっと明るく〟なるだろうと考えて、うしろのヴィクトリア朝風の翼を取り壊した。のちに、さらにもっと進めればよかったと思うことになる。「いまなら家のべつの大きなかたまりを取り除いていたことだろう。広い食料貯蔵室、ブタを入浴させる大きなうす暗い部屋、たきつけの貯蔵庫、ひとつづきの食器室も」。けれど一九三八年には、いつかお手伝いの助けなしで、家をきりもりしなければならないのかもしれないとは、考えもしなかった。

一九三九年に、戦争の気配が漂いながらも、アガサはさらにロンドンの不動産を獲得していた。メイフェアやセント・ジェームズは、まだ彼女の夢の住所だった。だが、このアガサとマックスにとってのすばらしい十年間は終わりに近づいていた。その年、ふたりは最後の考古学シーズンだとわかったあとで、ベイルートを去った。世界の大事件が起きたので、しばらく戻れないのではないかと思っていたにちがいない。アガサは出発する船の手すりのそばに立ち、遠ざかっていくレバノンの、薄い青色の山々を見ていた。マックスは、いっしょに執筆と旅行と発掘をしたこの十年近くが終わりになるのをどう思っているのか訊いた。

「とても幸せな生き方だったと思っているわ」と彼女は言った。[55]

第二十六章 黄金時代

アガサの幸せは、それまでの最高傑作を生みだすことにつながった。一九三九年に終わりに近づいていく十年間は、探偵小説にとっても、とりわけアガサにとっても、黄金時代だった。マックスとの結婚が、かつてないほど大きなプロとしての自信をもたらしたのだ。彼女は成熟期の巧みな要求の厳しい芸術家になりつつあり、出版社やプロデューサーや、仕事の関係者はそれを痛感させられた。「世間は女性にはとても残酷なものよ」と一度、登場人物に言わせた。「女性は自分でできることをやらなくてはならないの」[1]

一九二〇年代に話を戻すと、失踪後まもなくアガサは、医者の休養しろというアドバイスにもかかわらず、仕事を続けなければならないという思いを初めて経験した。「もうどこかから入ってくるお金はなかったの。自分で稼ぐか、稼いできたお金以外には」

のちに彼女は、それが自分がプロになった瞬間だったと確信した。つまり〝書きたくないときにも〟書かなくてはならないということだ。病気のときに完成〝させなくては〟ならなかった本は、『青列車の秘密』として一九二八年に出版された。[2]執筆中ずっと、ロザリンドは母親に注意を向けてもらいたくて、タイプライターのまわりをうろうろしていた。「あたし、じっと立ってられるよ。じゃましないもん」それゆえに、『青列車の秘密』はつらい記憶になった。「たぶん今まで書いたなかで最低の本です」[3]

でもそれにもかかわらず、一九二六年の宣伝のおかげで、『青列車の秘密』はずば抜けて多い七千部を売った。一九三〇年代に売上はすこし落ちこんだが、コリンズ社が彼女を売りこむにはどうするのが一番よいかをつかむと、また増えた。一九三五年には、アガサの『三幕の殺人』が最初の年に一万部売れて、一九四二年には『五匹の子豚』で二万部にまで達し、ずっと発展していった。[4]

アガサには、金があり余っているように感じられた。とくに自分の本がアメリカの雑誌に連載されたときには。この金は、彼女の説明では「わたしがそれまでに英国のどの連載権で得たより、はるかに大金で、さらに当時は所得税がただでもあった」。だが、このアメリカの税金の問題はあとで戻ってきて、彼女につきまとうことになる。

彼女は新しい収入源を開拓もした。一九二八年五月に『アクロイド殺し』の演劇版が上演された。『アリバイ』という題がつけられ、アガサ自身が舞台用に脚色したのではないので、《オブザーバー》紙は、かなり魅力的な、新しい〝いかさまの劇〟と呼んだ。もちろんポワロは主演だが、本では中年で独身の医者の姉キャロラインは、キャリルというセクシーな若い女性に変えられていた。[5] でもアガサは自分ならもっとうまくやれると思い、自ら脚色したポワロの劇『ブラック・コーヒー』が一九三〇年に上演されることになった。このふたつの劇の経験から、ポワロは舞台ではうまくいかないと感じるようになった。彼は大げさすぎて、ほかの登場人物たちを犠牲にして、観衆の注目を独り占めしてしまうのだ。[6]

アガサはますます舞台に興味を持ったが、それに集中していたわけではなかった。とにかく忙しすぎたのだ。彼女の人生で最も豊かな執筆活動の十年間だった一九三〇年代に、小説二十冊と、短編集五冊を生みだした。一九三四年だけでも探偵小説を二冊、短編集を二冊、探偵小説ではない小説も一冊出版した。彼女は経歴だけではなく、ブランドを築き上げていた。新しい探偵も出てきた。クィン氏とサタースウェイト氏は、登場人物というよりは、筋を動きださせるモダニズムの象徴のようだった。それからパーカー・

パインがいた。彼は依頼者に謎の解明ではなくて、幸せというもっととらえ所のない結果を約束した。

パーカー・パインは、アガサ自身が一九二〇年代に診察してもらった人物の非医学的バージョンで、精神療法の経験が作品を豊かにした。彼女はのちに、どうして自分の初期の探偵小説が〝道徳的な物語〟だったのかを説明する。実際、〝昔ながらの万人受けする道徳物語〟だった。だが離婚後は、隠されていた無意識の欲望が、犯罪の動機としてより頻繁にアガサの作品に現れ始めた。

一九三〇年代には、ポワロは物理的な手がかりを探すことにあまり熱心ではなく、われわれが今日心理学的なプロファイリングと呼ぶようなものをより信頼しているように見える。「一致しない性格と、心の奥の秘密の、より真実に近い手がかり」[7]などがそれだ。『ひらいたトランプ』（一九三六）で、アガサは珍しく著者の意見を述べている。この物語では、推理が「完全に心理学的だけれど、それにもかかわらず、おもしろいのです。なぜなら、すべてが語られ、行われたとき、最大の興味は、殺人犯の心だからです」[8]。

アガサ自身の頭のなかは尽きることのないアイデアの源泉のようだった。登場人物で探偵小説家のアリアドニ・オリヴァ夫人で、自分を茶化した。オリヴァ夫人は落ち着きがない中年で、服装はだらしないかもしれないが、ばかばかしいほどアイデアに恵まれている。ここで、アガサ自身の頭の働き方を反映して、彼女は殺人者の動機について声に出して考える。被害者は

女の子を殺すのが好きなだけの誰かに殺された可能性があるわね……それとも、誰かの恋愛の秘密を知っちゃったのしら、誰かが夜に死体を埋めるのを見ちゃったとか、自分の正体を隠しているひとを見たのかも――それとも、戦争のあいだに埋められた宝の場所についての秘密を知っちゃったのかしら。[9]

一九三〇年に、ジェーン・マープルは長編小説『牧師館の殺人』に初めて姿を現す。まちがいなく、わたしのお気に入りのクリスティー作品のトップ三に入る本だ。アガサはこれをマックスとの結婚へと突き進んだストレスの多い時期に書き、新婚旅行のあいだに出版された。内輪ネタという形での彼への結婚祝いも含まれていた。著名な考古学者のふりをしていた登場人物のひとりが、泥棒だとわかるのだ。

だが、ミス・マープルの小説への初めての登場は完全な形ではなかった。批評家のピーター・キーティングが説得力のある主張を展開している。ミス・マープルはアガサの最も大切な登場人物で、アガサ自身を表すので、成功したプロの独立した作家であるアガサ・クリスティーと同時にしか現れることができないというのだ。

ミス・マープルの原形はあった。『アクロイド殺し』の医者のせんさく好きな姉だ。彼女は家から出る必要もなく秘密をかぎつける。『アクロイド殺し』はアーチーとの結婚の最後の時期に書かれたもので、そのころ彼女は彼から次第に離れかけていた。ミス・マープルは一九二七年十二月から出版された二つの短編小説に正式に登場した。したがって、失踪の大混乱のさなかに思いついたにちがいない。[10]その後、ミス・マープルは、ちょうどアガサがマックスと出会い、人生の第二幕が始まりかけたときに、初めて本格的に長編小説に姿を現したのだ。

ミス・マープルが現れたもうひとつのきっかけは、ふたつの世界大戦のあいだの時期に、社会全般に以前より独身女性が目立っていたことだ。ミス・マープル自身は年を取りすぎていて〝余った女性〟には入らないが、一九二一年の国勢調査では、二百万人の未婚女性がおり、同じ境遇の男性より数が多かった。そのため〝余った女性〟は前の世代よりも、独身女性をより目立たせたのだ。

ミス・マープルは、両世界大戦間の英国の実在の女性探偵、あるいは少なくとも新聞に取材されたいと願っている人物の特性を共有してもいた。たとえばアネット・カーナーは、一九一五年に探偵業を始めて、事務所があるベイカー街の住所から〝ミセス・シャーロック・ホームズ〟として知られるようになった。ある記者は、彼女が「ただのぽっちゃりした小柄な女性で……銀灰色の髪をピンで留めてお団子ヘアにしているのを知って、驚いた」

「取るに足らないひと、探偵というのはそう見えるべきなんです[11]」と、ミセス・カーナーは説明した。まるでミス・マープルのように。

『牧師館の殺人』は大好評を博したが、なかにはミス・マープルの性格が〝理解〟できないひともいた。《ニューヨーク・タイムズ》紙は「田舎の独身女性のシスターフッドについての内容が多すぎて……ふつうの読者はそういったものにうんざりしがちだ[12]」と考えた。後年、アガサはミス・マープルの鋭さを和らげ、もっとやさしくて、あまり辛辣(しんらつ)ではない女性にした。だが『牧師館の殺人』では、彼女は〝意地悪な年老いたネコ〟として描かれていた。ほんとうは庭仕事が好きなわけでもなくて、外をうろついて誰が行き来したかを観察する言い訳に使っているのだ。初期の厳しいミス・マープルが、実はわたしの好きなミス・マープルだ。でもたぶんそれは、わたし自身が意地悪な年老いたネコだからだろう。

一九三〇年代は、英国とアメリカの読者が異国情緒を感じる場所が舞台の、アガサの代表作がいくつか見られた。これはマックスとの旅の影響だ。これらの小説――『オリエント急行の殺人』や『ナイルに死す』――は、刊行当時からずっとアガサの本のなかで最も人気がある。なぜかというと、最高に視覚的に興味を引く映画になっているからだ。

『オリエント急行の殺人』は、一九三一年十二月にアガサのニネヴェから戻る旅で、洪水のために列車が二日間動けなくなったことに着想を得て書かれた。おもしろい冒険の一部始終を詳しく書いたマックスへの手紙から、彼女の小説に現実の出来事をもとにした多くの細部が含まれていることがわかる。同乗者には〝ひどく醜いけれどとても魅力的な顔をした最高におもしろい七十歳の妻〟（ドラゴミロフ公爵夫人のような）のいるギリシャ人や、〝ふたりのデンマーク人の女性宣教師〟（スウェーデン人の看護婦、グレタ・オールソンっぽい）や、アントニオ・フォスカレリのような〝大柄でひょうきんなイタリア人〟、ハバード夫人の延々とつづく不平にくじけないアメリカ人女性などがいた。[13]

だが、貴重なプロットは、もうひとつの〝クリスティー・トリック〟によってひらめいた。新聞で読んだ現実の犯罪の記述に細工したものだ。この場合は、英雄的な飛行家（そして国家社会主義の支持者）であるチャールズ・リンドバーグと妻アンの息子である赤ん坊の誘拐殺人事件と、彼らの恐ろしい経験が集めた同情だった。

アガサの本では列車自体が細かく観察されていて、列車が止まったタイミングは一九三二年に出版された時刻表に対応している。[14] 一九三三年に本を書き終えると、彼女はいろいろな細かい点を確かめるために、二度目の旅をした。「どこにすべてのスイッチがあるかを見なければならなかったの」と説明した。それはやる価値が十分あることだった。ある読者は、調べるために自分も旅をしたのだから。[15] ほかにもアガサが小説で示した状況を調べて確かなものにした努力の証拠がある。だがいつも徹底していたわけではなかった。『雲をつかむ死』（一九三五）で、毒矢の射撃用の吹き矢筒は、長さが少なくとも四十五センチはあるはずで、しばしばもっと長いものもあるということを、正しく理解するのを怠ったのは有名だ。長すぎると、アガサが書いたように滑って飛行機の座席の横に落ちることはない。

一九三三年十二月にマックスとアガサはエジプトへの旅をして、ナイル川沿いにアスワンのカタラクト・

ホテルまで行き、『ナイルに死す』が生まれた。これは有名な中期のポワロの小説だが、かなり物語が動き出すまで、ポワロは重要な役目を果たしていない。彼はもう物語の舞台主任としては必要とされていないが、アガサは最も有名な登場人物を完全に外すことができるとは思っていなかった。

『ナイルに死す』にはまたペテン師の考古学者が出てきて、アガサは発見と発掘の類似性について議論を楽しんだ。[16] ポワロは自分の仕事を〝まわりにくっついている土〟を——マックスのように——〝真実——むき出しの輝く真実〟が残されるまで、こすり落とすことだと言っている。[17] マックスを冷やかすことは、一九三〇年代を通じてテーマになった。『雲をつかむ死』では、ふたりの悪漢が〝教養のある有名な考古学者〟であることが判明する。[18]

一九三六年の『メソポタミヤの殺人』では、さらにマックスと彼の行動が中心となってくる。アガサの手書きのメモから、ウーリー夫妻とその他の実在の考古学者たちをモデルにしていることがわかる。語り手の看護婦レザランは、どことなくアガサの分別のある性質と部外者の視点を持ち、マックスにちなんで、もの静かな若い考古学者に魅かれる。「彼のことがけっこう好きでした」と言う。[19]

この小説は手がかりを仕組んでおくという〝クリスティー・トリック〟の美しい一例である。われわれは「ライドナー博士はずらりと並べて置かれた、たくさんの石や割れた土器をかがみこんで見ていた。彼が石臼と呼ぶ大きなものや、乳棒、斧、石の軸、一度にこんなに見たことはないというほど多くの変わった模様の陶器の破片があった」[20] と聞いて知っている。聞きなれない意外なことば——石臼——が陶器や軸や破片などがごちゃまぜになったなかから飛びだすが、それから語り手の看護婦レザランの意識がほかのものに移り、すべてが忘れられる。そうでなければ、その奇妙なことばは、油断のない読者の心に留められて、石臼が殺人の凶器だとわかったとき、驚きはしないかもしれない。批評家のJ・C・バーンサルは、クリスティーの手がかりの提示はほとんど天才的だと指摘する。「それぞれの事件で、彼女は手がかりを埋めこむときに『ジャジャーン！』と言っているようなものなのだから。『石臼？』最初にその一節を読んだときに、あなたはひそかにつぶやくかもしれない。何だろう——ああ、そうか、考古学のものなんだな。そしてあとで、その存在を思い出すだろう」[21]。その舞台にもかかわらず、『メソポタミヤの殺人』は前作一九三六年の『ＡＢＣ殺人事件』よりもずっと伝統的な作品だ。

『ＡＢＣ殺人事件』での〝クリスティー・トリック〟は、複数の犯罪を結びつけるものはアルファベットだとほのめかす。まちがいだ！　ほんとうにパターンを形づくるものは、さらにべつの機能不全の家族のドラマだった。「明らかな犯罪の公共性は、結局のところ、単なる家庭内の殺人を隠してしまう」[22]この本で、彼女は軽率に新しい分野に飛びこみもする。初期のフィクションの連続殺人犯のジャンルだ。[23]

そして一九三九年に、現在は『そして誰もいなくなった』として知られるすばらしい本が現れた。もとは、悪名高くも、題名そのものに人種差別用語が含まれていた。題名が童謡から引用されただけではなかった。〝Nから始まることば〟は物語の舞台となった島の名前でもあったのだ。アリソン・ライトは、これはモンティが病気と依存症になり戻ってきた、ふつうの人間行動のコントロールが適用されない〝暗黒大陸〟と考えられていたアフリカを表現したのだと指摘する。本のなかでは、ひとりの白人を殺す罪は、二十一人のアフリカ人を殺す罪と等しい。「先住民は、死ぬことを何とも思っていないからね」と殺人者のフィリップ・ロンバードは、おそらく自己弁護のために言う。[24]

クリスティーの表現のいくつかが現在、大きな不快感を引き起こす理由の一部は、人々が、彼女の作品をどういうわけか時代を超越していると思うからなのではないかとわたしは考える。それ自体は一九八〇年代と九〇年代にクリスティー作品が浄化されてテレビ放送された結果だった。しかしそれはまた、彼女の文章がとても平易で明瞭なので、書かれた特定の年をただちに声高に言わないからでもある。これは同様に、年代的にも地理的にも広く人気を集める理由でもある。だが、それは明白であるべきものを偽装するのを助けもする。それぞれの小説は、作家の属する階級と時代の産物であるということだ。たとえ中流階級の英国人の最初の読者たちには、題名に気を悪くしたひとがほとんどいなかったとしても、もっと人種問題に敏感なアメリカではちがっていた。アメリカでは最初から『そして誰もいなくなった』という題名で出版された。

《ニューヨーク・タイムズ》紙はこの本を気に入り、こう書いた。「すべてがまったくあり得なくて、すっかり魅了される」[25]それはアガサにとって、登場人物のなかで罰を受けるに値する人物に、この上ない自信を持って死を執行するひとになるという、新しい段階に達したことを表した。心理学が前面に来た一九二六年から三〇年のアガサの不安定な時期のあと、全盛期の彼女は黒か白か、善か悪かというよりわかりやすい立場に戻ってきていた。

だが『そして誰もいなくなった』を出版しているあいだに起きた出来事は、アガサの文学的評価に重大かつ有害な影響を及ぼした。〈クライム・クラブ・ニューズ〉に出版社が提出した要約が、プロットの秘密を事実上明かすものだったことが、アガサを大いにいらだたせた。批評家のメルヤ・マキネンが指摘しているように、彼女の怒りが、出版社が異常なほどネタばれを意識することにつながった。それは理解できるが、マイナスの面は、彼女の作品を議論したり評価したりする批評家の自由を減じる効果があることだった。アガサのプロットや、彼女の文章の〝代数的な〟性質と呼ばれることのあるものを優先させればさせるほど、彼女の最高の本の会話や登場人物やユーモアに気づいて楽しむ自由が少なくなる。

アガサ・クリスティーがしばしば過小評価されることになるのは、このせいでもある。

第七部

戦時労働者

一九四〇年代

第二十七章 爆弾の下で

一九四一年の秋に、アガサはふたたび戦時の病院薬局に戻った。

高層の赤レンガのユニバーシティ・カレッジ病院は、ロンドンのガワー・ストリートにあった。向かい側の図書館は爆撃され、十万冊の蔵書が破壊された。「病院はまだ建っているけれど、まわりじゅう倒れた建物だらけ」とアガサは書きとめた。[1] 病院に五百床あるベッドのうち百四十床は、空襲の犠牲者に備えて確保してあった。四月のひと晩に七十名が収容されたように。[2]

ロンドン大空襲の最悪な数か月はもう終わっていたが、ロンドン市民たちは、まだときどき空襲警報に身がまえなくてはならなかった。それにアメリカはまだ、ドイツとの戦争に参戦していなかった。アガサのアメリカの出版社は、その秋に出版される小説の宣伝のために、写真を欲しがった。病院の危険な様子の写真は、うまく目的にかなうかもしれないとアガサは考えた。宣伝のためにも、英国を援助するよう主張するのにも。「何かの写真を載せなくてはならないのなら、それを使わせましょう」[3]

シフトの終わりに病院を出て、ハムステッド・ヒース公園のほうに坂を上り、アガサは家に向かった。今は副業となった作家としての仕事を始めるために。本のなかでも戦争の仕事をしていた。新作の『NかMか』は、スパイと、戦時被害妄想の解明と、最も有名なのは——ナチスをあざけっているのが特徴だった。

このときアガサが住んでいた家は、一見したところ、変わった選択だった。ベルサイズ・パークの〈ローン・ロード・フラッツ〉という、白塗りの驚くほど現代的に見える建物だった。〝二本の煙突があれば、巨大な定期船のように見えた〟[4]。ほかの住人たちは、品のある隣人を、ただの五十の坂を越えた、ちょっと場ちがいなひとだと思っていた。あるハンガリー人の建築家は「よく廊下で彼女とすれちがったものです。かわいらしい感じの、つきあいやすいひとで、探偵小説を書くよりは、裏庭でバラを育てていそうだと感じました」[5]

アガサはそこにひとりで住んでいた。カーロからも、ロザリンドからも、そして――一番大事な――マックスからも引き離されて。

若い夫と西アジアで華やかな第二の人生を送ってきた一九三〇年代の、祝福され、収入の多かった作家の目には、戦時の世界はまったくちがって見えた。以前にも増して必死に働きながら、危うく、うつ状態に落ちこみかけていた。

アガサの黄金時代の金メッキがはがれ始めたのは、一九三八年にさかのぼる。その年は、一九二六年に彼女を慰めた、小説『もの言えぬ証人』の主役にそっくりな犬のピーターの死を経験した。エドマンド・コークから、そのときはあまり問題に思えなかった手紙を受け取った年でもあった。アメリカの税務当局が、彼女のアメリカでの収入について訊いていると知らせてきたのだ。税金の支払いを要求されたことのなかった金だった。アメリカの代理人のハロルド・オーバーは、問い合わせに答えるために、弁護士を雇った。

この件がどれほどまずいことになるか、アガサがよくわかっていなかったのは、むしろ心の平安にはよかった。少しして、アメリカの連邦最高裁判所は、べつのイギリス人作家が、たしかにアメリカの税金を払わなくてはならないと判断した。アガサのチームはそのとき、これまで彼女にはまったく税金を要求されてこなかったと主張した。いずれにせよ、それはどれくらいさかのぼって適用されるのだろう？ 彼女はアメリカで二十年ほど出版してきた。その答えは心配なものだった。「こちらの税務署員は、いちばん最初からのアガサ・クリスティーの記録を見たいと要求しています」とオーバーは説明した。「わたしはできるだけ長引かせるつもりです」[6]

そして、もっと広い世界のニュースも不安にさせた。一九三九年九月三日の日曜日に、大ブリテン島じゅうの人々がラジオに耳を傾けるなか、首相が英国は戦争状態にあると宣言した。マックスとアガサは、その放送をグリーンウェイのキッチンで聞いた。アガサはサラダを作っているところだった。教会記録簿からは、グリーンウェイの家にいる者がかなりの大人数になっていたことがわかる。アガサ（女性作家）、マックス（考古学者）、ロザリンド。三人の家事使用人、キャサリーン・ケリー、イーディス・パーキンス、ドロシー・ミッチェル。敷地内にある渡し船の小さな家に住む、エリザベス・バスティンもいた。マックスは、バスティン夫人は〝愚かな〟女性だと思っていて、その日曜日の昼食時に、彼女が〝野菜に向かって泣いていた〟[7]のを覚えていた。しかしバスティン夫人のほうが先を予測していたのだ。これは平和な十年の終わりというだけではなかった。アガサとマックスのライフスタイルの終わりでもあった。アメリカで起こりかけている金銭トラブルを棚上げにしても、大がかりなグリーンウェイの家の費用を負担しきれなくなるところだった。

それでもグリーンウェイに留まっていた。〝戦闘のない状態〟の時期は、はじめのうちはほとんど変化がないように思えたからだ。紛争が勃発すると、すぐに百万人の英国人が戦争遂行の手伝いに志願して、その三分の一が女性だった。のちに政府の招集に応じた者と合わせると、これが英国を、戦争に参加する民間人の割合が最も高い戦闘的な国にした。アガサとマックスはふたりとも参加したいと思っていた。だがどの方法で貢献できるか探すのに、時間がかかった。

ひとつには、マックスは外国人だとの疑いに直面していたのだ。それは戦時の数年間のつまらない特色だった。彼の両親が、軍隊に入る際の障害だった。マルグリートとフレデリックのマローワン夫妻は、出生地が外国だったため〝敵国人〟とみなされ、兵役免除審査局に強制収容されるかどうか、判断してもらわなくてはならなかった。[8]これらの心配がアガサの『NかMか』に反映されている。そこではヒーローとヒロインのトミーとタペンスが、避難民を収容することに熱中するふつうの英国人を疑問に思っている。タペンスが説明する。ドイツ人すべてを無差別に憎むことは「あなたがつけている戦争の仮面なのよ。それが戦争の一部――たぶん必要な一部――なんだけど、はかないものね」[9]マックスは、当局が〝戦争の仮面〟をわきに置いて、彼には差しだせるものがあると見てくれることを願うしかなかった。だが三十五歳で、現役服務にはすこし年を取りすぎていた。せめてブリクサムの国防市民軍に加わり、古代ギリシャ語の教授のもとで勤めることになった。「ぼくたちの古代ギリシャ戦争の知識は、誰にも負けないよ」[10]

政府の情報省で働いているグレアム・グリーンが、アガサにプロパガンダの書き手としていっしょにやらないかと訊いてきた。アガサはそういうのが得意だとは思えないと言って断った。しかしプロパガンダはまさに彼女が――自分のやり方で――『NかMか』で作ったものだった。初期の作品とは対照的に、この小説では、ついにユダヤ人を被害者の文脈で書いている。「わたしにわかる限りでは、もしもドイツ人が我が国の侵略に成功したら、わたしはこれを書いているために、まっすぐ強制収容所に連れていかれるでしょうね！」[11]と、アガサはエドマンド・コークに言った。そして戦争が進むにつれて、アガサはときどき情報省のために執筆するようになった。たとえば、英国とソビエト連邦が連合すると、ソビエト連邦で発行する探偵小説についての記事を書いた[12]。

一九三九年秋から一九四〇年夏までの〝戦闘のない状態〟は、アガサにとって、驚くほどの生産活動の時期となった。世界の事件と同じくらい税金のことが心配で、まさに鬼のように書いた。壮大な『白昼の悪魔』はデヴォン州が舞台の休暇の物語で、ナチス・ドイツのフランス侵攻からの気晴らしを与えた。彼女はさらに二冊書き進めた。『スリーピング・マーダー』と『カーテン』だ。一冊はミス・マープルもので、もう一冊はエルキュール・ポワロの死を描いている。この二冊はすぐに出版されるためのものではなくて、将来のためにとっておいた。銀行の貴重品保管室にしまわれて、破壊に備えて保険に入り、ロザリンドとマックスに贈与された。アガサはコークに、自分が〝突然死！〟をした場合は、必ず家族が金を受け取れるよう頼んだ[13]。若いころに〝破産した〟人間は、またあんな目に遭うのではないかという恐怖から、決して完全には逃れられないのだ。それが彼女を働きすぎにさせた。「ほんとうにやることが多すぎて、頭が混乱するわ」と愚痴をこぼした[14]。

一九四〇年一月に、マックスはようやく、トルコ地震で被害を受けた人々を助けるための基金で、ボランティアの職を見つけた。そしてアガサは、セント・ジョン救急隊の〝空襲準備補助〟に加わるための試験を受けて、昔働いていたトーキー病院の薬局の仕事に戻った。かなりすり切れた戦時の身分証明書には、彼女の仕事の日の姿が見られる。まじめな黒い上着と二重あごだけれど、髪はすばらしい小さなピンカールで、きちんと真珠のネックレスをつけている[15]。彼女は食堂の仕事も探していた。執筆の創造的な努力とつり合わせるために、肉体労働がしたかったのだ。「身体を十分に動かすと、精神が解放されて宙に飛び立ち、思考力と創造力を作りだしてくれるのよ」と説明した。

アガサの代理人は、彼女を諫（いさ）めて、病院や簡易食堂で働くより、もっと〝重要な〟ことをするべきだと提案した。でも彼女は、薬や食べ物は重要ではないという、コークのどちらかというと男性的な階級性を軽くあしらった。「わたしに〝もっと重要な仕事をするべきだ〟とおっしゃるのは、たいへん結構なことですけど……じゃあ、わたしにとって、おもしろくて重要な仕事とは何なのか、あなたの考えを教えてくださいな」[16] わたしはむしろ、気の毒なミスター・コークが、今ではたしかに手強いと描写される、いちばん大事なクライアントからの手紙を開けながら、びくびくしていたという考えが好きだ。

しだいに戦争はデヴォン州の田舎にまで迫ってきた。「爆弾がまわりじゅうにひゅーひゅー落ちてくるの！」とアガサは書いた。「ダート川のわたしたちの家の近くに停泊している、病院船のほうに行こうとしていたんだと思うわ」[17] マックスの高学歴の国防市民軍の仲間が邪魔になって、生活が混乱させられた。「先週、たっぷり侵攻の恐怖を味わったわ――家が兵隊たちであふれたの。みんな重装備で、ほとんど動けなかったわ！」[18] ロンドンでは、コークの仕事がやはり混乱していた。「昨晩の空襲でちょっと揺れて――爆発で、契約書の帳面が事務所じゅうに放りだされたんです」[19]

ダンケルクの戦いの少し前の時期、アガサは相変わらず仕事が忙しくて、だんだんいらいらしてきた。またコークに手紙を書いて、『愛国殺人』の終わりを変更しろという要求に対処した。ポワロが歯科医の患者という設定だ。彼女はこう締めくくる。「この本をいじり回した結果、急いでいて、かなり不機嫌なあなたへ」[20] 一九四〇年のその春のあいだ、仕事に集中しすぎていて、気づくのに時間がかかったが、ロザリンドはやたらと電話中のことが多かった。

その謎はやがて解けるだろうが、一家はすぐにグリーンウェイから引っ越さなくてはならなかった。アガサは家をアーバスノット夫妻と、ふたりの保母と、十人の疎開児童に貸した。子どもたちの何人かの名前が書かれた紙のラベルが、いまだに彼らのジャンプスーツがしまってあったグリーンウェイの洋服入れの棚に、忘れがたみとして残っている。モーリーン、ティナ、パメラ、ベリル、トミー、レイモンド、ビル。「日曜日には」と疎開児童のドリーン・ヴォートゥールは思い出す。背の高い戸棚の保管場所から、寂しい子どもたちのそれぞれのアルバムが下ろされて、「みんなで両親やほかの親戚たちの写真を見ました」[21]

一方、賃貸の小さな家で、アガサは収入の心配をしていた。「アメリカからすぐにお金が入ってくるのかしら？（中略）わたしの預金口座は赤字だらけよ」[22]でも、その答えは否定的だった。八月にアメリカ当局は、彼女が国から金を持ちだせないようにした。コークは、一九三〇年から蓄積されてきたアメリカの税金七万八千五百ドルも払わなくてはならないかもしれないと警告した。加えてもしかすると「納税申告書を提出しないことの罰金も」[23]。そのうえ英国の税金も、戦争の費用を賄うために、上がってきていた。アガサの仲間のベストセラー作家、ダフネ・デュ・モーリアは一九四二年に二万五千ポンド稼いだが、税金としてその九十パーセントを支払った。「ランカスター爆撃機を買うために！」[24]英国の税務当局は、受けとってもいないアメリカでの所得も含めたアガサの収入の八十パーセントを求めた。税金を支払うために借金をしなくてはならず、それも問題があった。コークが説明したように、「彼女は裕福な女性で、その金額を借りるのになんの問題もないはずだったが、戦争の状況がすべてを変えてしまった」「クリスティー夫人は、正しく当然支払われるべき税金を、不当に免れるような人間ではまったくありません」と話を結んだが、「貧乏な作家が生活できるようにする苦肉の策」[25]を探しはじめていた。

この状況に対するアガサの反応は、とくに能率的なものではなかった。彼女はただゆったり座って、さらに書き続けた。「タイプライターのリボンをいくつか送ってもらえるかしら？」とコークに訊いた。「このリボンは薄くなってきて、ほとんど見えないのよ」[26]

この執筆の嵐のさなか、イギリス空中戦が繰り広げられて、ロンドン大空襲が始まった。だが、マローワン夫妻にとって、〝戦闘のない状態〟がほんとうに終わりを告げたのは、一九四一年二月十一日になってからだった。それは精力的にコネを使って仕事を探していたマックスが、ようやく英国空軍(RAF)に依頼を受けた日だった。これは給料の出る安定した仕事になるだろう。彼がこれまでしたことのないタイプの仕事だ。マックスはアガサが、彼の経歴のために金を出し続けることができないと気づいたのだ。「ぼくたちはもう発掘にふける金を出すことができないだろうし、それは不安定な職業だ」[27]

マックスの新しい仕事はＲＡＦの管理部門で、大英博物館時代の友人であるエジプト学者、スティーヴン・グランヴィルを通して手に入れた。マックスがほかの部門ではなくＲＡＦを選んだのは、ちょっと上流階級的ではなかったが、おそらくオタクっぽい考古学者には最もなじみやすかったのだろう。アガサはいま、ふたり目の夫を、最も地位の低い——だが最も活気のある——軍隊の部門に勤めさせていた。

というわけで、一九四一年三月、ロンドン大空襲が始まって七か月目に入ろうという頃、マックスとアガサはロンドンに引っ越し、ハムステッドの〈ローン・ロード・フラッツ〉に住んだ。スティーヴン・グランヴィルもしばらく同じブロックに住んでいた。スティーヴンはすでにＲＡＦの連合国対外連絡部諜報部門で働いていて、友人ふたりはパイプの煙の充満する事務室を共同で使った。

アガサはどうしてマックスに同行してロンドンに行ったのだろうか。たぶん、アーチーをひとりで残していたら、ゴルフとナンシーとの恋に落ちてしまったときのことを思い出したのだろう。だがその決断は、危険が伴わなかったわけではない。〈ローン・ロード・フラッツ〉の窓はロンドン大空襲のほんのふた晩目に完全に吹き飛ばされたし、一九四〇年十月から一九四一年六月のあいだに、三十八個の爆弾が近所に落ちた。[28]アガサとマックスが引っ越してからも、ロンドン大空襲はまだ二か月続いた。ふたりが〈ローン・ロード・フラッツ〉を選んだのは、少なくともこの建物が鉄骨で、鉄筋コンクリート造りだったからということもあったにちがいない。空襲のあいだ、それは非常に安全だと考えられていた。[29]

そこは住むのに気持ちのよい場所だとみなが考えていたわけではなかった。一九四六年の《ホライズン》誌の読者投票で、〈ローン・ロード・フラッツ〉は〝英国で二番目に醜い建物〟に選ばれた。[30] 一九三四年に完成して、住人には芸術家、社会主義者、少なくとも四人のいろいろな時代のソビエトのスパイ、多くの移民と、あらゆる種類のクリエイティブな人々がいた。〈ローン・ロード・フラッツ〉は、現在では建築主モリーとジャックのプリチャード夫妻の、もうひとつのベンチャー企業である合板家具会社にちなんで〈アイソコン・ビルディング〉としても知られる。夫妻はオープンマリッジで、左翼系の人物だった。

建物の最初の案内では〝面倒な家事にかける時間のないビジネスマンとビジネスウーマン〟向けのフラッツを約束していた。[31] アガサの家は、新しい種類の人間のために設計されたものだった。自立した、よく働くプロ向けだ。たいていの部屋は縦五・四メートル、横四・六七メートルしかなくて、ベリング社のオーブンとエレクトロラックス社の冷蔵庫のついた小さなキッチンを隠すために、引き戸がついていた。[32] 住人たちは、ほんとうはビルのレストランで食べることを期待されていたのだ。レストランは、テレビ出演もするので、〝有名シェフの第一人者〟と評されることも多いフィリップ・ハーベンによって経営されていた。アガサは「夕方にいつでも下りていって、食事を取り、誰かと話せる」ところが気に入っていた。[33]

一時は八軒の家を所有していたことを考えると、アガサが最後に〈ローン・ロード・フラッツ〉に行きついたのは、意外にも家が不足していたからだった。グリーンウェイとウィンターブルックとクレスウェルプレイスはすべて賃借人に貸していた。爆弾による損害に対する保険は法外に高かったので、アガサはついにカムデン・ストリートの不動産を売った。一九四〇年十一月十日の爆撃で破壊されたので、シェフィールド・テラスは使えなかった。「玄関のドアと階段は吹き飛ばされました」とアガサは書いた。屋根と煙突も同様だったが、「となりと向かいの家は、多かれ少なかれ、完全に倒されています」[34]アガサとマックスはそのとき家にいなかったことを幸運に感じた。アガサは空襲に対して運命論的な態度をとり、こう言った。「絶対にどの防空壕にも行かなかったわ」じっとベッドに留まった。「めったに目が覚めなかったの」と説明する。「うとうとしながら、サイレンか爆弾の音が、そう遠くないところで聞こえたと思い……『たいへん、まただわ！』とつぶやいて、寝がえりをうつの」

爆弾の下のロンドンはちがう場所になっていた。グレアム・グリーンは、ロンドン大空襲のあいだの容易に忘れられない、ときに美しいといってもいい雰囲気を描写した。「空っぽの暗い街、大爆発で引き裂かれて、対空砲火に苦しみ、赤く輝く炎に照らされ、刺すような煙、倒れたビルのほこりが空気に充満する」。「奇怪な美しさ」のある光景だと、アメリカのジャーナリストは描写した。街は「爆発した砲弾と、気球と、危険なエンジンの音をはらんだピンク色の天井で覆われた。そしてあなた自身のなかに、興奮と予感、こんなことが起こりうるのかという驚きがある」[35]

でも、戦争の奇妙な美しさについて奔放な空想に浸るのは、文筆業の男性のすることで、働く女性のすることではなかった。世論調査企画の記者は「この戦争はすぐに――一九一四年から一八年の戦いよりも早く――女性たちに深刻で、広範囲に及ぶ問題を引き起こした」ことに気づいた。女性たちはとくに停電に不安にさせられた。記事によると「路上の女性は、〝この銃後の戦争〟の矢面に立っているのだ」[36]

ユニバーシティ・カレッジ病院の薬局での新しい仕事のうえに、アガサにとって一九四一年は、多すぎる家の明け渡しと、掃除と、整理という肉体労働に追われてもいた。やがてグリーンウェイもウィンターブルックも、軍用に接収されるときに、荷物をまとめなくてはならなかった。彼女の若いころの使用人たちは遠い記憶となった。カーロでさえ、いまは軍需品工場で働いている。たいていの英国人と同じく、アガサは炎の色にうっとりとはしなかった。疲れていたのだ。

〈ローン・ロード・フラッツ〉は社会主義者やスパイと関係があったので、アガサの住所は、人々に彼女はひょっとして知りすぎた女性なのだろうかと思わせた。一九四一年秋にスパイ小説の『NかMか』が出ると、ブレッチリー少佐という人物を登場させたことで、当局の疑いを招いた。ドイツの暗号を解読する極秘の仕事が、一九四〇年一月からMI6のベッドフォードシャー州にあるブレッチリー・パークで行われていたので、その名前は危険な一致を示しているように見えた。MI5をさらに警戒させたのは、ブレッチリーの暗号解読者であり古典学者である〝ディリー〟・ノックスが、アガサをよく知っているということだった。彼はエニグマの秘密の発見に関与していた。

ノックスはこのとき機密保護違反の可能性を疑われて、アガサをお茶に誘い――目的を明かさずに――どうしてブレッチリー少佐の名前を選んだのか――質問するよう言われた。でもアガサはつまらない真実を話した。ブレッチリー駅で遅れた列車に立ち往生したことがあり、待つのがとても退屈だったので、退屈な登場人物に〝ブレッチリー〟がぴったりだと思ったのだと。[37]それでブレッチリー・パークの秘密は守られた。

アガサは三年間ユニバーシティ・カレッジ病院の薬局で働きつづけ、毎週終日を二日と半日を三日働いた。「あんな有名人が外来患者に調剤しているのを知っているひとは、ほとんどいませんでした」と同僚が思い出した。アガサは安全に目隠ししてくれる小仕切りを通して、患者と話すのが好きだった。定時の勤務のうえに、彼女は「毎朝、スタッフの誰かが欠けていないか訊ね、その場合には、ハムステッドからできるだけ早く手伝いに駆けつける」[38]ために電話してきた。

病院にいないときは、いつでもアガサは執筆していた。べつの世論調査の記事からは、彼女の本が空襲時の読書に不動の人気があったことがわかる。「名をあげられた探偵小説の作家のなかで、アガサ・クリスティーはたしかに今のところ、得票数がトップである」五十代の未亡人がその魅力を説明した。「集中しなくてはならないのが好きなの。容疑者や、すべての解決に――ねえ――神経が鎮まるんです[39]」アメリカからも励みになる売上の報告が届いた。『アクロイド殺し』はいまだに〝ひと月におよそ五千部の割合〟で売れていた[40]。

この時期に、アガサは一連のすばらしい本を生みだした。『動く指』『書斎の死体』『ゼロ時間へ』『五匹の子豚』である。最初の二冊は古典的な探偵小説であるのに対して、あとの二冊はより印象的な口調で、〝黄金時代のルール〟から離れた動きを導入している。『五匹の子豚』では殺人が遠い過去で起こっていて、ポワロは関係する血縁者の性質を診断しなければならない。彼女のこういうゆるめの、より〝心理学的な〟方法を好む多くのひとのなかで、お気に入りのポワロの物語だ。けれど、われわれにはわかるように、アガサが心理学について考え、執筆するときは、また心のなかですべてがうまくいっていないということだ。

彼女の戦争中の小説のなかで、ずばり戦争に焦点を当てているのは『NかMか』だけだ。出版社からの現実逃避の要望のためであり、アガサにとって主題には遠まわしに近づくのが一番よいからでもある。たとえば『動く指』は、物語が飛行機の墜落事故で始まるので、戦争は存在しているが、舞台裏にある小説だ。詳細に説明はされないが、イギリス空中戦がすぐに頭に浮かぶ。主人公は雄々しい世界を退いて、〝究極の平静と静けさ〟のある小さな町で、妹といっしょに住むことを余儀なくされる。まさに大空襲を受けた大ブリテン島自体が最もそうしたかったことだ。

J・C・バーンサルは、アガサの戦時の全作品には、一九二〇年代全体で女性の犠牲者が三人だったのと比べると、十四人もの女性の犠牲者が含まれると指摘する。そして死体のいくつかが、過度に女性らしいことも重要だと。『白昼の悪魔』では、女性の死体が謎を解くカギとなる。べつの女性が、日に焼けた魅力的な女優、アリーナ・マーシャルのふりをする。そして『書斎の死体』では——「今まで書いたなかで最高の冒頭」とアガサが考える——大佐とミセス・バントリーの書斎で、大きく背中を露出したイヴニングドレス姿のコーラスガールが死体で発見された。[41] ミス・マープルが死体のだらしのない指の爪に気づいたとき、人を惑わす美しい娘が、実は着飾ったガールガイドだということがわかりはじめる。[42] 外見を変えようと企むことは、鉛筆で縫い目を描くことが、手に入らないシルクのストッキングを穿く代わりになったこの十年間に、多くの女性の心にあった。前の戦争のときとまったく同じように、アガサは意識しているにせよ、していないにせよ、読者が必要とするものに戻っていた。暴力的な男らしさからの休息に。

だが、批評家のピーター・キーティングは、小説のなかで精神分析医の長イスに戻ることを通して、アガサの作品に戦争のストレスが表れていたことが、同様に重要だと考えている。戦時の数年間は、ミス・マープルが悪を正すひととしてだけではなく、心の探究者としても再登場した。『書斎の死体』(一九四二)は、ミス・マープルが友人の夢を解釈して、夫についての恐怖を明らかにした。『動く指』(一九四三)では、精神療法士さながらに、傷を負った主人公に助言した。『スリーピング・マーダー』(執筆は一九四二)では、ヒロインを癒やすために、彼女の抑制された記憶を呼び起こす。

アガサ・クリスティーは一九二六年のトラウマがとっくに治っているように見えたかもしれない。だが、これは実は完全に真実ではない。戦時の年月は、不安と憂うつの感情を思い出させる危険があった。[43]

それにアガサは自分のことやマックスのことだけを心配していたわけではなく——それどころかとくに——娘の心配もしていたのだ。

第二十八章 娘は娘

一九四〇年の夏、ナチス・ドイツのフランス侵攻が近づいてきたころ、ロザリンドが突然、補助地方義勇軍またはATSに加わる計画について、気が変わったと言いだして、アガサは驚いた。

「もっといいことを思いついたの」と二十一歳の娘は意味ありげに宣言した。そのいいことというのは結婚だとわかった。これが、長電話のあいだに、グリーンウェイの電話のそばに、山のように積み重なったタバコの吸い殻のわけだった。

ヒューバート・デ・バーグ・プリチャードは、ロイヤル・ウェールズ・フュージリア連隊の職業軍人だった。一九四〇年五月二十九日に、ヒューバートの大隊ではないが、多くの仲間がダンケルクからの撤退に巻きこまれた。六月十一日、英国にとって絶望的に危険な空気が漂うなか、ロザリンドは彼と結婚した。

背が高く抜群のルックスで、黒い髪をうしろになでつけた三十三歳のヒューバートは、もの静かな男で、片メガネをかけて、グレーハウンドを愛していた。一九三九年の《タトラー》誌がクリケットチームのひとたちといっしょに写る彼の痛ましい写真を掲載した。この若者たちはみな、兵役につくために招集されるところだった。

しかしヒューバートはそういうことに慣れていた。彼はサンドハースト王立陸軍士官学校[1]を出たあとに職業軍人になり、ジブラルタル、香港、インドのラクナウ、最近はスーダンで時を過ごしてきた。南ウェールズのグラモーガンにある家族のマナーハウス、プーリラッチで生まれたヒューバートの成人は、九十人の借地人と地所の使用人を招いた夕食会で祝われた。若き主への贈り物は、名前を刻まれた金時計だった。[2]

ロザリンドはアブニー・ホールで、おばのマッジを通じてヒューバートと出会った。彼女は上の地位に転じようとしていた。婚約者は、ミラー家やクリスティー家の一族の誰よりもしっかりとした地主階級の一員だった。それにもかかわらず、ロザリンドは、間に合わせの戦時の結婚式に、母親でさえ出席させるのは気が進まなかった。アガサ自身の不幸な最初の結婚を思い出させるからだ。式は北ウェールズのデンビーの登記所で行われた。レクサムにあるヒューバートの連隊の本部近くだった。

アガサは〝彼のことをもっとよく知る機会〟があればいいのにと思っていた。ヒューバートが〝彼のなかに、気高い気質、詩的というわけではないが、そういう種類の何か〟を持つ〝魅力的なひと〟だと思ったのだ。けれど、何か致命的な欠陥を持っているのではないかと心配だった。〝必ずしも憂うつではないけれど、長生きするように運命づけられていないひとの雰囲気、あるいは表情〟が。

この結婚式は、すべての参列者がちょっと相反する感情を抱いているようだった。一九四〇年代のほかの多くの結婚式のように〝最小限のから騒ぎ〟とうそぶいていた。「あのひとたちはとてもひっそりとやりたかったのよ」アガサはコークに言った。「とにかく彼が無事に生き抜くことを祈るわ[3]」もしも彼女が、娘の性急な秘密の決定を悲しんでいたとしても、自分自身が二度の性急な秘密の結婚のベテランなのだから、文句は言えなかった。

しかしこの結婚は、アガサの自伝のなかでは、ほぼロザリンドが自分の人生に関して抱える〝問題〟への〝解決策〟として書かれている。ロザリンドには本物の情熱や計画がなかったのだ。アガサの娘に対する描写はおもしろくて愛情のこもったものだが、痛烈だ。ロザリンドは情け容赦のない秘密主義で、ユーモアの欠如した小さな機械として存在している。アガサが言うには、彼女の娘は〝絶えずわたしをがっかりさせようとして、成功しないという、人生の中で重要な役割〟を果たしている。

ロザリンドの結婚の動機が何だったのかを正確に言うのは難しい。彼女自身が自分の主な特徴は〝他人を批判すること〟だと表現しており、自分でなければ誰になりたいかと訊かれれば「何でもいい」と答えた。[4]

気の毒なロザリンドは、自分は母親より印象的でも重要でもないという事実を内面化しているように見える。「個性がない」と、ベネンデン校の鋭い女舎監が手紙に書いてきた。「今のところ、楽しく過ごしたいという軽い望み以上に、何の興味も、熱中するものもないように見えます。彼女の能力があれば、きっと今以上のことができると思うのですが[5]」まったく型にはまらない教育を受けてきたアガサは、かなりよい教育を娘に与えてきた。だが、やがて独立した個人になる場所と安定感を、ロザリンドに与えることには失敗した。ロザリンドは母親の陰で生きる運命にあったのだ。

仕事に関しては、ロザリンドは戦時の農婦になることを考えたが、決断をしなかった。友だちのスーザンは、両親が道を踏み外したと考えることをして、既婚男性といっしょに住んでいた。「彼は奥さんと離婚することになっているの」とアガサは書いた。「彼女は家事や料理などをすべてやっているんですって[6]」しかしふらふらしているロザリンドは、もはや状況に満足していなかった。歴史家のアン・デ・コルシィは、「ロザリンドのような、一九三〇年代後半に初めて社交界に出た娘は、平時の生活と戦時の生活の差が、英国社会のどの階級よりもはっきりしていた」と指摘する[7]。それが解放だとわかるひともいた。だが、圧倒されるひともいた。

ロザリンドは大人の生活の入口でぐらつきながら、カーロのかわりに母親の手伝いをするはめになるのを恐れていた。「フィッシャーさんがいないと、わたしはすべてを失うわ！」とアガサは訴えた。明らかに埋めるべき空白があった。「ロザリンドに手伝ってもらえたらいいんだけど」とグリーンウェイで実務を完成させる必要があるときに、手紙に書いた。「必要なら、首根っこをつかんで車に乗せていくわ！」[8]でもロザリンドはそうはせずに〝タバコの灰の跡をうしろに残し、英国じゅうを放浪して〟時を過ごした。[9]

ロザリンドの階級の多くの娘たちは、物質的な満足感はあるが、かなり冷たい感情で育てられた。シングルマザーの一人っ子として、ロザリンドは明らかに多くの友だちより母親との関係が近かった。しかしロザリンドも、小さな子どものころに、アガサとアーチーが九か月間の大旅行に行っているあいだ、置いていかれた。ふたりが戻ってきたとき、小さな女の子は、アガサの説明によると両親を「見知らぬ他人のように冷たい目で見て、訊いた。『パンキーおばちゃんはどこ？』」

ロザリンドの〝秘密主義〟とアガサが自伝のなかで書いているものは、防御であり、からかわれることについての当たり前の不安とも読み取れる。考古学の生活についての本のなかで、アガサは十四歳の子どもにさよならを言うときのことを書いている。「プルマン式車両に乗る。列車がうなり声をあげて、動きだす――出発だ。四十五秒間くらいはつらくて、それからヴィクトリア駅がうしろに去っていくにつれ、改めて歓喜が沸き起こる」[10]

これは明らかに人生についてのアガサの皮肉な見方だけれど、おそらくロザリンドは、母親がほとんど寂しがっていないところを読んで、悲しく感じたことだろう。残っている手紙のなかでは、ロザリンドは率直さを欠いているため、自己防衛過剰な、おそらく結婚を脱出の手段と考えているひとに見える。結局マックスは、まま娘について、たしかに現実的だとわかった。「あの子はきみよりも大人なんじゃないか？」と、あるときアガサに手紙を書いた。[11]

こういうことが、アガサをあのかぎりなく狙いがいのあるターゲット〝悪い母親〟にするのだろうか？　もちろんちがう。〝悪い母親〟というようなものはいないのだから。いるのはよい日もあれば悪い日もある、ごくふつうの〝母親〟だ。だがアガサは珍しい母親で、それが彼女をおもしろくしていることのひとつなのだ。彼女は決して母親業に専念すべきだと感じたことはない。母親業をしている自分を観察して、よいことも悪いことも包み隠さず書いた。最も気をつけて表現した関係は、母と娘の関係である。

しかし、世間一般の母親らしさが欠けていることが、彼女の人生を否定的に描くなかで、アガサに〝不利な点〟のひとつになる。それはパーティーでの関心事になった。「うちの子どもたちのことを彼女に話しても、ちっとも興味がないのが見え見えだったわ」と彼女に会ったあるひとが言った。「友だちが訊いたわ、気むずかしい女はどのひとだって」[12]ああ、〝気むずかしい女〟。彼女がふつうで通そうとするのはなんと難しいことか。彼女の失敗はなんと厳しく非難されることか。

結婚後、ロザリンドはプリチャード家の十七世紀のマナーハウスで、ヒューバートの母親と妹といっしょの新しい家庭を持った。相変わらずロンドンに行くと母親に会って、いっしょに店をはしごしては、買い物袋をぱんぱんに膨らませた。

一九四二年二月から、アガサはいっそうロザリンドのことでいらいらすることが多くなった。べつの変化が訪れていたからだ。マックスが海外に行くことに志願したのだ。カイロに同盟国および外国連絡局の前哨部隊を設立することになっていた。寒い春のあいだ、アガサとマックスはグリーンウェイで、木を植えて乗船までの休暇を過ごした。マックスはノートに遅咲きのツバキ、モクレン、サクラソウと記録している。[13]

暗い経験も明るい色に塗るアガサの自伝は、気を落とさずにがんばっていたと思わせる。だが、一九四二年以降の代理人への手紙と、カイロやそのほかの北アフリカの任地にいるマックスへの手紙では、ひどく寂しいと明かす。

あと何年かすると、アガサは閉経後の状態と、それがどれほど人生の一般的な喜びへの興味を新たにするかを率直に賛美する。このことから、一九四〇年代の初めに、彼女はおそらく戦争と孤独だけではなく、ホルモンの変化も経験していたことが読みとれる。向こう側から、「感情と対人関係の生活を終えたときにやってくる第二の花盛り。そして突然気づく――五十歳で、ほら――まったく新しい人生が、あなたの前に開けるの」と書くようになる。

でも一九四二年のアガサは、まだ完全にそこには達していない。マックスへの手紙は、彼がそばにいなくて精神状態が悪化していたことを示している。見捨てられた夢を見た。「みんなが、あなたはもうわたしに関心がないいか、必要としていないのでいなくなったんだって言うのよ。それでパニックになって目が覚めたわ[14]」「今晩はずっと悲しくて泣いていました」と書いた。[15]

しかし、恐ろしいことに、ストレスが創作活動にはよかった。とてもつらい時期だった一九四〇年代の中頃は、彼女の人生のなかで最も熱心な執筆を経験もした。

一方、マックスの太陽のもとへの逃亡はどうだったのだろう？　彼は初め、カイロの有名な屋上レストランのあるコンチネンタルホテルに住んでいた。カイロは当時、三万五千人の英国人と帝国軍であふれていた。ロンドン大空襲から遠く離れて、パーティーさながらの雰囲気だった。[16]

アガサの望みは、夫に同伴することだけだった。エジプトに行かせてくれる執筆の仕事を必死に見つけようとした。コークに《サタデー・イヴニング・ポスト》誌に何か記事の依頼をもらうようせがんだが、最終的には官僚主義と彼女の性別が、行く妨げになった。情報省の大臣のブレンダン・ブラッケンは、がっかりさせる知らせを伝えなければならなかった。戦争省の「女性の通信員を派遣することを嫌がる姿勢は変わらない」[17]

アガサにできることは、マックスからの薄っぺらい航空便を読んでは、また読むことだけで、ふたりの心が離れていくのではないかと心配しはじめた。「ときどき、すごく心配になるの」と手紙を書いた。「しょっちゅう手紙を書くのは、晴れの日がないときには元気づけが必要だからよ——ああ！　エジプトにいたい！　冬がここにあるから」[18]

彼女の心配は理解できる。マックスは英国人が詰めこまれた、陽光の満ちあふれる町にいる。彼らは家族を伴わず、危険に立ち向かい、たいていが三十歳以下で大いに社交的なので、中流階級の白人女性は、何か月ものあいだ、毎晩ちがう男性に勘定を払ってもらい、レストランで外食することができた。それにマックスは必ずしも筆まめではなかった。「ぼくだってきみがすごく恋しいけど、ふさぎこんでいるひまはないんだ」もったいなくも返事をくださるときはそう言った。「忙しすぎて」[19]何だかんだ言っても、三十八歳で、彼はまだアガサが言うところの〝感情に左右される人生〟の真っただ中だったのだ。

最も巧妙な〝クリスティー・トリック〟のひとつは、ひとの年齢ではなく見かけを描写することによって、そのひとについての読者の考えを巧みに操作することだ。これは明らかに、多くのひとがふさわしくないほど若いと思う男と結婚したアガサが、いやというほど考えたことだった。

たとえば『殺人は容易だ』（一九三九）で、引退した警察官の主人公は、自分が二十八歳の恋人の世代に属すると感じている。そのせいで、〝老婦人〟に見える容疑者が、実は恋人より彼の世代に近く、彼女もかつては魅力的と考えられていたことに気づくのに、時間がかかった。

三十代後半のマックスなら、十四歳年上のアガサではなくて、十五歳年下のロザリンドと結婚するほうがよっぽど一般的だったことだろう。もしもアガサの人生が彼女の小説のひとつだったなら、マックスとロザリンドが〝隠れたカップル〟だと判明してもおかしくない。マックスの年齢が意味するのは、彼とロザリンドの関係が、ときに激しい口論を伴う、対等のからかい相手だということだ。アガサが愛情ぬきに不在のマックスを思い出すことのひとつは、〝あなたとロザリンドの口喧嘩〟だった。[20]

地理的に離れていたので、三人は、手紙を通して関係を再構築しなければならなかった。少なくともマックスが気にかけてくれるときは。「ぼくはきみが思うよりも、心からきみの友だちなんだ」とロザリンドに言った。「きみに手紙を書くというちょっとした行動を取るところを見るとね」こう言い訳をして、かなり白々しく説明した。「ほんとうに好きなひとには、手紙を書くのが難しい、ほんとうに難しいんだ[21]」

一方で、まま娘に驚くほど親密に手紙を書くこともできた。「きみへの思いはまったく変わっていない……きみを揺さぶり、議論したり、批判したり、食べたり、けんかしたり、笑ったり、意見を交換したり、きみのおかげで人生がどんどんわくわくするものになる。そのために長生きしたい……こんなことを言うと、きみを困らせるだろうか[22]」わたしとしては、マックスから娘へのこの特別な手紙を、アガサは読んだことがあるのだろうかと思う。読んでいなければいいのだが。

ふつうの生活が過去のなかにさらに遠ざかっていくように思えたのは、グリーンウェイを失うことを通してだった。〝不愉快な事実〟に直面しなければならない、とアガサは一九四二年八月三十一日にマックスに警告した。「海軍本部がグリーンウェイを接収しようとしているの……二部屋（たぶん客間）を、家具を置くのに取っておいてくれるといいんだけど[23]」荷造りの作業は、アッシュフィールドを掃除したときの古い危険な記憶をかき起こした。その秋に手紙に書いた。「トランクに詰めこんだり、クモの巣やらなにやらで汚れるのにはうんざりだし、もう飽き飽きだわ！[24]」

グリーンウェイをあきらめていた時期に、マックスは金のことについて手紙に書いた。「金銭問題はどうなんだい」と訊いた。「ぜんぜん言ってこないけど……必要なら、ぼくの銀行から自由に使っていいよ[25]」彼は今度ばかりは気前のいい人間でいることを楽しんでいた。エジプトにひとりでいて、成長しなければならなかったのだ。「ぼくは男の仕事をしているからね」と説明した。「いつも楽な道を選びがちだった人生とはお別れだ[26]」だが、彼の金が大至急必要だったのは、妻よりむしろマックスの両親だった。マックスの父のフレデリックは、一九四二年に缶詰のプラムを闇市場で千二百二十四缶売ろうとして告発された。[27]アガサはマルグリートに翻訳者の仕事を見つけようとしたが、結局、ただ義理の母に年に二百ポンドの小遣いをあげるはめになった。

郵便の遅れのため、アガサが経済状態についてのマックスの問いかけを受けとって、返事をするまでに六か月かかった。それまでに彼女の税金問題はさらに大きくなっていた。英国の税務当局が、受けとれてもいないアメリカでの所得にかかる税金を払うことを要求してきたのだ。「まったく悪夢のようです」と英国の代理人がアメリカの代理人に書いた。「クリスティーが、受けとっていない金の所得税のために金を工面しなくてはならなくなるとは、とても信じがたいとお考えになるのは、おおいに理解できます[28]」

しかしアガサはマックスに現実を隠した。「心配ですって？」と彼の質問に答えた。「あなたが元気で幸せであるかぎり、わたしには心配なんてまったくないわ。借金はどんどん大きくなっているけど、問題とは思えないし、心配していません。グリーンウェイについての心配はすべて、もうわたしの手から離れたんだもの――請求書も、修理も、庭師たちも！[29]」

でもこのなかでは、出ていかなくてはならないことについての深い悲しみへの言及を避けていた。マックスに、どんなふうに庭に別れのあいさつをしたか伝えた。

家と川を見渡すイスのところに歩いて行って座り、あなたがとなりに座っていると思いこんだの――とても本物っぽかった――そこでいっしょに家を見ている気がしたの――まっ白で美しくて――いつものように穏やかで超然としていた。その美しさを痛いくらいに感じたわ。[30]

家族のほかの者たちも、戦争による混乱を経験していた。アブニー・ホールは同様に軍に接収された。「徴用よ！」アガサはマックスに言った。「十日間の通達で！　何てことかしら！」[31]ワッツ家のマンチュスターの倉庫は爆撃されたが、従業員たちがそこに収容された保管用の織物で炎をおおい消して、燃え落ちるのを防いだ。

マッジはたったひとりの料理人の助けを借りて、今や十四部屋の寝室のある家を軍の兵員用宿舎としてきりもりしていた。五時半に起きて、エドワード朝時代には十六人の使用人がしていた仕事をする。〝人間発電機みたい〟とアガサは彼女のことを表現した。家族の伝統により、マッジは家で生活する将校たちに奉仕するために、メイドの服装とまねによって、演劇的本能を満足させた。ある朝、夜のうちに屋根から落ちてきた不発弾を、ビリヤードルームで見つけた。

戦時の年月が過ぎ去るにつれ、アガサがためこんだマックスのきっちり書かれた航空便の手紙はどんどん増えた。ふたりとも、時が肉体の変化をもたらしていることには気づいていた。「ぼくはまだおそろしく食道楽なんだ」と彼は認めて、食後の軽食を書いた。「パンケーキ五枚と缶ビール一本」[32]一九四三年にマックスはリビアに配置され、「キョウチクトウとブーゲンビリア」の庭つきの家に住んだ。[33]興味深い古代遺跡の近くにいることを喜び、ホッケーをする計画を書いてきたが「ちょっと肺活量が足りないと思うけどね」。でも「白髪が増えてきた」ことを聞いたら、アガサが喜ぶだろうとも思っていた。[34]

彼女が年齢のちがいについて最も気にしていたのは、つねにマックスが経験を逃すはめになっているのではないかということだと、アガサは説明した。「あなたの友だちの奥さんたちがとても若かったときは、みんな赤ちゃんや子どもがいるから、気になったのよ――あなたにとって――わたしは年上すぎるんだって」[35]一九四四年五月六日にマックスがようやく四十歳になると、アガサは喜んだ。「あなた！ 今日で四十歳ね！ 万歳！ やっとね！ たくさんの愛を込めて――それはわたしにとって、大きなちがいよ――隔たりが少し埋まる気がするの――あなたが三十代で、わたしが五十代になったときは、すごくいやだったわ[36]」

一九四三年五月に、マックスはいまだにたまの手紙で、ロザリンドと議論をしていた。彼女が彼に誕生日の手紙を送りそこねたと文句を言ったが「ぼくにはそんな価値がないということなのかもしれないな……実はぼくはまだきみに夢中で、驚くほどしょっちゅうきみのことを考えているんだけど。ほとんど毎日！……そこに行って、きみを揺さぶりたいな[37]」。「きみはいつもぼくにとって大きな意味があるし、これからもずっとそうだ」と約束した。「戦争で、最もなくてさびしいものは、美しいひとがいないことだ[38]」

マックスの手紙が不適切すれすれなのは、実のところ、彼が男の考古学者以外のひとと話すことばを持っていないからだった。でも二十三歳のロザリンドが継父をどう思っていようとも、彼女にはほかに心配ごとがあった。その同じ月に、アガサは娘が「不本意に、九月に赤ちゃんが生まれるという情報をうっかり漏らしたの！ わたしはすごく幸せ……秘密主義の小悪魔め――でも、今まで知らなくてよかったわ」。ロザリンドはすでに一度流産していた――アガサ自身と同じように。「こんどは大丈夫だといいんだけど」アガサは祈った。「三か月は十分に超えてるのよ[39]」

夏の終わりにドイツ軍がシチリアから撤退して、連合国がイタリアを爆撃すると、ロザリンドは出産のためにアブニー・ホールに避難した。〝パンキーおばちゃん〟のほうが、母親よりも実際的に頼りになるひとだった。「赤ちゃんが生まれてくれれば、ほんとうにありがたいわ」とアガサが書いた。彼女はロンドンで仕事が忙しかった。『そして誰もいなくなった』の戯曲がもうすぐ開幕するところだった。ロザリンドの妊娠は、アガサに言わせると「彼女の幸せのために、わたしが望むことのひとつよ……子どもがいると、幸せになるでしょう――でも、もしも死産か何かだったらと――気がかりなのよ[40]」

ロザリンドの赤ちゃんは予定より遅れた。ナーシングホームで五日間待ったあと、退院させられて、終わりまでアブニー・ホールにいることになり「すごく怒っていたわ[41]」だが、すっかり不安になっていたにもかかわらず、一九四三年九月二十一日に、アガサはついにおばあちゃんになった。マシュー・カラドック・トーマス・プリチャードは「大きな男の子で……わたしの心にあるヒューバートにそっくりに見えるわ、必要なのは片メガネだけ」。アガサは北に駆けつけるために、芝居の初日の夜公演を見損なった。一方、北アイルランドの大隊にいて不在だったヒューバートは、電話で心配そうに訊いてきた。「ロザリンドは子どもを気に入ってますか?」

「この子はモンスターよって言ってやって、大きすぎなの」とロザリンド。

「もう怒ってるんですか?」ヒューバートが訊いた。「じゃあ、彼女は大丈夫ですね!」

「ああ、マックス――わたしはすごく幸せよ[42]」と、アガサは手紙に書いた。

「男の子もだね」マックスが答えた。「ほんとうによくやった![43]」ロザリンドへのお祝いの手紙のなかで、大げさにおもしろいことを言おうと努力した。「この戦争のなかで、家から届いた最高のニュースだ……風呂でふらつかないで。赤ちゃんの腕はとても折れやすいと思うから」[44]
いつもの冷静さで、ロザリンドは返事を書いた。「あなたを名づけ親にしてもいいんだけど、まだわからないわ」[45]というわけで、三角関係の家族に、四番目の角ができた――赤ちゃんは、やがてみんなを近づけることだろう。

しかしアフリカにいるマックスは、アガサから続々とラブレターをもらいながら、彼自身が徐々に追い出される危機にあることに、たぶんまったく気づいていなかった。一九二〇年代に離婚した女性だったときと同じく、アガサはいま事実上、ロンドンで独身女性だった。そしてまだ非常に魅力的だった。つき添いもなく彼女を放っておくことは、ほかの求婚者を呼び寄せることになった。

第二十九章

人生はかなり複雑だ

おばあちゃんという新しい役割を、アガサは喜んで受け入れた。今では娘との関係が深まって、ロザリンドは子どもの世話と実際の手伝いを母に頼った。

ロザリンドとマシューは、ウェールズにあるヒューバートの家に住むことになっていたが、それまでのあいだ、母と赤ちゃんはロンドンのカムデン・ストリートにあるアガサの家に泊まっていた。

アガサは毎日ふたりに会いにいった。自分は近くのカーロの家に寝泊まりしていた。元従業員が困ったときの友だちになった。毎朝アガサはカムデン・ストリートに行き、もう手に入らない住みこみのメイドと子守の仕事をするのだった。朝食を作り、浴室を掃除して、あとで夕食を作りに戻ってくる。「重曹と石鹸で、手がナツメグのおろし金みたいよ」とマックスに言った。「それにひざが痛くて」[1]

サイレンがもの悲しい音を立てると、そういうことはまだしばしばあったのだが、赤ちゃんのマシューはテーブルの下に入れられた。ついに専門の乳母を手に入れても、アガサはまだ手伝っていた。新しい乳母には、赤ちゃんの祖母が有名作家ではなくて、家政婦に見えていたようだ。乳母の家族が劇場に行って、アガサ・クリスティーというひとの、たいそう評判の『そして誰もいなくなった』を観てきたと言ったとき、乳母はこう答えた。「ああ、知ってるわ――そのひとはうちの料理人よ」[2]

アガサはどうしようもなく孫息子を愛していたにもかかわらず、戦争と仕事がこたえ始めた。一九四三年の冬は、流感にひどく苦しんだ。「わたし、どうしちゃったのかしら」と書いた。「すごく憂うつで——大きな黒い雲みたいに……ただ続けたくないと感じるの——恐ろしい明日が来るのを。こんなふうに感じたことは一度もないわ」[3]だが、彼女は前に感じたことがあった。あの悪い年、一九二六年に。そして共通の要因は、そのときも配偶者の支えがなかったことだ。この憂うつな時期は、小説のなかに出てくる。『忘られぬ死』のローズマリーの〝インフルエンザ後の憂うつ〟は、彼女の突然の謎の死を十分に正当化している。[4]「どういうわけか、それはほんとうに存在してはいなかったの」アガサはそう戦時の後半に書いた「わたしは車のヘッドライトみたいに〝ぼんやりしていた〟ようなの」[5]

おもしろい仕事と地中海の生活を満喫していたマックスは、はるかによい状態だった。リビアのトリポリで政治将校になり、軍隊の援助だけでなく、民間の〝食糧援助——収穫、課税、治安、裁判、人種問題〟などの手伝いもしていた。[6]

アガサは長いあいだ、彼の〝女友だち〟について、マックスをからかっていた。そのなかには自分の友だちのドロシー・ノースも含まれ、しばしば彼女たちと連絡を取り合っていることをなじった。「彼女や、女友だちみんなに手紙を書かないとならないんだよ」と彼は素直に認めた。[7]アガサは一九四三年に、わたしもリビアに行ってもいいのよと冗談を言った。「たとえ、あなたに現地妻がいたとしてもね」[8]だが、からかいがぱたりと止まり、ほんとうに傷ついた。マックスがまる一か月手紙を書かず、それからカイロに一か月休暇に行ったのだ。彼の休暇のうわさはアガサに〝ひどい心痛〟を与えた。彼女は文句を言った。「休暇は、わたしといっしょにいるべきでしょう」[9]「ろくでなし」と、べつの手紙で書いた。「あなたと連絡が取れなくなる気がして……これからまたさびしい冬だと思うと、ひどく気がめいるわ」[10]「楽しんできてね、あなた」と、ほとんど彼から手を引くとでもいうように、懇願した。「やりたいことや、必要なことを何でもおやりなさいよ――わたしがあなたの心のなかに、深い友情と愛情を抱く、とても身近なひととしているかぎり[11]」

アガサは必要な会話と支えを求めて、よそ見をしなければならなかった。そして、夫との別居が二年、三年と長引いたとき、頼ったのはマックスの友だちだった。

マックスの旧友のスティーヴン・グランヴィルは、アガサより十歳若かった。茶目っけのある顔をして、大きな目にメガネをかけていた。繊細で理路整然とした人物で、片頭痛に悩み、人間関係について話すのを楽しんだ。スティーヴンの妻のエセルと子どもふたりは安全にカナダにいた。ロンドンにひとり残されたスティーヴンは、独身の遊び人のようにふるまいながら、空軍で英国の同盟国との連絡役を務めていた。如才なさと雄弁さで、とてもうまく仕事をこなした。

スティーヴンは、アガサがマックスに手紙を書かせようとしたもうひとりの人物だった。彼は「あなたが連絡を取りつづけてくれないと、ほんとうに傷つくでしょうね」とマックスに言った。「繊細なひとだから、いろいろ気にするのよ[12]」

スティーヴンとアガサは、だんだんいっしょに過ごすようになっていった。彼が行う公開講座に参加したとき、彼女は大いに楽しんだ。「すごく魅力的な声の持ち主だっていうことに、気づいてなかったわ」よくあることだが、そのあとで彼から聞いた。「とても具合が悪かったんですって――そこはかとなく哀愁が漂っていたのはそのせいだったのね、わたしはすごく芸術家っぽいと思っていたんだけど！[13]」食べ物はスティーヴンとアガサの関係の中心にあった。

彼は病院でわたしに電話してきて、食事をしに、ハイゲートの彼の家にわたしを連れて帰った。わたしたちは、どちらかが食べ物の小包を受け取ったら、いつもお祝いする。
「アメリカからバターが届いたんだけど――スープの缶詰めを持ってこられる?」
「ロブスターの缶詰めふたつと、まる一ダースの卵が送られてきたの――赤玉の」

アガサはマックスに〈ローン・ロード・フラッツ〉の小さなキッチンで、スティーヴンのために料理した食事について書いた。「とてもおいしいディナーだったと思うわ（そして彼もそう思っているようだった!）。パテ（代用品だけど、それにトリュフを合体させて、いい具合の錯覚を起こさせたわ）、ロブスターのチェリー煮込み」[14]もちろん、一九四〇年一月に配給制が導入されてからずっと、ロンドン市民はみな食べ物に取りつかれたようになっていた。でもこれはマックスの専門分野だ。食べたり、食べ物のことを話したりするのは、彼とアガサが最も楽しんでいたことのひとつでもあった。

一九四三年五月にエセル・グランヴィルがカナダから戻ってくると、アガサは「彼のスタイルを束縛することになる!」[15]と感じざるをえなかった。それは正しかった。スティーヴンはそのとき、結婚から自由になりたがっていて〝家族の家を持つという見こみ〟にわくわくはしなかった。[16]つらい時期のあとで、家族のもとを去り、〈ローン・ロード・フラッツ〉に引っ越した。

一九四三年十一月までに、スティーヴンはアガサの付き添いになったも同然で、『そして誰もいなくなった』の演劇の初日にいっしょに行った。あとで、親密なことばで手紙を書いてきた。

いとしのアガサ――昨日の夜のことは、絶対に忘れないよ……一番よかったのは、さまざまなアガサを経験したことだ。ほんとうは緊張していたアガサ（きっと舞台が終わるまでそうだったね）――恥ずかしがりなだけじゃなく――親しい友人のなかにいても。大成功の瞬間のアガサ、とても輝いていたけど、友人たちだけを求め、信じられないほど自己中心的じゃない。そして最後の、そしておそらく最も大事なのは、アガサはまだ静かに興奮しているけど、美しく落ちついて、満足して、いま達成した成功と、もっと完成させるための目標とのあいだでバランスを取っている……きみを祝福するよ。そして感謝する、決して忘れられない夜に。[17]

スティーヴンが持っていたかもしれない魅力と、おそらく危険が、その手紙にすべて示されている。細心の注意、うまいお世辞が。アガサとの特別な関係を、ほかのひとに話すこともできなかった、とスティーヴンは主張する。なぜなら「ぼくたちの夜を完成させた会話の、とらえがたい喜び」を言い表すことなど絶対にできないからだった。[18]

アガサはこの手のことに非常に弱かった。ひととのふれあいを求め、必要としていたのだ。「ときどき、あなたと話したくてたまらなくて、叫びそうになる！」とマックスに言った。「こういう十一月の日々は大きらい」[19] マックス自身も心配していた。「きみは賢いから、話につきあってくれるひとがいるだろうし、ひとりで生きなくてていいんだよ」と助言した。[20] でも、スティーヴンにべったり寄りかかることを望んでいたのかどうかは、はっきりしない。

スティーヴンは考古学についての知識でも、ひとを引きつける気前のよさがあった。一九二九年に、古代エジプト人の日常生活について、王立研究所で子ども向けのクリスマス講演をした。手のあいたときには、まだ大英博物館でパピルスの目録の作成を続けていた。そして今度は、古代エジプトを宣伝するための運動にアガサを誘いこんだ。

スティーヴンはアガサにエジプトを舞台にしたミステリ小説を書くべきだと提案して、『死が最後にやってくる』を書くはめになった。アガサの作品のなかでとくに有名なものではないが、非常に重要な意味を持つ。すでに初期の『ＡＢＣ殺人事件』で連続殺人のジャンルに加わっていたが、この本で、今度は過去が犯罪の舞台という広大なジャンルを生み出したのだ。[21]

物語は、古代エジプトの首都テーベの近くに住む聖職者の手紙で一九二〇年代に墓のなかで発見された、ヘカナフト・パピルスにどことなく影響されたものだった。アガサはそれを使って、聖職者が若い新妻をめとり、彼女が家族をかき乱すという歴史小説をつむぎ出した。大英博物館のさまざまな工芸品も織りこんだ。口をあんぐり開けたおもちゃのライオン、黄金の動物のついたブレスレットなど。[22]そしてスティーヴンは、ほかの誰もこれまで許されなかった機会を与えられた。小説の筋に口を出すことだ。これが彼を〝アガサを説得して、本の結末を変えさせた唯一の男〟にさせた。[23]結局、アガサはそれを後悔した。「残念なことに、わたしは彼の言うことを聞いてしまった」と書いた。「そんなことをしてしまった自分に、ずっと腹を立てていた」

マックスは、スティーヴンとアガサの共同プロジェクトに、心配の種を感じていた。記録には残っていないが、彼は本について懸念を述べ、それに対してスティーヴンははっきりと答えた。「よくわからないんだが、きみが恐れているのは、この本が探偵小説の作家としての彼女の評判を傷つけることなのか、それとも考古学は小説の形を借りることで、品位を落とすべきではないということなのか」[24]。彼はアガサが笑いものになるのではないかというマックスの不安を静めるために、最善を尽くした。スティーヴンは、本にはちょうどよい量のエジプト色を含んでいると主張した。「とんでもなく難しいことだったが、彼女はうまくやってのけたよ[25]」

だが、マックスの心配は正しかった。というのも、出版されると、小説家が自分たちの領域を侵害することをよしとしない考古学者たちによる門番がいたのだ。エジプト学の定期刊行物に、否定的な論評が掲載された。母親の文学的遺産の最強の守護者になった、とても忠実なロザリンドでさえ、あまり賞賛することばが見つからなかった。彼女は「古代エジプトの生活を描こうとする大胆な試みだけれど、実のところ、うまくいっていないと認めざるを得ない」と言った。[26] 批評家のエドマンド・ウィルソンは、有名なことだが、この特別な本が「へんに感傷的で、陳腐で、わたしにはまさしく読むに堪えないと思える」と評した。

アガサが結末の部分にスティーヴンの意見を取り入れたのは、いくぶんかは、この本のために彼が多くの調査をしてくれたためだった。それにしても彼との友情は高くついた。時間をとられ、押しつけがましいことがあった。彼は堂々と〝夫婦間の問題に喜んで口を出して〟きた。[27] だが、アガサへの興味も長続きはしなかった。すぐに熱のこもった会話の中身はエセルやアガサ自身についてのことが少なくなり、新しい恋人のマーガレットの話が多くなった。

スティーヴンの「人生は、今、かなり面倒なことになっています」とアガサは一九四四年に書いた。[28] 彼女はマーガレットのことをよく思っていなかった。既婚者で、ありえないほどふらふらしているのだ。「彼女は夫と離婚して、お金持ちと再婚したいんだわ！」[29] だが、アガサが最も深い憐れみを感じる対象となったのは、ふたりの娘の世話を任せられ、スティーヴンに捨てられた妻だった。「哀れなエセルのことをずっと考えているの――十九年も連れ添ったあとで文字通り捨てられて――ほんとうにひどすぎるわ」[30]

何人かの作家が婉曲に言ったように、アガサとスティーヴンがいつか会話以上の間柄になった可能性はあっただろうか？　不倫については、アガサは門外漢だった。小説のプロットのなかで、性的に活発な女性の登場人物を罰したことはなかった。でもエロチックな場面を書くのが得意でもなかった。彼女が言うように、ロマンスは〝探偵小説のなかではひどく退屈なものだ〟と思っていたのは明らかだ。スティーヴンについてほんとうに興味を持ったのは、彼が話す性生活の紆余曲折で、アガサは現代の結婚についての考え方を変えていった。

アガサは個人的には、一九二〇年代の離婚法の緩和に影響され、戦争の結果でさらに激変した。歴史家のクレア・ランガマーは、第一次世界大戦が終わりに近づくにつれて、結婚の理想に起きた変化を述べる。友愛、あるいは平等な結婚が、アガサの世代のより急進派のゴールだった。そしてそれはまさにマックスとともに見つけたものだった。だがここにきて、ロマンチックな恋愛、〝運命のひと〟へのわき目もふらない献身が、結婚契約の中心と考えられはじめた。この新しい〝ロマンスの礼賛〟は、皮肉にも、一九四〇年代には婚前交渉がそれほど眉をひそめられなくなったことを意味する。もしも人々が恋に落ちたら、とても自分を抑えられないものなのだ。[31]

スティーヴンの影響は『死が最後にやってくる』に明白だが、ほかの小説にも微妙にみられる。やはり彼に捧げられた『五匹の子豚』（一九四二）はポワロの物語で、本質的に、結婚の性質の変化を如実に表している。

「彼を愛していたの」と家庭を壊すひと、エルサ・グリーアは既婚者の恋人のことを言う。「彼を幸せにしてあげられたのに」。彼を妻から奪おうとしていたことを完全に正当化していた。彼女の考え方は、もしも結婚が行き詰まって「ふたりの人間がいっしょにいて幸せじゃないなら、別れたほうがよい」というものだった。[32] ほかの登場人物たちはエルサに強く反発する。だが、彼女は未来を象徴する。アガサの人生が終わりに近づく一九六九年までには、この結婚におけるロマンスの礼賛により〝回復できない破たん〟——

ロマンチックな愛の失敗——は、ついに離婚の理由として受け入れられるようになる。[33]

しかし、スティーヴンがほんとうにアガサのために果たした役割は、マックスが外国に行くことによって遠ざかった、仲間との話を与えることだった。マックスが何より重要だった。「ほかのすべてのことは、あなたを背景にして、現れては消えていくの」とアガサは言った。[34]「ああ！　マックス、どんなにあなたといっしょに思いきり笑いたいことか」と書いた。「ずいぶんスティーヴンを利用したわ——でもそれはまったく同じことではなかったの」[35]そして、いまだに強く肉体的に彼を恋しがっていた。「身体のまん中に、らせん状に痛みのようなものを感じるの」と説明した。「最近、あらゆる種類のあなたの夢を見ているわ——ほんとうにとてもエロチックで、激しい夢を！　とくに結婚してからの年月のことよ、信じられない！　すてきなんだけど、目が覚めちゃうのが困ったものね。あなたの下品な会話も懐かしいわ！」[36]

アガサは「ひどく痩せて不幸そうに」見えるスティーヴンが、ついにエセルのもとに戻り、「子どもたちのために丸く収まるようにしよう」と決心したのを喜んだ。[37]こちらは一件落着となったが、その年、一九四四年は、戦況がそれまでで最悪になった。

ロンドンはそのとき、恐ろしいV1飛行爆弾の危険にさらされ、ヒューバートは連合軍のフランス侵攻に参加していた。彼は「D-デイ」に続くノルマンディー上陸作戦に従事した新しい大隊に加わった。「たくさんの彼の同胞の将校たちが殺されたわ」アガサはマックスに言った。「彼に何も起こりませんようにと願い、祈っています」[38]

だが、ヒューバートの家への手紙は、安心させるようなどんちゃん騒ぎの描写ばかりだった。ひげをそっているときに、ドイツ兵ふたりを見つけて捕まえたとか、燃えているジープから、ウィスキーを一本取り戻すという勇敢な行為をしたとか。そしてアガサの心配は、気高い孫によって和らげられた。「この子を溺愛しているわ」と、子守をしながら、そばでじっと観察して書いた。マシューもまねをするようになっていく。「カスタード・プリンの小さなかけらがマシューの口に入れられる。彼は疑わしいポートワインを試飲する老人のような表情を浮かべて味見して——口のなかで何度も転がし、ようやく決める……『まったく悪くないワインだ、サー』そして、飲みこむ[39]」。マシュー本人に言わせると、彼のいちばん最初の記憶は、ぬいぐるみのゾウたちをアガサの部屋に持っていき、「ベッドのなかで、ニーマにジャングルでの彼らの生活の話をしてもらった[40]」ことだった。「ニーマ」というのは、ずらりと並ぶアガサの別名のもうひとつで、マシューはいつも祖母のことをそう呼んでいた。

　ヒューバートがいないので、ロザリンドは不安に押しつぶされそうになっていた。ウェールズの新しい家は大きくて老朽化していた。アガサが訪ねたとき、娘は「決して座らず、ほかの誰かが座るとかんかんに怒った」。ロザリンドは現実的でせわしなく動き回るマッジのようになって「お母さん、何やってるの？ただうろうろして、歌まで歌って。やることがたくさんあるのよ——どんどんやらなきゃ[41]！」というようなことを言った。「いまは使用人がいないから、何でもたいへんだわ」とアガサは愚痴をこぼした「ほんとうに、ロザリンドはどうして耐えられるのかしら[42]」

　でも、あとになってみれば、そのころはよい時期だった。ロザリンドは八月に、ヒューバートが戦闘中に行方不明になっていると報告を受けた。「かわいそうな子」とアガサは書いた。「すぐに駆けつけるつもりよ……すごく悲しい気分だわ」すぐに、感情をあらわにするのは歓迎されないとわかった。「さり気なく、ロザリンドといっしょに固く信じていなければ。彼女を助ける唯一の方法よ[43]」

「あの子は大したものだわ」とアガサはマックスに手紙を書いた。八月がゆっくり過ぎて、ヒューバートのさらなる知らせもないなかで「平然として——まったくいつもどおりに続けているの——食事のこと、犬のこと、マシューのことを――わたしたちは何事もなかったかのようにふるまっているのよ……でもあの子が不幸になるのは耐えられない。せめて彼が殺されていなければいいんだけど……何か月もわからないのは、恐ろしくつらいことだわ」

ようやく十月になって、最悪のことを知った。ヒューバートは捕虜ではなかった。八月十六日に、カルバドスのレ・ロッジュ=ソルスで死んでいたのだ。待ち伏せされた何人かの隊員を救いだすために、次第に日が暮れていくなか、希望のない救助隊を率いていた。しかし、救いだす前に、彼の戦車は吹き飛ばされた。〝勇敢だが、無謀な行動〟だと大佐は考えた。[44] アガサにはその場面が想像できた。「彼が急いで戦車で出ていく姿が目に浮かぶようだわ――熱心で向こう見ずな――少年のように[45]」

「どうか、彼の妻へのお手紙はお控え下さい」という告知を、家族は新聞に出した。ほとんど何も言っていない。でも、ロザリンドのいつものことばの少なさを考えれば、ひどい苦痛の叫びだと読める。

ヒューバートのことをよく知る機会のなかったアガサにとって、最悪なのは、ロザリンドの悲しみだった。「人生で最も悲しいことは、とても愛しているのに、苦しみから救ってやれないひとがいると知ることよ……まちがっているかもしれないけど、ロザリンドを助けるためにできる一番よいことは、できるだけことばは少なく、いつもどおりに続けることだと思ったの」。ウェールズの大きすぎる家でロザリンドといっしょに暮らして、心のなかで悲しんでいるのは、アガサが思ったより疲れることだった。「ロザリンドといっしょにいてくれるひとがいるといいんだけど」住みこみのお手伝いになってくれそうなひとを見つけたが、その女性は次の日、出ていった。「家が大きすぎると言って[46]」

夫との死別のあと、ロザリンドは「何事もなかったかのようにしていた――予定どおりにマシューを連れて何人かとお茶に行き――食事をよく食べて、静かに死亡届やら何やらの手配をした」アガサは大いに心配だった。「感情を抑えすぎるのはよくないわよね」[47]。ロザリンドがマックスに書いた手紙は、空虚なものだった。「最近はまったく何も考えていないし、本も全然読めない……あなたがわたしのことを、とてもおもしろい仲間だと見てくれるとは思えないわ」[48]

これはロザリンドにとって、夫との死別というだけではなく、自立の終わりでもあった。彼女の人生で一度の思いがけない行動——突然で秘密の結婚——は、行き止まりになった。母親の証言では、彼女はこのとき、しばしば不明瞭、あるいは否定的な態度で、人生から喜びを追いだしていた。「ロザリンドから、激しく破壊的な批判をしてもらいたいものだわ」とアガサは一冊書き終えてから、落胆して手紙を書いた。「もしもあの子が『それほど悪くないわよ、お母さん』と言ったら、とても幸せなんだけど」[49]

十月の終わりにアガサはウェールズから戻って、ロンドンの病院に行った。「みんながわたしのことを、病気で疲れているみたいだって言うものだから」[50]戦争と死別だけが困りごとではなかった。コークがアメリカの税務当局に、クライアントは銀行の融資で〝巨額の利息〟を払わなくてはならないと訴えたにもかかわらず、税金の件は戦争終結宣言まで保留になってしまっていた。[51]「アメリカで作家でいるのは、もうこりごりだわ」とアガサは不平を言った。「仕事をして、作品を届けてきた作家に対して、とんでもなく不公平よ」。彼女は「料理人として居心地のよい場所を選んで、執筆はやめよう」かと考えた。[52]当座貸越を減らすために、宝石と、銀製品と、家具を売りもした。十二月には相変わらず金が不足していた。「誠実で、勇気のあることばを書いてきて」とマックスに命じた。「そうしたら、また悪い呪文にかけられたとき、それを読んでやるから[53]」

戦争の心配、マックスの不在、死別、スティーヴンの注目がなくなったことさえも、すべてがアガサを心のバランスを崩すのではないかという不安に陥れたにちがいない。カーロは、アガサが一九四〇年代に、さらに専門家の助けを求めていた証拠をいくつか提供した。アガサが見つけた専門家はおそらく、作家で精神分析医のロバート・セシル・モーティマーだろう。[54]

テレサ・ニール夫人の亡霊は、まだちゃんと埋葬されてはいなかったのだ。

第三十章 メアリ・ウェストマコット名義

アガサは予言していた。もしもロザリンドかマックスに「何かあったら、わたしは完全に麻痺状態になる」だろうと。[1] ロザリンドが未亡人になると、アガサの予言は現実になった。仕事ができなかった。「書くことがまったくむだに思えるの」[2]

でもことばは戻ってくるだろう。アガサにはいつも、戦時下のロンドンから抜けだす確かな方法がひとつあった。書くことに没頭するのだ。そして結局、書くことがまた彼女を救った。

ふり返ってみたことで初めて、戦時の数年間に何冊書いたかに気づいた。〝信じられないほどの量〟だということに。そして自分の人生のパターンを思い返すと、個人的に困難なときが、芸術家アガサ・クリスティーの創作のときだった。第一次世界大戦の激しさのなかでポワロを生みだし、結婚生活が不振だった時期に『アクロイド殺し』を出版し、精神疾患の余波のなかでミス・マープルを考え出した。

「戦争中に書くのは」とアガサはあとで回想した。「自分を切り離して、心のなかのちがうコンパートメントに入れることでした。本のなかで生きることができたの」〈ローン・ロード・フラッツ〉にいて、外の木が窓をたたいている。ものを生みだす条件は完璧だった。フラットは寒いことは寒いが、静かだった。アガサに必要なのは湯たんぽと暖かい服。「ぼくがあげた〈イエーガー〉、厚い毛糸の部屋着を着ていると思いたいな」とマックス。「ぼくのふわふわのクマだ！」[3]

「ちょうど今、たくさん執筆をしているところなの」と、アガサは一九四三年四月に彼に話した。[4] 休憩が必要なときは、〝アイソコン・ロングチェア〟と呼ばれる、独特な曲がりくねって見える合板のイスにばったり倒れこむことができた。〝科学的に身体のあらゆる部分にくつろぎ〟を与えるようにデザインされた、これらのイスは、〈ローン・ロード・フラッツ〉のすべてのフラットに供給されていた。アガサはマックスに、ときどき「あのおもしろいイスにあおむけに横たわるの。すごく変わった見かけなんだけど、ほんとうにとても心地よいのよ」。そして、彼といっしょにギリシャにいるところを想像するのだと言った。[5]

探偵小説のみならず、アガサの〈ローン・ロード・フラッツ〉での仕事には、彼女にとっておそらく最も重要な著作も含まれていた。それは、わたしたちがこれまで聞いたことはあるが、十分には知らない小説のシリーズだった。メアリ・ウェストマコットというペンネームで出版された小説だ。メアリはアガサ自身のミドルネームで、〝マーティン・ウェスト〟は、出版社があきらめさせようとする前は、もともと使いたかったペンネームだった。いくつかの文字を取りかえれば、メアリ・ウェストマコットになる。

アガサは一度、どうして探偵小説でもスリラーでもない本に、ちがう名前を使うのかを説明した。もちろん、今はアガサ・マローワンなので、〝アガサ・クリスティー〟はそれ自体がペンネームだ。でもそのうえでこう説明した。「二種類の本を分けておいたほうがいいんです。わたし自身もきちんと分けておきたいので。そうすれば、まさに好きなように書けるでしょう」

本を匿名で出版することにおいて、アガサの喜んだのは「自分の人生を少し書きこめる」という感覚だった。[6] 彼女は探偵小説にも〝彩り〟として現実の生活を使うことをオープンにしていた。たとえば世界一周旅行から、不愉快なベルチャー少佐を『茶色の服の男』の悪党として登場させている。だが、ペンネームのプライバシーのもとでは、さらに踏み込むことができた。

現在メアリ・ウェストマコットを読むひとの主な理由は、それがアガサ・クリスティーの人生と考えを暴露しているからだ。とくに『未完の肖像』は、アガサ自身のしつけや結婚生活の破たんの経験が記録されている。主人公のシーリアは「ほかのどれよりもアガサの人物像に近い」と、マックスは思っていた。[7]

これらの小説の、事実とフィクションのはっきりしない境目は、自伝というものが、小説家が脚色した人々と場所の記憶の要約なのだということも思い起こさせる。アガサの自伝に見られるある物語と、ウェストマコットのとくに初期の作品の場面には、ほぼ正確に共通するところがある。たとえば、『愛の旋律』の登場人物ネルの、看護婦としての戦時の仕事は、自伝に記録されているアガサ自身の経験と類似するところが多い。

一九三〇年代以降のアガサ・クリスティーの探偵小説にも、大きくなってきた〝メアリ・ウェストマコット〟の影響が見られる。プロットよりも心理学に興味をそそられるようになってきたのだ。アガサは一九四六年に、時の経過とともに、より興味を持ち始めたのは「犯罪の予備段階だった。登場人物と登場人物の相互作用、ふだんは表に出てこない、深くくすぶる怒りや不満」だと書いた。[8] これは『五匹の子豚』や『ホロー荘の殺人』のような、より登場人物主体の探偵小説に顕著だ。たとえば後者では、殺人者は窮屈な生活と、要求ばかりで不貞の夫にひどく腹を立てている。「全世界が皿のうえでだんだん冷めていくマトンの脚に凝縮されていった」。[9] アガサは心からメアリ・ウェストマコットの声で書きたかったので、探偵の要素をまったくいれなかった。『ホロー荘の殺人』にポワロが出てくることが不満で——まちがいなく——彼は必要ないと感じていた。「ポワロにはとても耐えられないわ」と文句を言った。「たいていの公人は長生きしすぎなのよ。でも誰ひとり隠棲生活を好まないんだから！」[10]

アガサの〈ローン・ロード・フラッツ〉の部屋は、ふたたび自分自身のことを書く時間を与えただけではなく、必要な孤独も与えてくれた。そして、孤独な時期は、次のウェストマコットの物語が一変する要を提供した。プロットを考えるのに長い時間がかかる探偵小説の手法とは正反対に、彼女はそれを猛スピードで書いた。実際、気づくと取りつかれていた。「驚きよ」と探偵物ではない小説のことを書いた。「どれほどわたしがいつも、まったく自分の仕事ではないことをしたがっているか。壁紙を貼ることのように――とてもへたくそだけど、仕事に数えていないので楽しいの」[11]『春にして君を離れ』は五万語の長さがあるが、アガサはそれをたった三日で書きあげた。三日目に病院の仕事に行き損ねもした。「本から離れる気になれなかったから……完成するまで書きつづけなくちゃならなかったの」〝白熱して〟座って書き続けた。そのあとで、

今までに、こんなに疲れたことはなかったと思う。書き終えて、さっき書いた章に一語も変える必要がないとわかったとき、わたしはベッドに倒れこみ、思い出せる限り、そのままおよそ二十四時間眠った。それから起きて、山ほど夕食を食べて、翌日はまた病院に仕事に行けた。

ひどく奇妙な顔をしていたので、みんなはわたしがいることにうろたえた。「あなた、きっとほんとうに病気よ。目の下にすごく大きなクマができてるわ」と言った。[12]

それにもかかわらず、これは元気になる経験でもあった。『春にして君を離れ』は、アガサにとって「わたしを完全に満足させた本でした……ずっと書きたかった本です」わたしの考えでは、『春にして君を離れ』はウェストマコット名義で最高の作品だ。主人公のジョーンは、アガサと同じような二面性を持っている。「陽気で自信があり、やさしく……明るくて、有能で、忙しい。

とても満足して、成功している」と夫が言うように。でも彼は知っている――そしてジョーンは疑うようになる――彼女の殻の下はさびしくて、ときに冷たく、厳しく、まちがっているのだと。「ヒトラーは絶対に戦争をしかけたりしないでしょう」というのは、強いことばで表された、片意地な発言だ[13]。暗いところに住み、自分をだましているジョーンは、神の恵みから排除される。ジョーンについてのふたつの見方の急展開は見事に成されており、アガサの殺人ミステリのとても重要な部分を形づくる、同じ登場人物についての対照的な印象の拡大版ともいえる。彼女はこの物語を「軽やかに、口語体で、しかし高まっていく緊張、不安の感覚とともに展開したかった。ひとが――誰でもときどき持つとわたしは思う――自分は何者なのかという感覚だ」。物語のなかで、アガサの見知らぬひとのモチーフ、ガンマンがまた現れる。しかも今回は、語り手の心のなかに。

アガサの心理学への興味は、もう一度わたしの好きなほかのウェストマコット作品『娘は娘』(一九五二)で浮上する。この物語で真実を語る登場人物ローラは、彼女自身が心理学者だ。プロットは、娘のために親密な関係を犠牲にしたが、娘は決して理解も、借りを返してもくれないことを知るだけの母親を描いている。ほかのいくつかのウェストマコット作品より満足のいくプロットなのは、もともと一九三〇年代に戯曲として書かれ、テンポと解決を要求されたからだ。演劇史家のジュリアス・グリーンは、これは結婚の本質や女性に背負わされる重荷について書かれた、アガサのほかの忘れられた戯曲のなかに置くべきだと論じる。プロットに母親と娘のあいだの緊張があるために、しばしばアガサとロザリンドの難しい関係の事実として読まれてきた。だが、書かれたのはロザリンドがまだ幼い子どものころだったことがわかれば、それはおかしい[14]。ロザリンドのことというよりは、アガサ自身のことなのだ。

「きみは人生の何を知ってるんだ?」と暗い傷ついた劇の主人公が訊く。「まったくゼロだ。あちこちに連れてってやるよ、汚くて恐ろしい場所へ。そこできみは、人生が荒々しく、暗く流れているのを見るだろう。そこできみは感じられる――感じるんだ――生きることが暗い恍惚になるまで！」[15]

アーチー・クリスティーは、トーキーの客間でおそらくあまりはっきり話さなかったが、それでも説得力があったのだろう。

一九四七年の『暗い抱擁』で、アガサはまた難しい挑戦を自分に課した。エロチックな愛がどれほど力強いかを見せたのだ。この物語では、性的な欲求が悪い男をよい男に変える力を持つ。批評家のマーティン・ファイドーは、この本を「合理主義的唯物論的な時代に、神がひとに与える奇跡の方法を正当化する大胆な試み」だと述べる。[16]たしかに大胆だが、最後は説得力がなくなる。アガサの出版社のコリンズ社も、保守党の立候補者として出馬する主人公がとてもいやな男なのは残念なことだという理由で、この小説を気に入らなかった。アガサは甥のジャックが政治活動にのめりこみ、さらにトーリー党員になったので、政治家の生活にいくらか見識があった。

ウェストマコットの作品はたしかに質が一定していないが、その評判は作者と主題が女性であることにより傷つけられてもいた。〝少年少女向けのロマンス小説に毛が生えたようなもの〟というのが、男性批評家のひとつの結論だった。[17]しかしつねに支持者がいた。とくにモニカ・ディケンズやドロシー・ウィップルのような、ミドルブラウの世紀半ばの作家たちを楽しむことを恥じない人たちのなかに。とはいえ、女性作家からの反発もあった。「メアリ・ウェストマコットの作品は、まずい処理をしている」とアメリカの犯罪小説家ドロシー・B・ヒューズは思っていた。「つねに評判の悪いさりげない行の追加があり、〝あまりよくない、女性っぽい話〟で、まったく女性の典型だ！」[18]

よくわかっているロザリンドは、ウェストマコット作品が「ロマンス小説として論じられているが、わたしはそれがほんとうに公平な評価だとは思わない。あれは一般的な意味での〝恋愛小説〟ではないし、もちろんハッピーエンドでもない。最も強力で破壊的な形の愛についての本だとわたしは信じる」と主張した。[19]

だが、愛について書くのは、アガサ・クリスティーに期待されていることではなかった。コリンズ社による『暗い抱擁』への冷たい評価のあと〝メアリ・ウェストマコット〟は出版社と決別した。「コリンズ社はあの女性の良さがまったくわからないのよ」アガサはエドマンド・コークに訴えた。「メアリ・ウェストマコットをほかのところで出版させてやって」[20]。それでウェストマコットはハイネマン社に移った。

しかし、ペンネームでのアガサの経歴は、一九四九年二月に大きな挫折をする。《サンデー・タイムズ》紙が、ウェストマコットは、ほんとうは誰なのかを暴露したのだ。何人かのひとたちはとっくに知っていた。マックスは早くから秘密を打ち明けられていたし、マッジの義理の妹のナンは、単に文体からそうじゃないかとわかっていた。だが《サンデー・タイムズ》紙は、アメリカ合衆国著作権局の記録から秘密を暴いたジャーナリストによる『春にして君を離れ』のアメリカの批評記事によって、そのネタに気づいたのだ。

アガサはがっかりした。前にマスコミにさらされたときのように感じたにちがいない。〝狩られたキツネのように感じた〟と。「このことについての公開状にはうんざりです」。いらだたしさでほとんど支離滅裂になっていた。「わたしが心からそのことを知られるといやだったのは、(主題に閉じこめられている)友人たちでした。ほんとうにすべてがだいなしになったわ」[21]

この出来事のあと、アガサは仕事と進行状態について、さらに秘密に内密に引きこもった。「ジェーン・マープルは実在の人物ではありません」と晩年、頑なに否定した。「彼女は完全にわたしの脳が創りだしたものです」[22] これは絶対に真実ではない。彼女は初めのころに、ミス・マープルはおば - ばあちゃんについての経験と記憶の断片を含んでいると認めていたのだから。でも晩年には、ほかのひとたちを自分の心のなかに入らせるのを頭から拒否したのだ。

隠れみのがもう自分を守ってくれないと知り、アガサは最後のウェストマコットの本『愛の重さ』を生みだした。コークによれば、彼女はその本をひそかに楽しんで〝誰にもひとことも言わずに、書き終えた〟ということだ。でも彼女でさえ、あまり熱意がなかった。「それは、彼女がしばらくのあいだ思い続けていた偉大なウェストマコットではなかった……結末はかなり確実に変えられるだろう」[23]このあとアガサは、もうひとりの自分を引退した。

アガサはしばしば強く、芸術家よりはむしろ職人でいたいと言い、執筆は労働だと主張した。でも無防備なときには、愛の仕事でもあると明かすこともあった。『春にして君を離れ』を生みだした燃えるような戦時の三日間ほど、このことをはっきり物語るものはない。[24]

「もう書けなくなったら、どんなに悲しいでしょうね」彼女はじっと考える。『春にして君を離れ』のことを考えていたのだろう。「正直に、誠実に書かれたこの作品は、わたしが書こうと思ったとおりに書かれたの。それは作家が持てる最も誇らしい喜びなのよ、……ときどき思うんだけど、それはひとが神に最も近づいたと感じる瞬間なんだと。純粋な創造の喜びを少し感じることを許されたのだから」

おそらく、アガサ・クリスティーを定義するイメージは、〈ローン・ロード・フラッツ〉の隣人に見せていた〝やわらかい感じの、リラックスした女性〟というようなものではないはずだ。外に爆弾が落ちている、現代的なフラットの閉じたドアの陰で、アガサはむしろ、メアリ・ウェストマコットの登場人物で最も印象的な『愛の旋律』のヴァーノンに近い。

ヴァーノンは情熱的な芸術家で、創造に没頭している。

ヴァーノンはほっとため息をついた。
もう彼と仕事のあいだに割りこむものは何もない。
テーブルの上に身をかがめた。[25]

第八部

満潮に乗って

一九五〇年代

第三十一章 金のかかる大きな夢

一九四五年四月三十日に、ヒトラーはベルリンで自殺した。数週間後のある肌寒い夕方に、アガサが〈ローン・ロード・フラッツ〉のキッチンにいたとき、外の廊下におかしな音が聞こえた。焼いていた薫製ニシンから目をあげて、何だろうと思った。ドアを開けると、重い荷物を背負い、〝身体じゅうにつるした荷物をがちゃがちゃがちゃ鳴らしている〟ひとがいた。マックスだった。

「なにを食べてるんだい？」マックスが訊いた。

「薫製ニシンよ」とわたしは言った。「あなた、食べたほうがいいわ」それからおたがいを見た。「マックス！　あなた十キロは重くなったのね」とわたしは言った。

「そんなもんだよ。きみも全然、体重が減ってないな」彼は言った。

でも、ほかは何も変わっていなかった。いなくなってなどいなかったかのように。「すばらしい夜でした！　わたしたちは焼いたニシンを食べて、幸せでした」アガサが手紙で予言していたとおりだった。「またいっしょになったら、楽しい時間になるわ——どれくらい食べるかしら！……イスが本とたくさんの笑い声で埋め尽くされるの——そしてわたしたちは話して、話して、話しまくるのよ」[1]

平和の到来とともに、マローワン家は〝ゆるやかに〟戦後の世界に入っていった。〝いっしょにいられることに感謝して、人生をどう変えられるか、おそるおそる試していた〟五十四歳のアガサは、自分を一から作り直す準備ができていた。ロンドンのフラットの悩めるプロでいるのはもう十分だったし、デヴォン州が戻ってこいと呼んでいた。

かつて彼女は登場人物に、女性は年齢とともによくなっていくと言わせた。「六十代の男性は、たいてい蓄音器のレコードのように同じことをくり返す……六十代の女性は、とにかく個性的であれば――興味深い人物なのよ[2]」中年を過ぎたアガサは言った。「ふたたび周囲を見回す自由ができる……まるでアイデアや思考を生む新しい活力が、身体にみなぎってくるみたいに……その何年かのあいだに、人生の贈り物への感謝が、かつてないほど強く、もっと重要になると思うわ。夢が現実味を帯びて、強くなるのよ」。アガサのそのことばが発表されてから四十年以上が過ぎたが、いまだに更年期後の女性の人生について、これほど心からの賛美を読むことは珍しい。それにアガサの行動は、ことばよりも重要だった。晩年の功績は、明らかに高齢女性を大衆文化の中心に置いた。

でも、彼女の次の創造的な企ては、本ではなかった。家だ。一九四五年のクリスマスの日に、グリーンウェイは接収を解除された。アガサが一九四六年の小説『ホロー荘の殺人』に書きこんだので、この場所の抗いがたい魅力はわかるだろう。「白くて優美な家、大きなモクレンの木がそばに立ち、全体が樹々に覆われた丘の、円形競技場の舞台のよう[3]」物語のなかでこの家を所有する家族は、それが彼らの生活に強い影響を与えていることを知る。

グリーンウェイとその庭を去ることは、身を切るような経験だった。戦争のあとで戻るのも同じだった。「野生に戻っていました。美しいジャングルのような野生に」とアガサは思い出す。「いろいろな意味で、そんな様子を見るのは悲しいことだったけれど、美しさはまだそこにありました」。いまでは修理が行われ、庭は木や花が植え直された。戦争の激動のあと、グリーンウェイは家族が癒やしにくる場所となった。

　英国で安心して家庭生活に取りかかったのは、アガサだけではなかった。一九四三年には、八十パーセントの既婚女性が、戦争関連の仕事についていた。でも平和が戻ってくるとともに、一九五一年までには、全女性の三十四・七パーセントだけが経済的活動をしていた。その数字は、一九三一年に働いていた女性の割合、三十四・二パーセントに驚くほど似ている。[4] 実際一九五六年に出版された女性の生活についての社会学の研究書は、大胆な声明で始まる。作家たちは宣言する。「仕事と家庭というふたつの世界のあいだの溝は、過去のいつよりも現在、決定的なものになった」[5] アガサは仕事に戻りたかったが、優先順位から滑り落ちていた。一九四〇年代後半に、彼女の最も創造的な一面は、家をきれいにすることに捧げられていた。

　概して邸宅は、アメリカ海軍の占有者たちに大切に使われていた。アメリカ沿岸警備隊の五十一人の隊員は、ひと部屋に三人か四人ずつ眠った。そのうちのひとりが書いた。「わたしたちは巨大なマホガニー材の玉座に、とても感動しました」堂々たる一階のトイレのことだ。[6] この水兵たちの多くはルイジアナ出身で、不在の女主人のことを〝アガサおばさん〟[7] と呼んでいた。D - デイに歩兵を乗せて海峡を渡る船の何艘かを担当した。地元の子どものテッサ・タッターソールは、アメリカ人と遊び、彼らがくれるお菓子を楽しんだことを思い出す。「パイナップルの塊や、モモの薄切りや二つ割りを初めて食べたことや、大きな缶入りのアメをもらったのを覚えています」[8]

　アメリカ人たちはグリーンウェイの書斎をバーとして使い、戦闘機の機首にも見られるような裸の女性などの絵が壁に帯状に描かれていた。彼らは出ていくときに、それを塗りつぶすと申し出た。しかしアガサは宿泊した記念に残していってほしいと頼んだ。

グリーンウェイは無傷で生きのびたのだし、美しくて、現在はナショナル・トラストが保存のために気前よく維持管理をしてくれているのだから、人々は、アガサが残りの人生をそこで、落ちついて豪華に暮らしたのだと想像する。

けれど現実は、ここは休暇のみの家で、冬には使われなかった。それに陰で回し続けなければならない歯車の数を把握するのは難しい。アガサは無理せずもっと小さくて安いところに住んで、ゆうゆうと暮らすことができた。しかしグリーンウェイで人々を親切にもてなす田舎の女性でいるのもとても好きだったので、少し休んだあと、すべての支払いをするために、本を作りだす作業に戻った。

やらなくてはならないことについての手紙が、気のめいるほど規則正しくやってきはじめた。水道に関するがっかりする報告があった。「牛がそこから水を飲んでいるようだ」[9]。三十三エーカーの庭は、楽しみのために管理するには費用がかかりすぎるということが、すぐに明らかになった。かわりにアガサは、塀に囲まれた日当たりのいい家庭菜園で野菜を作り、市場向けに販売する会社を設立しようとした。マクファーソン夫人というひとが生産物を車で客に運搬したり、帳簿をつけたり、〝温室で実際的な仕事をする〟ために雇われた。彼女はフェリー・コテージの貸間も与えられた[10]。

コークはグリーンウェイから距離を置こうとしたが、アガサが不在のときに一度、どうしても緊急に訪れなくてはならなくなった。彼はアガサがしようとしていることと、その仕事の規模に絶望していることの両方を理解した。「グリーンウェイほど美しいものを見たことはない」と彼は書いた。

何もかもが新鮮で優雅で、夢のようでした。だが、それは金のかかる大きな夢です……税務署員たちは、現状が正当な商業上のものだと納得していません、わたしも同じ考えです[11]。

コークは〝ただの〟著作権代理人とはいえ、どんどんアガサの生活に振り回されるようになってきた。彼女の頼みごと——稀覯本や、メープルシュガーや、劇場のチケット——は、スタッフのなかで評判が悪かった。「アガサのためのこういう雑用は、ひどく厄介な場合がある」と、スタッフのひとりが愚痴をこぼした。[12]

さらにコークは、マクファーソン夫人の雇用が災難を引き起こしていることに気がついた。彼女が注文した様々なものの未払いの請求書が、彼の事務所に届きはじめた。そのうち、アガサの名前でした借金が八百ポンドに達したあとで、気の毒な女性はギャンブル依存症だと判明し、自殺未遂を起こした。

コークは、熱心だけれど能率的ではない庭師長のバート・ブリスリーの欠点も見つけた。マクファーソン夫人の問題のあと、ブリスリーもクビになり、非常に腕の良いフランク・ラヴィンに取って代わった。アガサは、ブリクサム園芸協会の品評会で一等賞を十八個獲得したときに、成功の秘訣を訊かれて「一流の庭師です」と答えた。[13]

グリーンウェイの家は次第にアガサの主な悪癖の成果でいっぱいになった。買物だ。税金の問題があるにもかかわらず、古い家具や、陶磁器や、銀製品、現代美術の収集癖を抑えることが、どうしてもできなかった。家は見境なく詰めこまれた、奇抜できれいなものの宝庫になった。財産目録から適当に選んだページにはこう書いてある。〝オーク材の台に載った三十センチの雄牛のブロンズ像/花留めのついた陶磁器の頭蓋骨/ロッキンガム・コテージの装飾品二個/模造ルビーで飾られた中国の真鍮(しんちゅう)の手斧ひと組〟。[14]グリーンウェイはだんだんアッシュフィールドに似てきた。

アガサ自身が作る料理も、エドワード朝のミラー家の豪華さに戻った。「わたしはソースが好きなの」と彼女は言う。「甲殻類とアボカドで何かを考え出すのって素敵だわ」[15]「八時三十分くらいに来て、キャビアをたっぷり食べるのはどうかしら?」と、友だちへの招待状に書かれていた。[16] でも、アガサは今はおもに、キッチンから出ていることを喜んでいる。新しい料理人を見つけてわくわくした。「彼女のボローバン! 彼女のスフレときたら!」[17]「食べすぎたわ」と言うが、後悔はしていない。「ときどきどんちゃん騒ぎをしない人生なんて![18]」

アガサはもう、体重に注意しろという社会的圧力を完全に無視していた。久しぶりに会った名づけ娘は言った。「はっきり言って……おばさま、太っているのね。前は細かったのに![19]」配給制の数年間、最高のぜいたくは豪勢な食事だった。一九五二年のランチで、アガサはロブスター・テルミドール（ロブスターの身をワインで煮込み、グリュイエールチーズと卵黄とブランデーで作ったソースと混ぜ、ロブスターの殻に戻して焼いたもの）とカナッペ・ディアーヌ（バターを塗ったトーストに、ベーコンと鶏レバーをのせたもの）を注文した。[20]

マシューはグリーンウェイで過ごした一九五〇年代の夏の午後の儀式を思い出す。「クリーム・ティーは、ぼくよりもニーマのほうがずっと楽しんでいて――いつも外側にがつがつするな（Don't be greedy）と書かれた大きなカップで飲んでいました。従う気がまったく見られなかった命令ですが[21]」アガサは父親のいない孫息子の生活に、密接に関わっていた。グリーンウェイの客は、この家のルールを告げられる。「この家では、まさに好きなことをします。午前中は、ほとんどのひとがクリケットをするんです」これはマシューのためだった。彼は夏がゆっくり過ぎていくにつれて、どんどん上手になり、あまりに上手なので、ついに祖母や祖母の友人たちとは左手でやることに切り替えなければならなくなった[22]（「女性はクリケットをしない」と、『忘られぬ死』でケンプ警部は言う。しかしレイス大佐はほほ笑んで応える。「実際は、多くの女性がするがね[23]」）。

一九四九年十月に、ロザリンドはまた、思いがけない結婚式の招待状を母親に出す。ケンジントンの登記所で行われた、このロザリンドの二度目の結婚式は、一度目のときと同じくひっそりしたものだった。[24]彼女は形式ばらないかたちで、母親を式のために町に呼びだした。「絶対に秘密で、誰にも知られずにね――誰かが楽しむとは思わないけど、お母さんが来るんなら……あまりおしゃれに見えないように」[25]

ロザリンドの新しい夫は、アンソニー・ヒックスと呼ばれた。法廷弁護士として訓練を受けたが、その仕事をしてはいなかった。マックスは彼のことを〝生まれながらの頭のよさがあり、個人的な野望を少しも伴わない〟男だと思っていた。黒い髪をいじる癖があり、新しい義理の母は戯曲『ねずみとり』のなかで、風貌は変えたものの、ある登場人物がもうひとりを認めるときのしぐさ〝テル〟として使った。マックスはアンソニーを〝意外な種類の情報をたくさん持っている〟と評した。上等なワインや、サンスクリット語、ほかの多数の深遠な主題について。[26]

「マシューが喜ぶのがわかると思うわ」ロザリンドは母を安心させた。「あの子はいつもずっといてってって言ってるし、ほんとうにやきもちを焼くとは思えない」[27]。たしかにそうだった。マシューは継父のことを〝静かで、気が利いていて、学者っぽくて、献身的〟だと言う。[28]彼は家族にしっくりなじんだ。アンソニーは〝今まで知りあったなかでいちばん親切な男〟だとマックスは思った。そして親切さは、さびしいロザリンドが必要としていたものだった。[29]仕事のかわりに、アンソニーはアガサのグリーンウェイに、庭の管理人と、あらゆる種類の実用的なことの後ろ盾として、引き入れられるようになる。

ああ、グリーンウェイへのアガサの野心には、どれだけの人手が必要なのだろう。そこでの生活は決して完全に順調に、あるいは計画通りにいきはしなかった。小説家のエドマンド・クリスピンは、訪問したときのことをこう述べた。

とても気楽だった。ひろいダイニングルームがあって、何が出てくるのかまったくわからない。ジョージ王朝時代の銀食器で食べるのかもしれないし、ウールワースの食器かもしれない。十八世紀のポートワインのデカンタでワインを注がれるかもしれないし、アガサが買い物で見つけた安物のグラスで飲むのかもしれない。子どもたちと犬がいて、つねにおもしろい話がある。[30]

アガサは、家についてこういう気前のよいもてなしの理想を持っていることで、問題を溜めこんでいるのは知っていた。でも、それを手放すことができなかった。いちどロザリンドと話し合って、謝ったことがある。「ほんとうのところは、グリーンウェイに罪の意識があるの……最低のおばあさんなのよ」経済状態を無視して、家にしがみついていたのだ。「とても愛しているから」[31]

グリーンウェイで過ごす夏が、アガサにとってますます重要になっていく。それは庭の向こうに、名声と仕事が、新しい切迫した重圧となって積み重なっていたからだ。

第三十二章　バグダッドの秘密

いったんアンソニー・ヒックスがアガサの宮廷に皇太子として溶け込み、日常の重圧を楽にしてくれると、彼女はまた考古学者の妻であることに注意を向けた。

一九四七年にRAFを去ってから、マックスは自分の専門に戻りたがっていた。戦前の考古学は、アガサとマックスに合っていた。それはアガサに言わせると〝個人商店で――（わたしたちは）とても個人的な人間だから〟[1]。だが戦後の考古学はちがった。会員制クラブというよりは、公共サービスになってきていた。

当時はリージェンツ・パークのなかの大邸宅に設置されていた、ロンドン大学の考古学研究所は、臨時所長のキャスリーン・ケニヨンによって、戦争中も続けられていた。だが、多くの女性と同じく、男性たちが帰ってきたとき、彼女は退任を求められた。一九四六年に、高名なオーストラリア人、ヴィア・ゴードン・チャイルドが所長の職を引き継ぐと、友人たちに、マックスに何か仕事を見つけてやるようせかされた。彼は〝何かよい成果があるとは思えない〟ので、スポンサーがいない西アジアの考古学の新しい教授の職を提案した。[2]そういうわけで、マックスはマローワン教授になった。

マックスの新しい仕事は給料がついてきたので、アガサが彼の職の〝スポンサーだった〟というのが考古学界の伝説になっている。[3]大学の帳簿に流れた金の記録はないが、そのようなことは男のプライドを傷つけたことだろう。取り決めは非公式で、彼の大学からの収入に直接補充された。彼女の税金の支払いを減らすことを期待して、コークはアガサに勧めた。「マックスは、今年の四月五日以降に、給料の受け取りを引きのばしたほうがいいかもしれません。一九四九年から五〇年にかけては、あなたにとって、とくに裕福な年でしたからね」[4]。マックスはアガサを通して、彼女の親友の編集者アレン・レインからも仕事をもらった。レインはマックスを考古学の本の編集に雇い、資金の面からと、現地に飛行機で送った巨大なスティルトン・チーズの両方で、彼の発掘をあと押しした。

「ぼくはこの仕事を釣り上げて、ほんとうについている」とマックスは書いた。彼は自分が好きな種類の生活だけを、すっかり準備されていたのだ[5]。毎日チェルシーのキングス・ロードのはずれにあるスワン・コートという、新しいロンドンの拠点から仕事に出かけた。当時はまだ芸術の香り漂うクリエイティブな地域だった。〈ローン・ロード・フラッツ〉と同じく、スワン・コートは一九三一年に建てられたフラットの並ぶ便利な街区にあった。最上階には、十六部屋の明るい〝芸術家のためのアトリエ〟がある[6]。マックスとアガサのフラットは、雑然としていて、居心地がよく、荘重とは正反対だった。悪名高きひと昔前のソファは〝詰め物がすり切れて、ひどく傷んだスプリング〟の代物だった[7]。

マックスは週末はウォリングフォードの〝彼の〟家で過ごし、夏の休暇はグリーンウェイで過ごし、毎年五か月は西アジアで発掘をして過ごした。大学でこう書いた。「何百人もの人々、たいていは女性が、わたしが建物に入っていくと、地面にひれ伏した……わたしは研究室のドアを閉めて、本を読むことだけを願った」だが、おそらく自分でも驚いたことに、彼は教えるのが好きになってきた。そして「ほかのひとが考えるのを手助けすることが」[8]

実地調査のなかで、マックスは彼が名をなすことになる計画に狙いをつけた。イラクのモースルから二十マイル南にいったところにある、ニムルドとして知られる古代都市の調査だ。古代にその町はカルフと呼ばれ、今日の考古学者はそう呼んでいるが、マックスと彼の世代にとっては、ニムルドというのがその名前だった。

彼は大きなことを考えていた。一世紀前にサー・ヘンリー・レヤードがそこで成しとげた、発見と栄光に匹敵することを期待した。一八四五年から一八五一年のあいだに、レヤードは巨大な翼のある雄牛の石像を見つけた。それは今日まで、大英博物館の来館者たちに感銘を与えている。だがそれ以来、ニムルドは静かな眠りについていた。

マックスの計画に必要なのは、イラクの政治状況に比較的歓迎されていることだった。戦争のあいだ、英国は石油の入手を含むいくつかの理由のために、またこの国を支配しようとした。歴史家のエリナー・ロブソンが説明するように、「独占的なイラク石油会社は、名ばかりのイラクの会社だ。実際はロンドンに登録され、BP、シェル、アメリカの石油生産者の合弁企業のような西洋の大企業によって、共同で所有されていた」[9]。マックスの調査旅行は、事実上その地域での英国のソフトパワーと利害が一致しており、彼の仕事はほかの英国の会社や、産業や、軍とからみ合っていた。調査旅行の報告書には、ブルドーザーを貸し出したイラク石油会社だけではなく、資材を供給したインペリアル・ケミカル・インダストリーズやRAFの航空写真などの記述も見られる[10]。

だが、ニムルドに行く前に、マックスのチームはバグダッドに拠点を設けた。これはイラク英国考古学院を復活させたもので、マックスは校長になった。一九四八年十月に、ロバート・ハミルトンという考古学者が、学校の建物を借りるために、バグダッドに派遣された。「わたしが見つけたのはいろいろな大きさのたくさんの部屋があるただの家だった」と彼は書いた。「バグダッドを駆け巡り、アルミのシチュー鍋と、ドアマットと、トイレ用洗剤のハーピックと、イワシと、茶わんを買った」[11]

アガサは一九四九年一月十八日にマックスとそこに到着して、涼しい中庭と、外のバルコニーのそばで揺れるヤシの木のある、川岸のこの古い家を好きになった。マックスが仕事をしているあいだ、彼女自身の生活は静かで創造的だった。「毎日テラスの太陽の下にゆっくり出て、チグリス川を見るのは、すばらしいわ。日なたで――休んで――家庭生活を続けるために、いくつか興味深い殺人を考え出すの」[12]バルコニーで朝食をとるアガサの写真がある。スーツを着て真珠のネックレスをつけ、本を読み、丸い茶色のティーポットの紅茶を飲んでいる。戦後の英国でこれは至福だった。

学校はもうひとりの考古学者によって、日々運営されていた。その人物はこの物語に端役として入ってきたが、のちの年月には不気味に立ちはだかるだろう。バーバラ・パーカーは、正式には秘書兼、専門的文献管理責任者だったが、ほかの多くの仕事もしていた。背が高くて上品なバーバラは、中国美術を研究して、その後考古学者になる前はファッションハウス〈ワース〉のモデルだった。資格を取り立てのころに今のイスラエルに発掘に行き、そのときに仲間が射殺された。ロンドン大空襲のあいだはロンドンに戻り、消防隊に勤めていた。

同僚たちはバーバラ・パーカーのことを〝まとまりのない〟〝ずさん〟〝かわいらしい〟〝とても親切〟と評した。そういう性質がほかのひとたちを助け、自分の碑銘学者としての学問的な仕事を怠ることにつながったのだ。だがハミルトンはもっと好意的に〝誠実で、つねに勤勉で、臨機応変〟と評し、マックスが仕事をするのをとても献身的に手伝っていると記した。一方、マックスはお返しに、たびたび彼女のことで冗談を言った。[13]マックスの生徒のひとりは、バーバラのことを彼の〝奴隷〟と言った。[14]彼女のまわりのひとたちは、バーバラは利用されずにはいられないひとだと思いたがり、アガサは彼女を〝殉教者の聖バーバラ〟と呼んだ。一九五〇年代の人々は彼女のことを笑ったかもしれないが、現に二十世紀の考古学における目立たない女性のひとりと見られている。その仕事は男性の上司によって書かれたひと目を引く本の陰に隠れている。

アガサがイラクで書いた本の一冊『バグダッドの秘密』(一九五一)は、学院に使われた家を描いている。主として、この旅を経費として分類できるように書かれているので、探偵小説というよりはむしろ〝スリラー〟だった。出版社は、彼女があまり重要な作品だと思っていないのがわかった。コリンズ社に届いた読者の評価には「クリスティー夫人がこれを冗談以上のものと考えているとはとても思えません」と書いてあった。[15]

だが、『バグダッドの秘密』のおもしろいところは、イラクでの大ブリテン島の存在のもろさを新たに認識したことだ。戦争中にマックスは、西アジアに戻ったら、やり方を変えようと決心していた。「もはや傍観して、現地のひとに無関心でいる余裕はない」[16]。アガサの作品では初めて、この小説には重要なイラク人の登場人物が出てくる。主人公のヴィクトリアはスパイになった旅行者だが、それというのも、彼女を雇った政府の組織が、あまりよい仕事をしていなかったからにほかならない。前任者のカーマイケルは、エドワード王朝時代のイートン校で教育を受けたスパイだった。謙虚なタイピストのヴィクトリアには、それにもかかわらず、カーマイケルや組織に欠けているように見える重要な資質があった。常識だ。[17]

しかしバグダッドは、マックスが一九四九年から一九五八年にかけて、偉大なチグリス川から一キロ半ほどの距離にあるニムルドに発掘に行く途中の、立ち寄り場所でしかなかった。「なんて美しい場所なのでしょう」とアガサは書いた。「大きなアッシリア人の石像の頭が土から突きだしている。ある場所では大魔人の巨大な翼があって……平和で、ロマンチックで、過去がしみ込んでいる」。ここでマックスはアッシュル・ナツィルパル二世の家を調査することになる。力のある王で、かつては宮廷への引っ越し祝いのパーティーで、七万人の客をもてなした。マックスのチームはここで不思議なものを見つけるだろう。でも、王の大きな黄金の宝物が発見されたのはマックスの時代のあとで、この遺跡のマックスの後継者、イラク人のムザヒム・マフムード・フセインによってだった。

いつものことながら、障害となったのは正しい場所を掘ることだけではなくて、不満を抱えた乱暴な地元の発掘人たちに、マックスがうまく対処することも含まれた。戦前の発掘から戻ってきた者も何人かいて、それゆえに「アガサのことをおばさんと呼んだ」[18]。記録は、今は英語だけではなくアラビア語でも取ってあり、発掘人たちには以前より少し多目の給料が支払われていた[19]。だが、それでも支払いについてはごたごたがあり、〝鎚ほこと短剣〟で解決したが、〝多くの傷つき、骨の折れた頭が発生する結果を招いた〟[20]

ニムルドでの発見物には、信じられないほど続々と出てくる見事な象牙の彫刻品があった。友人で考古学者のジョーン・オーツによると、アガサの考古学に対する最も大きな貢献は、

一九五三年に井戸から回収した三十枚以上の木と象牙の筆記板を、ほとんどひとりで復元したことだ。何百ものとても小さくてよく似たかけらだらけで――彼女の大好きなジグソーパズルのようなものだった。[21]

アガサ自身も、自分の仕事を誇りに思っていた。

わたしはお気に入りの道具を持っていた……オレンジの木の棒、細めの編み物針――あるシーズン

は、貸してくれた——か、もらった歯医者の器具——顔用のクレンジングクリームの瓶。これは割れ目の泥をやさしくかき出すのに、何より役に立つことがわかった……すごくわくわくした。忍耐、必要とされる手入れ、細心の注意でさわること。

彼女は記録のための写真も撮り、〝小さな換気されていない暗室での朝の仕事で汗をかきながら〟出てくる。[22]病院での日々のように、ニムルドで信頼する人たちに囲まれて、忙しいチームの一員でいることが、この上なく幸せだった。

オーツのように、アガサの時代の発掘の記述では、たいてい彼女の仕事の女らしい性質が強調される。複雑な仕事、繊細なさわり方、クレンジングクリーム。でもこれは実は彼女の最も重要な貢献ではなかった。それは考古学者の妻がする、最も社会的に好ましい貢献にすぎない。

もうひとつの彼女の仕事は、発掘隊の家に座り、壁の窓ごしに労働者たちに給料を手渡すことだった。遺跡を見に来た旅行者たちが、ときどき言っているのが聞こえた。「ほらごらん、金をもらってる男たち、払ってるのはアガサ・クリスティーだよ[23]」

実はアガサは、あらゆる意味で彼らに金を払っていたのだ。なぜなら、そもそも発掘を可能にするための金を寄付していたのだから。個々の発掘調査の財政上の保証だけでなく、イラク英国考古学院の財政援助もした。たとえば一九五三年には『ポケットにライ麦を』で得た金を学院に贈った。代理人の説明によると「ニューヨークのメトロポリタン美術館が援助を取りやめにしたため……アガサの夫の一生の仕事が資金不足になりそうだった」からだ。[24]

発掘では、もちろんアガサは、マックスが責任者であるかのようにふるまった。チームのメンバーたちはすぐに、ボスの妻を自分たちと同じように扱うべきだと知った。ある考古学者は彼女のことをこう評した。「彼女の執筆に口出しをしてはいけないことを知っている友人や、チームのメンバー以外には、生まれつき引っ込み思案だった[25]」それにもかかわらず、同時に、みな彼女がただの仲間のひとりではないと知っていた。「マックスはとても怒りっぽくて」とジョーン・オーツが説明する。「よくかっとなったものだけど……彼女のやることといえばいつも『まあまあ、マックス』と、とても静かな声で言うだけで、そうすると彼は少しのあいだ止まって、怒っていたことが何だったにせよ、やめるのよ[26]」。イラク英国考古学院の後継組織の会長のポール・コリンズ博士は言う。「わたしの印象では、彼女が決定を下す存在でした[27]」

よく語られている話では、アガサの発掘現場での生活の利点のひとつは、大きくなり増えていくしつこい大衆から守ってくれるところだった。でもこれも真実ではない。ニムルドでアガサが大いに存在感を示したのは、観光客の呼び物としてだった。彼女はイラク石油会社から発掘の後援を得るために、なくてはならない存在だった、とエリナー・ロブソンは書く。「アガサとのお茶会は、力仕事や輸送手段の貸与と引きかえに、イラク石油会社の奥様たちに提供された[28]」。一シーズンのあいだに千五百人以上の観光客が、遺跡とアガサの両方を見るためにやってきた。「大演習中の陸軍将校たちや、バスに詰めこまれた子どもたち、高位聖職者や、ロバでやって来る地元のひとたちまで……アガサは長いテーブルの上席に座り、紅茶やコーヒーのポットのうしろであらゆる階級の人々をもてなした[29]」

アガサは取引における自分の役割を果たしたが、個人的にかなりの犠牲を払っていた。ジョーン・オーツはまさしく包囲された彼女を覚えている。

こういう車が来るのを見ると、アガサはいつも自分の小さな部屋に入り、ドアに鍵をかけた。フィンランドから来たふたりの若者がいた。彼らはアガサ・クリスティーに会うために来たので、だめだと言われても引き下がるつもりはなかった。彼女がここにいるのは知っている、彼女に会いに来たんだと……実際、ドアのところに行って、どんどんたたいた。[30]

ほかにニムルドでアガサの存在が感じられたことは、食べ物を通してだった。英国の税法は、事業目的で使える控除を許可していた。それを彼女は、本に〝土地の特色〟を取り入れるためと定義した。それゆえ、発掘隊の食料を買うことは、アガサにとって節税効果があり、もちろん、それは楽しみのもとでもあった。こう言って料理人を店に送りだした。「それと、クリームを忘れないでね」[31]。その結果、考古学者たちは「インド人の料理人によって、灯油を加熱したボックスオーブンで、奇跡的に焼かれたホット・チョコレートスフレに、濃厚な水牛のクリームをたっぷり載せたものを楽しんだ」[32]

これらのあらゆる活動を展開しながらも、アガサはまだ、次のシーズンの発掘の資金を助ける本を生みださなければならなかった。それで、一九五一年に、ヴァージニア・ウルフをまねた別の有名な一節のなかで、発掘隊の家に自分の部屋を建て増ししたことについて説明する。

五十ポンドで、わたしは小さな四角い泥レンガの部屋を建てて、碑銘学者のドナルド・ワイズマンがくさび形文字の表札をつけてくれた。それは、ここはベイト・アガサ――アガサの家だと告げていて、アガサの家にわたしは毎日行って、自分の仕事を少ししたわ。

この表札はすぐにまた降ろされて、アガサの隠れ場所を、訪問者が見つけるのは難しくなった。彼女の秘密の部屋はクルディスタン山脈のほうを見晴らし、手作りのテーブルがあった。その上に「タイプライターと、陶器の破片を重しにした、飛び散りやすい紙と、ペーパーバックの山が載っていた[33]」ここでアガサは、毎朝急いで次の本をタイプして過ごしたとマックスは言う。「毎シーズン、そんなふうに六冊以上は書かれた[34]」

だが、このような毎年の発掘調査はついに終わりを迎える。イラクの緊張は、国が一九五八年の革命に向かっていくにつれて大きくなっていき、イラク人の愛国心がふたたび高まった。一九五五年のニムルドでの六シーズン目は、順調にいかなかった。もう六十四歳になったアガサは膀胱炎になり、病院に連れて行かれるはめになったのだ。四月には、ハリケーンが発掘隊の家の屋根を飛ばしそうになった。ハミルトンは、マックスが「いつものように首尾よく仕事に対処していない」と思った[35]。

そして、マックスの好む古い宝探しタイプの考古学は、若い同僚たちの〝科学的な〟アプローチに次第に見劣りしてきた。彼の女生徒でいることはとくにたいへんだったようだ。〝女生徒を涙ぐませた〟ときに、やっと前進しはじめるのだと思っているふしがあった。〝まったく健全なことだ〟と書いている。マックスはまだ、当時はかなり時代おくれとみなされていた《イラストレイテド・ロンドン・ニュース》紙に発表していて、彼の専門は「高圧的なプロ根性に影響された」と率直に後悔していた[36]。そんな〝のんきな日々〟の終わりが近づいてきていた。ある考古学者が言うように「マックスとアガサが、発掘をエキゾチックな環境での個人的なホームパーティーのように行った日々が[37]」。

一九五七年は、マックスの隊長としての最後のシーズンだった。一九五八年七月十四日に、イラクのハーシム家君主は新しい共和制政権の手に落ちた。だが、マックスが発掘をやめたほんとうの理由は、六十七歳のアガサがもう体力的に同行できないからだった。彼の現場での経歴は、始まったときと同じく、共同事業に欠かせない仲間であるアガサとともに終わった。

英国に戻ると、マックスは代表作『ニムルドとその遺跡*Nimrud and Its Remains*』（一九六六）をせっせと書いた。またしても、それを可能にしたのは彼の妻だった。ペンギン社に断られたあと、好意でコークがその企画を引き受けたのだ。アメリカのハロルド・オーバーは、むしろあまり熱心ではなく、その本のことをこう述べた。「ニムルドとか何とか言ってたが、のこりはわからなかった。考古学の本だと思うが[38]」

マックスの名前が表紙に載り、アガサの名前は献辞のページにあるだけだが、実際には共同で達成したものだった。そして、彼らの名前の陰には、バーバラ・パーカーや、ほかの助手たちや、実際に発掘をした何百人ものイラク人作業員の影が漂っている。題名を選ぶにあたり、マックスは自分をイラクの考古学の創始者であるサー・ヘンリー・レヤードの後継者と位置づけた。*Nimrud and Its Remains*は、レヤードの一八四九年の*Nineveh and Its Remains*をまねている。[39]アガサは自伝のなかで比較もしている。偉大な古代都市カラあるいはカラハがどのように眠ったかを描写して……。

レヤードが平安を乱しにやって来た。そしてまたニムルドことカラは眠った……マックス・マローワンとその妻がやってきた。そしてまたカラは眠る……次は誰が乱しに来るのだろう？

彼女の問いに対する答えは、イラク人とイタリア人とポーランド人の考古学者のチームだった。しかし彼らが何年も念入りな作業をしたあとに、ショッキングで暴力的な介入があった。二〇一五年に、イスラム国（ＩＳ）の武装勢力が、古代遺跡の残りを徹底的に破壊したのだ。彼らの行為はユネスコによって戦争犯罪だと非難された。彼らは〝イラクの人々の歴史の跡をすべて消し去る〟という決意に突き動かされていた。[40]ニムルドのアガサの執筆部屋は、放置されて二〇〇〇年代初めに倒れたが、二〇一五年には、泥レンガ造りの発掘隊の家はまだ残っていた。その命の最後の瞬間はビデオに録画されて、インターネットに投稿された。ＩＳが爆発物で空高く吹き飛ばした場面が。[41]

この大事件、遺跡の破壊が、ニムルドの話の終わりのように思える。だが、ニムルドの専門家のエリナー・ロブソンは、その後、損害を査定するために訪れた。彼女は、爆発物が完全に遺跡を破壊するためというよりは、よいプロパガンダビデオを作るために置かれたのだと悟った。ジッグラトはなくなったかもしれないが、遺跡の残りの大半はそのままだ。「散らかっているが、修復できなくはない」と、ロブソンは損害について語る。[42]そしてアガサとマックスの家の壁のひとつはまだ建っている。「われわれはこの有名な家を再建します」と、二〇二〇年に地元の考古学者のケリディン・ナーセルは言った。「わたしたちにとって、強く心を動かす価値があるので[43]」

というわけで、ニムルドはまだ残っている。次の世代がやってくるまで眠りについて。

第三十三章 戦後のクリスティー・ランド

戦争のあとでグリーンウェイに戻ってきてほっとひと息ついたあと、アガサや、多くの英国人は、平和に少々がっかりしていた。

「これが戦争の名残なんだ」と『満潮に乗って』（一九四八）の登場人物のひとりが言う。「悪意。呪い。あらゆるところにある。汽車に、バスに、お店のなかに」。一九四〇年代後半と一九五〇年代のクリスティー・ランドの住人の多くは、中流階級の生活水準の低下に直面していた。彼らは自らを改善しようとはしなかったが、ひたすら所有しているものを維持しようとしていた。新しい福祉国家が彼らに与えるものはあまりなかった。アガサの考えでは、それが提供するのは、

恐怖からの解放、安全、日々のパン、そして日々のパンに毛の生えたもので、それにもかかわらず、わたしには今この福祉国家で、年々誰もが、将来を楽しみにするのがより難しくなってきているように見える。

だがクリスティー・ランドの外では、この種の懸念は偏狭に見え始めていた。一九五〇年代にアガサは、読者が感じている大英帝国へのノスタルジアや不安をうまく利用したため、これまで以上に商業的に成功

し、売上がぐんと伸びた。だが同時に、文学的な評判は落ち始めた。その後はずっと、流れに逆らって書いていく。ちがう階級のちがう人々が会話をリードした。キングズリー・エイミス、ジョン・ファウルズ、フィリップ・ラーキン。一九二〇年代と三〇年代にモダニストたちが、ミドルブラウや中流階級や、しばしば自分たちより売れている女性作家たちから名声を奪ったのと同じことが今〝怒れる若者たち〟に起こっていた。

探偵小説にも怒れる若者たちはいた。ダシール・ハメットのような、彼らのなかで目立つ声は、もうとくに若くはなかったけれど。暴力と女嫌いが売りの、フィクションのハードボイルド派の小説は、戦前にもアメリカから英国に浸透し始めていた。アガサはハードボイルド小説をあまり高く評価していなかった。ミス・マープルもだ。ジェーン・マープルは、ハメット氏のことを聞いたことはあるが、しっかり彼に身の程を思い知らせる。「彼がいわゆる〝タフ〟なスタイルの文学と呼ばれるものの最高の地位にいると見られているのは、甥のレイモンドに聞いて知ってるわ[1]」

ミス・マープルが〝タフ〟な文学をあざ笑う一方で、彼女の生みの親の作品も、実はそれなりに〝タフ〟になってきていた。歴史家のニコラ・ハンブルによると、戦後、新しいテーマが、英国全体のミドルブラウの小説に入ってきた。〝偏執病的な警戒心〟の要素だ。彼らの暮らしの存在の危機に直面して、これらの小説のなかの人々は、残酷な〝排除とひとを出しぬくゲーム〟で、自己の内面に向き合う[2]。ミス・マープルが気づいたように、社会の古いルールはもう通用しない。「十五年前は、誰が誰だか、みんな知っていたのに」

この階級の自信の喪失は、多少は中流階級の収入の搾取のために起こったものだ。優雅な生活を求めるもがきというテーマは『予告殺人』（一九五〇）を支配している。地方紙に〝お手伝いさんを熱烈に求める〟という文章が載っているが、ひとりも使用人が見つからない。「家族に年老いた子守女がいるほかは」当時、多くの大きな家の女性は、アブニー・ホールのワッツ家のような資産家でも、自分の手を汚さなければならなかった。アガサの姉のマッジは、五時三十分に起きて家事をする。〝ほこりを払い、整頓して、掃いて、火をおこし、真ちゅうをきれいにして、家具を磨き、それからアーリーティーにひとを呼び始める〟。マッジのきちょうめんさは『予告殺人』の牧師の妻に投影される。朝早く起きて「ボイラーに火をつけ、蒸気機関のように走り回り、八時にはすべて終わっている」。そのあいだずっと、大きな家は小さな家よりきれいにしておくのがたいへんなんてことはないと勇ましく主張している。

特権的階級という地位の喪失は、アガサの『葬儀を終えて』（一九五三）の犯人、ミス・ギルクリストの殺人の動機としても表れる。彼女は付き添いという、自分の品位を落とす仕事を嫌悪している。かつては自分の喫茶店を経営していたが、戦争中にケーキのための卵を手に入れられなかったために、店を閉じなければならなかった。ほかの登場人物たちは〝淑女のような殺人者〟という概念に驚いたが、自立と上流階級からの転落は、一九五〇年代のアガサの読者にとって共鳴するものだった。

ミス・ギルクリストは、雇い主を手斧でたたき切る、とくに残酷な殺人者だったが、アガサの戦後の小説は、子どもについても荒っぽくなった。彼女は決して若者に感傷的ではなかった。たとえば『殺人は容易だ』では、少年が作者から悲惨なほど気づかわれずに殺される。だが『ねじれた家』（一九四九）では、アガサはついに殺人を犯した子どもを書くところまでいってしまった。彼女は自分の作品に自信を持ち、のちに『ねじれた家』を自分の本でお気に入りのひとつとしている。

でも、たとえアガサの本に新しいノスタルジアの要素が入ってきたとしても、それに支配されることはなかった。『無実はさいなむ』（一九五八）の少年は「いつも宇宙船のことを話したり、考えたりしている」。

アガサはまだ未来を愛していた。一九五六年にインタビューに答え、それはレーヨンとゼネラル・エレクトリック・テレビの広告（「進歩は、われわれの最も重要な製品です」）のあいだのページに収まっていた。彼女は「SF小説に熱中しているんです」と記者に語った。「神秘的な発明品の領域では、それがすばらしく新しい視野を提供してくれるからです」[3]。マックスの甥のひとり、ジョン・マローワンは、学校の休暇をおじとアガサおばさんといっしょに過ごした。「ぼくはよくおばさんにSF小説をあげました」と彼は言う。「おばさんはほんとうに何でも読みました」。彼はアガサに、新車のウーズレー一五〇〇で、新しくできたM4高速道路を最高速度の時速八十五マイルで運転しようと持ちかけもした[4]。スピードへの愛を生涯持ち続けるのには、少しばかりの激励が必要だった。

これはアガサ・クリスティーの絶えず驚かされるところだった。現代的な生活への情熱だ。〝クリスティー・トリック〟のひとつは、プロットに同時代のニュースになっている話を使うことだった。スリラーの『死への旅』（一九五四）は、スパイのクラウス・フックス（一九五〇年に自白）と、ブルーノ・ポンテコルボ（一九五〇年に亡命）を踏まえている。彼らはハーウェルの原子力エネルギー研究所で働いていた[5]。そして戯曲『ねずみとり』は、里子のデニス・オニールに起きた現実の悲劇を取り上げた。一九四五年にその死についての公聴会で浮かび上がった問題だった。

現実の事件と同様に、現実の場所もアガサの心をくすぐり続けた。『五匹の子豚』（一九四二）は、グリーンウェイの庭を舞台に使い、『死者のあやまち』（一九五六）では、ボートハウスが犯罪現場を提供する番だった。こうして実在の場所をミステリを立ち上げるのに使うのが、もうひとつの〝クリスティー・トリック〟だ。『予告殺人』のために、アガサは近所のひとたちを説得して客間に入ってもらい、突然明かりが消えたときに何が見えたかを表現してもらった。完成した本では〝何が見えるか、そしてさらにおもしろいのは、何が見えないか〟が、きわめて重要になる。小説が出版されたとき、関係者のひとりは、自分が小説家の現場実験の場にいたのだと気がついた。[6]

アガサはいつも、自分が生活を芸術に取り入れていると自覚していたわけでもなかった。アメリカでは、代理人のドロシー・オールディングが、次第にハロルド・オーバーからアガサの業務を引き継いでいた。だが、オールディングは初めて『鏡は横にひび割れて』（一九六二）を読んだときに〝はっきりと不安〟を覚えた。アガサは妊娠時の風疹の影響を組みこむつもりなのだろうかとまさに心配したのだ。[7]問題は、最近起きた現実の女優ジーン・ティアニーの事件だった。アガサの小説の映画スターと同じく、彼女はファンに感染させられて、その結果、身体障害のある子どもを産んだ。これは搾取のように見えた。『鏡は横にひび割れて』は、実際におびただしい苦情を生じさせた。〝ミス・ティアニーの問題と悲しみを書き立てるのは、不必要に残酷だ〟[8]だが英国に戻ると、コークは力強く作家をかばっていた。「信じられないかもしれませんが」と認め、アガサは「その事件のことをまったく知らなかったのです」[9]

もうひとつアガサが怒りを買ったのは、生涯を通して反ユダヤ主義の何がいけないのかをわかろうとしなかったことだ。『予告殺人』は不運な亡命者のミッチーを登場させて、おもしろい人物として扱っている。彼女の警察への恐れ――「強制収容所に送りこむんでしょう」――というのは、まったく笑えない冗談だ。[10]一九四七年と一九四八年は『ホロー荘の殺人』（一九四六）について、アメリカで苦情がエスカレートしていった。読者は〝辛辣なちびのユダヤ女〟の〝耳ざわりなしゃがれ声〟というアガサの言及が、反ユダヤ主義の固定観念だと主張した。ついにその件はアメリカの不寛容に対する評議会に取り上げられ、アガサの出版社に『青列車の秘密』までさかのぼり、アガサの本の新版すべてから反ユダヤ主義を削除することを求めた。[11]アガサのチームは、その問題を巡って煮え切らない態度を取った。アメリカの代理人が、英国の代理人に忠告した。「彼女と話すことがあれば、今後はユダヤ人のことを書くのを控えるのが賢明かもしれないと言ってみてはどうだろう」[12]

もちろん、作家と登場人物の考えは、ふたつのまったく別々のものだ。『暗い抱擁』に、もうひとりの登場人物をいわゆる〝庶民的な〟脚のことで非難する登場人物がいるということで、アガサは、しばしば批判された。もしもそれがアガサ自身の考えを表現しているのなら、実際〝異様なほどの階級差別〟ということになるだろう[13]。だがこの場合、わたしたちは、少しおかしな語り手の目を通してその男の脚を見ている。アガサは彼に、トーキーの友人、マーガレット・ルーシーのことばを言わせている。彼女は一度、ある男のことをはっきりからかってこう言った。「彼の脚がすごく庶民的なのは、お気の毒ね」[14]。時代がちがえば、もともとの皮肉を見逃すこともある。

だが、アガサが個人の性格を明らかにするわけでも、プロットを進めるわけでもないかたちで個人的な偏見を伝えると、きっと気分を害されるだろう。でもコークは、彼女に反ユダヤ主義の話をする義務を回避した。一九五三年に、彼はアメリカの出版社にはっきりと、「これから出る本のなかで、不愉快な登場人物をさしている場合、〝ユダヤ人〟ということばを単純に削除するよう」指示した[15]。

一般にステレオタイプはアガサの作品に不可欠なので、そうすべきではないときにも、使うことをやめられなかった。〝外国人〟というのは、典型的なクリスティーのひとの注意をそらす方法だ。ポワロは自分の国籍を隠れみののように使う。「この話にならないいちびの生意気な外国人めが！」と、『ＡＢＣ殺人事件』で捕まった殺人者が叫ぶ。『無実はさいなむ』ではあべこべだ。家族のお抱え弁護士が、実は犯人であるスウェーデン人への疑いを抱かぬようにわれわれを導く。〝外国人〟がやったのが誰の目にも明らかだったからだ。『ホロー荘の殺人』の〝辛辣なちびのユダヤ女〟の問題は、単純に彼女の宗教が、より嫌悪を引き起こすように使われていたことで、アガサの繊細さの衰えを見るのは悲しいことだ。大学の寄宿寮が舞台の『ヒッコリー・ロードの殺人』（一九五五）で、アガサは特徴の薄い〝ゴパール・ラム〟と〝ミスター・アキボンボ〟を登場させて、現代の人種問題とからませようとした。これは快く受け止められなかった。《サンデー・タイムズ》紙のフランシス・アイルズは、論理性がないと考えた。「外国人はすべてこっけいだけれど、有色人種の外国人はさらにこっけいだ」。一方イーブリン・ウォーは〝たわごと〟だと考えた。[16]アガサはかつてステレオタイプや読者の期待を軽くあしらうのに長けていたが、年を取るにつれて、それが難しくなっていたのだ。

　この戦後の数年間に、アガサは一九三〇年代よりも作品数を減らした。たくさん書きすぎることは、「大部分をばかばかしいことに使う内国歳入庁」の利益になるだけだと感じていたのだ。[17]でもまだ多作であり続けた。三月に原稿を渡すために、六週間必死に働き、クリスマスに出版するというパターンになってきた。長い夏の休暇を取って――〝暇で怠惰なとても楽しい日々〟――それから、次の本の構想を練る。[18]

　一九五五年のラジオでの話で、彼女は自分のプロ根性をかるく扱った。「がっかりさせるかもしれませんが、わたしにはあまり方法論がないということです。下書きを古い忠実な機械でタイプします」と言った。[19]しかしこの〝古いタイプライター〟というのも、世間が抱いている薄っぺらいイメージを支えるものだった。ほんとうは最新式の最高仕様の製品を持っていたのだ。アメリカの代理人が一九四九年に送った〝新しい音の静かなレミントン〟のような。[20]それにとにかく、アガサはいつもタイプ打ちを手伝ってもらっていた。カーロの仕事には書き取りをすることも含まれており、一九五〇年代に彼女がイーストボーンに引退してからは、秘書としてステラ・キルワンがあとを継いだ。

　作家のジョン・カランは、おそらくプロットを発展させていくアガサの技法を最もよく知る人物で、それにはノートに書いたメモも含まれる。「ふとした瞬間にプロットが降りてくるの。通りを歩いていたり、とくに興味深く帽子屋を見ていたりするときに……わたしはすばらしいアイデアをノートにすばやくメモするの。そこまではとても順調なんだけど――必ずするのが、そのノートをなくすことなのよ」と言う。プロットを思いつく様子も描写した。「お風呂に寝そべったり、リンゴを食べたり、紅茶を飲んだりするときには、まわりに紙と鉛筆を置いておくの」

七十冊以上のこの好奇心をそそるノートはまだ残っている。安いものから豪華なものまでいろいろで、高級っぽいブランド名のものもある。たとえば〝ミネルヴァ〟や、〝マーベル〟や、〝メイフェア〟など。いかにも古い一冊には〝アガサ・ミラー、一九〇七年五月三十一日〟とある。別の一冊はW・H・スミスのもので、塩化ビニルのカバーは――すばらしいことば！――〝拭きとれる〟と書いてある。

でも、このノートを読み解くのはじらされる経験だ。書いてあることの多くはまったく意味不明だからだ。何よりこのノートから、アガサの仕事への控え目なアプローチがわかる。小説は複数のノートにまたがって筋書きが作られている。明らかに、たまたま手元にあるのがどれだったかによるのだ。たとえばノート31には、一九五五年、一九六五年、それから戻って一九六三年、次に〝一九六五年の続き〟そして一九七二年と日付のついたページがある。正しい順番にページを使うということもしなかったようだ[21]。さらにノートは、アガサにとって仕事がどのように生活に縫いこまれていたかも表す。登場人物やプロットのアイデアの横に、家具のリストや、美容院の予約を入れるという念押しや、トーキーへの列車の時刻のメモなどがある[22]。

〝方法論〟に一番近いものといえば、場面をアルファベット順に一覧表にしてあり、ときどきちがう順番に入れ替えて本を書き直していたことだ。『ねじれた家』の場合にとくにはっきりと、反復の過程がノートに記されている。初めから子どもを殺人者にするつもりではなかったが、ほかの三人の登場人物を考えたあとで、その少女に落ちついたのだ。「彼女は工夫して、展開させた。選択して、捨てた。鮮明にして、磨きをかけた」と、ジョン・カランは解説する。[23]長年の研究の末に、結論にたどり着いた。ノートに含まれた〝まとまりのなさ〟がアガサの方法論だったのだと。「これが彼女の働き方で、創造の仕方で、書き方だ。彼女は精神のカオスを楽しみ、それが整然とした秩序よりも彼女を刺激した。厳密さは彼女の創造的な過程を息苦しくさせたのだ[24]」

友人のひとりによると、アガサが最も楽しんだ部分は、筋を組み立てることだった。「執筆で感じる大きな喜びだった。残りのすべてはつらい仕事だった[25]」。それでも、彼女はよい筋書きを再利用することを恥とはしなかったし、実際それが最高の〝クリスティー・トリック〟のひとつだった。読者は、彼女が同じゲームを二度しているとはまったく信じられない。しかし、たとえば『アクロイド殺し』でデビューした、信頼できない語り手、あるいは証人は『シタフォードの秘密』にふたたび現れ、『終りなき夜に生れつく』にもう一度戻ってくる。

筋の組み立てが終わると、アガサは次に、紙にことばを載せなくてはならない。ロードス島でのワーキング〝ホリデー〟から、マックスに書いた手紙を見れば、たゆまず、きちょうめんに取りかかっていた、はっきりとしたイメージが浮かんでくる。ホテルにひとりで滞在しながら、彼に言う。

朝食は八時……九時まで瞑想。十一時三十分まで（それか、章の終りまで——天気のいい日は、短い時間で切り上げることもある！）猛烈にタイプライターを打つ。それから、浜に行って、海に飛びこむ……お茶のあとで、もう少し仕事（仕事をしないで寝ることもある）八時三十分にディナー——そして、寝てしまったときは、その後も仕事。[26]

これは十月十日だ。十月十三日までに「エッジウェア卿はたしかに死んでいる……ポワロは最高に謎めいている」六日後「財産を相続する甥は、自分の美しいアリバイについてポワロに話している！」そしてその二週間後「二十一章まで来ました」。すごく進んでいた。気を散らされることがなかったから。「あなたがいたら、絶対に終わらなかったわ！[27]」

アガサの筆跡——鉛筆、ボールペン、万年筆の——は、一生のあいだに変わった。戦前、戦中の、最も創造力のあった時期は、ほとんど判読不能で、まるでアイデアがあまりにも早くあふれ出てきて、ほかのひとにもわかるように書きとめることができなかったかのようだ。[28] その豊かさは喜びに満ちて生き生きとしたアガサをとらえている。よく知らないひとたちから、自分の喜びに満ちた快活さを隠している彼女を。だが戦後、本の質が低下してくると、文字は大きく、読みやすくなった。晩年のノートはメモが少なくて、文章を作るのに速記用口述録音機（ディクタフォン）に頼ることが多くなり始めた。でも、録音機にはよくない効果があった。簡単に使えすぎて、文が長ったらしくなったのだ。[29] ノートの一冊の日々の記載に「最初の半分の書き直し」と、『親指のうずき』（一九六八）について書いている。「あまりくどくなく[30]」

グリーンウェイでの年月に、家族の儀式ができた。アガサが自分の最新作を声に出して読むというものだ。「ニーマが毎晩、ディナーのあとで『ポケットにライ麦を』を一章か二章読んでくれた」とアガサの孫息子のマシューが言う。

一九五三年だったはずだ……家族みんながグリーンウェイの客間に丸く座って、コーヒーカップは空っぽで……ニーマが深い座り心地のいいイスに座り……最初の二、三回を除いて、毎回セッションのあとで、みんなは殺人者の正体を当てさせられる。[31]

これは重要な手順の一段階である、プロットの実験のように聞こえる。でも朗読は校正刷りの段階でされているので、アガサが重要なことを変えるには遅すぎた。[32] 彼らがどう考えるか知りたかったからというよりは、家族を楽しませるためにやっていたのだ。

彼女が校正刷りを直したあとで、いくつかの誤りを残したままにした出版社に災いが起こる。「ほんとうに頭にきたわ」アメリカの会社が『五匹の子豚』の殺人についてのある登場人物の発言から三文字――〝金てこで〟(with a crowbar)――を削除した版を発売したときに、文句を言った。読者はほかの情報源から、この記述が事実に反すること、そのことばは話し手が誤っていて、偏見を抱いているということを示すために含まれていたのだと知っている。ある不運な編集者が、無意識に重要な手がかりを削除してしまったのだった。[33] アガサはとくに宣伝文に神経質で、走り書きの大文字で〝NO!〟とだけ書いて却下した。[34]

このプロとしての自信は、公的人格とは相反したままだった。「わたしが死んで十年経ったら、きっと誰もわたしのことなど聞いたこともなくなるでしょうね」[35]。しかし一九四八年八月に、彼女の十冊の本を十万部ずつ――すなわち百万冊の小説――が、同じ日にペンギン社から一斉に発売されたとき、記録は破られた。

一九五〇年に、アガサの五十冊目の本を祝って、パーティーが催された。内省の精神で、彼女は自伝に取りかかった。十五年間、断続的に心を占めることになる仕事だ。五〇年代には、公式声明にもかかわらず、自分の人生は記録する価値があると、アガサにはよくわかっていた。

第三十四章

特別席の二列目

一九五八年四月十三日の夜は、アガサ・クリスティーの人生を決定づけるイメージを与えた。ロンドンの〝これまでで最も盛大な演劇のパーティー〟と評されたものが、その夜サヴォイホテルで行われた。[1] アガサは今日、小説家として覚えられているけれど、これは彼女が世界的に有名な劇作家にもなった十年間を栄誉で飾る瞬間だった。前の晩に、彼女の戯曲『ねずみとり』が、支配人のピーター・サンダースの喜んだことに、二千二百三十九回目の上演を果たしたのだ。

サンダースがパーティーを思いついた理由は、少しあいまいだ。『ねずみとり』は、すでにウエスト・エンドの歴史のなかで最も長く上演された芝居になってから、六か月が経っていた。この一九五八年の四月に『ねずみとり』の上演は一九二二年からのミュージカルのヒット作の記録を追い越し、あらゆる種類の舞台作品のなかで一番のロングランとなった。

しかしサンダースは、機会を利用することにかけてはすばらしかった。アガサの考えでは、その場には「パーティーの最もぞっとするものがすべてあった。大勢のひと、テレビ、照明、カメラマン、レポーター、スピーチ」でも、行かなくてはならないと知っていた。サンダースのことを心から尊敬していると言った。「わたしができないと言ったことを、やらせたことに」[2]

サンダースは、リチャード・アッテンボローからアンナ・ニーグルまで、千人の客を招待していたが、最も重要なのは、新聞が〝母親のようなほほ笑み〟と呼ぶ、この物静かな女性だった。[3] アガサは厳しい試練のために、シフォンの袖のついた黒っぽい色のサテンのガウンと、白い手袋と、三連の真珠のネックレスで準備した。俳優や劇団員たちは好きだったが、要求の多い仲間たちに疲れていた。「ええ――行って、役目を果たしてこないとね」。俳優たちに会いに出かける前に、マックスに言った。「キリストの名前と〝ダーリン!〟だらけの」[4]

三十人ほどのカメラマンが出席しており、アガサはサヴォイに早めに着いて、写真を撮らせてくれと頼まれていた。そのときに起こった話を語っている。

　わたしは言われたとおりにしましたが、サヴォイの職員に断固拒絶されたんです――「あと三十分は入場が許可されませんので――まだなかにお入りになれません」ことばが出てこなくて、賢明な行動をするかわりに、そっと離れるしかありませんでした。

とうとうアガサ・クリスティーは、ホテルのラウンジにひとりで座っているところを、サンダースのチームのひとりに発見された。「どうして自分が誰だか言わなかったんですか?」と訊かれて、たぶんちょっと憤慨した。「できなかっただけよ」アガサは答えた。「麻痺してしまって」[5]

いざその時が来ると、完璧に満足のいくスピーチをした。しかし日々のコラムで広まったのは、さっきの屈辱についてのちょっとした名場面だった。《デイリー・メール》紙の記者はそれが好きだった。当時六十七歳のアガサをうまくとらえていたからだ。一見ふつうに見える超スーパースターを。[6]

アガサがウエスト・エンドに君臨していたことは、現在では不思議なほど見過ごされている。でもそれは目覚ましいものだった。一九四四年には『そして誰もいなくなった』に基づく戯曲が、ロンドンとニューヨークのブロードウェイで同時に上演された。一九五四年は、ウエスト・エンドで同時に三本の戯曲が上演された。その三本のうちの二本が、六十八年後にロンドンの劇場で上演されていることはさらに感慨深い。

それにもかかわらず、劇作家としてのアガサの仕事は、評価が低い。たとえば『第二次世界大戦後のイギリスとアイルランドの戯曲家』辞典には、アガサ・クリスティーがまったく記載されていない。『ねずみとり』自体についてよりも、アガサ・クリスティーの『ねずみとり』について、トム・ストッパードが茶化したことのほうが多く書いてある。彼女は十六ページを与えられた男の劇作家の引用でふれられているだけだ。彼はアガサのことを〝わたしは決して行かない類の演劇〟の作家だと退けている。[7]

アガサの演劇の経歴について、歴史家ジュリアス・グリーンは、彼女の評判を下げているいくつかの要因を説明する。たとえば、クリスティーの演劇はとくにアマチュアに人気がある。出演者はたいてい小さくてシンプルな必要最小限の集団だ。劇の上演をアマチュアに許可するということは、長期のプロの上演なしに商業的に成功できるということで、アガサはいつも後者を優先してはいなかった。そして、ふたたび商業的な理由で、彼女の名前は、しばしばほかのひとたちが小説を脚色した粗悪な作品に表れた。

アガサの最初のすばらしく成功した演劇が、初めて女性によって演出されたものだったということにも驚く。彼女の評判は、男性演出家による中傷のキャンペーンにも傷つけられた。彼はリハーサルのあいだ、ベテラン作家が特別席の二列目のいつもの席からコメントを出すのが落ちつかなかったのだ。こういうことすべてが、クリスティーの舞台の仕事についての、グリーンの公正な再評価を、印象的な表現で始めさせた。

これは史上最も成功した女性劇作家の物語である。彼女は本も何冊か書いた。[8]

だがアガサの舞台の成功はじわじわと火がついたので、達成するまでに長い時間がかかった。七歳のときのお気に入りの仕事は〝戯曲を読むこと〟だったが、四十歳まで彼女の作品はひとつも舞台に上らなかったし、劇作家としての経歴は六十代にやっと本格的に始まったのだ。[9]

クリスティーの小説から作られた最初の戯曲は『アリバイ』で、別の作家が『アクロイド殺し』を脚色したものだった。一九二八年四月、アガサの離婚審理の月に、ロンドンのプリンス・オブ・ウェールズ劇場で初演された。《デイリー・エクスプレス》紙は（不正確に）それを〝行方不明の女性小説家〟の作品だと書いた。彼女は「昨日の夜の終わりにまた行方不明になりかけた。彼女がボックス席に隠れたので、みな〝作者だ！〟と叫んだのだ」[10]

『アリバイ』のポワロは、かなりカリスマ的なチャールズ・ロートンによって演じられた。アガサは彼を賞賛したが、自分が書いたキャラクターとはまったくちがうと思った。これが、ほかのひとによって自分の小説が劇になることを嫌うようになった始まりだった。それゆえ一九四一年四月に『そして誰もいなくなった』を自分で舞台用に書きなおす求めに応じることにした。「もしも誰かがあれを劇にするつもりなら、自分でさっさとやるわ！」[11]彼女はずっと戯曲を書くのが好きで「本を書くよりずっと楽しいです……すごく急いで書かなくてはならないところも。雰囲気を保って、自然に流れるような会話を続けるのも」と考えていた。[12]もちろん、彼女は決して場所や人物を詳しく描写することで知られてはいなかった。演劇が彼女に合っていたのは「本ではひどく心を悩ませて、何が起きているかに集中できなくなる、あの描写とやらに邪魔されることがないから」だった。

批評家のアリソン・ライトが論じるように、とにかくアガサの小説には、とくに芝居がかったところがある。アガサはそのことに十分に気づいていた。ノエル・カワードのことばを借りれば、人生は「ほんとうに仮面の問いだ。壊れやすい、偽りの仮面。われわれはみな身を守るために、それを着けている。現代の生活がそうさせるのだ」一九五〇年代と同じくらい階級意識がまだあった十年間には、人々は「身のこなしや、姿勢や、容姿、〝適切な〟声の抑揚」に非常に敏感だった。[13]アガサの最も成功した戯曲には、本質的にこの考えがあった。

だがコークは、アガサの戯曲を上演するひとを探すのに苦労して、翌年、彼女は書き直すことを決断した。今度は『そして誰もいなくなった』にハッピーエンドを与えた。本とはちがい、劇はヴェラとロンバードが恋に落ち、ふたりとも結局よいひとだとわかって終わる。ロンバードは〝ほんとうは自分の命を危険にさらして先住民を救った英雄〟だった。[14]明らかに撃たれて死んだのに、床から起き上がって言う。「ああ、助かった、女性はまっすぐ撃てないんだ」。小説よりはるかにぞっとすることの少ない愉快な結末は、戦時のロンドンではより好ましかった。[15]

そしてついに、シェイクスピア劇場で働く初の女性演出家のアイリーン・ヘンシェルが、演出することに同意した。アガサの最初の夜の緊張は、スティーヴン・グランヴィルと、プルニエでのディナーに和らげられた。[16]でも、心配する必要などなかった。すぐに芝居は英国を一周したあとニューヨークで幕を開けた。一九四五年に映画になり、一九四七年にラジオ用に脚色され、一九四九年にテレビ用に改作された。これにより、アガサの小説が初めて、本と、舞台と、映画と、ラジオと、テレビの形で現れるのに成功した。[17]

だが、この成功を再現するのは難しいとわかった。「論評はひどく悪かった」と、彼女は一九四五年の

『死との約束』の戯曲化で認めた。この作品はアガサに若い女優を紹介したことで注目に値する。彼女とは仲良くランチを食べたり、手紙を書いたりした。「あなたにいつか、わたしのミス・マープルを演じてもらいたいわ」と、アガサの手紙に書いてある。それを受け取った女性は、ジョーン・ヒクソンという名前だ。[18]ヒクソンは実際に一九八四年から一九九二年にかけて、テレビの最も有名なミス・マープルになった。

文字どおりにアガサ・クリスティーの名前を日の当たる場所に押し上げたのは、ピーター・サンダースだろう。彼女の戯曲はスターが演じるというよりはアンサンブルの作品で、そこに問題があるように思えた。だがサンダースは常識にとらわれない考えをした。彼女には「本の愛読者がたくさんいるんだ」とつぶやいた。「スターにできないわけがないだろう?」[19]この小説へのアプローチが、彼を次の劇『ホロー荘の殺人』のプロデューサーに選ぶことに、アガサを同意させた。

若くて野心的なサンダースが『ホロー荘の殺人』に選んだ演出家は、同じく未熟なヒューバート・グレッグだった。何年か先に、グレッグはとりわけ公然と美しくない方法で、アガサを中傷することになる。彼は回顧録に『ホロー荘の殺人』の脚本を渡されたとき、こう思ったと書いた。「最低だ。会話がひどい……登場人物はカリカチュアだし……あの用心深いひとが、素直にちょっとした書き直しに応じるだろうか」

グレッグの憎しみに満ちた本では、『ホロー荘の殺人』を書き直させたと主張するだけではなく、アガサが自分の年齢についてうそをつき〝食欲旺盛で〟宣伝が大好きだとも書いている。彼の本には〝わたしの覚えている彼女〟という説明をつけた、アガサのひどい写真を載せている。作家のことを〝意地悪なくそばばあ〟と呼ぶ不愉快な癖もあった。[20]アガサが人々の期待する公的な役割を演じるのをためらい続けた理由は、ここに明らかだ。

グレッグがいたにもかかわらず、『ホロー荘の殺人』は一九五一年にかなりうまくいった。だが最高のものはまだこれからだ。アガサの最も有名な戯曲『ねずみとり』は一九四六年に始まった。英国放送協会（BBC）がメアリー王太后に八十歳の誕生日の贈り物を選ぶようお願いしたところ、アガサ・クリスティーの新しい芝居を頼まれた。当時は『三匹の盲目のねずみ』と呼ばれた三十分間の芝居は、一九四七年五月三十日にラジオで放送された。アガサは執筆料を子どものための慈善事業に寄付した。筋書きは里親にひどい虐待を受けて亡くなった少年、デニス・オニールの実話に刺激されて書いたのだから、ふさわしい行為だった。

舞台用に長くして『ねずみとり』という名前に変えた物語は、はっきりと、混乱とひどい食料事情の戦後を舞台にしている。事件が展開する山荘では、ボイラー用のコークスがのこり少なくなり、夕食は缶詰の〝牛ひき肉とシリアル〟で、水道管が凍った。そしてアガサが劇のなかで主張しているが、英国社会は、若者を見捨てていた。登場人物のひとりは子どもたちを虐待者の手に送った治安判事で、もうひとりは彼らの助けを求める懇願に応えなかった教師だ。物語は、戦争中の疎開でわが子を他人の保護のもとに置いた多くの親たちの心配を酌み取ったものだろう。舞台は一九五二年十一月二十五日に開演した。その日、四十三のほかのロンドンの劇場が対抗する演目を提供していたが、『ねずみとり』がそのどれよりも長続きすることになった。[21]

アガサの二番目に有名な戯曲『検察側の証人』は、二重にひねった驚くべき結末があり、長い構想期間を要した。プロットは一九二五年に出版した小説が再利用された。アガサは一九五三年のイラク滞在中に、強迫観念症的に書きまくったなかのひとつの作品の脚色を完成させた。突然、劇の仕事が楽しくなったのだと言う。「執筆のあのすばらしい瞬間は、いつもは長く続かないのだけれど、大きな波が岸に運ぶように、すばらしい熱情とともにわたしを運んで……二、三週間しかかからなかったと思うわ」

これは大がかりで、費用のかかる、リスクの高い作品だった。使用できる唯一の劇場は一六四〇席の大きなものだった。半分進んだところで興味をそそる場面転換があり、舞台上に法廷が現れる。[22] 不安が大きくなり、緊張が高まった。「サンダースは自分の運命に突進しているように見える！」とアガサはひそかに認めた。[23]

だが、一九五三年十二月の初日の夜は、あらゆる予想をものともしなかった。「彼らは喝采して、足を踏みならし、叫んだ。「作家！」と、《デイリー・エクスプレス》紙が報じた。「三十人の出演者全員が、ボックス席にうやうやしく頭を下げた。暗いなかにひとりで座る六十三歳のアガサ・クリスティーは、ヴィクトリア女王のようにほほ笑んだ[24]」

サンダースもその夜にうっとりとなった。

ぼくは生きているかぎり絶対に忘れないだろう……出演者がアガサの座っている特別席のほうを向いて、全員で頭を下げた。劇場が混沌とした。手をたたいて叫ぶだけではなくて、人々が立って揺れていた。[25]

『検察側の証人』で、外国人の主人公は、陪審員の偏見によって、自分の言うことは信じてもらえないとわかっている。それで、うそをつきたいときは、ただほんとうのことを言う。それは大いに楽しませてくれる典型的なアガサ・クリスティー作品だが、同時に英国の司法制度によってつくられた前提に注意を向かわせもする。[26]

それにもかかわらず、クリスティーの劇は演劇界の完全な尊敬を得ることは決してなかった。《ガーディアン》紙の演劇評論家のマイケル・ビリントンは、アガサを「三流の劇作家」だと思っていた。「レパートリー劇場の仕事をしていた日々に、『邪悪の家』の再演で、歩く屍に命を与えさせられたときに、俳優たちからいつも出た苦しそうなうめき声がまだ聞こえる」と彼は言った。そうかもしれないが、グリーンが指摘したように、アガサが『邪悪の家』を書いたのではなかった。べつの劣った劇作家が彼女の小説から翻案したのだ。

『ねずみとり』に参加した演出家のひとり、ピーター・コーツは、アガサについてヒューバート・グレッグとは正反対の考えを持っていた。彼女は極めてプロフェッショナルなところを見せたと考えたのだ。そして「非常に成功した作家には必ずしも見られない、ある程度の受容力も」おそらくグレッグのほんとうの不満は、アガサは好かれる必要を強く感じていなかったことだろう。コーツが認めたように「彼女はつねにノリのいい会話や、わざとらしいおしゃべりから解放されたがっていた[27]」。プライベートでは、アガサは演劇仲間にかなり冷たかったかもしれない。リハーサルには出なければならないと言った。「もしもわたしが行かなければ、恐ろしいことが起こったり、俳優たちが自分でせりふに書きこんで、芝居を完全に混乱させるでしょうから[28]!」

一九六二年にまた『ねずみとり』のパーティーがあった。今度は十周年記念で、アガサは(かなり混乱した)スピーチをさせられた。「ときどき、自分のことだとはほんとうに信じられないのです」と言った。

つまり、それはまったくわたしに起こるようなことではないのです。つまり、もしもわたしが本を書いているとしたら、十年間も上演されるお芝居を書いた、わたしのような人間ではないでしょう[29]。

「お母さん、もっと手間をかけないと」とロザリンドは言った。「事前にちゃんと準備しておくべきだったわね」

しかしウエスト・エンドの女王としてのアガサの時代は永遠には続かなかった。ならば、絶頂期を過ぎる前に、一九五三年の『検察側の証人』のあの壮大な初日の夜についての彼女の回想を大いに楽しもう。「幸せだったわ。晴れやかで幸せだった」と彼女は言う。

自意識過剰で臆病なわたしは、今回だけはどこかにいってしまった。そう、すばらしい夜だった。今でも誇りに思っている。

第三十五章 チャーミングなおばあちゃん

戦時の年月が終わりを迎えると、アガサは親密な思いを紙に書きとめる必要があまりなくなった。マックス宛ての熱に浮かされたような手紙を書くのは終わりを告げた。絶えず彼といっしょにいるのだから。そして公的な人格のこととなると、壁がどんどん高くなっていった。神話がひとり歩きしていた。当然、アガサ・クリスティーがこれまで生みだしたなかで最高の登場人物は……まさしく〝アガサ・クリスティー〟だと言われている。一九五七年にアメリカのある雑誌記者は彼女のことを、

微笑みを浮かべた、灰色の目のチャーミングなおばあちゃんで、王族のように張り子(パピエマシェ)のお盆を集めていて、彼女が最も知っているとひとが期待するような物事をはっきりわかっていない印象を与える。アガサ・クリスティー、無数のテーマを持つ女王（総売上はざっと見積もって五千万ドル）が困惑した口調で言う。「どうしてみんな、わたしのことを書きたがるのかしら ね」[1]

それにもかかわらず、一九五〇年に彼女は王立文学協会フェローになり、一九五六年に大英帝国勲章を受章し、一九六一年には、まともに学校に通ったことのなかった少女が、エクセター大学より名誉文学博士号を授与された。

彼女にまつわる神話を覆すことはできないとわかった。それは重大なこと――彼女はアーチーに復讐するために〝失踪した〟――から小さなことまで、多岐にわたっている。多くのひとは、アガサが「考古学者は、女性が持つことのできる最高の夫だ。彼女が年を取れば取るほど、夫が興味を持ってくれるのだから」ということばを言ったと主張した。「アガサは実はそんなことを言っていません」とコークは絶えず説明した。「何より彼女を激怒させたのは、それが彼女のことばだと思われていることでした」[2]。奇妙なことに、そのことばをアガサのものとした最初の印刷物は、一九五二年の《ヨーテボリ・トレード・アンド・シッピング》誌だった。

失踪を思い出させるものが彼女を苦しめ続けた。一九五七年に、コークは《デイリー・メール》紙に声高に抗議した。行方不明になったひとを描写するのに〝アガサ・クリスティーする〟ということばを使ったからだ。[3]アガサは自分を売り込むあらゆる機会を、喜んで断りつづけた。「あなたの有能なスタッフなら、わたしのサインを偽造できるんじゃない？」と、サインを求められたときに、期待を込めてコークに訊いた。[4]「わたしをここからうまく連れだしてよ」代理人へのいつもの手紙に書いた。「言うべきことはわかってるでしょう[5]」

デヴォン州の田舎に根づいた、やさしいおばあさんというイメージは、彼女にインタビューすることを許された、選ばれた記者の一団と協力して作られたものだ。それは、アガサが一九五〇年代から一九六〇年代にかけて、ゆっくりと書いていた自伝のなかでも、ぴかぴかに磨きあげられた。本は彼女の死後になって出版されたが、企画の責任者であるコリンズ社の編集者、フィリップ・ジーグラーは、すべての重要な決定は、アガサ自身によってなされたことを覚えている。[6]彼女はこの仕事を楽しみのために始めた――「自分に起こったちょっとしたばかげたことを書きとめておくのを、かなり楽しんでいるわ」――でも、自分の人生について、ほかのひとに書かれるのを妨げる戦略でもあった。[7] 自称伝記作家たちは、アガサの代理人からのそっけない手紙で退けられた。彼らの努力は歓迎されなかった。なぜなら「彼女は自分の完全版の自伝を書いているところで、実際、ほとんど完成しています」ということだった。[8]

ようやく出版されたとき、ジーグラーは批評家たちに「もっと広くもっと丁寧な扱いをされなかったことに」かるく失望したのを思い出す。[9] きわどい暴露を期待していた読者は、がっかりしたことだろう。ある批評家の評価は「ヴィクトリア朝時代の習慣に興味のあるひとにとっては、悪くない読書」だが、ほかのひとたちにとっては「退屈で失望する」ものだということだった。[10] ほんとうの問題は、アガサの自分自身に対する見方と、世間がいまだに抱く不当だけれど、いつまでも続くイメージのあいだに存在する溝だった。つまり彼女は秘密主義のずるい女性だというものだ。

だが、現実の生活で彼女のことを知っているひとにとっては、自伝は完全に納得のいくものだった。考古学者のサー・モーティマー・ウィーラーは、アガサ本人が持つ〝控え目な性質〟は、〝彼女の執筆に不可欠な性質〟といってもいいと考えていた。[11] 信頼する数人にだけ、心を開いていたのだ。彼女はかつてマックスへの手紙に書いた。「あなたのほんとうに好きなところは、内に秘めた自由奔放な精神で――わたしたちふたりとも、その点は似ていると信じてるのよ。外見はもの静かでよく飼いならされていて、行儀がよいように見えるでしょうけれど、内面は自由な感覚を持っている」[12]

アガサの世評嫌いは、だんだん時代に合わなくなっていったようだ。だがそれは相変わらず一八九〇年生まれの中流、または上流階級の女性の完全な典型だった。同時代の小説家の多くが、同じく「報道機関や大衆からほとんど強迫的に隠れていた」とジリアン・ギルが書いている。「マージェリー・アリンガム、ジョセフィン・テイ、ナイオ・マーシュ、ジョージェット・ヘイヤー、ドロシー・L・セイヤーズは、同様に私生活を秘密にしておこうと決めていた」[13]。一九五〇年代と六〇年代に、アガサが異常に世間から注目されるのが嫌いな有名人として目立った理由は、仲間たちが消えていくなかで、まだ新しい作品を生み出していたからでもある。

六十代に入ると、ますますアガサは写真を撮られるのを渋るようになった。自分のことを「八十キロの肉のかたまりで、〝やさしい顔〟としか表現しようがない」と描写した。健康保険の件でロザリンドに助言したエドマンド・コークは、個人的に警告した。「ここだけの話ですが、医長がアガサの体重を心配しているんです[14]」

アガサは六十歳の誕生日に撮られた数々の写真が、嫌いでたまらなかった。それらの発行が「わたしをものすごく悲しくさせて、容姿についての劣等感を深めるのです」と言った[15]。「ねえ、エドマンド」と、べつの失敗した撮影会のあとで、代理人に手紙を書いた。「こんなことに我慢しなくてはならないの？ なぜ絶えず恥をかかされ、苦しめられなければならないのか、わからないわ[16]」

見られたり、評価されたりするみじめさはさておき、痩せていないということには一種の自由があった。晩年のアガサの容姿はますます独特になってきたのだ。目立つ模様のワンピース、キャッツアイ型のメガネ、真珠のネックレス、ロングコート、ビロードの羽根飾りのついた帽子あるいは大きな影のできる帽子。多くのひとは彼女に威圧感を覚えた。「彼女はものすごくメアリー王妃を思い出させた」と、一九五七年に彼女に会ったひとが書いた。

大きな胸……そのまわりにぶら下がる何連ものビーズのネックレスと大きなブローチ。彼女は巨大に見えたが……わたしが彼女のことをあまりにも畏れ敬っていたので、たぶん心の中で巨大にふくらんだのだと思う。[17]

アガサは自分が何を着たいかがよくわかっていて、それにこだわったので、ダートマスのミス・オリーブとグエン・ロビンスンが彼女の服の多くを作った。[18] 一九六六年のアメリカへの旅で、代理人はアメリカの同僚に、買い物旅行を要求されるだろうと警告した。「ドロシーに知らせておいてください！」とコークは書いた。「アガサは昨日、アメリカを訪れるほんとうの目的は、特大のブルーマー風の下着を手に入れることだと言っていた……彼女は水着を着たきみの勇気を思い出したんだ。申し訳ないが、きみは親切だから適任なんじゃないかと思う[19]」

マックスはかつて自分の妻のことを〝内に秘めた大きな自信と、外側の謙虚さを併せ持っている〟と述べた。ときどき、彼女の広く知られた〝内気さ〟は、本物の性質というよりは武器だとほのめかされることがある。たしかにこれは、彼女が期待したより扱いやすくないとわかった男の仲間の見方だ。人々は彼女が恐ろしく世間話をしないことを知った。「沈黙のなかで、ひとは、彼女が自分についてのすべてを取り入れて、それを通して見ていることに気づく[20]」。『ねずみとり』に出演した俳優のジェフリー・コルビルは「みんなが言うように、彼女が内気だなんてとても信じられないな。たぶん、わずらわされたくなかっただけだろう」と主張する。[21] ヒューバート・グレッグは同様に彼女の冷たさを思った。「抜け目がなくて、少し冷酷。鈍感で、うぬぼれが強いところがあり、打ち解けない。まったく打ち解けない[22]」

無理からぬことだが、次の芝居『蜘蛛の巣』で、アガサはグレッグと決別した。この作品は、映画女優のマーガレット・ロックウッドのために書かれたといってもいいもので、彼女とはとても仲がよかった。ロックウッドはお返しにアガサを賞賛した。「アガサには、すべての女性がしたいと思うことをする天賦の才があるの」と説明した。「彼女は何かを成し遂げる……本音では、女性はみな……そういうことをしたいのよ。でも、わたしたちにできるのは、せいぜい夢見るだけ」「男の世界なんだもの」ロックウッドは締めくくる。「わたしの唯一の慰めは、アガサがあなたたちの何人かを完全につぶすことよ」[23]

でも『蜘蛛の巣』は、アガサの最後の大きな演劇的成功になった。一九五〇年代後半は、暗く悲しい時期へと次第に変化していった。マッジが七十一歳で、心臓の病気のために亡くなった。一九五八年に、彼女の息子のジャックがアブニー・ホールを売り、ロンドンに引っ越して、ワッツ家による一世紀に渡る所有に終止符を打った。アガサはマッジの義理の妹のナンに、グリーンウェイの近くのペイントンに来て、住まないかとずっと誘っていた。でも、ナンは翌年亡くなり、アガサは打ちのめされた。「最後の友だちが――いっしょに昔のことを話して笑える残りのひとりだったのに」[24]一九五八年には、ナンシー・ニールも亡くなった。アガサはアーチーにお悔やみの手紙を書こうと決心した。長い長い年月で初めての手紙だ。彼は〝とても感動した〟という返事をくれた。[25]

だが、一九五八年で最も意気消沈したのは、アガサの新しい戯曲『評決』が完全に失敗したことだった。「観客がクリスティーの芝居をやじる――嘆かわしい出来事だ」という《デイリー・テレグラフ》紙の見出しが載った。『評決』を、その年の最大のヒット作と並べているのがおもしろい。シーラ・ディレイニーの『蜜の味』だ。労働者階級の十九歳によって書かれたこの風変わりな戯曲は、主にワンルームのアパートが舞台で、シングルマザーとその娘を軸に展開し、黒人や、同性愛者の登場人物もからんでくる。労働者階級の女性たちの生活を舞台で見慣れていない観客にとっては驚きで、『怒りをこめて振り返れ』のような地位を獲得した。だが、一九五九年の悪名高いインタビューで、ディレイニーは、自分の演劇が〝みすぼらしい〟主題を扱っていると、高慢ちきな男に言われているのを知った。彼女は、それを書くのにどんな助けを借りたのかと訊かれて、もうすぐ結婚するといううわさを否定しなければならなかった。ディレイニーは十四年間、インタビューを受けなかった。[26]

シーラ・ディレイニーとアガサ・クリスティーは、主題がまったくちがうけれど、女性の劇作家としては、共通の経験をしてきた。一九五〇年代は、アガサがそれまでで最高の成功を収めた十年で、残酷な批評にさらされもした。グリーンウェイの空想の世界に引っこむほうがずっとよかった。

第九部

スウィングしない

一九六〇年代

第三十六章
クリスティーの財産の謎

一九四〇年代にアガサは小説家として最も知られたが、一九五〇年代は戯曲が有名になった。しかし一九六〇年代は、彼女の作品が、映画という媒体を通して今まで以上に多くの人々に届いた十年間だった。アガサのプロットは、実際、何十年も前から映画に現れていた。「謎のクィン氏 *The Passing of Mr Quin*」は一九二八年に映画化され、翌年には「秘密機関 *The Secret Adversary*」が続いた。だがこの段階では、彼女が原作者であることは、映画制作者にとっても、視聴者にとってもとくに重要ではなかった。初期の映画業界は、のどから手が出るほど素材を欲しがっていた。どんなに古い物語でもよかった。映画史家のマーク・オルドリッジの、映画におけるアガサ・クリスティーに関する信頼のおける研究のなかで、彼女の最初の映画は〝ノルマの急ごしらえ〟だったと書いている。英国の映画館は英国人作家による一定数の映画を上映しなくてはならないと命じる議会制定法に対応した安っぽい企画だった。ハリウッドの支配に対する反撃だと思われたが、品質のよい映画製作には至らなかった。上映された最初のクリスティーの映画は、《バラエティ》誌に〝これまで観た映画のなかで、最も説得力のないシーン〟があったと評された。[1]

一九四〇年代にはほかの長編映画が続いたが、今でも誰もが見られるのは、一九四五年のスタイリッシュなハリウッド版『そして誰もいなくなった』くらいだ。だが戦後、エドマンド・コークは映画の分野での爆発する市場を何とかしなければならなかった。ロケ地と出演者が限られている彼女の短編は、テレビに求められる短めの一回分の作品にぴったりだった。ロナルド・レーガンは一九五〇年のＣＢＳテレビのために作られた作品に出演したし、グレイシー・フィールズはべつの一九五六年のＮＢＣの作品に出演した。[2]だが、映画が大金の眠る場所だということがはっきりしてくると、コークはテレビよりも映画の権利を売るほうを優先させるようになった。

コークは一九二〇年代に紳士的なロンドンの出版界でキャリアをスタートさせてから、最大のクライアントとほんとうにすばらしい旅をしてきた。必然的に数々のまちがいはあった。「こんな地獄を今まで知りませんでした！」と、とくに難しい取り引きのあとで手紙に書いた。[3]彼はアメリカの相棒、ハロルド・オーバーとの長年の協力関係を維持した。ある第三者は、オーバーのことを〝のろくて、流行おくれで、十万ドルが大金だと思っている〟と酷評したけれど。これは実際、オーバーが三十二万五千ドルで映画の取引をしたが、その権利の買い手がすぐにほかの誰かに四十三万五千ドルで売り払ったときに証明された。[4]

一九六〇年代にコークは方針を変えて、アガサの四十作の小説の権利を、利益分配契約で、ＭＧＭ（メトロ・ゴールドウィン・メイヤー・ピクチャーズ）に売却することを決断した。アガサはその野心的な取り決めにあたり、いくつか条件をつけた。「〝傷つくひと〟がいませんように」と書いた。「苦労せずに手に入れたお金で、失いがちなものだから」[5]新聞は取引の価値は百万ポンドだと報じたが、コークはほんとうの額は〝かなり少ない〟と言った。[6]「ＭＧＭの取引は、わたしを破滅させたも同然だ」と認めた。「変動が大きく激しすぎて、信じられない」[7]

ＭＧＭは業界内では最も古い会社のひとつだ。だが一九五〇年代には、映画会社は観客がテレビへと流れていくことに悩まされていた。そのため大きな危険にさらされていた。プロデューサーのラリー・バックマンと彼の妻は、新しい作家との関係を構築するために、グリーンウェイに滞在しにきた。初めはすべてがうまくいっていた。「幸い、彼らは犬が好きだったのよ」とアガサは説明した。[8]

一九六一年に最初のＭＧＭの映画が完成した。アガサの本『パディントン発4時50分』が*Murder She Said*と題名を変え、ミス・マープルはマーガレット・ラザフォードが演じた。彼女とアガサはほぼ同年代で、たがいに賞賛しあっていたし、そのような老婦人に映画を牽引させるのは、とてもすばらしいことだった。ラザフォードはセットで七十歳の誕生日を祝福された。彼女は〝提案された都会的なアメリカ人のでしゃばり女よりずっとマープルらしい〟と、コークは思った。[9]

しかし一九六一年九月十七日に、アガサは*Murder She Said*は期待はずれだったと認めた。彼女は家族を連れて、ペイントン映画館に観に行った。「正直言って、まったくおもしろくないわ！」と書いた。「いちばん上の甥が、映画館を出るときに悲しい声で『全然わくわくしなかったね』と言ったけど、わたしも心から大賛成です」[10]

問題は、マーガレット・ラザフォードは非常に上手な喜劇役者だが、アガサはミス・マープルをおもしろくするつもりはなかったということだ。そして問題のほんとうの根源は、ＭＧＭは実はアガサの巧みなプロットを望んでいないということだった。一九六〇年代がゆっくり進むにつれて、彼女の読者もそうなっていった。アガサの年に一冊の小説は、質があまり安定しなくなり、実際にそのうちの何冊かはかなり水準を下回っていた。それなのに、これまでよりもずっと多くのひとが買い続けた。なぜなら彼女個人のブランドがとても強力になってきたからだった。アガサ・クリスティーの名前は、今やかすかな郷愁を伴う、上質な英国の娯楽を象徴していたのだ。作品の中身は、それに記された署名より重要ではなくなってきた。[11]

それにもかかわらず、ＭＧＭとの取引はきしみが出続けた。四番目に制作された映画は*Murder Ahoy!*（一九六四）という作品だった。それはアガサにショックを与えた。というのも、彼女の本に基づいたものではなかったからで、彼女はMGMとの契約が、登場人物を新しい彼らのプロットに使うことを許したものだとは気がついていなかったのだ。MGMのシナリオでは、ミス・マープルが船に乗せられる。〝興奮の嵐が公海に吹き荒れる〟と予告編が流れた。「殺人と浮かれ騒ぎの、風変わりで無謀な船旅。こんな騒々しい気ままさは、アガサ・クリスティーだけ」[12]。アガサ・クリスティー原作のミス・マープルが、そのばかげた考えに唇をすぼめる姿が目に浮かぶ。

アガサは愕然として、その台本を〝ナンセンスの寄せ集め〟と表現した。自分は気づいていなかったのだと、声高に主張した。

MGMが、わたしの登場人物を使った、彼ら独自の脚本を書く権利を持っていることに。わたしもロザリンドも知らなかったようだ(中略)MGMと契約したことがほんとうにいやになり、恥じています。わたしの責任です。お金のために物事を行うとまちがえてしまうものですが——文学的な高潔さを手放してしまったので(中略)七十歳まで持ちこたえたけれど、ついに落ちぶれました。[13]

アガサが演劇人たちとの共同作業を楽しんだ日々は過ぎ去った。バックマンに、彼の〝横暴な行動〟を見たことに〝強い憤り〟を伝えた。[14]『オリエント急行の殺人』がさらなるMGMの投機的事業として提案されたときは、もっと動揺した。〝ミス・マープルを投入して、おそらく機関手の役でもやらせて、にぎやかな道化芝居〟に変えるのを心配したのだ。[15]バックマンのほうでは、アガサのことを〝映画を作るための直感のないおばあさん〟だと思うようになっていた。[16]実際アガサは、かなり公然とマスメディアを疑っていた。孫息子のことばを借りると〝完成した記事を管理できない〟点を。[17]

今ではファミリービジネスとなったもので自分の役割を果たしているロザリンドは、母の苦しみを防ぐために、もっとできることがあったはずだと感じた。「あなたは、すべてお金になるんだからと言うかもしれないけれど、わたしはどうしても……この取引全体で心底、母をがっかりさせたと感じるんです」と、個人的にコークに認めた。[18] こうしてロザリンドのなかに、映画とテレビについての深い疑いの感覚が生まれた。MGMとの経験で傷跡が残ったので、彼女は母の作品を過小評価する、あるいは品位を下げるかもしれないと感じた、どんな企画も、承認するのを極端に渋るようになった。

MGMに関するかぎり、アガサは危険人物になった。一度だけ《サンデー・タイムズ》紙に少なすぎるどころか多すぎることを語った。「わたしは長年、映画から離れていましたした」と記者に話した。

彼らはわたしに多すぎる心痛を与えると思ったからです。それがMGMに権利を売ったら……ひどすぎたわ！……彼らが成功していないと思うと、邪悪な喜びが沸いてくるくらい。彼らは最後の作品に独自の脚本を書いたんです――わたしとはまったく関係ないものよ――*Murder Ahoy!* 今まで観たなかで、最もばかげたもののひとつだわ。すごく酷評されていたわね、喜んで言いますけど。[19]

映画業界を代表して、ジャック・セドンは「クリスティー夫人が言うように、映画のミス・マープルは、彼女の創作物とは別物です」と同意する。でも、それにはちゃんとした理由があった。

彼女はそういうつもりではなかったのでしょうが。本のミス・マープルは、わたしには俗物で、不親切で、冷たくて、こそこそした意地悪といってもいい目をしていると思えました……クリスティー夫人が「決して誰かに観に行くように勧めはしません」と言うのは、少し遅かったでしょう。すでに何百万人も観ているので、まちがいなく本人の大きな経済的利益になっていますから。[20]

双方が感じた落胆が理解できるだろう。

何がアガサをこんな窮地に追い込んだのだろう？　明らかに、彼女がほんとうに七十代まで働き続ける必要はなかった。でも同じくらい明らかに、書きたいという衝動が消えてはいなかった。これは創作の喜びによるものもある。そして経済状況が混乱していたからでもある。

ひとは今、死の公爵夫人は大金持ちだったと信じたがる。アガサの戯曲「殺人をもう一度 *Go Back for Murder*」が一九六〇年に酷評されたとき、彼女のチームは、最近のMGMとの契約についてのうわさが、批評家の反応に悪影響を及ぼしたのではないかと疑った。「クリスティー夫人がどんなに金持ちかは知らないが、これはまったくひどい！」と《デイリー・メール》紙の批評家がわめいた。

女性作家にとって、たんまり金があると見えるのは、とくに不適当だった。たとえばヒューバート・グレッグは、アガサの大ヒットした戯曲での自分の仕事が〝演出家としてのわたしの経歴に、取りかえしがつかないほどの損害を与えるところだった〟と主張した。それにもかかわらず、彼の技術が〝彼女のエプロンに次のスターリング銀貨を何百万ポンドか注ぎこむことになった〟と不満をもらした。[21]ああ〝エプロン〟ということばを使ったことが、いかに馬脚を現したことか！　彼女がいらつく金持ちだっただけではなく、彼女がいらつく女性でもあったということなのだ。

だが、アガサの金に関する態度を明確にするのは難しいことだった。あるジャーナリストは気づいた。「女王のように、彼女は自分の収入のことなど、これっぽっちも頭にない。『わたしにわかるのは、それが大きなかたまりで入ってきて、その後は乾いた場所が残るということだけ』[22]」でもそれは、ぼんやりした、アリアドニ・オリヴァに似た世間一般のイメージの一部だ。アガサは見かけ以上に事務的で、まちがいなく金を稼ぐことと、使うことが好きだった。しかしながら、ビジネス戦略の意識がなかった。たとえば一九四九年に〝委任状と、どんな仕事の問題が起きてもわたしをわずらわせないように！という指示〟をコークに残して、五か月間バグダッドに行った。[23]そういう態度では、時を得た決断には結びつかなかった。「何かの答えをわたしに求めた？もしそうなら、覚えてないんだけど」と、イラクから手紙を書いた。[24]

金に関しての無頓着さは、おそらく相続財産のある家で育ったことによるものだろう。一九二〇年代にさかのぼってみると、彼女は新しい車に五百ポンドをぽんと出した。あとから思うと、税金のために少し取っておくべきだったのは明白に思える。だがアガサは自分をプロの作家と呼ぶことに矛盾する感情を持っていたので、必死に金に関してプロらしくふるまおうとした。

税金を整理することは何十年もかかる骨の折れる作業で、しばしば金欠病だと感じさせられた。これは完全に心のなかのことで、客観的に見れば、彼女は非常に裕福だった。でも、個人的な強迫観念になってきた、税金は不公平だという思いが、アガサがときどき七十代まで書き続け〝なくては〟と言った理由のひとつだった。

作品を――ほとんど質を無視して――生み出し続けるプレッシャーは、自分たちの雇用がかかっているひとたちの数のせいで一層大きくなりもした。彼女は業界全体を創造していたのだ。代理人や、副代理人の世界的なネットワークと、もちろん出版社も。英国ではコリンズ社ということになる。

一九四五年は、アガサの本の成功に段階的な変化が見られた。コークはコリンズ社にアガサの前金を二倍にしてもらった。するとかわりにもっと売上を生みだすために、前より強く本を宣伝した。これが見事に功を奏した。コークは自慢した。「売上は、実際に以前の三倍に跳ね上がった」[25] 成長は続いた。一九五九年にユネスコが、聖書は百七十一の言語、シェイクスピアは九十の言語、アガサ・クリスティーは百三の言語に翻訳されていると発表した。[26]

でも、この収入すべてに税金が課せられ、さらに戦前から未払いのアメリカの税金についてのわだかまっている問題もあった。高額な弁護士を雇っているにもかかわらず、解決はなかなかできないことがわかった。アガサはついていけなかった。「仕事が心配だわ……サインしなくちゃならない契約書もあるし、税金は複雑だし——中身がごちゃごちゃしていて、理解できないことだらけ」

一九四八年に、ようやくアメリカの税金についての合意に達したが、次の議論は、どれくらいの利息を負うかについてだった。[27] アメリカ人がついに彼女の金を解放すると、その後、英国の当局が、それについての巨額の追徴課税を請求したがったが、誰もいくらになるか知らなかった。そのことが引き起こしたストレスが、一九四八年をアガサの執筆にとって不毛な年にしたので、会計士は彼女の様子に気づいた。「とても混乱した精神状態でした。そういえば、まったく集中できないと言っていましたね」[28] 実際、その九月にコークは〝マローワン夫人が破産を免れる可能性は少ない〟という、驚くべき見通しを示した。[29]

アメリカと英国の当局をたがいに合意させるために奮闘しているあいだ、コークはあらゆる種類の官僚主義の愚かしさに直面していた。新しい税務調査官から手紙を受け取った。〝アガサ・クリスティーは事実上ペンネームだ〟とわかったので〝夫の納税地から要求されると思われる〟と書いてあった。[30] 一九五四年になってようやく英国の税務当局は、アメリカの税金の支払いを認めて——その後、その追徴課税の支払いが必要になった。

だが、不安なわりに、フレデリック・ミラーの娘は、生来もっとつつましく暮らすことができなかった。

「わたしは楽しく過ごし続けて、気前よく破産するわ！」とコークに言った。[31] 彼女には、困難なことをすぐに忘れる幸せな特性があった。「調子はどう？」とバグダッドから手紙を書いてきた。「まだ何とかやってる？　わたしのかわりに、グランドナショナルで、競走馬の〈シェグリーン〉に一ポンド賭けてくれる？」[32]

アガサの本と戯曲は今やかなりの金を稼いでいたので、コークは、個人が大金を稼いでいる、ショービジネスの世界に期待するべきだと感じた。不安定な合計額は、創造的な税理士を求めていた。一九六〇年代のロックスターや、サッカー選手の財政を見ると、アガサがしていない失敗をしていた。うさんくさい相談相手や、危ない投資や、大損だ。

戦後の英国の税金はかなり累進的だった。一九六〇年代には、年間所得が一万五千ポンド以上の場合の税率は、八八・七五パーセントに達した。高額所得者たちは、税金を逃れるために、国外に移住するのがふつうになってきていた。ローリング・ストーンズのようなミュージシャンから、ジョン・ル・カレのようなほかの作家まで。アガサの義理の息子のアンソニーは、先例にならうべきだと提案したが、彼女はその提案を真剣に考えているようには見えなかった。[33]

一九五一年に、コークはアガサ・クリスティーの新しい管理方法を提案した。個人というよりはビジネスとしてだ。アガサの税金の支払いを減らすために信託が設定されて、小説『魔術の殺人』と、戯曲『ねずみとり』の収益は、マシューに正式に譲られた。イアン・フレミングもこれをよく知っており、著作権を保護するために有限会社を手に入れたり、ジェームズ・ボンドの成功を暗示する何かがあるずっと前に、最初から映画の権利を、息子のために信託に入れた。[34]

次にきたのは、会社を設立するという考えだ。〈アガサ・クリスティー・リミテッド〉はアガサを雇い、彼女に給料を払って、個人の付加税を払わなくてはならなくなるのを避けた。一九五五年六月に〈アガサ・

クリスティー・リミテッド〉は、彼女の新しい本を所有するために生まれた。取締役はアガサ自身と、ロザリンドと、エドマンド・コークだった。仲間のほかの作家、イーニッド・ブライトンとジョン・ル・カレが同じことをした。

アガサ自身は、そのすべてに、少し当惑していた。「それって倫理にかなっているんでしょうね？」と訊いた。「近ごろは難しすぎてわからないわ」[35] 彼女に任せておけば、悩みもしないかもしれない。もっと抜け目のない作家なら、こういう複雑な取り決めを始めるのに、コークは適当な人物なのだろうかと疑問に思うこともあるかもしれない。たとえばジョン・ル・カレは、よりよい取引を求めて、代理人と出版社を切って、変えたことで有名だ。でも忠実で、自由放任主義で、金に関してエドワード朝時代の女性の態度をとるアガサは、生涯コークとコリンズ社と仕事を続け、あまり質問もしないつもりだった。会社は「あなたたちのために始めたのよ」とロザリンドとアンソニーに話した。「わたしのためじゃない。わたしの生活の手段（とぜいたくな生活！）はまったく変わらないと思うから……もしもあなたたちふたりが、起こりうる心配やもめごとにそれだけの価値があると思うなら、やりなさい。わたしとしては、あまり興味を持てそうにもないけれど」[36]

この干渉しない方法はちょっと不誠実だが、愛情と金銭問題は家族関係を明らかに複雑にしていた。冗談とも言えない冗談があった。「雇われの賃金奴隷としては、いい気分よ」とアガサはからかった。「でも仕事はぜんぜん好きではありません」[37]「〈アガサ・クリスティー・リミテッド〉がお金を集めていることを、うれしく思います」とロザリンドはコークに手紙を書いた。「そして心から、それがすべてうちの賃金奴隷に払われるのではないことを願います！……彼女は安賃金を受け取るのがいいのではないかしら？」[38] だがアガサの給料は、課税対象の〝経費〟（〝会社の〟ロールス・ロイスを含む）をそこから差し引くのに十分な金額でなくてはならなかった。それは微妙なバランスだった。一九五八年に、コークがアガサの給料を七千五百ポンドに上げようと提案したとき、ロザリンドはこう答えた。「もちろんわたしは、それはほんとうにとてもまずい考えだと思います[39]」

一方、〈クリスティー著作権信託〉が設定されたので、アガサの既刊書リストのほとんどの収入が、相続税を免れて贈与することが可能になった。金が親戚に、マックスの甥に、シャーロット・フィッシャーに渡った。慈善寄付は大きなもの（アガサ・クリスティー児童信託）から小さなもの（グリーンウェイの近くの教会のステンドグラスの窓）まで、多岐に渡った。イラク英国考古学院は定期的に寄付を受けていた。老婦人たちの面倒をみている慈善団体ハリソン・ホームズもだ。だが、会社を作っても、まだアガサの税金問題は解決していなかった。一九五七年に内国歳入庁は考えを改め、〈アガサ・クリスティー・リミテッド〉の創設を認めたが、一九六四年まで最終的な合意には至らなかった。

アガサが七十歳になっても、所得はまだ増えていた。一九六一年にユネスコは、公式に彼女を世界のベストセラー作家と名づけ、同じ年にウィリアム・コリンズ&サンズ社は〝クリスマスにはクリスティーを〟というキャッチフレーズは〝極上の二万六千部にふさわしい〟と主張した。「女性たちが仕事の世界に現れ始めていました」と、結局〈アガサ・クリスティー・リミテッド〉を引き継ぐことになったアガサの孫息子が言う。「でも、彼女はまちがいなく、文筆業とエンターテインメント産業で最も成功したひとで、女性が男性と同等になれることを証明しました。現在の女性の業績を読むたびに、ぼくはそれがある程度はニーマの継承だと思うんです[40]」

一九六八年に、アガサはまたしても巨額の税の請求を受け、この問題をほかの誰かに転嫁するのがよい考えだと思った。それでその年、〈アガサ・クリスティー・リミテッド〉の五十一パーセントがブッカー・

ブックスに売却された[41]。これは大手のブッカー・マコンネル社の子会社で、ブッカー賞を創設したことで読者に最もよく知られている。四年前に、ブッカー社は同様にイアン・フレミングの財産を買い取っていた。〈アガサ・クリスティー・リミテッド〉の株式と引き換えに、ブッカー社は彼女の税金を払った。何十年にもわたるサーガがようやく解決したらしく、税金対策のおかげで、次の世代は大いに寛大に処理されることになる。一九七六年一月十九日に《フィナンシャル・タイムズ》紙は〝クリスティーの財産の謎〟という記事を掲載した。アガサが死んだときの財産がとても少なく、十万ポンドそこそこだったらしいという、広く信じられている驚きを説明しようとするものだった。

だが結果的に、アガサは権利を奪われたように感じ、現金が不足していた。取引についていけないと不機嫌になった。長年、コークに商売のことで煩わせないでと言ってきたのに、ときどき思いもよらない要求をした。「わたしの帳簿を送ってちょうだい」と一九六六年に要求した。「実際にいくら入金されているのか知らないんですもの——だからわたしがどれくらい浪費して、どうしてこんなに困っているのかわからないのよ[42]」。六十代から七十代になったとき、アガサの家のメンテナンスが不完全になり、訪問者たちは荒れ放題なのを見て驚いた。だが彼女は相変わらず、生活と富を楽しみ続ける非凡な能力を持っていた。銀製品を集め、旅行を楽しみ、マックスを甘やかした。

世界的なベストセラー作家は、ほんとうに金が好きだった。稼ぐのと使うのが好きで、強い自尊心を持っていた。だが結局アガサは、女性であることや子ども時代のしつけによる金との不自然な関係を持ち続けた。謎に包まれた〝クリスティーの財産〟は、その主にとってもちょっとした謎だったのだ。

第三十七章

クィア・ロット

一九六〇年九月十五日に、アガサはグリーンウェイで誕生日を祝った。いかにも王家の女家長のように見える彼女は、花輪で飾られたイスに座り、彼女が家族と呼ぶ人々に囲まれていた。すばらしいときを過ごした。「ディナーは濃厚な温かいロブスターよ！」と誇らしげに言った。「年なんて感じていられないわ！」[1]

七十歳のアガサがこのぜいたくな美しい家、グリーンウェイで夏を楽しんでいたことを思うと、うれしくなる。でも、アガサが暮らした家と生活は、少しも彼女が年を重ねて得たものではない、精巧に作り上げたパフォーマンスアートの作品の一種のような感じも与える。

「わたしが美しくしたと思うのよ」と愛しい家のことを言う。「というより、美しく飾ったの」[2]。アガサの小説『シタフォードの秘密』で男を見つめる女は「部屋の性質をがらりと変えることができる――指摘できるような目立つことを何もせずに」[3]

邸宅の貴婦人としての生活を演出するなかで、アガサは彼女の登場人物の多くがやってきたように、役を演じていた。その事実についての過剰な――わたしたちはみな、ほんとうは演じているという――意識は、彼女の芸術に欠かせない。それは、彼女のものの見方を少しだけクィア作家の見方に似せるものだ。

彼女は何十年もしぶしぶ有名人でいたが、一九六〇年代には、それが今までよりさらにわずらわしくなってきた。ふたりのカメラマンが、海辺で休暇を楽しんでいる彼女のスナップ写真を撮ろうとした、と一九六〇年にアガサが書いている。そのときは〝とくにぶざまな姿〟で、彼らに〝大きな尻のクローズアップ〟を撮らせてしまった。[4] 一九六七年には、スロベニアの記者に心底ぞっとした。アガサはプライバシーを守るために、人里離れたホテルを選んだのだが、記者のヤネス・チュチェクは「ふつうの客のふりをして、彼女のとなりの部屋にしてくれと受付係を説得した……わたしはただバルコニーをまたいだだけだ」。アガサは頭にきて、彼に「わたしはまったく有名になりたくないのよ」と言ったが、マックスは警察に通報したかった。[5]

しかしアガサはこの手のことについて、前より達観していた。記者のリッチー・コールダーが、一九二六年の彼女の失踪の際に自分が経験したことを書こうとしていると知ったときは、驚くほどのんびりしていた。「こんなに時間が経ったんだから、どうだっていいじゃない?」とコークを安心させた。

七十歳になることの強みのひとつは、ひとが自分のことをどう言おうが、もうまったく気にならないということよ。どうしようもないことだもの——ちょっとうっとうしいだけで。[6]

彼女が亡くなったあとに、コールダーはハロゲートのホテルでアガサに出会い、彼女は〝クリスティー夫人〟という名前のイメージに応えて、記憶喪失で苦しんでいるのだと語ったとまで言い出した。[7] のちに彼は、話をでっちあげたと認めた。[8] だが、長年にわたり、コールダーの誤報が、アガサには一切反論できない強力な神話を創りあげるのを助長してきた。彼女がうそつきだという神話だ。

子どもはひとりだけだというのに、アガサの七十歳の誕生パーティーは、彼女を中心とした複雑な大家族を作っていたことを示している。結局、彼女はずっとこうして暮らしてきたのだ。信頼できるひとたちを、友情のすてきな輪のなかに入れて。看護婦時代の「クィア・ウィメン」から、ワッツ家や、離婚のあいだずっと助けてくれたカーロのような、一九二六年の友人たち。結婚の初期に、新婚旅行からひとりで帰ってきて、マックスに言った。「わたしの養子縁組の家族の腕のなかに戻り、安全です」と。これは、ロザリンドだけではなくて、カーロや、料理人のフローレンス・ポターや、もちろん犬のピーターのことを言っている。「ピーはわたしの子どもなの、あなたも知ってるように！」[9]

グリーンウェイを訪れたひとは、アガサの大人数の、そして主として血のつながっていない家族に戸惑いを覚えた。

それはかなり枝分かれした家族だ。わたしにはまったく誰が誰だかわからないが、あそこにはたしかにかなりの数の家族がいた。犬たちはさておき。犬と若者たちが彼女を囲んでいた。わたしがランチに行ったときは、テーブルにおよそ十六人がついていて、その多くは、彼女が興味を持ち続けている若者だった。育ちの良い子どもたちらしく、礼儀正しく、だがとくに畏れているわけでもなく彼女に接していた。[10]

みんなが、彼女はただのふつうのおばあさんだという幻想を持ちつづけていたとしても、アガサの一番身近な家族は、ビジネスパートナーでもあった。ピーター・サンダースは、その輪のなかへの入会が認められるかどうかを見るために、家族にオーディションされるのはどんな感じかを語った。紹介のランチのあいだ、アンソニーは、ありとあらゆる話題について話すことで、緊張をほぐしてくれようとしました……アガサ・クリスティーの娘のロザリンドは、正直言って怖かったです……わたしがアガサのハンドバッグに手を滑りこませて財布を盗むといけないので、注意深く目を光らせているのだと、そのときわたしは感じました。[11]

グリーンウェイでの生活は超豪華というわけではなかったが、決して自由奔放ではなかった。〝優雅な生活〟と、スタッフの一人は表現した。気どりはないが、ここは田舎の邸宅で、トーキーにある郊外の別荘とはちがう。客たちは、〝豪華にもてなされた〟とマックスの甥のジョンは思いだす。「八時に自分の寝室のベッドでお茶を飲む」。そして「寝室の外に靴を置いておき、磨いてもらうこともできた」[12]。アガサが肉を切り分ける家族の夕食は、二時間半かかることもあったし「レモンの小片の入ったフィンガーボウルとやらもあった。最近ではめったに聞かない代物だ」[13]。週末には客が来て、正式な昔ながらのハウスパーティーが開かれる。メニューは、金曜日の夜はハトの丸焼きとチェリータルト、土曜日の夜はサーモンとマヨネーズ、そして日曜日のローストビーフのランチ。[14]「自分で代金を払わなくていいときには、十二尾のロブスターを置いておくのに限る」と、料理人だったディキシー・グリッグスは思い出す。[15]グリーンウェイの儀式はぜいたくで満足できるものだった。経済的にも社会的にも、ミラー家が失ったすべてを、アガサは取り戻していた。

だが〝優雅な生活〟にもかかわらず、アガサは決して俗物ではなかった。小説の映画化では、英国の村の伝統的な、時代を超越した〝大邸宅〟と、大邸宅のなかの裕福な男と、門にいる貧しい男がよく描かれる。だが本の中では、アガサはつねに田舎の邸宅を現代的な生活の往来する場所として描いている。セント・メアリ・ミード村の大邸宅、ゴシントン館でさえ、ミス・マープルの経験したなかで二度、持ち主が変わっている。友人のバントリー夫妻が買ったとき、そして彼らがそれを映画スターに売ったときにまた。[16]

田舎の邸宅での生活は、マックスを上流社会らしきものの一員にもした。一九六八年にナイト爵位を付与されて、彼は外国人の両親によって与えられたよそ者の身分を克服した。母親は一九五一年に突然亡くなった。彼とアガサがバグダッドに行っているあいだのことだった。「最愛のお母さん」と生涯たくさん書いた手紙の最後に記した。「あなたに伝えるのは数行だけ、毎日あなたのことを思っています」[17]

一九六一年のテヘラン滞在中に、マックスは脳卒中で倒れた。回復はしたが、肉体的に衰え〝年齢の二倍に見えて、かなり弱々しそう〟になった。[18] 今やアガサと同じ年齢に見えた。〝左手と腕を引きずり、ちょっと不自由〟[19]だ。一九六七年、やはりイランを旅行中に、二度目の脳卒中で倒れた。「ひたすら待って、あれこれ考えているのは地獄だわ」と、医者が彼を家に連れて帰る手配をしているあいだに、アガサは書いた。[20]

一九六一年は、バーバラ・パーカーがイラクから戻ってきた年でもあった。考古学院で講師として、マックスのそばで働くためだ。この日から、考古学に関するゴシップが好きなひとたちが、彼らが友人以上の仲だといううわさを広めた。確かに密接な仕事上の協力関係ではあったが、そのなかではマックスが優位な立場にあった。考古学者のエレン・マカダムは、バーバラのことを「自信がなくて、絶えず言い訳している」[21]と述べている。だが、いくら考古学者たちが肉体関係もあったと主張したところで、うわさ以上の証拠は何もない。たとえそうだったとしても、月並みな異性間の恋愛ではなかっただろう。ウーリー夫妻はマックスに、知的な努力を共有することは同じくらい重要だと信じることを教えていた。

グリーンウェイには、アガサとマックスの子ではない子どもたちもたくさんいた。彼らを養子にすることも考えたが、そうしないことに決めた。「わたしとマックスは年をとりすぎているから」[22]。でも、アガサの家族に加わるのに正式な養子縁組は必要なかった。マックスの甥が訪ねてきていたし、友人たちの子どもも来ていた。バグダッドの友人の娘、エマ・シャックルは「物事がうまくいかなくなったとき」のことを思い出す。アガサは「彼女のミニに乗せて、わたしをグリーンウェイに連れてきてくれて、理解してくれた唯一のひとでした」[23]。彼らは「わたしにとって、父と母です」と言うのは、マックスの研究助手のジョージナ・ハーマンだ。[24]

そしてもちろん、ロザリンドとアンソニーとマシューは、よく顔を出していた。これらの夏は、また〝クリスマスにクリスティーを〟が完了したことのごほうびでもあったのだとマシューは説明する。[25] 彼は一九六二年に、家族との確執があるものの、ゴダルミングの近くに住んでいる、祖父のアーチーに会いたいと考えた。七十三歳で白髪だが、まだ〝がっしりした体格のハンサムな男〟のアーチーは、気管支炎に苦しんでいた。[26]「わたしはしょっちゅう彼に会っていました」とロザリンドは思い出を語る。「いつだって、おたがいが好きで、理解しあっていたんです」[27]。アーチーはずっと死ぬ運命にあることを考えていて、そのことで娘に手紙を書いてきたりもした。〝死はしばしば突然やってくる〟ということに気づいたと。それから読み直して、ロザリンドへの手紙をほかの誰かに見られることのないように破った。アーチーは彼女に言った。いくつかの手紙は「すごくいいよ。新しいアイデアがあるし、実にやさしいものもある！……たくさんの愛を込めて、古いお父さんより」[28]。慎みと、感情的なことばのなさと、プライバシーの保護が、ふたりには合っていた。

でも、マシューを祖父に紹介する計画が実行される前に、アーチーは一九六二年十二月二十日に、サリー州ゴダルミング、ジュニパー・ヒルの自宅で亡くなった。すべてが手遅れになるまで、放っておかれたのだった。

ロザリンドはのちに、父がアガサ・クリスティーの話のなかで悪者になってしまったことについての後悔を話した。「わたしは冷たくて思いやりのないひとという父のイメージが嫌いです」[29]

でもこれは母親が自分でしたことだった。アガサの自伝が出版されることになったとき、彼女が彼をそういうふうに見せることを選んだのだ。アガサは決して許すことも、忘れることもできなかった。そしてそれがロザリンドにも影響した。彼女は父親に会うのが好きだったけれど、母が「わたしたちがもっと親しくなるのを受け入れられないようだ」と感じた。[30] そのため、ある程度の距離が保たれた。ロザリンドは、アーチーとナンシーの息子で異母兄弟のボーと、父の葬儀まで会ったこともなかった。「ぼくにとっては」アガサの孫のマシューが言う。「ぼくの生まれる前に起きたことで、家族のあいだに壁ができたことが悲劇です」[31]。一九二六年という、トラウマとマスコミによる非常に不愉快な年が、この家族に長いあいだ取りついていたのだ。

アーチーの死の翌年の一九六三年に、彼の弟のキャンベルが亡くなった。彼らの父親の精神的な問題を思い起こさせるような事件で、〝自宅のガスの充満したキッチンで死亡しているのが見つかった〟[32]。アーチーにはよそよそしかったにもかかわらず、アガサはキャンベルとは連絡を取り続けていた。彼は成功した劇作家になっていた。彼女は彼を自分で作った家族に入れていた。甥のジャック・ワッツもしょっちゅう姿を見せ続けていて、グリーンウェイの家族は、一九六七年にマシューがオックスフォード大学で出会ったアンジェラ・メイプルズと結婚したときに、また大きくなった。[33]「マシューのことは喜んでいるの」と彼の祖母が書いた。「彼女はとてもすてきな女の子だわ」オックスフォード大学を卒業したあと、マシューは、ひんぱんにグリーンウェイに客として来ていたアレン・レインのところで働いていた。マシューの結婚は世代の入れ替えを意味した。彼とアンジェラはウェールズのプリチャード家、プーリラッチに引っ越した。

一方、ロザリンドとアンソニーはグリーンウェイのフェリー・コテージに住んでいた。家とアガサの面倒をみるのに都合がよかったからだ。

この拡大する登場人物たちが、グリーンウェイの夏の日課を演じた。そのあいだアガサは喜んで自分は作家ではないふりをした。「彼女が仕事をしているところなど見たことがない」とグリーンウェイの常連は言った。「彼女は完璧な女主人で、いつもそこにいて、必ず参加している」。一度も「立ちあがって『もう執筆しにいかなくちゃ』と言い、引きこもった」ことはない。[34]だが、とは言っても書いていたのだ。アガサの友人のA・L・ラウスが言うように、彼女は「書かずにはいられない作家で、書くことが人生だった。あるいはふたつが完全に融合した人生だった――表面上は、完全にふつうの社会生活を送っていた。家族、二度の結婚、友人、もてなし、娯楽、家事（とても得意だった）、買い物（とても楽しんだ）[35]」。編集者のフィリップ・ジーグラーは何度かグリーンウェイの客になったが、やはり彼女がタイプライターから完全には離れられないことに気づいた。「絶対に何も、彼女がかなりの量の仕事にふけるのを止められないだろう」と思った。[36]

しかし年月が過ぎるにつれて、グリーンウェイに必要な使用人を見つけるのが難しくなってきた。一九五〇年代に、前は病院のシェフだったジョージ・ゴウラーは、執事募集の広告に応募した。ロンドンでアガサに面接されて、執事の経験がないわりに、驚くほどうまくやった。俳優の友人が燕尾服を貸してくれて、デヴォン州での新生活に向かった。途中のパディントン駅で『執事になるには』という小冊子を買った。[37]

ゴウラーは妻と祖母といっしょに家に住みこんだ。アガサがキッチンに来てマヨネーズを作るときは、話をするのを楽しんだ。[38]ときどきアガサの家族が、ゴウラー家のテレビのまわりに集まることもあり、家で唯一のテレビで、競馬やゴルフを見た。エドワード朝時代のアッシュフィールドとはちがって、表舞台と舞台裏はひとつになっていた。

ゴウラーは自分の役目を演じるのが好きだった。ディナーにはどらを打ち鳴らし、客に手品をしてみせた。大切にされていると感じた。「わたしはアガサを雇い主だとは思っていませんでした。彼女は友だちだったんです。わたしたちは家族のようでした。みんなが結びついていて……わたしの考えでは、彼女は皇太后と同等でした」。生まれながらの役者であるゴウラーは、その後の人生でプロになり〝アガサ・クリスティーの執事〟として過ごしたときのことを語って生計を立てた。この役ではオリエント急行で旅行までしたが、そこでは「信じられないほどたくさんの映画や宴会がありました[39]」

ゴウラーや彼の階層は、とても多くのアガサの本に描かれた、家事使用人の、芝居がかったふるまいと完全に一致しているように見える。早くも『アクロイド殺し』で、部屋つきのメイドが、変装した家族の一員であることが明らかになる。アーチーは若かりしころのアガサが、自分は簡単にメイドとして〝とおす〟ことができると言ったときには懐疑的だったが、彼女はまったく正しかったことが証明された。戦時中にマシューの乳母が、彼女のことを料理人だと思っていたのだ。マッジはさらに一段上をいき、〝本物の〟使用人がもう見つからなかったとき、ほんとうにアブニー・ホールのメイドのふりをしたのだ。結局、変身するという考えが、アガサをつねに劇場に引きつけてきた。「演技の世界ほど、現実のものや出来事からひとを連れ去ってくれるものがあるとは思えないのよね」とマックスに言った。「あのひとたちみんな、なんて奇妙な連中(クィア・ロット)なんでしょう![40]」

家族も流動的なものであり、子どもをふたり作りだす伝統的な異性間のペアよりもっと複雑なものだという考えは、もうひとつの〝クリスティー・トリック〟を思い出させる。それは古いものだが、一九六〇年代の小説にたびたび現れる。外から見てもすぐにわからない家族だ。アガサの本ではしばしば、長いあいだ行方不明だった家族の一員が、新しい役でふたたび姿を現す。『鏡は横にひび割れて』(一九六二)では、それはほとんど手に負えなくなる。殺人者の養女がふいに現れただけではなく、結婚したことを完全に忘れていた夫も現れたのだ。

家族の境界線をぼんやりさせるのみならず、戦後のアガサはプロットに性的なことを使うのにだんだん抵抗がなくなってきてもいた。とくに批評家のファイユ・スチュアートが〝ラヴェンダー・ヘリング〟[41]と呼ぶ使い方で。これらは同性愛が罪を示唆していると見えるかもしれない登場人物だ。『エッジウェア卿の死』のまったく不愉快なエッジウェア卿は執事との関係をほのめかされるし、『殺人は容易だ』の〝女みたいなことばづかい〟と〝気どった歩き方〟で骨董店を営む不気味なパイ氏は、まったく取り柄がない。でもそのネガティブな雰囲気が完全に誤解させる。どちらの登場人物も潔白だ。

アガサの同性愛者の登場人物は、彼女の経歴が長くなるにつれて、より目立ち、より共感を呼ぶようになった。『ねずみとり』では、ホモセクシュアルとレズビアンの登場人物、クリストファ・レンとミス・ケースウェルの性的指向は、あまり問題にならない。検閲官は、その登場人物たちは〝クィアな連中〟だとコメントしただけで、うなずいて芝居を承認した。[42]でも、クリストファ・レンはホモセクシュアルのカリカチュア——オリジナルの脚本は彼の〝なよなよした声〟と描写している——である一方、魅力的でおもしろい。[43]

だがクリストファは、一九五〇年の『予告殺人』で好意的に描かれたレズビアンのカップルにはまだあと一歩のところだ。〝男のように髪を短く刈り〟こんで、〝男っぽい態度〟をとり、亡くなったパートナーのミス・マーガトロイドへのぶっきらぼうな悲しみを持つミス・ヒンチクリフには。[44]

もっと後の作品で、アガサはこの差異に対する寛容さをさらに広げた。たとえば『複数の時計』(一九六三)

では、さまざまな健常者の登場人物たちが、目の見えない女性ミリセント・ペブマーシュをみくびる。ポワロはもちろん、彼女のことを正しく真剣に考えた。彼は身体障害の社会モデルを採用する。それは身体障害者ができないことに集中する、より一般的な身体障害者の医学的モデルではなく、世界が手助けするようにデザインされてさえいれば、身体障害者は何でもできるというものだ。[45] 一九六三年の商業的な小説に見られる姿勢としては非常に珍しいもので、アガサのことを単に保守的な作家だと考える人たちが見落としている、慣習にとらわれない考えを示している。

現在はナショナル・トラストの管理のもとで、美しいグリーンウェイを訪れるのはとても簡単だ。そのうえ一九六〇年代の全盛期の印象を与えるために、とても注意深く公開されているので、グリーンウェイがアガサの最も重要な生活様式を表していると思いがちだ。

でも、ここは演技の場だったのだという考えを支持する最後の論拠がある。ほとんどのひとが見逃しているのは、アガサは実はそこに住んでいなかったという事実だ。グリーンウェイは、その素晴しさにもかかわらず〝ただの〟別荘だった。「それは現実の生活ではなかった」とマシューは言う。[46]

現実の生活と、現実の仕事は、まったくちがう場所で行われていた。そこへ行くとしよう。だが、まずはアガサの晩年の最後の偉大な業績を称えてからだ。ミス・マープルを。

第三十八章 女探偵たち

マックスはあるとき、なぜ妻がフェミニストではなかったのかを説明しようとした。「必要がなかったからです。彼女はずっとウーマン・リブに興味を持っていたのですから」[1]。それは理解できる。大体において、アガサは人生で欲しいものは手に入れられたのだから。その一方でまだ〝淑女らしく〟あり続けるというヴィクトリア朝に不可欠な性質を主張していた。

この部分が、公然と反フェミニズムであることを意味している。「男性は女性よりずっと頭がいいと思いませんか?」と言った[2]。でもアガサは〝隠れ〟フェミニストと言うこともできる。彼女は行動――と、小説の登場人物――が、自分のことばより雄弁に語るひとだった。

おそらくアガサの作品における最も重要なメッセージは、善は悪に勝つという信念のほかは、弱者でも勝てるというものだ。ポワロの性質が、こっけいでうぬぼれの強い小男が、困難にもかかわらず勝利できるということを示している。そしてのちに、女探偵の登場人物に、アガサは年を取ったひとたち、とくに年配の女性は、見た目以上に世界に提供するものがあることを示した。「女性たちは」とジェーン・マープルは言う――彼女の創作者はできなかったが――「団結しなくちゃ」[3]

一九三〇年に『牧師館の殺人』でミス・マープルが初めて長編小説に登場したとき、ドロシー・L・セイヤーズはすぐに核心をつかんだ。「せんさく好きなおばあさんは、唯一の正しい女探偵です……これはあなたの仕事のなかで最高だと思うわ」とアガサに手紙を書いた。[4]

わたしたちはすでにミス・マープルがシリーズ物になっており、それぞれが創作者にとって大荒れの痛みを伴う成長の時期の作品だったことを知っている。もとをたどれば、アガサのヴィクトリア朝時代のおば - ばあちゃんに行き当たる。ミス・マープルは「むしろイーリングの祖母の旧友の、あるひとに似た老婦人だったんです」。アガサが言うには、ミス・マープルの〝伝記作家〟で文芸評論家のピーター・キーティングは、一九二〇年代とふたたびその後の困難な戦争中に、アガサが精神療法を受けたあと、ミス・マープルは精神分析医の役割をいくらか取りこんでいることに注目している。だが戦後は、アガサ自身と同じように、ミス・マープルは個人との関わりから手を引いた。そのかわりに、社会の変化についての解説者になる。

これはのちのミス・マープルでは、パズル的な側面があまり重要ではなくなることを意味する。まさにそういう理由で、ポワロのほうが好きだという読者もいる。でもそれはミス・マープルの鋭い観察眼の楽しみを完全に見逃すことだ。もしもあなたの興味が、彼女の書いたものとは対照的に、アガサ・クリスティーにあるのなら、ミス・マープルはベルギー人の探偵より、はるかに彼女にとって意味があったと推測できる。

ひとつには、ポワロにはアガサの作品がほぼ常にそうであったように、単純にもう現在に設定された物語にはうまく働かない部分があるのだ。彼は「時が経つにつれて、より非現実的」になっていく、と彼女は一九六六年に認めた。「事件を引きうける私立探偵は、単に最近では存在しないのです……その問題はミス・マープルには生じません」[5]

しかしアガサは、ミス・マープルのプライバシーを、自分のプライバシーを守るのと同じ方法で守った。

ジェーン・マープルの過去の人生の詳しいことをほとんど明らかにせずに。あるときミス・マープルは——アガサと同じく——熟練した看護婦で、病気の人々を〝たくさん扱った〟とうっかり漏らした。一九三〇年以降、アガサが追いつくまで、ミス・マープルは六十五歳のままだった。その後はいっしょに年を取っていく。そして創作者とまったく同じく、ミス・マープルはせっせと家事を——マープルの場合は庭仕事への愛を——恐るべき頭脳から、無遠慮な人々による歓迎されない注目をそらすために利用した。[6]

ミス・マープルはあるとき説明した。犯罪を解決することにかけては「もちろん男性のほうが簡単です」[7]。しかし彼女の性が、新しい発見の領域を開くだろう。女性の探偵は、女性の身体や変装に隠された手がかりにより敏感だ。たとえば『殺人は容易だ』の探偵助手のブリジェットは、お手伝いで殺人の犠牲者のエイミーが、絶対に帽子を緋色には塗らないだろうと気づいた人物だ。彼女の赤い髪には恐ろしく合わないからだ。同様に『書斎の死体』では、ミス・マープルが犠牲者のブロンドの髪が生まれつきのものではないことを見抜く。事件の中心にいる若い女性を同情あふれる目で観察することで、ミス・マープルは生涯にわたる少女たちへの同情をはっきり示す。孤児の少女を教育して、お手伝いの仕事を見つけてやる。男の美容師を、彼が妊娠させた女性と結婚させる。同世代の独身女性のもっと幅広い仕事への小さな貢献をする。「この五十年間をさかのぼって」と、一九五三年にサマーヴィル・カレッジの学長が書いた。「有給にしろ無給にしろ、独身女性のすべての仕事がなかったらと考えてみなさい」[8]。看護婦、教育者、保育士に変身して「会議で発言して、封筒に住所を書いてきたのです」

その後のミス・マープルには、ソーシャルワーカーのようなところがあった。たしかに成熟したミス・マープルの小説は、ミステリというよりは〝英国の現状〟についての小説だと、ピーター・キーティングは論じる。『魔術の殺人』の非行少年のための更生施設、『ポケットにライ麦を』の堕落した実業家の機能不全の家族、『パディントン発4時50分』の利己的な田舎の屋敷の家主。すべてまちがっている英国についてのアガサの見方を表現しているが、そのなかで独身の老婦人がまだ善を促進する力になれることを示している。

あるいは少なくとも、ミス・マープルは、アガサ自身に存在するように見える〝善〟と同じくらいの善を促進する力なのだ。一八九〇年生まれの、社会的には保守的で、死刑を支持している、裕福で成功した女性に。自伝のなかで彼女は提案している――憎らしげに――死刑宣告の代替案は、悪人を流刑にすることかもしれない。〝原始的な人間〟しかいない広大な何もない場所に。そして六十代が進むにつれて、ミス・マープルと彼女の創造主は、自分たちの判断の厳しさに、明らかに恐ろしくなってきた。

たとえば『ポケットにライ麦を』で、ミス・マープルは執念深く、ひどく腹を立てて、力強くなる。彼女は殺されたお手伝いに施された邪悪さに腹を立てている。よろよろ歩く年配の女性は、「一般的な復讐(ふくしゅう)に燃えたひとというイメージとはかけ離れている……おそらくそれがまさに今の彼女なのだが」

ミス・マープルが故郷のセント・メアリ・ミード村の場面に最後に現れるのは『鏡は横にひび割れて』だ。ここに六〇年代がやってくる。アガサはもう七十二歳だが、まだ変化に敏感だ。村には食料雑貨店のかわりにスーパーマーケットがある。住人は朝食にベーコンのかわりにシリアルを食べ、村のはずれには新しい造成地がある。だが、セント・メアリ・ミード村は変わっても、衰退はしていない。「新しい世界は古い世界と同じよ」とミス・マープルは思う。「服装がちがい、声がちがっても、人間はずっと同じだわ」

アガサの晩年の本には、時おり追憶的な一節がある。筋を前に進めるのを損ねるため、以前の作品では除外されていたものだ。たとえば『復讐の女神』で、ミス・マープルは《タイムズ》紙のレイアウトに施された訳のわからない変更に、長いこと考えこむ。これは純粋に、作家にはおなじみの、経験を取りこむ楽しみのためだ。だがミス・マープルといえども、遅れずについていこうとするのをまったく止めることはできない「ひとは決してあと戻りはできないの」と『バートラム・ホテルにて』で思う。「人生で最も大事なことは、前に進んでいくことだわ」。一九六五年に出版されたこの本は、ハロルド・マクミランのことば「変化の風」を二度繰り返す。アフリカの旧英国植民地に訪れる独立の必然性についての、一九六〇年の有名な演説だ。[9]

『鏡は横にひび割れて』のだんだんひ弱になってきたミス・マープルは、読者にさよならを言っているように見えたし、たしかに我々はセント・メアリ・ミード村にさよならを告げた。だがアガサはさらに三冊の本でミス・マープルを書いた。『カリブ海の秘密』（一九六四）と、一九六〇年代の犯罪と有名人の文化を題材にした『バートラム・ホテルにて』。そして最後に『復讐の女神』（一九七一）に登場する。一九六五年に使っていたノートに、アガサは〝ナショナル・トラスト庭園巡り〟というアイデアを記録していた。それはミス・マープルが、英国の歴史的に有名な邸宅を巡る運命のバスツアーに参加する物語になったことだろう。[10]

ミス・マープルの人生の最後の舞台で、彼女は一度セント・メアリ・ミード村を離れると、ますます創造主との共通点が増えてくる。アガサが一九五六年にしたように、バルバドスに旅行して、豪華なホテルに泊まり（アガサがずっと楽しんできたことだ）、ついに『復讐の女神』では金持ちになる。ギリシャ神話からとったその最後の本の題名は、ミス・マープルも神に近くなってきたことを、まちがいなく連想させる。家父長制以前の、情け容赦のない古代の女神ネメシスの現代版だ。[11]

そう、認めなくてはなるまい。ほとんど人間ばなれしている。ミス・マープルについてのこの見方はずっと存在していた。一九五〇年に戻ると、『予告殺人』で、べつの登場人物が気づく。〝口元の残忍さと、いつもはやさしげな青い目に浮かんだ厳しく冷ややかな光に。残忍さ、情け容赦ない決断〟いま、『復讐の女神』で、ミス・マープルはほかの神話の人物たちを相手にする。運命の三女神を表す三姉妹と、同性愛にまつわる犯罪だ。晩年のミス・マープルは、もはや人間の正義や、人間の法律を気にしない。彼女は、小説のなかの内務大臣のことばで言うと「わたしが今まで会ったなかで最も恐ろしい女性」になった。

善悪や正邪についての自分の信念が、晩年の生活で、それまでよりはっきりとアガサの仕事を刺激した。無意識の動機や、一九三〇年代の〝心理学的〟アプローチにはもう興味がなかった。一九五〇年にクラドック警部が「近頃は何にでもやたらと使われている心理学の専門用語にはうんざりだ」と言うとき、それは著者のことばに聞こえる。[12]アガサは英国の戦後の社会で使われた、犯罪へのゆるくて寛大な心理学的アプローチは、誤りだったと感じるようになっていた。そしてミス・マープルも同じように感じている。

流行に敏感でいたいというアガサの欲望にもかかわらず、このメッセージは、やはりより寛容な社会という美辞麗句で足を踏み外したと感じ始めていた読者が共鳴した。サイレント・マジョリティは、自分たちはミニスカートを履かないし、むしろマイノリティを認めない。彼らの〝クリスマスにクリスティーを〟は、本物の現代の道徳話(マックスがアガサの作品を言うのによく使ったことばだ)、あるいは〝大人になった子どもたちのためのおとぎ話〟だという考えを好んだ。[13]

これらが大人のための童話だという考えは、アガサが戦後にしばしば使った、童謡の題名に裏付けられていた――『マギンティ夫人は死んだ』(一九五二)、『ポケットにライ麦を』(一九五三)、『ヒッコリー・ロードの殺人』(一九五五)――どれも〝邪悪なものは子ども時代の世界に潜んでいる〟ということをほのめかしている。[14]「わたし、童謡が大好きなの、あなたは?」と『ねずみとり』の登場人物が言う。「いつもとても悲劇的で、不気味なんですもの」[15]

アガサ・クリスティーについての批判のひとつは、つねに彼女の世界の狭さや、そこに参加するひとの範囲が限られていることについてだ。だが、ジリアン・ギルはまったく逆のことを主張する。アガサの狭い視界の焦点は、彼女にとってまさに作品の力強い闇を生み出すものだった。

子ども時代と同じく、セント・メアリ・ミード村は、邪悪なものが存在すべきではない場所だ。ミス・マープルは暮らし向きのよい中流階級のひとたちにはおなじみの環境のなかで行動する。「裕福で上品な特権階級の世界の外の、〝わたしたち〟が知らないひとたちのなかに暴力を置くかわりに、クリスティーはわたしたちのまん中に置く」とギルは説明する。[16] ロマンチックな英国の村にも、邪悪なものはある。変態的なセックスや、レイプや、近親相姦、あらゆる種類の倒錯について「彼女は話したいという衝動がなかったの」とミス・マープルが言う。それでも「そういうことを知ってはいたわよ」[17]

よくミス・マープルの物語は読み心地の良い犯罪ものだと言われるが、これは大胆で暗く苦しい世界の見方だ。

ミス・マープルと彼女の創造主は、まったく幻想を抱いていない。彼女たちは邪悪さはどこにでも見つかると信じている。どんな関係にも。わたしたちの誰にでも。

引き際を知ること

「引き際を知ること――それは人生においてとても肝心なことのひとつだ。自分の力が衰え始めて、統率力がなくなる前に引くこと、何となく頭が鈍ってきたなと感じる前に」

これはアガサの『鳩のなかの猫』（一九五九）のバルストロード校長のことばで、成功した女子校の将来を考えている。アガサの出版チームは同じ質問をしていた。「アガサには言わないでほしいんだが、これは彼女がこれまで書いたなかで最も力強い物語というわけではないだろうね」と、一九六〇年にアメリカの代理人が手紙に書いた。[1]

多くの筋金入りのクリスティーファンは、アガサの後期の本を愛している。それらに奇妙な豊かさと深みを見ている。だが一九六〇年代に、映画やテレビを通してアガサがそれまでよりよく知られるようになるにつれて、初期の本の映像化が、彼女をそれまでとはまったくちがったものに変えた。伝統的ブランドだ。それぞれの新刊の質はあまり問題ではなくなり始めた。人々は、彼女の名前が載っているというだけで買ってくれる。アガサもそのことに十分気がついていた。「たぶん同じ本を何度も書いても、誰も気づかないでしょうね」と認めた。[2]あまり一生懸命やろうとしなくなってきた。

彼女は『第三の女』（一九六六）で、斬新さを保ち、六〇年代の生活を描写しようとして、幻覚剤や、賃貸アパートに住む若者のばか騒ぎに軽くふれたが、探偵小説としては説得力がなかった。[3]それで今度は『終りなき夜に生れつく』(一九六七)でより大きな飛躍を見せる。

驚くべきことに、彼女はこの本を、若い労働者階級の男のサイコパスの視点から書いた。「みんな首を横にふったわ」アガサは思い出す。「『あの名家のご婦人が、あんな登場人物で何をする気だろう? ひどいへまをするだろう!』と言わんばかりだった。まあ、わたしはそんなことはないと思うけど……わたしはうちの掃除婦の話をじっと聞いているのよ、彼女の身内の話もね。お店も、バスも、カフェもずっと好きだった。そこで耳を澄ましているの。それが秘密よ」[4]。『終りなき夜に生れつく』はたったの六週間で創作され、アガサの最後のやむにやまれぬ執筆となった。「これまでに書いたものとはかなりちがっています」出版前のインタビューで説明した。「もっと深刻で、ほんとうに悲劇的」実際コリンズ社は、どう受け止められるか気が気でなかった。

しかし、心配する必要はなかった。いつもとちがった雰囲気があるものの、ある重要な点で『終りなき夜に生れつく』はとてもなじみのあるものだった。犯人に物語を語らせるという主要な仕掛けは、四十年前に『アクロイド殺し』で使ったのとまったく同じだ。人々はまた見事に受けいれた。《ガーディアン》紙は〝最も破滅的な〟驚きがあり〝この驚くべき作家はつねにうまくやってのける〟と考えた。〝今回も彼女はわたしをだましました〟と《ザ・サン》紙の批評家は認めた。

アガサはまだ〝スリラー〟も生みだしていたが、一九七〇年の『フランクフルトへの乗客』で最高潮に達した。この注目すべき作品は、今日では完全に狂気として読まれている。それにもかかわらず、八十歳の誕生日とからめた大々的な宣伝の後押しで、ベストセラーリストに六か月以上入っていた[5]。

仕事用のノートには、主人公が立ち向かう悪の組織に効果的に挿入するらしい不穏な物事のリストもある。〝テロリストの活動、アメリカの大学、ブラック・パワーなど。これらすべてがこの五、六十年間のいろいろな暴力の台頭と愛好、——サディズムの訓練——を説明する——すべてが若者の理想主義に取り込まれた可能性がある[6]〟

アガサは最終的に、ヒトラーがひそかに精神科病院に隠れることによって第二次世界大戦を生きのび、邪悪な仕事を続けるために息子を生みだすというプロットを選んだ。気分の悪くなるプロットにもかかわらず、その本には少なくとも強い雰囲気があって、彼女の読者たちに訴えるものだった。現代的精神におびえ、自分たちの市で勃発した学生たちの抗議行動を、抑制できない暴力と見なしたのだ。本物の信奉者は『フランクフルトへの乗客』を、スリラーという手法を使った現代世界の〝天路歴程〟と評する……彼女が見た世界の厳粛な絵だと。ちょうどヴェルディがレクイエムを作曲することになったとき、自分が一番よく知っているオペラの言語を使ったように。[7]でも、もしもこれが、アガサの見た一九七〇年の世界だったのなら、気のめいるような場所だ。

一方で、アガサの本を作る人々は、大きくなっていく問題を抱えていた。舞台裏では、ハロルド・オーバーが一九五九年に亡くなったあと、ドロシー・オールディングがあとを引き継いだ。堂々とした、古いニューヨーク女性のオールディングは『マッドメン』の登場人物のような服を着て、シガレットホルダーでタバコを吸い、囚人を連れてはいない。彼女は最初に『フランクフルトへの乗客』を読んで当惑した。「あの本にはひどくがっかりしました。わたしにはスパイ小説のお粗末な模倣で、そのうえ迫力に欠けているように思えました」[8]《ニューヨーク・タイムズ》紙は彼女に同意した。「誰でも粗悪な小説を書く資格はある」と批評記事は書く。「だが、誰かがあいだに入って、出版を思いとどまらせるべきだ」[9]

しかし、専門家の意見はさておき、アガサの読者たちはまだ、明らかにこの手のものを読みたがっていた。大きな商業的な成功を収めたあと、コークは撤回しなければならなかった。「『フランクフルトへの乗客』は、まったくあなたが正しかったですね」とアガサに認めた。「何とかしなければならないと思っていたが、そんなことはなかった。まちがいなくあなたの最も成功した本だということが証明されました[10]」

ひと握りの目立つ作品を除いて、アガサは仕事を完成させることについてまったく良心的ではなかった。たとえばポワロは、ホワイトハウス・マンションに住んでいるとき以外はホワイトヘブン・マンションに住んでいる。『スリーピング・マーダー』では、事務員と、受付係と、列車の乗客がみな、たまたま同じナラコットという名前を与えられている――それは三冊のまったくちがう本での、部屋係の女性、船長、警察官の名前でもある[11]。

だが今では、ちょっとした誤りが簡単に見つかるようになってきた。オールディングは『バートラム・ホテルにて』についていくつかの疑問点を感じた。ミス・マープルはどうやって、ある登場人物がべつの登場人物の娘だとわかったのだろう？　〝とても利口なので、それを導き出した〟のだろうか[12]？　しかし、そういう見方を伝えるのが難しいのはわかるだろう。アガサの娘でさえ、なかなかできなかったのだから。

一九七一年に、アガサは最後の戯曲「フィドラーズ・ファイブ *Fiddler's Five*」をブリストルで上演すると言いはった。ロザリンドは母に、それをブリストルから、ロンドンの厳しい審査にかけようとしないよう求めた。コークも心配していた。「敵意を持った批評を受けるという事実に直面しなくてはならない[13]」

だがアガサは怒りっぽく、自己防衛過剰になっていた。「どうしてあなたたちがそんなに反対するのか、わからないわ」と苦々しくロザリンドに言った。「あなたやマシューやハリソン・ホームズや、そのほかの利益を得ているひとたちが、自らの取り分を本気で拒否するとは思えないんだけど」。これはロザリンドの悲観主義についての長年のいいあらそいで、アガサはほんとうに悪意を込めて暴言を吐いた。「もしもあなたたちが、わたしを本に留めさせることに成功していたら――たぶん『ねずみとり』も『検察側の証人』

も『蜘蛛の巣』もなかったでしょうね……人生に少しくらいの危険を引きうけないなら、死んだも同然よ」[14]

でも、ロザリンドの懸念には十分に根拠があった。というのも、「フィドラーズ・ファイブ」には税金を払わずに逃げているひとたちが登場するからだ。「あなたのファンは、あなたの作品と、実際のあなた自身を、ほんとうに怖いくらいに賞賛しているでしょう」と母に説明しようとした。「わたしはこの戯曲があなたにふさわしいとは思えないの――あなたはこの戯曲で、罪を犯した人々を逃がしている……ふざけているにしても、おもしろいとは思えないわ[15]」

エドマンド・コークも、手紙でさんざんわめきちらされた。「まず」と六ページにわたる非難の手紙に書いてある。「わたしは、出版社やその他のひとが勝手にやっているような、ばかげたとても迷惑なことを、もっと厳しく管理しなければならなかったのです……わたしはただのあなたたちみんなのために芸をする犬ではありません――わたしは作家で、自分を恥じるのはみじめなことです[16]」その手紙は年老いたリア王の叱責のように読める。

だが、最近は、アガサの晩年の作品の衰えについて、もっと悲しい説明がなされている。彼女が使う言語を分析したところ、おそらくアルツハイマー病の初期の症状に苦しみ始めていたのだろうというのだ。アガサの統語法は決して複雑ではない。それが、彼女の作品がとても効果的にほかの言語に翻訳され、しかもあまり時代遅れにならない理由のひとつだ。しかし今はそれがもっと単純になってきた。

『象は忘れない』（一九七二）はアガサのアリアドニ・オリヴァ夫人の最後の登場作品だ。まさにこの題名が、記憶の問題が八十一歳の著者の心に重くのしかかっていることを示している。トロント大学の言語研究者たちは、この小説は、彼女が六十三歳のときに書かれた『死への旅』より、語彙が三十一パーセント少ないと算出した。また、同じチームによる分析では、さらにアガサの若いころの作品『スタイルズ荘の怪事件』は「もの」「何か」「何でも」のような〝あいまいな〟ことばは〇・二七パーセントだけで構成されているのに対して、八十三歳のときに書かれた『運命の裏木戸』は、その割合が一・二三パーセントに上がっている。[17]この研究の著者のひとりイアン・ランカシャーは、『象は忘れない』はオリヴァ夫人の低下していく知能の描写としても読めるかもしれないと指摘する。夫人は知っているはずのことを忘れて、エルキュール・ポワロに電話で助けを求めなくてはならない。「何かが起こっているのは感じるが、何もできないと感じていることへの作家の反応を明らかにする」と彼は言う。「犯罪は無理心中ではなくて、犯罪は認知症であるかのようです[18]」

このことが、アガサの作品の質の低下に対する批判と、それについての彼女の防衛心を、まったくちがうふうに読ませる。優雅に身を引くことを渋る芸術家へのいらだちは、病気と闘い始めたのかもしれないひとへの同情に取って代わられる。

アガサは決して健康状態を診断してもらわなかった。人々がいまだに認知症、とくにその初期の段階について話すのに気がすすまないことを考えると、そして一九七〇年代にはその不名誉がいまより大きかったことを考えると、それは悲痛な思いにさせられ、深刻に考えるに値する仮説だ。

もしかすると、彼女のまわりの者たちは、疑いはじめていたのかもしれない。アガサは最も貴重な財産を失いつつあるのだと。心を。

第十部

カーテン

一九七〇年代

第四十章

ウィンターブルック

一九六〇年に、アッシュフィールドの取り壊しについての建築許可が下りた。その場所に、アパートや車庫が建った。ガソリンスタンドも建てて、それで開発を終わりにするという計画だった。[1]

何が起こっているのか、アガサが気づいたときには手遅れで、どうしようもなかった。もちろん、ずっと昔にアッシュフィールドを売却したときに、その場所について注文をつけるのは、すっかりあきらめていた。だが、事務弁護士の息子が、彼女がどんなに〝買い戻したがっていたか〟を覚えていて〝遅まきながら〟入札した。申し出が退けられたとき、〝彼女はそれはそれは落ちこんだ〟[2]

アガサは物語を自分で続けた。

一年半経って、やっとわたしは車でバートン街に行く気を奮い起こした……そこには記憶をかき立てるものさえ何もなかった。今まで見たなかで最も粗末で、安っぽい小さな家々があり……それから唯一の手がかりを見つけた――かつてはチリマツだったものの不敵な跡を。[3]

家族や家にまつわるものがとても多いアガサの小説は、アッシュフィールドに深く根ざしていた。その物理的な喪失は、母親の喪失や、幼いころの自分の喪失を思い出させた。売るという判断は自分がしたものだ。でものちに、「とてもよるべなく感じて……アッシュフィールドが恋しくてたまらない」と書いた。[4] その後、自伝の最後の場面を完成させるとき、アガサは始まりの場所で終えた。トーキーで。過去を思い出すことが、晩年の主な喜びのひとつになった。

長い散歩は消される。そして、ああ、海水浴も。ヒレ肉のステーキ、リンゴ、生のブラックベリー（歯の問題）、そして、小さい文字を読むことも。でも、たくさん残っている……日なたに座り――少しうとうとすること……そしてまた――思い出す。「覚えてる、覚えてる、わたしが生まれた家を……」

もっと最近の出来事や場所はあまり問題ではなくなってきた。七十九歳で、アガサはナンシー・ニールの存在について、初めての公の場で発言した。「夫は若い女性を見つけたんです」とインタビュアーに話した。遠回しに、自分が作りだした〝テレサ・ニール〟のことを言っているようでもあった。「自分の運命を書くことはできません。運命はやってくるものだから。でも自分が作りだした登場人物で好きなようにすることはできるんです」[5]。彼女は一九二六年の自分の行動のことを話していたのかもしれないし、これは彼女の人生哲学の表明だったのかもしれない。アガサ・クリスティーはまさに、自分の物語を書いてきた女性だったのだ。

一九七〇年九月に、コリンズは、彼女の八十歳の誕生パーティーをロンドンで開くと言いだした。アガサは羽根飾りのついた帽子と、キャッツアイ型のメガネと、二連の真珠のネックレスをつけて出席した。今度ばかりは写真を気にしなかった。とくに、長いつき合いの編集者、ビリー・コリンズには。「なんてハンサムな編集者かしら」と彼に言った。[6] パーティーはいわゆる八十冊目の本を売りだすためでもあった。覚えやすい数字は、コリンズ社の部分を巧妙に計算して到達したものだった。大変だったのは短編集や、英国版とちがう題名を持つアメリカ版によって混乱したことだ。デヴォン州に戻ると、アガサはディナーを楽しんだ。〃特別なごちそう――わたしは大きなコップに半分の濃厚なクリームで、ほかのみんなはシャンパンを〃[7]

一九七一年の新年に、女王がアガサに大英帝国勲章（DBE）を与えると発表された。これは何度も名前を変えてきたアガサの、最後の名前になるだろう。〃デイム・アガサ〃というのは、最初の短編小説でいつかなりたいと夢見た〃レディ・アガサ〃とほとんど同じだ。その一月に『復讐の女神』のアイデアをふくらませていたノートのページの一番上に、誇らしげに〃D・B・E〃と書いた。[8]

八十歳の誕生日も、彼女が仕事をするのを止めはしなかった。この仕事の多くが行われた場所は、グリーンウェイではなくて、アガサとマックスが長年住んでいたほんとうの家だった。ウォリングフォードの少し南の、テムズ川のほとりにあるウィンターブルックは、アガサが気まぐれに家を買っていた金権主義の時代の一九三四年に購入された。

　《タイムズ》紙の広告を見てね。シリアに行く一週間くらい前だったわ……魅力的で、小さなアン女王朝様式の家で……川まで草地が広がっているの。

今にも外国に出発するというときなのに、アガサはすぐさまそれに飛びついた。ある訪問者は、その家にうっとりした。「目にうれしく、バラの香りがするんです。庭のいちばん奥に川があるというのは、わたしにはいつも完璧な配置に思えます」[9]。べつの訪問者は、居心地がよく、うちとけた雰囲気をこう表現した。

「ワイン色の秋の光が、だらしなくて居心地のいい部屋にどっと流れ込んでくる――すごく大きくてふくらんだイス（アガサのような）、マントルピースの上の、ラヴェンダー色のくだらない陶磁器。彼女は次から次へと古い陶磁器を持ってくるが、豪華なものは何もない……ただのお気に入りのヴィクトリア朝時代の品々だ（またしてもアガサ自身のような）」[10]

この彼女の秘密の家でだけ、アガサはデイム・アガサの役割を脇へ置いて、マックスの妻という、お気に入りの役割に引きこもることができた。「マックスの家」というのは、彼女がウィンターブルックを呼ぶときの名前で「ずっとそうだった」。グリーンウェイは次第にあまり重要ではなくなってきた。一九五九年にロザリンドに譲り、一九六七年にロザリンドとアンソニーはそこを自分たちの本宅にするために移り住んだ。[11]

ウィンターブルックでは、アガサは極力目立たないようにしていたけれど、宛名が〝バークシャー州、アガサ・クリスティー夫人〟だけの手紙や、〝大ブリテン島、アガサ・クリスティー夫人〟という手紙も、必ずそこにたどり着いた。[12]アガサのプライバシーを守ろうとする姿勢や、せんさく好きや貧困者への理解の欠如から、ウォリングフォードの地域生活に完全にとけ込むことは決してなかった。元副市長は、彼女のことを〝独裁的で、近づきがたい女性〟と評した。[13]世界で最も有名な作家がウォリングフォード市に住んでいるのだから、ウォリングフォード市は彼女に金持ちの慈善家になることを期待した。だがアガサは期待に応えなくてはならないという感覚に、見事に抵抗した。それでも、ごくふつうのマローワン夫人としては、ハイ・ストリートにある美容院にそっと入って髪を整えてもらったり、地元の劇団による公演を観たり、ウィンターブルックの魚を配達してくれた少年に贈り物をしたりすることもあった。[14]彼女とマックスは、近くのチョールジー村にある静かな田舎の教会に通いもした。

ウィンターブルックで多くの時間を過ごした理由は、マックスが一九六二年にオックスフォードの近くのオール・ソウルズ・カレッジに異動したからだ。彼は新しいオックスフォード版のヘロドトスを手伝うことになっていた。その任命は、彼にとって大きな意味があった。「ぼくはライフワークの努力をとおして、若いころに欠けていた学究的な特質を回復したと感じたんだ[15]」。この知的な生活の目的は、アガサが育てられたエドワード朝のミラー家のゆったりした価値観とは、明白にちがっていた。「最高に幸せだと感じるんだ」マックスは認めた。「まったくゆるぎない学問に服していると。それは思考を止めさせる[16]」国際的で知的なマックスが、一九七五年の国民投票で（彼女の意向に反して）ＥＵへの加入に賛成の投票をするようアガサを説得した。

職務のなかで、マックスは多くの若い考古学者を教育した。「そのなかの六人は英国考古学院の指導者になったんだ[17]」でも、彼は万人には好かれなかった。やさしい同僚たちは、彼の怒りっぽさを、脳卒中のあとから飲んでいる薬のせいにしたが、彼は多くの考古学者との根強い確執を抱えていた。キャスリーン・ケニヨンが亡くなったあと、彼女といっしょに住んでいた女性は、マックスの手紙をその場で燃やした。〝とても意地が悪い〟ので、ほかの考古学者たちに見てほしくなかったのだ[18]。

一方、八十年以上とってあった家族のアルバムの最後のページで、アガサは新しい孫と出会う。本や、ヒヤシンスや、グリーティングカードでいっぱいの部屋でにこにこしながら座っていたり、サンチェアにもたれかかっていたりしている。彼女はダートムアでの寒そうなピクニックに参加したり、ぬくぬくと毛皮のコートにくるまっていたりする。歩くのが困難になり、マックスの腕を借りたり、杖をついたりする。愛する犬たちに囲まれている。しばしば赤い帽子をかぶっている。ある写真では、風変わりで自信のある老婦人の詩のように、それに合わせた紫色の服一式を着ている[19]。

だが一九七〇年代のウィンターブルックはゆっくりと衰退していった。コークの言う〝クリスティー帝国〟の創設には、複雑な税金の手続きが伴い、日々の用途に使う現金が、不思議なことに不足していた。ウィンターブルックの電気配線が危険な状態になっても修理されないので、コークは気づくと保守の仕事の手伝いをさせられていた。一九七一年に、アガサは「風と雨で、どこかから水が流れているか、滴っていて……月曜日に配管工と電気工にSOSを出さなければならないわ[20]」「近頃では、三人のよい使用人と、小さな家があれば、この上ない幸せね」とため息をついた[21]。

一九七一年六月にアガサは腰を骨折して、ナフィールド整形外科センターに入院したあと、めでたく自分のベッドに戻れた[22]。「一、二日は危険な状況だった」とコークは同僚に告げた。「だが、うれしいことに、彼女は奇跡的な回復を見せている[23]」。すぐに彼女は「平行棒のあいだで、足を引きずりながら最初の一歩を踏み出した[24]」。不満げな要求は、もう彼女の書簡から消えた。「親愛なるロザリンドへ」と書いた。「病院から脱出して、家に帰るというのはすばらしいことだわ！　家をきれいに整えてくれたのね……敬愛するロザリンド、ここに来ていろいろしてくれて、ほんとうに助かったわ[25]」

転倒してから、アガサは終わりの計画を立て始めた。一九七二年にはコークに、彼がふさわしいと感じたら出版するようにと、詩集を送った。一九七三年の本は『運命の裏木戸』で、初老のトミーとタペンスの最後の登場になる。舞台となる家は、アガサが最後に大きく心を奪われたもの、アッシュフィールドを反映したところが随所に見られる。だが小説としては繰り返しが多くて、欠陥があった。「かなりひどいんじゃない？」とオールディングは思った。「最近の二作よりもずっと悪いわ……気の毒だけど、これは出版すべきではないと、誰かが彼女に言ってあげる方法があればいいんだけど——彼女のために[26]」。しかし、またしてもベストセラーになった。

そしてかなり痛々しいのは、アガサのまさに最後のノートに、さらにもうひとつ小説のアイデアが載っていたことだ。それはまったく新しいアイデアを呼びものにしていた。純粋に実験として少年を殺すふたりの学生の話だ。批評家のジョン・カランが書いているように、衰えつつあるのは〝彼女の想像力〟ではなく、〝彼女の進化する力〟だった。[27]

一九七四年にアガサは心臓発作を起こして、薬を処方され、そのおかげで体重がぐんと減った。トニー・スノードンは彼女の写真を撮りにウィンターブルックに来て、とても年を取った、とても小柄な女性の、印象的で穏やかな一組の写真を生みだした。アガサにどういうふうに覚えていてもらいたいかを訊くと、控え目な答えが返ってきた――もちろん――ただ〝探偵小説のなかなかよい作家〟としてだと。[28]

その秋はまだ外出してうろうろしていたし、人前に姿を現す最後の重要な機会が、これからやってくる。一九七二年に、驚いたことに、アガサはもう一度映画化の誘いを受け入れた。今度は二十世紀にいろいろなことに首を突っ込んできた男、マウントバッテン卿から提案された。彼は義理の息子のジョン・ブラボーンと、ブラボーンの共同制作者のリチャード・グッドウィンを助けるために、アガサに近づいた。彼らは『オリエント急行の殺人』を映画化したがっていた。「わたしたちは誰も、今までに作られた映画が〝アガサ・クリスティー〟の精神を、ほんとうに正しく伝えているとは感じていません」と彼は書いてきた。[29]

映画への新たな試みをする機が熟した。MGMがアガサの本を勝手に使った一九六〇年代から事態は変わっていた。[30]この新しいひと組のプロデューサーは『オリエント急行の殺人』を、むしろディケンズやオースティンのように古典的な物語で、尊敬され、保存されるものだと考えていた。グッドウィンは、ひとつには、十歳の娘がこの小説をむさぼるように読んでいるのを見たことが、映画化の動機になったのだった。シドニー・ルメットが監督としてこのプロジェクトに加わり、アルバート・フィニーとショーン・コネリーが配役を引き受けると、一流の俳優たちがみな――ブラボーンのことばを借りると――〝ぞろぞろ映画に入ってきた〟[31] イングリッド・バーグマン、ローレン・バコール、ヴァネッサ・レッドグレイヴ、ジョン・ギールグッドも含まれた。グッドウィンは映画の成功を、配役のおかげだとしている。これらの〝往年のスターたちはみな、スタジオ・システムで成功したひとたちだ。第一に、彼らは非常にきちんとしつけられてきた。第二に、とにかくすばらしい〟プロデューサーたちは作家にはほんのわずかな機会にしか会っていないし「彼女はあまり話しませんでした」とグッドウィンは言う。「でも、どういうわけか、彼女が望んでいることをみなわかっていました――彼女にはオーラのようなものがあったんです[32]」

経費は恐ろしいことに四百五十万ポンドにまで上り、プロデューサーたちの経験では最も費用のかかる映画となった。アガサはこれまでの経験から、映画が気に入らないかもしれないと知っていた。だが、今回は観たものを喜んだ[33]。『オリエント急行の殺人』は当時、興業収入でそれまでで最も成功した英国映画になった。アメリカではヒットチャートの最上位になり、本の売り上げにも電撃的な効果があった[34]。大西洋の向こう側で熱狂的に受け入れられたあと、映画は一九七四年十一月にロンドンでチャリティープレミアを行うことになり、女王だけではなくて、犯罪の女王も出席した。「彼女にとってはつらかったにちがいない」。アガサの車イスでの出席について、グッドウィンが言った。だが「彼女はそれが必要だと知ってたんだ[35]」

初日公開のあとはクラリッジズホテルで宴会が開かれた。その夜の終わりに、真夜中にマウントバッテンがアガサをエスコートしてダイニングルームから出ていき、彼女が〝片腕を上げて別れを告げる姿〟をマックスは心の目に焼きつけた[36]。

それはロンドンと、生涯の仕事への最後の別れだった。一九七四年に長編の代わりに、短編集*Poirot's*

*Early Cases*が出版され、一九七五年に何十年も前に書かれたあの本『カーテン』が世に出た。《ガーディアン》紙の批評家は感動的な賛辞を寄せた。「エゴイスティックなポワロ、四十数冊の本の主人公」にとって、と批評が続く。「まばゆいくらいに劇的な終わりだ。『さよなら、親愛なる友よ』不幸なヘイスティングスに最後のメッセージが続く。『すばらしい日々でした』熱狂的なファンにとって、どこまでも最高のふたりだ」[37]。ポワロの死亡記事は《ニューヨーク・タイムズ》紙にも載った。

一九七五年の夏には、もうとても弱々しくなり、アガサはウィンターブルックの下の階で眠るようになった。看護師が夜に彼女の世話をするためにやってきたし、マックスとバーバラ・パーカーもいつも手近にいた[38]。この先の準備をしながら、アガサは墓石に記してほしいエドマンド・スペンサーの引用を書きうつした。

わたしの墓碑にこう記すこと　労苦のあとの眠り、荒海のあとの港。戦いのあとの安らぎ、生のあとの死は、大いなる喜びなり。わたしの葬儀ではバッハの管弦楽組曲第三番ニ長調のアリアを流してください。エルガーの変奏曲ニムルド（原文のまま）もね。

それからウィンターブルックの秋は最後の冬に変わり、一九七六年一月十二日にアガサはついに亡くなった。マックスが言うには「昼食のあと、わたしが車イスに乗った彼女を客間に連れていくときに……死がそっと穏やかに訪れました。慈悲深い解放で、彼女が苦しまずに済んだことを、神に感謝します[39]」マックスは地元の医者に電話して言った。「彼女は亡くなりました」そして警告を言い添えた。「他言はしないでください[40]」だがそれにもかかわらず、おびただしい数の記者たちが、ひとつの時代と傑出した人生の終わりを取材するために、静かなウォリングフォードに、押しかけてきた。

一九七六年一月の終わりに、アガサはウィンターブルックの近くのチョールジーにあるセント・メアリー教会に埋葬された。家族は葬儀を内輪で行いたいと求めた。[41]だが必然的に、と孫が言う。「マスコミのイベント（ニーマをどんなにぞっとさせたことだろう）となり、至るところでカメラが盗み撮りしていた」[42]マックスは五百通ものお悔やみの手紙に答えなくてはならなかった。その手紙で彼は、「彼女がどんなに広く崇拝され、愛されていたか、十分わかっていなかった」ことを思い知らされた。[43]

アガサは結婚指輪をつけて埋葬された。そしてマックスはもちろん、彼女を墓までエスコートした。彼女は彼に、死してなお生きながらえる愛についての詩を残した。

わたしは死んだ——でも、あなたへのわたしの愛は死なない。
それは永遠に生き続ける——無言だけれど、
覚えていて
この先、わたしがあなたを置いていかなくてはならないとしても。[44]

人生の最後の数年間、アガサはしばしば、自分の衝動的な結婚がいかにうまくいったかをよく思い出していた。姉はマックスと結婚しないよう〝懇願した〟。だけど、ああ、とアガサは思った。「姉の言うことに耳を傾けなくてよかったわ！　幸せな四十年間を逃すところだった[45]」

この結婚にはどんな秘密があったのだろう？「あなたは女性の扱いがうまいのね」アガサは一度マックス

に言ったことがある。「一夫一婦制の国にいることが残念ね——あなたなら二、三人の妻を持って、幸せになれるのに!!」[46]晩年のマックスは不倫をしていたとずっと憶測されており、最も多くバーバラ・パーカーの名前があがった。知的職業に従事している男性の女性従業員が雇用者と恋に落ちるというのは、アガサの小説の定番だ——〝秘書の職業病〟とある探偵は言った。[47]アンソニー・ヒックスはこう言ったと報告されている。「マックスとバーバラはニムルドの記録に取り組むために、部屋に閉じこもり、彼女は靴を部屋の外に置いておいた……靴は……何かの合図だったんだ」[48]。アガサの死のすぐあとに訪ねてきたマックスの友人は、マックスの献身的な助手が、上司の足をマッサージしているのを見て驚いた。[49]

真実のロマンチックな愛や、生涯の性的貞操についての二十世紀後半の結婚の理想から判断すると、おそらく批判される点があるだろう。だがそれは結婚生活についてのとても窮屈な見方だ。アガサの二度目の結婚は、始まりの一九三〇年にしては珍しい多くの側面があった。離婚したシングルペアレントだった彼女は、意外にも自分が死ぬ日まで面倒をみてくれる、かなり若い相手を見つけた。探究し続けるふたつの心のあいだでは、生涯にわたり、知的な会話が繰り広げられ、本質的に親密な交わりがあった。マックスが言った。「ほかの誰も、ぼくにとって、きみのような完璧な仲間にはなれない。きみとぼくはたまたまぴったり合ったんだ。たまにそんなふうに合うふたつの魂が出会う。似ているからではなくて、相補う片割れ同士だから」[50]「彼女は、ぼくにはないものをたくさん持っている」と彼は考えた。「聖人のような謙虚さ……彼女の内なる精神は、キリストと共鳴するほど近くにある」[51]これは友愛結婚で、非常に耐えて、成功したことが証明された。

そして、それは恋愛関係についての我々の慣習が、唯一の生き方を表すものではないことを思い出させる。「楽しんできてね、あなた」とアガサはかつて言った。「何でもしたいことや必要なことをすればいいわ――わたしが深い友情と愛情であなたの心をつかんでいる限り」[52]。彼が何をしようとしているのか、正確に知る必要はなかった。結婚は人生の厳しさすべてをもたらすはずだという、現代のロマンチックな考えが、問題にするだけなのだ。

それにマックスは、たしかに自分たちのした契約をきちんと守っていた。一九四五年にリビアから、離れ離れの三年間ずっと彼女の写真といっしょだったことを話した。「夜に砂漠で眠るときも」と書いた。「いつもキャンプのベッドのそばに置いていたんだ。朝になったらきみが見えるようにね」[53]彼の妻は「いつもかわいらしい顔で、かわいらしい笑顔を向けてくれる。願わくば、九十歳になっても!」彼は約束を守った。「マックスは夜に寛大に世話をしてくれるの」九十歳が近くなってきたとき、アガサは書いた。「寝室用便器って、ほんとうにすばらしいわ」[54]

一九三六年のあいだ、マックスはアガサにラブレターを書き続けた。「ときどき」と言った。

でもあまり頻繁にではなく、ふたりの人間がぼくたちのようにいっしょに本物の愛を見つける……ぼくたちの持っているものは消せないことを、ぼくたちは知っている……年月が過ぎても、ぼくにとってきみはずっと美しく大切なままだよ。[55]

彼女の死後に、マシューの写真と、ほかならぬその手紙が、小さく折りたたまれて、アガサの財布のなかに見つかった。

三十九年間、ずっと持ち歩いていたのだ。

だがマックスは、とにかくひとりで生きていくのが耐えられなかったことがわかった。アガサの死後一年ちょっと過ぎた一九七七年三月に、ロザリンドに再婚を知らせる手紙を書いた。もちろん、相手はバーバラだ。「誰も決してぼくの愛しいアガサの代わりにはなれないだろう」と言った。「でも彼女は賛成してくれると思う。いつも、わたしに何かあったら、結婚してねと言っていたから……今、寂しいんだ。ずっと忠実な友だちだったバーバラといっしょなら、さびしくないだろう」[56]。一九七七年九月、マックスが男やもめになって一年と八か月で、彼とバーバラはケンジントン登記所でひっそりと結婚した。

この物語でのバーバラ・パーカーの役割は、すべての考古学者の妻を象徴するものに思える。お茶を淹れ、後方業務を計画して、原稿をタイプし、二十世紀の考古学の車輪を回し続けた。マックスがようやく彼女を妻にしたものの、長くは続かなかった。一年もしないうちに、マックスはグリーンウェイで〝激しい心不全〟を起こし、バーバラは夫の死に居合わせた[57]。彼女は夫を、セント・メアリー教会の墓地の、アガサのとなりに埋葬した。

バーバラはクレスウェルプレイスにあるロンドンの家を相続して、ウィンターブルックを明け渡し、ウォリングフォードのもっと小さな家を選んだ。そこからオックスフォード大学の東洋研究所での仕事に通った[58]。

そうして、マックスとアガサは再会した。彼女は一九三〇年の婚約の最初の週からずっと、こんなふうにいっしょに眠ることを計画していた。彼の横に埋葬されることと、それからある遠い日に、ふたたび掘り出されたいと書いていた。「未来のすてきな若い考古学者（！）に……死んだあとで、何かの役に立つというのはとても楽しいことでしょうね[59]」

多くのひとがそうするように、草で覆われた、風の吹きぬけるオックスフォードシャーの教会の墓地の、彼女の墓のそばに立ち、そう、確かに、アガサは死んだあともまだ、大いに〝役に立っている〟と思うのは楽しい。

今もまだ、数えきれないほどのひとたちに、数えきれない喜びを与えている。

第四十一章　葬儀を終えて

アガサ・クリスティーが死んだ夜、彼女の死を悼んで、ウエスト・エンドのふたつの劇場の照明がうす暗くなった。『牧師館の殺人』と『ねずみとり』の出演者たちが、舞台から冥福を祈り〝観衆は立って黙とうした〟[1]

アガサは考古学の世界でも死を悲しまれた。とりわけ、長いあいだ支援してきたイラクの英国考古学院で。バグダッドの学院の校舎で、彼女の存在は、ポータブルトイレの形で残っていた。現場に持っていくために設計されたこの品は、真ちゅうの蝶番で連結されたマホガニー材の便座のついた茶箱だった。それに何が起こったかを巡っては諸説ある。ひとつ目は、一九七〇年代後半のいつかのガイ・フォークスの夜に、発掘隊の酒に酔ったメンバーによって〝うっかり〟燃やされたというものだ。[2]だが、エレン・マカダムは、ヘムリンダムの建設に先立って行われた考古学の調査の際に、現場に持っていかれたのを覚えている。考古学者たちが新しいシーズンの仕事のために、借りた家をふたたび開けたとき「叫び声が上がりました。『アガサの便器にシロアリがわいている！』それで燃やさなくてはならなかったんです」[3]

学院自体はついに政府の財政的支援を失い、イラク研究のための英国研究所として出直した。英国の考古学者たちよりは、むしろイラク人を支援することを目指す慈善事業で、〝人々と古代遺跡を助けることに重きを置き、考古学の遺跡に大きな穴を開けることにはあまり重点を置いていなかった〟[4]二〇一一年に、大英博物館はニムルドでのマックスとアガサの発掘品から、多くの象牙の彫刻を買い取った。二〇〇三年にバグダッド博物館が略奪された際に、ほかの象牙品のいくつかが踏みつぶされて以来、いっそう貴重になっていた。でも、西アジアでのマックスとアガサの生活のほかの跡は残っている。ドイツの映画監督サビーネ・シャルナーグルによる二〇二一年の美しいドキュメンタリーは、シリアのチャガル・バザールにあるマックスの発掘現場の近くに住むある家族の記録だった。彼らは、ISが自分たちの村を占領するかもしれないと心配し、そうなったら本が処分されると知っていた。それで、アガサ・クリスティーの本は、貯水槽のなかの隠し場所に、安全に秘密に置いてあった。[5]

もっと広い世界は、アガサの遺言の中身が明らかになったとき、懐疑的になっていた。みな〝彼女の財産の価値の低さに驚いた〟と、彼女の事務弁護士は言った。[6] しかし、一九七五年の彼女の会社の収益は百万ポンド近かった。『オリエント急行の殺人』の映画の成功で、小説のペーパーバックが三百万部売れたのだ。[7] アガサの遺書では、家族と、友人と、名づけ子と、従業員に財産を遺し、最も彼女らしいちょっとした骨董品への気遣いを見せた。彼女の死のほんの数か月前につけ足された一九七五年の遺言補足書は、様々な宝物を再分配した。アンソニーに石の釈迦像、マシューに緑色のヴェネチアングラスの魚など。[8]

ロザリンドとエドマンド・コークとそのほかの〝クリスティー帝国〟は、生活と、ライセンスや、アガサの文学的遺産の面倒をみるという仕事が続いた。一九八三年の調査は、その年、英国のレパートリー劇場で上演された女性による戯曲二十八作品のうち、アガサが二十二作品を書いていた。[9] 一九八八年に、コークは九十四歳で亡くなった。ピーター・サンダースが引退した一九九四年から『ねずみとり』の作家の印税は、芸術を支援する慈善団体に寄付された。サンダース自身は二〇〇三年に九十一歳で亡くなった。一九八八年に、イーニッド・ブライトンの作品をすでに所有していたコリオンPLC社が、ブッカー・マコンエル社の〈アガサ・クリスティーリミテッド〉への出資を引き継ぎ、のちにエイコーン・メディアに取って代わられた。[10]

マシューは喜んでプーリラッチに住み続けた。一九七八年に訪れたジャーナリストが、〝美術に満たされた灰色の石造りの邸宅〟と述べ、マシューとアンジェラの三人の子どもたちが、ポニーや黒いレトリバーや〝ピドルズという名前のテリアと、三匹のネコ〟と遊んでいるのを見た。[11]一方、グリーンウェイのロザリンドとアンソニーは、家や庭の維持のために一生懸命働いていた。訪問したヘンリエッタ・マッコールは、マックスの書類を調べるために行ったのだが、彼らは〝決して大金を持ってはいない〟と感じたという。寝室の天井の雨漏りで、夜に目覚めたのだ。[12]

明らかに何とかしなくてはならなかった。二〇〇〇年にロザリンドとアンソニーとマシューは共同で、グリーンウェイをナショナル・トラストに預ける決断をした。「決断をするのは、簡単ではありませんでした」とマシューは説明した。だが家族はナショナル・トラストが魅惑的な場所の美しさを「保存して、高める」ことを期待したのだ。[13]ナショナル・トラストが最初に引きつけられたのは、邸宅よりむしろ庭園だったので、敷地はすぐに観光客に公開された。だが保護慈善団体は、ダート川の川岸では一般に歓迎されなかった。観光客が狭い小道を車でやってくるという見こみに、地元の激しい抗議の声があがった。「誰かがあなたたちのような行動に出ると、すぐさまみなが抗議してとび跳ねるのは、ひどくつらいことです」と、ロザリンドへの手紙に、地元の国会議員が同情を寄せた。[14]それでたくさんの観光客を、川沿いに船で連れてくる計画が立てられた。

いったん庭園が観光客の目的地になると、家自体は保護プロジェクトのために閉鎖された。マックスの寝室の外壁が、外向きに傾きながらも、かろうじてもとのかたちを留めているのは――ちょうどいい具合に――作りつけの長い本棚が結びつけているからだった。[15] 何十年も所有していたので「グリーンウェイはすばらしく雑然としていた」。ロザリンドの机は「手紙や請求書が大きなぼた山のように積み重なり――それは見事なので、ある芸術家が絵に描いてもいいかと訊いたほどだった」。[16] ボランティアたちがプレハブのポータキャビンに座り、グリーンウェイの二万点の収集物を目録にした。

これらの集めた物すべてを展示する部屋はなかったので、二〇〇六年に保護プロジェクトの資金を集めるために、エクセターで競売が行われた。熱心なファンは、グリーンウェイ・ハウスのメモ用紙のようなものを、先を争って買った。指導価格は百五十ポンドで提供されたが、七百四十ポンドで売れた。[17] 一番幸運な購入者は、カギのかかった〝古い旅行用トランク〟に百ポンド支払った。おそらくアガサが子どものころ、ミラー家の所持金が少なくなってきたときに、フランスをさすらうのに使ったものだろう。四年後に、新しい持ち主がやっと開けると、なかにクララのものだったダイヤモンドの指輪があるのを見つけた。[18]

二〇〇四年に、八十五歳のロザリンドが亡くなった。夫が亡くなった数か月後のことだった。彼女はずっと母親の思い出に身を捧げ、それを汚そうとするひとを脅して追い払ってきた。王室の一員のように、自らの仕事に生まれついたロザリンドは、有名人の娘としての義務感を、決して捨て去ることができなかった。「彼女はぼくらの誰もちゃんとできると信じていなかった」現在は偉大な祖母の文学的遺産を管理している孫のジェイムズが言う。[19] 彼女の人生を語り終えて、わたしは心からロザリンドを気の毒に感じる。わたしには、母親の伝説を存続させるために、独立した人間としてのロザリンドの人生のある部分が死ななければならなかったように思える。

生きていたころのアガサは、自分の書類のプライバシーを主張し〝後悔なく〟往復書簡や日記を処分した。[20] だが、終わりが来たとき、実は大量の手紙や書類が残されていて、それを現在は〈クリスティー・アーカイブ・トラスト〉が管理しているので、この本の執筆が可能になったのである。

彼女は自伝も残していて、死後の一九七七年に出版された。ロザリンドは最終原稿の編集に関わり、一九二六年の痛ましい出来事についての短い章を入れることを許可した。とにかく何かしら語られなくてはならなかった。そして母親の炎の守り手として、ロザリンドはまだ、アガサは〝失踪〟を企てた、ひとを操る浮ついた女なのだという見方に反撃しようとしていた。

晩年、アガサはその件をほとんど軽くあしらうことができるようになった。たとえば一九六二年の『鏡は横にひび割れて』には、自分の親戚がわからない女性についての軽い冗談がある。ミス・マープルはこれを〝記憶喪失というよりは、利口〟なのかもしれないと思う。一方ロザリンドは、警戒を緩めることは決してできないと感じて、自伝のあとは、〝失踪〟について厳しい沈黙の方針を貫いた。祖母が生きているあいだ、マシューは「そのことについて、ことばを交わしたことは一度もなかった」し、「家族のなかでこれまで一度も話し合われたことがない[21]」「ずっと、母が失踪に関する有名な手紙を見せてくれないことに、少し腹を立てていました[22]」一九二六年の出来事は、一世紀近く経ってもまだ、人々の生活に影を落としている。

だがこの沈黙が、さまざまな仮説が根づく余地を生みだした。ジャーナリストのグエン・ロビンスが、公認の伝記を書きたいという要望を拒否されたとき、彼女は明らかに仕返しをした。彼女は一九七八年の本で、アガサ・クリスティーが失踪したときのことを書いている。「彼女は自分のしていることを正確にわかっていたというのが、わたしの考えだ……彼女は夫にお仕置きをしようと決めたのだ[23]」。翌年の長編映画『アガサ　愛の失踪事件』は、さらに踏み込んでいた。そのなかで、本物のアガサに基づいた登場人物は、ナンシー・ニールを殺して、自殺することを企てた。映画について、ロザリンドは「まったくわたしたちの意向に反したものであり、大きな苦痛を引き起こしそうです」と述べた。[24]

ついにロザリンドは、母親のアーカイブを規制しつつ見せることが、物語を作り変えることに役立つかもしれないと決心した。一九八四年に、作家のジャネット・モーガンに、完全で公平で、良心的なアガサ・クリスティーの伝記を出版することを許可した。モーガンは、クリスティーの最初の印象は〝一風変わっていて、ひとを操り、殺人方法やトリックをいくらでも思いつくひと〟だったが、証拠とともによく知るようになると、見方が変わったと言う。この作家は完全なプロであり、親切で幸せな人間だと結論づけた。まったく議論の余地がない。でもわたしは、当時モーガンも家族も完全には知らなかったことがもっとあると思う。二〇二二年には、一九八〇年代にはできなかったあることができるようになっている。女性は親切で一生懸命働き、でも同時に〝一風変わっていて、ひとを操り、殺人方法やトリックをいくらでも思いつくひと〟でもあるかもしれないということを受け入れることだ。それは誹謗ではない。女性の複雑さについての認識である。

モーガンの本にもかかわらず、アガサは悪人だという神話はしつこく続いた。作家やおそらく読者にも、まだアガサが病気だったと言うのを信じていないひとが大勢いた。一九九八年に伝記作家のジャレッド・ケイドは、彼女が失踪したのは、〝アーチーを困らせたかった〟からだと考えた。[25] 事件記者のリッチー・コールダーの息子が二〇〇四年に、われわれが真実ではないとわかっていることを、確固たる事実という言い方で書いたり述べたりした。彼の父親は「夫が殺人で告訴されるように姿をくらましたアガサ・クリスティーを、ハロゲートのホテルで突きとめた」というものだった。[26]

それはアガサのすべての業績にもかかわらず、彼女の人生にはなかなか消えない未完成の仕事の感覚があることを意味する。精神疾患はうそつき癖と混同されるということ、うそは真実のかわりに信じられるということだ。

社会がメンタルヘルスについて進んで話すようになれば、おそらく流れが変わるだろう。芸術家としてのクリスティーの地位を評価することについては、すでに変わってきている。ローラ・トンプソンが二〇〇七年に二冊目の公認の伝記を書いたとき、それにはアガサの作品についての思いやりのある熱烈な賞賛が含まれていた。トンプソンはクリスティーが一般的にくだらないと退けられていたときに、さらに押し上げて、まじめな作家だという論を唱えた。

だがこの十五年間で〝文化〟を構成するものと、研究に値するものの定義が覆った。学者たちが、こんなに広く読まれている人物が、どうしてこんなに少ししか研究されていないのか疑問に思い始めて、クリスティーは今、講義のシラバスや論文に定期的に現れている。

彼女を真面目に取りあげるのをためらわせたのは、皮肉なことに、彼女の作品がテレビドラマ化されて大成功したためでもあった。一九八九年にデビッド・スーシェがＩＴＶのエルキュール・ポワロとして初めて登場し、二〇一三年までその役を演じた。ジョーン・ヒクソンは、ＢＢＣで一九八四年から一九九二年のあいだ、一世代分のミス・マープルを演じ、続いてジェラルディン・マクイーワン、次にジュリア・マッケンジーが、二〇〇四年から二〇一三年のあいだに、ＩＴＶのミス・マープルを務めた。これらの番組が、多くを求めず、なぐさめとなる〝伝統のノスタルジア〟というラベルのついた、人々の心のなかの箱に、クリスティーを入れた。

一九九〇年代と二〇〇〇年代の、これらの英国のテレビドラマは、たいていアガサの物語が二十世紀初めの不特定の年に設定されていたので、世界中で広く見られ、英国の旅行のブランドの強力な一部になった。しかしアガサの作品を実際より刺激が少なく、より均質に見せる効果もあった。一九九一年の《シカゴ・

トリビューン》にこんな記事がある。「クリスティーが作りだしたフィクションの世界――骨董品でいっぱいの客間、手入れの行き届いた庭、オービュッソン織りのじゅうたんにめったにしみを残さない、きちんとした血糊のない殺人――は、だんだん古風でおもしろくなるようだ[27]」。原作を読んでいなければ。

これはBBCが、クリスティーの改作の暗い新シリーズの脚本をサラ・フェルプスと契約したときに、劇的に変わった。二〇一五年に残忍さで興味を引く『そして誰もいなくなった』で好調なスタートを切った。フェルプスの脚本にはノスタルジアは一切なくて、それぞれの物語が、書かれた年の歴史的背景のなかに慎重に置かれている。筆致が左翼的であることが、一部のクリスティーファンを不快にさせているが、フェルプスを批判するひとたちも、初期の脚色者には見られなかった方法で、彼女が原書を尊重していることは認めている。

スクリーン上のクリスティー作品の表現方法のこの変化は、批評家や学者が彼女について語ってきたこととつながっている。アガサ・クリスティーを楽しまないひとたちの顔ぶれは印象的だ。エドマンド・ウィルソン、レイモンド・チャンドラー、バーナード・レヴィン、ロバート・グレーヴスらはみな一、二度、彼女の文体、登場人物、読みやすさを批判した。

ふたりの女性の学者が再評価を始めた。一九九〇年に出版されたジリアン・ギルは、クリスティーを額面通りに受け取るのを拒んだ。わたしは、ギルがベールを通して、その陰にいるとらえ所のない天才を感じはじめた方法が好きだ。まず、彼女はアガサがひとりの人間ではないことを指摘した。生涯にわたって、われわれが話している女性は、絶えず自分を一から作りなおしていた。アガサ・ミラーがアーチボルド・クリスティー夫人になり、アガサ・クリスティー、テレサ・ニール、マローワン夫人、メアリ・ウェストマコット、それからニーマと呼ばれる最愛の祖母になり、最後にはデイム・アガサになった。ギルはアガサの悪名高いプライバシーの感覚の分解も始めた。それは素晴らしくもあり、恐ろしいことでもあった。彼女が望みどおりに人生を生きることを可能にしたけれど、評判を落としもした。[28] 作家自身が自分の作品について語ろうとせず、それを真剣に受け止めたがらないとしたら、ほかの誰がするだろう？

だが、クリスティーの自分の執筆を軽視するような態度を額面通りに受け取るよりは、作品そのものを見るべきだ。これはまさにアリソン・ライトが、影響のある研究「永遠のイングランド：大戦間の女性らしさ、文学、保守主義 *Forever England:Femininity,Literature and Conservatism Between the Wars*」（一九九一）でしたことだ。彼女が伝統に従うひととしてではなく〝因習打破主義者として、クリスティーを再評価した功績は大きい……家族の秘密を扱い、従来のヴィクトリア朝の犯罪のかたちに手を加えた作家――相続ドラマ、誤解された正体、隠れた狂気〟[29]

アガサは自分のことを真剣に考えることができなかったのかもしれない。だが、ようやくほかのひとたちが、彼女のためにそれをし始めた。

アガサの遺産は疑いなく彼女の作品だが、わたしは、ありふれた風景のなかに隠れたもうひとつの遺産もあると思う。アガサ・クリスティーは二十世紀の最も成功した小説家というだけではない。彼女の社会階級やジェンダーのルールを再定義した人物でもあったのだ。

このことがいとも簡単に見落とされるのは、アガサがさんざん苦心して、自分が本物の小説家だということを否定していたからだ。「わたしは自分が作家だという気がまったくしないのよ」と、八十歳になってもまだ言っていた。おそらく最も〝アガサ・クリスティー〟を信じている人物の娘だけが言ったものだ。「でも、あなたは作家なのよ、お母さん。あなたはいかにも作家なの」

三十歳近く若いロザリンドは、作家はどうあるべきかということについて、ちがう考えを持っていた。その定義を広げたのは、まさに自分の母親だった。もはや作家は、あごひげをたくわえた威厳のあるおじいさんではない。

アガサは良くも悪くも、二十世紀の大きな変化をたくさん経験した。性急な戦時の結婚、病院での職業生活、〝狂気〟に対する家族の恐れ、離婚、精神疾患、精神療法、第二次世界大戦での死別。前例のない世界的規模の仕事上の成功。

でも、世紀がアガサを方向づけたとはいえ、彼女を作ったわけではない。意志の力と、独立心と、努力で、自分自身を作り上げたのだ。一九五四年のマーガレット・ロックウッドのことばをふたたび述べるとしよう。「アガサには、すべての女性がしたいと思うことをする天賦の才能があるの。彼女は何かを成し遂げる……本音では、女性はみな……そういうことをしたいのよ……でも、わたしたちにできるのは、せいぜい夢見るだけ」[30]

アガサは、彼女のなかで確かに燃えているものを達成する野心を表現できるとは決して思えなかったので、いつも自分の生活の範囲のはるかに謙虚な定義を選んだ。考古学についての彼女の本は、警告で始まる。「これは深遠な本ではありません」と彼女は言う。

美しい風景描写もなければ、経済問題を扱ってもいないし、人種についての考えも、歴史もありません。ほんとうに取るに足らない話です――日々の出来事や事件に満ちた、とてもささやかな本です。[31]

一九二六年の劇的な事件のあと、アガサの日常生活もまた、取るに足らない、日々の出来事や事件に満ちていたと読めるかもしれない。

でも、彼女の野心は小さくても、二十世紀の文化に深い影響を残した。

謝辞

著作物からの引用を許可してくださった以下の方々に感謝申しあげる。クリスティー・アーカイブ・トラストの管理人（マシュー・プリチャード、ジェイムズ・プリチャード、ナイジェル・ウォレン、ジョン・マローワン）、マシュー・プリチャードはアガサ・クリスティーの未発表の手紙や詩を個人的に提供してくれた。大英博物館の管理人、帝国戦争博物館、ハロルド・オーバー・アソシエイツ、ドロシー・L・セイヤーズの遺産管理者、アンソニー・スティーン、アデレイド・フィルポッツの財産管理者、エクセター大学図書館の特殊コレクション、ジョージナ・ハーマン、ニコラスとキャロラインのクリスティー夫妻、そしてUCL大学考古学研究所所長のスー・ハミルトン教授。アガサ・クリスティーの作品は、ハーパーコリンズ・パブリッシャーズのご厚意により引用されている。@AgathaChristie（一九二一、一九二二、一九二三、一九二四、一九二五、一九三〇、一九三一、一九三二、一九三三、一九三四、一九三五、一九三六、一九三九、一九四一、一九四二、一九四四、一九四五、一九四六、一九四七、一九五〇、一九五二、一九五五、一九五六、一九六二、一九六四、一九六七、一九六八、一九七五、一九七六）

クリスティーについてのこれまでの執筆者たちは、とても寛大な方々だった。彼らのバトンを受けたことは、大いに励みになっており、感謝している。マーク・オルドリッジ、ケンパー・ドナヴァン、ジュリアス・グリーン、アリソン・ライト、ヘンリエッタ・マッコール、トニー・メダワー、ジャネット・モーガン、そしてもちろん、J・C・バーンサル。彼がクリスティーの作品にクィア理論を適用したことは、本書に取り組むひとつのきっかけになった。ローラ・トンプソンによる素晴らしい本*Agatha Christie:An English Mystery*（二〇〇七）と、ジャレッド・ケイドの『なぜアガサ・クリスティーは失踪したのか？』（一九九八）における専門的知識にも感謝している。ジュディー・デューイ、マーク・オルドリッジ、トニー・メダワー、ケンパー・ドナヴァンとJ・C・バーンサルはみな、親切にも原稿を読み、詳細な修正と改良を加えてくれた。また、次の方々が実用的、知的、感情的な支えとなってくれたことに大いに感謝を捧げたい。コリーン・A・ブレディ、サイモン・ブラッドリー、ジュリエット・キャリー、ポール・コリンズ、ローザリンド・クローン、ジョン・カラン、ジョン・カーティス、オフィーリア・フィールド、ポール・フィン、ジリアン・ギル、デイジーとリチャードのグッドウィン夫妻、アニー・グレー、エドガー・ジョーンズ、クリスティン・ハレット、ジョージナ・ハーマン、キャサリン・イベット、ジョシュ・レヴィン、ジェーン・レヴィ、トレーシー・ロッホラン、ジョン・マローワン、エレン・マカダム、ケイティ・メヒュー、マイケル・モーティマー牧師、エリナー・ロブソン、キャロライン・シェントン、ジュディ・スー、アレクサンドラ・ウィルソン、そしてフィリップ・ジーグラー。〈レクサム・アーカイブス〉のケヴィン・プラント、〈ロイヤル・ウェールズ・フュージリア連隊博物館・トラスト〉の管理人、ナショナル・トラストのベリンダ・スミス、ローラ・マリー、ローラ・クーパーをお伺いしたことにお礼を申し上げる。ナショナル・トラストのボランティアである故パトリック・ディッパーの研究にアクセスできたことにも感謝している。〈ビル・ダグラス映画博物館〉のフィル・ウィッカム博士と、エクセター大学特殊コレクションのアンナ・ハーディング、ハロゲート図書館のアヴリル・マッキーン、ハロゲートの郷土史家のマルコム・ニーサム、英国王立精神科医学会のクレア・ヒルトンにはたいへんお世話になった。ケンパー・ドナヴァンと故キャサリン・ブロベックの素晴らしいポッドキャストAll About Agatha、そして考古学のリサーチを専門家の立場で手伝ってくれたヘレナ・マロイニュに特別な敬意を表したい。BBCの同僚であるレイチェル・ジャーディン、エドモンド・モリアーティ、エレノア・スクーンズの仕事と友情に感謝している。ホッダー社では、ルパート・ランカスター、シアラ・モンギー、ヴェロ・ノートン、アリス・モーリー、ジュリエット・ブライトモアと仕事ができてとてもうれしかった。原稿整理編集者のジャッキー・ルイスには感謝している。ペガサス社では、クレイボーン・ハンコック、ジェシカ・ケース、そしてチームに心から感謝している。これは、私の恋しい著作権エージェント、フェリシティ・ブライアンとの最後の共同作業だった、また、キャサリン・クラークをはじめとするフェリシティ・ブライアン・アソシエイツのみなさん、そしてKBJマネジメントのトレーシー・マクラウドと彼女の同僚たちにも深く感謝している。しかし、私の最大の恩人は、寛大で快く受け入れてくれた次の方々だ。彼らがいなければこの本を出版することはできなかっただろう。ジェイムズ、マシューとルーシーのプリチャード夫妻。ジョー・キーオには助けられた。そして私の友人たちと家族、特にイーニッド・ワースリー、ジム・エマソン、そしてもちろんマーク・ハインズ。

訳者あとがき

本書は二〇二二年に出版されたルーシー・ワースリーの*Agatha Christie;A Very Elusive Woman*の全訳である。惜しくも受賞は逃したものの、二〇二三年度のアメリカ探偵作家クラブ賞評論・評伝部門にノミネートされた。著者は歴史家で、ヒストリック・ロイヤル・パレスの首席学芸員であり、テレビの歴史ドキュメンタリー番組を数多く監修し、パーソナリティとしてLucy Worsley Investigatesなどの番組に出演している。オックスフォード大学で歴史学を専攻し、サセックス大学より博士号（美術史）を授与された。ヴィクトリア女王やジェーン・オースティンの伝記など、著書も多数あり、邦訳されている作品には『イギリスの暮らしのイギリス史――王侯から庶民まで』（二〇一五年、NTT出版）、『イギリス風殺人事件の愉しみ方』（二〇一三年、NTT出版）がある。

ミステリをあまり読まなくても、アガサ・クリスティーの名前を聞いたことのないひとはいないだろう。著書は世界中で読まれていて、聖書とシェイクスピア作品の次に売れている。死後五十年近く経っても新訳が出たり、新しい映画やテレビドラマが次々と製作されたりして、人気が衰えることはない。だが、小説だけではなくテレビドラマや映画の人気が高いこともあり、エンターテインメント作家と見なされ、文学的な評価は低かった。しかし最近は、大学などで文学的な見地から研究されることも多くなり、再評価の機運も高まっている。本書は作家研究の視点から新たなクリスティー像を作り上げようとする試みである。かといって堅苦しい研究書では、もちろんない。現存する書簡や、自己を投影したと思われる作品の一節を丹念にすくい上げ、時代や社会背景をからめて、彼女の実像に迫っていく。その過程の記述は、クリスティーのミステリ作品に匹敵するスリリングさである。

これまでのクリスティーのイメージと言えば、「ミステリの女王」、「死の公爵夫人」などと呼ばれた晩年の堂々とした、大物感の漂う姿を思いうかべるひとも多いだろう。内気で、マスコミ嫌いで、秘密主義な女性。作品のイメージから、ひとをだますのが得意な女性。失踪事件の顛末から、何をしでかすかわからない危険な女性。あるいはミス・マープルのような、かわいらしいおばあちゃん、といったところだろうか。

本書に取り上げられた、ひとり目の夫アーチーや、ふたり目の夫マックスとの書簡のやりとりからは、こちらが赤面するほど愛情豊かで、笑顔のかわいらしい新妻のアガサの姿が浮かんでくる。後期ヴィクトリア朝の裕福な家庭に生まれ、何不自由ない幸せな子ども時代を過ごしたが、父親が早くに亡くなったため、金銭的に苦しかった時期もある。アガサは二十世紀という時代に翻弄され、二度の世界大戦を経験し、戦時の性急な結婚と破局、戦時労働者として働いた看護婦や薬剤師時代、繁栄と困窮を経験し、まさに波乱万丈の人生を送った。

すでに有名作家でありながら、病院の調剤薬局で働いていても、誰にも気づかれることはなかったという。普段の彼女は内気で目立たないという自身の利点を生かして、まわりの人々を観察し、それを作品に投影してきた。彼女の作品を読めば、その時代の空気や人々の考えがわかる。貴重な歴史的資料だと言われるゆえんである。そして、歴史家である著者は、作品を新たな視点で読み解いていく。
「アガサ・クリスティーが創りだした最も偉大な登場人物は、アガサ・クリスティーだ」と言われる。演劇好きの家族に囲まれ、幼いころから、家のなかにいた多くの使用人などのまわりの大人をじっと見ていたアガサは、ひとはみな何かの役を「演じている」のだ、という考えを持つようになる。そう考え行動するアガサ・クリスティー自身が、最もミステリアスな存在であった。

　しかし、素顔のアガサが垣間見えるときもある。孫のマシューが、アガサはつねに「生きる喜び（ジョワ・ド・ヴィーヴル）」を感じていたと語っている。どんなにつらい状況にあっても、それを克服し、小説のネタにするたくましさが、彼女にはあった。八十歳になってもまだ「わたしは自分が作家だという気がまったくしないのよ」と言い、書類の職業欄にはつねに「主婦」と書いていた。

　更年期を越えて、六十代に差しかかったときのアガサのことばに、訳者はとくに励まされた。「六十代の女性は、とにかく個性的であれば――おもしろい人物なのよ……ふたたび周囲を見回す自由ができる……まるでアイデアや思考を生む新しい活力が、身体にみなぎってくるみたいに……夢が現実味を帯びて、強くなるの」

　この本を読んでいると、わたしたちと同じようなことに悩み、失敗を繰り返し、傷つくアガサの姿に共感を抱き、身近な存在に思えてくる。でも、それはある面では正しく、また反面ではまちがいでもある。「アガサには、すべての女性がしたいと思うことをする天賦の才能があるの。彼女は何かを成し遂げる……本音では、女性はみな……そういうことをしたいのよ……でも、わたしたちにできるのは、せいぜい夢見るだけ」と、マーガレット・ロックウッドが述べるように、アガサはすべての女性が願っても届かない夢を体現する唯一無二の存在だった。ふつうではない自分をよく知っていたからこそ、彼女は、超一流の演技力でごくふつうの主婦を演じていた、世界一有名なミステリ作家だったのだ。

大好きなアガサ・クリスティーの伝記を翻訳する作業は、彼女の人生に伴走しているかのようで、終わってしまうのがさびしくなるほど幸せな時間だった。翻訳にあたっては、中川文子さんにお手伝いいただいた。彼女の若い視点に教えられることも多かった。また、本書との出会いと翻訳の機会を下さった原書房の善元温子さんに、心からの感謝を捧げる。

二〇二三年十二月

大友香奈子

July 1975)
39. Mallowan (1977; 2020 edition) p. 311; GH Max to Georgina Herrmann (29 January 1976)
40. Morgan (1984; 2017 edition) p. 376
41. 'Agatha Christie buried after closed funeral', *Hartford Courant* (17 January 1976)
42. Mathew Prichard in Underwood, ed. (1990) p. 69
43. GH マックスからジョージナ・ハーマンへの手紙 (29 January 1976)
44. 'Remembrance', reproduced in Agatha's *Star Over Bethlehem and other Stories* (2014 edition) p. 191
45. CAT アガサからロザリンドへの手紙 (日付不明、July 1971)
46. CAT アガサからマックスへの手紙 (日付不明、1930)
47. 『鏡は横にひび割れて』 (1962)
48. Henrietta McCall, personal conversation (7 May 2021)
49. Cade (1998; 2011 edition) p. 280; McCall (2001) p. 193
50. マックスからアガサへの手紙 (22 December 1943)
51. GH マックスからジョージナ・ハーマンへの手紙 (29 January 1976)
52. CAT アガサからマックスへの手紙 (20 October 1943)
53. CAT マックスからアガサへの手紙 (25 February 1945)
54. CAT item 1307 Agatha to Rosalind (summer 1971)
55. CAT マックスからアガサへの手紙 (9 September 1936)
56. Quoted in Thompson (2007; 2008 edition) p. 453
57. NT Max Mallowan certified copy of an entry pursuant to the Births and Deaths Registration Act 1953
58. McCall (2001) p. 196
59. CAT アガサからマックスへの手紙 (21 May 1930)

第四十一章　葬儀を終えて

1. Nicholas de Jongh, 'Agatha Christie remains unsolved', *Guardian* (13 January 1976)
2. Mary Shepperston, 'The Turbulent Life of the British School of Archaeology in Iraq', *Guardian* (17 July 2018)
3. Ellen McAdam, personal conservation (8 April 2021)
4. Shepperston (2018)
5. Sabine Scharnagl's documentary, *Agatha Christie in the Middle East* (2021)
6. 'Prolifi c Author's Fortune Gone', *Los Angeles Times* (2 May 1976)
7. Osborne (1982; 2000 edition) p. 368
8. Robyns (1978; 1979 edition) p. 271
9. Green (2015) p. 15
10. *The Times*(4 June 1998)
11. Tarrant (1978)
12. Henrietta McCall, personal conversation (7 May 2021)
13. Macaskill (2009; 2014 edition) p. 107
14. NT 119087.1 アンソニー・スティーン国会議員からロザリンド・ヒックスへの手紙 (12 January 2000)
15. Bret Hawthorne, Agatha Christie's Devon (2009) p. 18
16. Quoted in Macaskill (2009; 2014 edition) p. 125
17. Bearnes Hampton & Littlewood auction report (12 September 2006)
18.https://www.irishtimes.com/life-and-style/homes-and-property/fine-artantiques/agatha-christie-and-the-mystery-diamonds-1.1898074
19. James Prichard, personal conversation (4 May 2021)
20. CAT アガサからドロシー・クレイボーンへの手紙 (21 October 1970)
21. Tarrant (1978); *Liverpool Echo* (13 March 1990) p 8
22. Mathew Prichard, personal conversation (5 January 2022)
23. Robyns (1978; 1979 edition) p. 120
24. *The Times* への手紙 (14 October 1977)
25. Cade (1998; 2011 edition) p. 131
26. Angus Calder, *Gods, Men and Mongrels* (2004) p. 2
27. Beth Gillin, 'Dame Agatha herself is still a big mystery', *Chicago Tribune* (11 January 1991)
28. Gill (1990) p. 2
29. Light (1991; 2013 edition) p. 61
30. Margaret Lockwood quoted in Green (2015) p. 403
31. Come Tell Me How You Live (1946) p.2『さあ、あなたの暮らしぶりを話して』

紙 (6 July 1960)
2. Wyndham (1966)
3. Curran (2011) p. 350
4. Franks (1970) p. 5
5. Curran (2011) p. 375
6. CAT ノート 3, 〝『フランクフルトへの乗客』ノート〟 p. 30
7. Osborne (1982; 2000 edition) pp. 340, 42
8. EUL MS 99/1/1970/2 オールディングからコークへの手紙 (30 June 1970)
9. *New York Times* (13 December 1970)
10. EUL MS 99/1/1971/1 コークからアガサへの手紙 (2 August 1971)
11. Macaskill (2009; 2014 edition) p. 73
12. EUL MS 99/1/1965/2 Olding to Hughes Massie employee (29 March 1965)
13. EUL MS 99/1/1971/1 コークからアガサへの手紙 (2 August 1971)
14. CAT アガサからロザリンドへの手紙 (July 1971)
15. CAT ロザリンドからアガサへの手紙 (20 July 1971)
16. EUL MS 99/1/1966/2 アガサからコークへの手紙 (31 December 1966)
17. Ian Lancashire and Graeme Hirst, 'Vocabulary Changes in Agatha Christie's Mysteries as an Indication of Dementia: A Case Study', *19th Annual Rotman Research Institute Conference, Cognitive Aging: Research and Practice* (2009)
18. Ian Lancashire quoted in Alison Flood, 'Study Claims Agatha Christie had Alzheimers', *Guardian* (3 April 2009)

第四十章　ウィンターブルック

1. 'Scheme for Torquayflats gets approval', *Herald Express* (1 October 1960); 'An appeal against planning refusal', *Torbay Express* and *South Devon Echo* (3 November 1962)
2. Macaskill (2009; 2014 edition) p. 42
3. *An Autobiography*, p. 531
4. CAT アガサからマックスへの手紙 (24 December 1943)
5. Bernstein (1969)
6. CAT アガサ・クリスティーからビリー・コリンズへの手紙 (28 October 1970)
7. Morgan (1984; 2017 edition) p. 365
8. CAT ノート 28、うしろから 14 ページ目
9. NT 123654 レジナルド・キャンベル・トンプソンからマックス・マローワンへの手紙 (14 June, n.y.probably 1934)
10. Ollard, ed. (2003) p. 437
11. NT 119087.57.7, グリーンウェイの歴史、タイプ原稿
12. CAT, just a couple of examples among reams of fan mail
13. Michael Mortimer, personal conversation (12 January 2022)
14. ウォリングフォード博物館の公文書には、町でのアガサの生活の情報がたくさんあった。学芸員のジュディー・デューイに感謝する。
15. Mallowan (1977; 2021 edition) p. 293
16. CAT マックスからロザリンドへの手紙 (15 October 1943)
17. McCall (2001) p. 191
18. Davis (2008) p. 136
19. CAT 家族の写真アルバム
20. Morgan (1984; 2017 edition) p. 368
21. EUL MS 99/1/1966/2 アガサからコークへの手紙 (29 March 1966)
22. *Sun* (16 June 1971)
23. EUL MS 99/1/1971/ コークからオーバーの代理への手紙 (21 June 1971)
24. EUL MS 99/1/1971/1 マックスからコークへの手紙 (24 June 1971)
25. CAT item 1307 アガサからロザリンドへの手紙 (summer 1971)
26. EUL MS 99/1/1973/1 オールディングからコークへの手紙 (27 July 1973)
27. Curran (2011) p. 407
28. Quoted in Curran (2009; 2010 edition) p. 68
29. CAT Mountbatten of Burma to Agatha (8 November 1972)
30. Aldridge (2016) p. 174
31. Underwood (1990) p. 41
32. Richard Goodwin, personal conversation (22 May 2021)
33. Underwood (1990) p. 41
34. *The Times* (11 February 1975)
35. Richard Goodwin, personal conversation (22 May 2021)
36. Mallowan (1977; 2021 edition) p. 215
37. *Guardian* (9 October 1975)
38. EUL MS 99/1/1975/1 マックスからコークへの手紙 (31

〈 1930 年秋）

10. Edmund Crispin quoted in Keating, ed., (1977) p. 45
11. Saunders (1972) p. 109
12. Sabine Scharnagl's documentary *Agatha Christie in the Middle East* (2021)
13. CAT 'In the Service of a Great Lady, the Queen of Crime', typescript by George Gowler, pp. 5, 16
14. NT 121991, list slipped into book in Clara Miller's book of 'receipts for Agatha'
15. Recollections of Dixie Griggs collected by the National Trust
16. Light (1991; 2013 edition) pp. 79–82
17. McCall (2001) p. 165
18. EUL MS 99/1/1961/1 コークからオールディングへの手紙 (29 August 1961)
19. Ollard, ed., (2003) p. 438
20. EUL MS 99/1/1968/2 アガサからコークへの手紙 (18 October 1968)
21. Ellen McAdam, personal conversation (8 April 2021)
22. CAT アガサからロザリンドとアンソニーへの手紙 (20 February 1956)
23. Programme for the Agatha Christie conference at Solent University, Southampton (5–6 September–2019) Emma Shackle's abstract, p. 9
24. Georgina Herrmann, personal conversation (18 January 2022)
25. Mathew Prichard in Underwood, ed. (1990) p. 65
26. Rowse (1980; 1986 edition) p. 77
27. Rosalind Hicks in *The Times* (8 September 1990) p. 66
28. CAT アーチーからロザリンドへの手紙 (24 October 1958)
29. Quoted in Cade (1998; 2011 edition) p. 257
30. Rosalind Hicks quoted in Thompson (2007; 2008 edition) pp. 410–11
31. Mathew Prichard, personal conversation (5 January 1922)
32. 'Maj-Gen Campbell Christie', *The Times* (22 June 1963)
33. Marguerite Tarrant, 'Mathew Prichard', *People* (10 April 1978)
34. Underwood (1990) p. 42
35. Rowse (1980; 1986 edition) p. 89
36. Philip Ziegler, personal conversation (16 November 2021)
37. CAT 'In the Service of a Great Lady, the Queen of Crime', typescript by George Gowler, p. 4
38. George Gowler quoted in 'Devon cream', *Daily Telegraph* (7 October 1993)
39. CAT 'In the Service of a Great Lady, the Queen of Crime', typescript by George Gowler, pp. 16–22
40. Morgan (1984; 2017 edition) p. 239; EUL MS 991/1/1945 Agatha to Cork (18 January 1945)
41. Faye Stewart, 'Of red herrings and lavender: reading crime and identity in queer detective fi ction', *Clues: A Journal of Detection*, vol. 27.2 (2009) pp. 33–44
42. Green (2015) p. 306
43. Curran (2009; 2010 edition) p. 179
44. 『予告殺人』(1950)
45. Tina Hodgkinson, 'Disability and Ableism', a paper presented at the Agatha Christie conference at Solent University, Southampton (5–6 September 2019)
46. Mathew Prichard in conversation (28 July 2021)

第三十八章　女探偵たち

1. Mallowan (1977; 2021 edition) p. 227
2. Wyndham (1966)
3. 'The Aff air at the Bungalow' in *The Thirteen Problems* (1932) p. 261
4. CAT ドロシー・L・セイヤーズからアガサへの手紙 (17 December 1930)
5. Wyndham (1966)
6. Keating (2017) pp. 327, 425
7. 『書斎の死体』(1942)
8. Margery Fry, *The Single Woman* (1953) pp. 31–3, quoted in Howarth(2019) p. 154
9. Keating (2017)
10. CAT ノート 27
11. Gill (1990) p. 201
12. 『予告殺人』(1950)
13. Gill (1990) p. 208
14. Thompson (2007; 2008 edition) p. 373
15. 『ねずみとり』(1954) p. 19
16. Gill (1990) p. 203
17. 『カリブ海の秘密』(1964)

第三十九章　引き際を知ること

1. EUL MS 99/1/1960/1 オールディングからコークへの手

September 1955)
4. Green (2015) pp. 391 2
5. EUL MS 99/1/1960/1 アガサからコークへの手紙 (20 January 1960)
6. *Daily Mail*(12 March 1960)
7. EUL MS 99/1/1960/3 コークからロザリンドへの手紙 (26 February 1960)
8. EUL MS 99/1/1961/1 アガサからコークへの手紙 (18 August 1961)
9. EUL MS/99/1/1961/3 コークからロザリンドへの手紙 (11 January 1961)
10. EUL MS 99/1/1961/1 アガサからコークへの手紙 (17 September 1961)
11. Aldridge (2016) p. 150
12. Quoted in Aldridge, p. 150
13. EUL MS 99/1/1964/1 アガサからパット・コークへの手紙 (18 March 1964)
14. EUL MS 99/1/1964/2 Agatha to Larry Bachmann (11 April 1964)
15. Quoted in Underwood (1990) p. 40
16. Quoted in Hack (2009) p. 213
17. Mathew Prichard in Underwood, ed. (1990) p. 68
18. EUL MS 99/1/1964/5 ロザリンドからコークへの手紙 (25 March 1964)
19. Wyndham (1966)
20. Peter Seddon letter to The Sunday Times (17 November 1974) with thanks to Mark Aldridge
21. Gregg (1980) p. 16
22. Dennis (1956) pp. 88–9
23. EUL MS 99/1/1949 コークからオーバーへの手紙 (20 January 1949)
24. EUL MS 99/1/1951 アガサからコークへの手紙 (16 April 1951)
25. EUL MS 99/1/1945 コークからオーバーへの手紙 (15 June 1945)
26. Osborne (1982; 2000 edition) p. 296
27. EUL MS 99/1/1947/1 'liability for income tax . . . 1930–1944'
28. EUL MS 99/1/1948 Norman Dixon to Cork (17 September 1948)
29. EUL MS 99/1/1948 コークからオーバーへの手紙 (30 September 1948)
30. EUL MS 99/1/1950 税務調査官からヒューズ・マッシーへの手紙 (27 January 1950)
31. EUL MS 99/1/1948 アガサからコークへの手紙 (30 August 1948)
32. EUL MS 99/1/1950 アガサからコークへの手紙 (16 February 1950)
33. Adam Sisman, *John le Carré* (2015) pp. 271–2; EUL MS 99/1/1953/2 Hicks to Cork (19 December 1954)
34. Lycett (1995) p. 277
35. EUL MS 99/1/1955/1 アガサからコークへの手紙 (19 February 1955)
36. CAT アガサからロザリンドとアンソニーへの手紙 (20 February 1956)
37. EUL MS 99/1/1956/1 アガサからコークへの手紙 (8 January 1956)
38. EUL MS 99/1/1956/3 ロザリンドからコークへの手紙 (2 June 1956)
39. EUL MS 99/1/1958/2 ロザリンドからコークへの手紙 (5 December 1958)
40. Mathew Prichard, personal conversation (5 January 2022)
41. Janet Morgan, 'Christie Dame Agatha Mary Clarissa', *Oxford Dictionary of National Biography* (2017) summarises this neatly.
42. EUL MS 99/1/1966/2 アガサからコークへの手紙 (29 March 1966)

第三十七章　クィア・ロット

1. EUL MS 99/1/1960/1 アガサからコークへの手紙 (16 September 1960)
2. CAT アガサからマックスへの手紙、グリーンウェイより A (27 October 1942)
3.『シタフォードの秘密』(1931)
4. EUL MS 99/1/1960/1 アガサからコークへの手紙 (11 January 1960)
5. Eames (2004; 2005 edition) pp. 86–7
6. EUL MS 99/1/1962/2 アガサからコークへの手紙 (日付不明だが、1960 年 9 月) (ちがうフォルダーにファイルされていた)
7. Ritchie Calder (1976)
8. He said as much in the unpublished first draft of his memoirs, Janet Morgan, personal conversation (3 January 2022)
9. CAT アガサからマックスへの手紙 (日付不明、おそらパーティーが大好きだったのだ。

2. Peter Saunders, *The Mousetrap Man* (1972) pp. 7–8
3. *Daily Mail* (14 April 1958)
4. CAT アガサからマックスへの手紙 (31 January 1945)
5. Saunders (1972) p. 9
6. *Daily Mail* (14 April 1958)
7. John Bull, ed., *The Dictionary of Literary Biography volume on British and Irish Dramatists Since World War II* (2001) pp. 281, 98
8. Green (2015) p. 1
9. CAT〝告白〟(15 October 1897); Green (2015) p. 7
10. *Daily Express*(16 May 1928)
11. EUL MS 99/1/1940 アガサからエドマンド・コークへの手紙 (15 January 1940)
12. BBC ラジオの娯楽番組でのアガサの話 (13 February 1955)
13. Light (1991; 2013 edition) pp. 96–7
14. EUL MS 99/1/1942 アガサからコークへの手紙 (17 September 1942)
15. Green (2015) p. 165
16. CAT アガサからマックスへの手紙 (17 November 1943)
17. Peter Haining in Underwood, ed. (1990) p. 71
18. Aldridge (2016) p. 308 clarifies the usual version of this story
19. Saunders (1972) p. 106
20. Gregg (1980) pp. 50–1, 19, 32, 37, opposite p. 80; quoted in Green (2015) p. 266
21. Green (2015) pp. 305, 320
22. Saunders (1972) p. 141
23. EUL MS 99/1/1952 アガサからコークへの手紙 (3 February 1952)
24. *Daily Express* quoted in Green (2015) p. 367
25. Saunders (1972) p. 143
26. Lucy Bailey, director of *Witness for the Prosecution*, quoted in the *Guardian* (28 November 2018)
27. Quoted in Green (2015) p. 318
28. CAT アガサからマックスへの手紙 (3 January 1945)
29. Quoted in Hack (2009) p. 215

第三十五章　チャーミングなおばあちゃん

1. Dennis (1956) pp. 88–9
2. EUL MS 99/1/1966/2, コークからの手紙 l (31 January 1966)
3. EUL MS 99/1/1957/1 コークからロザリンドへの手紙 (22 February 1957)
4. EUL MS 99/1/1940 アガサからエドマンド・コークへの手紙 (15 January 1940)
5. EUL MS 99/1/1960/1 アガサからコークへの手紙 (6 June 1960)
6. Philip Ziegler, personal conversation (16 November 2021)
7. Wyndham (1966)
8. EUL MS 99/1/1971/1 Cork to Mrs Arthur F. Chuttle (22 June 1971)
9. Philip Ziegler, personal conversation (16 November 2021)
10. Joseph G. Harrison, 'Agatha Christie's life – less interesting than her novels', *Christian Science Monitor* (1 December 1977)
11. Quoted in Robyns (1978; 1979 edition) p. 31
12. CAT アガサからマックスへの手紙 (23 October 1931)
13. Gill (1990) p. 212
14. EUL MS 99/1/1957/1 コークからロザリンドへの手紙 (27 June 1957)
15. EUL MS 99/1/1950 アガサからコークへの手紙 (8 September 1950)
16. EUL MS 99/1/1953/1 アガサからコークへの手紙 (12 February 1953)
17. Quoted in Robyns (1978; 1979 edition) p. 190
18. Robyns (1978; 1979 edition) p. 270
19. CAT コークからオールディングへの手紙のコピー (6 October 1966) (原本は EUL には見つからなかった)
20. Rowse (1980; 1986 edition) pp. 84, 73
21. Quoted in Robyns (1978; 1979 edition) p. 192
22. Gregg (1980) p. 161
23. Margaret Lockwood interviewed in *Reynolds News* (17 January 1954) quoted in Green (2015) p. 403
24. Quoted in Thompson (2007; 2008 edition) p. 483
25. Mallowan (1977; 2021 edition) p. 201
26. Susan Pedersen and Joanna Biggs, 'No, I'm not getting married!' *London Review of Books Conversations* podcast (9 June 2020)

第三十六章　クリスティーの財産の謎

1. Aldridge (2016) pp. 27–8
2. 同書 pp. 82–91
3. EUL MS 99/1/1955/1 コークからオーバーへの手紙 (8

25. Donald Wiseman in Underwood, ed. (1990) p. 62
26. Joan Oates quoted in Thompson (2007; 2008 edition) p. 420
27. Dr Paul Collins, personal conversation (27 April 2021)
28. Robson (2016)
29. Donald Wiseman in Underwood, ed. (1990) p. 62
30. Joan Oates quoted in Thompson (2007; 2008 edition) p. 420
31. Donald Wiseman in Underwood, ed. (1990) p. 62
32. Joan Oates, 'Agatha Christie, Nimrud and Baghdad', in Trümpler, ed. (1999; 2001 edition) pp. 205–228; p. 211
33. Donald Wiseman in Underwood, ed. (1990) p. 61
34. Mallowan (1977; 2010 edition) p. 290
35. Quoted in McCall (2001) p. 174
36. Mallowan (1977; 2021 edition) pp. 237, 233
37. McCall (2001) p. 176
38. Quoted in Thompson (2007; 2008 edition) p. 417
39. Trümpler (1999; 2001 edition) p. 161
40. https://www.bbc.co.uk/news/world-middle-east-37992394
41. Eames (2004; 2005 edition) p. 330; the dig house is destroyed in second 58 of the video at https://www.bbc.co.uk/news/world-middle-east-37992394
42. Eleanor Robson, 'Old habits die hard: Writing the excavation and dispersal history of Nimrud', *Museum History Journal* (vol. 10, 2017) pp. 217–232, footnote 52
43. Sabine Scharnagl, *Agatha Christie in the Middle East*, a documentary premiered at the International Agatha Christie Festival, Torquay Museum (12 September 2021)

第三十三章　戦後のクリスティー・ランド

1.『予告殺人』(1950)
2. Humble (2001) pp. 103, 107
3. Dennis (1956) p. 98
4. John Mallowan, personal conversation (8 January 2022)
5. Osborne (1982; 2000 edition) p. 272
6. Morgan (1984; 2017 edition) p. 270
7. EUL MS 99/1/1962/1 オールディングからコークへの手紙 (25 April 1962)
8. EUL MS 99/1/1964/2 Sara Jane Beal to Dodd, Mead (23 April 1964)
9. EUL MS 99/1/1964/2 employee of Hughes Massie to Sarajane Beal (9 June 1964)
10. Arnold (1987) p. 279
11. EUL MS 99/1/1949 James Wise to Raymond Bond (21 January 1949)
12. EUL MS 99/1/1947/1 オーバーからコークへの手紙 (6 February 1947)
13. Gill (1990) p. 161
14. *An Autobiography*, p. 192
15. EUL MS 99/1/1953/1 コークからオーバーへの手紙 (25 February 1953)
16. Quoted by Frelin in Keating, ed., (1977) pp. 13–24, p. 19; Osborne (1982; 2000 edition) p. 277
17. 'Agatha's last mystery – her fortune', *Chicago Tribune* (26 January 1976)
18. Wyndham (1966)
19. BBC ラジオの娯楽番組でのアガサの話 (13 February 1955)
20. EUL MS 99/1/1949 アガサからコークへの手紙 (13 March 1949)
21. Curran (2011) p. 24
22. Curran (2009; 2010 edition) p. 44
23. 同書 pp. 99–101
24. 同書 p. 74
25. Rowse (1980; 1986 edition) p. 74
26. CAT アガサからマックスへの手紙 (10 October 1931)
27. CAT アガサからマックスへの手紙 (13, 16 and 26 October 1931)
28. Curran (2011) p. 139
29. 同書 pp. 25, 335
30. Notebook 36 quoted in Curran (2011) p. 355
31. Mathew Prichard in Underwood (1990) p. 66
32. Rosalind Hicks in *The Times* (8 September 1990) p. 65
33. EUL MS 99/1/1947/1 アガサからコークへの手紙 (7 February 1947)
34. EUL MS 99/1/1952 (undated draft blurb)
35. Robyns (1978; 1979 edition) p. 25

第三十四章　特別席の二列目

1. *Daily Mail* (14 April 1958).『アガサ・クリスティー自伝』で、アガサはこのパーティーを 1962 年の 10 周年記念のパーティーと混同して、上演 1000 回記念と書いている。それも無理はない。ピーター・サンダースは

24. Gill (1990) p. 151
25.『愛の旋律』(1930)

第三十一章　金のかかる大きな夢

1. CAT アガサからマックスへの手紙 (1 July 1944)
2.『娘は娘』(1952)
3.『ホロー荘の殺人』(1946)
4. ons.gov.uk, annual percentage of employed women in the UK
5. Viola Klein and Alva Myrdal, *Women's Two Roles* (1956) pp. 1–28
6. NT 123881 元沿岸警備隊からアガサへの手紙 (16 September 1970)
7. NT 123882 元沿岸警備隊からアガサへの手紙 f (10 October 1970)
8. Recollections of Tessa Tattershall collected by the National Trust
9. NT 122918.3 R.J. Knapton& Son, builders and contractors, to Agatha (28 July 1945)
10. EUL MS 99/1/1951 アガサからマクファーソン夫人への手紙 (日付不明)
11. EUL MS 99/1/1952 コークからアガサへの手紙 (25 April 1952); Macaskill (2009; 2014 edition) p. 51
12. EUL MS 99/1/1958/2 Hughes Massie Agency employee to Dorothy Olding (12 December 1958); 99/1/1962/1 Hughes Massie Agency employee to Harold Ober Associates employee (21 February 1962)
13. *Sunday Dispatch*(30 August 1959) p. 8
14. NT 123690 グリーンウェイの目録と評価額 (12 October 1942) p. 21
15. Bernstein (1969)
16. Morgan (1984; 2017 edition) p. 200
17. EUL MS 99/1/1950 アガサからコークへの手紙 (17 August 1950)
18. GH アガサからジョージナ・ハーマンへの手紙 (12 June, late 1960s)
19. Morgan (1984; 2017 edition) p. 245
20. Saunders (1972) p. 109
21. Mathew Prichard in Underwood (1990) p. 66
22. Saunders (1972) p. 116
23.『忘られぬ死』(1945)
24. *The Times*(8 November 1949)
25. CAT ロザリンドからアガサへの手紙 (23 October 1949)
26. Mallowan (1977; 2021 edition) p. 202
27. CAT ロザリンドからアガサへの手紙 (23 October 1949)
28. Mathew Prichard, personal conversation (27 July 2021)
29. Mallowan (1977; 2021 edition) p. 202
30. Quoted in Robyns (1978; 1979 edition) p. 294
31. CAT アガサからロザリンドへの手紙 (日付不明)

第三十二章　バグダッドの秘密

1. CAT アガサからマックスへの手紙 (日付不明 , January or February 1944)
2. UCLL letter from the Director of the Institute of Archaeology to the Academic Registrar (3 February 1947)
3. McCall (2001) p. 155
4. EUL MS 99/1/1950 コークからアガサへの手紙 (2 March 1950)
5. CAT マックスからロザリンドへの手紙 (5 May 1947)
6. Matthew Sturgis, 'The century makers: 1931', Telegraph (5 July 2003)
7. Quoted in Robyns (1978; 1979 edition) p. 148
8. CAT マックスからロザリンドへの手紙 (5 May 1947)
9. Eleanor Robson, 'Remnants of empire: views of Kalhu in 1950', oracc.museum.upenn.edu (2016)
10. Mallowan, M. E. L. 'The Excavations at Nimrud (Kal*u), 1951', Iraq 14, no. 1 (1952) pp. 1–23; 1
11. Quoted in McCall (2001) pp. 158–9
12. CAT アガサからロザリンドへの手紙 (7 January, n.y.)
13. McCall (2001) pp. 194; 162
14. Georgina Herrmann, personal conversation (18 January 2022)
15. Quoted in Curran (2011) p. 264
16. CAT マックスからアガサへの手紙 (17 February 1943)
17. Suh (2016) pp. 63–66
18. Mallowan (1977; 2021 edition) p. 248
19. Trümpler (1999; 2001 edition) p. 52
20. Mallowan (1977; 2021 edition) p. 248
21. Oates, in Trümpler, ed. (1999; 2001 edition) p. 215
22. Donald Wiseman in Underwood, ed. (1990) p. 62
23. Mallowan (1977; 2010 edition) p. 290
24. EUL MS 99/1/1953/1 コークからハロルド・オーバーへの手紙 (6 February 1953)

1942)

14. CAT アガサからマックスへの手紙 (12 March 1943)
15. CAT アガサからマックスへの手紙 (19 May 1943)
16. CAT アガサからマックスへの手紙 (12 March 1943)
17. CAT スティーヴン・グランヴィルからアガサへの手紙 (18 November 1943)
18. CAT スティーヴン・グランヴィルからアガサへの手紙 (9 March 1943)
19. CAT アガサからマックスへの手紙 (22 November 1942)
20. CAT マックスからアガサへの手紙 (16 October 1943)
21. Curran (2009; 2010 edition) p. 167
22. Trümpler (1999; 2001 edition) pp. 351; 362–5
23. Mallowan (1977; 2021 edition) p. 172
24. Thompson (2007; 2008 edition) p. 331
25. Trümpler (1999; 2001 edition) p. 28
26. *The Times* に掲載されたロザリンド・ヒックスのことば (8 September 1990) p. 65
27. Mallowan (1977; 2021 edition) p. 173
28. CAT アガサからマックスへの手紙 (9 January 1944)
29. CAT アガサからマックスへの手紙 (2 August 1944)
30. CAT アガサからマックスへの手紙 (9 April 1944)
31. Claire Langhamer, *The English In Love: The Intimate Story of an Emotional Revolution*(2013)
32. 『五匹の子豚』(1942)
33. Howarth (2019) p. xxxiv
34. CAT アガサからマックスへの手紙 (1 July 1944)
35. CAT アガサからマックスへの手紙 (9 January 1944)
36. CAT アガサからマックスへの手紙 (2 March 1944)
37. CAT アガサからマックスへの手紙 (9 June 1944)
38. CAT アガサからマックスへの手紙 (23 July 1944)
39. CAT アガサからマックスへの手紙 (28 April 1944)
40. Mathew Prichard in Underwood, ed., (1990) p. 65
41. CAT アガサからマックスへの手紙 (25 May 1944)
42. EUL MS 99/1/1947/1 アガサからコークへの手紙 (11 January 1947)
43. CAT アガサからマックスへの手紙 (25 August 1944)
44. CAT アガサからマックスへの手紙 (31 August 1944)
45. CAT アガサからマックスへの手紙 (13 October 1944)
46. CAT アガサからマックスへの手紙 (31 August 1944)
47. CAT アガサからマックスへの手紙 (6 October 1944)
48. McCall (2001) p. 148
49. EUL MS 99/1/1951 アガサからコークへの手紙 (14 February 1951)
50. CAT アガサからマックスへの手紙 (2 November 1944)
51. EUL MS 99/1/1944 コークからオーバーへの手紙 (22 February 1944)
52. EUL MS 99/1/1944 アガサからコークへの手紙 (19 December 1944)
53. CAT アガサからマックスへの手紙 (16 December 1944)
54. Norman (2014) p. 91

第三十章　メアリ・ウェストマコット名義

1. EUL MS 99/1/1942 アガサからコークへの手紙 (21 February 1942)
2. EUL MS 99/1/1944 アガサからコークへの手紙 (11 October 1944)
3. CAT マックスからアガサへの手紙 (12 January 1943)
4. CAT アガサからマックスへの手紙 (14 April 1943)
5. CAT アガサからマックスへの手紙 (20 February 1944)
6. Quoted in Cade (1998; 2011 edition) pp. 276–7
7. Mallowan (1977; 2021 edition) p. 195
8. Curran (2011) p. 191
9. 『ホロー荘の殺人』(1946)
10. EUL MS 99/1/1940 アガサからシドニー・ホーラーへの手紙のコピー (16 November 1940)
11. Wyndham (1966)
12. *An Autobiography*, p. 499『アガサ・クリスティー自伝』
13. 『春にして君を離れ』(1944)
14. Green (2015) p. 430
15. Quoted in Green (2015) p. 431
16. Martin Fido, *The World of Agatha Christie* (1999) p. 94
17. Jeff reyFeinmann, *The Mysterious World of Agatha Christie* (1975)
18. Dorothy B. Hughes, 'The Christie Nobody Knew', in Bloom et al, (1992; 2002 edition) p. 20
19. Rosalind Hicks in Underwood, ed. (1990) p. 51
20. EUL MS 99/1/1947/1 アガサからコークへの手紙 (10 April 1947)
21. EUL MS 99/1/1949 アガサからコークへの手紙 (13 March 1949)
22. EUL MS 99/1/1970/2 Agatha to YasuoSuto (undated, 1970)
23. EUL MS 99/1/1952 コークからオーバーへの手紙 (18 January 1952)

第二十八章　娘は娘

1. *Western Mail* (13 June 1940) p. 6;〈ロイヤル・ウェールズ・フュージリア連隊博物館・トラスト〉の管理人からの情報
2. Mr Hubert Prichard, majority celebrations at Colwinstone', *Western Mail* (28 April 1928)
3. EUL MS 99/1/1940 アガサからコークへの手紙 (11 June 1940)
4. CAT〝告白〟(19 April 1954)
5. NT ロザリンド・クリスティーのベネンデン校の学業報告書 (Christmas term, 1934)
6. CAT アガサからマックスへの手紙 (29 November 1942)
7. Anne de Courcy, *Debs at War, How Wartime Changed Their Lives, 1939–45* (2005) p. ix
8. CAT アガサからマックスへの手紙 (31 August 1942)
9. CAT マックスからロザリンドへの手紙 (15 September 1942)
10. Come, Tell Me How You Live (1946; 2015 edition) p. 13『さあ、あなたの暮らしぶりを話して』
11. CAT マックスからアガサへの手紙 (29 July 1930)
12. Eames (2004; 2005 edition) pp. 247–8
13. NT 119087.57.7, annotated draft article on Greenway's garden, by Audrey Le Lievre, published in Hortus (Spring, 1993)
14. CAT アガサからマックスへの手紙 (26 August 1943)
15. CAT アガサからマックスへの手紙 (15 December 1942)
16. Cooper (1989; 2013 edition) p. 103
17. EUL MS 99/1/1942 コークからアガサへの手紙 (21 September 1942)
18. CAT アガサからマックスへの手紙 (22 November 1942)
19. CAT マックスからアガサへの手紙 (15 June 1942)
20. CAT アガサからマックスへの手紙 (27 October 1942)
21. CAT マックスからロザリンドへの手紙 (7 December 1941)
22. CAT マックスからロザリンドへの手紙 (15 September 1942)
23. CAT アガサからマックスへの手紙 (31 August 1942)
24. EUL MS 99/1/1942 アガサからコークへの手紙 (4 October 1942)
25. CAT マックスからアガサへの手紙 (20 September 1942)
26. CAT マックスからアガサへの手紙 (16 October 1943)
27. *Coventry Evening Telegraph*(22 April 1942)
28. EUL MS 99/1/1941 コークからオーバーへの手紙 (3, 31 January 1941)
29. CAT アガサからマックスへの手紙 (15 May 1943)
30. CAT アガサからマックスへの手紙 (27 October 1942)
31. CAT アガサからマックスへの手紙 (17 October 1942)
32. CAT マックスからアガサへの手紙 (20 September 1942)
33. CAT マックスからアガサへの手紙 (12 January 1943)
34. CAT マックスからアガサへの手紙 (20 September 1942)
35. CAT アガサからマックスへの手紙 (7 March 1945)
36. CAT アガサからマックスへの手紙 (6 May 1944)
37. CAT マックスからロザリンドへの手紙 (17 June 1943)
38. CAT マックスからロザリンドへの手紙 (15 October 1943)
39. CAT アガサからマックスへの手紙 (19 May 1943)
40. CAT アガサからマックスへの手紙 (8 August 1943)
41. GH アガサからジョージナ・ハーマンへの手紙 (8 February, late 1960s)
42. CAT アガサからマックスへの手紙 (22 September 1943)
43. CAT マックスからアガサへの手紙 (16 October 1943)
44. CAT マックスからロザリンドへの手紙 (15 October 1943)
45. Quoted in Thompson (2007; 2008 edition) p. 341

第二十九章　人生はかなり複雑だ

1. CAT アガサからマックスへの手紙 (12 October 1943)
2. CAT アガサからマックスへの手紙 (20 October 1943)
3. CAT アガサからマックスへの手紙 (16 December 1943)
4.『忘られぬ死』(1945)
5. CAT アガサからマックスへの手紙 (26 August 1943); CAT アガサからマックスへの手紙 (日付不明、1945)
6. CAT マックスからアガサへの手紙 (22 March 1943)
7. CAT マックスからアガサへの手紙 (3 March 1943)
8. CAT アガサからマックスへの手紙 (20 February 1944)
9. CAT アガサからマックスへの手紙 (1 October 1943)
10. CAT アガサからマックスへの手紙 (30 October 1943)
11. CAT アガサからマックスへの手紙 (20 October 1943)
12. CAT アガサからマックスへの手紙 (27 March 1943)
13. CAT アガサからマックスへの手紙 (22 November

19.『メソポタミヤの殺人』(1936)

20. Quoted in Trümpler (1999; 2001 edition) p. 419

21. *All About Agatha* podcast, 'A Very Special Episode: Interview with Jamie Bernthal' (2020)

22. Light (1991; 2013 edition) p. 92

23. Curran (2009; 2010 edition) p. 167

24.『そして誰もいなくなった』(1939)

25. *New York Times*(25 February 1940)

第二十七章　爆弾の下で

1. Morgan (1984; 2017 edition) p. 233

2. Janet Likeman, 'Nursing at University College, London, 1862–1948', PhD thesis (2002) p. 246

3. Morgan (1984; 2017 edition) p. 233

4. Jack Pritchard, *View from a Long Chair, The Memoirs of Jack Pritchard* (1984) p. 19

5. Robyns (1978; 1979 edition) p. 156

6. EUL MS 99/1/1940 ハロルド・オーバーからエドマンド・コークへの手紙 (14 June 1940)

7. Mallowan (1977; 2021 edition) p. 167

8. TNA HO 396/58/188A, 189

9. Judy Suh's forthcoming article 'Rerouting Wartime Paranoia in Agatha Christie's *N or M?*'; *N or M?*, p. 95

10. CAT マックスからロザリンドへの手紙 (3 July 1940)

11. EUL MS 99/1/1940 アガサからコークへの手紙 (31 July 1940)

12. Edwards, ed., (1933; 2013 edition) pp. xiii–xx

13. EUL MS 99/1/1940 アガサからコークへの手紙 (5 June 1940)

14. EUL MS 99/1/1940 アガサからコークへの手紙 (31 July 1940)

15. NT 122921, National Registration Identity Card

16. EUL MS 99/1/1942 アガサからコークへの手紙 (2 June 1942)

17. EUL MS 99/1/1940 アガサからコークへの手紙 (22 July 1940)

18. EUL MS 99/1/1940 アガサからコークへの手紙 (14 September 1940)

19. EUL MS 99/1/1940 コークからアガサへの手紙 (10 September 1940)

20. EUL MS 99/1/1940 アガサからコークへの手紙 (18 April 1940)

21. Recollections of Doreen Vautour collected by the National Trust

22. EUL MS 99/1/1940 アガサからコークへの手紙 (22 July 1940)

23. EUL MS 99/1/1940 コークからアガサへの手紙 (29 August 1940)

24. Forster (1993) p. 174

25. EUL MS 99/1/1940 コークからオーバーへの手紙 (19 December 1940)

26. EUL MS 99/1/1940 アガサからコークへの手紙 (6 November 1940)

27. Quoted in Janet Morgan (1984; 2017 edition) p. 247

28. http://bombsight.org/explore/greater-london/camden/gospel-oak

29. Leyla Daybelge and Magnus Englund, *Isokon and the Bauhaus in Britain* (2019) pp.164–6

30. Adrian Shire, ed., *Belsize 2000: A Living Suburb* (2000) p. 96

31. Shire, ed., (2000) p. 91

32. Elizabeth Darling, *Wells Coates* (2012) p. 72; Light (2007) p. 181

33. CAT アガサからマックスへの手紙 (2 March 1944)

34. EUL MS 99/1/1940 アガサからコークへの手紙 (22 October 1940)

35. Quoted in James Tatum, *The Mourner's Song* (2003) p. 152

36. Dorothy Sheridan, ed., *Wartime Women: A Mass-Observation Anthology* (2000) p. 72

37. Michael Smith, *Bletchley Park* (2013; 2016 edition) p. 32

38. Harold Davis, 'Dame Agatha Christie', *Pharmaceutical Journal*, vol. 216, no. 5853 (25 January 1976) pp. 64–5, p. 65

39. Celia Fremlin, 'The Christie Everyone Knew' in Keating, ed., (1977) p. 118

40. EUL MS 99/1/1940 Robert F. de Graff to Agatha Christie (19 February 1940)

41. Dennis (1956) pp. 97–8

42. J.C. Bernthal, 'If Not Yourself, Who Would You Be?': Writing the Female Body in Agatha Christie's Second World War Fiction', *Women: A Cultural Review* (vol. 26, 2015) pp. 40–56

43. Keating (2017), especially Chapter 7

業報告書 (summer term, 1935)

19. CAT アガサからマックスへの手紙 (5 November 1930)
20. CAT アガサからマックスへの手紙 (26 November 1930)
21. CAT アガサからマックスへの手紙 (13 October 1931)
22. CAT アガサからマックスへの手紙 (23 October 1931)
23. CAT アガサからマックスへの手紙 (10 October 1931)
24. CAT マックスからアガサへの手紙 (25 October 1931)
25. CAT マックスからアガサへの手紙 (27 September 1942)
26. *An Autobiography* wrongly says 48, see Emily Cole, ed., *Lived in London, Blue Plaques and the Stories Behind Them* (2009) p. 211
27. Gill (1990) p. 10
28. Mallowan, M. E. L. *Twenty-Five Years of Mesopotamian Discovery* (1959) p. 1
29. BM Archives CE32/42/6, シドニー・スミスの手紙 (3 May 1932)
30. BM Archives CE32/42/25/1 (21 November 1932)
31. Reproduced in Michael Gilbert, 'A Very English Lady' in Keating, ed. (1977) p. 64
32. Mallowan (1977; 2021 edition) p. 302
33. Stuart Campbell, 'Arpachiyah' in Trümpler (1999; 2001 edition) pp. 89–103
34. Trümpler (1999; 2001 edition) p. 167
35. NT 123770.2 日付のないアガサが管理する発掘のための買い物リスト
36. Dr Juliette Desplatt, 'Decolonising Archaeology in Iraq?' The National Archive Blog (27 June 1917) https://blog.nationalarchives.gov.uk/decolonising-archaeology-iraq
37. NT 123609 Max to *Mentor* magazine, New York (29 September 1929)
38. Richard Ollard, ed., *The Diaries of A.L. Rowse* (2003) p. 437
39. Tim Barmby and Peter Dalton, 'The Riddle of the Sands, Incentives and Labour Contracts on Archaeological Digs in Northern Syria in the 1930s', University of Aberdeen Business School (2006)
40. Tom Stern, 'Traces of Agatha Christie in Syria and Turkey' in Trümpler (1999; 2001 edition) pp. 287–302; pp. 300–301
41. 『チムニーズ館の秘密』(1925)
42. *Come, Tell Me How You Live* (1946; 2015 edition) p. 7 『さあ、あなたの暮らしぶりを話して』
43. McCall (2001) p. 124
44. Mallowan (1977; 2021 edition) p. 48
45. CAT ロザリンドからアガサへの手紙 (27 January 1936)
46. CAT ロザリンドからマックスへの手紙 (日付不明、おそらく 1936 年 5 月の〝木曜日〟)
47. CAT ロザリンドからアガサへの手紙 (25 May 1936)
48. CAT アガサからロザリンドへの手紙 (30 January 1937)
49. CAT アガサからマックスへの手紙 (9 April 1944)
50. Macaskill (2009; 2014 edition) p. 50
51. Colleen Smith interview in *Torquay Herald Express* (1990) quoted in Macaskill(2009; 2014 edition) p. 50
52. NT 122918.2 'Survey of the Greenway Estate' (1937)
53. *Country Life* (27 August 1938) p. xviii
54. NT 122918.22, receipt for purchase (28 October 1938)
55. *Come, Tell Me How You Live* (1946; 2015 edition) p. 242 『さあ、あなたの暮らしぶりを話して』

第二十六章　黄金時代

1. 『ポアロのクリスマス』(1938)
2. EUL MS 99/1/1942 アガサからコークへの手紙 (21 February 1942)
3. Wyndham (1966)
4. Elizabeth Walter, 'The Case of the Escalating Sales' in Keating, ed. (1977) pp. 13–24, p. 15
5. *Observer* (29 April 1928)
6. Green (2015) p. 8
7. 『メソポタミヤの殺人』(1936)
8. 『ひらいたトランプ』(1936)
9. 『死者のあやまち』(1956); Curran (2009; 2010 edition) p. 87
10. Cade (1998; 2011 edition) p. 165; Keating (2017) p. 677
11. 'Meet Britain's Famous "Mrs Sherlock Holmes" ', *Sydney Morning Herald* (1 April 1954)
12. *New York Times*(30 November 1930)
13. CAT アガサからマックスへの手紙 (17 December 1931)
14. Trümpler, ed. (1999; 2001 edition) p. 281
15. Bernstein (1969)
16. Trümpler (1999; 2001 edition) p. 15
17. 『ナイルに死す』(1937)
18. Quoted in Osborne (1982; 2000 edition) p. 129

6. CAT アガサからマックスへの手紙、アッシュフィールドより (21 May 1930)
7.『メソポタミヤの殺人』(1936)
8. CAT マックスからアガサへの手紙 (1 September 1930)
9. CAT マックスからアガサへの手紙 (13 May 1930)
10. CAT アガサからマックスへの手紙 (日付不明、おそらく 1930 年 11 月)
11. CAT アガサからマックスへの手紙 (21 May 1930)
12. CAT マックスからアガサへの手紙 (14 May 1930)
13. CAT マックスからアガサへの手紙 (19 May 1930)
14. CAT アガサからマックスへの手紙 (日付不明 May 1930)
15. CAT マックスからアガサへの手紙 (15 May 1930)
16. CAT マックスからアガサへの手紙 (6 September 1930)
17. CAT アガサからマックスへの手紙 (日付不明、May 1930)
18. CAT アガサからマックスへの手紙 (日付不明、おそらく 1930 年 11 月 ,)
19. CAT アガサからマックスへの手紙 (日付不明 1930)
20. CAT マックスからアガサへの手紙 (25 February 1945)
21. CAT アガサからロザリンドへの手紙 (日付不明 , July 1971)
22. CAT アガサからマックスへの手紙 (日付不明 July 1930)
23. CAT マックスからアガサへの手紙 (31 July 1930)
24. CAT アガサからマックスへの手紙 (日付不明、おそらく 1930 年秋)
25. CAT アガサからマックスへの手紙 (21 May 1930)
26. CAT マックスからアガサへの手紙 (18 July 1930)
27. CAT マックスからアガサへの手紙 (31 July 1930)
28. CAT マックスからアガサへの手紙 (14 May 1930)
29. CAT マックスからアガサへの手紙 (26 August 1930)
30. NT 123612.1 マルグリート・マローワンからフレデリック・マローワンへの手紙 (27 December 1929)
31. CAT アガサからマックスへの手紙 (日付不明 1930)
32. CAT マックスからアガサへの手紙 (1 September 1930)
33. CAT マックスからアガサへの手紙 (29 July 1930)
34. CAT マックスからアガサへの手紙 (4 September 1930)
35.『ゼロ時間へ』(1944)
36. CAT マックスからアガサへの手紙 (27 August 1930)
37. CAT アガサからマックスへの手紙 (日付不明 August 1930)
38. CAT マックスからアガサへの手紙 (1 September 1930)
39. CAT マックスからアガサへの手紙 (17 August 1930)
40. *Daily Express*(17 September 1930)
41. CAT ノート 40
42. CAT アガサからマックスへの手紙 (日付不明 October 1930)
43. CAT マックスからアガサへの手紙 (8 November 1930)
44. CAT アガサからマックスへの手紙 (同上、autumn 1930)
45. CAT マックスからアガサへの手紙 (15 December 1930)
46. CAT アガサからマックスへの手紙 (10 October 1931)
47. CAT アガサからマックスへの手紙 (31 December 1931)
48. CAT アガサからマックスへの手紙 (24 December 1930)

第二十五章　八軒の家

1. Light (1991; 2013 edition) p. 94
2. Wyndham (1966); Yiannitsaros (2016) p. 41
3.『ナイルに死す』(1937)
4. Yiannitsaros (2016) p. 13
5.『秘密機関』(1922)
6. Agatha Christie, 'Detective Writers in England', republished in Martin Edwards, ed., *Ask A Policeman* (1933; 2013 edition) pp. xiii-xx, p. xx
7. Humble (2001) p. 124
8. Dennis (1956) p. 88
9. Light (1991; 2013 edition) p. 94
10. *Star* quoted in Thompson (2007; 2008 edition) p. 284
11. CAT アガサからマックスへの手紙 (26 November 1930)
12. Dorothy L. Sayers quoted in Edwards, ed. (1933; 2013 edition) p. v
13. CAT アガサからマックスへの手紙 (日付不明 November 1930); (日付不明、おそらく 1930 年 12 月 5 日)
14. Quoted in Thompson (2007; 2008 edition) p. 506
15. Quoted in Mark Aldridge, *Agatha Christie on Screen* (2016) pp. 59–62
16. CAT ドロシー・L・セイヤーズからアガサへの手紙 (17 December 1930)
17. CAT ロザリンドからアガサへの手紙 (7 February 1931)
18. NT ロザリンド・クリスティーのベネンデン校での学

49. *The Times*, 'Decree Nisi for a Novelist' (21 April 1928)
50. 『未完の肖像』(1934)
51. TNA J 77/2492/7646 divorce court fi le
52. Document kept 'in a writing case along with Archie's letters', quoted in Morgan (1984; 2017 edition) p. 165, not found at CAT
53. Mallowan (1977; 2021 edition) p. 195
54. See John Baxendale and John Shapcott's contributions to Erica Brown and Mary Grover, eds., *Middlebrow Literary Cultures: The Battle of the Brows, 1920–1960* (2012)
55. Osborne (1982; 2000 edition) p. 57
56. Elizabeth Walter, 'The Case of the Escalating Sales' in H.R.F. Keating, ed., *Agatha Christie: First Lady of Crime* (1977) pp. 13–24, p. 15
57. A.L. Rowse, *Memories and Glimpses* (1980, 1986 edition) p. 78

第二十二章　メソポタミヤ

1. CAT 詩のタイプ原稿、'A Choice'
2. CAT アガサからマックスへの手紙 (日付不明おそらく 1930 年 11 月)
3. *Come, Tell Me How You Live* (1946) p. 12『さあ、あなたの暮らしぶりを話して』
4. Andrew Eames, *The 8.55 to Baghdad*, London (2004; 2005 edition) p. 274
5. Hélène Maloigne, ' "Striking the Imagination through the Eye": Relating the Archaeology of Mesopotamia to the British Public, 1920–1939', PhD thesis, University College London (2020) p.–43
6. 『オリエント急行の殺人』(1934)
7. Trümpler (1999; 2001 edition) p. 330
8. Mallowan (1977; 2021 edition) p. 34
9. *Come, Tell Me How You Live* (1946, 2015 edition) p. 49『さあ、あなたの暮らしぶりを話して』
10. 『チムニーズ館の秘密』(1925)
11. Judy Suh, 'Agatha Christie in the American Century', *Studies in Popular Culture*, vol. 39 (Fall 2016) p. 71
12. Maloigne (2020) p. 12
13. Mallowan (1977; 2021 edition) p. 35
14. 彼は拳銃を使ったとしばしば誤解されている。国立公文書館にあるヘンリエッタ・マッコールによるキャサリン・ウーリーの詳細な伝記研究 'More Deadly Than The Male: The Mysterious Life of Katharine Woolley (1888–1945)' は、記録を正しく伝えている。
15. Quoted in Kaercher (2016); H.V.F. Winstone, *Woolley of Ur* (1990) pp. 137–9
16. Quoted in Winstone (1990) p. 143
17. Winstone (1990) p. 147
18. Mallowan (1977; 2021 edition) pp. 36, 208

第二十三章　マックス登場

1. NT 123598 レナード・ウーリーからマックス・マローワンへの手紙 (2 August 1927)
2. 'The World This Weekend' (11 September 1977) BBC Archive
3. 詳細な伝記としてはヘンリエッタ・マッコールの *The Life of Max Mallowan* (2001) がある。
4. Mallowan (1977; 2021 edition) p. 36
5. Mallowan (1977; 2021 edition) p. 29
6. NT 123593 マルグリート・マローワンからマックス・マローワンへの手紙 (2 December 1926)
7. Mallowan (1977; 2021 edition) p. 14
8. NT 123612.1 マルグリート・マローワンからフレデリック・マローワンへの手紙 (27 December 1929)
9. Mallowan (1977; 2021 edition) p. 19
10. NT 123591 マックス・マローワンからマルグリート・マローワンへの手紙 (16 February 1919)
11. NT 123665 マルグリート・マローワンからマックス・マローワンへの手紙 (23 November 1926)
12. Mallowan (1977; 2021 edition) p. 28
13. Mallowan (1977; 2021 edition) p. 36
14. McCall (2001) pp. 41–3
15. CAT アガサからマックスへの手紙 (undated, 1930)
16. CAT マックスからアガサへの手紙 (23 November 1930)
17. CAT アガサからマックスへの手紙 (undated, 1930)
18. CAT アガサからマックスへの手紙 (undated, 1930)

第二十四章　あなたと結婚すると思う

1. CAT アガサからマックスへの手紙 (日付不明 May 1930)
2. CAT マックスからアガサへの手紙 (14 May 1930)
3. CAT アガサからマックスへの手紙 (日付不明 1930)
4. CAT アガサからマックスへの手紙 (11 December 1930)
5. CAT アガサからマックスへの手紙 (23 October 1931)

76. *Daily Mail*(10 December 1926)
77. *Daily Mail*(10 December 1926)
78. *Baltimore Sun*(12 December 1926)
79. Evening News quoted in Thompson (2007; 2008 edition) p. 228
80. *Daily Mail*(11 December 1926)
81. Cade (1998; 2011 edition) p. 126
82. *Daily Telegraph* (11 December 1926) p. 5
83. *Daily Telegraph*(15 December 1926) p. 11
84. *The Times* (13 December 1926)
85. *Daily Mail* (10 December 1926)
86. *Daily Mail*13 December 1926)
87. John Michael Gibson and Richard Lancelyn Green eds., *Arthur Conan Doyle Letter to the Press* (1986) p. 322
88. *Daily Express*(13 December 1926)
89. Edgar Wallace, 'My Theory of Mrs Christie', *Daily Mail*(11 December 1926)
90. Harris (1915) p. 108
91.*Daily Telegraph*(13 December 1926) p. 9
92. *Daily Mail* (11 December 1926)
93. *Daily Mail*(14 December 1926)
94. Cade (1998; 2011 edition) p. 131
95. Hack (2009) p. 98
96. Production notes for the 1979 film *Agatha*, copy at the Bill Douglas Cinema Museum, Exeter, p. 6
97. Cade (1998; 2011 edition) pp. 118–9
98. *The Times*(14 December 1926)
99. *Daily Mail* (14 December 1926)

第二十一章　ふたたび現れる

1. *Daily Express*(15 December 1926)
2. *Daily Mail*(15 December 1926)
3. *The Times*(15 December 1926)
4. *Daily Mail*(15 December 1926)
5. *Daily Mail* (15 December 1926)
6. *Daily Mail*(15 December 1926)
7. *Daily Mail*(15 December 1926)
8. *Daily Mail* (16 December 1926)
9. *Daily Mail* (15 December 1926)
10. *Yorkshire Post*(15 December 1926) p. 10
11. *Daily Mail*(15 December 1926)
12. Gibson and Green, eds., (1986)
13. *Daily Express*(16 December 1926)
14. *Daily Mail* (16 December 1926)
15.*New York Times*(16 December 1926); *Manchester Guardian* (16 December 1926)
16. *Daily Express*(16 December 1926)
17. *Daily Mail*(16 December 1926)
18. *Daily Mail* (17 December 1926)
19. *New York Times*(16 December 1926)
20. *Daily Mail* (15 December 1926)
21. *Daily Mail*(16 December 1926)
22. *Daily Mail* (17 December 1926)
23. George Rothwell Brown, 'Post-scripts', *Washington Post* (16 December 1926)
24. *Surrey Advertiser*(18 December 1926) p. 6
25. *Daily Mail* (17 December 1926)
26. *Daily Telegraph*(11 February 1927) p. 6
27. TNA HO 45/25904
28. *Westminster Gazette*(17 December 1926) p. 2
29. *New York Times* (17 December 1926)
30. *Daily Express*(17 December 1926)
31. *Daily Mail* (17 December 1926)
32. *The Times*(17 December 1926)
33.Rosalind Hicks in *The Times* (8 September 1990) p. 65
34. Donald Elms Core, *Functional Nervous Disorders* (1922) p. 349
35. *Daily Mail* (16 February 1928)
36. Morgan (1984; 2017 edition) p. 148
37. 『愛の旋律』(1930)
38. William Brown, *Suggestion and Mental Analysis*(1922) pp.22,41;Grogan (2014) pp. 99–101
39. トレイシー・ロッホランと、とくに1920年代の精神療法についてアドバイスをしてくれたレイチェル・ジャーディンに感謝している。
40. Harris (1915) pp. 109–108
41. *Daily Mail*(16 February 1928)
42. Harris (1915) p. 109; p. 108
43. Core (1922) p. 357
44. CAT アガサからマックスへの手紙(日付不明 May 1930)
45.*The Times*、判例集 (10 February 1928)
46. *Daily Mail* (16 February 1928)
47. Lawrence Stone, *The Road to Divorce, 1530–1987* (1990) p. 396
48. Robyns (1978; 1979 edition) p. 129

第二十章　ハロゲート・ハイドロパシック・ホテル

1. Rachel Aviv, 'How A Young Woman Lost Her Identity', *New Yorker* (26 March 2018)
2. ibid.
3. Hubert Gregg, *Agatha Christie and All That Mousetrap* (1980) p. 36
4. *Daily Mail*(16 February 1928)
5. *Daily Mail* (15 December 1926)
6. *Daily Mail*(16 February 1928)
7. *Daily Mail*(17 December 1926)
8. According to *The Times*, quoted in Norman (2014) p. 43
9. *Daily Mail* (16 February 1928)
10. Bernstein (1969)
11. *Daily Mail* (16 February 1928)
12. トレイシー・ロッホランとクリスティン・ハレットには大変お世話になった。
13. 王立ベスレム病院とディヴィッド・ラックには大変お世話になった。
14. Mrs Da Silva in the *Daily Mail* (7 December 1926)
15. *Daily Mail*(15 December 1926)
16. Richard Metcalfe, *Hydropathy in England* (1906) p. 214
17. *Daily Mail*(15 December 1926)
18. Cade (1998; 2011 edition) p. 137
19. *Daily Mail* (15 December 1926)
20. The evidence of Rosie Asher is quoted at length in Cade (1998; 2011 edition) p. 126
21. *Daily Mail* (16 December 1926)
22. *Daily Express*(15 December 1926)
23. TNA HO 45/25904
24. *The Times*(7 December 1926)
25. *Daily Mail*(7 December 1926)
26. *Daily Mail*(7 December 1926)
27. *Surrey Advertiser*(18 December 1926) p. 6
28. *Daily Mail* (15 December 1926)
29. Ritchie Calder quoted in Robyns (1978; 1979 edition) p. 105
30. *Daily Mail* (11 December 1926)
31. *Daily Sketch* quoted in Cade (1998; 2011 edition) p. 93
32. *Daily Mail*(15 December 1926)
33. Cade (1998; 2011 edition) p. 125
34. *New York Times*(6 December 1926)
35. Cade (1998; 2011 edition) pp. 124–5
36. *Daily Mail*(15 December 1926)
37. *Daily Express* (10 December 1926)
38. *Daily Mail* (17 December 1926)
39. *Daily News* (7 December 1926) p. 7
40. *Westminster Gazette* (7 December 1926) p. 1
41. Mrs da Silva in *Daily Mail* (7 December 1926)
42. *Daily Mail*(8 December 1926)
43. Wilfred Harris, *Nerve Injuries and Shock* (1915) p. 108
44. I am indebted to Tracey Loughran for this point
45. *Daily Mail*(8 December 1926)
46. *Daily Mail* (15 December 1926)
47. *Daily Express*(15 December 1926)
48. *Westminster Gazette*(8 December 1926) p. 1; TNA HO 45/25904
49. *Daily Telegraph* (15 December 1926) p. 11
50. Agatha Christie, 'The Disappearance of MrDavenheim' quoted in 'Why people disappear', *Daily Mail* (7 December 1926)
51. *Daily Express*(16 May 1932)
52. *Daily Mail* (8 December 1926)
53. *Daily Mail*(8 December 1926)
54. *The Times* (8 December 1926)
55. *The Times*(8 December 1926)
56. *Daily Mail*(14 December 1926)
57. *Daily Express*(9 December 1926)
58. *Daily Express*(9 December 1926)
59. *Daily Mail* (9 December 1926)
60. *Daily Express*(9 December 1926)
61. *Armstrong's Illustrated Harrogate Hand-book* (1900) p. 38
62. *Daily Mail*(16 February 1928)
63. *Daily Express*(9 December 1926)
64. *Daily Mail* (16 February 1928)
65. Quoted in Cade (1998; 2011 edition) p. 126
66. *The Times*(11 December 1926) p. 1
67. *Daily Express*(13 December 1926)
68. *Westminster Gazette* (9 December 1926) p. 1
69. *Daily Mail* (16 February 1928)
70. *Daily Mail* (16 December 1926)
71. *Daily Mail*(16 December 1926)
72. Ritchie Calder (1976)
73. Robyns (1978; 1979 edition) p. 101
74. *Daily Mail*(9 December 1926)
75. Cade (1998; 2011 edition) p. 126

16. *Western Times* (2 April 1931)

17. *Western Morning News* (22 July 1926) p. 2

18. CAT モンティのノート (1924); Thompson (2007; 2008 edition) pp. 54–5

19. Nicolson (2009; 2010 edition) pp. 133–4

20.『愛の旋律』(1930)

21. CAT モンティのノート (1924)

22. *Western Times* (2 April 1931) p. 1

23. *Torquay Times and South Devon Advertiser* (28 May 1987) p. 3

第十八章　スタイルズ荘の怪事件

1. *Daily Sketch* quoted in Sanders and Lovallo (1984) p. 35

2. Wyndham (1966)

3. Quoted in Ramsey (1967) p 37

4. *Daily Mail*(27 May 1926)

5. *Westminster Gazette*(6 June 1925) p. 10; *The Times*(17 May 1927)

6. *Daily Express* (10 December 1926)

7. Rosalind Hicks in *The Times* (8 September 1990) p. 65

8. *Daily Mail* (7 December 1926)

9. https://www.peterharrington.co.uk/blog/wp-content/uploads/2016/09/Christie.pdf

10. A letter from Charlotte Fisher to Rosalind, paraphrased in Morgan (1984; 2017 edition) pp. 130–134

11. *Westminster Gazette*(8 December 1926) p. 1

12. Morgan (1984; 2017 edition) p. 128

13. 'Mr London' in the *Daily Graphic* quoted in Portsmouth Evening News (20 August 1926)

14. *Montrose, Arbroath and Brechin Review* (6 March 1925) p. 3

15. *Dundee Courier* (17 December 1926)

16. CAT アーチーからアガサへの手紙 (日付不明、1913) "水曜日 、英国陸軍航空隊、ネザーエイヴォン"

17. CAT アガサからマックスへの手紙 (6 May 1944)

18.『殺人は容易だ』(1939)

19. Yiannitsaros (2016) p. 11

20. *Daily Mail* (10 December 1926)

21. *The Times*(3, 4 December 1926)

第十九章　失踪

1. *Daily Mail* (10 December 1926)

2. *Daily Mail*(7 December 1926)

3. *Daily Mail*(7 December 1926)

4. Bernard Krönig in *Goodwin's Weekly* (1915) vol. 16, p. 11

5. *Daily Mail*(7 December 1926)

6. *Daily Mail*(10 December 1926)

7. *Daily Mail* (11 December 1926)

8. *Daily Mail* (7 December 1926)

9. *Daily Mail*(9 December 1926)

10. *Daily Mail* (11 December 1926)

11. *Daily Mail*(16 February 1928)

12. *Daily Mail*(9 December 1926)

13. *Daily Mail* (16 February 1928)

14. *Daily Mail*(6 December 1926)

15. *Daily Mail* (9 December 1926)

16. *Daily Mail* (7 December 1926)

17.「彼女はこの家を出て行かなくてはならなかった」*Daily Mail*(15 December 1926); Morgan (1984; 2017 edition) p. 155

18. *Daily Express* (15 December 1926)

19. Morgan (1984; 2017 edition) p. 155

20. *Daily Mail* (7 December 1926)

21. *Daily Mail*(16 February 1928)

22. *Daily Mail* (9 December 1926)

23. *Daily Mail*(11 December 1926)

24. *Surrey Advertiser* (11 December 1926) pp 6–7

25. *Daily Mail* (16 February 1928)

26. *Daily Mail*(6 December 1926)

27. *Daily Mail*(11 December 1926)

28.『未完の肖像』(1934)

29.『ホロー荘の殺人』(1946)

30. Mallowan (1977; 2021 edition) p. 201

31. *Daily Mail* (16 February 1928)

32. *Daily Mail*(6 December; 9 December 1926)

33. TNA HO 45/25904

34. *Daily Express* (7 December 1926)

35. TNA HO 45/25904

36. Andrew Norman, *Agatha Christie, The Disappearing Novelist* (2014) p. 107

37. *Daily Express*(16 May 1932)

38. *Surrey Advertiser*(18 December 1926) p. 6

39. *Daily Mail* (11 December 1926)

40. Ritchie Calder, 'Agatha and I', *New Statesman* (30 January 1976) p. 128

41. *Daily Express* (11 December 1926)

6.『茶色の服の男』(1924)

7. *Pall Mall Gazette* (20 January 1922)

8. Matt Houlbrook, 'How the "Roaring Twenties" myth obscures the making of modern Britain', https://www.historyextra.com/period/20th-century/roaring-twenties-myth-britain-british-history-1920s-interwar-why-important

9. Light (1991; 2013 edition) p. 90

10. *The Times* (21 January 1922)

11. Quoted in Mathew Prichard, ed., *Agatha Christie: The Grand Tour* (2012) p. 31

12. Hilary Macaskill, *Agatha Christie at Home* (2009; 2014 edition) p. 24

13. Quoted in Prichard (2012) pp. 223, 156

14. ibid., pp. 98, 90

15. ibid., p. 344

第十六章　スリラー

1. John Curran, 'An introduction' to *The Mysterious Affair at Styles* (1921; 2016 edition) p. 1

2. *Times Literary Supplement* (2 March 1921); Hack (2008) p. 75

3. Dennis Sanders and Len Lovallo, *The Agatha Christie Companion* (1984) p. 10

4. Harkup (2015) p. 15

5. Quoted in Underwood (1990) p. 34

6. BHL アガサからバジル・ウィレッツへの手紙 (19 October 1920)

7. *Pall Mall Gazette* (20 January 1922)

8. Adrian Bingham, 'Cultural Hierarchies and the Interwar British Press' in Erica Brown and Mary Grover, eds., *Middlebrow Literary Cultures: The Battle of the Brows, 1920–1960* (2012) pp. 55–68

9. MaroulaJoannou, *The History of British Women's Writing, 1920–1945* (2012; 2015 edition) pp. 1; 3

10.『牧師館の殺人』(1930)

11. EUL MS 99/1/1956/1 アガサからコークへの手紙 (8 January 1956)

12. Virginia Woolf, 'Middlebrow' (1932) in *The Death of the Moth and Other Essays* (1942) p. 119; Christopher Charles Yiannitsaros, 'Deadly Domesticity: Agatha Christie's 'Middlebrow' Gothic, 1930–1970', PhD thesis, University of Warwick (2016) p. 30

13. Joannou (2012; 2015 edition) p. 15

14. MerjaMakinen, *Agatha Christie: Investigating Femininity* (2006) p. 30; The Secret Adversary (1922)

15. Bernthal (2015) pp. 26–7

16. *Daily Mail*(19 May 1923)

17. BHL アガサからバジル・ウィレッツへの手紙 (17 September 1920); アーチーからボドリー・ヘッド社への手紙 (3 October 1921); アガサからバジル・ウィレッツへの手紙 (6 December 1921)

18. Quoted in Robyns (1978; 1979 edition) p. 77

19. BHL アガサからバジル・ウィレッツへの手紙 A (4 November 1923)

20. Cade (1998; 2011 edition) p. 66

21. 同上、p. 53; Hack (2009) p. 84

22. Margaret Forster, *Daphne du Maurier* (1993) p. 235

23.『チムニーズ館の秘密』(1925); Gill (1990) pp. 81–2

24. Bernstein (1969)

25. Osborne (1982; 2000 edition) p. 43

26.『なぜ、エヴァンズに頼まなかったのか？』(1934)

27. Gill (1990) p. 90

28. Barnard (1979; 1987 edition) p. 17

第十七章　サニングデール

1. Reproduced in Trümpler (1999; 2001 edition) p. 390

2. Bernard Darwin, *TheSunningdale Golf Club* (1924) pp. 8, 12

3. Quoted in Andrew Lycett, *Ian Fleming: The Man Who Created James Bond* (1995) p. 387

4.『チムニーズ館の秘密』(1925)

5. Margaret Rhondda, *Leisured Woman, London* (1928) quoted in Howarth (2019) p. 41

6. CAT タイプ原稿 'THE A.A. ALPHABET for 1915'

7. わたしはこれらの点で、クリスティン・ハレットに感謝している。

8. Cade (1998; 2011 edition) p. 57

9. CAT アガサからマックスへの手紙 (5 November 1930)

10. CAT マッジからジミー・ミラーへの手紙 (日付不明、1924)

11.『チムニーズ館の秘密』(1925);『秘密機関』(1922)

12. CAT 戯曲のタイプ原稿 *Ten Years*

13. Green (2015) p. 50

14.『シタフォードの秘密』(1931)

15. CAT モンティのノート (1924)

14. Quoted in Nicolson (2009; 2010 edition) p. 123
15. Marie Stopes, *Married Love* (1918) Chapter 5, p. 7
16. CAT アーチーからアガサへの手紙 (21 December 1915)
17. 同上 .
18. CAT アーチーからアガサへの手紙 (日付不明 '26th' 1916?)
19. Wright (2010) p. 163
20. CAT アーチーからアガサへの手紙 (4 April 1917)
21.『未完の肖像』(1934)

第十一章　ポワロ登場

1. Quoted in Anthony Thwaite, ed., *Further Requirements, Philip Larkin* (2001; 2013 edition) p. 57
2.『薬局にて』は短編集『ベツレヘムの星』(2014 年版) に再録された。p. 207
3. CAT, Notebook 40; Janet Morgan, *Agatha Christie: A Biography* (1984; 2017 edition) p. 70
4. Lynn Underwood , ed.,Agatha Christie, Official Centenary Edition (1990) p. 18
5. Kathryn Harkup, *A Is For Arsenic: The Poisons of Agatha Christie* (2015) pp. 291–307, p. 71
6. *An Autobiography*, p. 211
7. See Gill (1990) pp. 55–61 and Light (1991; 2013) pp. 66–7 for compelling readings of *Styles*
8.『未完の肖像』(1934)
9. Rupert Brooke quoted in Peter Hart, *Fire and Movement: The British Expeditionary Force and the Campaign of 1914* (2014) p. 256
10.『カーテン』(1975)
11. Arthur Conan Doyle, *A Study in Scarlet* (1887; 1974 edition) p. 43
12.『ゴルフ場殺人事件』(1923)

第十二章　ムーアランド・ホテル

1. Nigel Dennis, 'Genteel Queen of Crime', *Life* (May 1956) p. 102
2. Advert for the Moorland Hotel (1916) in Bret Hawthorne, *Agatha Christie's Devon* (2009) p. 71
3. Charles Osborne, *The Life and Crimes of Agatha Christie* (1982; 2000 edition) p. viii
4. Eden Phillpotts, *My Devon Year* (1916) p. 192
5. Bernstein (1969)
6. Gill (1990) p. 46
7. Gill (1990) pp. 47–57

第十三章　ロンドン生活の始まり

1. Nicola Humble, *The Feminine Middlebrow Novel, 1920s to 1950s* (2001) p 111
2. Nicolson (2009; 2010 edition) p. 7
3. Humble (2001) p. 125
4. Alison Light, *Mrs Woolf and the Servants* (2007) p. 132
5. Quoted in Nicolson (2009; 2010 edition) p. 37
6. The Labour Research Department, *Wages Prices and Profits* (1922) pp. 54, 63, 87
7. George Orwell, *The Road to Wigan Pier* (1937; 2021 edition) p. 84
8. Howarth (2019) p. xlv
9. Howarth (2019) p. l
10.『未完の肖像』(1934)
11. Suzie Grogan, *Shell Shocked Britain: The First World War's Legacy for Britain's Mental Health* (1914) pp. 99–136

第十四章　ロザリンド登場

1. CAT "告白" (27 October 1903)
2.『白昼の悪魔』(1941)
3.『未完の肖像』(1934)
4.『未完の肖像』(1934)
5. See Thompson (2007; 2008 edition) p. 123–5
6. CAT アガサからマックスへの手紙 (20 February 1944)
7.『書斎の死体』(1942)
8. Humble (2001) p. 116
9. Nicolson (2009; 2010 edition) p. 183
10. Philip Gibbs quoted in Sarah Cole, *Modernism, Male Friendship, and the First World War* (2003) p. 206
11.『未完の肖像』(1934)

第十五章　大英帝国使節団

1. CAT イーデン・フィルポッツからアガサへの手紙 (6 February 1909)
2. Quoted in Underwood (1990) p. 34
3. Peter D. McDonald, 'Lane, John', *Oxford Dictionary of National Biography* (2004)
4. BHL reader's reports for *Styles* (one dated 7 October 1919)
5. James Carl Bernthal, 'A Queer Approach to Agatha Christie', PhD thesis, University of Exeter (2015) p. 29

page/3914

第九章　トーキー公会堂

1. https://www.rafmuseum.org.uk/research/online-exhibitions/rfc_centenary/therfc/the-central-fl ying-school.aspx
2. CAT、アーチーからアガサへの手紙 (日付不明、1913) "月曜午後 10 時 、英国陸軍航空隊、ネザーエイヴォン"
3. CAT アーチーからアガサへの手紙 (日付不明、1913) "日曜日 、英国陸軍航空隊、ネザーエイヴォン"
4. CAT アーチーからアガサへの手紙 (日付不明、1913) "水曜日 、RFC"
5. CAT　アーチボルド・クリスティーの飛行日誌のコピー (1913)
6. CAT アーチーからアガサへの手紙 (日付不明、1913) "日曜日 、英国陸軍航空隊"
7. CAT アーチーからアガサへの手紙 (日付不明、1913) "水曜日 、RFC"
8. CAT アーチーからアガサへの手紙 (日付不明、1913) "水曜日 、英国陸軍航空隊、ネザーエイヴォン"
9. TNA AIR 76/86/79
10. Peter Wright, 'In the Shadow of Hercule: The War Service of Archibald Christie', *Cross & Cockade International*, vol. 41/3 (2010) pp. 161–4, 162
11. John Howard Morrow, *The Great War In The Air: Military Aviation from 1909 to 1921*(1993) p. xv
12. CAT アーチーからアガサへの手紙 (日付不明、1914) "日曜日、英国陸軍航空隊"
13.『未完の肖像』(1934)
14. CAT アーチボルド・クリスティーの写真 (studio Lafayette no. 53218a)
15.『愛の旋律』Giant's Bread (1930)
16. Imperial War Museum audio interview (16 /October 1974) accession number 493
17. Franks (1970) p. 5
18. Imperial War Museum audio interview (16 /October 1974) accession number 493
19. Vera Brittain, *Testament of Youth*, London (1933) p. 210
20. Brittain (1933) pp. 213; 211
21. Christine E. Hallett, *Nurse Writers of the Great War* (2016) p. 190
22. Alison S. Fell and Christine E. Hallett, eds., *First World War Nursing: New Perspectives*(2013)
23.『愛の旋律』(1930)
24. John Curran ,*Agatha Christie's Secret Notebooks*(2009; 2010 edition) p. 309
25. Agatha Miller's Red Cross service card, museumandarchives.redcross.org.uk/objects/28068
26. Clementina Black, *Married Women's Work*, London (1915) p. 1
27. British Private Thomas Baker in 'Voice of the First World War: Home on Leave', Imperial War Museum podcast, https://www.iwm.org.uk/history/voices-of-the-first-world-war-home-on-leave
28. Imperial War Museum audio interview (16 /October 1974) accession number 493
29. CAT album called 'What we did in the Great War', a spoof magazine, 'Hints on Etiquette'
30. ibid, 'M.E's Dream of Queer Women'
31. Miss Marion Eileen Morris service card, vad.redcross.org.uk
32. CAT album called 'What we did in the Great War', a spoof magazine, 'Police Court News, Coroners Inquest at Torquay'

第十章　愛と死

1. CAT copy of Archibald Christie's war journal
2.*London Gazette*(20 October 1914)
3. Patrick Bishop, *Fighter Boys* (2003) p. 10
4. Quoted in Bishop (2003) p. 12
5. TNA AIR1/742/204/2/50 (25 May 1915) quoted in Peter Wright, 'In the Shadow of　Hercule: The War Service of Archibald Christie', *Cross & Cockade International*, vol. 41/3 (2010) pp. 161–4, p. 163
6.『ゴルフ場殺人事件』(1923)
7. CAT copy of Archibald Christie's war journal
8.『愛の旋律』(1930)
9. https://www.nationalarchives.gov.uk/first-world-war/home-front-stories/love-and-war/
10. CAT タイプ原稿 'THE A.A. ALPHABET for 1915'
11. CAT Archie's 'Character of Miss A. M. C. Miller' (9 July 1916)
12. Janet H. Howarth, *Women in Britain*, London (2019) p xxxiv
13. Gill (1990) p. 56;『カリブ海の秘密』(1964)

1901) p. 1

3. *New-York Daily Tribune* (10 January 1896) p. 7

4. https://www.fi ndagrave.com/memorial/196044102/margaret-frary-watts

5. CAT 未刊行のタイプ原稿 'Then and Now' (1949)

6. CAT〝告白〞(n.d.)

7. CAT モンティのノート (1924)

8. CAT フレデリックからクララへの手紙 (24 October 1901)

9. CAT アガサからフレデリックへの手紙 (日付なし、おそらく 1901)

10. *An Autobiography*, p. 111; items in CAT

11. Hack (2009) p. 28

12. *Law Reports – East Africa Protectorate*, vol. 4, p. 135; *An Autobiography*, p. 382

13. http://www.nationalarchives.gov.uk/pathways/census/living/making/women. htm; http://www.nationalarchives.gov.uk/pathways/census/events/polecon3.htm

14. *An Autobiography*,p. 113

第五章　運命のひとを待って

1. Barbara Cartland quoted in Juliet Nicolson, *The Great Silence*: 1918–1920 (2009; 2010 edition) pp. 3-4

2. http://www.nationalarchives.gov.uk/pathways/census/living/making/women.html

3. CAT〝告白〞(14 October 1897)

4. CAT マッジからアガサへの手紙 (26 February, n.y.)

5. James Burnett, *Delicate, Backward, Puny and Stunted Children* (1895) pp. 90–91

6. Gillian Franks, *Aberdeen Press and Journal* (23 September 1970) p. 5

7. Wyndham (1966)

8.『殺人は容易だ』(1939)

第六章　最高のヴィクトリア朝のトイレ

1. CAT 未刊行のタイプ原稿、'Then and Now' (1949)

2. CAT〝告白〞(19 April 1954)

3. 英国の国勢調査（1901）

4. Clare Hartwell, Matthew Hyde and Nikolaus Pevsner, *Cheshire: The Buildings of England* (2011) p. 207

5. Jared Cade , *Agatha Christie and the Eleven Missing Days* (1998; 2011 edition) p. 32

6. *An Autobiography*, p. 139; Cade (1998; 2011 edition) p. 34

第七章　ゲジーラ・パレス・ホテル

1. この旅行は、以前は 1910 年とされていたが、蒸気船ヘリオポリス号は 1909 年初めからカイロへの運航を止めている。このこととそのほかの理由から、Colleen A. Brady は日付を 1908 年とした。

2. Artemis Cooper, *Cairo in the War*, 1939–45 (1989; 2013 edition) pp. 489, 511

3. Karl Baedeker (fi rm), *Egypt and the Sudân, Handbook for Travellers* (1908) p. 74

4. CAT, アガサの若いころの赤い革のフォトアルバム

5. 彼女のパスポートによると

6. CAT, 未刊行のタイプ原稿 'Then and Now' (1949)

7.『死者のあやまち』(1956)

8. Bernstein (1969)

9. David Burnett's blog williamhallburnett.uk (14 September 2017)

10. CAT 未刊行のタイプ原稿 *Snow upon The Desert*, pp. 31, 4–5, 36

11. CAT イーデン・フィルポッツからアガサへの手紙 (6 February 1909)

第八章　アーチボルド登場

1. Quoted in Robyns (1978; 1979 edition) p. 49

2. Julius Green,*Curtain Up-Agatha Christie:A Life in Theatre* (2015;2018 edition) pp. 45–6

3.『チムニーズ館の秘密』(1925)

4. Robert Barnard,*A Talent to Deceive* (1979; 1987 edition) pp. 31–2

5.『オリエント急行の殺人』(1934)

6. Quoted in Robyns (1978; 1979 edition) p. 66

7. SHC *Admissions to Brookwood and Holloway Mental Hospitals* (1867–1900) entry for Archibald Christie (patient number 1744)

8. CAT アーチー・クリスティーの日々の出来事を綴った手書きのノートのコピー

9. *Exeter and Plymouth Gazette* (2 January 1913) p. 5

10. CAT アーチー・クリスティーの日々の出来事を綴った手書きのノートのコピー

11. *Western Daily Mercury* (28 December 1912) p. 4

12. https://www.thegazette.co.uk/London/issue/28725/

注

※略語については、出典のアーカーブの欄に記載あり

序文　平凡な見かけに隠れて

1. Godfrey Winn, 'The Real Agatha Christie', *Daily Mail* (12 September 1970)
2. Agatha Christie, *An Autobiography* (1977; 2011 edition) p. 517.（日本版は『アガサ・クリスティー自伝』早川書房）以下、本文に注のない引用はすべて同じ原典のものとする。
3. See in particular Gillian Gill, *Agatha Christie: The Woman and Her Mysteries* (1990)

第一章　生まれた家

1. *Torquay Times & South Devon Advertiser* (19 September 1890) p. 1; *Morning Post* (18 September 1890)
2.Richard Hack, *Dutches of Death* (2009) p. 6
3. Police missing persons description 1926; Ramsey (1967) p. 22; her passport
4. CAT photograph album
5. CAT ミラー家の本〝告白〟は、考えや気持ちを記録するアルバム (27 October 1903)
6. Mathew Prichard, personal conversation (29 September 2020)
7. CAT〝告白〟(15 October 1897)
8. *Daily Mail* (January 1938)
9. CAT、アデレイド・ロス（旧姓フィルポッツ）からアガサへの手紙 (15 March 1966)
10. Gillian Gill, *Agatha Christie: The Woman and Her Mysteries* (1990) pp. 5-6
11. Colleen A. Bradyの献身的で詳細な研究に感謝する。
12. CAT、未刊行のタイプ原稿 'The House of Beauty'
13.『終りなき夜に生れつく』(1967)。ローラ・トンプソン の *Agatha Christie: An English Mystery* (2007; 2008 edition) p. 7 も参照。

第二章　家族のなかの狂気

1. 'The H.B. Claflin Company', *New York Times* (20 April 1890); Colleen A.Blady
2. わたしは2021年5月にグリーンウェイで、そのドレスが開梱されずに保管されているのを確かめた。
3. CAT no. 30, letter to Whitelaw Reid, American ambassador to London (2 April 1909)
4. Ian Rowden, 'When Agatha Christie kept the cricket score', *Torquay Times* (24 September 1974)
5. Advert for sale of leasehold, *The Times* (9 October 1880)
6. Miss Gwen Petty quoted in Gwem Robyns,*The Mystery of Agatha Christie* (1978; 1979 edition) p. 36
7. CAT〝告白〟(1 May 1871)
8. CAT Garrison of Dublin, Certifi cate of Baptism (14 March 1854)
9. This is all due to the tremendous geneaological sleuthing of Colleen A. Brady
10. CAT、タイプ原稿 'The House of Beauty'
11. CAT、クララ・ミラーの手で書かれた家族の詩の〝アルバム〟
12. Max Mallowan, *Mallowan's Memoirs* (1977; 2021 edition) p. 196

第三章　家のなかの魔物

1. *Torquay Times and South Devon Advertiser* (6 January 1893) p. 7
2. NT 121991, クララ・ミラー手書きの〝アガサのためのレシピ〟本
3. Quoted in Robyns (1978; 1979 edition) pp. 49–50
4. NT 122993, 122998, 123010, 122953, 122976, 123024 bills for Ashfield
5. *Daily Mail* (7 December 1926)
6. CAT〝告白〟(1870)
7.『鏡は横にひび割れて』(1962)
8.『親指のうずき』(1968)
9. Francis Wyndham, 'The Algebra of Agatha Christie', *The Sunday Times* (26 February 1966)
10. Marcelle Bernstein, 'HerculePoirot is 130', *Observer* (14 December 1969)
11.『スリーピング・マーダー』(1976)
12. Mallowan (1977; 2021 edition) p. 195
13.『愛の旋律』(1930)
14. Alison Light, *Forever England: Femininity*, Literature and Conservatism between the Wars(1991; 2013) p. 94
15. CAT タイプ原稿 'The House of Beauty'

第四章　破産

1. *An Autobiography*, p. 103
2. 'A.B. Townsend Tries Suicide', *New York Times* (15 March

Dorothy Sheridan, ed., *Wartime Women: A Mass-Observation Anthology* (2000)

Adrian Shire, ed., *Belsize 2000: A Living Suburb* (2000)

Michael Smith, *Bletchley Park and the Code-Breakers of Station X* (2013; 2016 edition)

Tom Stern, 'Traces of Agatha Christie in Syria and Turkey' in Trümpler (1999; 2001 edition) pp. 287–302

Faye Stewart, 'Of Red Herrings and Lavender: Reading Crime and Identity in Queer Detective Fiction', *Clues: A Journal of Detection*, vol. 27.2 (2009) pp. 33–44

Judy Suh, 'Agatha Christie in the American Century', *Studies in Popular Culture*, vol. 39 (Fall 2016) pp. 61–80; p. 63

Julian Symons, *Bloody Murder* (1972; 1974 edition)

– 'Foreword: A Portrait of Agatha Christie', in Harold Bloom et al, *Modern Critical Views: Agatha Christie* (1992; 2002 edition)

Marguerite Tarrant, 'Mathew Prichard', *People* (10 April 1978)

James Tatum, *The Mourner's Song: War and Remembrance from the Iliad to Vietnam* (2003)

Laura Thompson, *Agatha Christie: An English Mystery* (2007; 2008 edition)

Charlotte Trümpler, ed., *Agatha Christie and Archaeology* (1999; 2001 edition)

Lynn Underwood, ed., *Agatha Christie, Official Centenary Edition* (1990)

H.V.F. Winstone, *Woolley of Ur* (1990)

Lucy Worsley, *A Very British Murder* (2013) ルーシー・ワースリー『イギリス風殺人事件の愉しみ方』中島俊郎、玉井史絵訳／NTT 出版／2015 年

Peter Wright, 'In the Shadow of Hercule: The War Service of Archibald Christie', *Cross & Cockade International*, vol. 41/3 (2010) pp. 161–4

Francis Wyndham, 'The Algebra of Agatha Christie', *The Sunday Times* (26 February 1966)

ウェブ媒体

David Burnett's blog, williamhallburnett.uk

Juliette Desplatt, 'Decolonising Archaeology in Iraq?' The National Archive Blog (27 June1917) https://blog.nationalarchives.gov.uk/decolonising-archaeology-iraq

Carine Harmand, 'Sparking the imagination: the rediscovery of Assyria's great lost city', https://blog.britishmuseum.org/sparking-the-imagination-the-rediscovery-of-assyrias-great-lost-city

Peter Harrington, dealer, catalogue for the sale of inscribed books from the library of Charlotte'Carlo'Fisher,https://www.peterharrington.co.uk/blog/wp-content/uploads/2016/09/Christie.pdf

Matt Houlbrook, 'How the "Roaring Twenties" myth obscures the making of modern Britain', https://www.historyextra.com

Kyra Kaercher, 'Adventure Calls: The Life of a Woman Adventurer', Penn Museum blog (29February2016) https://www.penn.museum/blog/museum/adventure-calls-the-life-of-a-woman-adventurer

Archives of the Red Cross, online at museumandarchives.redcross.org.uk

Eleanor Robson, 'Remnants of Empire: Views of Kalhu in 1950', oracc.museum.upenn.edu (2016)

未公刊の二次的文献

Tim Barmby and Peter Dalton, 'The Riddle of the Sands: Incentives and Labour Contracts on Archaeological Digs in Northern Syria in the 1930s', University of Aberdeen Business School, discussion paper (2006)

Tina Hodgkinson, 'Disability and Ableism', a paper presented at the Agatha Christie conference at Solent University, Southampton (5–6 September 2019)

Ann Laver, 'Agatha Christie's Surrey', research paper, copy available at SHC (2013)

Janet Likeman, 'Nursing at University College, London, 1862–1948', PhD thesis, University of London (2002)

Hélène Maloigne, ' "Striking the Imagination through the Eye": Relating the Archaeology of Mesopotamia to the British Public, 1920–1939', PhD thesis, University College London (2020)

Henrietta McCall, 'Deadlier Than The Male: The Mysterious Life of Katharine Woolley (1888–1945).'

Margaret C. Terrill, 'Popular (Non) Fiction: The Private Detective in Modern Britain', MA thesis, Dedman College, Southern Methodist University (2016)

Christopher Charles Yiannitsaros, 'Deadly Domesticity: Agatha Christie's "Middlebrow" Gothic, 1930–1970', PhD thesis,

University of Warwick (2016)

Christine E. Hallett, *Nurse Writers of the Great War* (2016)

Kathryn Harkup, *A Is For Arsenic: The Poisons of Agatha Christie* (2015) キャサリン・ハーカップ『アガサ・クリスティーと14の毒薬』長野きよみ訳／岩波書店／2016年

Wilfred Harris, *Nerve Injuries and Shock* (1915)

Peter Hart, *Fire and Movement: The British Expeditionary Force and the Campaign of 1914* (2014)

Bret Hawthorne, *Agatha Christie's Devon* (2009)

Emily Hornby, *A Nile Journal* (1908)

Janet H. Howarth, *Women in Britain*, London (2019)

Dorothy B. Hughes, 'The Christie Nobody Knew', in Harold Bloom et al, *Modern Critical Views: Agatha Christie* (1992; 2002 edition)

Nicola Humble, *The Feminine Middlebrow Novel, 1920s to 1950s: Class, Domesticity and Bohemianism* (2001)

MaroulaJoannou, *The History of British Women's Writing, 1920–1945* (2012; 2015 edition)

H.R.F. Keating, ed., *Agatha Christie: First Lady of Crime* (1977)

Peter Keating, *Agatha Christie and Shrewd Miss Marple* (2017)

Viola Klein and Alva Myrdal, *Women's Two Roles* (1956)

Marty S. Knepper, 'The Curtain Falls: Agatha Christie's Last Novels', *Clues*, vol. 23, issue 5 (2005) pp. 69–84

Ian Lancashire and Graeme Hirst, 'Vocabulary Changes in Agatha Christie's Mysteries as an Indication of Dementia: A Case Study', *19th Annual Rotman Research Institute Conference, Cognitive Aging: Research and Practice* (2009)

Alison Light, *Forever England: Femininity, Literature and Conservatism between the Wars* (1991; 2013)

–*Mrs Woolf and the Servants* (2007)

ヒラリー・マカスキル『愛しのアガサ・クリスティー　ミステリーの女王への道』青木久惠訳／清流出版／2010年

Merja Makinen, *Agatha Christie: Investigating Femininity* (2006)

M.E.L. Mallowan *Twenty-Five Years of Mesopotamian Discovery* (1959)

–*Mallowan's Memoirs* (1977; 2021 edition)

M. E. L. Mallowan and J. Cruikshank Rose, 'Excavations at Tall Arpachiyah, 1933', *Iraq*, vol. 2, no. 1 (1935) pp. 1–178

Henrietta McCall, *The Life of Max Mallowan* (2001)

Katie Meheux, ' "An Awfully Nice Job". Kathleen Kenyon as Secretary and Acting Director of the University of London Institute of Archaeology, 1935–1948', *Archaeology International*, vol. 21, no. 1 (2018) pp. 122–140

Billie Melman, *Empires of Antiquities: Modernity and the Rediscovery of the Ancient Near East, 1914–1950* (2020)

Richard Metcalfe, *Hydropathy in England* (1906)

Janet Morgan, *Agatha Christie: A Biography* (1984; 2017 edition) ジャネット・モーガン『アガサ・クリスティーの生涯』深町真理子、宇佐川晶子訳／早川書房／1987年

John Howard Morrow, *The Great War In The Air: Military Aviation from 1909 to 1921* (1993)

Juliet Nicolson, *The Great Silence, 1918–1920: Living in the Shadow of the Great War* (2009; 2010 edition)

Andrew Norman, *Agatha Christie: The Disappearing Novelist* (2014)

Joan Oates, 'Agatha Christie, Nimrud and Baghdad', in Trümpler, ed. (1999; 2001 edition) pp. 205–228

Richard Ollard, ed., *The Diaries of A.L. Rowse* (2003)

Charles Osborne, *The Life and Crimes of Agatha Christie* (1982; 2000 edition)

– 'Appearance and Disappearance', in Harold Bloom et al, *Modern Critical Views: Agatha Christie* (1992; 2002 edition) pp. 108–9

Mathew Prichard, ed., *Agatha Christie: The Grand Tour* (2012)

Gordon C. Ramsey, *Agatha Christie: Mistress of Mystery* (1967)

Eleanor Robson, 'Old habits die hard: Writing the excavation and dispersal history of Nimrud', *Museum History Journal* (vol. 10, 2017) pp. 217–232

Gwen Robyns, *The Mystery of Agatha Christie* (1978; 1979 edition)

A.L. Rowse, *Memories and Glimpses* (1980; 1986 edition)

Dennis Sanders and Len Lovallo, *The Agatha Christie Companion* (1984)

Peter Saunders, *The Mousetrap Man* (1972)

Mary Shepperston, 'The Turbulent Life of the British School of Archaeology in Iraq', *Guardian* (17 July 2018)

出典

アーカイブ

BHL The Bodley Head Ltd Archive, Reading University Library

BM British Museum

CAT Christie Archive Trust

EUL Exeter University Library, Department of Special Collections, Hughes Massie Archive

TNA The National Archives

NT National Trust archive at Greenway, Devon

GH Personal collection of Georgina Herrmann

SHC Surrey History Centre

UCLL Archive of the Institute of Archaeology at University College London Library

Harrogate Library

主要公刊文献

Mark Aldridge, *Agatha Christie on Screen* (2016)

Jane Arnold, 'Detecting Social History: Jews in the work of Agatha Christie', *Jewish Social Studies*, vol. 49, no. 3–4 (Summer–Autumn, 1987) pp. 275–282; p. 275

Rachel Aviv, 'How A Young Woman Lost Her Identity', *New Yorker* (26 March 2018)

Earl. F. Bargainnier, *The Gentle Art of Murder* (1980)

Robert Barnard, *A Talent to Deceive* (1979; 1987 edition)

Marcelle Bernstein, 'HerculePoirot is 130', *Observer* (14 December 1969)

James Carl Bernthal, 'A Queer Approach to Agatha Christie', PhD thesis, University of Exeter (2015)

– 'If Not Yourself, Who Would You Be?': Writing the Female Body in Agatha Christie's Second World War Fiction', *Women: A Cultural Review* (vol. 26, 2015) pp. 40–56

– ed., *The Ageless Agatha, Essays on the Mystery and the Legacy* (2016)

– *Queering Agatha* (2017)

Vera Brittain, *Testament of Youth*, London (1933)

Erica Brown and Mary Grover, eds., *Middlebrow Literary Cultures: The Battle of the Brows, 1920–1960* (2012)

Jared Cade, *Agatha Christie and the Eleven Missing Days* (1998; 2011 edition) ジャレッド・ケイド『なぜアガサ・クリスティーは失踪したのか？』中村妙子訳／早川書房／1999年

Ritchie Calder, 'Agatha and I', *New Statesman* (30 January 1976) pp. 128–9

Stuart Campbell, 'Arpachiyah' in Trümpler, ed., (1999; 2001 edition) pp. 89–103

Lydia Carr, T*essa Verney Wheeler: Women and Archaeology Before World War Two* (2012)

Agatha Christie, *An Autobiography* (1977; 2011 edition) アガサ・クリスティー『アガサ・クリスティー自伝』乾信一郎訳／早川書房／2004年

Sarah Cole, *Modernism, Male Friendship, and the First World War* (2003)

Artemis Cooper, *Cairo in the War, 1939–45* (1989; 2013 edition)

Donald Elms Core, *Functional Nervous Disorders* (1922)

John Curran, *Agatha Christie's Secret Notebooks* (2009; 2010 edition) アガサ・クリスティー、ジョン・カラン『アガサ・クリスティーの秘密ノート』山本やよい、羽田詩津子訳／早川書房／2010年

– Agatha Christie, *Murder in the Making: More Stories and Secrets from Her Notebooks* (2011)

Elizabeth Darling, *Wells Coates* (2012)

Miriam C. Davis, *Dame Kathleen Kenyon* (2008)

Leyla Daybelge and Magnus Englund, *Isokon and the Bauhaus in Britain* (2019)

Nigel Dennis, 'Genteel Queen of Crime', *Life* (May 1956)

Arthur Conan Doyle, *Letters to the Press* (1986)

Andrew Eames, *The 8.55 to Baghdad, London* (2004; 2005 edition)

Martin Edwards, ed., *Ask A Policemen, by Members of the Detection Club* (1933; 2013 edition)

Brian Fagan, *Return to Babylon* (1979)

Alison S. Fell and Christine E. Hallett, eds., *First World War Nursing: New Perspectives* (2013)

Martin Fido, *The World of Agatha Christie* (1999)

Gillian Franks, article in the *Aberdeen Press and Journal* (23 September 1970) p. 5

Gillian Gill, *Agatha Christie: The Woman and Her Mysteries*(1990)

Julius Green, *Curtain Up – Agatha Christie: A Life in Theatre* (2015; 2018 edition)

Hubert Gregg, *Agatha Christie and All That Mousetrap* (1980)

Richard Hack, *Duchess of Death* (2009)

ゆ

よ

ら

り

る

れ

ろ

わ

ひ

ふ

ち

て

と

な

に

ね

の

は

し

す

せ

た

か

き

く

け

索引

【著者】
ルーシー・ワースリー（Lucy Worsley）
オックスフォード大学で古代・現代史で優等学士の学位を取得。卒業後は〈古建築と英国遺産の保護協会〉に勤務。現在は〈ヒストリック・ロイヤル・パレス〉の主席学芸員、BBC の歴史教養番組のプレゼンターを務める。邦訳書に『イギリス風殺人事件の愉しみ方』『暮らしのイギリス史 王侯から庶民まで』（NTT出版）がある。

【訳者】
大友香奈子（おおとも・かなこ）

英米文学翻訳家。1965年北海道生まれ。早稲田大学第二文学部卒。訳書にジョーンズ『ぼくとルークの一週間と一日』、マキリップ『白鳥のひなと火の鳥』、メルドラム『マッドアップル』、バレット『本の町の殺人』（以上、東京創元社）、ロイド『チェス盤の少女』（KADOKAWA）などがある。

【画像クレジット】
多くの画像はEstate of Agatha Christieより。 © Christie Archive Trust
それ以外のものは以下のとおり。
Alamy Stock Photo: 口絵12下/PictureLux / The Hollywood Archive, 口絵14下/Pictorial Press Ltd, 267/INTERFOTO, 317/Trinity Mirror / Mirrorpix, 405/Keystone Press. AP/Shutterstock: 211. Bridgeman Images: 113. ©The Trustees of the British Museum Images: 口絵10上、中央. Courtesy of Caroline Christie: 口絵8中央左. Mary Evans Picture Library: 口絵14中央/image courtesy Romald Grant Archive.. Popperfoto/Getty Images: 口絵14上、口絵15中央. ©Photograph by Snowdon/Trunk Archive: 口絵16. Lucy Worsley: 口絵8上左, 口絵15上.

アガサ・クリスティー　とらえどころのないミステリの女王

●

*2023*年*12*月*25*日　第*1*刷
*2024*年*4*月*15*日　第*3*刷

著者……………ルーシー・ワースリー
訳者……………大友香奈子（おおともかなこ）
装幀……………和田悠里（わだゆり）
発行者……………成瀬雅人
発行所……………株式会社原書房

〒160-0022 東京都新宿区新宿1-25-13
電話・代表 03(3354)0685
振替・00150-6-151594
http://www.harashobo.co.jp

印刷……………新灯印刷株式会社
製本……………東京美術紙工協業組合

ISBN 978-4-562-07362-7, Printed in Japan